James McBride • Der heilige King Kong

James McBride

Der heilige King Kong

Roman

Aus dem Amerikanischen
von Werner Löcher-Lawrence

btb

Für Gottes Kinder –
für jedes einzelne von ihnen

INHALT

1. Jesus' Käse — 9
2. Ein toter Mann — 24
3. Jet — 33
4. Wegrennen — 48
5. Der Governor — 62
6. Bunch — 81
7. Der Marsch der Ameisen — 91
8. Rumsuchen — 115
9. Schmutz — 127
10. Soup — 147
11. Kermesbeeren — 177
12. Mojo — 195
13. Das Mädchen vom Land — 211
14. Ratte — 240
15. Du hast keine Ahnung, was kommt — 251
16. Möge Gott dich halten — 272
17. Harold — 286

18. Ermittlung	311
19. Aufs Kreuz gelegt	327
20. Der Pflanzenmann	338
21. Neuer Schmutz	353
22. 281 Delphi	371
23. Letzte Oktober	382
24. Schwester Paul	390
25. Tun	410
26. So schön	425
Dank	447

1

JESUS' KÄSE

An einem verhangenen Septembernachmittag des Jahres 1969 wurde Diakon Cuffy Lambkin von der Five Ends Baptist Church zu einem lebenden Toten. An dem Tag ging der alte Mann, der von seinen Freunden »Sportcoat« genannt wurde, hinaus auf die Plaza, den zentralen Platz des Causeway Housing Projects, eines Sozialwohnungskomplexes in Süd-Brooklyn, hielt einem neunzehnjährigen Drogendealer namens Deems Clemens einen alten .38er Colt vors Gesicht und drückte ab.

Es gab jede Menge Theorien unter den Leuten, warum der alte Sportcoat, ein drahtiger, gut gelaunter, dunkelhäutiger Mann, der sich den Großteil seiner einundsiebzig Jahre durchs Cause gehustet, geschnauft, gelacht und getrunken hatte, den rücksichtslosesten Drogendealer, den es je in der Siedlung gegeben hatte, erschießen wollte. Sportcoat hatte keine Feinde, trainierte seit vierzehn Jahren die Baseballmannschaft des Cause Projects, und seine verstorbene Frau Hettie war die Kassenführerin des Christmas Clubs seiner Gemeinde gewesen. Er war ein friedlicher Mensch, den alle mochten. Was also war da passiert?

Am Morgen nach dem Schuss trafen sich die örtlichen Penner, pensionierten städtischen Angestellten, gelangweilten Hausfrauen und Ex-Knackis wie jeden Tag bei der Parkbank nicht weit von der Fahnenstange in der Mitte des Projects, um ihren Gratiskaffee zu trinken und Old Glory zu salutieren, die auch heute wieder gehisst wurde, und sie hatten alle möglichen Erklärungen dafür, warum der alte Sportcoat so ausgerastet war.

»Sportcoat hat rheumatisches Fieber«, erklärte Schwester Veronica Gee, die Präsidentin der Mietervereinigung des Cause und Frau des Pfarrers der Five Ends Baptist Church, der Sportcoat bereits fünfzehn Jahre diente. Sie erklärte den Versammelten, Sportcoat plane, beim kommenden Five-Ends-Gemeindetag für Mitglieder und Freunde seine allererste Predigt zu halten, und zwar zum Thema: »Ohne Beichte hast du beim Kuchen nichts zu suchen.« Und dann schob sie noch nach, dass die Club-Kasse verschwunden sei, »aber wenn Sportcoat sie genommen hat, lag das an seim Fieber«, sagte sie.

Schwester T. J. Billings, liebevoll »Bum-Bum« genannt, die oberste Kirchendienerin von Five Ends, deren Mann als Einziger in der ruhmreichen Kirchengeschichte seine Frau für einen Mann verlassen hatte und es auch noch offen zugab (er zog dann nach Alaska), hatte ihre eigene Theorie. Sie sagte, Sportcoat hätte auf Deems geschossen, weil die geheimnisvollen Ameisen ins Haus 9 zurückgekehrt seien. »Sportcoat«, sagte sie düster, »steht unter eim bösen Zauber. Hat mit eim Fluch zu tun.«

Miss Izi Cordero, Vizepräsidentin der puerto-ricanischen Souveränitäts-Gesellschaft des Projects, die tatsächlich keine zehn Meter entfernt gestanden hatte, als Sportcoat seine alte Erbsenpistole auf Deems Schädel gerichtet und abgedrückt hatte, sagte, der ganze Rabatz ging los, weil Sportcoat von einem gewissen »üblen spanischen Gangster« bedroht worden sei, und sie wisse genau, wer dieser Gangster sei und werde den Cops alles über ihn erzählen. Natürlich wussten alle, dass sie von ihrem dominikanischen Ex-Mann Joaquin redete, dem einzigen ehrlichen Lotterieverkäufer des Projects. Bis aufs Blut hassten sich die beiden, sie und Joaquin, und versuchten sich seit zwanzig Jahren gegenseitig hinter Gitter zu kriegen. Jetzt also so.

Hot Sausage, der Hausmeister der Cause-Häuser und Sportcoats bester Freund, der jeden Morgen die Flagge hisste und für das siedlungseigene Seniorenzentrum den Gratiskaffee ausgab, erklärte den Versammelten, dass Sportcoat wegen des jährlichen Baseballspiels zwischen den Cause- und den benachbarten Watch-Häusern auf Deems geschossen habe, das zwei Jahre zuvor abgesagt worden war. »Sportcoat«, sagte er stolz, »iss der einzige Schiedsrichter, mit dem beide Mannschaften zufrieden warn«.

Aber es war die haitianische Kochsensation Dominic Lefleur aus Sportcoats Haus, der die Gefühle aller am besten zusammenfasste. Dominic war gerade von einem neuntägigen Besuch bei seiner Mutter in Port-au-Prince zurückgekehrt, wo er sich wie üblich das Dritte-Welt-Virus eingefangen hatte, mit dem er sein halbes Haus niederstreckte – alle schissen und kotzten und gingen ihm tagelang aus dem Weg, wobei das Virus ihm selbst nie was anzuhaben schien. Dominic hatte die ganze alberne Geschichte beim Rasieren durchs Badezimmerfenster verfolgt, ging anschließend in die Küche, aß mit seiner zitternden, fiebrigen – 39,4 – Teenager-Tochter zu Mittag und sagte: »Ich hab immer gewusst, dass der alte Sportcoat einmal im Leben was Großes tun würde.«

Tatsache ist, niemand in der Siedlung wusste wirklich, warum Sportcoat auf Deems geschossen hatte, nicht mal Sportcoat selbst. Der alte Diakon konnte es ebenso wenig sagen, wie er hätte erklären können, warum der Mond wie aus Käse gemacht aussah, Fruchtfliegen kamen und gingen oder wie die

Stadt es schaffte, dass sich das Wasser im nahen Hafen von Causeway jeden St. Paddy's Day grün färbte. In der Nacht zuvor hatte er von seiner Frau Hettie geträumt, die im großen Schneesturm von 1967 verschollen war. Sportcoat liebte es, die Geschichte seinen Freunden zu erzählen.

»Es war 'n schöner Tag«, sagte er. »Der Schnee fiel wie Asche vom Himmel. Es war 'ne einzige große weiße Decke. Die Häuser lagen so friedlich und sauber da. Ich und Hettie, wir hatten an dem Abend Krabben gegessen, standen am Fenster und kuckten zur Freiheitsstatue im Hafen rüber. Dann gingen wir schlafen.

Mitten in der Nacht hat sie mich wach gerüttelt. Ich mach die Augen auf und seh ein Licht durchs Zimmer gleiten. Wie von 'ner kleinen Kerze. Eine Runde nach der anderen hat es gedreht und ist dann zur Tür raus. Hettie sagte: ›Das iss das Licht Gottes. Ich geh und pflücke draußen am Hafen ein paar Mondblumen.‹ Sie zog ihren Mantel an und lief dem Licht hinterher.«

Wenn er gefragt wurde, warum er ihr nicht zum nahen Hafen von Causeway gefolgt war, sah Sportcoat einen ungläubig an. »Sie iss hinter Gottes Licht her«, sagte er. »Außerdem war der Elefant da draußen.«

Da war natürlich ein Argument. Tommy Elefante, der Elefant, war ein massiger, grüblerischer Italiener, der schlecht sitzende Anzüge mochte und sein Bau- und Speditionsunternehmen aus einem alten Güterwaggon an der Hafenmauer betrieb, zwei Straßen von den Causeway-Häusern und gerade mal eine von Sportcoats Kirche entfernt. Der Elefant und seine stummen, finsteren Italiener, die tief in der Nacht weiß Gott was aus dem Waggon heraus und in ihn hinein schafften, waren allen ein Rätsel. Alle hatten fürchterlich Schiss vor ihnen. Nicht mal Deems, so übel er war, trickste mit ihnen rum.

So wartete Sportcoat denn bis zum nächsten Morgen, bevor er nach Hettie suchte. Es war ein Sonntag. Er stand früh auf. Die Cause-Bewohner schliefen noch, und der Schnee war weitgehend unberührt. Er folgte Hetties Spur zum Pier, wo sie am Ufer endete. Sportcoat starrte aufs Wasser hinaus und sah hoch oben einen Raben fliegen. »Er war wunderschön«, sagte er seinen Freunden. »Er drehte 'n paar Runden, stieg höher rauf und verschwand.« Sportcoat sah dem Vogel hinterher, bis er außer Sicht war, und trottete durch den Schnee zurück zu der kleinen Betonsteinkirche der Five-Ends-Baptisten, deren Gemeinde sich zum Achtuhrgottesdienst versammelte. Als er hereinkam, stand Reverend Gee an seinem Pult vor der einzigen Wärmequelle der Kirche, einem alten Holzofen, und machte sich daran, die Liste der Kranken und Bettlägerigen zu verlesen, für die sie beten wollten.

Sportcoat setzte sich zu ein paar schläfrigen Kirchgängern, nahm eins der winzigen Blätter mit dem Kirchenprogramm, kritzelte mit zitternder Hand »Hettie« darauf und gab es der ganz in Weiß gekleideten Kirchendienerin, Schwester Gee. Die ging zu ihrem Mann und reichte es ihm, als Pastor Gee gerade zu lesen begann. Die Liste war lang, und für gewöhnlich waren es immer dieselben Namen: Der eine lag krank in Dallas, der andere starb irgendwo in Queens, und dann natürlich Schwester Paul, eine der Gründerinnen von Five Ends. Sie war hundertzwei Jahre alt und lebte schon so lange in einem Altenheim weit draußen in Bensonhurst, dass sich nur noch zwei Gemeindemitglieder an sie erinnern konnten. Tatsächlich fragten sich einige, ob sie überhaupt noch lebte, und so war der Gedanke aufgekommen, dass jemand, vielleicht der Pastor, hinfahren und nach ihr sehen sollte. »Ich würde ja«, sagte Pastor Gee, »aber ich mag meine Zähne.« Alle wussten, dass die Weißen draußen in Bensonhurst nicht viel für Neger übrighatten. Im

Übrigen, bemerkte der Pastor wohlgelaunt, komme Schwester Pauls Kirchengeld in Höhe von vier Dollar dreizehn verlässlich jeden Monat per Post, und das sei ein gutes Zeichen.

Als Pastor Gee jetzt grummelnd die Liste der Kranken und Bettlägerigen verlas, nahm er ohne zu zögern den Zettel mit Hetties Namen, las auch ihren Namen vor, lächelte und witzelte:»Leg deine ganze Seele rein, Bruder. Eine arbeitende Frau ist was fürs Leben!« Es war eine gut gemeinte Stichelei, hatte Sportcoat doch seit Jahren keinen festen Job, während Hettie regelmäßig arbeitete und ihr einziges Kind großzog. Reverend Gee war ein gut aussehender, herzlicher Mann, der gerne einen Spaß machte, wobei er selbst gerade erst seinen Skandal hatte: Er war in Silky's Bar in der Van Marl Street gesehen worden, wie er einen weiblichen Subway-Schaffner mit Möpsen groß wie Milwaukee hatte bekehren wollen. So wandelte er im Moment in der Gemeinde auf dünnem Eis, und als niemand lachte, machte er ein ernstes Gesicht, las Hetties Namen noch mal vor und sang *Somebody's Calling My Name*. Die Gemeinde stimmte mit ein, sie alle sangen und beteten, und Sportcoat fühlte sich besser. Genau wie Reverend Gee.

Hettie kam auch bis zum Abend nicht wieder nach Hause. Zwei Tage später sahen die Männer des Elefanten sie in Ufernähe beim Pier im Wasser treiben, das Gesicht sanft von dem Schal umhüllt, mit dem sie ihre Wohnung verlassen hatte. Sie zogen sie aus der Bucht, wickelten sie in eine Wolldecke, legten sie auf ein großes weißes Schneekissen nahe beim Güterwaggon und schickten nach Sportcoat. Als er kam, gaben sie ihm wortlos einen Schluck Scotch, riefen die Cops und verschwanden. Der Elefant wollte keine Missverständnisse. Er hatte mit Hettie nichts zu tun. Sportcoat verstand das.

Hetties Beerdigung war das übliche Five-Ends-Baptist-Spektakel. Pastor Gee kam eine Stunde zu spät, weil seine Füße von der Gicht so schlimm geschwollen waren, dass er nicht in seine Kirchenschuhe kam. Der Bestattungsunternehmer, der alte, weißhaarige Morris Hurly, den alle hinter seinem Rücken nur Hurly Girly nannten, weil, nun... alle wussten, Morris war... also er war billig, talentiert und kam immer zwei Stunden zu spät mit der Leiche, aber klar war auch, dass Hettie riesig aussehen würde, und das tat sie. Die Verzögerung gab Pastor Gee die Möglichkeit, einem Durcheinander zwischen den Kirchendienerinnen vorzusitzen, was die Blumenarrangements anging. Niemand wusste, wohin damit. Hettie war immer die gewesen, die sie verteilt hatte – die Geranien in die Ecke dort, die Rosen neben die Bank da drüben und die Azaleen vor das Buntglasfenster, um dieser oder jener Familie Trost zu spenden. Aber heute war Hettie der Ehrengast, und so standen die Blumen herum, wo die Lieferanten sie abgestellt hatten, und Schwester Gee musste wie gewöhnlich einspringen, um Ordnung zu schaffen. Währenddessen kam Schwester Bibb herein, die wollüstige Kirchenorganistin, die mit ihren fünfundfünfzig Jahren üppig, weich und braun wie ein Schokoriegel war. Sie befand sich in einem fürchterlichen Zustand, da sie direkt von ihrer jährlichen, die Nacht zum Tag machenden Sause kam, einer sündhaft versoffenen, Körperöffnungen genüsslich leer leckenden Liebesaffäre schweißnass aufeinanderklatschender Körper mit ihrem zeitweisen Freund Hot Sausage. Am Ende hatte sich Sausage von der Festivität zurückgezogen, weil ihm die Kraft ausgegangen war. »Schwester Bibb«, hatte er Sportcoat einmal geklagt, »liebt es zu malträtieren, und ich mein jetzt nich die Orgel.« Sie kam mit hämmernden Kopfschmerzen und einer schmerzenden Schulter, die sie sich bei irgendeiner lustvollen Verrenkung geholt hatte. Benommen setzte sie sich an ihre Orgel und legte den Kopf auf die Tasten, während die Gemeinde hereinkam. Ein paar Minuten später verließ sie den Altarraum wieder und strebte in der Hoffnung, diese frei vorzufinden, auf die Damentoilette im Keller zu. Auf der Treppe kam sie ins Stolpern und knickte böse um, was sie ohne Fluchen oder Klagen wegsteckte. Sie spuckte das nächtliche Gelage in die Kloschüssel der leeren Damentoilette, frischte ihren Lippenstift auf, sah nach ihrer Frisur und kehrte in den Altarraum zurück, wo sie den gesamten Gottesdienst durchspielte, mit einem Fuß dick wie eine Melone. Hinterher humpelte sie zurück zur Wohnung, so zornig wie reumütig, und giftete unterwegs Hot Sausage an, der nach dem nächtlichen Absturz wieder zum Leben erwacht war und mehr wollte. Wie ein Hündchen folgte er ihr nach Hause, immer einen halben Block zurück und hinter die Maulbeerbüsche entlang der Gehwege geduckt. Wenn sich Schwester Bibb umdrehte und Hot Sausages bratpfannenplatten Porkpie-Hut über die Zweige lugen sah, platzte es aus ihr heraus.

»Verschwinde, du Nichtsnutz!«, rief sie. »Ich bin fertig mit dir!«

Sportcoat dagegen kam in bester Verfassung in die Kirche, nachdem er abends zuvor mit seinem Kumpel Rufus Harley Hetties Leben gefeiert hatte. Rufus stammte aus seiner Heimatstadt und war nach Hot Sausage sein zweitbester Freund in Brooklyn. Er war Hausmeister im nahen Watch-Project, nur ein paar Straßen weiter, und wenn er und Hot Sausage sich auch nicht verstanden – Rufus kam aus South Carolina, Sausage aus Alabama –, brannte Rufus doch einen speziellen Schnaps, den sie King Kong nannten und den alle, auch Hot Sausage, mochten.

Sportcoat gefiel der Name von Rufus' Spezialität nicht, und so hatte er über die Jahre verschiedene Alternativen vorgeschlagen. »Du könntes das Zeug wie sonst was verkaufen, wenn's nich nach eim Gorilla benannt wäre«, sagte er. »Warum sags du nicht ›Nellies Schlaftrunk‹ oder ›Gideons Soße‹?« Aber Rufus hatte für solche Vorschläge nur Spott übrig. »Früher hab ich's Sonny Liston genannt«, sagte er und bezog sich damit auf den gefürchteten schwarzen Schwergewichts-Champ, der seine Gegner mit Fäusten wie Vorschlaghämmer zu Boden streckte, »aber dann kam Muhammad Ali.« Sportcoat musste zugeben, den Namen mal außer Acht gelassen, dass Rufus' Schwarzgebrannter der beste in Brooklyn war.

Der Abend war lang und lustig gewesen, voller Geschichten über Possum Point, ihre Heimatstadt, und am nächsten Morgen fühlte Sportcoat sich bestens, vorne in der ersten Reihe der Five Ends Baptist. Er lächelte, während ihn die weiß gekleideten Ladys bedauerten und bemutterten und sich die beiden besten Sängerinnen wegen des einzigen Mikrofons der Kirche in die Haare kriegten. Normalerweise sind Kirchenstreitereien eine gedämpfte, gezischte Angelegenheit, hinterhältig, leise, intrigant, ein geflüstertes Sich-das-Maul-Zerreißen über diesen oder jenen. Aber das jetzt fand öffentlich statt, besser ging es nicht. Die zwei Chormitglieder Nanette und Sweet Corn, bekannt als die Cousinen, waren beide dreiunddreißig, wahre Schönheiten und wundervolle Sängerinnen. Sie waren wie Schwestern großgezogen worden, lebten immer noch zusammen und hatten sich kürzlich erst fürchterlich wegen eines nichtsnutzigen jungen Mannes namens Pudding gestritten, der ebenfalls im Project wohnte. Das Ergebnis war fantastisch. Die beiden trugen ihre Wut aufeinander in die Musik und versuchten sich singend gegenseitig auszustechen. Mit glorreicher Wildheit schmetterten sie die Kunde von der Erlösung durch unseren Herrn, den Allmächtigen, Jesus von Nazareth.

Inspiriert durch den Anblick der hübschen Brüste der Cousinen, die unter ihren Gewändern anschwollen, folgte Reverend Gee ihnen mit einer donnernden Grabrede, um seinen

Witz über Hettie wiedergutzumachen, die da bereits tot im Hafen schwamm. Und so wurde aus dem Ganzen der beste Beerdigungsgottesdienst der Five Ends Baptist seit Jahren.

Sportcoat verfolgte das alles voller Ehrfurcht, genoss das Spektakel und bestaunte die weiß gekleideten Sozialarbeiter der Willing Workers mit ihren schicken Hüten, die ihn und seinen neben ihm sitzenden Sohn Pudgy Fingers betuttelten. Pudgy Fingers, sechsundzwanzig, blind und wie es hieß bei der Verteilung von Hirn etwas zu kurz gekommen, hatte seinen Babyspeck abgelegt und war zu einem hübschen, schlanken Erwachsenen geworden, der seine klaren, schokoladenfarbigen Züge hinter einer teuren dunklen Brille verbarg, die er vor langer Zeit von einem ebenso lange vergessenen Sozialarbeiter geschenkt bekommen hatte. Wie gewohnt blieb er völlig unbeteiligt, aß aber auch hinterher beim Totenmahl in der Kirche nichts, was ungewöhnlich für ihn war. Sportcoat dagegen war rundum begeistert. »Es war wundervoll«, erzählte er seinen Freunden später. »Hettie hätte's toll gefunden.«

In dieser Nacht träumte er von ihr, und wie er es so oft abends getan hatte, als sie noch lebte, erzählte er ihr, welche Überschriften er den Predigten geben würde, die er eines Tages halten wollte, was sie für gewöhnlich amüsierte, da er immer nur Überschriften hatte, aber keinen Inhalt: »Gott segne die Kuh«, »Ich danke Ihm für das Korn«, oder: »Buuh!, sagte das Huhn.« Aber an diesem Abend saß sie in ihrem lila Kleid im Sessel, die Beine übereinandergeschlagen, und schien gereizt, und so berichtete er ihr von den schönen Dingen ihrer Beerdigung, erzählte, wie wunderbar der Gottesdienst gewesen sei, erzählte von den Blumen, dem Essen und der Musik, und wie glücklich er sei, dass sie ihre Flügel bekommen habe und sich jetzt ihren verdienten Lohn abhole, wobei sie ihm ruhig noch einen kleinen Rat dazu hätte geben können, wie er an ihre Sozialversicherung kam. Wusste sie nicht, wie sehr es nervte, im Sozialamt den ganzen Tag drauf warten zu müssen, bis man drankam? Und was war mit dem Geld vom Christmas Club, das sie jede Woche von den Five-Ends-Mitgliedern eingesammelt hatte, damit sie ihren Kindern zu Weihnachten Geschenke kaufen konnte? Hettie war die Kassenwärterin, aber sie hatte ihm nie gesagt, wo sie das Geld versteckte.

»Alle fragen nach ihrm Jackpot«, sagte er. »Hättes mir sagen solln, wo du's versteckt hass.«

Hettie überhörte die Frage und strich eine knittrige Stelle an ihrem Mieder glatt. »Red nicht zu dem Kind in mir«, sagte sie. »Das hass du einundfünfzig Jahre lang getan.«

»Wo iss das Geld?«

»Sieh in deim Hinterausgang nach, du versoffener Hund!«

»Wir haben auch was drin in der Kasse, weiß du?«

»Wir?«, feixte sie. »Du hass in zwanzig Jahrn kein Dime reingegeben, du spritschluckender, nutzloser fauler Hund!« Sie stand auf, und schon ging's los, sie stritten wie früher, und aus dem Gezänk wurde das übliche feuerspuckende Gebrüll und Gerangel, das auch noch andauerte, als er längst aufgewacht war – wie immer lief sie ihm hinterher, die Hände in die Hüften gestemmt, und warf ihm alles Mögliche an den Kopf, während er sie abzuhängen und es ihr über die Schulter mit gleicher Münze heimzuzahlen versuchte. Sie stritten den ganzen Tag über und den nächsten, vom Frühstück übers Mittagessen und immer so weiter. Für einen Außenstehenden sah es aus, als redete Sportcoat zu den Wänden, während er seinen üblichen Pflichten nachkam: runter in den Heizungskeller des Projects, um mit Hot Sausage auf die Schnelle einen zu heben, rauf in die Wohnung 4G, um Pudgy Fingers zum Schulbus für blinde Kinder zu bringen, dann zu seinen gewohnten Nebenjobs und wieder nach Hause. Wohin auch immer er lief, die beiden lagen sich in den Haaren. Oder wenigstens Sportcoat, die Nachbarn konnten Hettie ja nicht sehen: Die starrten ihn nur an, wie er da mit jemandem redete, der unsichtbar war. Sportcoat gab nichts darauf, wie sie ihn anstarrten. Mit Hettie zu streiten war für ihn das Natürlichste auf der Welt. Vierzig Jahre machte er das schon.

Er konnte es nicht glauben. Weg war das zarte, scheue, süße kleine Ding, das so gekichert hatte, als sie sich zu Hause in Possum Point ins hohe Korn im Garten ihres Dads geschlichen hatten, er ihr Wein über die Bluse geschüttet und ihre Titten betatscht hatte. Plötzlich war sie ganz New York: frech, laut und pampig und tauchte zu den komischsten Tageszeiten wie aus dem Nichts auf, jedes Mal mit einer neuen verdammten Perücke auf dem Kopf, die sie, wie er annahm, vom Herrn für ihre Mühen im Leben gekriegt hatte. Am Morgen, als er auf Deems schoss, war sie als Rotschopf gekommen, was ihn verblüffte, und schlimmer noch, sie explodierte förmlich, als er sie zum soundsovielten Mal nach dem Geld vom Christmas Club fragte.

»Frau, wo sind die Dollars? Ich muss mit den Mäusen der Leute rausrücken.«

»Sag ich nich.«

»Das iss Diebstahl!«

»Du hass gut reden! Der Käsedieb!«

Letzteres tat weh. Jahrelang hatte das New Yorker Wohnungsamt, ein aufgeblasenes, megafettes Bürokratiemonster, eine Brutstätte für Betrug und Bestechung, Glücksspieler, Kredithaie, zahlungsunwillige Väter, Erpresser und alte Politbarone, die mit arroganter Ineffizienz über die Causeway-Häuser und weitere fünfundvierzig New Yorker Wohnprojekte herrschten, aus unerklärlichen Gründen eine prachtvolle Gabe für die Cause-Häuser rausgerülpst: Gratiskäse. Wer den Knopf dafür gedrückt hatte, die Formulare ausgefüllt, den Käse auf wunderbare Weise hatte erscheinen lassen – niemand wusste es, auch Bum-Bum nicht, die es sich zu ihrem Daseinsziel gemacht hatte, dem Ursprung des Käses auf die Spur zu kommen. Die Annahme war, dass er vom Wohnungsamt kam, aber niemand war blöd genug, schlafende Hunde zu wecken, bei der Stadt anzurufen und nach den Hintergründen zu fragen. Warum auch? Der Käse war umsonst. Jahrelang kam er pünktlich jeden ersten Samstag im Monat in den frühen Morgenstunden im Heizungskeller von Hot Sausage in Haus 17 an. Zehn Kisten voll mit gut gekühlten Fünfpfundstücken. Und es war kein einfacher Sozialfraß, kein stinkender, angeranzter Rest-Schweizer aus irgendeiner gottverlassenen Bodega, der in einer verdreckten Vitrine Schimmel angesetzt hatte, nächtens von Mäusen angeknabbert worden war und eigentlich an irgendwelche Trottel frisch aus Santo Domingo hätte verkauft werden sollen. Nein, es war frischer, prächtiger, himmlischer, wohlschmeckender, weicher, sahniger, leck mich, dafür müssen Kühe sterben, herrlich herber, muh-muh-guter reifer Weißeleutekäse, Käse, für den man sterben wollte, der dich glücklich machte, Käse, der alles schlug, Käse für den großen Zampano, Käse, der die Welt bedeutete, so gut, dass er jeden ersten Samstag im Monat die Leute dazu brachte, eine lange Reihe zu bilden: Mütter, Töchter, Väter, Großeltern, Behinderte in Rollstühlen, Kinder, Verwandte von außerhalb, Weiße von nebenan in Brooklyn Heights und sogar südamerikanische Arbeiter aus der Müllverarbeitungsanlage an der Concorde Avenue. Allesamt standen sie geduldig in einer Schlange, die sich von Hot Sausages Heizungskeller in Haus 17 raus durch die Tür auf den Bürgersteig, seitlich ums Haus und bis zur Plaza mit der Fahnenstange erstreckte. Die Unglücklichen ganz am Ende hatten ständig nach den Cops Ausschau zu halten – ob nun umsonst oder nicht, bei etwas, das so gut war, musste es einen Haken geben – während denen weiter vorne das Wasser im Mund zusammenlief. Nervös drängten die Hinteren weiter voran und hofften, dass auch für sie noch was da war, wussten sie doch, bis auf Sichtweite heranzukommen und zusehen zu müssen, wie das letzte Stück wegging, das war so wie ein plötzlicher Koitus interruptus.

Natürlich garantierte seine Nähe zum so wichtigen Verteiler des Käses, Hot Sausage, Sportcoat immer ein Stück, wie groß die Nachfrage auch sein mochte, was toll für ihn und Hettie war. Hettie liebte den Käse ganz besonders. Und so machte ihn ihre Bemerkung erst recht wütend.

»Du hass den Käse doch gegessn, oder etwa nich?«, sagt Sportcoat. »Wie 'n Gierschlund biss du jedes Mal drüber hergefallen. Gestohlen oder nich. Du hass ihn gemocht.«

»Er kam von Jesus.«

Das trieb ihn die Wände hoch, und er redete auf sie ein, bis sie verschwand. Ihre Streitereien in den Wochen, bevor er auf Deems schoss, waren so hitzig, dass er anfing, Sätze einzuüben, bevor sie auftauchte. War sie nicht da, trank er Schnaps, um seine Gedanken zu ordnen und die Spinnweben aus dem Kopf zu bekommen, damit er seine Argumentation entwickeln und ihr zeigen konnte, wer der Herr im Haus war – was ihn für die Bewohner des Komplexes noch bizarrer erscheinen ließ, die Sportcoat unten im Eingang stehen sahen, wie er eine Flasche von Rufus' schwarzgebranntem King Kong in die Luft reckte und ins Nichts hineinrief: »Wer bringt den Käse? Jesus oder ich? Wenn ich mich dafür anstelle... Ich bin der, der den Käse holt. Ich bin der, der ihn bei Regen und Schnee nach Hause holt. Wer bringt den Käse? Jesus oder ich?«

Seine Freunde fanden Entschuldigungen dafür. Die Nachbarn sahen drüber hinweg. Seine Kirchenfamilie von Five Ends zuckte mit den Schultern. Na und? Sport war eben etwas verrückt. Alle im Project hatten gute Gründe, leicht daneben zu sein. Neva Ramos zum Beispiel, die dominikanische Schönheit aus Haus 5, die jedem Mann, der dumm genug war, unter ihrem Fenster stehen zu bleiben, ein Glas Wasser auf den Kopf schüttete. Oder Dub Washington aus Haus 7, der in einer alten Fabrik am Vitali-Pier schlief und jeden Winter dabei erwischt wurde, wie er im selben Lebensmittelladen am Park Slope Sachen klaute. Oder Bum-Bum, die morgens vor dem auf die hintere Mauer von Five Ends gemalten schwarzen Jesus stehen blieb und laut für das Ende ihres Ex-Mannes betete: dass der Herr ihm die Eier in Brand setzen und sie wie zwei winzige platte Kartoffelpuffer in einer Pfanne zerbrutzeln sollte. Es war alles erklärbar. Neva wurde bei der Arbeit von ihrem Boss ungerecht behandelt, Dub Washington wollte in eine warme Zelle, und Schwester Bum-Bums Mann hatte sie wegen eines anderen Mannes verlassen. Also was? Alle im Cause hatten einen Grund, verrückt zu sein. Es gab fast für alles einen guten Grund.

Bis Sportcoat auf Deems schoss. Das war was anderes. Da einen Grund zu suchen war so, als wollte man erklären, wie aus Deems, einer netten Nervensäge und dem absolut besten Baseballspieler, den das Cause je gesehen hatte, so ein schrecklicher, Gift verkaufender, mörderischer Schwachkopf mit der Ausstrahlung eines Zyklopen geworden war. Es war unmöglich.

»Wenn es keine Zeitbegrenzung für Glückskeksvoraussagen gibt, könnte Sportcoat damit durchkommen«, sagt Bum-Bum. »Sons, schätz ich, steht er jetz auf der Liste.« Sie hatte recht. Da waren sich alle einig. Sportcoat war ein toter Mann.

2

EIN TOTER MANN

Natürlich sagten die Leute in den Cause-Häusern Sportcoats Tod schon seit Jahren voraus. In jedem Frühjahr, wenn die Bewohner des Projects aus ihren Löchern krochen und wie Murmeltiere zurück auf die Plaza kamen, um frische Luft zu schnappen – oder was es davon im Causeway District noch gab, sie war weitgehend vergiftet von der nahen Kläranlage –, sahen sie Sportcoat, nach einer Saufnacht bei Rufus mit dessen King-Kong-Fusel oder nachdem er sein letztes Geld beim Whist in Silky's Bar drüben in der Van Marl Street verspielt hatte, nach Hause torkeln und sagten: »Der iss fertig.« Als ihn damals, '58, die Grippe erwischte, die das halbe Haus 9 niederstreckte und Diakon Erskine vom Mighty Hand Gospel Tabernacle zum Himmel hinaufschickte, erklärte Schwester Bum-Bum: »Jetzt iss er erledigt.« Als ihn '62 der Krankenwagen nach seinem dritten Schlaganfall holte, murmelte Ginny Rodriguez aus Haus 19: »Der iss am Ende.« Im selben Jahr gewann Miss Izi von der puerto-ricanischen Souveränitäts-Gesellschaft bei einer Tombola Karten für ein Spiel der New York Mets im Polostadion. Sie sagte voraus, dass die Mets, die in dem Jahr hundertzwanzig Spiele verloren hatten, gewinnen würden, und das taten sie, was Miss Izi zwei Wochen später dazu ermutigte, Sportcoats Tod vorauszusagen. Dominic Lefleur, die haitianische Sensation, war gerade aus Port-au-Prince zurück, nach dem Besuch bei seiner Mutter, und Miss Izi sah, wie Sportcoat direkt vor seiner Wohnung im vierten Stock zusammenbrach, nachdem ihn Dominics merkwürdiges Virus erwischt hatte. »Flatsch-platsch lag er da!«, rief sie. Der war fertig. Weg. Abgemeldet. Und dann kam abends auch noch der schwarze Wagen von der städtischen Leichenhalle, um einen Toten aus dem Haus zu holen, was ihr Beweis genug war und sie es gleich am nächsten Morgen weiterverbreitete, nur dass sich rausstellte, es war der Bruder der haitianischen Sensation gewesen, El Haji, der zum Islam konvertiert war, damit seiner Mutter das Herz gebrochen hatte und am ersten Tag als Fahrer eines City-Busses mit einem Herzinfarkt zusammengebrochen war. Am ersten Tag, nachdem er drei Jahre versucht hatte, beim New York Transit reinzukommen. Stell sich das einer vor.

Trotzdem, Sportcoat schien todgeweiht. Selbst die gut gelaunten Seelen von der Five Ends Baptist – wo Sportcoat Diakon und Präsident des Five-Ends-Verbands der Grand-Brotherhood-of-the-Brooklyn-Elks-Loge Nr. 47 war, dem für die erkleckliche Summe von sechzehn Dollar fünfundsiebzig (jährlich zu zahlen, bitte nur per Anweisung) von den obersten Bossen der Five Ends Baptist garantiert wurde, »sämtliche Logenmitglieder der Brooklyn Elks, die ein letztes Gebet brauchen, unter die Erde zu bringen, zum Selbstkostenpreis natürlich«, mit Sportcoat als Ehren-Sargträger – selbst diese gut gelaunten Seelen sagten seinen Tod voraus. »Sportcoat«, meinte Schwester Veronica Gee von den Five Ends nüchtern, »ist ein kranker Mann.«

Sie hatte recht. Mit seinen einundsiebzig litt Sportcoat unter so gut wie allen dem Menschen bekannten Krankheiten. Er hatte Gicht. Er litt unter Hämorrhoiden und rheumatischer Arthritis, die ihn an bedeckten Tagen wie einen Buckligen dahinhumpeln ließ, so sehr schmerzte sein Rücken. An seinem linken Arm hatte er eine zitronengroße Zyste, und ein Bruch bescherte ihm eine orangengroße Schwellung in der Leiste. Als sie grapefruitgroß wurde, empfahlen die Ärzte eine Operation. Sportcoat hörte nicht auf sie, und ein freundlicher Sozialarbeiter im örtlichen Gesundheitszentrum schickte ihn zu jeder erdenklichen alternativen Therapie. Sie versuchten es mit Akupunktur, Magnettherapie, Ganzheitsmedizin, Kräutermedizin, einer Analyse seines Gangs, Blutegeln und genetisch unterschiedlichen pflanzlichen Mitteln. Nichts von allem half.

Mit jedem neuen Fehlschlag verschlechterte sich sein Zustand, die Todesvoraussagen häuften sich und wurden immer unheilvoller, bewahrheiteten sich jedoch nicht. Tatsächlich war, was die Bewohner der Cause-Häuser nicht wussten, Cuffy Jasper Lambkin, wie Sportcoat wirklich hieß, schon lange, bevor er nach Causeway gekommen war, der Tod vorausgesagt worden. Als er vor einundsiebzig Jahren in Possum Point, South Carolina, ins Leben geworfen wurde, musste die Hebamme entsetzt zusehen, wie ein Vogel durchs offene Fenster geflogen kam, über den Kopf des Babys flatterte und wieder nach draußen verschwand. Ein böses Omen. Sie verkündete: »Das wird ein Irrer«, gab ihn seiner Mutter, lief hinaus und zog nach Washington, D. C., wo sie einen Klempner heiratete und kein einziges Baby mehr auf die Welt brachte.

Der kleine Cuffy schien vom Pech verfolgt, wohin auch immer er kam. Er litt unter Koliken, bekam Typhus, Masern, Mumps und Scharlach. Mit zwei Jahren verschluckte er, was er in die Finger bekam, Murmeln, Steine, Dreck und Löffel, und einmal steckte er sich eine Suppenkelle ins Ohr, die von einem Arzt im Universitätskrankenhaus von Columbia wieder entfernt werden musste. Mit drei, als ein junger örtlicher Pastor kam, um den Kleinen zu segnen, spuckte ihm Cuffy eine giftgrüne Substanz über das weiße Hemd. Der Pastor verkündete: »Der Junge steht mit dem Teufel im Bund«, und verschwand nach Chicago, wo er das Evangelium hinter sich ließ, zum Bluessänger Tampa Red wurde und den Monsterhit *Bund mit dem Teufel* aufnahm, bevor er allein und völlig verarmt starb, aber in die Geschichte einging – unsterblich gemacht durch die Musikwissenschaft und Rock-'n'-Roll-Kurse an Colleges überall in der Welt, in den Himmel gehoben von weißen Schriftstellern und Musikintellektuellen für seinen zum Bluesklassiker avancierten Hit, der den Grundstein für das Vierzig-Millionen-Dollar-Gospel-Stam-Music-Platten-Imperium bildete, von dem weder er noch Sportcoat je einen Dime bekamen.

Mit fünf Jahren kroch der kleine Sportcoat zu einem Spiegel und spuckte sein Ebenbild an, was ein Ruf nach dem Teufel ist, mit dem Ergebnis, dass er erst mit neun die ersten Backenzähne bekam. Seine Mutter tat alles, um deren Wuchs anzuregen. Sie grub einen Maulwurf aus, schnitt ihm die Füße ab und machte ihrem Sohn daraus ein Halsband. Rieb ihm frisches Karnickelhirn aufs Zahnfleisch, steckte ihm Schlangenenden, Schweineschwänze und schließlich sogar Krokodilzähne in die Taschen, aber es half nichts. Sie ließ einen Hund über ihn laufen, eigentlich ein sicheres Mittel, aber der Hund biss ihn und rannte weg. Am Ende rief sie eine alte Medizinfrau von den Sea Islands, die einen frischen grünen Zweig von einem Busch schnitt, ihm Cuffys Namen nannte und den Zweig in einem Beutel kopfüber in die Ecke des Zimmers hängte. Bevor sie ging, sagte sie: »Sprecht seinen Namen acht Monate nicht mehr aus.« Die Mutter fügte sich und nannte ihn »Sportcoat«. Das Wort hatte sie beim Baumwollpflücken auf der Farm von J. C. Yancy in Barnwell County gehört, wo sie zeitweise arbeitete, einer ihrer weißen Bosse hatte es benutzt und damit seine glänzende neue grünweiß karierte Jacke gemeint, die er stolz zur Schau trug, gleich nachdem er sie gekauft hatte. Überwältigend sah er damit aus, oben auf seinem Pferd unter der sengenden südlichen Sonne, sein Gewehr auf dem Schoß und bald schon halb wegdösend am Rand des Feldes, während die farbigen Arbeiter leise lachten und auch die anderen Aufseher vor sich hin kicherten. Acht Monate später wachte sie auf und sah, dass der Mund des jetzt zehnjährigen Sportcoat voller Backenzähne war. Völlig aufgeregt machte sie die Medizinfrau ausfindig, die kam, Cuffys Mund untersuchte und sagte: »Der wird mal mehr Zähne als ein Alligator haben«, worauf die Mutter dem Jungen glücklich den Kopf tätschelte, sich zu einem Schläfchen hinlegte und verschied.

Cuffy erholte sich nie vom Tod seiner Mutter. Der Schmerz in seinem Herzen wurde groß wie eine Wassermelone. Aber die Medizinfrau hatte recht. Er bekam Zähne für zwei. Sie sprossen hervor wie Wildblumen. Vordere und hintere Backenzähne, lange und dicke, fette Beißer, vorne breite, hinten schmale. Aber es waren zu viele, sie drängten sich in seinen Kiefern zusammen und mussten gezogen werden, was nur zu gern von den weißen Zahnmedizinstudenten der University of South Carolina gemacht wurde, die verzweifelt nach Patienten suchten, an denen sie üben konnten, um ihren Abschluss zu bekommen, und sie hielten sich Sportcoat warm, schenkten ihm süße Muffins und kleine Flaschen Whiskey, hatte er doch mittlerweile den Zauber des Alkohols entdeckt, nicht zuletzt, um die Hochzeit seines Vaters mit seiner Stiefmutter zu feiern, die ihm immer wieder empfahl, auf dem zweihundertachtundfünfzig Meilen entfernten Sassafras Mountain spielen zu gehen und nackt vom Gipfel zu springen. Mit vierzehn war er ein Säufer und der Traum aller Zahnmedizinstudenten. Mit fünfzehn entdeckte ihn auch die Allgemeinmedizin für sich, als die ersten von vielen Leiden ihre Kräfte sammelten, um ihn anzugreifen. Mit achtzehn blies eine Blutvergiftung seine Lymphknoten zu Murmelgröße auf, und die Masern meldeten sich zurück, zusammen mit etlichen anderen Krankheiten, die Blut rochen und sich bei dem vermeintlich todgeweihten Loser ein Stelldichein gaben: Scharlach, Blutkrankheiten, Virusinfektionen, eine Lungenembolie. Als er zwanzig war, machte der Lupus einen Versuch und gab auf. Mit neunundzwanzig wurde er von einem Maulesel getreten, der ihm die rechte Augenhöhle brach, worauf er monatelang herumstolperte. Mit einunddreißig sägte er sich mit einem Fuchsschwanz den linken Daumen ab. Die entzückten Studenten an der Universität nähten ihn mit vierundsiebzig Stichen wieder an, warfen zusammen und kauften ihm eine Kettensäge, die er dazu benutzte, sich den rechten großen Zeh abzusägen. Den nähten sie mit siebenunddreißig Stichen wieder an, was zwei der Studenten wichtige große Praktika an Kliniken im Nordosten einbrachte, und sie schickten ihm genug Geld, um sich ein weiteres Maultier und ein Jagdmesser zu kaufen, mit dem er sich beim Kaninchenhäuten aus Versehen in die Aorta stach. Er verlor das Bewusstsein und wäre tatsächlich beinahe gestorben, wurde jedoch eiligst ins Krankenhaus geschafft, wo er drei Minuten tot auf dem Operationstisch lag, aber wieder zu sich kam, als ein Chirurgiepraktikant ihm eine Sonde in den großen Zeh rammte, worauf er schimpfend und fluchend in die Höhe fuhr. Als er siebenundvierzig war, versuchten es die Masern ein letztes Mal und gaben endgültig auf. Darauf ignorierte Cuffy Jasper Lambkin, von seiner Mutter zu »Sportcoat« umgetauft und von allen geliebt, die er in Possum Point kannte, außer von den beiden Menschen, die für sein Wohlergehen auf dieser Welt verantwortlich waren, seinem Vater und seiner Stiefmutter, die

Beschwörungen der ihm so dankbaren Studenten des Staates South Carolina und ging nach New York, seiner Frau folgend, Hettie Purvis, seiner Kinderliebe, die dorthin gezogen war und alles hübsch für ihn herrichtete, nachdem sie eine Stelle als Hausmädchen bei einer guten weißen Familie in Brooklyn gefunden hatte.

Er kam 1949 im Cause an, Blut spuckend und grausigen schwarzen Schleim hervorhustend, trank hausgemachten Everclear und wechselte später zu Rufus' geliebtem King Kong, der ihn bis in seine Sechziger gut in Form hielt, als es mit den Operationen losging. Die Ärzte entfernten ihm ein Teil nach dem anderen. Erst einen Lungenflügel. Dann einen Zeh, dann noch einen, gefolgt von den üblichen Mandeln, Gallenblase, Milz und zwei Nierenoperationen. Währenddessen trank er, bis ihm die Eier zu platzen drohten, und schuftete wie ein Sklave, denn Sportcoat war ein Alleskönner. Er brachte in Ordnung, was in Ordnung zu bringen war, ob es nun lief, sich sonst wie bewegte oder wuchs. Es gab keinen Ofen, keinen Fernseher, kein Fenster oder Auto, das er nicht reparieren konnte. Darüber hinaus hatte Sportcoat, das Kind vom Land, den grünsten Daumen von allen im Project. Alles, was wuchs, war sein Freund, ob es Tomaten waren, Kräuter, Limabohnen, Löwenzahn, Kletten, wilder Sporn, Farnkraut oder Geranien. Es gab keine Pflanze, die er nicht aus ihrem Versteck hervorzuschmeicheln, keinen Samen, den er nicht in die Sonne zu locken, kein Tier, das er nicht zu was auch immer zu bringen vermochte, alles mit einem Lächeln und einem freundlich festen Griff. Sportcoat war ein wandelndes Genie, eine menschliche Katastrophe, ein Arschloch, ein medizinisches Wunder und der beste Baseballschiedsrichter, den das Project je hatte, dazu noch Trainer und Gründer des All Cause Boys Baseball Teams. Er war ein bewundernswerter Helfer für alle, war der, den du riefst, wenn deine Katze einen Schiss tat und ihr dabei was quer im Hintern stecken blieb, weil Sportcoat ein alter Landbewohner war, den nichts davon abbringen konnte, dass Gott alles richtig und gut gemacht und gemeint hatte. Und wenn ein Gastprediger Diabetes hatte, zweihundert Kilo wog, sich beim Kirchenessen mit zu viel Speck und Hühnerbeinen vollgestopft hatte, und deine Gemeinde jemanden brauchte, der stark genug war, den traktorgroßen, massigen Körper vom Klo in den Bus und zurück in die Bronx zu schaffen, damit die Kirche endlich abgeschlossen werden und alle nach Hause konnten – nun, Sportcoat war derjenige welcher. Es gab keinen Job, der zu klein, kein Wunder, das zu wundersam, keinen Gestank, der zu widerlich war. Und so murmelten die Leute, wenn er wie jeden Nachmittag über die Plaza wankte: »Der Kerl ist ein Wunder«, während sie sich im Stillen sagten: »Die Welt ist in Ordnung.«

Aber all das, da stimmten alle überein, änderte sich an dem Tag, an dem er auf Deems Clemens schoss.

Deems war für das Project ein Farbiger ganz neuen Schlags, kein armer Junge aus dem Süden, Puerto Rico oder Barbados, der mit nichts als leeren Taschen, einer Bibel und einem Traum nach New York gekommen war. Er war kein Gedemütigter von den Baumwollfeldern North Carolinas oder den Zuckerrohrplantagen in San Juan. Er kam aus keinem armen Dorf, wo die Kinder barfuß herumliefen, Hühnerknochen und Schildkrötensuppe aßen und mit einem Dime im Beutel nach New York gehumpelt kamen, außer sich vor Freude über die Aussicht, Häuser putzen, Kloschüsseln säubern oder Müll einsammeln zu können – die vielleicht sogar auf einen behaglichen Job bei der Stadt hofften oder eine Ausbildung bei guten Weißen. Deems gingen die Weißen am Arsch vorbei, genau wie eine Ausbildung, wie Zuckerrohr, Baumwolle und sogar Baseball, bei dem er mal absolute Spitze gewesen war. Die alten

Sitten interessierten ihn nicht die Bohne. Er war ein Kind des Projects, jung, intelligent, und scheffelte Geld mit dem Verkauf von Drogen, und zwar auf einem Level, wie es das hier noch nie gegeben hatte. Er hatte mächtige Freunde und beste Verbindungen von East New York bis raus nach Far Rockaway, Queens, und wer immer im Cause blöd genug war, was gegen ihn zu sagen, wurde übel zusammengeschlagen oder endete irgendwo in einer Urne.

Sportcoat, da waren sich alle einig, hatte das Glück endgültig verlassen. Er war, ernsthaft, ein toter Mann.

3

JET

Es gab sechzehn Zeugen auf der Plaza des Projects, als Sportcoat sein Todesurteil unterschrieb – einen Zeugen Jehovas auf Durchreise, drei Mütter mit Kinderwagen, Miss Izi von der puertoricanischen Souveränitäts-Gesellschaft, einen Undercover Cop, sieben Drogenkonsumenten und drei Gemeindemitglieder von der Five Ends, die Flugblätter zum kommenden Gemeindetag für Mitglieder und Freunde verteilten, bei dessen Gottesdienst Diakon Sportcoat seine erste Predigt überhaupt halten sollte. Keiner von ihnen hatte den Cops auch nur irgendwas zu der Erschießung zu sagen, nicht mal der Undercover Cop, ein zweiundzwanzigjähriger Detective vom 76. Revier namens Jethro »Jet« Hardman, der allererste schwarze Detective im Project.

Jet war seit sieben Monaten hinter Deems Clemens her. Es war sein erster Undercover-Job, und was er mittlerweile herausgefunden hatte, machte ihn nervös. Clemens, wurde ihm klar, war eine tiefhängende Frucht in einem Drogennetz, das bis hoch zu Joe Peck führte, einem der mächtigen italienischen Kriminellen in Brooklyn, dessen gewalttätige Bande jeder Streife in Jets Revier, der ihr eigenes Leben lieb war, eine Heidenangst einjagte. Peck hatte Verbindungen ins 76., ins Brooklyner Rathaus und zu den Gorvinos, einer Familie, die einen Cop für ein paar Münzen zum Abschuss freigaben und damit durchkamen. Jet war von seinem früheren Partner, einem alten Iren namens Kevin »Potts« Mullen, vor Peck gewarnt worden. Potts war eine ehrliche Haut und kürzlich erst ins Revier zurückgekehrt, nachdem man ihn wegen seiner fürchterlichen Angewohnheit, Gesetzesbrecher tatsächlich hinter Gitter bringen zu wollen, nach Queens verbannt hatte. Er war mal Detective gewesen und wieder zum Streifenhörnchen runtergestuft worden. Eines Nachmittags war Potts im Revier aufgetaucht, um nach seinem ehemaligen Schützling zu sehen, weil er gehört hatte, dass sich Jet freiwillig als Undercover-Mann für die Cause-Häuser gemeldet hatte.

»Warum deine Haut riskieren?«, fragte ihn Potts.

»Ich trete Türen ein, Potts«, sagte Jet stolz. »Ich bin gern der Erste. In der Grundschule war ich der erste Neger, der Posaune gespielt hat, PS 29. Dann der erste Neger in der Junior High 219, der in den Mathe-Club eingetreten ist. Und jetzt bin ich der erste schwarze Detective im Causeway. Es ist eine neue Welt, Potts. Ich bin ihr Wegbereiter.«

»Ein Idiot bist du«, sagte Potts. Sie standen draußen vor dem 76. Potts in seiner Uniform stützte sich auf die Stoßstange seines Streifenwagens und schüttelte den Kopf. »Lass es bleiben«, sagte er. »Das ist eine Nummer zu groß für dich.«

»Ich hab grade erst angefangen, Potts. Alles okay bei mir.«

»Dem bist du nicht gewachsen.«

»Das ist alles Kleinkram, Potts. Gaunereien. Schmuckdiebstahl. Einbruch. Ein bisschen Rauschgift.«

»Ein bisschen? Was ist deine Tarnung?«

»Ich geb den Hausmeister mit einem Drogenproblem. Der erste schwarze Hausmeister in den Projects unter dreiundzwanzig!«

Potts schüttelte den Kopf. »Da geht's um Drogen«, sagte er.

»Ja, und?«

»Stell dir ein Pferd vor«, sagte Potts. »Und eine Fliege auf seinem Rücken. Das bist du.«

»Es ist eine Chance, Potts. Die Truppe braucht schwarze Undercover-Leute.«

»Hat dir der Lieutenant das so verkauft?«

»Exakt mit den Worten. Warum nervst du so, Mann? Du hast doch selbst undercover gearbeitet.«

»Das war vor zwanzig Jahren.« Potts seufzte, er hatte Hunger. Es war fast Mittag, und er dachte an einen Hammelfleischeintopf oder den Speckeintopf mit Kartoffeln, den er so liebte. So war er übrigens an seinen Spitznamen gekommen, Potts – seine Großmutter hatte ihn so genannt, weil er als kleiner Knirps nicht *potatoes*, also Kartoffeln, sagen konnte.

»Undercover-Arbeit, das waren damals hauptsächlich Memos«, sagte er. »Pferdewetten. Einbrüche. Heute ist es Heroin. Kokain. Da steckt ein Riesengeld drin. Gott sei Dank mochten die Italiener hier zu meiner Zeit keine Drogen.«

»Du meinst, Leute wie Joe Peck? Oder der Elefant?« Jet versuchte sich seine Begeisterung nicht anmerken zu lassen.

Potts zog die Brauen zusammen und sah über die Schulter zur Wache hinüber, um sich zu versichern, dass keiner, den er kannte, in Hörweite war. »Die zwei haben überall ihre Ohren hier im Revier. Lass sie in Ruhe. Peck ist wahnsinnig. Wahrscheinlich wird er irgendwann von den eigenen Leuten ausgeschaltet. Der Elefant...« Er zuckte mit den Schultern. »Das ist die alte Schule. Transportwesen, Bau, Lagerung – der ist ein Schmuggler. Das läuft über den Hafen. Zigaretten, Reifen, solche Sachen. Mit Drogen hat er nichts am Hut. Und er ist ein super Gärtner.«

Jet sah Potts an, der mit seinen Gedanken woanders zu sein schien.

»Der Elefant ist ein komischer Vogel. Man würde denken, er mag Modelleisenbahnen, Spielzeugschiffe oder so was. Sein Garten sieht aus wie eine Blumenschau.«

»Vielleicht hat er die Blumen, um Marihuanapflanzen zu verstecken«, sagte Jet. »Das ist übrigens illegal.«

Potts lutschte an seinen Zähnen und sah ihn genervt an. »Ich dachte, du würdest gerne Comics zeichnen.«

»Das tu ich, Mann. Das mache ich die ganze Zeit.«

»Dann zieh dir deine Uniform wieder an und kümmer dich nach Feierabend um deine Comics. Du willst der Erste sein? Dann sei der erste schwarze Cop, der clever genug ist, die Dick-Tracy-Scheiße zu vergessen und ohne Kugel im Kopf in Rente zu gehen.«

»Wer ist Dick Tracy?«

»Liest du nicht die Witzseiten?«

Jet zuckte mit den Schultern.

Potts kicherte. »Lass es bleiben. Sei nicht blöd.«

Jet hatte es versucht. Er hatte das Thema seinem Lieutenant gegenüber angesprochen, der nicht darauf einging. Jet war erst kürzlich als Detective ins 76. gekommen, und das Revier war ein demoralisierter Haufen. Der Captain verbrachte den Großteil seiner Zeit mit Besprechungen in Manhattan, die weißen Cops trauten Jet nicht, und die paar schwarzen spürten seinen Ehrgeiz und mieden ihn, da sie größte Angst davor hatten, nach Ost-New-York versetzt zu werden, was als Hölle auf Erden galt. Überhaupt wollten die meisten über nichts anderes reden als über das Fischen upstate am Wochenende. Der Papierkram war unermesslich, zwölf Ausfertigungen bei einem Ladendiebstahl, während die Bombenentschärfer den ganzen Tag herumsaßen und Karten spielten. Potts war der Einzige, dem Jet traute, und Potts hatte mit seinen neunundfünfzig bereits einen Fuß in der Tür zur Rente, nachdem er aus Gründen, über die keiner redete, zum Sergeant degradiert worden war. Potts wollte sich in weniger als einem Jahr zur Ruhe setzen.

»Ich mach das nur ein Jahr«, sagte Jet. »Dann kann ich sagen, dass ich ein Pionier gewesen bin.«

»Okay, General Custer. Wenn's schiefgeht, ruf ich deine Mom an.«

»Komm, Potts, ich bin erwachsen.«

»Das war General Custer auch.«

Am Tag des Schusses stand Jet in seiner blauen Hausmeisteruniform vom Wohnungsamt mit einem Besen auf der Plaza und träumte davon, in der Wäscherei seines Cousins anzufangen und der erste Neger überhaupt zu sein, der einen neuartigen Dampfglätter für Hemden erfand, als er sah, wie Sportcoat in seiner abgerissenen Sportjacke und einer ausgebeulten Hose aus dem düsteren Eingang von Haus 9 gewankt kam und auf die Jungs rund um Clemens zusteuerte, der von Helfern und Kunden umgeben an der Fahnenstange saß, keine drei Meter von Jet entfernt.

Jet fiel auf, dass Sportcoat lächelte, was allerdings nicht ungewöhnlich war. Er hatte den alten Kauz schon öfter grinsen und mit sich selbst reden sehen und verfolgte, wie Sportcoat einen Moment stehen blieb, einen imaginären Baseballschläger schwang, sich aufrichtete, streckte und weiterwankte. Jet lachte in sich hinein und wollte sich gerade wegdrehen, als er sah – zumindest glaubte er es –, wie der alte Mann eine große verrostete Pistole aus der linken Jackentasche holte und in die rechte steckte.

Jet sah sich hilflos um. Das war das, was Potts »eine Situation« nannte. Bis jetzt war der Großteil seiner Arbeit reibungslos verlaufen. Kauf ein bisschen was. Merk dir dieses und jenes. Identifizier den da. Überleg, wie das jetzt wieder funktioniert. Erkunde das Terrain. Finde raus, wie das Netz arbeitet, das zu einem Lieferanten in Bedford-Stuyvesant namens »Bunch« führt. Der Stoff kam über einen gefürchteten Schläger aus Bunchs Truppe, der Earl hieß und auch kassierte. So weit war Jet mittlerweile gekommen. Und es gab noch einen Killer, hatte er gehört, einen gewissen Harold, der offenbar so fürchterlich war, dass niemand auch nur seinen Namen zu nennen wagte, einschließlich Deems. Jet hoffte, ihn nie kennenzulernen. Wobei er sich seiner Sache nicht wirklich sicher war. Jedes Mal, wenn er den Lieutenant über seine Fortschritte informierte, reagierte der ganz locker. »Gut gemacht, gut gemacht«, war alles, was er sagte. Der Lieutenant, wusste Jet, war auf eine Beförderung aus und war auch schon mit einem Bein raus aus dem Revier, wie die meisten Oberen im 76. Sah man von Potts und ein paar netten älteren Detectives ab, war Jet ganz auf sich allein gestellt, ohne Führung, ohne Richtlinien, und so ließ er es sachte angehen und hielt seinen Job so simpel, wie Potts es ihm geraten hatte. Keine Verhaftungen. Keine Festnahmen. Keine Kommentare. Tu nichts. Sieh nur zu. Das sagte Potts.

Aber das jetzt ... das war was anderes. Der alte Mann hatte eine Waffe in der Tasche. Was würde Potts an seiner Stelle tun?

Jet sah sich um. Überall waren Leute. Es war fast Mittag, und die Oldtimer, die sich jeden Morgen zum Tratschen, Kaffeetrinken und Flaggengrüßen trafen, waren fast alle noch da. Zwischen Deems, seiner Drogenmannschaft und den Alten, wusste Jet, hatte sich eine seltsame Art Waffenstillstand entwickelt. Für eine kurze Zeitspanne, von halb zwölf bis zwölf, teilten sich beide Gruppen den Raum unter der Fahnenstange. Deems betrieb sein Geschäft auf der Bank auf der einen Seite, die Alten saßen auf der anderen und beklagten den immer übler werdenden Zustand dieser Welt, was Deems, wie Jet wusste, miteinschloss.

»Ich würd den kleinen Giftmischer 'n Baseballschläger spürn lassen, wenn er mein Sohn wär«, hatte Jet Schwester Veronica Gee einmal grummeln hören. Worauf Bum-Bum hinzufügte: »Dem würd ich die Füße brechen, aber warum meine Gebete dafür unterbrechen?« Und Hot Sausage: »Dem koch ich seine zwei kleinen Eier – wenn ich mal wieder nüchtern bin.«

Deems, sah Jet, ignorierte sie, beschränkte seinen Kundenverkehr aber auf ein Minimum, bis die Alten verschwanden, und verschob allen Streit, alles Posen und Fluchen, die harten Sprüche und die Kämpfe auf später. Bis zwölf war die Plaza sicher.

Jetzt nicht mehr, dachte Jet.

Er sah auf die Uhr. Es war 11:55. Ein paar von den Alten standen gerade auf, während Sportcoat näher kam, keine zwanzig Meter mehr entfernt war, die Hand in der Tasche mit der Pistole. Jet spürte, wie sein Mund trocken wurde, und sah zu, wie der Kerl immer ein, zwei Meter weiter vorwankte, stehen blieb, seinen eingebildeten Schläger schwang, und weiter ging's. Er ließ sich Zeit und führte offensichtlich ein Zwiegespräch mit sich selbst. »Hab keine Zeit für dich, Frau ... Nein, heute nich! Du biss heute sowieso nich du selbs. Und das iss 'ne Verbesserung!«

Jet sah ungläubig zu, wie Sportcoat auf zehn, zwölf Meter herankam. Dann acht, neun. Der Alte hörte nicht auf, mit sich selbst zu reden, während er weiter auf Deems zusteuerte. Bei fünf, sechs Metern verstummte er, bewegte sich aber weiter voran.

Jet konnte nicht anders. Seine Ausbildung meldete sich. Er beugte sich zu seiner kurzläufigen, an die Wade gebundenen .38er hinunter, hielt dann aber inne. Eine Pistole an der Wade war ein todsicheres Zeichen. Das stank unglaublich nach Cop. Also richtete er sich wieder auf und setzte sich in Bewegung, während Sportcoat die Gruppe um Deems umrundete. So beiläufig, wie es ihm möglich war, ging Jet zum runden Betonsockel der Fahnenstange, lehnte seinen Besen dagegen, streckte die Arme und tat so, als müsste er gähnen. Er warf einen Blick auf die Bank mit den Oldtimern und sah mit Schrecken, dass immer noch einige von ihnen da waren.

Sie lachten, wechselten ein paar letzte Worte, standen auf, scherzten und ließen sich Zeit. Ein paar von ihnen sahen zu Deems und seiner Truppe hinüber, die ihnen keine Beachtung schenkten, sondern sich glücklich um ihren König scharten. Einer der Jungen gab seinem Anführer eine Papiertüte. Deems öffnete sie, zog ein mächtiges Sandwich hervor und wickelte es aus dem Papier. Von dort, wo er stand, konnte Jet riechen, dass es ein Thunfisch-Sandwich war. Er warf einen Blick zu den Oldtimern hinüber.

Beeilt euch.

Endlich standen auch die letzten auf. Erleichtert sah Jet, wie Hot Sausage die riesige Thermoskanne nahm, Bum-Bum die Pappbecher einsammelte und die beiden davongingen. Es blieben nur noch Miss Izi und Schwester Gee. Aber Schwester Gee stand jetzt ebenfalls auf und ging, den Arm voller Flugblätter. Damit war es nur noch Miss Izi, die füllige, hellhäutige Puerto-Ricanerin mit dem glänzenden schwarzen Haar, die Schwester Gee noch ein paar Lacher hinterherschickte. Ihr Gegacker klang so schrill, als kratzte jemand mit einem Stück Kreide über eine Tafel.

Hau ab!, dachte Jet. Los doch, los!

Die ältere puerto-ricanische Frau sah Schwester Gee hinterher, rieb sich die Nase, kratzte sich in der Achselhöhle, schickte einen bösen Blick zu den Deems umringenden Junkies hinüber, sagte etwas auf Spanisch, was Jet für einen Fluch hielt, und trottete endlich davon.

Sportcoat kam immer noch näher. Drei Meter. Lächelte Jet zu, als er an ihm vorbeikam, stank fürchterlich nach Schnaps, schob sich in den Kreis um Clemens und verschwand hinter den Schultern der nach ihrem ersten Schuss des Tages verlangenden Heroinsüchtigen.

Aus Jets Furcht wurde Panik. Was zum Teufel dachte sich der alte Kerl? Sie würden ihn plattmachen.

Er wartete auf den Schuss, entsetzt, sein Herz raste.

Nichts. Der Kreis bewegte sich nicht. Die Leute standen um Deems herum, drängten, drückten, stießen sich gegenseitig in die Rippen, alberten.

Jet nahm seinen Besen, schob ihn auf den Kreis zu und tat möglichst beiläufig, fegte gedankenverloren vor sich hin, sammelte Müll ein und wusste, dass der so vorsichtige Deems ihm keine Beachtung schenken würde, war er doch auch einer seiner Kunden. Als er der Gruppe näher kam, legte er eine Pause ein, um sich den Schuh neu zuzuschnüren, wozu er den Besen neben sich legte. Von dort unten, keine drei Meter entfernt, konnte er zwischen den Beinen hindurch in die Mitte des Kreises um Deems und den alten Mann sehen. Deems saß auf der Rücklehne der Bank und war mit seinem Riesensandwich beschäftigt. Er redete mit einem anderen Jungen, die beiden lachten. Bemerkten Sportcoat nicht, der bei ihnen stand.

»Deems?«, sagte der alte Mann.

Clemens hob den Blick. Es schien ihn zu überraschen, den alten Säufer vor sich hin- und herschwanken zu sehen.

»Sportcoat! Alter Kumpel.« Er biss in sein Sandwich, Thunfisch, Mayonnaise und Tomaten tropften heraus. Bei Sportcoat fühlte sich Deems immer leicht unwohl. Es war nicht die Sauferei des alten Mannes, nicht sein großes Maul und auch nicht die Strenge, mit der er ihm Vorhaltungen wegen der Drogen machte, die ihn störten. Eher die Erinnerung, wie Sportcoat mit ihm vor nicht allzu langer Zeit an warmen Nachmittagen auf dem Baseballfeld Flugbälle trainiert hatte. Es war Sportcoat, der ihm beigebracht hatte, wie er sich drehen und den Ball aus mehr als hundert Metern Entfernung zur Homeplate werfen musste. Es war Sportcoat, der ihm gezeigt hatte, wie man pitchte, das Gewicht auf den hinteren Fuß verlagerte und beim Vorschnellen den Arm streckte, um dem Ball Tempo zu geben, wie man ihn für einen guten Curveball fassen musste und die Beine mit einsetzte, um all sein Gewicht und seine Kraft auf den Ball zu konzentrieren, nicht auf die Schulter. Sportcoat hatte ihn zu einem Star gemacht. Die weißen Jungen in der Baseballmannschaft der John Jay Highschool beneideten ihn und staunten, dass die College-Scouts Leib und Leben riskierten und zum stinkenden, verdreckten Cause-Baseballfeld kamen, um ihn pitchen zu sehen. Aber das war einmal, war eine andere Zeit gewesen, als sein Großvater noch lebte und er noch ein Junge war. Jetzt war er ein Mann, neunzehn Jahre alt, der Geld brauchte. Und Sportcoat war eine verdammte Nervensäge.

»Wieso spielst du nich mehr Ball, Deems?«, fragte Sportcoat.

»Ball?«, sagte Deems und kaute.

»Richtig, Baseball«, sagte Sportcoat schwankend.

»Ich hab jetzt 'n größeren Ball zum Spielen«, sagte Deems und zwinkerte seinen Leuten zu, während er noch mal in sein Sandwich biss. Die Jungen lachten. Deems schlang einen weiteren Bissen herunter, hatte kaum einen Blick für Sportcoat, sondern konzentrierte sich auf das tropfende Sandwich, während der alte Mann ihn stumpfsinnig blinzelnd anstarrte.

»Gibt nichts Größeres als Baseball, Deems. Ich kenn mich aus. Ich bin der große Zampano, wenn's hier in den Projects um Baseball geht.«

»Stimmt, Sportcoat. Das biss du.«

»Du hass mir nich geantwortet. Ich hab dich auf Gottes Weg gebracht, mein Sohn. In der Sonntagsschule. Ich hab dich das Spieln gelehrt.«

Deems' Lächeln verschwand. Der warme Glanz in seinen braunen Augen war weg. Eine dunkle Leere trat an seine Stelle. Er war nicht in der Stimmung für den Scheiß des alten Mannes. Seine langen, dunklen Finger schlossen sich fester um das Sandwich und drückten weiße Mayonnaise und Tomaten raus, die ihm über die Hände liefen. »Verpiss dich, Sportcoat«, sagte er, leckte sich die Finger, biss erneut in das Sandwich und flüsterte einem Jungen neben sich auf der Bank etwas zu, was sie beide kichern ließ.

In dem Moment trat Sportcoat einen Schritt zurück und griff ruhig in seine Tasche.

Jet, vier Schritte entfernt und immer noch vorgebeugt, die Hände am Schuhriemen, sah die Bewegung und brachte die Worte hervor, die Deems am Ende das Leben retten sollten. Er brüllte: »Er hat 'ne Wumme!«

Clemens, den Mund voll mit Thunfisch-Sandwich, drehte den Kopf instinktiv in Jets Richtung.

In dem Augenblick drückte Sportcoat ab.

Der Schuss, der in Deems Stirn treffen sollte, ging daneben, und die Kugel erwischte stattdessen sein Ohr, riss es ab und schlug auf das Pflaster hinter ihm. Aber die Macht des Schusses fühlte sich an, als hätte er Deems den Kopf weggeschossen. Es warf ihn rücklings von der Bank, drückte ihm ein Stück Thunfisch in die Kehle und rein in die Luftröhre.

Deems landete auf dem Rücken, hustete ein paarmal, rollte sich auf den Bauch, begann zu würgen und versuchte verzweifelt, auf Hände und Knie zu kommen, während die erschreckten Jungen um ihn herum auseinanderstoben und auf der Plaza das schiere Chaos ausbrach. Flugblätter fielen zu Boden, Mütter sprinteten mit ihren Kinderwagen davon, ein Mann in einem Rollstuhl kam vorbeigeschossen, Leute mit Einkaufswagen rannten dahin, ließen in Panik ihre Einkaufstaschen fallen, Fußgänger flohen in Todesangst durch die umherfliegenden Flugblätter, die überall zu sein schienen.

Sportcoat richtete seine alte Pistole erneut auf Deems, doch als er ihn so auf allen vieren nach Luft schnappen sah, überlegte er es sich anders. Er war plötzlich verwirrt. Nachts hatte er wieder von Hettie geträumt, die ihn mit ihrer roten Perücke wegen des Käses anschrie, und jetzt stand er über diesem Kerl, das verflixte Ding in seiner Hand war irgendwie losgegangen, und Deems da auf der Erde vor ihm rang panisch nach Luft. In dem Moment durchzuckte Sportcoat ein Gedanke. Es war wie eine Eingebung.

Niemand, dachte er, sollte auf Händen und Knien sterben.

So schnell er konnte, kletterte der alte Mann über die Bank, bestieg den auf allen vieren röchelnden Deems und nahm das Heimlich-Manöver an ihm vor, die Pistole immer noch in der Faust. »Das hab ich von 'nem jungen Burschen in South Carolina gelernt«, grunzte er stolz. »Eim Weißen. Der wurde dann Doktor.«

Von etwas weiter weg, quer über den Platz, von der nahen Straße und aus den Fenstern ringsum, insgesamt waren es dreihundertfünfzig, sah das Ganze gar nicht gut aus. Da schien es, als würde der üble Drogenbaron Deems Clemens, auf allen vieren am Boden, wie ein Hund von hinten gepudert, und zwar ausgerechnet von Sportcoat in seiner alten Jacke und dem Porkpie-Hut auf dem Kopf.

»Er hat ihn hart rangenommen«, sagte Miss Izi später, als sie den faszinierten Mitgliedern der puerto-ricanischen Souveränitäts-Gesellschaft davon berichtete. Die Gesellschaft bestand nur aus zwei weiteren Leuten, Eleanora Soto und Angela

Negron, aber denen gefiel die Geschichte sehr, besonders der Teil, wie Deems den Rest des Sandwiches ausgespuckt hatte, der, sagte Miss Izi, aussah wie die beiden winzigen weißen Eier ihres Ex-Mannes Joaquin, nachdem sie warmes Olivenöl drübergegossen hatte, als sie ihn in den Armen ihrer aus Aguadilla zu Besuch gekommenen Cousine Emelia schlummernd vorfand.

Lange dauerte das hart Rannehmen allerdings nicht. Deems hatte überall Posten stehen, auch auf den Dächern von vier Häusern, von denen man die Plaza gut im Blick hatte, und die setzten sich gleich in Bewegung. Die von den Häusern 9 und 34 sprinteten zu den Treppen nach unten, und auch zwei von Deems' Verkäufern, die nach dem Schuss abgehauen waren, kamen zu sich und wollten auf Sportcoat los. Aber auch wenn der noch betrunken war, sah er sie doch kommen, ließ Deems los und richtete den Lauf seiner .38er auf sie, worauf sie aufs Neue die Flucht ergriffen. Sie verschwanden im Keller von Haus 34 und wurden nicht mehr gesehen.

Sportcoat blickte ihnen hinterher und war plötzlich wieder verwirrt. Die Pistole immer noch in der Hand, wandte er sich Jet zu, der gut drei Meter entfernt stand, aufrecht und wie versteinert, eine Hand an seinem Besen.

Völlig verängstigt starrte Jet den alten Mann an, der wiederum ihn anstarrte im Licht der hochstehenden Nachmittagssonne. Auge in Auge mit ihm hatte Jet das Gefühl, in den Ozean zu blicken. Der alte Mann wirkte gleichgültig, ruhig, und es kam Jet vor, als triebe er in einem angenehm ruhigen Gewässer, während um ihn herum Riesenwellen anschwollen und das Meer in wilden Aufruhr versetzten. Da hatte er plötzlich eine Erleuchtung. Mir geht es wie ihm, dachte er. Wir sitzen beide in der Falle.

»Ich hab den Käse«, sagte der alte Diakon ruhig, während

Deems' Stöhnen von hinten heranwaberte. »Verstanden? Ich hab den Käse.«

»Sie haben den Käse«, sagte Jet.

Aber das hörte der Alte schon nicht mehr. Er hatte sich bereits umgedreht, die Pistole weggesteckt und humpelte auf sein hundert Meter entferntes Haus zu. Aber statt den Eingang vorne zu nehmen, drehte er vorher ab und schwankte die Rampe zum Heizungskeller hinunter.

Jet, immer noch starr vor Angst, blickte ihm hinterher und sah dann aus dem Augenwinkel die Blaulichter eines Streifenwagens an den Rand der für den Verkehr gesperrten Plaza zufliegen. Der Wagen kam schlitternd zum Stehen, setzte kurz zurück und nahm den Gehweg direkt auf ihn zu. Erleichterung überkam ihn, während der Fahrer durch die fliehenden Leute steuerte, immer wieder abbremste und nach links und rechts auswich, um die panischen Schaulustigen nicht zu erwischen. Hinter ihm sah Jet zwei weitere Streifenwagen auf den Gehweg biegen. Seine Erleichterung war so groß, dass er das Gefühl hatte, als hätte er sich gerade völlig leer gepisst und alle Kraft und Anspannung dabei verloren.

Er drehte sich und sah den Kopf des alten Mannes im Kellereingang von Haus 9 verschwinden, spürte, wie sich die Verkrampfung in seinem Bauch löste, und war endlich wieder fähig zu handeln. Er ließ den Besen fallen und sprang über die Bank zu Clemens. Hinter ihm kam ein Polizeiwagen mit quietschenden Reifen zum Stehen, und als sich Jet zu Clemens hinunterbeugte, schrie ihm ein Cop zu, aufzustehen und die Hände zu heben.

Während Jet der Aufforderung folgte, sagte er sich, ich mach das nicht länger. Ich bin fertig damit.

»Keine Bewegung! Dreh dich nicht um!«

Zwei Hände packten ihn von hinten bei den Armen. Sein

Gesicht wurde auf die Motorhaube des Streifenwagens geknallt. Er spürte, wie ihm Handschellen angelegt wurden. Aus seiner Perspektive, ein Ohr flach auf dem heißen Blech, sah Jet, dass die Plaza, auf der es eben noch zugegangen war wie auf dem Bahnhof, völlig leer war. Ein paar Flugblätter flogen mit dem Wind dahin, und die kräftige weiße Hand eines Cops stützte sich nah an seinem Gesicht auf der Haube ab. Der Cop hielt sein Gewicht damit aufrecht, während er mit der anderen Hand Jets Kopf herunterdrückte. Jet starrte die Hand keine dreißig Zentimeter vor sich an und sah den Ehering daran. Die Hand kenne ich doch, dachte er.

Als er von der Haube hochgezogen wurde, starrte Jet seinen alten Partner Potts an. Deems lag fünf, sechs Meter entfernt von Cops umgeben auf der Erde.

»Ich hab nichts gemacht«, rief Jet laut genug, damit Clemens und alle in der Nähe es hören konnten.

Potts drehte ihn um und tastete ihn ab, wobei er vorsichtig die .38er an seinem Fuß ausließ. Jet flüsterte: »Verhafte mich, Potts, Himmel noch mal.«

Potts nahm ihn beim Kragen und schob ihn zum Rücksitz seines Streifenwagens.

»Du bist ein Idiot«, murmelte er sanft.

4

WEGRENNEN

Sportcoat ging in den Heizungskeller von Haus 9 und setzte sich schnaubend auf einen Klappstuhl neben dem riesigen Kohlekessel. Er hörte eine Polizeisirene, dachte aber nicht weiter darüber nach. Ihm waren Sirenen egal. Er suchte nach etwas. Seine Augen suchten den Boden ab, bis er sich plötzlich daran erinnerte, dass er eine Bibelstelle für seine kommende Predigt am Gemeindetag auswendig lernen sollte. Sie handelte davon, wie man Fehler wiedergutmachte. Stand sie im Brief an die Römer oder dem Buch Micha? Er erinnerte sich nicht. Damit wanderten seine Gedanken wieder zum gleichen alten, nervenden Problem: zu Hettie und dem Geld des Christmas Clubs.

»Wir ham uns gut vertragen, bis du unbedingt mit dem verdammten Christmas Club rummachen musstes«, schnaubte er.

Er sah sich nach Hettie um. Sie tauchte nicht auf.

»Hörs du mich?«

Nichts.

»Nun, das iss auch okay«, fuhr er auf. »Die Kirche wirft mir wegen dem verschwundenen Geld nichts vor. Du muss damit leben, nich ich.«

Er stand auf und fing an, nach der Flasche King Kong zu suchen, die Hot Sausage immer irgendwo für den Notfall versteckt hielt, war aber noch zu betrunken und fühlte sich benebelt und verwirrt. Er stieß mit dem Fuß zwischen den auf dem Boden verstreut liegenden Werkzeugen und Fahrradteilen herum und grummelte vor sich hin. »Manche Leute müssen durchgeknallt bleim, um nicht durchzuknallen«, murmelte er. »Manche Leute kommen vom Beten zum sich Einmischen und vom Einmischen zum Beten und wissen kaum, was der Unterschied iss. Nun, mein Geld isses nich, Hettie. Es gehört der Kirche.« Er hörte einen Moment auf, Dinge mit dem Fuß herumzuschieben, blieb stehen und verkündete ins Nichts: »Iss auch egal. Du muss Prinzipien ham, oder du biss 'n Nichts. Was hälts du davon?«

Stille.

»Dachte ich mir.«

Er war jetzt ruhiger und fing wieder an zu suchen, bückte sich und redete, während er Werkzeugkästen durchsah und Ziegel anhob. »An mein Geld hass du nie gedacht, oder? Wie bei dem alten Maultier, das ich zu Hause hatte«, sagte er. »Das der alte Mr Tullus kaufen wollte. Hundert Dollar hat er mir für die Gute geboten. Ich sagte: ›Mr Tullus, sie zu bringen kostet alleine schon glatte zweihundert.‹ So viel wollte der Alte nich zahlen, erinners du dich? Zwei Wochen später iss sie gestorben. Ich hätt sie verkaufen solln. Du hättes mir sagen solln, dass ich sie weggebe.«

Stille.

»Also, Hettie, wenn ich schon aus Prinzip die guten hundert Dollar von dem weißen Mann nicht genommen hab, lass ich mich schon gar nicht von dir wegen vierzehn Dollar neun verrückt machen, die du beim Geld vom Christmas Club gehortet und irgenswo versteckt hass.«

Er hielt inne, warf einen Blick zur Seite und sagte sanft: »Es sind doch vierzehn, richtig? Keine zwei- oder dreihundert, oder? Dreihundert krieg ich nich zusammen. Vierzehn hab ich im Sparschwein. Das geht im Schlaf. Aber dreihundert, das wär zu viel, Schatz.«

Er hielt inne, frustriert, sah sich immer noch um, fand aber nicht, was er suchte. »Das Geld ... es gehört mir nich, Hettie!«

Er bekam immer noch keine Antwort und setzte sich. Nicht ganz bei sich.

Da auf dem kalten Sitz beschlich ihn ein fremdes, seltsam nagendes Gefühl, dass etwas Schreckliches passiert war. Ungewöhnlich war das nicht, besonders nicht, seit Hettie tot war. Normalerweise störte er sich nicht weiter dran, aber heute schien es größer als sonst. Er konnte nicht wirklich sagen, wo es herkam, aber dann sah er die Flasche, nach der er gesucht hatte, und damit war das Problem weg. Er stand auf, schlurfte rüber zum Heißwasserboiler und zog Rufus' selbstgebrannten King Kong darunter hervor.

Er hielt den Schnaps ins Licht der nackt an der Decke hängenden Glühbirne. »Ich sage, ein Drink. Ich sage, ein Glas. Ich sage, *kenns du mich*? Ich sage, es iss so weit! Ich sage, bring mir die Hühner! Ich sage, einmal stoßen und einmal würgen, Hettie. Ich sage, nur Gott weiß, wann! Halt dich fest!«

Sportcoat hob die Flasche, nahm einen großen Schluck, und das nagende Gefühl war weg. Er legte die Flasche zurück in ihr Versteck und setzte sich befriedigt auf seinen Stuhl. »Komm schon, King Kong«, murmelte er und fragte sich dann laut: »Was für ein Tag haben wir heute, Hettie?«

Er begriff endlich, dass sie nicht mit ihm redete, und so sagte er: »Zum Teufel, ich brauch dich nich. Ich kann lesen ...«, was nicht wirklich stimmte. Er konnte einen Kalender lesen, Worte waren was anderes.

Sportcoat stand auf, ging rüber zu dem abgegriffenen Wandkalender, studierte ihn durch den Nebel seiner Trunkenheit und nickte. Es war Donnerstag. Itkins Tag. Er hatte vier Jobs, einen für jeden Tag, nur Sonntag hatte er frei: Montags putzte er die Five-Ends-Kirche. Dienstags schaffte er den Müll vom Pflegeheim weg. Mittwochs half er einer alten weißen Lady mit dem Garten ihres Stadthauses. Donnerstags lud er Kisten für Itkins Schnapsladen ab, nur vier Straßen vom Causeway Project entfernt. Freitag und Samstag waren mal Trainingstage für die Baseballmannschaft gewesen, bis sie sich aufgelöst hatte.

Sportcoat sah zur Uhr an der Wand hinüber. Fast eins. Er musste zur Arbeit.

»Muss gehen, Hettie!«, sagte er gut gelaunt.

Er holte die Flasche noch mal hervor, nahm einen schnellen Schluck Kong, schob sie zurück an ihren Platz und ging aus der hinteren Kellertür, die eine Straße von der Plaza samt Fahnenstange entfernt lag. Es war ruhig, keiner war zu sehen. Er wankte leichtfüßig, frei dahin, die frische Luft gab ihm etwas Halt und vertrieb den Nebel ein wenig. Schon kam er an den ordentlich aufgereihten Läden an der Piselli Street und am Italienerviertel vorbei. Er liebte den Weg zu Mr Itkin, tiefer rein nach Brooklyn, liebte den Anblick der Häuserreihen und Ladenzeilen, die Läden voller Ladenbesitzer, von denen ihm einige zuwinkten. Schnapskisten stapeln und den Kunden helfen, ihren Wein zum Auto zu bringen, das war einer seiner liebsten Nebenjobs. Jobs, die nicht länger als einen Tag dauerten und für die er keinerlei Werkzeuge brauchte, waren perfekt für ihn.

Zehn Minuten später trat er an eine Tür unter einer Markise mit der Aufschrift *Itkins Spirituosen*. Als er die Hand nach ihr ausstreckte, brauste ein Polizeiwagen vorbei. Dann noch einer. Er blieb kurz stehen, betastete hastig die Innentaschen seiner

Jacke, in denen er Schnaps oder leere, verirrte Flaschen von früheren vergessenen Saufereien aufbewahrte, vergaß die Seitentaschen völlig und drückte die Tür auf.

Die Ladenklingel erklang, und gleich noch mal, als er die Tür wieder schloss und den Lärm eines weiteren Polizei- und eines Krankenwagens ausschloss.

Mr Itkin, der Besitzer, ein stämmiger, lockerer Jude, wischte gerade die Ladentheke ab. Sein Wanst schob sich über ihren Rand. Es war still im Laden. Die Klimaanlage lief auf Hochtouren. Es waren noch fünf Minuten bis zum Beginn der Öffnungszeit. Itkin nickte über Sportcoats Schulter zu den in Richtung Project rasenden Streifenwagen hinaus. »Was ist da los?«

»Diabetes«, sagte Sportcoat und ging an Itkins Theke vorbei zum Lager hinten. »Einer nach dem anderen falln sie ihm zum Opfer.« Hinten im Lager warteten Stapel frisch gelieferter Schnapskartons darauf, ausgepackt zu werden. Mit einem Seufzen sank er auf eine Kiste. Sirenen waren ihm egal.

Sportcoat setzte den Hut ab und wischte sich über die Stirn. Itkins Theke war gut sechs Meter von der Tür zum Lager entfernt, trotzdem konnte er Sportcoat von seiner Position ganz am Rand gut sehen. Er hörte mit dem Wischen auf und rief: »Sie sehen etwas angeschlagen aus, Diakon.«

Sportcoat tat die Sorge mit einem Grinsen und einem angedeuteten Gähnen ab und breitete die Arme aus. »Ich fühl mich prima«, sagte er. Itkin machte sich wieder ans Wischen und bewegte sich aus Sportcoats Gesichtsfeld, während der sich, sorgsam darauf bedacht, seinerseits nicht wieder in den Blick zu geraten, ein Root Beer griff, es öffnete, einen tiefen Schluck nahm, es in Reichweite ins Regal stellte und sich an die Kartons machte. Nach einem Blick zur Tür hinüber, um sich zu versichern, dass Itkin noch am anderen Ende der Theke und damit außer Sicht war, zog Sportcoat mit dem Geschick eines Meisterdiebs eine Flasche Gin aus einem der Kartons, schraubte sie auf und schüttete sie zur Hälfte in seine Root-Beer-Dose. Schraubte die Flasche wieder zu, steckte sie in die linke Seitentasche seiner Jacke, zog die Jacke aus und legte sie neben sich ins Regal. Es schepperte komisch, und einen kurzen Moment dachte Sportcoat, dass er eine Flasche in der Tasche rechts vergessen haben musste, da er vorm Hereinkommen nur seine Innentaschen hastig abgetastet hatte, nicht die an der Seite. Also holte er die Jacke wieder hervor, griff in die rechte Seitentasche und zog die alte .38er heraus.

»Wie kommt denn meine Armeepistole da rein?«, murmelte er.

In dem Moment ging die Ladenklingel. Er steckte die Pistole zurück in die Jacke und sah die ersten Kunden hereinkommen, alles Weiße, doch gleich dahinter tauchte ein vertrauter Porkpie-Hut auf, so einer, wie er einen hatte, darunter das braune und sorgenvolle Gesicht von Hot Sausage, der immer noch seine blaue Hausmeisteruniform vom Wohnungsamt trug.

Sausage drückte sich einen Moment an der Tür herum und tat so, als interessierte ihn eine bestimmte Schnapssorte, während sich die zahlenden Kunden im Laden verteilten. Itkin sah genervt zu ihm hin.

Sausage sagte: »Der Diakon hat zu Hause was vergessen.«

Itkin nickte knapp zum Lagerraum rüber, wo Sportcoat zu finden war, wurde dann von einem Kunden zu einem Regal gerufen, was Sausage die Möglichkeit gab, an der Theke vorbei nach hinten zu schlüpfen. Sportcoat sah, dass er schwitzte und keuchte.

»Sausage, was wills du?«, sagte er. »Itkin mag dich nich hier hinten.«

Hot Sausage warf einen Blick über die Schulter und zischte dann: »Du verdammter Irrer.«

»Was regs du dich denn so auf?«

»Du muss abhauen! Sofort!«

»Was red's du denn?«, sagte Sportcoat und hielt ihm die Root-Beer-Dose hin. »Trink 'n Schluck und komm runter, Mann.«

Sausage schnappte sich die Root-Beer-Dose, roch daran und knallte sie so heftig auf eine Kiste, dass etwas von der Mischung herausschwappte.

»Nigger, dir bleibt keine Zeit, du kanns hier nich rumsitzen und Schnaps süffeln. Du muss hier weg!«

»Was?«

»Du muss verschwinden!«

»Wohin? Ich bin doch grade erst gekommen!«

»Egal wohin, Idiot. Einfach weg!«

»Ich lass doch meine Arbeit nich liegen, Sausage!«

»Clemens iss nich tot«, sagte Sausage.

»Wer?«, fragte Sportcoat.

»Deems! Iss nich tot!«

»Wer?«

Hot Sausage wich ein Stück zurück und blinzelte.

»Was iss los mit dir, Sport?«

Sportcoat setzte sich auf eine Kiste und schüttelte müde den Kopf. »Ich weiß nich, Sausage. Ich hab mit Hettie über meine Predigt am Gemeindetag gesprochen, und sie hat wieder von dem Käse angefangen und dem Geld vom Christmas Club. Und dann iss sie auch noch auf meine Momma gekommen. Sie meinte, meine Momma hat nich …«

»Hör mit dem Schrott auf, Sport. Du biss in Schwierigkeiten!«

»Mit Hettie? Was hab ich jetz wieder gemacht?«

»Hettie iss seit zwei Jahrn tot, du Idiot!«

Sportcoat schob die Lippen vor und sagte ruhig: »Red nich

so abfällig über meine liebe Hettie, Sausage. Sie hat dir nie was getan.«

»Letzte Woche war sie dir nich so lieb, als du sie wie 'n Irrer wegen dem Geld vom Christmas Club angeschrien hass. Vergiss sie für 'ne Minute, Sport. Deems iss nich tot!«

»Wer?«

»Deems, du Idiot. Der Enkel von Louis. Weiß du nich mehr, Louis Clemens?«

»Louis Clemens?« Sportcoat neigte den Kopf zur Seite und schien echt überrascht. »Louis iss *tot*, Sausage. Im Mai sind's fünf Jahre. Er iss länger tot als meine Hettie.«

»Von dem red ich ja auch nich. Ich mein seinen Enkel Deems.«

Sportcoats Miene hellte sich auf. »Deems Clemens! Der beste Ballspieler, den's hier im Project je gegeben hat, Sausage. Der wird der nächste Bullet Rogan. Ich hab Rogan mal spielen sehn, damals '42. In Pittsburgh, kurz bevor er in die Army musste. Ein Wahnsinnstyp. Hat sich mit dem Schiedsrichter angelegt und iss vom Platz geflogen. Bob Motley war der Schiri. Das war einer. Der beste schwarze Schiri überhaupt. Iss gesprungen wie 'n Basketballer, der Motley.«

Hot Sausage starrte ihn an, dann sagte er leise: »Was iss mit dir, Sport?«

»Nichts. Hettie hat sich ein bisschen angestellt. Plötzlich kommt sie und sagt: ›Ich weiß, deine Momma...‹«

»Hör mal zu, Sport. Du hass auf Deems geschossen, und er iss nich tot, und er kommt mit sein Schlägern, und du muss hier weg...«

Aber Sportcoat redete weiter und hörte nicht auf ihn, »›...hat dich runtergemacht.‹ Aber das hat meine Momma nich. Das war nich meine *Momma*, Hettie«, sagte er ins Leere hinein. »Das war meine *Stief*-Momma.«

Hot Sausage pfiff leise und setzte sich Sportcoat gegenüber auf eine andere Kiste. Er sah in den Laden hinüber, wo Mr Itkin noch mit Kunden beschäftigt war, griff nach der Root-Beer-Dose voller Gin und nahm einen großen Schluck. »Vielleicht krieg ich ein Besucherausweis«, sagte er.

»Wofür?«

»Für wenn sie dich ins Gefängnis stecken. Wenn du dann noch lebs.«

»Hör auf, mich wegen nichts fertigzumachen.«

Hot Sausage dachte nach, nippte am Gin und probierte es noch mal: »Du kenns Deems, oder? Louis' Enkel?«

»Klar«, sagte Sportcoat. »Ich hab ihn trainiert. Baseball. Ich hab ihn in der Sonntagsschule unterrichtet. Der Junge hat Talent.«

»Auf ihn iss geschossen worden. Fast wär er tot gewesen.«

Sportcoats Stirn legte sich in Falten. »Allmächtiger!«, sagte er. »Das iss ja schrecklich.«

»Und du biss dran schuld. Ich schwör's bei Gott. Du hass geschossen.«

Sportcoat kicherte einen Moment lang, weil er dachte, es wär ein Witz. Aber Hot Sausages ernste Miene blieb ernst, und Sportcoats Lächeln erstarb. »Du machs doch Witze?«, sagte er.

»Ich wünschte, es wär so. Du biss zu ihm hin und hass mit deiner alten Kanone geschossen. Dem alten Ding, das du von deinem Cousin in der Army bekommen hass.«

Sportcoat drehte sich um, griff in die Tasche seiner Sportjacke im Regal und zog den Colt raus. »Ich hab mich schon gefragt, warum ich das verdammte Ding…« Er schlug damit gegen seine Hand, um nachzusehen. »Kuck hier, mit der Pistole iss kein Schuss abgefeuert worden, seit ich sie gekauft hab. Iss nur eine Kugel drin, und die auch nur zur Show.« Dann sah er, dass die Patrone leer war, und Blässe ging über sein Gesicht, während er die Pistole vor sich hinhielt und anstarrte.

Hot Sausage drückte den Lauf nach unten und sah zur Tür. »Steck das gottverdammte Ding weg!«, zischte er mit leiser Stimme. »Du hass schon genug damit angerichtet!«

Endlich schienen die Worte durch Sportcoats Alkoholnebel zu dringen und eine Wirkung zu erzeugen. Er blinzelte verwirrt, lachte dann und schnaubte. »Ich kann mich ja an viel nich mehr erinnern, was ich dieser Tage tu, Sausage. Nachdem du und ich, wir uns gestern Abend mit Kong zerlegt ham, bin ich nach Hause und hab von Hettie geträumt, und wir ham uns wieder gestritten, wie immer. Dann bin ich aufgewacht, brauchte 'n Katerfrühstück, wie man so sagt, und hab mal am Kong genippt, um klar denken zu können. Dann bin ich zu Deems, um ihn für das Baseballspiel gegen die Watch-Häuser rumzukriegen. Ohne Deems könn wir nich gewinnen, weiß du. Der Junge hat Talent! Hat mit dreizehn schon hundertvierundzwanzig Kilometer schnell geworfen.« Er lächelte. »Er war immer mein Liebster.«

»Nun, das war 'ne blöde Art, es zu zeigen. Du biss auf die Plaza und mit der Pistole auf ihn los. Mitten vor seiner Heidenbande.«

Sportcoat schien fassungslos. Er zog ungläubig die Brauen zusammen. »Aber ich hab das Ding doch kaum mal dabei, Sausage. Ich weiß nich, wie ich...« Er fuhr sich mit der Zunge über die Lippen. »Ich war besoffen, schätz ich mal. Ich hab ihm doch nich schlimm wehgetan?«

»Tot isser nich. Sie sagen, nur sein Ohr ist weg.«

»Das klingt nich nach mir. Ich käm nich drauf, eim Mann ein Ohr wegzuschießen. Der Mensch hat ja nur zwei.«

Hot Sausage konnte nicht anders. Er musste ein Kichern unterdrücken. »Wars du heute zu Hause?«

»Nee. Ich bin gleich zur Arbeit, nachdem ich…« Sportcoat hielt kurz inne, Erinnerung und Besorgnis gruben sich in sein Gesicht. »Also jetz, wo ich drüber nachdenke, erinner ich mich an ein jungen Kerl mit blutigem Kopf, der aus irgenseim Grund keine Luft gekriegt hat. Daran erinner ich mich. Also habe ich diese Sache mit ihm gemacht, die mir dieser Doktor mal gezeigt hat. Hat einfach keine Luft gekriegt, der arme Kerl. Aber ich hab's ihm rausgeholt. Ich nimm an, dann war das Deems, dem ich das rausgeholt hab. Isser jetzt okay?«

»Dem geht's gut genug, um dir 'n Orden auf die Brust zu heften, bevor er dich aus'nandernimmt.«

»Das kann nich sein!«

»Du hass es getan!«

»Kann mich nich erinnern! Das kann ich nich gewesen sein!«

»Du hass auf den Jungen geschossen, Sport. Kapiert?«

»Sausage, ich nimm an, das iss 'ne super Story zum Rumerzählen, ich meine, dass ein Junge, der so 'n Talent nicht nutzt, erschossen gehört, weil er's verschwendet. Aber ich schwör bei Gott, meiner Erinnerung nach hab ich nich auf ihn geschossen, und selbst, wenn ich es getan hätte, dann nur, weil ich ihn wieder aufs Feld holen wollte. Er vergisst das Ganze wieder, wenn sein Ohr erst heilt. Ich hab auch nur ein gutes. Ein Mann kann auch mit eim Ohr ein toller Pitcher sein.« Er hielt kurz inne und fragte dann: »Hat es einer gesehn?«

»Nein, nur alle unter der Fahnenstange.«

»Himmel«, sagte Sportcoat leise. »Das iss, als hätten sie's im Fernsehn gezeigt.« Er nahm einen Schluck Gin und fühlte sich gleich besser, hatte aber Schwierigkeiten zu entscheiden, ob das jetzt nicht doch ein Traum war.

Hot Sausage nahm Sportcoats Jacke und hielt sie ihm hin. »Jetzt kuck, dass du hier wegkomms, solange's noch geht«, sagte er.

»Vielleicht sollte ich die Polizei anrufen und es ihnen erklärn.«

»Vergiss es.« Sausage sah zur Tür. »Hass du noch Leute in South Carolina?«

»Ich war nich mehr zu Hause, seit mein Daddy tot iss.«

»Dann geh rüber zu Rufus ins Watch Project. Halt die Füße still. Vielleicht läuft es sich irgenswie tot ... Wobei, drauf wetten würd ich nich.«

»Ich geh sicher nich zu Rufus rüber und schlaf in seim Watch-Loch!«, schnaubte Sportcoat. »Der Neger hat seit zwei Jahrn nich geduscht. Dem sein Körper, der stirbt vor Durst. Ich muss voll besoffen sein, um den zu ertragen. Und ich hab doch meine eigene Wohnung!«

»Nich mehr!«

»Wo soll Pudgy dann hin? Ich muss ihn morgens zum Schulbus bringen.«

»Da kümmert sich die Kirche drum«, sagte Hot Sausage und hielt Sportcoat seine Jacke hin.

Sportcoat riss sie ihm aus der Hand und legte sie grummelnd zurück ins Schnapsregal. »Du lügs! Ich hab nich auf Deems geschossen. Ich bin heute Morgen aufgewacht und hab mit Hettie gestritten. Dann hab ich Pudgy zum Bus gebracht. Und vielleicht hab ich ein oder zwei gekippt. Dann bin ich her. Irgensswo dazwischen gab's vielleicht noch ein Schluck, und ich hab Deems' Ohr runtergeholt. Vielleicht. Vielleicht auch nich. Ja, und? Er hat doch noch eins. Was iss schon ein Ohr, wenn du ein Wurfarm wie Deems hass? Zu Hause, da kannte ich einen Mann, dem ein Weißer sein Pimmel abgeschnitten hat, weil er 'ner Lady die Handtasche geklaut hatte. Der hat sein Leben lang ohne gepinkelt. Hat alles funktioniert, und er lebt noch, soweit ich weiß.«

»Der Weiße oder der ohne Pimmel?«

»Beide, soweit ich weiß. Und mit der Zeit ham sie sich gut kennengelernt. Warum regs du dich also wegen so eim blöden Ohr auf? Selbst Jesus brauchte nur eine Sandale. In den Psalmen steht, du hast nich meine Ohren begehrt und sie auch nich aufgemacht.«

»Was steht da?«

»So was in der Art. Was macht es schon? Gott kriegt das wieder hin. Der macht Deems eines Ohr besser als zwei.«

Nachdem er das abgehakt hatte, machte sich Sportcoat daran, Flaschen aus einer Kiste ins Regal zu packen. »Wills du am Wochenende fischen gehen?«, fragte er. »Ich werd morgen bezahlt. Ich muss über meine erste Predigt nachdenken, in Five Ends in drei Wochen.«

»Wenn's ums Jenseits geht, wern dir jede Menge Viecher und Gläubige folgen, das iss sicher. Wär ich 'ne Fliege und wollte in den Himmel, würd ich dir ins Maul fliegen.«

»Es geht nich um Fliegen. Es geht ums Beichten und Kuchenessen. Brief an die Römer, vierzehn, zehn. Oder vielleicht auch Simon sieben und neun. Da oder da. Ich muss das nachsehn.«

Hot Sausage starrte Sportcoat ungläubig an, während der weiter Flaschen einräumte. »Nigger, du hass komplett den Verstand verlorn.«

»Bloß, weil du sags, dass ich wo was machen muss, heißt das noch lange nich, dass es so iss.«

»Hörst du mir überhaupt zu, Sport?! Du hass Deems niedergeschossen und ihn dann von hinten besprungen wie ein Hund. Vor allen Leuten.«

»Du solltes deine Lügen irgenswo anders ausprobieren als bei deim besten Freund, Sausage. Ich hab noch nie im Leben ein Mann besprungen.«

»Du wars besoffen!«

»Ich trink nich mehr Schnaps als irgenswer sonst in den Projects hier.«

»Wer erzählt jetz Lügen? Ich bin nich der, den sie Diakon King Kong nennen.«

»Ich stör mich nicht an den Spinnerein und dem Gerede der Leute über mich, Sausage. Ich mach mir meine eigenen Gedanken.«

Hot Sausage sah zur Tür. Itkins Kunden waren gegangen, und der Ladenbesitzer spähte zu ihnen herüber. Sausage griff in die Tasche und zog einen kleinen Klumpen Dollarscheine heraus. Er hielt sie Sportcoat hin, der innehielt und ihn wütend ansah, den Arm voller Flaschen.

»Einunddreißig Dollar. Mehr hab ich nich, Sport. Nimm's und kauf dir ein Busticket nach Hause.«

»Ich fahr nirgens hin.«

Hot Sausage seufzte traurig, steckte das Geld wieder ein und wandte sich zum Gehen. »Also gut. Schätz mal, dass ich es brauchen werd, um dich upstate im Knast zu besuchen. Wenn du dann noch lebs.«

5

DER GOVERNOR

Thomas Elefante, der Elefant, hörte von dem Schuss auf Deems Clemens eine Stunde danach. Er stand Unkraut jätend im Blumenbeet vor dem Haus seiner Mutter in der Silver Street, nur ein paar Blocks von den Cause-Häusern entfernt, und träumte davon, ein molliges, gut aussehendes Bauernmädchen kennenzulernen, als ein uniformierter Cop vom 76. vorfuhr, ihn zu seinem Streifenwagen rief und erzählte, was geschehen war.

»Sie wissen, wer der Schütze ist«, sagte der Cop.

Elefante lehnte an der Autotür und hörte zu, während der Cop herausplapperte, was sie wussten. Sie kannten das Opfer, und sie waren sich auch sicher, was den Schützen betraf. Der war Elefante allerdings egal. Der war Joe Pecks Problem. Wenn sich die Farbigen wegen Pecks Drogen umbringen wollten, musste Joe damit klarkommen, nicht er. Außer natürlich, die Schießerei holte die Cops her, wie in diesem Fall. Cops machten einem das Geschäft kaputt, seines sowieso. Heiße Ware hin- und herzubewegen, während die Cops hinterm Haus eine Untersuchung durchführten, war so ähnlich, als wär man der Blödeste in der Klasse und zeigte trotzdem immer auf. Wobei, ganz gleich, wie blöd du bist, es ist nur eine Frage der Zeit, bis der Lehrer dich drannimmt.

Elefante war fünfundvierzig, stämmig und sah gut aus. Seine dunklen Augen und das hagere Kinn bewahrten ein eisernes Schweigen, das seinen trotz einer bittersüß enttäuschenden Kindheit köstlichen, sarkastischen Sinn für Humor verbarg. Sein Vater hatte einen Gutteil von Elefantes Kindheit hinter Gittern verbracht. Während er weg war, hatte die starrsinnige, exzentrische Mutter die Geschäfte im Hafen geführt. Nebenher sammelte sie Pflanzen von jedem leeren Grundstück im Umkreis von fünf Meilen, wozu sie ihren unwilligen Sohn mitschleppte, der sich, wie sie immer wieder bemerkte, längst übers heiratsfähige Alter hinausgearbeitet hatte.

Elefante überhörte derlei Kommentare, obwohl er seit einiger Zeit zugeben musste, dass sie wahrscheinlich recht hatte. Alle guten italienischen Frauen in und um den Causeway District waren bereits verheiratet oder mit ihren Familien raus in die Suburbs geflohen, jetzt, wo sich die Farbigen hier festgesetzt hatten. Ich hätte heiraten sollen, dachte er, als ich so jung und dämlich wie dieser Cop hier war. Selbst dieser Holzkopf, dachte er bitter, ging wahrscheinlich mit einer heißen jungen Braut. So, wie der Bursche redete, war er nicht aus Brooklyn, das konnte Elefante hören. Er schien noch keine einundzwanzig zu sein, und wenn er ihn so ansah, schätzte Elefante, dass er vielleicht sieben Riesen im Jahr verdiente. Und trotzdem trifft er Frauen, dachte Elefante. Und ich spiel Taschenbillard. Bin fett. Könnte genauso gut ein Gärtner sein.

Er hörte nur mit einem halben Ohr zu, während der Junge weiterplapperte, trat einen Schritt zurück und setzte sich auf den Kotflügel des hinter ihm parkenden Autos, um die Straße rauf- und runterblicken zu können. Der Junge war viel zu sorglos und offenbar unerfahren. Er stand in zweiter Reihe vor Elefantes Haus und war von jedem Haus in der Straße zu sehen, die, wie Elefante verzagt dachte, längst nicht mehr sicher war. Es war nicht mehr so wie früher, als hier nur Italiener gewohnt hatten. Ihre neuen Nachbarn waren Russen, Juden, Hispanics, sogar Farbige – alles, nur keine Italiener. Er ließ den Cop noch etwas weiterreden, dann unterbrach er ihn: »Die Cause-Leute gehn mich nichts an.«

Der Cop schien überrascht. »Haben Sie da unten keine Interessen?«, fragte er und deutete mit dem Finger in Richtung des Projects, das drei Straßen weiter wie eine Pyramide aufragte. Die Häuser flimmerten in der heißen Nachmittagssonne, Hitze waberte durch die heruntergekommenen Straßen. Weiter hinten, über dem Hafen, schimmerte die Freiheitsstatue.

»Interessen?«, sagte Elefante. »Früher haben sie da Baseball gespielt. Das hat mir gefallen.«

Der Cop schien enttäuscht und ein bisschen verängstigt, und für einen ganz kurzen Moment tat er Elefante leid. Es störte ihn, dass die Leute, auch Cops, Angst vor ihm hatten. Aber anders ging es nicht. Über die Jahre hatte er einige schreckliche Dinge getan, wenn auch nur, um seine Interessen zu verteidigen. Natürlich waren auch nette Sachen dabei, doch die wurden ihm nicht gedankt. So war die Welt. Egal, dieser dumme Kerl schien okay, und Elefante zog einen Zwanziger aus der Tasche, faltete ihn mit den Fingern seiner linken Hand sorgsam zusammen, beugte sich durchs Beifahrerfenster und ließ ihn geschickt vor den Sitz fallen, bevor er sich umdrehte und zurück auf den Bürgersteig ging. »Bis dann, mein Junge« – und der Junge fuhr schnell davon. Elefante machte sich nicht die Mühe, ihm hinterherzusehen. Er blickte in die andere Richtung. Es war eine alte Gewohnheit. Wenn ein Cop in der einen Richtung verschwindet, sieh nach einem zweiten, der aus der anderen kommt. Als er sicher war, dass da niemand war, trat er zu seinem schmiedeeisernen Tor, öffnete es, ging zurück in den Garten vor seinem bescheidenen Häuschen und zog das Tor hinter sich zu. Immer noch im Anzug, ging er auf die Knie, begann zwischen den Blumen herumzugraben und dachte mürrisch über die Schießerei nach.

Drogen, er schäumte innerlich. Die verdammten Drogen.

Er hörte auf zu graben und betrachtete den Garten seiner Mutter. Begutachtete jede Blume einzeln. Er kannte sie alle, die Sonnenblumen und Pechnelken, den Gänsefuß, Weißdorn, die Zaubernuss, den Zimtfarn, und was war das hier wieder? Was er gerade neu pflanzte? Frauenfarn vielleicht? Den Farnen ging es nicht gut. Auch dem Weißdorn und der Zaubernuss nicht.

Er beugte sich aufs Neue vor und grub weiter. Ich bin der einzige fünfundvierzigjährige Junggeselle in ganz New York, dachte er kläglich, dessen Mutter Blumen sammelt wie Trödel und erwartet, dass ich sie einpflanze. Tatsächlich aber störte es ihn nicht. Die Arbeit entspannte ihn, und der Garten war ihr Stolz und ihre Freude. Die meisten Pflanzen grub sie zwischen verlassenen Gleisanlagen aus, aus Gräben und den Unkrautflächen rund um ungenutzte Grundstücke und Betriebe in der Gegend. Einige, wie dieser Farn, waren echte Schätze, kamen als wucherndes Kraut und erblühten zu herrlichen Pflanzen. Er legte den Farn frei, grub ihn aus, holte frische Muttererde aus der nahen Schubkarre, vergrößerte das Loch, gab die Erde hinein und setzte den Farn mit routinierter Effizienz zurück an seinen Platz. Dann betrachtete er sein Werk und machte sich an die nächste Pflanze. Normalerweise sah seine Mutter später nach seiner Arbeit, zuletzt aber war sie zu krank gewesen, um herauszukommen, und der Garten zeigte erste Anzeichen der Verwahrlosung. Einige Pflanzen wurden braun und verdorrten. Andere mussten umgesetzt werden. Etliche wollte sie eingetopft nach drinnen holen. »In Brooklyn geht was um«, sagte sie. »Irgendeine Krankheit.«

Der Elefant stimmte ihr zu, nur dass es nicht die Art Krankheit war, an die sie dachte.

Gier, dachte er trocken und drückte seine Schaufel ins Erdreich. Das ist die Krankheit. Ich habe sie selbst.

Vor zwei Wochen war ein betagter Ire mitten in der Nacht in seinen Waggon am Pier geklettert, während er und seine Männer Zigaretten in einen Transporter luden. Nächtliche Besucher und seltsame Gestalten waren nichts Ungewöhnliches hier unten am Hafen, wenn er heiße Ware von den Booten holte und ins Landesinnere verfrachtete oder bei sich einlagerte, je nachdem, was der Kunde wünschte. Aber dieser Besucher war selbst nach seinen Maßstäben außergewöhnlich gewesen. Er sah aus wie siebzig, trug ein ramponiertes Jackett, ein Hemd mit Fliege und hatte dichtes weißes Haar. Sein Gesicht war so voller Falten und Furchen, dass es Elefante an eine alte Subway-Karte erinnerte, wobei ein Auge offenbar dauerhaft zugeschwollen war. Der Alte war dünn, wirkte kränklich und schien Atembeschwerden zu haben. Elefante bedeutete ihm, er solle sich setzen, was der Besucher dankbar befolgte.

»Ich frage mich, ob Sie einem bedürftigen alten Mann helfen können«, sagte der Ire. Sein Akzent war so stark, dass Elefante Schwierigkeiten hatte, ihn zu verstehen. Aber trotz aller körperlichen Gebrechlichkeit des Mannes war die Stimme klar, er sprach so selbstbewusst und mit Nachdruck, als wäre der Güterwagen von einem der unberechenbarsten Schmuggler Brooklyns eine Bodega, in die man um drei Uhr nachts hineinspazieren konnte, um ein Pfund Mortadella zu bestellen.

»Das hängt davon ab, was sie brauchen«, sagte Elefante.

»Salvy Doyle schickt mich«, sagte der Alte. »Er meinte, Sie könnten mir helfen.«

»Ich kenne keinen Salvy Doyle.«

Der alte Ire grinste und zog an seiner Fliege. »Er sagte, Sie können Dinge transportieren.«

Elefante zuckte mit den Schultern. »Ich bin ein einfacher Italiener, der ein Transport- und Lagergeschäft betreibt, Mister. Und heute sind wir spät dran.«

»Baugewerbe?«

»Auch ein bisschen. Eigentlich aber Lagerung und Transport. Nichts Schweres. Hauptsächlich Erdnüsse und Zigaretten.« Elefante nickte zu ein paar Kisten hinüber, auf denen *Zigaretten* stand. »Wollen Sie eine?«

»Nein. Ist schlecht für die Kehle. Ich bin Sänger.«

»Was singen Sie?«

»Die besten Sachen«, sagte der alte Mann fröhlich.

Elefante unterdrückte ein Lächeln. Er konnte nicht anders. Der alte Knabe schien kaum genug Luft zum Atmen zu kriegen. »Dann singen Sie mir doch mal was vor«, sagte er. Er sagte das aus Spaß und war überrascht, als der Alte den Kopf hin- und herbewegte, um die Nackenmuskulatur zu dehnen, sich räusperte, aufstand und das Stoppelkinn Richtung Decke reckte. Dann breitete er die dünnen Arme aus und ließ eine prächtige, klare Tenorstimme erklingen, die den Raum mit einem herrlich beschwingten Lied füllte.

Ich erinn're mich an den wilden und düstren Tag,
Dann die Nacht an des Hudsons Wellen,
Auf der Bahre des Pastors die Leiche lag
Das Grab des Sträflings zu füllen.
Bedeckt und schmuck lag die Venus dort,
Sie war die Schöne von Willendorf,
Heut ruht sie in einem flachen…

Ein Hustenanfall ließ ihn abbrechen. »Okay, okay«, sagte Elefante, bevor er neu ansetzen konnte. Zwei von Elefantes Männern, die Kisten aus dem Waggon in einen Lastwagen trugen, blieben kurz stehen und lächelten.

»Ich bin noch nicht fertig«, sagte der alte Mann.

»Das reicht«, sagte Elefante. »Kennen Sie auch italienische Lieder? Zum Beispiel ein *Trallalero?*«

»Wenn ich sagte, ich wüsste, was das ist, würde ich Sie zum Besten halten.«

»Das sind Lieder aus Süditalien. Nur von Männern gesungen.«

»Lassen Sie sich die von Ihren Bulldoggen vorsingen, Mister. Ich hab was Besseres«, sagte der Ire. Er hustete, diesmal zerriss es ihn fast, aber er fasste sich wieder und räusperte sich. »Ich nehme an, Sie brauchen Geld?«

»Seh ich so aus?«

»Ich habe eine kleine Lieferung, die zum Kennedy Airport muss.«

Elefante warf einen Blick zu den beiden Männern hinüber, die immer noch dastanden und sie anstarrten. Sie machten sich schnell wieder an die Arbeit. Es ging ums Geschäft. Elefante bedeutete dem Iren, er solle sich auf den Stuhl beim Schreibtisch setzen, abseits vom Ladeverkehr.

»Ich transportiere nichts zum Flughafen«, sagte er. »Ich lagere Dinge ein und liefere kleinere Positionen aus. Hauptsächlich für Lebensmittelläden.«

»Sparen Sie sich das für die Behörden auf«, sagte der Ire. »Salvy Doyle hat mir versichert, dass ich Ihnen vertrauen kann.«

Elefante sagte einen Moment lang nichts, dann: »Wie ich zuletzt gehört habe, ist Salvy irgendwo in Staten Island mit den Würmern im Gespräch.«

Der Ire kicherte. »Nicht, als er mich kennenlernte. Oder Ihren Vater. Wir waren Freunde.«

»Mein Vater hatte keine Freunde.«

»Als wir gemeinsam Gäste des Staates waren, hatte Ihr Vater viele Freunde, möge er in Frieden ruhen.«

»Wenn Sie eine Klagemauer wollen, reden Sie mit dem Tisch«, sagte Elefante. »Rücken Sie schon raus damit.«

»Womit?«

»Was soll das alles, Mister?«, sagte Elefante ungeduldig. »Was wollen Sie?«

»Das habe ich doch schon gesagt. Ich muss was zum Flughafen schaffen.«

»Und weiter?«

»Das ist mein Geschäft.«

»Ist es eine große Lieferung?«

»Nein, aber ich brauche einen zuverlässigen Lieferanten.«

»Nehmen Sie ein Taxi.«

»Ich vertrau keinem Taxi. Salvy habe ich vertraut, und der meinte, dass man Ihnen vertrauen kann.«

»Woher wusste Salvy von mir?«

»Er kannte Ihren Vater. Wie ich schon sagte.«

»Keiner kannte meinen Vater. Keiner konnte ihn durchschauen.«

Der Ire lachte wieder. »Da haben Sie recht. Ich glaube, er hat pro Tag nicht mehr als drei Worte gesagt.«

Das stimmte. Elefante würde später drüber nachdenken, woher der Ire das wusste. »Für wen arbeiten Sie?«, fragte er.

»Für mich«, sagte der Ire.

»Was heißt das?«

»Das heißt, dass ich keine Bescheinigung vom Arzt brauche, wenn ich mich krankmelde.«

Elefante schnaubte und stand auf. »Ich sage einem meiner

Männer, er soll Sie zur Subway bringen. Nachts ist es hier gefährlich. Die Junkies drücken Ihnen für 'n Vierteldollar eine Pistole ins Gesicht.«

»Warten Sie, mein Freund«, sagte der alte Mann.

»Ich kenne Sie erst seit ein paar Minuten und bin unsere Freundschaft schon leid, Mister.«

»Ich heiße Driscoll Sturgess und habe in der Bronx einen Bagel-Laden.«

»Sie sollten einen Laden für Lügen aufmachen. Ein Ire mit einem Bagel-Laden in der Bronx?«

»Ist nicht illegal.«

»Sie fahren jetzt besser zurück nach Hause, was immer Sie auch Ihr Zuhause nennen mögen, Mister. Mein Poppa hatte keine irischen Freunde. Die einzigen Iren, mit denen er geredet hat, waren Cops. Und die waren wie Schimmelpilz. Wollen Sie jetzt zur Subway oder nicht?«

Die gute Laune wich aus den Zügen des alten Mannes. »Guido Elefante kannte viele Iren in Sing-Sing, Sir. Lenny Belton, Peter Seamus, Salvy, mich. Wir waren Freunde. Geben Sie mir eine Minute, okay?«

»Ich hab keine Minute«, sagte der Elefant. Er stand auf, ging zur Tür und erwartete, dass ihm der alte Mann folgte. Der schaute jedoch nur zu ihm hoch und sagte: »Sie haben hier ein gutes Unternehmen. Wie gesund ist es?«

Elefante fuhr herum.

»Sagen Sie das noch mal«, sagte er.

»Wie gesund ist Ihr Speditionsunternehmen?«

Elefante setzte sich zurück an seinen Schreibtisch und legte die Stirn in Falten. »Wie heißen Sie noch?«

»Sturgess. Driscoll Sturgess.«

»Haben Sie noch andere Namen?«

»Nun ... Ihr Vater kannte mich als den ›Governor‹. *Und*

mögest du immer gesund sein und den Wind im Rücken haben. Möge die Straße dir entgegenkommen. Und möge Gott dich in Seiner Hand halten. Das ist ein Gedicht, Junge. Aus der letzten Zeile hab ich ein Liedchen gemacht. Mögen Sie es hören?«

Er stand auf, um zu singen, aber Elefante machte seinen Arm lang, griff nach der Jacke des alten Mannes und zog ihn zurück auf seinen Stuhl.

»Setzen Sie sich einen Moment.«

Elefante starrte den alten Mann eine Weile lang an. Es war, als wären ihm gerade die Ohren weggeflogen. Eine wichtige, blasse Erinnerung versetzte sein Hirn in höchste Alarmbereitschaft. Der *Governor*. Er hatte den Namen schon gehört, vor langer, langer Zeit. Sein Vater hatte ihn ein paarmal erwähnt. Aber wann? Jahre war das her. Gegen Ende seines Lebens, und er, Elefante, war damals erst achtzehn. Was ein Alter war, in dem Teenager nicht zuhörten. Der Governor. Der Governor wovon? Er wühlte tief in den Nischen seines Gedächtnisses und versuchte hervorzuholen, was sich da verkrochen hatte. Der Governor... der Governor... Es war was Großes... das mit Geld zu tun hatte. Aber *was*?

»Der Governor, sagen Sie?«, fragte Elefante, um Zeit zu schinden.

»Richtig. Ihr Poppa hat mich nie erwähnt?«

Elefante blinzelte und räusperte sich schließlich. »Vielleicht«, sagte er. Sein Vater, Guido Elefante, hatte einen Wortschatz von kaum sechs Worten, die sagte er viermal am Tag, aber was immer er sagte, es war ein Säbel, der durch das düster erleuchtete Schlafzimmer fuhr, in dem er die letzten Jahre seines Lebens verbrachte, nachdem er im Gefängnis einen Schlaganfall erlitten hatte. Es waren harsche Befehle, die tief ins Herz des einst unbeschwerten Jungen schnitten, der den Großteil seiner Kindheit und Jugend über die Stränge geschlagen hatte.

Seine Mutter hatte ihn nicht kontrollieren können, Nachbarn und Cousins zogen ihn groß, während Guido eine Strafe für ein Verbrechen absaß, das er nie gestanden hatte. Elefante war siebzehn, als sein Vater aus dem Gefängnis entlassen wurde. Die beiden kamen sich nie wirklich nahe. Schließlich machte ein zweiter Schlaganfall Guido endgültig den Garaus, das war kurz vor dem zwanzigsten Geburtstag seines Sohnes, der sich nur an ein paar Gelegenheiten erinnern konnte, wo sie gemeinsam etwas unternommen hatten. Zum Beispiel waren sie einmal im Schwimmbad, da war er fünf Jahre alt gewesen. Als Guido das letzte Mal aus dem Gefängnis kam, war er so einsilbig wie immer, ein finsterer, argwöhnischer, versteinerter Italiener, der Frau und Sohn mit eiserner Härte führte, entsprechend dem einen Motto, das er seinem Sohn ins Bewusstsein brannte und das ihn, Guido, aus dem von Armut geplagten Hafenviertel Genuas hierher in ein hübsches, bar bezahltes Brooklyner Häuschen gebracht hatte: Alles, was du bist, alles, was du in dieser grausamen Welt sein wirst, hängt von deinem Wort ab. Ein Mann, der sein Wort nicht halten kann, sagte Guido, ist wertlos. Erst Jahre später lernte Elefante die Macht seines Vaters wirklich zu schätzen, seine Fähigkeit, selbst noch bettlägerig und geschwächt seine Transport-, Lager- und Bauunternehmung mit kluger, sicherer Bestimmtheit zu führen. Ein alter Mann mit einer merkwürdigen Frau, der sein Geschäft in einer Welt hinterlistiger, skrupelloser, fantasieloser Mobster betrieb und sein Schweigen mit den immer gleichen Warnungen durchbrach: Halte den Mund. Stelle Kunden niemals Fragen. Denk daran, wir sind nur ein paar arme Genueser, die für Sizilianer arbeiten, denen nichts an unserer Gesundheit liegt. Das Schweigen und die Gesundheit. Der alte Mann war ein Gesundheitsfanatiker. Deine Gesundheit, sie ist alles. Denke immer an sie. Elefante hörte es so oft, dass er es leid wurde. Erst glaubte er, das Credo des alten Mannes rührte aus seinem eigenen gesundheitlichen Unglück. Aber als Guido Elefante in den Strudel des Todes geriet, bekam seine Ermahnung eine neue Bedeutung.

Und plötzlich, hier, mit diesem alten Iren in seinem Waggon, erinnerte sich Elefante mit verblüffender Klarheit. Schlagartig, als landete ein Schmiedehammer auf einem Amboss.

Wochen, bevor der alte Mann starb, waren sie in seinem Schlafzimmer gewesen. Der Alte hatte seine Frau in den Laden geschickt, weil er angeblich frischen Orangensaft brauchte – den er nicht mochte, aber seiner Frau zuliebe gelegentlich trank. Sie waren in seinem Schlafzimmer, nur sie beide, und sahen zu, wie Bill Beutel, der langjährige Channel-7-Moderator, die Lokalnachrichten verlas. Elefante auf dem einzigen Stuhl im Zimmer, sein Vater im Bett. Sein Pop schien abgelenkt. Er hob den Kopf vom Kissen und sagte: »Stell den Fernseher lauter.«

Elefante tat, was ihm gesagt wurde, und schob seinen Stuhl näher ans Bett. Als er sich setzen wollte, streckte der alte Mann die Hand aus, packte sein Hemd und zog ihn zu sich aufs Bett, den Kopf seines Sohnes ganz nahe an seinem. »Halte nach jemandem Ausschau.«

»Nach wem?«

»Einem alten Burschen. Einem Iren. Dem Governor.«

»Dem Governor von New York?«, fragte Elefante.

»Nicht dem Halunken«, sagte sein Vater. »Dem anderen Governor. Dem Iren. Der heißt so: der ›Governor‹. Wenn er auftaucht – was eher unwahrscheinlich ist –, wird er dich nach deiner Gesundheit fragen. Daran erkennst du, dass er's ist.«

»Was ist mit meiner Gesundheit?«

Sein Vater antwortete darauf nicht. »Und er wird ein Lied singen, von einer Straße, die dir entgegenkommt, Rückenwind, und dass Gott in deiner Hand sitzt. Dieser ganze irische katholische Scheiß. Wenn er das kräht und dich nach deiner Gesundheit fragt, ist er es.«

»Was ist mit ihm?«

»Ich bewahre was für ihn auf, und er wird es holen wollen. Gib es ihm. Er wird fair sein.«

»Was hast du von ihm?«

Da hörten sie, wie die Tür aufging und seine Mutter zurückkam, und der alte Mann brach ab und sagte, sie würden später weiterreden. Nur kam es dazu nicht. Einen Tag später schon glitt der alte Mann ins Reich der Unverständlichkeit und starb.

Elefante saß dem Iren gegenüber, der ihn merkwürdig anstarrte, und versuchte seine Stimme ruhig zu halten. »Poppa hat irgendwas von Gesundheit erwähnt. Aber das war vor langer Zeit. Kurz bevor er starb. Ich war neunzehn, und ich erinnere mich nicht mehr gut daran.«

»Ah, aber er war so ein feiner Kerl. Hat einen Freund nie vergessen. Einen besseren Mann habe ich nie kennengelernt. Er hat sich im Gefängnis um mich gekümmert.«

»Hören Sie, holen Sie die Verteidiger vom Feld, ja?«

»Was?«

»Legen Sie die Karten auf den Tisch, Mister. Was verkaufen Sie?«

»Ich sage es noch einmal, bei unserer Mutter Maria. Ich muss etwas zum Flughafen bringen.«

»Ist es zu groß für ein Auto?«

»Nein, es passt in Ihre Hand.«

»Wollen Sie Blackjack spielen und den ganzen Tag Rätsel ausspucken? Was ist es?«

Der Governor lächelte. »Wenn ich leichtfertig genug wäre, ein Fass Ärger in das Haus eines Freundes zu tragen, was für ein Mensch wäre ich dann?«

»Das ist rührend, klingt aber wie eine Lüge.«

»Ich würde es ja selbst hinbringen«, sagte der alte Ire. »Aber es ist eingelagert.«

»Dann holen Sie's raus.«

»Das ist es ja. Das kann ich nicht. Der Mann, der das Lager leitet, kennt mich nicht.«

»Wer ist es?«

Der alte Mann grinste und sah Elefante aus dem Winkel seines gesunden Auges an. »Ich würde es Ihnen gerne in Raten erzählen, aber in meinem Alter, wie soll das gehen? Warum spitzen Sie nicht die Ohren und hören zu?« Er lächelte streng und sang dann leise auf seinem Stuhl.

Kriege gemeinsam und schön für alle,
Doch die Venus ging in die Falle,
Die Venus, die Venus, ist mir so lieb,
In Willendorf immer ihr Bildnis blieb.
Die Venus, oh, Schönheit,
Bedeckt und schmuck, jenseits des Lebens,
Für mich verloren, aber nicht vergebens.

Der alte Ire hielt inne und sah, wie Elefante ihn mit aufeinandergepressten Lippen anblitzte. »Wenn Sie Ihre Zähne behalten wollen«, sagte Elefante, »hören Sie auf zu singen.«

Der alte Ire blieb unbeeindruckt. »Ich mache keine Witze«, sagte er. »Vor vielen Jahren ist mir etwas in den Schoß gefallen, und ich brauche Ihre Hilfe, um es zurückzubekommen. Und dann weiterzutransportieren.«

»Was ist es?«

Wieder ignorierte der alte Mann seine Frage. »Ich habe nicht mehr lange, Junge. Ich bin auf dem Weg hier raus. Ich selbst habe nichts davon. Meine Lunge verabschiedet sich. Ich habe eine erwachsene Tochter. Die kriegt meinen Bagel-Laden. Es ist ein guter, sauberer Laden.«

»Wie kommt ein Ire dazu, Bagel zu backen?«

»Ist das verboten? Keine Sorge wegen der Cops, mein Sohn. Kommen Sie rauf und sehen Sie sich den Laden an, wenn Sie wollen. Es ist ein gutes Geschäft. Wir sind in der Bronx. Direkt am Bruckner Expressway. Sie werden sehen, ich bin sauber.«

»Wenn Sie so sauber sind und alles legal ist, geben Sie Ihrer Tochter, was Sie haben, und leben Sie glücklich bis an Ihr Ende.«

»Ich sagte, ich will nicht, dass meine Tochter da reingezogen wird. Sie können es haben. Sie können es behalten. Oder verkaufen. Oder verkaufen und mir ein bisschen davon abgeben, wenn Sie wollen. Und den Rest für sich behalten. Wie Sie mögen. Damit ist es dann beendet. Wenigstens ist es nicht verloren.«

»Sie sollten Hochzeitsplaner werden, Mister. Erst soll ich es zum Flughafen bringen. Dann wollen Sie es mir schenken. Dann soll ich es verkaufen und Ihnen was abgeben. Was ist es, Himmel noch mal?«

Der alte Mann sah Elefante von der Seite an. »Ihr Vater hat mir mal eine Geschichte erzählt. Er sagte, als er rauskam, wollten Sie einen Job bei den fünf Familien. Wollen Sie wissen, wie die Geschichte ausging?«

»Ich weiß schon, wie sie endet.«

»Nein, das wissen Sie nicht«, sagte der Governor. »Ihr Poppa hat mit Ihnen angegeben im Gefängnis. Er sagte, Sie würden sein Geschäft eines Tages bestens führen. Er meinte, Sie könnten ein Geheimnis bewahren.«

»Klar kann ich das. Aber soll ich Ihnen eins verraten? Mein Poppa ist tot, und ich muss meine Rechnungen selbst zahlen.«

»Was regen Sie sich so auf, mein Sohn? Ihr Poppa hat Sie

beschenkt. Er hat das für Sie eingefädelt. Vor Jahren hat er diese Sache für mich eingelagert. Und Sie haben den Schlüssel dazu.«

»Woher wissen Sie, dass ich den Schlüssel noch nicht benutzt und bereits verkauft habe, was immer es ist?«, fragte Elefante.

»Wenn Sie das getan hätten, säßen Sie nicht mitten in der Nacht hier in diesem verdammten Güterwagen und würden diesen Scheiß verschieben, den sie Waren nennen, die, sehen wir mal, wenn ich mich recht erinnere… ein Dreieinhalb-Meter-Kastenwagen, vierunddreißig Kisten zu je achtundvierzig Dollar, wenn's Zigaretten sind und vielleicht ein paar Kisten Schnaps, dann haben wir… vielleicht fünftausend brutto, und fünfzehnhundert für Sie, wenn alle bezahlt sind, einschließlich Gorvino, dem die Docks hier gehören – wobei, wenn Ihr Vater wüsste, dass Sie noch für ihn arbeiten, würde er Sie wahrscheinlich in Scheiben schneiden. Er wäre erschüttert, das ist mal sicher.«

Elefante wurde blass. Der alte Bursche hatte Eier in der Hose. Und was im Kopf. Und vielleicht auch recht. »Sie können also rechnen«, sagte er. »Wo ist dieses Ding, von dem Sie nicht sagen wollen, was es ist?«

»Ich hab's doch gerade gesagt, wahrscheinlich in einer Lagerungskiste.«

Elefante ging nicht darauf ein. Er wusste immer noch nicht, was es war. Stattdessen fragte er: »Haben Sie einen Beleg?«

»Einen was?«

»Eine Quittung? Einen Einlagerungsbeleg. Auf dem steht, dass die betreffende Kiste Ihnen gehört?«

Der Ire zog die Brauen zusammen. »Guido Elefante hat keine Quittungen ausgegeben. Sein Wort hat gereicht.«

Er schwieg, während sein Gegenüber das überdachte. Endlich sagte Elefante: »Ich habe neunundfünfzig Lagerabteile. Alle mit Vorhängeschlössern von ihren Mietern, wer immer das ist. Und nur die haben einen Schlüssel.«

Der Ire lachte. »Seien Sie ein guter Junge. Vielleicht liegt es ja in keiner Lagerungskiste.«

»Wo dann? Irgendwo auf einem Grundstück vergraben?«

»Wenn Sie sich's mit Ihren Pantoffeln bequem machen wollen, bin ich nicht Ihr Mann. Es muss sauber sein, mein Sohn. Sauber wie ein Stück Palmolive-Seife. Ihr Poppa wird dafür gesorgt haben.«

»Was soll das jetzt heißen?«

»Jetzt leg mal 'ne Schüppe drauf, Junge. Ich hab's doch gerade gesagt. Wo immer es sein mag, es muss sauber sein. Vielleicht *ist* es ein Stück Seife, oder *in* einem drin. So klein ist es. Das würde es sauber halten, denke ich, wenn Sie es in ein großes Stück Seife steckten. Das ist in etwa die Größe.«

»Mister, Sie kommen hier rein und reden in Rätseln. Sie sagen, dieser Trödel – was immer es ist – muss mit einem Truck zum Flughafen gebracht werden, obwohl es nur groß wie ein Stück Seife ist. Dass es sauber *wie* ein Stück Seife sein muss, vielleicht sogar selbst eins ist. Seh ich blöd genug aus, nach einem Stück Seife zu suchen?«

»Sie könnten Bier für drei Millionen damit kaufen. So ungefähr. Wenn es in gutem Zustand ist«, sagte der Ire.

Elefante sah zum nächsten Arbeiter hinüber, der eine Kiste aus dem Waggon hob und zum Transporter draußen trug. Er sah zu, wie er die Kiste hinten hineinschob, ohne ein Wort, ohne dass sich seine Miene veränderte, und entschied, dass der Mann nichts gehört hatte.

»Ich würde Sie ja die ganze Nacht so reden lassen, wenn ich könnte«, sagte er. »Aber dafür würde ich mich morgen früh hassen. Ich lasse Sie von einem meiner Jungs in die Bronx bringen. Die Subway ist auch nicht mehr, was sie mal war. Ich tu das für meinen Poppa.«

Sturgess hob eine alte, faltige Hand. »Ich verscheißer Sie nicht. Ich kann das selbst nicht machen. Ich kenne jemanden in Europa, der es vielleicht kaufen will. Deswegen soll es zum Flughafen. Aber jetzt, wo ich so mit Ihnen rede, denke ich, Sie sind ein cleverer Bursche und dass Sie es besser erst mal nehmen. Verkaufen Sie es, wenn Sie wollen, und geben Sie mir einen kleinen Teil davon ab, wenn Sie können. Wenn nicht, ist es auch okay. Ich habe nur dieses eine Mädchen zu Hause, und ich will nicht, dass sie Ärger bekommt. Sie führt mein Geschäft sehr gut. Ich will nur nicht, dass dieses Ding, dass diese Chance einfach so verschwendet wird, das ist alles.«

»Was ist es, Governor? Sind es Münzen? Juwelen? Ist es Gold? Was ist so viel wert?«

Der Ire stand auf. »Es ist 'ne Menge Chips wert.«

»Chips?«

»Geld. Dollars. Guido sagte, er würde drauf aufpassen, also weiß ich, dass es sicher ist. Wo, weiß ich nicht. Aber Ihr Pop hat sein Wort immer gehalten.« Er legte seine Karte auf Elefantes Tisch. »Kommen Sie zu mir in die Bronx. Wir reden darüber. Ich kann Ihnen sogar sagen, was Sie damit machen können. Dafür können Sie mir hinterher was abgeben, wenn Sie wollen.«

»Was, wenn ich nicht weiß, wo es ist?«

»Für drei Millionen finden Sie's raus.«

»Für so viel Geld, alter Mann, ist alles bis auf Mord zu billig. Wenn so viel Geld rausspringt, zahl ich auf ewig keine Steuern mehr«, sagte Elefante.

»Ich hab seit Jahren keine mehr gezahlt«, sagte der alte Mann.

»Jetzt kommen Sie erst mal wieder runter, okay? Woher weiß ich, dass Sie sauber sind? Wonach soll ich suchen?«

»Sehen Sie nach. Sehen Sie durch, was Sie haben.«

»Woher soll ich wissen, dass Sie kein Barkeeper sind, den jemand hergeschickt hat, um mir einen einzuschenken?«

»Denken Sie, ich bin ein Irrer, der um diese Zeit hier rauskommt, um fit zu bleiben?« Der Governor stand auf und trat in die offene Tür, beugte sich vor und sah, wie sich zwei von Elefantes Leuten damit abmühten, eine große, schwere Kiste in den Transporter zu hieven. Er nickte in ihre Richtung. »Sie wären auch nur einer von denen da, wäre Ihr Vater eines der üblichen Großmäuler im Gefängnis gewesen, die den fünf Familien hinterherrennen. Das Ding wird übrigens die ›Venus‹ genannt. Die ›Venus von Willendorf‹. Sie befindet sich in Gottes Hand. So hat es mir Ihr Poppa geschrieben. In einem Brief.«

Elefante sah zum alten Aktenschrank seines Vaters hinüber, der in der Ecke des Wagens stand. Ein Dutzend Mal hatte er ihn schon durchgesehen. Da war nichts drin. »Pop hat keine Briefe geschrieben«, sagte er. Aber der alte Mann war schon draußen auf dem leeren Gelände und verschwand in der Dunkelheit.

6

BUNCH

Durch das schmutzige Fenster einer heruntergekommenen Wohnung im ersten Stock sah man in der Ferne die hellen Lichter der Wolkenkratzer Manhattans flimmern. Im dunklen Wohnraum saß ein großer, schlanker, brauner Mann mit einer farbenfrohen afrikanischen Kufi-Kappe aus Kente und einem Dashiki, hielt ein Exemplar der *Amsterdam News* in Händen und lachte erfreut. Bunch Moon war einunddreißig, der Kopf von Moon Rental Cars und Moon Steak 'n' Go sowie stellvertretender Direktor der Bedford-Stuyvesant-Baugesellschaft. Er saß an einem polierten Esstisch und grinste über das ganze Gesicht, während er die letzte Ausgabe der führenden schwarzen Zeitung der Stadt vor sich hinhielt und die guten Neuigkeiten las.

Aus dem Lachen wurde ein Lächeln, als er die Seite umblätterte, um den Artikel fertig zu lesen. Anschließend legte er die Zeitung zusammen, befühlte sein Ziegenbärtchen und richtete sich mit leisen Worten an den ihm gegenübersitzenden zweiundzwanzigjährigen jungen Mann, der sich mit einem Kreuzworträtsel beschäftigte.

»Earl, Bruder, Queens brennt. Die Juden brennen es nieder.«

Earl Morris, Bunchs rechte Hand, trug eine Lederjacke und

hielt sein glattes braunes Gesicht in höchster Konzentration über sein Kreuzworträtsel gebeugt. In der rechten Hand hielt er einen Stift, in der linken eine brennende Zigarette. Es war nicht leicht, gleichzeitig mit beidem klarzukommen und die Buchstaben in ihre Kästchen zu kritzeln. So legte er denn die Zigarette in den Aschenbecher und sagte, ohne aufzusehen: »Geil, Mann.«

»Die Stadt will einen Sozialbau in Forest Hill«, sagte Moon. »Was die Juden da völlig anpisst, Bruder.«

»Geil, Mann.«

»Also fährt Bürgermeister Lindsay raus, und die machen ihm die Hölle heiß. Er dreht durch und nennt sie ›fette Judentussen‹.« Bunch kicherte. »Vor der Presse und allen. Captain Marvel. Was für 'n Supertyp.«

»Geil, Mann.«

»Rat mal, wie viele von den Zeitungen es gebracht haben? Nicht eine. Nicht die *Times*. Nicht die *Post*. Nirgens stand's drin. Nur in der *Amsterdam News*. Der geht da raus, beleidigt die Juden, und keiner verliert 'n Wort drüber. Nur wir. Die Juden hassen uns, Mann! Die wollen keine Projects draußen in Forest Hills.«

»Geil, Mann.«

»Und die Weißen hassen die Juden, weil sie alles kontrollieren. Kapiert?«

»Geil, Mann.«

Bunch zog die Brauen zusammen.

»Kannst du nich mal was andres sagen?«, fragte er.

»Geil, Mann.«

»Earl!«

Earl, Buchstaben kritzelnd, schreckte zusammen und sah ihn an.

»Wie?«

»Kannst du nich mal was andres sagen?«

»Wo drüber?«

»Zu dem, was ich grade gesagt habe: dass die Juden alles kontrolliern.«

Earl schob stumm die Lippen vor und sah verwirrt aus. Er zog einmal schnell an seiner Zigarette und sagte dann vorsichtig: »Welche Juden jetz?«

Bunch griente. Ich bin von Idioten umgeben, dachte er. »Wie geht's dem Burschen von den Cause-Häusern? Dem, auf den gestern geschossen wurde?«

Earl setzte sich auf und fasste sich wieder. Er sah, dass in seinem Boss was hochkochte. »Sein Ohr ist Schrott«, sagte er schnell. »Aber er iss okay.«

»Wie heißt er noch?«

»Deems Clemens.«

»Cleverer Junge. Wie lange, bis er wieder auf den Beinen ist?«

»Vielleicht eine Woche. Zwei allerhöchstens.«

»Wie sehen die Verkäufe aus?«

»Sind 'n bisschen runter. Aber er hat 'n Mann da.«

»Ist er nach dem Schuss verhaftet worden?«

»Na, hatte nichts bei sich. Hat da seinen Mann für. Die Cops haben nichts gefunden, nur das Bare in seinen Taschen.«

»Okay. Ersetz ihm das Geld, und dann sorg dafür, dass er den Arsch hochkriegt und zurück auf die Straße kommt. Er muss seine Plaza verteidigen.«

»Er kann nich.«

»Warum?«

»Er iss noch nicht wieder okay, Bunch.«

»Shit, der Nigger hat ein Ohr verloren, nich seinen kleinen Ray-Ray. Er hat eine Crew.«

»Geil, Mann.«

»Hör mit dieser Scheiße auf!«, fuhr Bunch ihn an. »Kann

er nicht eher wieder los? Wenn er seine Leute nich am Kragen hat, gehn die Verkäufe in den Keller. Kann er nicht wenigstens seine Crew rausschicken?«

Earl zuckte mit den Schultern. »Bunch, es iss heiß da. Die Cops suchen immer noch nach dem Schützen.«

»Wer war es?«

»Ein alter Mann. Irgens so ein Penner.«

»Grenz das mal ein. Davon gibt's da reichlich.«

»Gei ...« Earl hustete und räusperte sich, als Bunch ihn anblitzte. Er duckte sich über sein Kreuzworträtsel, das Gesicht nach unten, das Kinn nur Zentimeter drüber. »Ich mach das hier extra deswegen, Bunch«, sagte er hastig. »Da find ich jeden Tag neue Wörter.«

Bunch lutschte an seinen Zähnen, drehte sich weg und trat ans Fenster. Seine gute Laune war hin. Er spähte besorgt nach draußen, erst zur glitzernden Manhattaner Skyline in der Ferne, dann auf die müden, schäbigen Backsteinhäuser in der Straße. Müllhaufen säumten die Fahrbahn, dazwischen die Rümpfe einiger verlassener Autos, aufgebockt wie riesige tote Käfer, ohne Motoren, ohne Räder. Eine Gruppe Kids sprang auf den Haufen herum, wie Frösche hüpften sie durch den Dreck, von Müllsack zu Müllsack bis zu einem kaputten Hydranten. Und mitten zwischen all dem Abfall und Schrott entlang der Straße, direkt vor dem Haus, Bunchs schwarz schimmernder Buick Electra 225. Wie ein polierter Diamant stand er da.

»Diese verfickte Stadt«, sagte er.

»Mhm«, sagte Earl, mehr traute er sich nicht.

Bunch reagierte nicht, in seinem Kopf arbeitete es. »Die Cops werden sich nicht weiter um Deems kümmern«, sagte er. »In den Zeitungen steht rein gar nichts über die Sache. Nicht mal in der *Amsterdam News*. Die Juden in Queens, um die geht's im Moment. Und die Randale in Brownsville.«

»Was für 'ne Randale?«

»Liest du keine Zeitung? Letzte Woche ist da ein Junge erschossen worden.«

»Ein weißer oder ein schwarzer?«

»Bruder, ist dein Kopf schalldicht? In Brownsville, Nigger!«

»Oh, yeah, yeah, das weiß ich doch«, sagte Earl. »Das hab ich gelesen. Hatte er nich 'n alten Mann oder so ausgeraubt?«

»Wen stört's? Die Randale holt die Cops aus dem 76th, das iss gut für uns. Die müssen da oben bleiben, bis wir im Cause alles wieder unter Kontrolle haben. Ich sag dir was: Ruf in meinem Steak-'n'-Go-Laden an und sag Calvin und Justin, sie solln sich den Tag freinehmen. Sag ihnen, sie solln Blumen für die Familie besorgen, und Kuchen und heißen Kaffee, und das alles solln sie da hinbringen, wo immer die Randale abgeht und sich die Protestierer treffen. Wo ihr Hauptquartier iss. Wahrscheinlich in einer Kirche. Sag ihnen, sie solln auch Hähnchen mitnehmen, jetzt, wo ich drüber nachdenke.« Er kicherte bitter. »Die Martin-Luther-King-Cadillac-Typen können erst nachdenken, wenn's Hähnchenfleisch gibt. Und ruf Willard Johnson an, er soll mithelfen. Er iss noch da, oder?«

»Will hat gestern Abend angerufen.«

»Weswegen?«

»Er meinte, er kriegt 'n bisschen wenig Geld von dem ... wie immer das heißt. Dieses Stadt-Ding, das wir machen, dieses Armutsprogramm-Ding ...«

»Von der Stadterneuerungs-Behörde?«

»Yeah. Er braucht 'n bisschen Knete. Für Büromiete und Strom. Nur damit er durch den Engpass kommt.«

Bunch schnaubte. »Shit. Der einzige Engpass, der den Nigger interessiert, ist der zwischen einem Paar Schenkel wie denen von Calpurnia. Der Junge mag stramme Mädels vom Land.«

Earl blieb stumm, während Bunch auf und ab zu laufen begann. »Ich muss die Sache in Causeway in Ordnung bringen. Erzähl mir mehr über den Kerl, der Deems niedergeschossen hat.«

»An dem iss nichts dran. Einfach 'n alter Wichser, der sich besoffen und auf ihn geschossen hat. Ein Diakon von einer der Kirchen da.«

Bunch blieb stehen. »Warum hast du das nicht gleich gesagt?«

»Du hass nicht gefragt.«

»Was für 'ne Kirche? Groß oder klein?«

»Bruder, ich weiß es nich. Die haben da ein Dutzend Kirchen für jeden Mann, jede Frau und jedes Kind. Irgenseine kleine Winzkirche, wie ich gehört hab.«

Bunch schien erleichtert. »Okay. Finde den Kerl, finde seine Kirche. Als Erstes kümmern wir uns um ihn. Wenn wir ihm nicht an den Kragen gehen, drängt da jeder Dopeverkäufer aus Süd-Brooklyn rein. Lass es aussehen wie 'nen Raubüberfall. Nimm ihm sein Geld, wenn er welches hat. Und ritz ihn etwas auf. Aber nich zu sehr. Wir wollen nicht, dass seine Kirchenfreunde eingeschnappt sind. Danach gehen wir als die Stadterneuerungs-Behörde hin und sagen, wie leid uns das tut mit all der Kriminalität und dem Schrecken in unserer Gemeinschaft und so weiter. Wir beruhigen sie, indem wir ihnen ein paar Liederbücher oder Bibeln kaufen und Geld von der Stadterneuerung versprechen. Aber erst kümmern wir uns um den Alten.«

»Warum überlassen wir das nicht dem Jungen? Er sagt, er macht das.«

»Aus seinem Krankenhausbett?«

»Er iss wieder zu Hause.«

»Ich kann mein Geschäft nicht führen, indem ich drauf warte, dass sich irgendein Kid die Pflaster runterzieht. Fahr hin und kümmre dich um den Alten, bevor die Sache in Brownsville abkühlt.«

Earl zog die Stirn kraus. »Das iss nich unser Gebiet, Bunch. Ich weiß nich, wer da alles seine Finger drin hat. Bezahlen wir dafür nich Joe Peck, wo er unser Lieferant iss und so? Der hat die Cops da in der Tasche. Der kennt da jeden. Warum rufs du den nicht an?«

Bunch zuckte mit den Schultern. »Hab ich schon. Ich hab ihm gesagt, dass wir uns selbst drum kümmern.«

Earl versuchte seine Überraschung zu verbergen. »Warum?«

Bunch sah zum Fenster hinüber und beschloss, es zu riskieren. »Ich habe vor, ihn loszuwerden. Uns unseren eigenen Lieferanten zu besorgen.«

Earl schwieg eine Weile und überlegte. Das war nicht die Art Information, mit der Bunch einfach so rausrückte. Das zog ihn tiefer bei Bunch mit rein. Er wusste nicht, ob das gut oder sicher war – »sicher« war das zentrale Wort. »Peck gehört zu den Gorvinos, Bunch.«

»Da scheiß ich drauf, und wenn's die Familie von George Washington wäre. Die Gorvinos sind nicht mehr, was sie mal waren. Die mögen Peck sowieso nicht mehr«, sagte Bunch.

»Warum nich?«

»Er iss ihnen zu wild.«

»Geil, Mann«, sagte Earl und übersah den wütenden Blick von Bunch. Er war abgelenkt. Er musste das alles durchdenken. Er wusste nicht, was er sagen sollte. Irgendwie hatte er das Gefühl, auf einen Schleudersitz zu rutschen. Die Cause-Häuser machten ihn nervös. Abgesehen davon, dass er da einmal die Woche kassierte und die Drogen brachte, kannte er sich in den Projects nicht aus. Er strich sich bedächtig über das Kinn. »Selbs wenn die Gorvinos Peck dick haben, iss da immer noch der Elefant. Ein Bruder kann im Hafen landen, mit Betonschuhen an den Füßen, wenn er dem Elefant querkommt. Erinners du dich an Mark Bumpus? Er iss ihm in die Quere gekommen. Was von ihm übrigblieb, iss im Hafen gelandet, ohne Bauanleitung. Ich hab gehört, dass sie seine Teile einzeln aussem Wasser gefischt haben.«

»Bumpus war ein Dummkopf. Ein Schmuggler. Der Elefant handelt nicht mit Drogen.«

»Yeah, aber er hat den Hafen.«

»Seinen Anleger. Da gibt's noch andere.«

»Der Elefant versteht kein Spaß, wenn's um die Ecke da geht, Bunch. Das iss sein Terrain.«

»Wer sagt das?«

»Alle. Selbs Peck und die Gorvinos kaspern da nicht rum.«

»Der Elefant gehört nicht wirklich zu den Gorvinos, Earl. Vergiss das nicht. Er arbeitet mit ihnen, macht aber das meiste allein. Wenn's keine Zigaretten, Reifen oder Kühlschränke sind, hat er kein Interesse.«

»Das hoff ich«, sagte Earl, kratzte sich am Ohr, die Miene von Zweifeln durchfurcht. Er drückte seine Zigarette aus und tat mit seinem Stift herum. »Bumpus iss nich der Einzige, der seine schwarze Freiheit dank des Elefanten auf dem Grund des Hafens gefunden hat. Da geht's rund, wie ich höre, wenn der Spaghettifresser durchdreht.«

»Nimm deine Subway Token und schieb ab, ja? Ich hab dir gesagt, wir rühren den Elefanten nicht an. Den interessieren unsere Geschäfte nich, und er und Peck, die sind nich eng. Solange wir unser Ding ruhig durchziehen, sind wir okay. Das iss unsre Chance, Peck rauszudrängen und fett Dollars zu machen.«

»Woher beziehen wir unsern Nachschub ohne Peck?«, fragte Earl.

»Das ist meine Sache.« Bunch setzte sich an den Tisch, nahm seine afrikanische Kente-Kufi ab und fuhr sich mit der Hand durch sein dichtes, dunkles Haar. »Fahr rüber und kümmer dich um den Alten. Schlag ihm ein Auge raus. Brech ihm den

Arm. Zünd ihm die Jacke an. Aber mach ihn nicht kalt. Nimm ihn nur in die Mangel, als wär's ein Überfall, der aus dem Ruder gelaufen iss. Dann spenden wir seiner Kirche 'n bisschen was aus unserem Sanierungsfonds, und das war's.«

»Shit, Mann, Bunch, mir wär's lieber, wenn Peck das macht. Oder Deems.«

Bunch sah ihn grimmig an. »Dich verlässt doch nicht der Mut, Bruder?«, sagte er ruhig. »Wenn es so iss, versteh ich das, denn bald wird's heftig.«

»Es geht nicht um Mut. Ich mag kein alten Mann zusammenschlagen und seiner Kirche Geld geben.«

»Seit wann hast du ein Gewissen?«

»Das isses nicht.«

»Vielleicht sollte ich Harold holen.«

Zum ersten Mal setzte sich Earl, der bis dahin in sich zusammengesunken dagehockt hatte, aufrecht hin und drückte den Rücken durch. »Wozu wills du die schwarze Ratte aussem Käfig lassen?«

»Wir können Verstärkung brauchen.«

»Wills du den alten Mann durchrütteln oder ganz Causeway in die Luft jagen?«

»Wo treibt sich Harold dieser Tage überhaupt rum?«, fragte Bunch.

Earl schmollte eine gute Minute stumm vor sich hin. »Virginia«, sagte er endlich. »Nach dem letzten Auftritt sollte es eigentlich Alaska sein. Verdammter Feuerteufel.«

»Harold hat die Art Talent, die wir brauchen könnten, wenn Peck ausrastet.«

Earl rieb sich das Kinn mit den Fingerspitzen und brütete vor sich hin. Bunch legte dem jungen Kerl beide Hände auf die Schultern und massierte sie. Earl starrte vor sich hin, nervös geworden. Er hatte miterlebt, wozu Bunch so aus der Nähe mit einem Messer fähig war, und einen Moment lang erfasste ihn Panik, die aber verging, als Bunch sagte: »Ich weiß, wie's dir mit den Kirchenleuten geht. Deine Ma war auch dabei, oder?«

»Das heißt nichts.«

Bunch reagierte nicht darauf. »Meine auch. Wir waren alle Kirchenleute«, sagte er. »Die Kirche ist eine gute Sache. Großartig. Das Herz unserer Gemeinden. Gott sei Dank.« Er senkte den Kopf an Earls Ohr. »Wir zerstören unsere Gemeinde nicht, Bruder. Wir bauen sie auf. Kuck dir all die Geschäfte an, die ich habe. Die Jobs, die wir schaffen. Die Hilfe, die wir den Leuten geben. Eröffnet der weiße Mann Autowaschanlagen? Betreibt er Autovermietungen? Restaurants? Gibt er uns Jobs?« Er zeigte zum Fenster hinüber, zur vermüllten Straße, den Autowracks, den ausgestorbenen Backsteinhäusern. »Was tut der weiße Mann für uns, Earl? Was macht er?«

Earl starrte weiter stumm ins Nichts.

»Wir geben der Kirche ein Bündel Geld«, sagte Bunch. »Das funktioniert. Bist du jetzt dabei oder nicht, Bruder?«

Es war eine Bekräftigung, keine Frage. »'türlich bin ich dabei«, murmelte Earl.

Bunch setzte sich zurück an den Tisch, blätterte durch die *Amsterdam News* und nickte von Earl in Richtung Tür.

»Bring den Alten auf Vordermann. Nimm ihn richtig ran. Wenn nötig, reiß ihm ein Ei ab. Iss mir egal, was du machst. Schick eine klare Nachricht, und wir sparen uns Harold für einen anderen Tag auf.«

»Das unterstellt, dass Harold den Unterschied kennt zwischen Tag und Nacht«, sagte Earl.

»Bring's schon hinter dich«, sagte Bunch.

7

DER MARSCH DER AMEISEN

Kurz vor Beginn des Herbstes zog jedes Jahr seit Menschengedenken der Marsch der Ameisen durch Haus 17 des Cause Projects. Sie wollten Jesus' Käse, der auf so wunderbare Weise jeden Monat in Hot Sausages Heizungskeller landete und von dem Sausage immer ein paar pfundschwere Stücke in der großen Standuhr bunkerte, die er vor Jahren am Park Slope gefunden und in seinen Keller geholt hatte, um sie zu reparieren. Zu der Reparatur war es natürlich nie gekommen, doch das störte die Ameisen nicht. Sie machten sich jedes Jahr fröhlich auf den Weg zu ihr, krabbelten durch einen Riss in der Kellertür und marschierten durch das Labyrinth aus Gerümpel, Fahrradteilen, Ziegeln, Klempnerkram und alten Waschbecken, das den Boden von Sausages Keller bedeckte. Auf gut sechs, sieben Zentimetern Breite schlängelten sie sich um die einzelnen Teile hin zur Uhr, die an der hinteren Wand stand, kletterten durch die geborstene Scheibe und über den toten Stundenzeiger tief hinein ins Innere des maroden Kunstwerks zu dem köstlich duftenden Weißeleutekäse, der da in Wachspapier gewickelt verborgen lag. War der Käse vertilgt, zog die Kolonne weiter, raus aus der hinteren Wand der Uhr und an der Mauer entlang, und verschlang dabei alles, was ihr den Weg versperrte – alte Sandwichbrocken, weggeworfene Kuchenstücke, Kakerlaken, Mäuse, Ratten und natürlich die eigenen Toten. Es waren keine normalen Stadtameisen, sondern große rote Landameisen mit riesigen Hinterteilen und winzigen Köpfen. Wo sie herkamen, wusste niemand, wobei das Gerücht ging, dass sie vom nahen Preston Carter Arboretum am Park Slope herüberwanderten. Manche sagten auch, ein Doktorand vom nahen Brooklyn College hätte ein Becherglas voll mit ihnen fallen lassen und entsetzt zusehen müssen, wie das Glas auf dem Boden zerbarst und die Ameisen sich davonmachten.

In Wahrheit hatte ihre lange Reise nach Brooklyn 1951 ihren Anfang genommen, mit Hilfe eines kolumbianischen Arbeiters namens Hector Maldonez aus der nahen Hühnerfleischfabrik. Das war das Jahr, in dem Hector auf einem brasilianischen Frachter, der *Andressa*, in New York ankam. Die nächsten sechs Jahre über hatte er ein so gutes Leben in Amerika, dass er beschloss, seine Frau und Kindheitsliebe zu verlassen, die pflichtbewusst mit den vier Kindern in ihrem Dorf bei Riohacha in der nördlichen Sierra de Perijá zurückgeblieben war. Hector war ein Mann mit einem Gewissen, und so flog er zurück nach Hause, um seiner Frau zu erklären, dass er in Amerika eine neue Liebe gefunden habe, eine puerto-ricanische Frau, versprach ihr aber, sie und die Kinder wie bisher weiter zu versorgen. Seine kolumbianische Frau flehte ihn an, in ihre einst glückselige Ehe zurückzukehren, aber Hector wollte nicht. »Ich bin jetzt ein Amerikaner«, verkündete er stolz. Er unterließ es zu sagen, dass er als toller Amerikaner keine Dorfpomeranze zur Frau haben konnte, und lud sie auch nicht ein, mit ihm zu kommen.

Streit und Angst führten zu Flüchen und Verwünschungen, Geschrei und Haareraufen, aber am Ende, nachdem er ihr wieder und wieder versichert hatte, dass er ihr und den Kindern auch weiter jeden Monat Geld schicken würde, willigte seine Frau unter Tränen in die Scheidung ein. Bevor er wieder aufbrach, kochte sie ihm sogar noch sein Lieblingsessen, eine Bandeja Paisa. Sie gab das sorgsam verpackte Essen mit Hühnerfleisch, Würstchen und Brot in eine nagelneue Lunchbox, die sie extra gekauft hatte, und überreichte sie ihm, als er zum Flughafen fuhr. Er nahm sie, drückte ihr auf dem Weg zur Tür noch ein paar Dollar in die Hand und flog mit einem wunderbar leichten Gefühl nach Amerika zurück, war er doch ungeschoren davongekommen. Sein Flugzeug landete gerade rechtzeitig in New York, sodass er es nach Brooklyn zu seiner Schicht in der Fabrik schaffte. Mittags öffnete er die neue Lunchbox, um seine köstliche Bandeja Paisa zu verspeisen, musste aber feststellen, dass sie voller *hormigas rojas asesinas* war, den gefürchteten roten Killerameisen von zu Hause, zusammen mit einem Zettel, auf dem, auf Spanisch, mehr oder weniger stand: »Adios, Motherfucker... wir wissen, dass du uns keinen Peso schicken wirst!« Hector schnappte nach Luft und warf die neue Lunchbox in den offenen Graben, der an der Hühnerfabrik entlangführte. Innereien und Abwasser wurden durch ihn in ein Labyrinth aus Rohren gespült, die unter den Cause-Häusern hindurch und hinaus ins warme Hafenwasser führten. Und dort, in der Behaglichkeit von Rohren und Abwasser, lebten die Ameisen in relativer Harmonie, schlüpften aus ihren Eiern und verschlangen einander, taten sich vor allem aber an Mäusen, Ratten, Fischen, Krabben, übriggebliebenen Fischköpfen und Hühnerinnereien gütlich, an unglücklichen noch lebenden oder schon halb toten Katzen und Straßenkötern aus dem Causeway Project, die sich hin und wieder zum Fressen in die Hühnerfabrik stahlen, einschließlich eines Deutschen Schäferhundes namens Donald, der bei den Bewohnern der Cause-Häuser äußerst beliebt war. Offenbar fiel die arme Kreatur in den verseuchten Gowanus-Kanal und wäre in der übel stinkenden Brühe beinahe ersoffen. Völlig verdreckt kämpfte er sich aus dem Wasser, das Fell rot-orange, und jaulte wie eine Katze. Eine volle Stunde wankte er am Ufer entlang, bis er schließlich zusammenbrach. Natürlich fraßen ihn die Ameisen, zusammen mit anderen unaussprechlichen Geschöpfen, die im Abwasser in und um die Rohre herum unter der Fabrik und den Häusern lauerten. Den Ameisen ging es bestens, bis ihnen ihre innere Uhr jedes Jahr im Herbst sagte, dass es Zeit für ihre Pilgerreise an die Oberfläche war, um zu tun, was jedes gottesfürchtige Wesen von der winzigsten zellgroßen Larve in den Victoria-Fällen bis zu den riesigen Gila-Krustenechsen in der mexikanischen Weite tut, tun sollte oder getan haben sollte: Sie suchten Jesus oder, in diesem Fall, seinen Käse, der sich in Haus 17 des Cause Projects des New Yorker Wohnungsamtes befand, dort gelagert von Hot Sausage, einem Mann, der jeden Monat ergeben dafür betete, dass der Herr ihm erlaubte, seinen wurstförmigen externen Wurmfortsatz zwischen die Lenden von Schwester Denise Bibb legen zu dürfen, der besten Kirchenorganistin Brooklyns, und der wöchentlich ebenso ergeben einige Stücke vom göttlichen Käse für magere Tage beiseitelegte, was jeden Herbst wieder den Ameisen zugutekam.

Natürlich schenkte niemand in Causeway dem Marsch der Ameisen große Beachtung. In einer Siedlung, in der dreitausendfünfhundert schwarze und spanischsprachige Bewohner ihre Träume, Alpdrücke, Hunde, Katzen, Schildkröten, Meerschweinchen, Osterküken, Kinder, Eltern und pausbäckigen Cousins und Cousinen aus Puerto Rico, Birmingham und Barbados in zweihundertsechsundfünfzig winzige Apartments quetschten, alles unter der Fuchtel des wunderbar korrupten New Yorker Wohnungsamts, das für dreiundvierzig Dollar Miete einen Scheiß darauf gab, ob sie lebten, starben, Blut schissen oder barfuß herumliefen, solange sie nicht im Brooklyner Büro anriefen, um sich zu beschweren, in solch einer Siedlung waren Ameisen kaum eine Sorge. Sowieso würde sich kein Bewohner, der recht bei Trost war, bei den mächtigen Wohnungsamt-Bossen in Manhattan beschweren, die sich nicht gern in ihrem Nachmittagsschlaf stören ließen, bloß weil jemand was gegen Ameisen hatte, gegen verstopfte Toiletten, Mord, Kindesmissbrauch, Vergewaltigungen, kaputte Heizungen und die Bleifarbe, die in einem ihrer Brooklyner Projects Kindergehirne auf die Größe von Erbsen schrumpfen ließ, es sei denn, sie wollten ein neues Zuhause auf einer Bank im Busbahnhof der Port Authority. In einem Jahr jedoch hatte eine Lady die Nase von den Ameisen endgültig voll und schrieb tatsächlich einen Beschwerdebrief. Natürlich schenkte ihm das Wohnungsamt keine Beachtung. Aber irgendwie gelangte der Brief zur *Daily News*, die die Geschichte über die Ameisen unbesehen herausbrachte. Der Artikel stieß auf ein leichtes öffentliches Interesse, wurde doch alles, was die Cause-Häuser betraf und nicht mit betrunken herumlaufenden Negern zu tun hatte, die lautstark ihre bürgerlichen Rechte einforderten, als gute Nachricht betrachtet. Die New York University entsandte einen Biologen, doch der wurde überfallen und floh. Das City College, verzweifelt darauf bedacht, die NYU im öffentlichen Ansehen zu übertreffen, schickte zwei schwarze Studentinnen, damit sie sich die Sache ansahen, aber die beiden steckten mitten in ihren Prüfungen, und als sie ankamen, waren die Ameisen längst wieder weg. Immerhin versprach die stolze Abteilung für Umweltprojekte, die in jenen Tagen aus Hippies, Yippies, Wehrdienstverweigerern, Wahrsagern und Pot rauchenden und über Abbie Hoffman diskutierenden Pazifisten bestand, sich um die Sache zu kümmern. Eine Woche später jedoch kam ein städtischer Beauftragter, ein eingewanderter Pole erster Generation und eine Schlüsselfigur im jedes Jahr neu danebengehenden Versuch der New Yorker Polnisch-Amerikanischen Gesellschaft, den Stadtrat dazu zu bringen, den großen polnisch-litauischen General Andrzej Thadeusz Bonawentura Kosciuszko dadurch zu ehren, dass man etwas nach ihm benannte, und zwar nicht bloß die bescheuerte, mit Schlaglöchern übersäte, völlig verrostete Scheißbrücke über Williamsburg mit dem Brooklyn-Queens-Expressway, die Selbstmordkandidaten mit genug Mut erklommen, um durch den wild die Bahnen wechselnden Verkehr zu laufen und sich vom verkrusteten Geländer auf die armen Seelen darunter zu stürzen – eine Woche später kam dieser städtische Beauftragte ins Büro der Abteilung, roch das frisch gerauchte Acapulco Gold der roten Hippiemeute, die schwer damit beschäftigt war, die Tugenden von Emma Goldman, der geschätzten Aktivistin und Gewerkschaftlerin aus dem frühen zwanzigsten Jahrhundert zu diskutieren, und machte wütend gleich wieder kehrt. Er halbierte das Budget der Abteilung, und die Prüferin, die schließlich doch noch nach den Ameisen sehen sollte, landete fälschlich in der Abteilung für das Einsammeln von Parkgebühren, für die sie die nächsten vier Jahre Parkuhren leerte. So blieben die Ameisen für das übrige New York ein Mysterium. Ein Mythos, ein Hauch von jährlich drohender Katastrophe, eine urbane Legende, ein Zusatz zu den Annalen über die Armen der Stadt, wie der Alligator Herkules, der angeblich in der Kanalisation der Lower East Side lebte, aus den Gullys sprang und Kinder verschlang. Oder die riesige Würgeschlange Sid aus dem Queensbridge Project, die ihren Besitzer erdrosselte, aus dem Fenster glitt und sich in den Trägern der nahen 59th-Street-Brücke einnistete, von wo sie, den drei Meter langen Körper gut getarnt, nachts gelegentlich nach unten kam, um einen armen Trucker aus dem offenen Fenster seiner Fahrerkabine zu pflücken. Oder der Affe, der aus dem Ringling-Bros-Zirkus entkommen war und, wie es hieß, im Gebälk des alten Madison Square Garden lebte, Popcorn aß und applaudierte, wenn die New York Knicks zum soundsovielten Mal an die Wand gespielt wurden. Die Ameisen waren eine Armeleuteplage, eine vergessene Geschichte aus dem vergessenen Teil einer vergessenen Stadt, der dem Untergang nahe war.

Und da blieben sie auch, eine Einzigartigkeit der Republik Brooklyn, wo Katzen wie Menschen schrien, Hunde ihre eigenen Fäkalien fraßen, kettenrauchende Tanten hundertzwei Jahre alt wurden, ein Kind namens Spike Lee Gott sah, die Geister der toten Dodger jede neue Hoffnung zunichtemachten und mittellose Verzweiflung die Leben der Sozialschmarotzer bestimmte, die zu schwarz oder zu arm waren, um abzuhauen, während in Manhattan die Busse pünktlich kamen, die Lichter nie verloschen, der Tod eines einzigen weißen Kindes durch einen Verkehrsunfall die Titelseiten eroberte und verlogene Darstellungen schwarzen und lateinamerikanischen Lebens den Broadway beherrschten und weiße Schreiber reich machten – man denke nur an die *West Side Story*, *Porgy & Bess* oder *Purlie Victorious*. Und so ging es weiter, die weiße Wirklichkeit war wie ein riesiger deformierter Schneeball, der Große Amerikanische Mythos, der Big Apple, The Big Kahuna, die Stadt, die niemals schläft, während die Schwarzen und die Latinos die Wohnungen putzten, den Müll wegschafften, die Musik machten und die Gefängnisse mit Leid füllten, den Schlaf der Unsichtbaren schliefen und als Lokalkolorit dienten. Und jeden Herbst drangen die Ameisen in Haus 17 ein, störten sich an nichts, eine tosende Flutwelle kleiner Tode, fraßen sich durch Jesus' Käse, kamen aus der Uhr zurück in den Heizungskeller, in den Müllcontainer bei der Tür, fraßen Sandwichreste und Kuchenkrümel, sämtliche alten, durchweichten, ungegessenen Reste, die Hot Sausage jeden Nachmittag liegen ließ, wenn er und sein Kumpel Sportcoat sich ihrem Lieblingsgetränk, dem King Kong, zuwandten. Von dort bewegten sie sich hin zu den ergiebigeren Dingen in Fluren und Vorratskammern: Ratten und Mäusen, die es im Überfluss gab, einige tot, einige lebendig, an Leimruten klebend oder in kleinen Pappschachteln gefangen, von Hot Sausage mit bloßen Händen zerquetscht, mit seiner Schaufel erschlagen, unter alten Vergasern und Stoßstangen ruhend, zwischen Besen und Kehrblechen, mit Kalk besprenkelt, um später in den riesigen Kohleöfen verbrannt zu werden, mit denen die Cause-Häuser beheizt wurden, und nachdem sie dort unten ausführlich getafelt hatten, wandten sich die Ameisen nach oben, zogen in einer fetten Kolonne durch ein kaputtes Toilettenrohr in Flay Kingsleys Wohnung 1B, wo es nur wenig Fressen und Müll gab, da Miss Flays Familie tatsächlich die Wohnung gegenüber, 1A, bewohnte, die leer stand, seit Mrs Foy, ihre eigentliche Bewohnerin, vor vier Jahren gestorben war und vergessen hatte, das Sozialamt darüber in Kenntnis zu setzen, was das perfekte Szenario für das Sozial- und Wohnungsamt bot, sich gegenseitig mit Vorwürfen zu überziehen – hatte das eine Amt doch das andere nicht informiert. In der Wohnung war es still. Das Sozialamt zahlte die Miete. Wer hätte es wissen können? Weiter zogen die Ameisen in Mrs Nelsons Wohnung, 2C, und fraßen die angeranzten Wassermelonenschalen und den Kaffeesatz, den Mrs Nelson in einem alten Mülleimer für ihren Tomatengarten draußen aufbewahrte. Dann ging es durch die Müllschütte nach 3C, Bum-Bums Wohnung, wo es wiederum wenig gab, über den Flur außen hoch zu Pastor Gee in 4C, wo es gar nichts gab, da Schwester Gee einen makellosen Haushalt führte, durch Miss Izis Bad nach 5C, wo sie alle möglichen köstlichen puerto-ricanischen Seifen vertilgten, die Miss Izi jedes Jahr aufs Neue in Glasbehälter zu geben vergaß, wusste sie doch, dass die Ameisen kamen, und schließlich draußen aufs

Dach, von wo sie in einer Art Hochseilakt über die Leiter drängten, die Haus 17 mit Haus 9 verband – wo sie schließlich ihrem Todeskommando in die Arme liefen in Gestalt einiger cleverer Schuljungen, Beanie, Rags, Sugar, Stick und Deems Clemens, dem besten Pitcher und später ruchlosesten Drogendealer in der Geschichte der Cause-Häuser.

Dieser Deems lag nun in Wohnung 5G in Haus 9 im Bett, den Kopf mit Verband umwickelt, das Hirn von Schmerztabletten umnebelt, und grübelte über die Ameisen nach. Seit dem Krankenhaus träumte er oft von ihnen. Er war jetzt seit drei Tagen wieder zu Hause, und der Tablettennebel und das ständige Klingeln rechts in seinem Kopf brachten merkwürdige Erinnerungen und üble Alpträume hervor. Vor zwei Monaten war er neunzehn geworden, und zum ersten Mal in seinem Leben war er unfähig, sich zu konzentrieren und an verschiedene Dinge zu erinnern. So stellte er mit Schrecken fest, dass seine Kindheitserinnerungen verschwanden. Er wusste den Namen seiner Kindergärtnerin nicht mehr, und auch nicht den des Baseball-Coaches von der St. John's University, der ständig angerufen hatte. Er konnte nicht mehr sagen, wie die Subway-Station in der Bronx hieß, wo seine Tante wohnte, oder der Autohändler in Sunset Park, wo er seinen gebrauchten Pontiac Firebird gekauft hatte, den sie zu ihm nach Hause gefahren hatten, da er es selbst noch nicht konnte. Es war alles so viel, ein wahrer Wirbelwind, und für einen Jungen, der bis jetzt mit seinem fast perfekten Gedächtnis illegale Nummern für die örtlichen Lotterieverkäufer hatte sammeln können, ohne sich etwas notieren zu müssen, war der Verlust seiner Vergangenheit eine besorgniserregende Sache. Als er an diesem Nachmittag so in seinem Bett lag, kam ihm der Gedanke, dass das schrille Klingeln rechts in seinem Kopf, wo die Reste seines fehlenden Ohres saßen, der Grund für das Problem sein mochte, oder dass, wenn es tausend Dinge im Leben gab, an die du dich erinnern solltest, die du aber vergessen hast, bis auf zwei nutzlose Sachen, dass die dann vielleicht gar nicht so nutzlos waren. Er konnte nicht glauben, wie gut es sich anfühlte, sich an die dämlichen Ameisen aus Haus 17 zu erinnern. Vor zehn Jahren schon hatten er und seine Freunde sich wunderbare Möglichkeiten ausgedacht, sie davon abzuhalten, in ihr geliebtes Haus 9 vorzudringen. Er musste lächeln, als er daran dachte. Alles hatten sie versucht: Sie zu ersäufen. Zu vergiften. Hatten es mit Eis versucht. Knallern. In Natriumkarbonat eingeweichtem Aspirin. Eigelb, das sie mit Bleichmittel besprüht hatten. Einer Mischung aus Lebertran und Farbe, in einem Jahr sogar mal mit einer Beutelratte, die Deems' bester Freund Sugar besorgt hatte. Sugars Familie hatte Verwandte in Alabama besucht, und Sugar hatte das Vieh im Kofferraum ihres Oldsmobiles versteckt. Die Ratte war krank und ohne Kraft, als sie in Brooklyn ankam. Sie steckten sie in einen Karton, den sie fest zuklebten, bohrten ein Eingangsloch hinein und stellten ihn auf den Ameisenpfad auf dem Dach von Haus 9. Die Ameisen kamen, kletterten brav durch das Loch und begannen höflich die Beutelratte zu verspeisen, die dadurch wieder zum Leben erwachte und sich wand und zischte, was die erschreckten Jungen dazu brachte, ein Glas Benzin über den Karton zu kippen und ihn anzustecken. Die hochschießende Stichflamme versetzte sie in Panik, und sie traten die ganze Geschichte vom Dach herunter, worauf sie sechs Stockwerke tiefer auf der Plaza landete. Was eine schlechte Idee war, da sie jetzt auf die eine oder andere Weise mit dem Zorn der Erwachsenen zu rechnen hatten. Es war Deems, der sie rettete. Er griff sich einen Zwanzig-Liter-Eimer, den Arbeiter auf dem Dach zurückgelassen hatten, rannte nach unten, schaufelte alles hinein, lief damit zum Hafen und schüttete es hinter der Kaimauer in den Dreck. So wurde er ihr Anführer, mit zehn, und ist es seitdem geblieben.

Der Anführer von was?, dachte er bitter, als er da im Bett lag. Er dreht sich auf die Seite und ächzte. »Alles«, murmelte er laut, »geht in die Brüche.«

»Was sags du, Bruder?«

Deems öffnete die Augen und war überrascht, zwei seiner Leute zu sehen, Beanie und Lightbulb, die neben seinem Bett saßen und ihn anstarrten. Er hatte gedacht, er wäre allein, und drehte sich schnell zur Wand, von ihnen weg.

»Bist du okay, Deems?«, fragte Lightbulb.

Deems ignorierte ihn, starrte die Wand an und versuchte zu denken. Wie hatte das alles angefangen? Er konnte sich nicht erinnern. Er war vierzehn gewesen, als sein älterer Bruder die City University of New York geschmissen und dickes Geld damit gemacht hatte, Heroin zu verkaufen, hauptsächlich an Junkies aus den Watch-Häusern. Rooster zeigte ihm, wie es ging, und bäng, waren fünf Jahre rum. War das lange? Jetzt war er neunzehn, hatte 4.300 Dollar auf der Bank, und seine Mutter hasste seinen Mumm. Rooster war tot, bei einem Drogenraub getötet worden, und er lag im Bett, ohne sein rechtes Ohr.

Der verfickte Sportcoat.

Während er so die Wand anstarrte, zog ihm der Geruch der Bleifarbe in die Nase. Deems war nicht wütend, wenn er an den alten Mann dachte, sondern eher verwirrt. Er konnte es nicht verstehen. Wenn es einen Menschen im Project gab, der nichts davon hatte, auf ihn zu schießen, war es Sportcoat. Sportcoat musste nichts beweisen. Wenn es einen gab, der ihm widersprechen konnte, ihn beschwören, anschreien, beschimpfen, verarschen, verulken, belügen, war es der alte Sportcoat. Er war sein Baseball-Coach gewesen. Sein Lehrer in der Sonntagsschule. Jetzt ist er nur noch ein Säufer, dachte Deems bitter, wobei das bisher nie was ausgemacht hat. So weit er zurückdenken konnte, wurde ihm jetzt bewusst, hatte Sportcoat gesoffen, aber was wichtiger war, er war beständig gewesen. Hatte sich nie beschwert, nie eine Meinung geäußert, nie jemanden verurteilt – weil es ihn nicht *interessierte*. Sport machte sein eigenes Ding, wofür Deems ihn mochte. Weil, wenn es eine Sache in den verdammten Cause-Häusern gab – in ganz Brooklyn, was das anging –, eine Sache, die Deems hasste, dann waren es Leute, die sich über nichts beschwerten, das hieß, Leute, die nichts hatten, worüber sie sich beschweren konnten. Die auf Jesus warteten. Auf Gott. Sport war nicht so. Er mochte Baseball und Schnaps. Ganz einfach. Sportcoat machte auch das Jesus-Ding nur mit, sagte sich Deems, weil ihn seine Frau, Miss Hettie, dazu angetrieben hatte. Aber selbst darin waren sich er und der alte Mann ähnlich. Sie steckten beide in Jesus-Familien fest.

Deems hatte vor langem schon entschieden, dass Sport anders war als die anderen Jesus-Spinner in seinem Leben. Sport brauchte Jesus nicht. Natürlich tat er so, als bräuchte er ihn, genau wie eine Menge Erwachsener in der Five Ends Church. Aber Sportcoat besaß etwas, was keiner in Five Ends, in den Projects oder sonst wo, den Deems in seinen neunzehn Jahren erlebt hatte, besaß.

Glück.

Sport war ein glücklicher Mensch.

Deems seufzte heftig. Selbst Pop-Pop, sein Großvater, der Einzige, der für ihn je ein Vater gewesen war, war nicht glücklich gewesen. Pop-Pop hatte ständig geknurrt und in seinem Haus mit eiserner Faust geherrscht. Abends nach der Arbeit war er mit einem Bier in der Hand in seinen Sessel gesunken und hatte Radio gehört, bis er einschlief. Pop-Pop hatte ihn als Einziger im Jugendgefängnis besucht. Seine Mutter hatte sich nicht die Mühe gemacht. Als wäre stundenlanges Reden über Gott und die Bibel ein Ersatz für einen Kuss, ein Lächeln, ein gemeinsames Essen, eine Geschichte vor dem Einschlafen. Wegen der kleinsten Dinge versohlte sie ihm den Hintern und fand kaum mal was Gutes an dem, was er tat, kam nie zu seinen Baseballspielen und zerrte ihn jeden Sonntag in die Kirche. Essen. Ein Dach über dem Kopf. Jesus. Das war ihr Motto. »Zwölf Stunden am Tag verkauf ich Eier, Zucker und Speck, und du danks Jesus nich mal dafür, dass du ein Platz zum Leben hass. Danke, Jesus.« *Von wegen Jesus.*

Er wollte, dass sie ihn verstand. Sie konnte es nicht. Es gab niemanden in diesem Haus, der es konnte. Er wollte als gleichwertig akzeptiert werden. Er sah, wie verrückt die ganze Sache war, all die in diese scheißkleinen Wohnungen gepferchten Leute. Selbst ein Blinder wie Pudgy Fingers sah das. Er hatte mit ihm sogar mal darüber gesprochen, vor Jahren war das gewesen, in der Sonntagsschule. Er war neun und Pudgy achtzehn, und Pudgy saß während der Messe bei den Kleinen, weil es hieß, er sei »langsam«. Deems fragte ihn, ob ihn das störe, worauf Pudgy nur sagte: »Nö. Die Snacks sind besser.« Sie waren im Keller, irgendein Sonntagsschullehrer schwafelte von Gott, und Pudgy saß hinter Deems, der sah, wie Pudgy mit der Hand in der Luft herumfühlte, bis sie auf seiner Schulter landete. Pudgy beugte sich vor und sagte: »Deems, denken die, wir sind zurückgeblieben?« Das überraschte ihn. »Natürlich nicht«, fuhr er ihn an. Pudgy war nicht langsam. Pudgy war schlau. Pudgy erinnerte sich an Sachen, an die sich sonst keiner erinnerte. Er wusste, wie viel Hits Cleon Jones von den New York Mets im Frühjahrstraining letztes Jahr gegen die Pittsburgh Pirates erzielt hatte. Er konnte dir sagen, ob Schwester Bibb beim Orgelspielen in der Kirche mal wieder kurz davor war, kotzen zu müssen, allein an den Geräuschen, die sie mit den Füßen auf den Pedalen machte, hörte er das. Natürlich war Pudgy schlau, schließlich war er Sportcoats Sohn. Und Sport behandelte alle

Kinder gleich, sogar die eigenen. Wenn Sportcoat der Sonntagsschullehrer war, redete der Herr nur von Süßigkeiten und Kaugummi, und sie spielten Fangen unten im Keller, mit zerknüllten Kirchenprogrammen, während die Gemeinde über ihnen sang und kreischte. Einmal machte Sportcoat sonntagmorgens sogar einen »Ausflug« mit ihnen zum Hafen, wo er eine Angel versteckt hatte und den Haken ins Wasser warf, während Deems und die anderen Kinder sich die Sonntagssachen versauten. Was Baseball anging, war Sport ein Genie. Er hatte das All-Cause-Team organisiert, brachte ihnen bei, wie man den Ball richtig warf und fing, wie man am Abschlag stand und den Ball, wenn nötig, mit dem Körper abblockte. An öden Sommernachmittagen versammelte er die Kinder nach dem Training um sich und erzählte Geschichten von lange verstorbenen Baseballspielern, Spielern aus den alten Negerligen mit Namen, die wie Marken von Süßigkeiten klangen: Cool Papa Bell, Golly Honey Gibson, Smooth Rube Foster und Bullet Rogan, Männern, die den Ball hundertfünfzig Meter hoch in die heiße Augustluft jagten, irgendwo auf einem Platz unten im Süden. Die Geschichten stiegen weit über ihre Köpfe, flogen über den Hafen, über ihr dreckiges Baseballfeld und an den üblen, glühend heißen Wohnungen vorbei, in denen sie wohnten. Die Negerligen, sagte Sport, die waren ein Traum. Mann, die Spieler hatten Muskeln wie Stahl. Sie rannten so schnell zu den Bases, dass du mit den Augen nicht mitkamst – aber ihre Frauen, die waren noch schneller! Die Frauen? Herrgott... die Frauen spielten besser Baseball als die Männer! Rube Foster in Texas schlug einen Ball so weit, dass er mit dem Zug aus Alabama zurückkommen musste! Und ratet, wer ihn zurückbrachte? Seine Frau! Bullet Rogan warf nacheinander neunzehn Schlagmänner raus, bis seine Frau den Schläger nahm und seinen Pitch aus dem Feld jagte. Und wo, denkt ihr, hatte Golly Honey Gibson seinen Spitznamen her? Von seiner Frau! Sie war es, die ihn so gut machte. Sie schlug Line Drives für ihn, beim Training, die dreißig, vierzig Meter wie eine Rakete auf Kopfhöhe dahinschossen, mit so einer Macht, dass er zur Seite sprang und »Golly, Honey!« schrie. Wär Golly Honey Gibson noch besser gewesen, wär er ein Mädchen gewesen!

Die Geschichten waren verrückt, und Deems glaubte keine von ihnen. Aber Sportcoats Liebe zum Baseball umhüllte ihn und seine Freunde wie ein warmer Regen. Er kaufte ihnen Schläger, Bälle, Handschuhe und sogar Helme. Er pfiff die jährlichen Spiele gegen die Watch-Häuser und coachte gleichzeitig ihre Mannschaft, trug seine irre Schiedsrichteruniform – mit Maske, Brustpanzer und schwarzer Schiedsrichterjacke –, rannte von Base zu Base, nannte Runner sicher, wenn sie out waren, und out, wenn sie sicher waren, und wenn es Protest gab, änderte er seine Entscheidung, wurde es jedoch zu doll, rief er: »Ihr treibt mich alle in den Suff!«, worauf alle noch mehr lachten. Nur Sportcoat vermochte dafür zu sorgen, dass sich die Kids aus den beiden Projects, die sich aus Gründen hassten, an die sich längst keiner mehr erinnerte, auf dem Spielfeld vertrugen. Deems sah zu ihm auf. Ein Teil von ihm wollte wie Sportcoat sein.

»Der Ficker hat auf mich geschossen«, murmelte Deems, immer noch zur Wand gedreht. »Was hab ich ihm getan?«

Hinter sich hörte er Lightbulb: »Bruder, wir müssen reden.«

Deems wandte sich um, öffnete die Augen und sah die beiden an. Sie waren zum Fenster rüber, Beanie rauchte nervös und sah nach draußen. Lightbulb starrte Deems an. Deems tastete nach seiner Schläfe. Da war ein dicker Verband, den sie ihm um den Kopf gewickelt hatten. Es fühlte sich an, als hätten sie ihn in eine Schraubzwinge gespannt. Sein Rücken und seine Beine brannten immer noch vom Sturz von der Bank, und das Ohr, das verletzte, juckte fürchterlich. Das, was davon übrig war.

»Wer macht die Plaza?«, fragte er.

»Stick.«

Deems nickte. Stick war erst sechzehn, aber er gehörte von Beginn an dazu, er war okay. Deems sah auf die Uhr. Es war früh, gerade mal elf. Die üblichen Kunden kamen erst gegen Mittag zum Fahnenmast, was Deems die Zeit gab, die Posten auf den vier Häusern direkt an der Plaza zu bestimmen, um nach Cops Ausschau zu halten und Zeichen zu geben, wenn Ärger im Anmarsch war.

»Wer steht auf Haus 9?«, sagte Deems.

»Auf 9?«

»Ja, auf Haus 9.«

»Da ist im Moment keiner.«

»Dann schickt einen hoch.«

»Wozu? Von da kannst du den Mast auf der Plaza nicht sehen.«

»Ich will, dass sie nach den Ameisen Ausschau halten.«

Die Jungs starrten ihn verwirrt an. »Nach den Ameisen?«, fragte Lightbulb. »Du meinst die Ameisen, mit denen wir gespielt haben?«

»Was habe ich gesagt, Mann? Ja, die verdammten Ameisen...«

Deems verstummte, als die Tür aufging und seine Mutter mit einem Glas Wasser und einer Handvoll Pillen hereinkam. Sie stellte das Glas auf den Nachttisch, legte die Pillen daneben, sah ihn und die beiden anderen an und ging ohne ein Wort wieder hinaus. Seit er vor drei Tagen aus dem Krankenhaus gekommen war, hatte sie kaum sechs Worte zu ihm gesagt. Aber sie sagte sowieso nie mehr als sechs Worte zu ihm: »Ich bete, dass du dich änderst.«

Er sah ihr hinterher. Er wusste, das Schreien, Kreischen und Fluchen würde später kommen. Es machte nichts. Er hatte sein eigenes Geld. Er konnte für sich selbst sorgen, wenn sie ihn hinauswarf... vielleicht. Das würde so oder so kommen, dachte er. Er streckte den Nacken, um die Spannung loszuwerden, und die Bewegung schickte einen heftigen Schmerz über sein Gesicht, das Ohr und den Rücken runter. Es war wie eine Explosion. Als setzte ihm einer das Innere seines Kopfes in Brand. Er rülpste, blinzelte und sah eine Hand auf sein Gesicht zukommen. Es war Lightbulb, der ihm das Wasser und seine Pillen hinhielt.

»Deine Medizin, Bruder.«

Deems nahm das Wasser und die Pillen, schluckte sie und sagte: »In welche Wohnungen sind sie rein?«

Lightbulb sah ihn an. »Wer?«

»Die Ameisen, Bruder. In welche sind sie letztes Jahr rein? Nehmen sie immer noch den gleichen Weg? Kommen sie aus Sausages Keller in 17?«

»Was kümmern sie dich?«, sagte Lightbulb. »Wir ham ein Problem. Earl will dich sprechen.«

»Ich red nicht von Earl«, sagte er. »Ich hab dich nach den Ameisen gefragt.«

»Earl iss wütend, Bruder.«

»Wegen den Ameisen?«

»Was iss los mit dir?«, sagte Lightbulb. »Vergiss die Ameisen. Earl sagt, einer muss sich um Sportcoat kümmern. Er sagt, wir verliern die Plaza an die Watch-Leute, wenn wir nicht was machen.«

»Wir werden uns drum kümmern.«

»Werden wir nich. Earl sagt, er macht das mit Sportcoat selbst. Mr Bunch hat es ihm gesagt.«

»Wir brauchen Earl hier bei uns nicht.«

»Wie ich gesagt hab, Mr Bunch iss nich glücklich.«

»Für wen arbeitest du? Für mich? Oder für Earl und Mr Bunch?«

Lightbulb verstummte eingeschüchtert. Deems fuhr fort: »Wart ihr alle immer draußen?«

»Jeden Mittag«, sagte Lightbulb.

»Und wie läuft's?«

Lightbulb, der alte Trottel, grinste, zog ein Bündel Geldscheine heraus und hielt sie Deems hin, der zur Tür sah, durch die seine Mutter verschwunden war, und sagte: »Steck das weg, Mann.« Lightbulb ließ das Geld schuldbewusst wieder verschwinden.

»Light, war einer von den Watch-Häusern hier?«, fragte Deems.

»Noch nich«, sagte Lightbulb.

»Wie meinst du das, noch nicht? Hass du was gehört, dass die kommen?«

»Ich weiß es nicht, Mann«, sagte Lightbulb verloren. »Ich hab so was noch nie erlebt.«

Deems nickte. Light hatte Schiss. Er hatte nicht den Mumm für dieses Spiel. Das wussten sie beide. Es war ihre Freundschaft, die sie zusammenhielt, dachte Deems traurig. Und wenn's ums Geschäft ging, bedeutete Freundschaft Ärger. Er sah Lightbulb wieder an, dessen Afro einen komisch geformten Schädel bedeckte, der von der Seite wie eine Sechzig-Watt-Birne aussah, daher sein Spitzname. An seinem Kinn sprossen die Anfänge eines Kinnbartes, was Lightbulb ein cooles, fast hippiemäßiges Aussehen gab. Es ändert nichts, dachte Deems. In einem Jahr spritzt er sich Heroin. Man konnte es ihm ansehen. Deems Blick wanderte zu dem kleinen, stämmigen Beanie, der ruhiger und handfester war.

»Was denkst du, Beanie? Werden die Watch-Leute versuchen, auf unsere Plaza zu kommen?«

»Ich weiß es nich. Aber ich glaube, dieser Hausmeister iss ein Cop.«

»Hot Sausage? Sausage ist ein Säufer.«

»Nein, der junge Typ. Jet.«

»Ich dachte, du hass gesagt, sie haben Jet verhaftet?«

»Das heißt nichts. Hass du seine Turnschuhe gesehn?«

Deems lehnte sich in sein Kissen zurück und überlegte. Ja, ihm waren die Schuhe auch aufgefallen. Billige PF Flyers. »Irgensein billiges Zeugs«, stimmte er zu. Trotzdem, dachte Deems, hätte Jet nicht gerufen, hätte Sportcoat... Er rieb sich den Kopf. Das Klingeln im Ohr war zu einem kribbelnden Schmerz geworden, der sich trotz der Pillen über die Augen und den Nacken runter ausbreitete. Er überdachte Beans Theorie und sagte: »Wer warn die Posten auf Haus 17 und 34 an dem Tag?«

»Chink war auf 17, Vance auf 34.«

»Und sie haben nichts gesehn?«

»Wir ham sie nich gefragt.«

»Fragt sie«, sagte Deems und fügte einen Moment später an: »Ich glaube, Earl hat uns was vorgemacht.«

Die beiden Jungs warfen sich einen Blick zu. »Earl hat nich auf dich geschossen, Bruder«, sagte Lightbulb. »Das war Sportcoat.«

Deems schien ihn nicht zu hören. Er ging im Kopf ein paar Rechnungen durch und sagte: »Sportcoat iss ein Säufer. Der hat keine Leute. Macht euch wegen dem keine Sorgen. Earl... bei dem, was wir ihm zahlen. Ich glaube, der bescheißt uns. Der hat uns reingelegt.«

»Wie komms du darauf?«, fragte Lightbulb.

»Wie kann's sein, dass Sportcoat da so auf mich losgeht, ohne dass einer was sagt? Vielleicht isses ja nichts. Wahrscheinlich hatte der alte Sport einfach nur 'n Aussetzer. Aber H verkaufen iss heute so heiß... das geht durch die Decke. Es iss leichter, einfach wen auszurauben, als an der Ecke zu stehn und das Zeugs in Fünf- und Zehn-Cent-Tüten zu verscherbeln. Ich hab Earls Boss gesagt, wir brauchen mehr Schutz hier unten ... Knarren, okay? Das ganze Jahr sag ich das schon. Und wir müssen mehr von dem Geld bekommen. Wir kriegen nur vier Prozent. Dabei sollten's fünf, sechs oder zehn sein, bei dem Shit, den wir absetzen. Ich hatte die gesamten Einnahmen bei mir, als der Schuss fiel. Im Krankenhaus, als ich aufgewacht bin, war das Geld weg. Wahrscheinlich ham die Cops es sich gekrallt. Jetzt muss ich es Bunch zurückzahlen, plus zehn Prozent für die Verspätung. Dem sind unsre Probleme scheißegal. Für lausige vier Prozent? Mit eim anderen Lieferanten könnte's uns besser gehen.«

»Deems«, sagte Beanie. »Wir kommen gut klar.«

»Wie kommt es dann, dass ich keine Leute hab, die mich schützen? Wen hatten wir draußen? Euch beide. Chink auf 17, Vance auf 34. Und 'n paar Kinder. Wir brauchen hier Männer. Mit Knarren, Bruder. Zahl ich Earl da nich für? Wer deckt uns den Rücken? Wir setzen 'ne Menge Zeugs ab. Earl sollte wen schicken.«

»Earl iss nich der Boss«, sagte Beanie. »Mr Bunch iss der Boss.«

»Da gibt's noch einen größeren«, sagte Deems. »Mr Joe.« Joe Peck, dessen Familie das Beerdigungsinstitut in der Silver Street gehörte.

»Deems, das iss die Mafia«, sagte Beanie bedächtig.

»Der mag Geld genau wie wir«, sagte Deems. »Er wohnt drei Straßen weiter, Bruder. Mr Bunch ist nur der Zwischenhändler, weit oben in Bed-Stuy.«

Beanie und Lightbulb schwiegen. Dann sagte Beanie: »Ich weiß nich, Deems. Mein Daddy hat lange mit den Italienern im Hafen gearbeitet. Er sagt, mit denen iss nich zu spaßen.«

»Kennt dein Daddy sich aus?«, fragte Deems.

»Ich sag's ja nur. Angenommen, Mr Joe iss wie der Elefant«, sagte Beanie.

»Der Elefant hat nichts mit Drogen am Hut.«

»Woher weißt du das?«, fragte Beanie.

Deems schwieg. Sie mussten nicht alles wissen.

Lightbulb meldete sich wieder. »Was redet ihr da? Wir kommen dem Elefant nicht in die Quere, und auch Mr Joe oder sons wem nich. Earl sagt, er kümmert sich. Lass ihn. Der alte Sportcoat iss das Problem. Was wills du mit dem machen?«

Deems blieb einen Moment still. Lightbulb hatte »du« gesagt und nicht »wir«. Da würde er später drauf zurückkommen, aber es machte ihn wieder so traurig. Erst hatte er von den Ameisen geredet, und sie hatten sich kaum erinnert. Unser Haus schützen! Das war das Ziel. Cause. Lasst uns unser Territorium schützen! Nicht mal das interessierte sie. Und jetzt sagte Lightbulb schon »du«. Er wünschte, Sugar wäre hier. Auf Sugar war Verlass. Und er hatte Mut. Aber Sugars Mutter hatte ihn nach Alabama geschickt. Er hatte Sugar geschrieben und nach einem Besuch gefragt, und Sugar hatte zurückgeschrieben, »Komm her«, aber auf seinen nächsten Brief nicht mehr geantwortet. Beanie, Chink, Vance und Stick waren die Letzten, denen er noch vertrauen konnte, und Stick war erst sechzehn. Das war keine große Truppe, wenn die Watch-Leute hier reinwollten. Lightbulb, dachte er bitter, war raus.

Er drehte sich zu Beanie hin, und der Schmerz von seinem Ohr schoss ihm durch den Kopf. Er verzog das Gesicht und sagte: »Ist Sportcoat noch da?«

»Schon. Säuft wie immer.«

»Aber er iss da?«

»Nich wie sons. Aber da isser noch. Und auch Pudgy Fingers«, sagte Beanie und kam damit auf Sportcoats blinden Sohn. Pudgy gehörte zum allseits geliebten Inventar der Cause-

Häuser, lief frei herum und wurde oft von einem der Nachbarn, die ihn irgendwo sahen, zurück nach Hause gebracht. Die Jungs kannten ihn ihr ganzes Leben schon. Er war ein leichtes Opfer.

»Keiner rührt Pudgy Fingers an«, sagte Deems.

»Ich sag ja nur.«

»Lasst Pudgy Fingers in Ruhe.«

Die drei verstummten, während Deems tief in Gedanken blinzelte. Endlich sagte er: »Okay, ich lass Earl das für mich erledigen. Nur dies eine Mal.«

Die beiden anderen wirkten bedrückt, worauf Deems sich noch schlechter fühlte. Erst wollten sie das mit Sportcoat so, dann sagte er ja, und sie sahen ihn so niedergeschlagen an. Gottverdammt!

»Seid nich so Heulsusen«, sagte er. »Ihr habt gesagt, wir müssen's so machen, und okay. Sons kommt uns die Watch-Truppe hier rüber und jagt uns die Plaza ab. Soll Earl sich um Sport kümmern.«

Die beiden Jungs starrten auf den Boden. Keiner sah den anderen an.

»So isses da draußen.«

Sie blieben stumm.

»Das iss das letzte Mal, dass wir Earl was von unserm Job überlassen«, sagte Deems.

»Die Sache ist die…«, sagte Beanie leise und hielt inne.

»Was?«

»Also…«

»Was zum Teufel iss mit dir los, Mann?«, sagte Deems. »Du hass so 'nen Schiss vor Earl, dass du wills, dass er das macht. Okay, hab ich gesagt, lass ihn. Iss beschlossen. Sag ihm, er soll loslegen. Ich sag's ihm selbst, wenn ich wieder auf die Beine komme.«

»Da iss noch was«, sagte Beanie.

»Spuck's aus, Mann!«

»Die Sache iss die, als Earl gestern kam, hat er auch nach Sausage gefragt.«

Noch ein Schlag. Sausage war ein Freund. Er hatte Sportcoat in den alten Zeiten beim Baseball geholfen. Sausage verteilte jeden Monat den Käse an ihre Familien. Und alle wussten von ihm und Schwester Bibb, der Kirchenorganistin von Five Ends. Sie war Beanies Tante.

Das ist das Problem, dachte Deems. Jeder ist hier mit jedem verwandt in dieser gottverfickten Scheißsiedlung.

»Earl denkt wahrscheinlich, Sausage versteckt Sportcoat«, sagte Beanie. »Oder dass er uns an die Cops verkauft.«

»Sausage verkauft niemanden«, höhnte Deems. »Wir arbeiten direkt vor seiner Nase. Der iss kein Spitzel.«

»Alle hier wissen das. Aber Earl iss nich von hier.«

Deems sah Beanie an, dann Lightbulb. Einer schien besorgt, der andere verängstigt. Er nickte. »In Ordnung. Überlasst das mir. Earl rührt Sausage nicht an. Ich red mit ihm. Bis dahin hört zu: In der nächsten Woche oder so kommt der Marsch der Ameisen. Ihr zwei wechselt euch oben auf Haus 9 ab, wie wir's früher getan haben. Sagt mir, wenn sie kommen. Ihr seid die Einzigen, die wissen, wie.«

»Wofür?«, fragte Lightbulb.

»Tut's einfach. Wenn ihr merkt, sie kommen, holt mich, wo immer ich bin. Beim ersten Anzeichen ruft ihr mich. Klaro? Ihr kennt die Anzeichen doch noch, oder? Ihr wisst, wonach ihr Ausschau zu halten habt?«

Sie nickten.

»Wonach?«

Beanie antwortete. »Mäuse und Ratten rennen in den kleinen Flur beim Dach. Und jede Menge Kakerlaken.«

»Genau. Dann kommt ihr und holt mich. Verstanden?«

Sie nickten. Deems sah auf die Uhr. Es war fast Mittag. Er wurde müde, die Pillen zeigten Wirkung. »Geht nach unten und helft Stick, was Geld für uns zu verdienen. Schickt die Posten auf die Dächer und bezahlt sie hinterher, nich vorher. Beanie, check du das Dach von 9, bevor du runter auf die Plaza gehst.«

Er sah die Beunruhigung in ihren Gesichtern.

»Seid einfach cool«, sagte er. »Ich hab einen Plan. Wir kriegen alles in null Zeit wieder in den Griff.«

Damit drehte er sich auf die Seite, das verbundene Ohr nach oben, schloss die Augen und schlief den Schlaf eines besorgten Jungen, der innerhalb von einer Stunde geworden war, was er immer hatte sein wollen. Plötzlich war er nicht einfach ein Junge aus einer der miesesten Sozialsiedlungen New Yorks, ein unglücklicher Kerl ohne Träume, ohne Haus, ohne Ziel, ohne Sicherheit und Erwartungen, ohne Hausschlüssel, Garten, Jesus, ohne Marschkapellen-Proben, ohne eine Mutter, die ihm zuhörte, einen Vater, der ihn kannte, oder sonst einen Verwandten, der ihm zeigte, was richtig und falsch war. Er war nicht mehr länger der Junge, der einen Ball hundertfünfundzwanzig Kilometer schnell werfen konnte – mit dreizehn hatte er das schon gekonnt, und damals war es das Einzige in seinem traurigen Leben gewesen, was er kontrollieren konnte. Das alles lag hinter ihm. Er war jetzt ein Mann mit einem Plan, und er musste groß einsteigen, ganz gleich, was kam. So ging das Spiel.

8

RUMSUCHEN

Drei Tage, nachdem ihm Hot Sausage seinen Untergang vorausgesagt hatte, beschloss Sportcoat, zu den Watch-Häusern rüberzugehen, um seinen Kumpel Rufus zu besuchen.

Sausage mochte ja gesagt haben, dass die Welt untergehen würde, aber Sportcoat konnte noch nichts davon sehen. Er schwankte durch Haus 9 wie immer, stritt auf dem Flur mit Hettie und ging zum Sozialamt in Brooklyn-Mitte, wo sie ihn wie gewohnt ignorierten, dann weiter zu seinen verschiedenen Jobs. Die Kirchen-Ladys von Five Ends hatten es übernommen, Pudgy Fingers zum Schulbus für die blinden Kinder zu bringen, und behielten ihn sogar über Nacht bei sich, mal die eine, mal die andere. »Five Ends kümmert sich um die Seinen«, gab Sport vor seinen Freunden an, wobei er sich eingestehen musste, dass es immer weniger wurden, jetzt, wo Hettie fehlte und das Weihnachtsgeld weg war. Die Kirchen-Ladys, die ihm mit Pudgy Fingers halfen, hatten noch kein Wort dazu gesagt, weshalb er sich noch schuldiger fühlte. Er hatte gesehen, wie sie jede Woche ihre wertvollen Umschläge mit Dollarscheinen und Vierteldollarmünzen in den Sammelkorb des Christmas Clubs gelegt hatten, und er war auch schon bei Pastor Gee im Büro gewesen, nach der Bibelstunde, um die Situation zu klären.

»Ich hab das Geld nich versteckt«, erklärte er dem Pastor.

»Ich verstehe«, sagte Pastor Gee. Er war ein humorvoller, verträglicher Mann, gut aussehend, mit einem Grübchen im Kinn und einem Goldzahn, der glitzerte, wenn er lächelte, was oft der Fall war. An diesem Tag aber nicht. Er wirkte beunruhigt. »Ein paar in der Gemeinde sind ziemlich verschnupft deswegen«, sagte er vorsichtig. »Die Diakone und Diakoninnen ham sich gestern nach der Messe besprochen, und ich bin eine Minute zu ihnen rein. Da flogen 'n paar scharfe Worte durch die Luft.«

»Was ham sie gesagt?«

»Nichts, was ich wiederholen kann. Niemand weiß, wie viel in der Schachtel war und wer wie viel reingelegt hat. Die eine sagt, sie hat soundso viel drin, die andere, sie hat viel mehr. Die Diakoninnen sind auf deiner Seite, sie verstehn Hettie. Die Diakone nicht.« Er räusperte sich und senkte die Stimme: »Biss du sicher, dass es nicht in irgenseiner Schublade zu Hause versteckt ist?«

Sportcoat schüttelte den Kopf. »Es bringt eim Mann mit Fieber nichts, wenn er das Bett wechselt, Pastor. Ich bin die ganze Sache so leid. Wenn ich nich jeden Tag, seit Hettie tot iss, nach dem Ding gesucht hätte, kanns du mir 'n Eimer Wasser drüberkippen. Ich kuck in jede Ecke, in die kleinste Lücke. Und ich kuck weiter«, sagte Sportcoat und war unschlüssig. Er hatte an allen nur erdenklichen Stellen in der Wohnung gesucht, ohne jeden Erfolg. Wo zum Teufel hatte Hettie die Schachtel nur versteckt?

Er beschloss, zu Rufus zu gehen, der aus seiner Heimat, aus South Carolina, stammte. Rufus hatte immer gute Ideen. Sportcoat nahm die Flasche Seagram's 7 Crown, die er letzten Donnerstag aus Itkins Laden hatte mitgehen lassen, und ging rüber in den Heizungskeller der Watch-Häuser, wo Rufus arbeitete. Er hatte vor, den Seagram's gegen eine Flasche von Rufus' Kong einzutauschen und sich dabei anzuhören, was sein alter Kumpel so dachte und ihm riet.

Er fand ihn, einen schlanken, schokoladenbraunen Mann, auf dem Boden des Heizungsraums. Rufus trug seine gewohnte verschmierte Arbeitskluft vom Wohnungsamt und hatte die Hände und fast auch die Füße im Inneren eines großen Stromgenerators, der qualvoll ächzte. An den Motor kam man durch eine offene Seitenverkleidung, und er war fast komplett reingekrochen.

Der Generator ächzte so laut, dass sich Sportcoat hinter Rufus stellen und laut schreien musste, bis der sich umsah, ihn angrinste und dabei einen Mund voller Goldzähne präsentierte.

»Sport!«, schrie er und stellte an der Maschine was ein, worauf sie ein paar Dezibel leiser wurde. Dann holte er einen langen Arm aus dem Kabelgewirr, das aus der Maschine herausragte, um Sport die Hand zu geben.

»Was hab ich dir getan, Rufus?«, sagte Sportcoat, zog die Brauen zusammen und wich vor der ausgestreckten Hand zurück.

»Was iss denn?«

»Du weißt, es bedeutet Unglück, wenn du eim Freund die linke Hand gibs.«

»Oh. Tut mir leid.« Rufus drückte einen Knopf, und die Maschine beruhigte sich so weit, dass nur noch ein langsames Grummeln zu hören war. Immer noch auf dem Boden sitzend, die Beine vor sich ausgestreckt, wischte sich Rufus die rechte Hand an einem neben ihm liegenden Lappen ab und hielt sie ihm hin. Sportcoat schüttelte sie befriedigt. »Was iss damit?«, sagte er und nickte zum Generator hin.

Rufus sah das Ding an. »Der macht jede Woche Theater«, sagte er. »Irgenswas nagt da an den Drähten.«

»Ratten?«

»So blöd sind die nicht. Da gehn ein paar schlimme Sachen in Brooklyn vor, Sport.«

»Was du nicht sags«, sagte Sportcoat, griff in seine Tasche und holte die Flasche Seagram's heraus. Er betrachtete den Schnaps, seufzte und entschied sich, ihn doch nicht gegen Kong einzutauschen. Rufus würde ihm sowieso welchen geben. Besser teilen wir ihn uns, dachte er. Er öffnete die Flasche, zog eine Kiste neben Rufus, setzte sich, nahm einen Schluck und sagte: »Ein Bursche aus unsrer Heimat kam heute bei Mr Itkin rein, um Wein zu kaufen. Sagte, er iss am Morgen aufgewacht und da war was übriggebliebene Marmelade im Mehlsieb von seiner Frau.«

»Kein Witz? Hat sie gebacken?«

»Plätzchen. Gestern Abend. Er sagt, sie hat hinterher alles abgewaschen. Das Geschirr hat sie über Nacht trocknen lassen. Und dann kommt dieser Bursche, ihr Mann, heute Morgen in die Küche, und da iss Marmelade in ihrm Mehlsieb.«

Rufus entwich ein leises Pfeifen.

»Mojo?«, fragte Sportcoat.

»Ich nimm an, da hat ihn einer verhext«, sagte Rufus. Er griff nach der Flasche und nippte.

»Ich wette, seine Frau«, sagte Sportcoat.

Rufus nahm einen befriedigten Schluck und nickte zustimmend. »Machs du dir immer noch wegen Hettie Sorgen?«

Statt zu antworten, streckte Sportcoat die Hand nach der Flasche aus, die Rufus ihm überließ, nahm einen tiefen Zug und schluckte, bevor er sagte: »Ich muss das Geld vom Christmas Club ersetzen. Sie hat mir nie gesagt, wo sie's hingetan hat, und jetz blökt die ganze Kirche wie 'n Schaf danach.«

»Wie viel isses?«

»Ich weiß es nich. Hettie hat's mir nich verraten. Aber 'ne Menge.«

Rufus kicherte. »Sag den Geweihten, sie solln drum beten. Lass Hot Sausage das machen.«

Sportcoat schüttelte traurig den Kopf. Rufus und Sausage vertrugen sich nicht. Es half auch nicht, dass Rufus die Five Ends Baptist Church mit gegründet, sich dann aber vor vierzehn Jahren abgemeldet hatte. Seitdem war er nicht mehr in einer Kirche gewesen, und Sausage, den Rufus damals rekrutiert hatte, war jetzt ein geweihter Diakon. Was mal Rufus' Job gewesen war.

»Wie wills du was ersetzen, von dem du nich weißt, was es iss? Es könnte auch nichts drin sein bis auf 'n paar Fingerhüte und drei Zähne von der Zahnfee«, sagte Sportcoat.

Rufus überlegte einen Moment. »Da gibt es eine Alte von der Five Ends, die wissen könnte, wo es iss«, sagte er nachdenklich.

»Wen?«

»Schwester Pauletta Chicksaw.«

»Ich erinner mich an Schwester Paul«, sagte Sportcoat strahlend. »Edie Chicksaws Momma? Die lebt noch? Die muss gut über hundert sein, wenn's so iss. Edie iss lange tot.«

»Lange tot, aber soweit ich weiß, iss Schwester Paul noch am Leben«, sagte Rufus. »Sie und Hettie warn Freundinnen. Hettie iss immer zu ihr hin und hat sie im Altenheim in Bensonhurst besucht.«

»Da hat mir Hettie nie was von erzählt«, sagte Sportcoat. Er klang verletzt.

»Eine Frau sagt ihrm Mann nie alles«, sagte Rufus. »Deswegen hab ich nie geheiratet.«

»Schwester Paul weiß nichts über die Kirchensachen. Das hat Hettie alles gemacht.«

»Du weiß nich, was Schwester Paul weiß oder nich weiß. Sie iss das älteste Mitglied von Five Ends. Sie war schon da, als die Kirche gebaut wurde.«

»Ich auch.«

»Nein, alter Mann, Hettie war da. Du wars noch zu Hause und hass dir die Zehen angesägt. Du biss 'n Jahr später gekommen, als sie das Fundament schon ausgehoben hatten. Hettie war da, als die Kirche gebaut wurde. Ich mein, das Bauen selbs. Als sie das Fundament gelegt ham.«

»Ich war da auch 'n Teil davon.«

»Nich, als sie das Fundament ausgebuddelt und die Mauern hochgezogen haben.«

»Was beweist das?«

»Es beweist, dass du dich nicht an die frühn Tage erinnern kanns, weil da hat Schwester Paul das Geld vom Christmas Club gesammelt. Sie hat das vor Hettie gemacht. Und ich glaub, sie könnte was drüber wissen, wo das Geld jetz iss.«

»Woher weiß du das? Du biss vor vierzehn Jahrn aus Five Ends raus.«

»Bloß, weil einer kein Geweihter mehr iss, heißt das nich, dass er nich mehr durchblickt. Schwester Paul hat hier in dem Haus gewohnt, Sport. Hier in den Watch-Häusern. Und ich, ich hab die Weihnachtskasse bei ihr gesehn.«

»Wenn du 'n Kind wärs, Rufus, würd ich mein Stock holen und dich schreiend die Straße runterjagen, weil du lügs wie gedruckt. Du hass keine Weihnachts-Club-Kasse gesehn.«

»Ich hab Schwester Paul oft zur Kirche gebracht und wieder abgeholt. Als es hier schlimm wurde, hatte sie Angst, dass ihr einer eins überziehn würde, deshalb hat sie mich gefragt, ob ich sie manchmal bringen könnte.«

»Sie sollte mit dem Weihnachtsgeld nich durch die Gegend laufen.«

»Sie musste es doch irgenswo verstecken, wenn sie's eingesammelt hatte. Normalerweise tat sie das in der Kirche, aber sie hatte nich immer genug Zeit, um zu warten, bis die leer war. Manchmal blieben die Leute noch da und aßen Fisch, oder der Pastor predigte zu lange oder so, und sie musste nach Hause. Da hat sie das Geld dann mitgenommen.«

»Warum hat sie es nich beim Pastor eingeschlossen?«

»Was für 'n Trottel würde Geld beim Pastor aufbewahrn?«

Sportcoat nickte wissend.

»Schwester Paul hat mir mal erzählt, sie hätte in der Kirche ein gutes Versteck für die Schachtel«, sagte Rufus. »Ich weiß nur nich, wo. Aber wenn sie's da nich lassen konnte, hat sie's bis zum nächsten Sonntag mit nach Hause genomen. Deshalb weiß ich, dass sie's hierhatte. Weil sie kam und mich bat, sie zu bringen. Was ich natürlich gerne gemacht hab. Sie sagte: ›Rufus Harley, du biss mehr als 'n Mann, das sag ich dir. Warum kommst du nicht wieder in die Kirche? Du biss mehr als 'n Mann, Rufus Harley. Komm zurück.‹ Aber ich bin kein Kirchenmann mehr.«

Sportcoat überdachte das. »Das iss Jahre her, Rufus. Schwester Paul hat nichts mehr, womit sie mir helfen könnte.«

»Du weiß nich, was sie hat. Sie und ihr Mann warn die ersten Farbigen, die in die Häuser hier kamen, Sport. Das war in den Vierzigern, als die Iren und die Italiener den Farbigen die Köpfe eingeschlagen ham, weil sie hergezogen sind. Schwester Paul und ihr Mann ham die Kirche in ihrm Wohnzimmer angefangen. Ich war dabei, als Five Ends das Fundament für das Gebäude ausgehoben hat. Wir warn nur zu viert bei der Buddelei: ich, ihre Schwester Edie, deine Hettie und der verkrüppelte Iii-taliener hier aus der Gegend.«

»Was für 'n Krüppel?«

»Ich hab sein Namen vergessen. Er iss lange tot. Hat 'ne

Menge für Five Ends gemacht. Ich kann mich an sein Namen nich erinnern, aber es war was Italienisches: Eli oder so. Mit 'm *i* am Ende. Du weiß schon, wie die italienischen Namen gehn. Komischer Kerl. Ein Krüppel war er. Hatte nur ein gutes Bein und hat nie auch nur ein Wort zu mir oder sons wem gesagt, auch nicht geflüstert. Wollte eim Neger nich sagen, wie spät es war. Aber er war ganz für die Five Ends Baptist. Hatte auch 'n bisschen Geld, glaub ich, weil er 'n Bagger hatte und ein Trupp Iii-taliener angeheuert hat, die kein Wort Englisch konnten, und die haben das Loch für das Fundament fertig ausgehoben und die Rückwand mit dem Jesus-Bild bemalt, das da iss. Das Bild von Jesus hinten? Der iss von den Iii-talienern da hingemalt worden. Jeder Fitzel von ihm.«

»Kein Wunder, dass er weiß war«, sagte Sportcoat. »Pastor Gee hat mich und Sausage und Schwester Bibbs Sohn Zeke dabei helfen lassen, ihn auszumalen.«

»Das war blöd. Es war ein gutes Bild.«

»Es iss immer noch da. Aber jetzt iss er farbig.«

»Ihr hättet ihn lassen sollen wie er war, wegen dem Mann, der sein Bagger und all die Iii-taliener gebracht hat. Ich wünschte, ich könnte mich an sein Namen erinnern. Schwester Paul würde es. Die beiden sind gut mit'nander ausgekommen. Er mochte sie. Sie war damals eine Schönheit, weiß du. Sie war schon ziemlich alt, musste irgenswo nördlich von fünfundsiebzig sein, denk ich, aber Himmel, sie war ... Ich hätte sie nich aus'm Bett geschmissen, auch wenn sie Kekse drin gegessen hätte, das iss mal sicher. Damals nich. Sie war gut gepolstert.«

»Du denkst, da gab's ...« Sportcoat bewegte seine Hand hin und her.

Rufus grinste. »Weiß du, in den Tagen ging 'ne Menge ab.«

»War sie nicht mit dem Pastor verheiratet?«, fragte Sportcoat.

»Wann hat der Affe andern das Klettern verboten?« Rufus kicherte. »Der war keine zwei Cent wert. Aber ehrlich, ich weiß nicht, ob sie und der Iii-taliener 'n Techtelmechtel, so ein Rums-di-Bums-Ding laufen hatten oder nich. Die ham sich einfach gut verstanden. Sie war die Einzige, mit der er geredet hat. Ohne ihn hätten wir Five Ends nie gebaut. Als er kam, ham wir die ganze Buddelei geschafft. Und das war schon was. So iss die kleine Kirche gebaut worden, Sport.«

Rufus hielt inne. Er erinnerte sich. »Weiß du, dass er der Kirche ihrn Namen gegeben hat? Eigentlich sollte sie *Four Ends Baptist* heißen: Norden, Süden, Osten, Westen, weil aus all den Richtungen Gottes Hand kommt. Das war die Idee des Pastors. Aber als der Iii-taliener das Bild auf die Rückwand malte, sagte einer, lass uns Five Ends sagen, da Jesus selbst sein eigenes Ende ist. Das Pastor mochte das nicht. Er sagte: ›Ich hab das Bild da von Anfang an nicht gewollt.‹ Aber Schwester Paul bestand darauf, und damit war's entschieden. So wurden es Five statt Four Ends. Ham sie das Bild übrigens hinten immer noch?«

»Klar. Unkraut und so wuchert drumrum, aber es iss noch da.«

»Steht obendrüber noch: ›Möge Gott Euch in Seiner Hand halten‹? Da habt ihr nich drübergemalt, oder?«

»Himmel, nein. Wir ham doch nich über die Worte gemalt, Rufus.«

»Das solltet ihr auch nich. Das iss 'ne Anerkennung für ihn, den Iii-taliener. Lange tot jetz. Hat Gottes Arbeit getan. Ein Mann muss nich jeden Sonntag in der Kirche stehn, um Gottes Arbeit zu tun, weiß du, Sport.«

»Das sagt mir nichts.«

»Du hass mich nach Schwester Paul gefragt, Sport. Und ich hab's dir gesagt. Du solltes zu ihr rausfahren und sie besuchen.

Sie könnte was drüber wissen, wo die Schachtel iss. Vielleicht hat sie Hettie gesagt, wo sie die verstecken soll.«

Sportcoat überlegte. »Das iss 'ne lange Subway-Fahrt.«

»Was hass du zu verlieren, Sport? Sie lebt als Einzige aus der Zeit noch. Ich würde ja mit dir mitkomm. Ich würd sie gerne sehn. Aber die Weißen da oben in Bensonhurst, die sind 'n rauer Verein. Die ziehn sofort 'ne Pistole gegen 'n Neger.«

Beim Wort »Pistole« wurde Sportcoat blass und griff nach dem Seagram's. »Diese Welt iss verdammt kompliziert«, sagte er und nahm einen guten Schluck.

»Vielleicht kommt Sausage mit.«

»Der hat zu viel zu tun.«

»Was?«

»Oh, der regt sich immer wegen irgenswas auf«, sagte Sportcoat. »Rennt rum und wirft Leuten Sachen vor, an die sie sich nich erinnern können.« Um das Thema zu wechseln, nickte er zum Generator hin. »Kann ich helfen? Was stimmt damit nich?«

Rufus linste zurück ins Innere der alten Maschine. »Nichts, was ich nich in Ordnung bringen könnte. Fahr schon nach Bensonhurst, kümmer dich um deine Sache und kuck nach Schwester Paul für mich. Aber lass die Flasche hier. Ein Mann braucht 'n bisschen 'ne Auflockerung.«

»Machs du grade kein selbstgebrannten King Kong?«

Rufus ging auf ein Knie und steckte den Kopf zurück in den Generator. »Ich mach immer welchen«, sagte er. »Aber das sind zwei Teile. Erst machs du den King, dann den Kong. Der King-Teil iss leicht. Der iss fertig. Jetz warte ich auf den Kong, und das dauert.«

Er drückte einen Knopf auf der Seite der Maschine, und der Generator spuckte und hustete ein paar Sekunden, heulte gequält und röhrte wieder los.

Rufus warf Sportcoat einen Blick zu und brüllte durch den Lärm: »Fahr Schwester Paul besuchen! Und sag mir, wie's ihr geht. Trag deine Laufschuhe draußen in Bensonhurst!«

Sportcoat nickte, nahm einen letzten Schluck Seagram's und ging. Aber statt den Notausgang nach hintenraus zu nehmen, ging er durch die normale Tür hinaus und die Treppe rauf zum Vordereingang, der auf die Watch-Plaza führte. Als er in den Flur oben kam, schob sich eine große Gestalt in einer schwarzen Lederjacke aus einem Besenschrank unter der Treppe, die weiter nach oben führte, und pirschte sich mit einem hoch erhobenen Rohr von hinten an ihn ran. Der Mann war noch zwei Schritte weg, als plötzlich ein Baseball die Treppe runtergeflogen kam und ihn am Hinterkopf traf, worauf er polternd zurück in den Besenschrank und außer Sicht stolperte. Im nächsten Moment kamen zwei Jungs, nicht älter als neun, die Treppe heruntergetollt und flitzten am überraschten Sportcoat vorbei. Einer von ihnen hob den Ball auf, der vor der Tür liegen geblieben war, und brachte ein hastiges »Hey, Sportcoat!« heraus – und schon waren die beiden durch die Tür, sprangen lachend die Stufen runter und waren nicht mehr zu sehen.

Sportcoat lief ihnen verärgert hinterher, raus auf die Plaza und rief: »Passt mal was auf! Habt ihr noch nie was vonnem Baseballfeld gehört?« Er marschierte die Stufen hinunter und hatte den Mann hinter sich nicht bemerkt.

Im Besenschrank saß Earl, Bunchs Schläger, auf dem Hintern, und seine Beine ragten ein Stück aus der Tür. Er war mit dem Kopf gegen die Rückwand geknallt und schüttelte sich, um wieder ganz zu sich zu kommen. Er musste weg hier, schnell, bevor noch einer die Treppe runterkam. Er roch Bleichmittel und begriff plötzlich, dass sein Hintern nass war. Er hatte einen gelben, fahrbaren Eimer voller Schmutzwasser umgestoßen, seine Füße lagen noch auf ihm. Earl rückte von der Wand weg, stützte sich mit den Händen auf dem Boden ab und landete dabei mit der rechten auf einem nassen Mopp. Links hielt er sich an irgendeiner Art von Werkzeug oder Vorrichtung fest, schob sich weiter hoch, trat die Tür ganz auf und sah im hereinfallenden hellen Licht zu seinem Entsetzen, dass er sich mit der linken Hand auf einer Rattenfalle abgestützt hatte – mit einem pelzigen, toten Kunden unter dem zugeschnappten Bügel. Er kam mit einem Keuchen auf die Beine, schoss aus dem Schrank, den Flur hinunter und nach vorn aus der Tür. Wie ein Profi-Geher eilte er über die Plaza zur nahen Subway, rieb verzweifelt mit der Hand über seine Lederjacke und spürte den Wind kalt auf der nassen Hose und den Turnschuhen.

»Verdammter alter Sack«, murmelte er.

9

SCHMUTZ

Die beiden uniformierten Cops platzten fünf Minuten, nachdem die beiden Cousinen zu streiten begonnen hatten, in die Chorprobe. Tatsächlich hatte der Streit bereits vor dreiundzwanzig Jahren angefangen. So lange zankten Nanette und ihre Cousine Sweet Corn schon miteinander.

Schwester Gee, ein große, gut aussehende Frau von achtundvierzig Jahren, saß auf einer Bank im Altarraum, machte mit ihrem Wohnungsschlüssel herum und starrte in ihren Schoß, während sich die Cousinen beschimpften. »Lieber Gott«, murmelte sie gegen das Zischen der beiden an, »mach, dass die beiden Dickköpfe runterkommen.«

Wie als Antwort darauf öffnete sich die Tür, und zwei weiße Cops traten durch den winzigen Vorraum in die Kirche. Das Licht der nackten Glühbirne dort schimmerte auf ihren polierten Abzeichen und Messingknöpfen. Ihre Schlüssel klingelten wie kleine Glöckchen, als sie den sägemehlbestreuten Gang nach vorn heraufkamen. Die Lederholster schlugen ihnen gegen die Hüften. Beim Predigtpult blieben sie stehen und sahen den Chor aus fünf Frauen und zwei Männern an, die zu ihnen zurückstarrten, bis auf Pudgy Fingers, Sportcoats

Sohn, der am Ende der Bank saß, die blinden Augen von seiner Sonnenbrille verdeckt.

»Wer hat hier die Leitung?«, fragte einer der Cops.

Schwester Gee musterte ihn von Kopf bis Fuß. Er war jung, nervös und dünn. Der Cop hinter ihm war älter, dicker, mit breiten Schultern und Krähenfüßen um die blauen Augen. Sie sah, wie der Ältere schnell den Raum absuchte. Sie hatte den Eindruck, ihn schon mal gesehen zu haben. Er nahm seine Kappe ab und sagte mit irisch eingefärbter, weicherer Stimme als sein jüngerer Kollege: »Mitch, nimm die Mütze ab.«

Der jüngere Cop gehorchte und fragte noch einmal: »Wer hat hier die Leitung?«

Schwester Gee spürte, wie sich jeder einzelne Augapfel im Chorraum zu ihr hindrehte.

»In dieser Kirche«, sagte sie, »begrüßen wir eine Person, bevor wir mit unserm Anliegen kommen.«

Der Cop hielt ein blaues, zusammengefaltetes Blatt Papier in der Hand. »Ich bin Officer Dunne. Wir haben einen Haftbefehl für Thelonius Ellis.«

»Für wen?«

»Thelonius Ellis.«

»Hier iss keiner, der so heißt«, sagte Schwester Gee.

Der junge Cop sah zum Chor hinter Schwester Gee und fragte: »Kennt ihn jemand? Wir haben einen Haftbefehl.«

»Da weiß keiner was vonnem Haftbefehl.«

»Mit Ihnen rede ich nicht, Miss. Ich rede mit denen da.«

»Scheint mir so, als wärn Sie sich nich klar drüber, mit wem Sie hier reden wollen, Officer. Erst komm Sie rein und fragen, wer die Leitung hat, also sag ich es Ihnen. Statt aber mit mir zu reden, drehn Sie sich weg und reden mit denen. Wen wolln Sie sprechen? Mich oder die? Oder sind Sie nur hier, um ein paar Ansagen zu machen?«

Der ältere Cop hinter dem jüngeren sagte: »Mitch, check mal die Umgebung draußen, ja?«

»Das haben wir schon, Potts.«

»Check sie noch mal.«

Der junge Cop drehte sich um, drückte Potts den blauen Haftbefehl in die Hand und verschwand durch die Windfangtür.

Potts wartete, bis sich die Kirchentür hinter ihm geschlossen hatte, und wandte sich dann entschuldigend an Schwester Gee. »Junge Leute«, sagte er.

»Das kenne ich.«

»Ich bin Sergeant Mullen vom 76. Genannt Sergeant Potts.«

»Entschuldigen Sie, wenn ich frage, aber was soll das für ein Name sein, Potts, Officer?«

»Besser als Pfannen.«

Schwester Gee gluckste. Der Mann hatte was Leuchtendes, was Warmes, das um ihn wehte und waberte wie eine Rauchwolke voll mit Wunderkerzen. »Ich bin Schwester Gee. Haben Sie auch einen richtigen Vornamen, Sir?«

»Der lohnt nicht. Potts reicht.«

»Hatte da einer 'ne Glatze, als Sie geborn wurden, oder 'n Schrumpelkopf, dass Ihre Leute Sie so genannt haben?«

»Ich hab mal einen völligen Sums aus ein paar Kartoffeln gemacht, als ich noch so 'n kleiner Knirps war, und da hat mich meine Grammy so genannt.«

»Was issen Sums?«

»Ein Murks.«

»Nun, der Name issen Murks, das stimmt.«

»Damit sind wir gleichauf, oder? Gee heißen Sie, haben Sie gesagt? Ich werd nicht mehr, wenn Sie jetzt sagen, ihr Vorname ist Golly.«

Schwester Gee hörte ein Kichern hinter sich und spürte, wie sie ein Lächeln unterdrückte. Sie konnte nichts dagegen tun. Etwas an diesem Mann verschaffte ihr ein Kribbeln im Bauch.

»Ich hab Sie schon mal wo gesehn, Officer Potts«, sagte sie.

»Einfach nur Potts. Kann sein. Ich bin nur ein paar Straßen weiter aufgewachsen. Ist lange her. Und ich war hier Detective.«

»Nun... vielleicht hab ich Sie da gesehn.«

»Das ist zwanzig Jahre her.«

»Da war ich schon hier«, sagte sie nachdenklich. Sie rieb sich die Wange und sah Potts, wie es schien, lange an. Ihre Augen funkelten, während sich ihr Gesicht zu einem verschlagenen Lächeln verzog. Es war plötzlich von einer rauen, natürlichen Schönheit, die Potts völlig unvorbereitet traf. Diese Frau, dachte er, ist was Besonderes.

»Jetzt weiß ich's«, sagte sie. »Auf der Ninth Street, beim Park. Bei der alten irischen Kneipe da. Rattigan's. *Da* hab ich Sie gesehn.«

Potts wurde rot. Einige Chormitglieder lächelten. Selbst die Cousinen grinsten.

»Ich hab da früher öfter mal ein berufliches Treffen gehabt«, sagte Potts gequält und erholte sich nur langsam wieder. »Wenn ich fragen darf, hatten Sie da auch beruflich zu tun? Zur gleichen Zeit? Als Sie mich gesehen haben?«

»*Ohgott!*«, kam ein gedämpftes Lachen von jemandem aus dem Chor. Die beiden Worte lagen wie zwei Münzen aufeinander. *Ohgott!* Die Sache wurde langsam pikant. Der Chor lachte. Jetzt war es an Schwester Gee, rot zu werden.

»Ich geh in keine Kneipen«, sagte sie hastig. »Ich arbeite tageweise gegenüber von Rattigan's.«

»Tageweise?«

»Hausarbeit. In dem großen Haus da. Seit vierzehn Jahrn

putz ich für die Familie. Wenn ich ein Nickel für jede Flasche bekäme, die ich montags vor Rattigan's aus der Gosse sammle, hätt ich ganz hübsch was.«

»Ich lasse meine Flaschen in der Bar«, sagte Potts, ohne weiter nachzudenken.

»Interessiert mich nich, wo Sie Ihre Flaschen lassn«, sagte Schwester Gee. »Mein Job ist es, sauberzumachen. Was, iss egal. Schmutz ist überall gleich.«

Potts nickte. »Manches ist schwerer zu säubern als anderes.«

»Nun, das hängt davon ab«, sagte sie.

Die Leichtigkeit schien aus dem Raum zu weichen, und Potts spürte, wie sich ein Widerstand aufbaute. Beide spürten sie das. Potts warf einen Blick auf den Chor. »Könnten wir unter vier Augen...?«

»Sicher.«

»Vielleicht im Keller?«

»Da unten iss es zu kalt«, sagte Schwester Gee. »Die andern können da unten üben. Da steht ein Klavier.«

Der Chor stand erleichtert auf und ging schnell in Richtung Tür. Als Nanette vorbeikam, fasste Schwester Gee sie beim Arm und sagte leise: »Nimm Pudgy Fingers mit.«

Sie sagte es beiläufig, aber Potts registrierte den Blick, den die beiden wechselten. Da schwang was mit.

Als sich die Tür schloss, sah sie ihn an und sagte: »Worüber ham wir grade noch geredet?«

»Schmutz«, sagte Potts.

»Oh, ja«, sagte sie und setzte sich wieder. Er sah jetzt, dass sie nicht einfach nur gut aussah, sondern eine ruhige, wahre Schönheit war – eine große Frau in ihren mittleren Jahren, deren Gesicht nicht von den strengen Falten der Kirchgängerinnen durchzogen war, die zu viel gesehen und außer beten zu wenig dagegen getan hatten. Ihr Ausdruck war fest und entschieden, die milchbraune Haut glatt und weich. Ihr dichtes, ordentlich gescheiteltes Haar ließ hier und da etwas Grau erkennen. Schlank und stolz saß sie da in ihrem bescheidenen blumenbedruckten Kleid, aufrecht wie eine Ballerina, und so wie ihre schlanken Ellbogen locker auf der Lehne vor ihr lagen, sie träge das Schlüsselbund in ihrer Hand klingeln ließ und den weißen Cop betrachtete, strahlte sie eine Ruhe und Zuversicht aus, die ihn leicht verunsicherte. Jetzt lehnte sie sich zurück und legte einen schönen braunen Arm auf die Rückenlehne ihrer Bank. Sie bewegte sich so anmutig und geschmeidig. Wie eine Gazelle, dachte Potts. Plötzlich hatte er Mühe, einen klaren Gedanken zu fassen.

»Sie sagten, mancher Schmutz iss schwerer zu säubern als anderer«, sagte sie. »Nun, das iss mein Job, Officer. Ich putze Häuser, verstehn Sie. Ich arbeite im Schmutz. Den ganzen Tag kämpfe ich mit ihm. Er mag mich nich. Ich sitze da nich und sage: ›Ich versteck mich, komm und krieg mich doch.‹ Ich geh raus und suche ihn, um ihn wegzumachen. Aber ich hasse ihn nicht, weil er schmutzig iss. Man kann etwas nich dafür hassen, was es iss. Schmutz macht mich zu dem, was ich bin. Wo immer ich die Welt von ihm zu befreien versuche, mache ich die Dinge für jemanden etwas besser. Es iss wie bei Ihnen. Die Kerle, die Sie suchen, die Ganoven und so, die sagen auch nich: ›Hier sind wir. Hol uns doch.‹ Die meisten von denen müssen Sie aufspüren und auf die eine oder andre Weise beim Wickel kriegen. Sie sorgen für Gerechtigkeit, was die Welt auch für jemanden ein bisschen besser macht. Ich und Sie, wir haben auf eine Weise den gleichen Job. Wir beseitigen Schmutz. Wir putzen den Leuten hinterher. Wir sammeln ihrn Dreck auf, wobei ich denke, es iss nich fair, einen, der ein falsches Leben lebt, ein Problem zu nennen, Murks oder … Schmutz.«

Potts musste lächeln. »Sie sollten Anwältin sein«, sagte er.

Schwester Gee zog die Stirn kraus und schien argwöhnisch. »Nehmen Sie mich auf 'n Arm?«

»Nein.« Er lachte.

»Sie sehn an der Art, wie ich rede, dass ich nich aus Büchern gelernt hab. Ich komm vom Land. Ich wollte auf die Schule«, sagte sie wehmütig. »Aber das iss lange her. Als Kind in North Carolina. Warn Sie mal im Süden?«

»Nein, Ma'am.«

»Wo kommen Sie her?«

»Ich hab's doch schon gesagt. Von hier. Aus dem Cause District, der Silver Street.«

Sie nickte. »Nun, was sagt man dazu.«

»Meine Leute kommen aus Irland.«

»Iss das eine Insel?«

»Es ist ein Ort, wo die Leute stehen bleiben und nachdenken können. Die mit was im Hirn jedenfalls.«

Sie lachte, und es war, als sähe Potts einem dunklen, stillen Berg dabei zu, wie er plötzlich zum Leben erwachte, erleuchtet von Hunderten Lichtern eines kleinen, idyllischen Bergdorfes, das es seit hundert Jahren dort gab und das plötzlich aus dem Nichts auftauchte und all seine Lichter auf einmal entzündete. Jeder Zug ihres Gesichts erstrahlte. Er ertappte sich dabei, dass er ihr von allen Sorgen erzählen wollte, die er je mit sich herumgetragen hatte, und auch, dass das Irland der Reisebroschüren nicht das wirkliche Irland war und die Erinnerung an seine uralte Großmutter, wie sie mit ihm an der Hand die Silver Street hinuntergegangen war, ihren letzten Nickel in der Faust, sich auf die Lippe beißend und dabei ein trauriges Lied von Hunger und Entbehrung aus ihrer Kindheit vor sich hin summend, in der sie auf der Suche nach einem Heim und Essen durch die irische Landschaft gewandert war, dass diese Erinnerung ihm durch den Körper strömte und ins Herz stach, bis in die Tage als erwachsener Mann:

Grün wogt das Gras, so sanft sein Schlaf für immer.
Vorbei die Jagd, die Kälte; der Hunger, er ist vergangen...

Stattdessen sagte er nur: »So schön war es da nicht.«

Sie schluckte betreten, überrascht von seiner Antwort, und sah, wie er rot wurde. Plötzlich spürte sie, wie ihr das Herz davonzufliegen schien. Eine knisternde Stille legte sich über den Raum. Beide fühlten sie es, fühlten sich plötzlich wie am Rande einer tiefen Schlucht, spürten den unwiderstehlichen Drang, die Hand auszustrecken, hinüberzureichen, sich ihre Hände von den gegenüberliegenden Seiten eines großen, höhlenartigen Tales entgegenzustrecken, das so gut wie unmöglich zu durchqueren war. Es war viel zu groß, zu weit, so unsinnig, lächerlich. Und doch...

»Dieser Bursche«, sagte Potts und brach das Schweigen, »dieser Bursche, nach dem ich suche, er ist, hmm... wenn er nicht Thelonius Ellis heißt, wie dann?«

Sie schwieg, das Lächeln war verblichen, sie sah weg, der Zauber war verflogen.

»Es ist okay«, sagte er. »Wir wissen, was passiert ist, mehr oder weniger.« Er hatte es beiläufig sagen wollen, als Trost, doch es klang offiziell, und das wollte er nicht. Die fehlende Aufrichtigkeit in seiner Stimme überraschte ihn. Diese große, schokoladenfarbene Frau besaß eine innere Ruhe, die wie ein sanfter Filter wirkte und einen Teil von ihm öffnete, der normalerweise verschlossen blieb. Es waren nur noch vier Monate bis zu seiner Pensionierung, und das waren vier Monate zu viel. Er wünschte, es wäre gestern gewesen. Er verspürte den plötzlichen Drang, seine Uniform auszuziehen, sie auf den

Boden zu werfen, nach unten zum Chor zu gehen und mitzusingen.

Es kam spontan aus ihm heraus: »Ich werde bald pensioniert. In hundertzwanzig Tagen. Dann geh ich fischen. Vielleicht singe ich auch in einem Chor.«

»So verbringt man nich den Rest seines Lebens.«

»Mit Singen im Chor?«

»Nein. Mit Fischen.«

»Ich kann mir nichts Besseres vorstellen.«

»Nun, wenn Sie das am Leben hält, nur zu. Ich nimm an, es iss besser als Beerdigungen und große Besäufnisse.«

»Wie bei Rattigan's?«

Sie winkte ab. »Die Kneipe stört mich nich. Sie zanken und streiten in jedem Säuferloch der Welt. Am schlimmsten sind die gottesfürchtigen Orte. Gott iss das Letzte, woran sie in einigen der Kirchen hier denken. Es scheint, sie streiten heute in der Kirche mehr als sie beten, mehr noch wie auf der Straße. Iss nirgenswo mehr sicher. Früher war's anders.«

Ihre Worte holten Potts zurück. Mit Mühe kam er wieder auf den Grund, aus dem er hier war. »Kann ich Sie nach diesem Mann fragen, Thelonius Ellis?«

Schwester Gee hob eine Hand. »Ich schwöre bei Gott, hier in der Kirche weiß ich keinen, der so heißt.«

»Das ist der Name, den wir haben. Von einem Augenzeugen.«

»Muss Ray Charles gewesen sein, der Ihnen das gesagt hat. Oder vielleicht einer aus 'ner andren Kirche.«

Potts lächelte. »Sie und ich, wir wissen, dass er in diese Kirche geht.«

»Wer?«

»Der alte Mann. Der Schütze. Trinkt 'ne Menge. Kennt jeden.«

»Was für ein Mann?«

Schwester Gee neigte den Kopf zu ihm hin. Die Neigung dieses entzückenden Gesichts machte ihn kurz hilflos. Er hatte das Gefühl, der Flügel eines Vogels striche ihm plötzlich über das Gesicht und bliese kühle, neblige Luft hinein, und dass der Nebel sich hinab auf seine Schultern senkte. Seine Brauen hoben sich, er blinzelte sie an und senkte den Blick dann zu Boden. Er spürte, wie die Gefühlstür, die er gerade hatte schließen können, wieder weit aufschwang. Er starrte auf den Boden und fragte sich, wie alt sie war.

»Der Cop, der für Hot Sausage gearbeitet hat«, sagte sie. »Im Heizungskeller unten. Hot Sausage iss der oberste Hausmeister und Heizungsmann. Sein Helfer. Der junge Mann unter ihm. Er war von Ihnen.«

»Wie heißt Hot Sausage richtig?«

Sie lachte. »Warum versuchen Sie mich zu verwirrn? Wir reden von Ihrem Mann. Hot Sausage iss der Hausmeister von Haus 17. Der farbige Junge, der unter ihm gearbeitet hat... *er* hat Deems das Leben gerettet, sons keiner. Die Leute hier wissen nich, ob sie's ihm danken oder 'n Eimer Wasser nach ihm schmeißen solln.«

Potts schwieg. Schwester Gee lächelte.

»Alle im Project wissen, dass er 'n Cop war. Kennen Sie Ihre eigenen Leute nich?«

Potts musste gegen den Drang ankämpfen, aus der Kirche zu rennen, zurück aufs Revier, und den eigenen Captain zu vermöbeln. Er kam sich so dumm vor. Jetzt musste er hier in Ordnung bringen, was der Captain verbockt hatte. Jet, der Mr Ich-bin-überall-der-erste-Schwarze. Der Junge hatte nicht das Zeug zum Detective. Zu jung. Keine Erfahrung. Nichts im Kopf. Keine Verbündeten, keinen Lehrer, außer ihn vielleicht. Der Captain hatte darauf bestanden: »Wir brauchen Neger in den Cause-Häusern.« Der Kerl hatte einen schalldichten Schädel. Wie dämlich kann ein Captain sein?

»Der Junge ist nach Queens versetzt worden«, sagte er. »Ich bin froh drüber. Er ist ein guter Kerl. Ich habe ihn ausgebildet.«

»Sind Sie deswegen hier?«, fragte Schwester Gee.

»Nein. Die haben mich gefragt, ob ich einspringe, weil ich die Gegend kenne. Sie ... versuchen, diesen neuen Drogendealern beizukommen.«

Er sah, wie sich ihr Ausdruck leicht veränderte. »Darf ich Sie was Persönliches fragen?«, sagte sie.

»Aber ja.«

»Wie kommt's, dass ein Detective wieder eine Uniform anzieht?«

»Das ist eine lange Geschichte«, sagte er. »Ich bin hier aufgewachsen, wie ich schon sagte. Ich mag die Arbeitszeiten. Ich mag die Leute. Wenn die Cops was gegen die Drogenbosse unternehmen wollen, geh ich sogar als Pfaffe.«

Schwester Gee konnte sich ein Grinsen nicht verkneifen. »Wenn Sie *das* wollen, sind Sie hinter dem Falschen her«, sagte sie. »Sportcoat iss einundsiebzig. Der iss kein Drogendealer.«

Potts fuhr fort: »Wir würden gerne mit ihm sprechen.«

»Sie werden kein Problem ham, ihn zu finden. Er iss Diakon in dieser Kirche hier. Manche nennen ihn Diakon Cuffy, aber die meisten sagen Sportcoat, weil er so Sachen am liebsten trägt. Da kommen Sie leicht auf sein Namen. Mehr kann ich Ihnen nich sagen. Ich muss hier leben.«

»Kennen Sie ihn gut?«

»Seit zwanzig Jahrn. Da war ich acht'nzwanzig.«

Potts rechnete schnell. Sie ist zehn Jahre jünger als ich, dachte er und ertappte sich dabei, wie er sich die Jacke über dem leichten Bauchansatz glatt zog. »Was arbeitet er?«

»Mal dies, mal das. Ein bisschen was von allem. An manchen Tagen hilft er drüben in Itkins Schnapsladen aus. Putzt unsern Keller, schafft den Müll raus und macht den Garten für viele Weiße in der Gegend. Hat 'n echt grünen Daumen. Er kann mit Pflanzen so gut wie alles, iss bekannt dafür. Und für die Sauferei. Und Baseball.«

Potts überlegte einen Moment. »Ist er der Schiedsrichter von den Spielen gegen die Watch-Häuser? Der so schreit und um die Bases rennt?«

»Genau der.«

Potts lachte. »Merkwürdiger Bursche. Ich hab die Spiele manchmal gesehen, wenn ich auf Streife war. Da war ein wahnsinnig toller Spieler dabei. Ein Junge ... etwa vierzehn oder so. Der pitchte wie der Teufel.«

»Das war Deems. Auf den er geschossen hat.«

»Sie machen Witze.«

Sie seufzte und schwieg einen Moment. »Deems hat genau da gesessen, wo Sie jetz sitzen, bis er zwölf, dreizehn war. Sportcoat, Diakon Cuffy, war Deems Lehrer in der Sonntagsschule. Und sein Trainer. Und auch alles andre für ihn. Bis Hettie gestorben iss. Das war seine Frau.«

Deswegen, dachte Potts bitter, muss ich aus diesem Job raus. »Woran ist sie gestorben?«

»Sie iss in den Hafen gefalln und ertrunken. Vor zwei Jahrn. Keiner hat das aufgeklärt.«

»Sie meinen, Ihr Mann hatte was damit zu tun?«

»Sportcoat iss nich mein Mann. Ich war schon tief unten im Leben, aber nich so tief. Ich bin verheiratet, mit dem Pfarrer hier.«

Potts versetzte es einen Stich. »Verstehe«, sagte er.

»Er hatte nichts mit Hetties Tod zu tun – Sportcoat, meine ich. So isses hier nun mal. Tatsache iss, er war einer von den wenigen hier, der seine Frau wirklich geliebt hat.«

Sie saß ganz still, während sie das sagte, aber in ihren schönen olivfarbenen Augen lag eine Weichheit und ein so tiefer Schmerz, dass sich Potts wie von Strudeln zu ihr hingezogen fühlte. Es war, als zerliefe Eiskrem auf einem Picknicktisch, weil es zu lange in der Sonne gestanden hatte. Das Bedauern floss wie Wasser aus ihren Augen. Als bräche sie vor ihm auseinander.

Er spürte, wie er rot wurde, und wandte den Blick von ihr ab. Er wollte schon eine Entschuldigung hervorbringen, als er sie sagen hörte: »In Straßensachen sehn Sie viel besser aus als in dieser schicken Uniform. Ich glaub, deswegen erinner ich mich an Sie.«

Später, viel später, kam ihm der Gedanke, dass sie sich vielleicht an ihn erinnerte, weil sie ihn beobachtet hatte, wie er mit seinen Freunden draußen vor der Kneipe saß und den verbitterten Soldaten der IRA zuhörte, wie sie die Engländer verfluchten und sich darüber beklagten, dass ihr Viertel so runterkam, wegen den Negern und den Spaniern mit ihrem Bürgerrechtsunsinn, die ihnen die Subway-Jobs wegnahmen, die Hausmeisterjobs, die Pförtnerjobs und sich um Küchenabfälle und Hühnerknochen schlugen, die ihnen von den Rockefellers und dem Rest hingeworfen wurden. Er stammelte: »Ich muss mich also nicht weiter um ihren Tod kümmern?«

»Tun Sie, was Sie wolln. Hettie war 'ne harte Frau, und das war sie, weil sie hier 'n hartes Leben hatte. Aber durch und durch ein guter Mensch. Sie hatte die Hosen zu Hause an. Sportcoat tat alles, was sie sagte. Nur«, sie kicherte, »beim Käse nicht.«

»Beim Käse?«

»Am ersten Samstag im Monat gibt's in eim der Häuser hier Käse umsonst. Hettie hat das gehasst. Die beiden haben die ganze Zeit drüber gestritten. Aber sons ham sie sich verstandn.«

»Wie, glauben Sie, ist es passiert?«

»Sie iss zum Hafen und hat sich ersäuft. Und seitdem isses hier in der Kirche nich mehr richtig.«

»Warum hat sie das getan?«

»Sie war müde, nimm ich an.«

Potts seufzte. »Soll ich das in meinen Bericht schreiben?«

»Schreiben Sie, was Sie mögen. Wenn ich ehrlich sein soll, hoff ich, Sportcoat hat sich dünngemacht. Deems isses nich wert, für ihn ins Gefängnis zu gehn. Nich mehr.«

»Ich verstehe. Aber der Mann ist bewaffnet. Und womöglich labil. Das schafft Unsicherheit in der Gemeinde.«

Schwester Gee schnaubte. »Die Unsicherheit hier kam vor vier Jahrn mit der neuen Droge. Diesem neuen Zeug, ich weiß nicht, wie sie's nennen, man raucht es, spritzt es sich mit Nadeln in die Adern ... wie man's auch macht, 'n paarmal reicht, und du komms nich mehr davon weg. So was hab ich hier vorher nich erlebt, und ich hab 'ne Menge erlebt. Die Häuser hier warn sicher, bis diese neue Droge kam. Jetzt wern die alten Leute überfalln, wenn sie abends von der Arbeit komm, ihr bisschen Geld, das sie verdient ham, wird ihnen geraubt, damit die Junkies mehr von Deems' Gift kaufen können. Er sollte sich schämen. Sein Großvater würd ihn umbringen, wenn er noch lebte.«

»Ich verstehe. Aber Ihr Mann kann nicht einfach das Gesetz in die eigene Hand nehmen. Da ist so was für da«, sagte er und hielt den Haftbefehl in die Höhe.

Jetzt verhärtete sich ihr Gesicht, und eine Kluft tat sich zwischen ihnen auf. »Haftbefehle. Wenn ihr mit den Dingern so um euch werft, solltet ihr vielleicht auch ein für den ham, der uns das Christmas-Club-Geld geklaut hat. Da sind 'n paar Tausend drin, schätz ich.«

»Was ist das jetzt wieder?«

»Der Christmas Club. Da ham wir jedes Jahr unser Geld drin gespart, um unsern Kindern Weihnachten Spielzeug schenken zu können. Hettie hat's inner kleinen Schachtel verwahrt. Das hat sie gut gemacht. Hat keiner Seele verraten, wo sie's versteckt hat, und zu Weihnachten hat sie's dir dann gegeben. Das Problem iss, jetz iss sie nich mehr, und Sportcoat weiß nicht, wo die Schachtel iss.«

»Warum fragen Sie ihn nicht.«

Schwester Gee lachte. »Wenn er's wüsste, gäb er's uns. Sportcoat klaut nichts von der Kirche. Nich mal fürs Saufen.«

»Für Alkohol hab ich Leute schon Schlimmeres tun sehen.«

Schwester Gee sah ihn düster an, Verdrossenheit fraß sich in ihr offenes, schönes Gesicht. »Sie sind 'n guter Mensch, das kann ich sehn. Aber wir sind arme Leute hier in der Kirche. Wir sparn unsre paar Dimes für Weihnachtsgeschenke für die Kinder. Wir beten für'nander und für Gott, der uns erlöst und Gutes tut. Jetz iss unser Weihnachtsgeld weg, wahrscheinlich für immer, und ich nimm an, Gott will es so. Für euch Polizisten heißt das nichts andres als: Sportcoat hat's vielleicht. Aber da täuscht ihr euch. Sportcoat würde sich innen Hafen werfen, bevor er irgenseiner Seele auf dieser Welt auch nur 'n Penny wegnehmen tät. Was passiert iss, iss, dass er sich von Sinnen gesoffen und versucht hat, das hier mit eim einzigen Streich wieder sauber zu kriegen. Und deswegen ham Sie noch nie so viele Cops hier jeden einzelnen Stein umdrehn sehn, um ihn zu finden. Was sagt uns das?«

»Wir wollen ihn schützen. Clemens arbeitet für eine ziemlich raue Bande. Hinter denen sind wir wirklich her.«

»Dann sperrn Sie Deems ein. Und den Rest von denen, die verkaufen, was immer der Teufel will.«

Potts seufzte. »Vor zwanzig Jahren hätte ich das tun können. Heute nicht mehr.«

Er fühlte, wie sich die Kluft zwischen ihnen wieder schloss, und er bildete es sich nicht nur ein. Schwester Gee fühlte es auch. Sie spürte seine Gutherzigkeit, seine Ehrlichkeit und sein Pflichtbewusstsein. Und sie spürte noch etwas anderes. Etwas Großes. Es war, als wäre da irgendwo in ihr ein Magnet, der sie geistig zu ihm hinzog. Es war seltsam, schön, ja aufregend. Sie sah, wie er aufstand und sich zur Tür wandte. Schnell stand auch sie auf und ging mit ihm den Mittelgang hinunter. Potts summte nervös, umkreiste den Holzofen und ging über den sägemehlbedeckten Boden zur Tür. Sie betrachtete ihn aus dem Augenwinkel. Sie hatte sich wegen eines Mannes nicht mehr so gefühlt, seit ihr Vater eines Nachmittags zur Schule gekommen war, um sie abzuholen, nachdem ein Junge aus ihrer Klasse von ein paar weißen Jungs zusammengeschlagen worden war. Dieses Gefühl von Trost und Sicherheit, das ihr jemand gab, der sich aus tiefstem Herzen um sie sorgte. Und dann auch noch ein Weißer. Es war ein seltsames, wundervolles Gefühl, das zu spüren, von einem Mann, diesem Mann, der doch ein Fremder war. Sie glaubte zu träumen.

An der Tür zum Windfang blieben sie stehen. »Wenn der Diakon herkommt, sagen Sie ihm, bei uns ist er sicherer«, sagte Potts.

Schwester Gee wollte ihm gerade antworten, als sie eine Stimme hörte, die fragte: »Wo iss mein Daddy?«

Es war Pudgy Fingers. Er war nach oben gekommen und saß auf einem Klappstuhl bei der Tür nach draußen. Die gewohnte Sonnenbrille vor den Augen, wiegte er sich vor und zurück, wie er es immer tat. Im Keller sang der Chor, und offenbar dachte niemand daran, ihn zu holen, fand Pudgy Fingers sich doch so gut wie jeder andere in der Kirche zurecht und wanderte oft gern allein in dem winzigen Gebäude herum.

Schwester Gee fasste ihn beim Ellbogen, um ihn hochzuziehen. »Pudgy, geh runter zur Probe«, sagte sie. »Ich bin gleich da.«

Pudgy Fingers stand widerstrebend auf. Sie drehte ihn vorsichtig um und legte seine Hand auf das Treppengeländer. Gemeinsam sahen sie zu, wie Pudgy in den Keller verschwand.

Als er außer Sicht war, sagte Potts: »Ich nehme an, das ist sein Sohn?«

Schwester Gee schwieg.

»Sie haben mir noch nicht gesagt, in welchem Haus Ihr Mann wohnt«, sagte er.

»Sie haben nicht danach gefragt«, sagte sie. Sie wandte sich zum Fenster, kehrte ihm den Rücken zu, rieb sich nervös die Hände und sah nach draußen.

»Soll ich nach unten gehen und seinen Sohn fragen?«

»Warum sollten Sie das tun? Sie sehen doch, dass der Junge nicht ganz da ist.«

»Er weiß sicher, wo er wohnt.«

Sie seufzte und sah weiter aus dem Fenster. »Sagen Sie mir, was iss da Gutes dran, den einen hier in die Mangel zu nehm, der als Einziger ein bisschen was Gutes getan hat?«

»Das ist nicht meine Entscheidung.«

»Ich hab's schon gesagt. Sportcoat iss leicht zu finden. Er iss hier immer irgenswo.«

»Soll ich das als Lüge verbuchen? Wir haben ihn noch nicht gesehen.«

Ihre Miene verdunkelte sich. »Verbuchen Sie's, wie Sie wolln. Wie immer Sie's anstellen, wenn Sie Sportcoat ins Gefängnis stecken, holt das Sozialamt Pudgy Fingers, und die schicken ihn in die Bronx oder irgenswo nach Queens, und wir sehn ihn nie wieder. Das iss Hetties Junge. Mit acht'ndreißig hat Hettie ihn gekriegt. Das iss für 'ne Frau alt, um ein Kind zu kriegen. Und für eine, die 'n hartes Leben wie sie hatte, isses wirklich sehr alt.«

»Es tut mir leid. Aber auch das ist nicht meine Abteilung.«

»'türlich nich. Aber ich bin die Art Mensch, die einschläft, wenn einer kommt, der sie nich interessiert«, sagte Schwester Gee.

Potts lachte bitter. »Erinnern Sie mich daran, ein paar K.-o.-Tropfen zu nehmen, wenn ich das nächste Mal zur Arbeit gehe«, sagte er.

Jetzt war es an ihr zu lachen. »So meinte ich das nich«, sagte sie. »Hettie hat 'ne Menge für diese Kirche getan. Sie war ganz am Anfang schon hier und hat nie 'n Penny vom Weihnachtsgeld für sich genomm, sogar als sie ihre Arbeit verlorn hatte. Tun Sie, was Sie wollen oder dürfen, aber wenn Sie Sportcoat verhaften, kriegen die Pudgy Fingers auch da mit rein, und das iss 'n ganz andres Paar Schuhe. Ich nimm an, dass wir es da auf 'n Kampf ankommen lassn.«

Potts hielt verzweifelt die Hände vor sich hin. »Wollen Sie, dass ich Gratis-Bonbons an jedes Kind in den Projects verteile, das 'ne Pistole hat? Das Gesetz ist das Gesetz. Ihr Mann ist ein Todesschütze. Er hat auf jemanden geschossen. Vor Zeugen! Und der, auf den er geschossen hat, ist kein Chorknabe ...«

»Er *war* einer.«

»Sie wissen, wie es läuft.«

Schwester Gee bewegte sich nicht vom Fenster weg. Potts betrachtete sie, wie sie dastand, aufrecht, groß, den Blick nach draußen gerichtet. Sie atmete langsam, und ihre Brüste hoben und senkten sich wie nickende Scheinwerfer. Sie drehte ihm ihr Profil zu, ihre olivfarbenen Augen suchten die Straße ab, ihre Zartheit und Sanftheit war verflogen, ihr Kiefer, das feste Kinn, die breite Nase blähte sich, da war wieder Wut. Er dachte an seine eigene Frau, in ihrem Bademantel daheim in Staten Island, wie sie Coupons aus der *Staten Island Advance* ausschnitt, der Lokalzeitung, die Augen feucht vor Langeweile, sich beschwerte, weil sie sich am Donnerstag die Nägel machen lassen musste, die Haare am Freitag, und weil sie am Samstag den Bingo-Abend verpassen würde, weil ihre Taille immer breiter wurde und ihre Geduld immer schmaler. Er sah, wie sich Schwester Gee den Nacken rieb, und dachte unwillkürlich, wie es wäre, seine Hand dorthin zu legen und ihr langsam über die Wölbung des Rückens zu fahren. Er glaubte zu sehen, dass sich ihr Mund bewegte, war aber abgelenkt und hörte nichts. Sie sagte etwas, doch er bekam nur das Ende mit und begriff da erst, dass er es war, der redete, nicht sie, und er sagte, dass er das Viertel schon immer geliebt habe und zurückgekommen sei, nachdem er in einem anderen Revier Ärger bekommen habe, weil er ein ehrlicher Cop bleiben wollte. Causeway sei der einzige District, in dem er sich frei fühle, sei er doch nur ein paar Straßen weiter aufgewachsen, und das Viertel fühle sich immer noch wie zu Hause an. Deshalb sei er wieder hier, um seine Laufbahn hier zu beenden, am Ende wieder zu Hause zu sein. Und dieser Fall, sagte er, sei »ein Riesending, in jeder Hinsicht. Wenn das hier ein anderer Teil von Brooklyn wäre, würde er sich vielleicht in Wohlgefallen auflösen. Aber Ihr Chorknabe Deems ist Teil einer großen Sache. Die haben überall in der Stadt ihre Finger drin, bei der Mafia, den Politikern, selbst bei den Cops – und Letzteres haben Sie nicht von mir. Die tun jedem weh, der ihre Interessen stört. Damit müssen wir klarkommen. So ist es.«

Sie hörte schweigend zu, während er sprach, sah zu den im Dunkel versinkenden Häusern hinüber, zu Elefantes altem Waggon eine Straße weiter, sah die heruntergekommenen, verbrauchten Straßen, durch die alte Zeitungen wehten, sah die Autogerippe am Straßenrand, wie tote Käfer lagen sie da. Sie hatte Potts Spiegelbild im Fenster vor sich, während er hinter ihr redete, der weiße Mann in der Uniform eines Cops. Aber da lag etwas in seinen blauen Augen, in der Neigung seiner breiten Schultern, darin, wie er dastand und sich bewegte, das ihn zu etwas anderem machte. Sie betrachtete ihn, sah ihn reden, den Kopf gesenkt, mit den Händen gestikulierend. Da war etwas Großes in ihm, beschloss sie – ein Teich, ein Weiher, vielleicht ein See. Sein schöner irischer Akzent gab ihm etwas Elegantes, trotz der breiten Schultern und dicken Hände. Er war ein Mann der Vernunft, voller Gutherzigkeit. Und er saß, begriff sie, genauso in der Falle wie sie.

»Dann lassen Sie der Sache ihrn Lauf«, sagte sie sanft zu seinem Spiegelbild.

»Das können Sie nicht einfach so sagen.«

Sie sah ihn von der Seite an, zärtlich. Ihre dunklen Augen glänzten im Zwielicht.

»Kommen Sie mich wieder besuchen«, sagte sie, und damit öffnete sie ihm die Kirchentür.

Ohne ein Wort setzte Potts seine NYPD-Mütze auf und trat hinaus in den dunklen Abend. Der Geruch des verdreckten Piers wehte ihm in Nase und Bewusstsein, während Flieder und Mondlicht wie Schmetterlinge sein erwachtes Herz umflatterten.

10

SOUP

Am Morgen nach seinem Besuch bei Rufus lag Sportcoat im Bett und versuchte sich mit Hetties Hilfe zu entscheiden, welche Jacke er heute tragen sollte, die karierte oder die gelbe.

Sie hatten gute Laune und verstanden sich gerade ganz prächtig, als sie vom Akkord einer verirrten Gitarre unterbrochen wurden. Hettie verschwand, während Sportcoat genervt zum Fenster rüberpolterte und stirnrunzelnd nach unten sah. Da versammelten sich Leute auf der Plaza vor den Eingangsstufen zu Haus 17, gegenüber von seinem Haus 9. Auf den Stufen hatten sich vier Musiker in Stellung gebracht, einer mit einer Gitarre, einer mit einem Akkordeon, und zwei hatten Bongos und Congas. Aus seinem Fenster im dritten Stock sah Sportcoat noch mehr Bongo- und Conga-Spieler mit ihren Instrumenten auf die Plaza kommen.

»Jesus!«, grummelte er und sah hinter sich ins Zimmer. Hettie war weg. Dabei hatten sie sich doch so gut verstanden.

»Iss nichts, Hettie«, sagte er laut ins leere Zimmer. »Nur Joaquin mit seinen Bongos. Komm zurück.« Aber sie blieb weg.

Verärgert zog er ein Hemd und eine Sportjacke an, die gelbe, die Hettie gewollt hatte. Die Hose trug er noch vom Vortag, in ihr hatte er geschlafen. Er nahm einen schnellen Schluck aus einer übriggebliebenen Flasche Kong, was Hettie nicht gewollt hätte, aber das hatte sie nun davon, einfach so zu verschwinden. Er steckte die Flasche in die Tasche und stolperte hinaus auf die Plaza, wo immer mehr Leute vor Haus 17 zusammenkamen, um Joaquin und seiner Band zuzuhören, den Los Soñadores.

Joaquin Cordero war der einzige ehrliche Lotterielos-Verkäufer in der Geschichte der Cause-Häuser, so weit man zurückdenken konnte. Er war ein kleiner, stämmiger braunhäutiger Mann, dessen gut aussehenden Züge in einen Kopf gedrückt waren, der aussah wie eine Skischanze. Der Hinterkopf war platt wie 'n Pfannkuchen, und von oben ging es steil wie eine Skipiste runter, weshalb er als Kind »Salto«, also »Sprung« auf Spanisch, genannt worden war. Das störte ihn nicht. Joaquin war, was Sportcoat einen Leutemenschen nannte, und wie jeder Leutemensch, der nicht in der Politik war, hatte er mehrere Jobs. Sein Lotterielos-Geschäft betrieb er durch ein eigens dafür hergerichtetes Fenster seiner Wohnung im ersten Stock von Haus 17, das für Fußgänger zugänglich war. Innen unter der Fensterbank hatte er einen selbstgebauten Spezialschrank installiert, aus dem er lose Zigaretten, Whiskey-Shots und Wein in Pappbechern für all die verkaufte, die morgens was zum Stimmungheben brauchten. Daneben betrieb er einen Teilzeit-Taxiservice und einen bezahlbaren Wäschereidienst für vielbeschäftigte Arbeiter, kümmerte sich gelegentlich um eine gelangweilte Hausfrau, spielte Gitarre und sang. Joaquin war, wie man so sagte, ein Multitalent. Er war der Maestro der Cause-Häuser, und seine fröhliche Band wurde von allen geliebt.

Es war für die Cause-Bewohner schwer zu sagen, ob Joaquin und Los Soñadores tatsächlich gut waren. Aber es gab keine

Hochzeit, kein wie immer geartetes Ereignis, nicht mal eine Beerdigung, bei der Los Soñadores nicht dabei waren, wenn nicht persönlich, dann doch zumindest im Geiste, denn wenn sie auch wie ein Dieselmotor klangen, der an einem kalten Oktobermorgen auf Touren zu kommen versucht, war es doch die Mühe, die zählte, nicht das Ergebnis. Da machte es nichts, dass Joaquins Ex-Frau, Miss Izi, erklärte, der einzige Grund, warum Los Soñadores immer und überall spielten, sei der, dass Joaquin Miss Krzypcinksi vögelte, die junge weiße Sozialarbeiterin mit den großen Brüsten, die nicht im Takt klatschen und einen Salsa-Rhythmus nicht von einem Elefanten in einer Badewanne unterscheiden konnte, die ihre breiten Hüften aber mit der Art Rhythmus bewegte, den jeder Mann im Project aus tausend Kilometer Entfernung erkannte. Miss Krzypcinksi leitete das Seniorenzentrum, das Spenden und Leckereien für alle besonderen Ereignisse in der Siedlung übrig hatte, und es war schon komisch, dass die vom Zentrum ständig schrien, nicht genug Geld zu haben, aber immer was zu finden schienen, um Los Soñadores bei jeder erdenklichen Gelegenheit ihre Holterdipolter-Musik spielen zu lassen. Was war eigentlich mit Hector Vasquez aus Haus 34, der bei Willie Bob Posaune spielte, und Irv Thigpen aus Haus 17, der für Sonny Rollins am Schlagzeug saß? Konnte sie die nicht mal dazu bringen, hier zu spielen?

Es machte nichts. Wenn Los Soñadores ihre Instrumente rausholten und wie vier alte Rostlauben gemeinsam dahinklapperten, zogen sie die Leute an. Die Dominikaner nickten höflich und kicherten untereinander. Die Puerto-Ricaner zuckten mit den Schultern und sagten, nur Gott sei größer als Celia Cruz und der verrückte Eddie Palmieri, der die Salsa so heiß aufdrehte, dass du dein ganzes Geld im Nachtclub weg-*charanga*-test, was machte es also für einen Unterschied? Und die

Schwarzen, hauptsächlich im Süden geborene Christen, die in Kirchen groß geworden waren, wo die Prediger Pistolen im Bund stecken hatten, Baumwolle verkauften und über Stimmen verfügten, die kräftig genug waren, um sich, ohne sich aufwärmen zu müssen, im halben Staat Gehör zu verschaffen, während sie in der einen Hand einen Ballen Baumwolle hielten und mit der anderen ein weibliches Chormitglied befingerten – die Schwarzen mochten jede Art von Musik, was machte es also? Sie alle tanzten zusammen und vertrugen sich, und warum auch nicht? Joaquins Musik gab es umsonst, und Musik kam von Gott, und alles, was von Gott kam, war gut.

Sportcoat wanderte zum hinteren Rand der Menge, die sich um den Eingang zu Haus 17 gebildet hatte, wo Los Soñadores oben auf dem Treppenabsatz ihre Verstärker und Trommeln aufgebaut hatten und jetzt loslegten. Ein Verlängerungskabel, das die Verstärker versorgte, hing quer über der provisorischen Bühne. Es führte ins Fenster von Joaquins Erdgeschosswohnung direkt neben dem Eingang zum Haus. Am Vordach über den Bandmitgliedern hing ein Spruchband, das Sportcoat aus der Entfernung nicht zu entziffern vermochte.

Er blieb stehen und sah von hinten zu, wie der auf Spanisch krächzende Joaquin eine besonders bewegende Passage erreichte, seine Stimme weiter anhob und seine Musiker dazu brachte, ihr Akkordeon und ihre Bongos mit noch größerer Begeisterung als zuvor zu bearbeiten.

»Hau rein, Joaquin!«, rief Sportcoat. Er nahm einen Schluck King Kong und grinste die Frau neben sich mit ein paar gelben Zähnen an, die wie Butterstifte aus seinem Zahnfleisch ragten. »Was immer die machen«, sagte er, »schlecht isses nich.«

Die Frau, eine junge Puerto-Ricanerin mit zwei kleinen Kindern, schenkte ihm keine Beachtung.

»Hau rein, Joaquin! Je mehr ich trinke, desto besser klings

du!«, schrie er zur Bühne vor. Einige Leute um ihn herum, die ehrfürchtig zu den Musikern hinsahen, lächelten, als sie ihn das rufen hörten, hielten den Blick aber fest nach vorn gerichtet. Joaquin hatte einen Lauf. Die Band polterte weiter. Keiner achtete auf Sportcoat.

»*Cha-Cha-Cha!*«, rief Sportcoat gut gelaunt. »Weiter, Jungs!« Er nahm noch einen Schluck Kong, wackelte mit den Hüften und johlte: »Die beste Bongo-Musik der Welt!«

Der letzte Satz ließ die Mutter neben ihm lächeln, und sie sah zu ihm hin. Als sie begriff, wer er war, verschwand ihr Lächeln jedoch, und sie zog ihre Kinder von ihm weg. Ein Mann in der Nähe erkannte Sportcoat jetzt auch und wich ebenfalls von ihm weg. Ein zweiter folgte.

Sportcoat fiel es nicht auf, während die Leute von ihm wegrückten, sah er weiter vorne bei der Band den vertrauten Hut von Hot Sausage, der zur *Bachata* mit dem Kopf nickte und eine Zigarre zwischen den Zähnen hielt. Sportcoat arbeitete sich durch die Leute vor, tippte Hot Sausage auf die Schulter und sagte: »Was wird hier gefeiert? Und wo hass du die Zigarre her?«

Sausage drehte sich zu ihm um, riss die Augen weit auf und erstarrte. Er sah sich nervös um, rupfte sich die Zigarre aus dem Mund und zischte: »Was machs du denn hier, Sport? Deems iss draußen.«

»Wie draußen?«

»Aussem Krankenhaus. Und auch nich mehr zu Hause. Er iss wieder da.«

»Gut. Dann kann er wieder Baseball spielen«, sagte Sportcoat. »Hass du noch 'ne Zigarre? Ich hab seit zwanzig Jahren keine mehr geraucht.«

»Hass du nich gehört, Sport?«

»Hör auf, auf mich einzureden, und gib mir 'ne Zigarre.« Er

nickte zu seiner Jackentasche mit der Kong-Flasche hin. »Ich hab den Gorilla dabei. Wills du was?«

»Nich hier draußen«, zischte Sausage, warf dann aber einen schnellen Blick in Richtung Fahnenmast, sah, dass die Luft rein war, zog die Flasche aus Sports Tasche, trank schnell und steckte sie ihm zurück in die Jacke.

»Wofür iss die Zigarre?«, fragte Sportcoat. »Hass du Schwester Bibb geschwängert?«

Die Erwähnung von Hot Sausages Teilzeitgeliebter, der Kirchenorganistin Schwester Bibb, gefiel Sportcoats Kumpel nicht. »Das iss nich komisch«, grunzte er, nahm die Zigarre aus dem Mund und wirkte betreten. »Hab 'ne Wette gewonnen«, murmelte er.

»Wer war der Trottel?«, fragte Sportcoat. Hot Sausage blickte zu Joaquin hinüber, der von den Eingangsstufen runter jemanden anstarrte und plötzlich blass wurde. Jetzt sah auch Sportcoat, dass die ganzen Los Soñadores plötzlich jemanden anstarrten: ihn. Die Musik, die vorher schon dahingeholpert war, schaltete noch einen Gang runter.

Sportcoat holte die Flasche Kong aus der Tasche, trank den Rest und nickte zur Band hinüber. »Sein wir ehrlich, Sausage. Gladys Knight and the Pips sind die nich. Warum hat Joaquin die aus der Mottenkiste geholt?«

»Kanns du das Schild nich lesen?«

»Was für 'n Schild?«

Sausage zeigte auf ein Stück Pappe, das über der Band festgemacht war und auf dem stand: »Willkommen zu Hause, Soup.«

»Soup Lopez iss aussem Knast?«, sagte Sportcoat überrascht.

»Ja, Sir.«

»Gloria. Ich dachte, er hätte sieben Jahre bekommen.«

»Hatte er. Iss aber nach zwein raus.«

»Weshalb war er noch mal drin?«, fragte Sportcoat.

»Ich weiß es nich. Ich schätz mal, ihn durchzufüttern hat sie pleitegehn lassen und deshalb iss er wieder raus. Ich hoff, er hat heute kein Hunger.«

Sportcoat nickte. Wie die meisten in der Siedlung kannte er Soup schon sein ganzes Leben. Er war ein schwächlicher, dünner, ruhiger Zwerg gewesen, dessen Sport hauptsächlich darin bestand, vor den örtlichen Rabauken wegzulaufen. Soup war der schlechteste Spieler in Sportcoats Baseballmannschaft gewesen, er verbrachte die Nachmittage am liebsten zu Hause und guckte *Captain Kangaroo*, eine Kindersendung mit einem netten weißen Mann, dessen Gags mit Puppen und Figuren wie Mr Moose und Mr Green Jeans ihm Spaß machten. Mit neun dann machte Soup einen Wachstumsschub, wie man ihn im Project noch nicht erlebt hatte. Er machte einen Satz von einsvierundvierzig auf einssechzig. Mit zehn schoss er auf gut einsachtzig rauf. Mit elf war er bei einsneunundachtzig und musste auf dem Boden des Wohnzimmers seiner Mutter sitzen und sich den Hals verrenken, um auf dem kleinen Schwarz-Weiß-Fernseher den Tricks und Witzen von *Captain Kangaroo* folgen zu können, die er immer langweiliger fand. Mit vierzehn nahm er endgültig Abschied von der Sendung und mochte dann *Mr Rogers Nachbarschaft*, mit einem netten weißen Mann und besseren Puppen. Und er fügte seiner Größe noch acht Zentimeter hinzu. Mit sechzehn brach er die Zweizehn-Marke, wog einhundertfünfundzwanzig Kilo, reine Muskulatur, und hatte ein Gesicht, das furchteinflößend genug war, um einen Zug zum Entgleisen zu bringen, dabei ein Gemüt wie eine Nonne. Aber, oje, so spielte Soup auch Baseball. Trotz seiner Größe blieb er der schlechteste Spieler in Sportcoats Mannschaft, zum Teil, weil er so groß war, dass er eine Strike Zone von der Größe Alaskas hatte. Aber auch, weil ihm die Vorstellung, einen Ball zu schlagen, oder irgendwas anderes, völlig fremd war.

Wie die meisten aus Sportcoats Mannschaft verschwand Soup vom Radar der Erwachsenen, als er ins Labyrinth des Teenageralters kam. Gerade noch hatte er unter dem Gelächter des Gegners einen Strike Out kassiert, schon wurde erzählt, dass er im Gefängnis gelandet war, mit siebzehn, im Erwachsenengefängnis. Wie er da hingekommen war, schien keiner zu wissen. Es war auch egal. Alle aus der Siedlung landeten früher oder später im Knast. Du konntest die kleinste Ameise sein, die in einer Ritze im Bürgersteig verschwand, oder ein Raketenschiff, das schnell genug war, die Schallmauer zu durchbrechen, es änderte nichts. Wenn die Gesellschaft den Hammer auf dich niedergehen ließ, nun, dann war's so weit. Soup kriegte sieben Jahre. Es war egal, wofür. Worauf es ankam, war, dass er wieder da war. Und das hier war seine Party.

»Ich find's prima, dass er wieder raus iss«, sagte Sportcoat. »Er war ein... gut, kein so guter Baseballspieler. Aber er war immer da! Wo isser denn?«

»Er iss was spät dran«, sagte Sausage.

»Wir könnten ihn als Coach einsetzen«, sagte Sportcoat unbekümmert. »Er kann uns helfen, das Spiel wieder in Gang zu bringen.«

»Welches Spiel?«

»Das gegen die Watch-Häuser. Deswegen wollte ich mit dir reden.«

»Vergiss das«, fuhr Sausage ihn an. »Du kanns dein Gesicht hier nich zeigen, Sport.«

»Was hacks du auf mir rum? Ich bin's nicht, der hier draußen morgens um neun Cha-Cha macht. Auf Joaquin sollts du losgehn. Der sollte besser seine Lose aus seim Fenster verkaufen. Die Leute müssen zur Arbeit.«

Als hätte die Band ihn gehört, brach die Musik ab. Sportcoat hob den Blick und sah Joaquin ins Haus gehen.

»Soup iss noch nich da!«, rief einer laut.

»Ich muss meinen Laden aufmachen«, antwortete Joaquin über die Schulter und verschwand nach drinnen, gefolgt von seiner Band.

»Dem geht's nich um seinen Laden«, brummte Sausage. »Der will drin sein, wenn die Schießerei losgeht.«

»Was für 'ne Schießerei.«

Mehrere Leute schoben sich an Sportcoat und Hot Sausage vorbei und bildeten so was wie eine Schlange vor Joaquins Fenster. Langsam, unwillig wie es schien, machte Joaquin es auf und streckte den Kopf raus. Nachdem er nach links und rechts geguckt und sich versichert hatte, dass die Luft rein war, begann er Lotteriescheine anzunehmen.

Sportcoat nickte zum Fenster hinüber und sagte zu Hot Sausage: »Spiels du heute auch?«

»Sport, verschwinde hier und geh zurück ins ...«

»Sausage!«, rief eine schrille Stimme. »Ziehs du jetz die Fahne hoch oder nich?« Es war Miss Izi, die Sausage mit ihrem Geschrei unterbrochen hatte. Die Arme vor der Brust verschränkt, kam sie heran, hinter sich Bum-Bum und Schwester Gee. »Wir warten seit 'ner halben Stunde auf der Bank. Wo sind die Doughnuts? Wusstes du, dass Soup Lopez wieder da iss?«

Sausage deutete auf das Schild über dem Hauseingang. »Wo kommt ihr denn her? Aus Alaska?«

Miss Izi sah auf das Schild und wieder zu Sausage, dann glitt ihr Blick zu Sportcoat, und sie blinzelte überrascht.

»Oh, *papi*. Was machs du denn hier?«

»*¿Papi, olvidaste lo que le hiciste a ese demonio Deems? Su banda de lagartos te va a rebanar como un plátano.* Du muss hier weg, *papi*.«

Schwester Gee kam vor und sagte ganz ruhig: »Diakon, die Polizei war gestern in der Kirche und hat nach dir gefragt.«

»Ich werd das Weihnachtsgeld schon finden, Schwester. Ich hab dem Pastor gesagt, dass ich's werde, und ich werd's.«

»Darum ging's denen nich. Sie ham nach eim Thelonius Ellis gefragt. Kenns du den?«

Sausage hatte sich oben auf die Treppe gesetzt, als die Frauen kamen. Jetzt hob er perplex den Blick und sagte: »Was wollen die von mir? Ich hab nich auf Deems geschossen!«

Als der Name »Deems« fiel, breitete sich ein bedeutungsvolles Schweigen aus. Mehrere Leute, die anstanden, um Lotto zu spielen, gingen weg, bevor sie ihren Schein abgegeben hatten. Der Rest stand nervös da und starrte nach vorn, die Scheine in der Hand, sich langsam weiter vorarbeitend, dabei ein Auge rüber zum Fahnenmast gerichtet, wo Deems war und so tat, als hätte er nichts gehört. Das war jetzt interessant, interessant genug, dein Leben zu riskieren, aber nicht, um dich selbst mit reinziehen zu lassen.

»Ich wusste gar nich, dass du Thelonius Ellis heißt«, sagte Schwester Gee zu Hot Sausage. »Ich dachte, du heißt Ralph, oder Ray ... oder so.«

»Was macht das schon?«

»Eine Menge macht das«, sagte sie aufgebracht. »Dann hab ich die Polizei belogen.«

»Du kanns nich zu was lügen, was du nich weißt«, sagte Hot Sausage. »In der Bibel steht, Jesus hatte viele Namen.«

»Donnerwetter, Sausage, und wo in der Bibel steht, dass du Jesus biss?«

»Das hab ich nich gesagt. Ich hab gesagt, ich hab nich nur einen Namen.«

»Wie viele denn?«, wollte Schwester Gee wissen.

»Wie viele braucht ein farbiger Mann in dieser Welt?«

Schwester Gee verdrehte die Augen. »Sausage, du hass nie was davon gesagt, dass du noch andre Namen hast. Ich dachte, dein richtiger Name wär Ray Olen.«

»Du meins Ralph Odum, nich Ray Olen. *Ralph* Odum. Egal. Macht nichts. Aber das iss nich mein richtiger Name. Ralph Odum iss der Name, den ich dem Amt gegeben hab, als ich vor vierundzwanzig Jahren hier angefangen hab. Ellis heiß ich wirklich. Thelonius Ellis.« Er schüttelte den Kopf und presste die Lippen aufeinander. »Jetzt will mich die Polizei. Was hab ich getan?«

»Die wollen nicht *dich*, Sausage. Die wollen den *Diakon* hier. Ich nimm an, die ham Ellis gesagt, weil sie dachten, du wärs er.«

»Da haben wir's«, fuhr Hot Sausage Sportcoat an und lutschte an seinen Zähnen. »Da ziehs du mich wieder mal in 'n Dreck mit rein, Sport.«

»Wovon redest du da?«, fragte Schwester Gee.

Aber Hot Sausage achtete nicht weiter auf sie. Er kochte und blitzte Sportcoat an. »Jetzt sind die Cops hinter mir her. Und Deems hinter dir! Biss du jetz glücklich?«

»Die Siedlung hier geht den Bach runter!«, rief Miss Izi. »Alle sind hinter allen her!« Sie versuchte, verzweifelt zu klingen, schien aber eher glücklich. Das war eine tolle Geschichte. Köstlich. Aufregend. Die Lotteriespieler, die immer noch anstanden und ihnen lauschten, rückten etwas mehr zu ihnen hin. Genüsslich sperrten sie die Ohren auf und warteten auf den nächsten Leckerbissen.

»Wie konnte das passieren?«, fragte Schwester Gee und sah Sausage an.

»Oh, damals, zweiundfünfzig, hab ich 'n alten Packard gekauft. Ich hab die zehn Gebote da noch nich so befolgt, Schwester. Ich hatte kein Führerschein, keine Papiere, kein gar nichts, als ich nach New York kam, weil ich öfter mal 'n Schluck, 'n Schnaps, was getrunken hab in den Tagen. Ich hab also das Auto gekauft und es von Sportcoat hier für mich anmelden lassen. Sport iss gut drin, mit Weißen zu reden. Er iss mit meiner Geburtsurkunde zur Zulassung und hat den Schein und die Papiere und alles geholt. Ein Farbiger sieht für die doch aus wie der andre. Also...«

Er nahm den Hut ab, wischte sich über den Kopf und sah Sportcoat an. »Wechseln wir uns mit dem Schein ab. Eine Woche hat er ihn, die nächste ich. Und jetz wolln die Cops mir wegen Sportcoat ans Leder.« Sausage brüllte Sportcoat an: »Einer, der gesehn hat, wie du Deems auf der Plaza umgenietet hass, muss mitgekriegt ham, wie du zu mir in den Heizungskeller biss, und hat es den Cops erzählt.« Dann sagte er zu Schwester Gee: »Sie suchen nach ihm, mit meim Namen. Warum muss ich sein Scheiß ausbaden? Das Einzige, was ich ihm getan hab, war die Wette.«

»Was für 'ne Wette?«, fragte Schwester Gee.

Sausage sah zu Joaquin im Wettfenster rüber, der ihn, genau wie die ganze Schlange, offen anstarrte. Joaquin wirkte verärgert, blieb aber stumm.

»Was macht es schon?«, sagte Hot Sausage düster. »Ich hab jetz andre Probleme.«

»Ich sag es der Polizei«, sagte Schwester Gee. »Ich sag denen, wie du wirklich heißt.«

»Tu das nich«, sagte Sausage schnell. »Da gibt's ein Haftbefehl gegn mich. Unten in Alabama.«

Schwester Gee, Miss Izi und Schwester Billings sahen sich überrascht an. Joaquin und etliche in der Schlange schienen ebenfalls interessiert. Das Geständnis kam unerwartet, war aber reizvoll.

»Einen Haftbefehl! Oh, das iss Pech, *papi!*«, meldete sich

Joaquin aus seinem Fenster zu Wort. »Ihr seid ja auch gute Leute, Bruder.« Er sagte es so laut, dass mehrere in der Schlange, die zwischendurch das Interesse verloren hatten, jetzt wieder Hot Sausage anstarrten.

Sausage sah zu ihnen hinüber und sagte: »Warum sags du es nich gleich im Radio durch, Joaquin?«

»Das ändert nichts an der Wette, *papi*«, sagte Joaquin. »Versuch dich nich rauszuwinden.« Hot Sausage lutschte an seinen Zähnen. »Ich hab die Wette klar und fair gewonnen.«

»Was für 'ne Wette?«, sagte Schwester Gee.

»Nun...«, begann Sausage, brach gleich wieder ab und sagte wütend in Joaquins Richtung: »Ich schlaf eher innem hohlen Baumstamm, als dass ich dir auch nur 'n halben Nickel geb.«

»So was passiert, Bruder«, sagte Joaquin mitfühlend. »Ich versteh's ja. Meine Zigarre will ich trotzdem.«

»Eher düng ich mein Klo mit zehn Zigarren, als dass du eine davon kriegs!«

»Könnte mal ein Erwachsener was sagen?«, fragte Schwester Gee ungeduldig. »Was war das für 'ne Wette?«

Sausage sah nicht sie an, sondern wandte sich verlegen an Sportcoat. »Oh, es ging um dich, Kumpel – ob du verhaftet, eingesperrt wirst, weiß du. Nicht, dass ich's wollte. Ich würde dich da rausholn, wenn ich könnte. Wobei, das Beste für dich wäre, wenn sie dich einsperrn, Sport. Aber jetzt muss ich um meine eigene Haut fürchtn.« Hot Sausage wandte den Blick ab und rieb sich mit düsterer Miene das Kinn.

»Ein Haftbefehl bedeutet gar nichts, Sausage«, sagte Sportcoat. »Die Polizei verteilt die überall. Rufus drüben in den Watch-Häusern, für den gibt's auch einen, zu Hause in South Carolina.«

»Wirklich?« Sausages Miene hellte sich augenblicklich auf. »Wegen was?«

»Er hat eim Zirkus eine Katze geklaut, nur dass es keine war. Die wurde so groß, was immer es war, da hat er sie erschossen.«

»Vielleicht war es keine Katze, die er umgebracht hat«, schnaubte Sausage. »Rufus kann sich nich bremsen. Wer weiß, was er getan hat? Das iss die Sache mit eim Haftbefehl, du weiß nich, wofür er iss. Wenn's einen für einen gibt, kann er ein umgebracht haben!«

Eine gespannte Stille breitete sich aus. Miss Izi, Bum-Bum, Schwester Gee, Joaquin, Sportcoat und etliche Leute aus der Schlange starrten Sausage an, der sich mit seinem Hut Luft zufächelte. Als er aufblickte und es merkte, starrte er zurück und sagte: »Was kuckt ihr mich alle so an?«

»Hass du …?«, fragte Miss Izi.

»Izi, sei still!«, bellte Joaquin.

»Halt den Rand, du übler Gangster!«, fuhr sie ihn an.

»Nimm Absauf-Unterricht, Frau!«

»Affe!«

»Selber einer!«

»*Me gustaría romperte a la mitad, pero quién necesita dos de ustedes!*«

»Hört ihr jetz auf!«, rief Sausage. »Ich schäm mich nich, es zu sagen. Ich war in eim Arbeitstrupp in Alabama und hab mich dünngemacht.« Er sah Sportcoat an. »Da hast du's.«

»Das iss der Unterschied zwischen Alabama und South Carolina«, sagte Sportcoat stolz. »In meiner Heimat bleibt man bei seinen Leuten, bis der Job gemacht iss. Wir hauen nich einfach ab in South Carolina.«

»Können wir damit jetzt aufhörn und zum Problem kommen?«, sagte Schwester Gee mit scharfer Stimme. Sie wandte sich an Sportcoat. »Diakon, du muss zur Polizei. Deems war ein wundervoller Junge, aber jetz hat der Teufel ihn im Griff. Das kanns du der Polizei erklärn.«

»Ich erklär gar nichts. Ich hab ihm nichts getan, an was ich mich erinnern kann«, sagte Sportcoat.

»Du erinners dich nicht, dass du Deems wie 'n Hund gerammelt hass, nach deim Schuss auf ihn?«, sagte Miss Izi.

»Das hab ich auch gehört«, sagte eine Frau in der Schlange vor Joaquins Fenster zu dem Mann hinter ihr.

»Ich war dabei«, sagte Miss Izi stolz. »Er hat Deems gezeigt, wer der Boss iss.«

Die Frau lachte und wandte sich Sportcoat zu. »Uuh, uuh! Sie sind mir ja einer, Mr Sportcoat! Na ja, besser ein Dicker aufm Friedhof sein als ein Dünner in der Klemme.«

»Was soll das heißen?«, fragte Sportcoat.

»Das heißt, dass Deems was tun wird und du dann am besten nich da biss«, sagte Hot Sausage.

»Deems tut gar nichts«, sagte Sportcoat. »Den kenn ich mein ganzes Leben schon.«

»Es iss nich nur er«, sagte Schwester Gee. »Es sind die Leute, für die er arbeitet. Ich hör, die sind schlimmer als 'n Haufen Hoodoo-Zauberer.«

Sportcoat winkte ab. »Ich bin nich gekommen, um mir hier den ganzen Unsinn von Wer-hat-auf-wen-geschossen anzuhören. Ich bin hier«, sagte er und blitzte Hot Sausage an, »weil ich mit 'm bestimmten Heizungsmann über meine Schiri-Klamotten reden wollte, die in seim Keller hängen.«

»Also, wenn's darum geht, Sachn einzusammeln, wo iss mein Führerschein mit *deim* Foto drauf und *meim* Namen?«, fragte Hot Sausage.

»Wofür brauchs du den?«, sagte Sportcoat. »Du stecks tief genug drin, und diese Woche hab ich ihn.«

»Es iss nich mein Fehler, dass du 'ne üble Vergangenheit hass.« Sausage hielt die Hand auf. »Ich krieg ihn jetz bitte. Du brauchs ihn sowieso nich.«

Sportcoat zuckte mit den Schultern und zog eine abgewetzte Brieftasche voller Papiere heraus, aus der er den ausgefransten Führerschein zog und ihm gab. »Dann gib du mir meine Schiri-Sachen, damit ich die Spiele wieder in Gang kriege. Ich bring die Kids hier wieder auf 'n richtigen Weg.«

»Hass du jetz völlig den Verstand verlorn, Sport? Diese Kids, die wolln kein Baseball. Das war an dem Tag vorbei, als sich Deems aus deiner Mannschaft verabschiedet hat.«

»Das hat er nich«, sagte Sportcoat. »Ich hab ihn rausgeschmissen, weil er diese komischen Gras-Zigaretten geraucht hat.«

»Sport, du biss überholt wie 'n Nachtclub in Philadelphia. Ich kenn Barkeeper aus Hongkong, die besser drauf sind als du. Die Kinder heute, die wolln Tennisschuhe. Und Jeansjacken. Und Dope. Die haun rein und rauben alte Leute aus, um da dranzukommen. Deine halbe Baseballmannschaft arbeitet für Deems.«

»Soup arbeitet nich für ihn«, sagte Sportcoat stolz.

»Das iss nur so, weil er in staatlicher Pension war«, sagte Joaquin aus seinem Fenster. »Gib ihm Zeit. Du muss hier weg, Bruder, bis sich die Sache abgekühlt hat. Du kanns zu meiner Cousine Elena in die Bronx, wenn du wills. Die iss nie zu Hause. Die hat 'n guten Job bei der Eisenbahn.«

Miss Izi schnaubte. »Und sie iss auch öfter bestiegen worden als die Eisenbahn. Bleib da nicht, Sport. Da kriegs du Flöhe. Oder Schlimmeres.«

Joaquin lief rot an. »*Tienes una mente de una pista. Una sucia sucia.*«

»Wie deine Mutter!«, sagte Miss Izi.

»Genug jetzt!« Schwester Gee sah sich um. Die Schlange der Leute, die Lotterie spielen wollten, hatte sich aufgelöst, die meisten hatten sich auf die Treppe bei Sportcoat gesetzt, um dieses Theater mitzuerleben, das so viel besser war als jedes Lotteriespiel. Schwester Gee sagte: »Lasst uns das richtig durchdenken.« Und als sie noch sprach, hörte man, wie sich die Tür hinter ihr öffnete, sie sah über die Schulter und verstummte überrascht. Die anderen folgten ihrem erschreckten Blick, drehten ebenfalls die Köpfe, und was sie da sahen, brachte sie auf die Beine.

Hinter ihnen stand Soup Lopez, ein strahlender, lächelnder Riese in einem frischen grauen Anzug mit weißem Hemd und einer famosen schwarzen Fliege – die ganzen gut zwei Meter zehn standen da, oben auf dem Treppenabsatz und füllten den Türrahmen von Haus 17.

»Soup!«

»Soup Lopez! Von den Toten auferstanden!«

»¡Sopa! ¡Comprame una bebida! ¿De dónde sacaste ese traje?«

»Endlich wieder zu Hause!«, röhrte Soup.

Begrüßungsrufe und wildes Händeschütteln setzten ein, als sich die Menge um den großen Mann drängte, der sie alle überragte. Joaquin in seinem Fenster schüttete ein paar schnelle Whiskys in Plastikbecher, schloss den Laden und kam mit seiner Gitarre aus dem Haus, gefolgt vom Bongospieler der Los Soñadores, der nach draußen gerannt kam, auf Spanisch »Neffe!« schrie und Soup umarmte, der den kleinen Mann in die Luft hob, als wär er ein Kissen. Los Soñadores stöpselten sich schnell wieder ein, und die schreckliche Musik ging aufs Neue los, mit noch größerer Leidenschaft als zuvor.

Für die nächsten anderthalb Stunden war Sportcoats Krise vergessen. Es war immer noch früh, und Soup begrüßte seine alten Freunde, indem er sie mit Zaubertricks unterhielt. Er hob zwei Frauen mit einer Hand in die Höhe, machte die einhändigen Liegestütze vor, die er im Gefängnis trainiert hatte, führte seine Schuhe vor, Größe 18s, Spezialanfertigungen des Staates

New York, und beeindruckte seinen alten Coach, Sportcoat, indem er einen davon auszog und damit einen Handball dreihundert Meter weit schlug. »Du hass immer gesagt, dass ich die Basics draufhabe«, sagte er stolz.

Die Freude führte zu einer allgemeinen Ausgelassenheit, und einige, die sich bisher nicht getraut hatten, zu Sportcoat zu kommen, schüttelten ihm jetzt die Hand, klopften ihm auf die Schulter, dankten ihm dafür, dass er es Deems gezeigt hatte, und boten ihm was zu trinken an. Eine alte Großmutter gab ihm die zwei Dollar, die sie normalerweise in der Lotterie verspielte. Sie stopfte ihm das Geld in die Jacke. Eine junge Mutter trat vor und sagte: »Du hass mir gezeigt, wie man den Pfirsich pflanzt«, und küsste ihn. Ein massiger Angestellter von der Transit Authority, der im örtlichen G-Train-Bahnhof Fahrkarten verkaufte, kam zu ihm, steckte ihm fünf Dollar in die Tasche und sagte: »Mein Mann.«

Die Schranken fielen, und die Leute, die zunächst geflohen waren, als sie ihn gesehen hatten, kamen zurück und staunten, dass er immer noch lebte, gafften ihn an und schüttelten ihm die Hand.

»Hau rein, alter Knabe!«

»Sportcoat, du hass es denen gezeigt!«

»Sport… *eres audaz. Estás caliente, bebé. ¡Patearles el culo!*«

»Sportcoat, komm und segne meinen Sohn!«, rief eine junge, schwangere Mutter, die Hände auf ihrem runden Bauch.

Sportcoat ertrug das alles mit einer Mischung aus Ehrfurcht, Verschämtheit und Stolz, schüttelte Hände und genoss die von seinen Nachbarn spendierten Drinks, die ihm aus Joaquins Fenster gereicht wurden, hinter dem jetzt Miss Izi saß, die offenbar wusste, dass es ihrem Ex-Mann völlig schnurz war, wer den Fusel ausschenkte, solange pro Shot fünfzig Cent in der Kasse landeten. Was er nicht wusste, war, dass sie immer ein Viertel vom Schnaps für sich selbst abzweigte. Bearbeitungskosten.

Es war ein fröhliches Gewusel um Sportcoat, bis Dominic Lefleur, die haitianische Sensation und Sportcoats Nachbar in Haus 9, mit seinem Freund Mingo auftauchte, einem fürchterlich aussehenden alten Mann mit einem zerfurchten, pickligen Gesicht, der eine hässliche, aus drei winzigen Sofakissen zusammengeflickte Puppe in der Hand hielt, deren Kopf vier großen Batterien, zusammengeklebt und mit Stoff umhüllt, verdächtig ähnlich sah. Dominic klopfte Sportcoat auf den Rücken, hielt die Puppe in seine Richtung und sagte: »Jetzt biss du geschützt.«

Bum-Bum, die schon seit zwanzig Minuten brav in der Schlange stand, um ihre Zahlen zu spielen, und ihren Platz schon zweimal verloren hatte, da sich das Ganze in eine Whisky-Schlange verwandelte, ging verärgert dazwischen.

»Warum kommst du hier mit Geistern und Gespenstern, Dominic?«

»Das bringt Glück«, sagte Dominic.

»Das brauch er nich. Er hat Jesus!«

»Das kann er zusätzlich haben.«

»Jesus Christus braucht keine Hexerei. Jesus braucht keine hässlichen Puppen. Jesus hat keine Grenzen. Sieh dir Soup an. Jesus hat ihn nach Haus gebracht, weil wir für ihn gebetet ham. Stimmt doch, oder, Soup?«

Soup mit seinem Anzug und seiner Fliege überragte die feiernden, Schnaps trinkenden Leute, von denen einige zur fürchterlichen *Bachata* von Los Soñadores tanzten. Er schien sich nicht ganz wohl in seiner Haut zu fühlen. »Also, Schwester, ich geh eigentlich nich mehr in die Kirche. Ich bin jetz in der Nation.«

»Was für 'ner Nation?«

»In der Nation of Islam!«

»Iss das was wie die United Nations?«, fragte Bum-Bum.

»Nich wirklich«, sagte er.

»Ham die ihre eigene Fahne, wie die Stars and Stripes?«, fragte Sausage.

»Die Stars and Stripes sind nich meine, Bruder Sausage«, sagte Soup. »Ich hab kein Land. Ich bin 'n Weltbürger. Ein Muslim.«

»Oh...«, sagte Hot Sausage, unsicher, was er sonst sagen sollte.

»Also Muhammad war der wahre Prophet Gottes. Nich Jesus. Und Muhammad hat nich so kleine Puppen wie Dominic hier benutzt.« Als er den Schrecken in Bum-Bums Gesicht sah, sagte Soup noch: »Aber ich stimm Ihnen ja 'n Stück weit zu, Miss Bum-Bum. Alle brauchen was.«

Er versuchte sich offen zu zeigen, wie Soup es immer tat, trotzdem, was er sagte, hatte eine fürchterliche Wirkung. Bum-Bum stand mit den Händen in den Hüften da, wie vom Donner gerührt. Dominic guckte verlegen weg. Schwester Gee, Hot Sausage und Sportcoat konnten nicht glauben, was sie da gerade gehört hatten. Joaquin, der bemerkte, dass eine Flaute aufkam, legte die Gitarre zur Seite und schlüpfte ins Haus, während sich Los Soñadores weiter ins Zeug legten. Schon eine Minute später kam er mit einer Flasche Brandy wieder heraus.

»Willkommen zu Hause, Soup. Die habe ich für dich aufgehoben«, sagte Joaquin.

Soup nahm die Flasche in seine riesige Hand. »Das kann ich nich trinken«, sagte er. »Damit halten die Weißen die Schwarzen klein.«

»Mit dominikanischem Brandy?«, fragte Joaquin. »Das iss der beste.«

»Die reine Pisse verglichen mit puerto-ricanischem«, sagte Miss Izi aus Joaquins Fenster.

»Weg aus meim Fenster!«, zischte Joaquin wütend.

»Ich verdien Geld für dich! Wie früher! Hohlkopf!«

»Weg aus meim Fenster, Flittchen.«

Neben Miss Izis Ellbogen stand ein großer gläserner Aschenbecher, den packte sie und warf ihn nach ihrem Ex-Mann. Es war ein lässiger Wurf, wie mit einem Frisbee. Sie wollte ihn nicht mal treffen, und tat es auch nicht. Stattdessen traf der Aschenbecher die schwangere Frau an der Schulter. Die tanzte vorne in der Menge mit ihrem Freund, fuhr herum und schlug Dominic, der mit seiner Puppe hinter ihr stand. Da er ein Gentleman war, hob Dominic die Hände, um sie davon abzuhalten, ihn ein zweites Mal zu schlagen, und traf dabei versehentlich den Freund der jungen Mutter mit den Batterien der Puppe am Kopf. Darauf holte der Freund aus, um Dominic eine zu verpassen, traf mit dem Ellbogen aber Bum-Bums Kiefer, die einen Schritt vor gemacht hatte, weil sie der jungen Mutter helfen wollte. Bum-Bum wurde wütend, hob die Faust gegen ihren Angreifer, erwischte aber Schwester Gee, die gegen Eleanora Soto fiel, die Kassiererin der puerto-ricanischen Souveränitäts-Gesellschaft des Projects, die gerade eine Tasse Whiskey schlürfte, die sie über das Hemd von Calvin kippte, dem Subway-Mann, der Sportcoat eben fünf Dollar Essensgeld gegeben hatte.

Und schon war es so weit. Ein Hin und Her mit Beißen, Kratzen und Treten. Keine allgemeine Schlägerei, sondern eher eine Folge von einzelnen Scharmützeln, die aufflammten und erloschen, hier losgingen und dann da, mit Schiedsrichtern und Friedensstiftern, von denen einige selbst was abbekamen, und das alles an diesem heißen Morgen, an dem sie eigentlich feiern sollten. Einige kämpften, bis sie müde wurden, setzten sich erschöpft und in Tränen aufgelöst auf die Stufen, um sich, kaum dass sie sich erholt hatten, mit neuer Wut ins Getümmel zu stürzen. Andere schrien sich an, bis einer von ihnen endlich eine Faust zu spüren bekam, und schon waren sie mit dabei. Wieder andere kämpften stumm, entschlossen, zu zweit, und arbeiteten sich alten Groll von der Seele, den sie seit Jahren mit sich herumtrugen. Alle waren so beschäftigt, dass niemand einen großen Burschen in einer Lederjacke zu bemerken schien, Bunch Moons Vollstrecker Earl, der sich mit einem Klappmesser in der Hand langsam von hinten durch die Menge vorschob, nach links und rechts auswich und auf Sportcoat zustrebte, der immer noch auf den Eingangsstufen vor den Los Soñadores saß. Zusammen mit Soup bestaunte er die Rauferei, während die schreckliche Band immer weiterspielte.

»Das iss meine Schuld«, gab Soup zu. »Ich hätte oben bleiben und weiter fernsehen solln.«

»Oh, manchmal rappelt's eben im Gebälk, aber das macht nichts«, sagte Sportcoat. »So was iss gut. Das macht die Luft rein.« Während er der sich balgenden, fluchenden Menge zusah, kam Sportcoat der Gedanke, dass Joaquins ungeöffnete Flasche köstlichen dominikanischen Brandys auf der untersten Stufe, kaum einen Meter entfernt, etwas einsam wirkte, da ihr niemand Gesellschaft leistete. Gleichzeitig wurde ihm bewusst, dass er bald losmusste. Er musste der alten weißen Lady drüben in der Silver Street im Garten was pflanzen. Normal ging er mittwochs zu ihr, aber den letzten hatte er verpasst, weil … nun, weil. Also hatte er versprochen, heute zu kommen, Montag, und mit der alten Lady war nicht zu spaßen, was ihn zielstrebig machte. Er hatte sogar entschieden, heute Morgen nicht Lotterie zu spielen, sondern gleich zum Haus der alten Lady zu gehen, aber Joaquins lausige Band hatte ihn aufgeweckt und aus der Spur geworfen. Jetzt musste er los.

Trotzdem, wo er den einsamen Brandy da so auf der untersten Stufe stehen sah, beschloss er, dass es nicht schaden konnte, einen schnellen Schluck zu nehmen. Es war nichts Schlimmes dran, sich vor der Arbeit eine kleine Erleichterung zu verschaffen.

So stand er denn auf und ging die Stufen runter, um sich die Flasche zu schnappen, aber als er sich danach bückte, trat sie einer um, und sie schepperte ins Getümmel auf der Plaza. Zerbrach nicht, sondern drehte sich im Kreis, nur ein paar Schritte weg. Er folgte ihr zwischen die Leute. Aber schon trat wieder einer dagegen, und sie schlitterte zwischen die Beine von Schwester Billings und der jungen, schwangeren Mutter, die immer noch aneinander zerrten, während Dominic und der Freund der Frau sie zu trennen versuchten. Sportcoat folgte der Flasche, doch sie bekam gleich wieder einen Tritt. Diesmal kullerte und klirrte sie an den Füßen von Sausage und Calvin, dem Subway-Mann, vorbei und landete wunderbarer- wie qualvollerweise zwischen den Füßen von zwei Frauen, drehte sich noch, während die beiden miteinander rangen, sich angifteten und damit drohten, der anderen die Perücke herunterzureißen.

Die Flasche drehte und drehte sich zwischen ihren Beinen und blieb dann ruhig liegen.

Sportcoat bückte sich tief hinunter, ergriff sie und wollte sie gerade aufschrauben, da schnappte sie ihm einer aus der Hand.

»Das ist das Gift des weißen Mannes, Mr Sportcoat«, sagte Soup ruhig und hielt die Flasche vor sich hin. »Wir brauchen das Zeugs hier nicht mehr.«

Damit warf er die Flasche lässig über die Schulter, weg von den Leuten.

Als Junge, im Baseball, war Soup nie ein echter Werfer gewesen. Als Riese heute hatte er Kraft. Etliche Augenpaare folgten der Flasche, die einen weiten Bogen machte, hoch hinauf, sich um sich selbst drehte und vom höchsten Punkt träge kreiselnd wieder der Erde zustrebte – wo sie Earl, Bunchs Killer, direkt auf die Birne traf.

Erstaunlicherweise zerschellte die Flasche auf Earls Kopf noch nicht, sondern erst, als sie aufs Pflaster schlug. Earl fiel gleich daneben, wie eine Papierpuppe sackte er in sich zusammen.

Das Klirren der zerberstenden Flasche und der Anblick des daliegenden Mannes ließ alle innehalten. Das Raufen und Kratzen hörte auf, alle kamen herbeigelaufen und bildeten einen Kreis um den hingestreckten Earl, der komplett ausgeknockt war.

In der Ferne war eine Polizeisirene zu hören.

»Jetz ham wir den Salat«, sagte Joaquin düster.

Alle begriffen sofort, was die Stunde geschlagen hatte. Joaquins Wohnung würde durchsucht werden. Tage, Wochen, ja Monate würde er nicht wieder aufmachen können. Das hieß, keine Lotterie. Schlimmer noch, Soup war auf Bewährung draußen. Jede Art von Ärger würde ihn zurück hinter Gitter bringen. Was für eine gemeine Welt!

»Alles weg hier!«, sagte Schwester Gee ruhig. »Ich kümmer mich um den Burschen.«

»Ich bleib auch«, sagte Dominic. »Es war meine Schuld. Ich hab Bum-Bum aufgeregt.«

»Mich kann kein Mann aufregen, Dominic Lefleur«, fuhr Schwester Billings sich verteidigend hoch. »Ich brauch kein Mann, der mir den Drink rührt!«

»Das hängt vom Strohhalm ab und vom Mann«, sagte Dominic lächelnd. »Ich bin die haitianische Sensation, Betonung auf Sensation.«

»Komm mir nich mit deim Süßholzgeraspel, Mister Nichtsnutz! Ich weiß, du meins es nich so.«

Dominic zuckte mit den Schultern, als wollte er sagen: Was weiß ich schon?

»Wir verschwenden Zeit«, sagte Schwester Gee. Sie wandte sich den Leuten zu. »Bewegt euch«, rief sie und sah Calvin, den Subway-Token-Verkäufer, an. »Calvin, Sie und Soup, Sie bleiben. Du auch, Izi.« Zum Rest sagte sie: »Los doch, ihr alle, weg hier!«

Die Menge zerstreute sich. Die meisten rannten in ihre Häuser oder verschwanden zur Arbeit. Aber nicht alle. Sportcoat und Hot Sausage gingen zurück auf den Treppenabsatz, wo Joaquin und Los Soñadores hastig ihren Kram zusammenpackten. Sausage nickte zur Band hin. »Wenn das die O'Jays wärn, wär das nich passiert«, sagte er.

»Bongo-Musik«, stimmte ihm Sportcoat zu und schüttelte den Kopf. »Hab ich nie gemocht.«

»Wills du hier warten, bis du verhaftet wirs?«, fragte Sausage.

»Ich muss zur Arbeit.«

»Lass uns einen Kurzen heben, bevor wir loslegen«, sagte Hot Sausage. »Ich hab was Kong in der Werkstatt. Wir können die Hintertür nehmen und durch den Kohletunnel unter Haus 34. Dann kommen wir zurück nach 9.«

»Ich dachte, der Kohletunnel wär zu.«

»Nich für den Heizungsmann.«

Sportcoat grinste. »Gottverdammt, du biss 'n Teufel, Sausage. Also denn.«

Die beiden verschwanden nach drinnen. Hinter ihnen, sah Sausage, hievte sich Soup den bewusstlosen Earl auf die Schulter und trottete davon. Als die Cops Minuten später anrollten, war die Plaza leer.

Zwanzig Minuten später kam Earl wieder zu sich, auf einer Bank auf dem Bahnsteig der Silver Street Subway-Station. Auf einer Seite saß der größte Puerto-Ricaner, den er je gesehen hatte, auf der anderen eine gut aussehende Frau mit einem Kirchenhut. Er befühlte seinen Kopf. Er war an genau der Stelle getroffen worden, wo ihn auch der verirrte Baseball erwischt hatte. Da wuchs eine Beule von der Größe Milwaukees hervor.

»Was iss passiert?«, fragte er mit heiserer Stimme.

»Sie sind von 'ner Flasche am Kopf getroffen worden«, sagte die Lady.

»Warum sind meine Sachen nass?«

»Wir haben Sie mit Wasser begossen, um Sie aufzuwecken.«

Er fühlte in seiner Tasche nach dem Klappmesser. Es war weg. Dann sah er den Griff des Messers aus der Faust des puerto-ricanischen Riesen ragen, dessen Gesicht hässlich war wie das einer Leiche. Mit der Klinge, begriff Earl, würde er den elefantengroßen spanischen Motherfucker höchstens kitzeln können, sonst nichts. Earl sah sich nervös auf dem Bahnsteig um. Er war völlig leer.

»Wo sind die Leute?«, fragte er.

»Wir haben auf Papiern in Ihrer Tasche gesehn, dass Sie von der Gates Avenue drüben in Bed-Stuy sind«, sagte die Frau. »Deshalb setzen wir Sie in den Zug dahin.«

Earl wollte fluchen, sah dann den Riesen an, der mit festem Blick zurückstarrte.

»Mir scheint«, begann die Frau, »dass Sie mit eim Prediger zu tun ham, den ich drüben in Bed-Stuy mal kannte. Reverend Harris von der Ebenezer Baptist. War ein netter Mann, der Reverend. Iss vor 'n paar Jahrn gestorben. Sind Sie mit ihm verwandt?«

Earl blieb stumm.

»Ein guter Mann, der Reverend Harris«, wiederholte sie. »Hat sein ganzes Leben gearbeitet. Als Hausmeister draußen an der Long Island University, glaub ich. Ich weiß nicht, als meine Kirche die Ebenezer besuchte, da hatte der Reverend ein oder zwei Kinder. Natürlich iss das ewig her. Ich bin achtundvierzig. Ich kann mich kaum noch an was erinnern.«

Earl blieb stumm.

»Nun, ich entschuldige mich für alle Missverständnisse, in die Sie geraten sind«, sagte sie. »In den Papieren aus Ihrer Brieftasche haben wir gesehn, woher Sie kommen, und da wir gottesfürchtige Menschen sind, haben wir Sie hergebracht, damit Sie ohne Ärger mit der Polizei nach Hause können. Wir kümmern uns um unsere Besucher.« Sie hielt kurz inne. »Wir kümmern uns auch um unsere eigenen Leute.«

Sie ließ das einen Moment lang wirken und stand dann auf. Sie nickte dem Riesen zu. Earl verfolgte ehrfürchtig, wie sich der stoische Mann in seinem ordentlichen Anzug, mit Fliege und frischem weißem Hemd, erhob, eindeutig ein Mitglied, wie ihm jetzt klar wurde, der Nation of Islam. Immer höher wuchs er hinauf, entfaltete sich wie ein menschliches Akkordeon, das Klappmesser immer noch in der mächtigen Faust. Als er seine volle Größe erreicht hatte, kam er fast bis an die Lampen über dem Bahnsteig heran. Der Riese öffnete seine Hand und legte das Messer mit zwei Riesenfingern sanft neben Earl auf die Bank.

»Nun, dann wünschen wir Ihnen noch einen guten Tag, mein Sohn«, sagte die Lady. »Gott segne Sie.«

Sie ging in Richtung Treppe, gefolgt von dem dahinstapfenden Riesen.

Earl saß noch, hörte das Rumpeln eines herankommenden Zuges, wandte den Kopf und sah den mit Graffiti überzogenen G-Train aus dem Tunnel in den Bahnhof einfahren. Als der Zug hielt, stand er so schnell auf, wie er konnte, und schlüpfte dankbar an Bord. Durchs Fenster sah er die Frau und ihren Riesen, die einzigen beiden Seelen im ganzen Bahnhof, oben an der Treppe stehen und zusehen, wie der Zug wieder losfuhr. Er war als Einziger eingestiegen. Es hatte keine anderen Leute auf dem Bahnsteig gegeben. Die ganze Situation schien sehr merkwürdig. Erst als der Zug wieder Tempo aufnahm, wandten sich die beiden ab.

Schwester Gee und Soup gingen die Treppe vom Subway-Bahnsteig hinunter und nahmen die Rolltreppe, die sie zurück auf Straßenhöhe mit dem Token-Schalter brachte. Als sie unten ankamen, sah Schwester Gee etwa fünfzehn ungeduldige Fahrgäste an den Drehkreuzen stehen. Alle drei waren mit Warnkegeln versperrt. Sie warf einen Blick zum Schalter hinüber, und Calvin, der drinnen saß, kam schnell hervor, entfernte die Kegel ohne ein Wort und verschwand wieder in seinem Schalter. Die wartenden Leute eilten durch die Drehkreuze und die Rolltreppe hinauf.

Schwester Gee sah ihnen hinterher. Als sie außer Sicht waren, wandte sie sich nicht ab, sondern sagte leise Soup hinter ihr: »Warte draußen auf mich, okay?« Der große Mann ging zum Ausgang, und Schwester Gee wechselte schnell zum Schalter hinüber, zu Calvin, der mit stoischem Gesicht hinter der Theke stand. »Ich schulde Ihnen was, Calvin«, sagte sie.

»Vergessen Sie's. Was ist passiert, als alle weg waren?«

»Nichts. Wir sind über 'n Schleichweg hierher. Bum-Bum hat sich Joaquins Lottoscheine in den BH gesteckt, und Miss Izi hat der Polizei erklärt, sie und Joaquin hätten sich wieder mal gestritten. Alles iss gut. Joaquin iss wieder im Geschäft, und die Cops sind weg. Ich kann Ihnen gar nich genug danken.«

»Wenn Sie zwei Dollar auf meine Nummer setzen, sind wir quitt«, sagte Calvin.

»Welche Nummer?«

»Einsdreiundvierzig.«

»Die klingt gut. Was bedeutet sie?«

»Fragen Sie Soup«, sagte er. »Das iss Soups Nummer.«

Sie trat aus dem Silver-Street-Bahnhof und ging neben Soup zurück zu den Cause-Häusern. Es war nicht weit. »Ich schätze, wenn deine Mama noch lebte, wär sie nicht froh drüber, dass ich ihrn Sohn in so 'ne Lage gebracht habe, den Schlamassel von eim andern in Ordnung zu bringen. Ich weiß nich, ob das richtig oder falsch war. Aber ich konnte den Burschen nicht selbst zum Zug tragen.«

Soup zuckte mit den Schultern.

»Natürlich hatte der nichts Gutes im Sinn«, sagte sie. »Ich nimm an, dass er dem alten Sportcoat was antun wollte. Was wird aus dieser Welt, wenn einfache Kirchenleute nich mehr für ihresgleichen eintreten könn?« Sie dachte einen Moment lang nach. »Ich glaub, ich hab's richtig gemacht. Auf der andern Seite steckt Sportcoat für mein Geschmack 'n bisschen tief drin. Du kanns schnell böse in Schwierigkeiten komm, wenn du dich mit diesen Drogendealern anlegs. Mach du das nich, Soup.«

Soup lächelte verlegen. Er war so groß, dass sie blinzeln musste, um sein Gesicht gegen die Sonne zu sehen. »Das tu ich nich, Schwester Gee«, sagte er.

»Warum spielt Calvin deine Nummern? Iss er auch in deiner neuen Religion?«

»Der Nation des Islam? Sicher nich«, sagte Soup. »Er und meine Ma warn Freunde. Er hat im selben Haus gewohnt. Manchmal iss er gekommen und hat mit mir Fernsehn gekuckt. Da sind die Zahlen von.«

»Was für 'n Programm?«

»*Mister Rogers.*«

»Meinst du den netten kleinen weißen Mann, der singt? Mit den Puppen?«

»Es iss Mister Rogers' Adresse. Einsdreiundvierzig. Wissen Sie, was einsdreiundvierzig bedeutet?«

»Nein, Soup.«

Sein stoisches Gesicht verzog sich zu einem Lächeln. »Ich würd's Ihnen ja sagen, aber ich will's Ihnen nicht zu früh verraten.«

11

KERMESBEEREN

Vier Straßen vom Bahnhof Silver Street entfernt saß der Elefant am Küchentisch seiner Mutter und beschwerte sich über eine Pflanze. »Kermesbeeren«, sagte er zu seiner Mutter, »hast du nicht gesagt, die wären giftig?«

Seine Mutter, eine zierliche Frau mit olivfarbener Haut und einem wilden grauen Haarschopf, stand an der Arbeitsfläche und zerschnitt verschiedene Pflanzen, die er am Morgen aus ihrem Garten geholt hatte: Farnspitzen, Ringelblumen und Stinkkohl.

»Giftig«, sagte sie, »sind nur die Wurzeln. Die Triebe sind gut. Gut fürs Blut.«

»Besorg dir ein paar Blutverdünner«, sagte er.

»Medizin vom Doktor ist rausgeworfenes Geld«, spottete sie. »Kermesbeertriebe säubern dich von innen, und sie sind umsonst. Sie wachsen am Hafen.«

»Glaub bloß nicht, dass ich heute am Hafen im Dreck rumwühle«, brummte der Elefant. »Ich muss in die Bronx.« Er wollte zum Governor.

»Nur zu«, sagte seine Mutter herausfordernd. »Der farbige Mann von der Kirche kommt heute vorbei.«

»Was für ein farbiger Mann?«

»Der Diakon.«

»Der alte Säufer? Der trinkt so viel, dass es in seinem Magen platscht, wenn er was Festes zu sich nimmt. Lass den nicht ins Haus.«

»Hör auf«, fuhr sie ihn an. »Er weiß mehr über Pflanzen als sonst einer in der Gegend. Mehr als du auf jeden Fall.«

»Lass ihn nur nicht ins Haus.«

»Hör auf, dich zu sorgen. Er ist Diakon in der farbigen Kirche da, der Four Ends oder Deep Ends, oder wie immer sie heißt.«

»Five Ends.«

»Nun, dann eben so. Ein Diakon.« Sie schnipselte weiter.

Elefante zuckte mit den Schultern. Er hatte keine Ahnung, was Diakone machten. Er kannte den alten Kerl flüchtig als einen der Farbigen, die in der Kirche aus und ein gingen. Ein Säufer. Harmlos. Die Kirche lag eine Straße weiter, landeinwärts, während der Güterwagen an der Hafenmauer stand. So nahe man sich war, es erstreckte sich nur ein mit Unkraut überwuchertes Stück Ödland zwischen ihnen, so fremd war man sich doch. Trotzdem waren die Farbigen für Elefante die perfekten Nachbarn. Sie kümmerten sich um ihren eigenen Kram. Stellten keine Fragen. Deshalb hatten seine Leute auch die arme Frau aus dem Hafen gefischt, als sie vor ein paar Jahren an den Pier getrieben wurde. Sie hatte ihm oft zugewinkt, wenn sie zur Kirche ging, und er hatte zurückgewinkt. Das war ihre Verbindung, was hier, wo Italiener und Farbige Seite an Seite lebten, aber kaum Bekanntschaft schlossen, eine Menge war. Er hatte nie erfahren, wie sie im Hafen gelandet war – das ging ihn nichts an –, aber er erinnerte sich schwach, dass sie mit dem einen oder anderen Schwarzen verwandt gewesen war. Er überließ es seiner rechten Hand, über die Leute hier informiert zu sein, er selbst hatte mit ihnen nichts am Hut. Ihm fehlte die Zeit dazu. Er wusste nur, dass sie ihm jedes Weihnachten, seit seine Männer diese Frau aus dem Wasser gezogen hatten, Süßkartoffelauflauf mit Huhn vor den Waggon stellten. Warum konnten sich nicht mehr Leute so miteinander vertragen?

Er betrachtete seine Mutter, wie sie dastand und Grünzeug zerschnitt. Sie hatte die alten Baustiefel seines Vaters an, was hieß, dass sie heute Pflanzen ausgraben ging. Mit den Stiefeln, ihrem Hauskleid, der Schürze und den wirren Haaren sah sie aus, das wusste er, wie jemand, der aus der Wildnis kam. Aber mit neunundachtzig konnte sie tun, was sie wollte. Trotzdem sorgte er sich um ihre Gesundheit. Er sah, wie schwer ihr das Kleinschneiden fiel, ihre alten, knotigen Hände wollten nicht mehr so recht. Rheumatoide Arthritis, Diabetes und eine Herzinsuffizienz forderten ihren Preis. In den letzten Wochen war sie verschiedentlich gestürzt, und die Andeutungen des Arztes, was ihr Herz anging, waren nicht länger Andeutungen, sondern klare Warnungen, die er mit Rotstift auf ihren Rezepten unterstrich – die sie jedoch ignorierte. Sie wollte nur ihre Pflanzen, die, darauf schwor sie, für eine gute Gesundheit sorgten oder die man einfach haben musste, um sie zu haben. Ihre Namen kannte er von klein auf schon: Traubenkirsche, Gelbholz, Gewürzstrauch, und jetzt die Kermesbeeren.

Er verfolgte, wie sie sich mit dem Messer abmühte, und nahm an, der alte farbige Gärtner würde die Schnipselei übernehmen, wenn er weg war. Er sah es daran, wie ordentlich immer alles abgeschnitten war, wie die Stängel von Gummibändern zusammengehalten wurden, Wurzeln und Stiele sauber getrennt lagen. Insgeheim war er froh, dass sie seine Ablehnung ignorierte, den Kerl ins Haus zu lassen. Jemand war besser als niemand. Sie hatte nicht mehr lange, das wussten beide. Vor drei Monaten hatte sie Joe Peck, dessen Familie das letzte italienische Bestattungsunternehmen im District betrieb, dafür bezahlt, den Körper seines Dads drüben auf dem Woodlawn Cemetery zu exhumieren und tiefer zu begraben. Der Friedhof war überfüllt, und es gab keinen Platz für neue Gräber, und so plante sie, über seinem Vater ihre letzte Ruhe zu finden. Dazu musste sein Sarg zweieinhalb Meter statt der üblichen einsachtzig tief liegen. Peck hatte versichert, den Job selbst erledigt zu haben. Aber der Elefant war argwöhnisch. Alles, was Joe Peck sagte, konnte gelogen sein.

»Hast du jemanden prüfen lassen, ob Joe Peck genug Platz geschaffen hat?«

»Ich habe dir schon gesagt, ich kann mich allein um meine Angelegenheiten kümmern«, sagte sie.

»Du weißt, Joe sagt was und tut was ganz anderes.«

»Ich lass meinen farbigen Mann das nachsehen.«

»Der kann nicht auf dem Friedhof herumgraben. Da wird er verhaftet.«

»Er weiß, wie so was geht.«

Elefante gab auf. Wenigstens war jemand hier, während er rauf in die Bronx fuhr, um dem Hinweis des Governors nachzugehen.

Er seufzte, stand vom Tisch auf, nahm seinen Schlips, der über der Türklinke hing, legte ihn um den Hals und trat vor den Wohnzimmerspiegel, um ihn sich umzubinden. Er verspürte eine Mischung aus Erleichterung und ungewollt auch eine gewisse Erregung. Er hatte bereits beschlossen, dass die Geschichte des Governors über die geheime Beute, den großen Schatz, den sein Vater irgendwo im Waggon oder seinem Lagerhaus versteckt haben sollte, ein Märchen war. Allerdings hatten ein paar diskrete Anrufe und eine Nachfrage bei seiner Mutter ergeben, dass der Governor nicht ganz die Unwahrheit gesagt hatte. Elefante war bestätigt worden, dass der Governor der einzige Freund seines Dads in Sing-Sing gewesen war. Zwei Jahre hatten sie gemeinsam in einer Zelle gesessen. Sein Vater hatte den Governor in seinen letzten Stunden auch verschiedentlich seiner Mutter gegenüber erwähnt, aber sie schwor, dass sie dem wenig Beachtung geschenkt habe. »Er sagte, er bewahre etwas für einen Freund auf, und es sei in Gottes Händen«, erklärte sie ihm. »Ich habe nicht weiter darauf geachtet.«

»In Gottes Händen oder in Gottes Hand?«, fragte Elefante, der sich an das Gedicht erinnerte, das der Governor rezitiert hatte.

»Du warst doch dabei!«, fuhr sie ihn an. »Erinnerst du dich nicht?«

Elefante erinnerte sich nicht. Er war neunzehn gewesen und kurz davor, ein Geschäft zu erben, das sie mit den Gorvinos verband. Sein Vater lag im Sterben. Er musste an seine Stelle treten. Da gab es viel zu bedenken, und er ertrank in seinen konfusen, aufgestauten Gefühlen. Da war Gott das Letzte gewesen, womit er sich beschäftigen wollte.

»Nein, tu ich nicht«, sagte er.

»Gegen Ende hat er alles Mögliche erzählt«, sagte seine Mutter. »Poppa war seit dem Gefängnis nicht in der Kirche gewesen, also hab ich nicht weiter drauf geachtet.«

Elefante hatte all seine Lager durchsucht – die, an die er herankam, was mehr waren, als seine Kunden wissen sollten. Sein Gedächtnis hatte er sich zermartert, aber es wollte nichts Rechtes preisgeben. Er erinnerte sich, dass sein Vater ihm als Junge mehrfach gesagt hatte: *Halte nach dem Governor Ausschau. Der kennt ein irres Gedicht! Pass genau auf...* Aber welcher Teenager hörte schon auf seinen Vater? Er sprach selten artikuliert, es war eher ein Nicken und Knurren. Gedanken in klare Worte zu fassen war in ihrer Welt zu gefährlich. Wenn er dann aber doch mal redete, hatte es einen Grund. Hatte es Gewicht. Ja, Poppa hatte ihm etwas sagen wollen. Aber was? Je intensiver der Elefant darüber nachdachte, desto verwirrter wurde er. Driscoll Sturgess, dachte er, der Governor selbst, mochte die Antwort haben. Wenn es denn eine gab. So rief er ihn an und verabredete sich mit ihm, um die Sache, wenn möglich, vergessen zu können.

Elefante griff nach seiner Jacke und dem Autoschlüssel, war nervös und auch ein wenig aufgeregt. Die Fahrt in die Bronx war eine Abwechslung, mehr als alles andere. Er blieb noch einmal vor dem Spiegel in der Diele stehen, rückte die Krawatte zurecht, strich sich den Anzug glatt und betrachtete sich von der Seite. Er sah immer noch gut aus. Ein bisschen fülliger vielleicht, aber sein Gesicht war noch glatt, keine Falten, keine Krähenfüße um die Augen – aber auch keine Kinder, keine Cousins, denen er vertraute, keine Frau, die sich um ihn sorgte, und auch um seine Mutter kümmerte sich niemand, dachte er bitter. Mit seinen vierzig Jahren fühlte sich Elefante allein. Wäre es nicht schön, dachte er, während er ein letztes Mal an seiner Krawatte zupfte, wenn an dieser Sache wirklich was dran war? Nur dieses eine Mal, damit er aus dem Hafen herauskäme, aus seinem heißen Waggon und aus der Klemme zwischen Joe Peck und den Gorvinos, die jeden einzelnen Anleger in Brooklyn kontrollierten, raus und auf eine Insel auf den Bahamas, wo er bis ans Ende seines Lebens Traubensaft trinken und auf den Ozean hinaussehen könnte. Der ständige Druck im Job hatte ihn allmählich erschöpft. Die Gorvinos verloren ihren Glauben an ihn. Er wusste es. Ihm war klar, dass sie sein Widerstand gegen Drogen zunehmend ärgerte. Er hatte diese Einstellung von seinem Vater geerbt. Aber das damals war eine andere Zeit und auch die Männer waren andere gewesen. Der alte Mann hatte die Gorvinos damit bei Laune gehalten, dass er ihnen billigen Lagerraum vermietete, schwarz Baujobs erledigte und alles, was sie wollten, bis auf Drogen, von A nach B beförderte. Das war lange her – im Zeitalter der Bestechung, der Wetten, des Schmuggels und des Schnapses. Heute waren es die Drogen. Das große Geld. Joe Peck, der einzige andere Gorvino-Mann im Cause District, war voll ins Drogengeschäft eingestiegen und zu einem der großen Händler geworden, und er zog Elefante an der Nase mit rein. Es gab reichlich Landeplätze in Brooklyn, aber Elefante stand unter ständigem Druck, auch seinen Pier für Peck aktiv zu halten, der die Drogen in jeder erdenklichen Form vom Wasser aufs Land holte: in Zementsäcken, in Benzintanks, in den Rückwänden von Kühlschränken, in Fernsehern, selbst in Autoteilen. Es war gefährlich. Elefante hasste die ganze Scheiße. Die Drogen waren ein verdammter stinkender Fisch, alles stank mittlerweile danach. Glücksspiel, Bau, Zigaretten, Alkohol, alles war mittlerweile nur noch zweite Wahl. Ironischerweise waren die Gorvinos auch nicht unbedingt verrückt nach den Drogen und genauso wenig nach Joe Peck, sie wussten, wie blöde und impulsiv er war, aber sie lebten in Bensonhurst und nicht im Cause. Was Elefante betraf, war das so weit weg wie der Mond. Sie kriegten nicht aus der Nähe mit, wie irre Peck war, was die Sache verkomplizierte. Peck hatte den Kopf so tief im eigenen Arsch, dass er alle Maßstäbe verlor. Er machte mit allen Geschäfte, den Schwarzen, den Latinos und jedem miesen Cop, der zwei Nickel zusammenzählen konnte – ohne dass der eine dem andern auch nur einen Meter weit traute. Das war eigentlich eine Anleitung zur Katastrophe und eine Garantie für zehn Jahre Arbeitslager. Und um das alles noch schlimmer zu machen, war Victor Gorvino, der Patriarch der Familie, alt wie das Meer und halb dement, völlig kaputt im Kopf. Er stand unter einer Menge Druck vonseiten der Cops. Ihm erklären zu wollen, wie durchgeknallt Joe Peck tatsächlich war, war ein echtes Problem. Dazu waren Gorvino und Peck beide Sizilianer, die Elefantes dagegen stammten aus Genua, woran ihn sein Vater immer wieder erinnert hatte. »Vergiss nur nicht«, hatte er seinem Sohn gesagt, »dass wir nur ein paar Genueser sind.« Sie waren immer schon Außenseiter gewesen.

Dabei hatte der Unterschied zwischen Nord und Süd, als sein Vater noch lebte, nicht so viel ausgemacht. Er und Gorvino, das war die alte Schule gewesen. Sie stammten aus den Tagen von Murder Inc., dem verlängerten Arm der Mafia in Brooklyn, als Schweigen die goldene Regel und Kooperation der Schlüssel zu einem langen Leben waren. Aber was die Gorvinos betraf, war der Sohn nicht der Vater, und jetzt, wo der Alte den Verstand verlor und sich ohne die Hilfe von Vinny Tognerelli, einem Handlanger, den Elefante kaum kannte, nicht die Hosen hochziehen konnte, war der sowieso schon enge Spielraum noch schmaler geworden.

An der Haustür drehte er sich noch einmal zu seiner Mutter um, die immer noch auf die Blätter auf der Arbeitsfläche einhackte, und fragte auf Italienisch: »Um wie viel Uhr kommt der Farbige?«

»Er kommt schon. Er ist immer zu spät.«

»Wie heißt er noch?«

»Diakon oder so. Aber sie sagen auch noch was anderes zu ihm. Sportjacke oder was Ähnliches.«

Elefante nickte. »Was macht so ein Diakon?«, fragte er.

»Woher soll ich das wissen?«, sagte sie. »Die sind wahrscheinlich so was wie Priester, verdienen aber weniger.«

Elefante verließ sein schmiedeeisern umzäuntes Grundstück, ging zu seinem am Bordstein stehenden Lincoln und hatte gerade den Schlüssel ins Türschloss gesteckt, als er Joe Pecks GTO um die Ecke biegen und die Straße zu ihm herröhren hörte. Elefante legte die Stirn in Falten, während der GTO langsamer wurde, hielt und das Fenster auf der Beifahrerseite herunterfuhr.

»Nimm mich mit, Tommy«, sagte Peck.

Peck hinterm Steuer trug sein übliches dunkles, offenes Hemd und eine frisch gebügelte Hose, und sein gut aussehendes Gesicht unter dem blonden Haar verzog sich zu seinem gewohnten schiefen Grinsen. Der verrückte, hübsche Junge. Elefante steckte den Kopf ins Auto, damit sie niemand auf der Straße verstehen konnte.

»Es ist rein geschäftlich, Joe. Keine Vergnügungsreise. Da willst du nicht mit.«

»Wohin du fährst, da ist immer Geld im Spiel.«

»Bis dann, Joe.« Elefante drehte sich weg, und Peck rief: »Eine Minute, ja, bitte, Tommy? Es ist wichtig.«

Elefantes Miene verdüsterte sich, er steckte den Kopf erneut in den Wagen, die Gesichter der beiden Männer ganz nah, während der GTO weiter vor sich hin röhrte. »Was?«, sagte er.

»Der Plan hat sich geändert«, sagte Peck.

»Was für ein Plan? Wollten wir tanzen gehen? Wir haben keinen Plan.«

»Wegen der Lieferung aus dem Libanon«, sagte Peck.

Elefante spürte, wie ihm das Blut ins Gesicht schoss. »Ich hab's dir schon gesagt. Ich mach das nicht.«

»Komm schon, Tommy!«, bettelte Peck. »Ich brauche dich bei dieser Sache. Nur dieses eine Mal.«

»Hol dir Herbie aus den Watch-Häusern. Oder Ray draußen auf Coney Island. Ray hat jetzt eine ganze Truppe, die für ihn arbeitet. Neue Trucks und alles. Der kümmert sich um dich.«

»Ich kann die beiden nicht gebrauchen. Ich mag die Typen nicht.«

»Warum nicht? Zwei dieser Typen – kleb sie zusammen, dann hast du einen ganzen Mann.«

Pecks Schläfen schwollen an, und er verzog das Gesicht. Elefante sah die Wut. Das war Joes Problem. Sein Jähzorn. Er kannte Joe seit der Highschool. Dreitausend Kids hatte es an der Bay Ridge High gegeben, und nur einer war blöd genug, in der Werkstatt ein X-ACTO-Messer zu ziehen und zu benutzen, weil ihm einer den Schraubenschlüssel geklaut hatte: Joe Peck, der kleine Raufbold mit dem Mädchengesicht und dem Hirn von der Größe einer reifen Erbse. Elefante selbst war gezwungen gewesen, Joe an der Bay Ridge vier-, fünfmal was aufs Maul zu geben, aber Peck hatte ein verblüffend kurzes Gedächtnis, was seine Niederlagen anging. Wenn ihm der Kragen platzte, war ihm egal, was genau passiert war, mit wem er es zu tun hatte oder warum. Das machte ihn zu einem dreisten Gangster, gleichzeitig aber auch zu einem heißen Kandidaten für eine der Urnen im eigenen Beerdigungsinstitut, da war Elefante sicher. Erstaunlicherweise hatten ihn die Jahre nicht ruhiger werden lassen.

»Die Nigger in den Cause-Häusern versauen mir das Geschäft«, sagte Peck. »Sie haben auf einen Jungen geschossen. Toller Kerl. Schwarz. Hat 'ne Menge Zeugs für meine Kunden abgesetzt. Sie sagen, er ist ein echtes Ass, einfach ein toller Bursche. War sehr gut dabei. Bis zu dem Schuss.«

»Wenn er so gut dabei ist, warum gibst du ihm dann nicht eins von den Neger-Stipendien, Joe?«

Peck lief rot an, und Elefante sah leicht amüsiert zu, wie er gegen seine Wut anzukämpfen hatte und die Beleidigung ignorierte. »Die Sache ist die...« Peck warf einen Blick vorn durch die Windschutzscheibe, dann einen nach hinten, wie um sicherzugehen, dass ihnen niemand zuhörte. »Der Junge ist von einem alten Knacker niedergeschossen worden. Also schickt mein Kunde aus Bed-Stuy einen seiner Leute, um die Sache aus der Welt zu schaffen. Der sucht den Alten und will ihn zurechtstutzen. Aber der Kerl lässt sich nicht erwischen.«

»Vielleicht ist er ein bescheidener Mann, der die Aufmerksamkeit scheut.«

»Kannst du nicht verfickt noch mal eine Minute zuhören?« Elefante spürte, wie sein Puls zu rasen begann. Er widerstand dem Drang, die Hand auszustrecken, Peck am Kragen aus dem Wagen zu ziehen und ihm die hübsche Mädchenfresse zu polieren. »Hol die Verteidiger vom Feld und geh in den Angriff, ja, Joe?«

»Was?«

»Sag mir einfach, was du willst. Ich hab zu tun.«

»Der Kerl, den sie geschickt haben, um die Sache zu erledigen, hat's versaut. Die Cops haben ihn, und jetzt sitzt er im 76. und singt und singt. Ein Vögelchen, das ich da kenne, sagt mir, er zwitschert wie 'n Rotkehlchen. Verrät den Cops alles. Und bevor die ihn wieder laufen lassen, sagt er ihnen noch, dass mich mein schwarzer Hauptkunde in Bed-Stuy ausschalten will. Die Farbigen wollen nicht mehr, dass ich sie beliefere. Was sagst du dazu? Undankbare Nigger! Ich hab sie ins Geschäft gebracht, und jetzt wollen sie mich rausdrängen. Die fangen 'n Rassenkrieg an.«

Elefante hörte ohne ein Wort zu. Das passiert, wenn du mit Leuten Geschäfte machst, denen du nicht vertrauen kannst, dachte er bitter. Da ist es egal, ob es um Drogen oder Cornflakes geht. Ist immer das Gleiche.

»Das geht mich nichts an.«

»Gorvino wird es nicht gefallen.«

»Hast du mit ihm geredet?«

»Yeah... also, noch nicht. Mit diesem Typen hab ich geredet, Vincent. Er sagt, Gorvino wird sich dazu melden, aber

Bed-Stuy ist unser Gebiet, das ist das, was Vincent sagt. Er sagt, wir müssen das regeln.«

»Es ist *dein* Gebiet, Joe. Nicht meins.«

»Es ist unser Pier.«

»Aber *dein* Dope.«

Er sah, wie sich Pecks Miene verdunkelte. Joe kämpfte gegen seine hochkochende Wut an, war nur eine Winzigkeit davon entfernt zu explodieren. Mit großer Mühe zügelte er sich.

»Würdest du das dieses eine Mal mit mir durchziehen, Tommy?«, sagte er. »Nur dieses eine Mal? Bitte? Bring diese Libanon-Sendung für mich rein, und ich bitte dich nie wieder um was. Nur dieses eine verdammte Mal. Mit dieser einen Sendung krieg ich genug, um die Nigger rauszuhauen und ihnen zu sagen, sie sollen sich auf ewig verpissen. Und ich komm mit Gorvino wieder ins Reine.«

»Ins Reine?«

»Ich schulde ihm ein paar Tausend«, sagte Joe und fügte hastig hinzu: »Aber ich krieg diese Sendung, das ist kein Problem, und anschließend ist es mit den Drogen auch für mich für immer vorbei. Du hast ja recht. Du hattest immer recht, was die Drogen angeht. Es ist zu gefährlich. Das ist mein letzter Job. Ich regle die Kiste und bin raus.«

Elefante starrte Peck eine lange Weile schweigend an.

»Komm schon, Tommy«, bettelte Peck. »Um der alten Zeiten willen. Du hast seit sechs Monaten nicht eine verdammte Lieferung angenommen. Nicht eine. Ich geb dir acht Riesen. Es dauert eine Stunde. Eine verdammte Stunde. Direkt vom Frachter zum Pier, und fertig. Kein Ausladen von Reifen, nichts Besonderes. Pack dir das Zeug und bring's mir. Eine Stunde. Dann hast du nichts mehr damit zu tun. Eine Stunde. So viel machst du mit deinen Zigaretten in einem Monat nicht.«

Elefante klopfte mit einer Hand nervös aufs Autodach. Der

GTO rumpelte und vibrierte, und Elefante spürte, wie seine Entschiedenheit mitzitterte. Nur eine Stunde, dachte er, um alles zu riskieren. Es klang einfach. Aber dann ging er die Sache einmal schnell durch. Wenn der Dreck aus dem Libanon kam, dann mit einem Frachter, wahrscheinlich aus Portugal oder der Türkei. Das bedeutete, dass er ein schnelles Boot brauchte, um die Lieferung abzuholen, denn ein Frachter würde nicht bei ihnen im Hafen festmachen. Dazu war er nicht tief genug, nur Frachtkähne kamen nach Brooklyn. Also würde er ein Schnellboot brauchen, am besten von Jersey drüben kommen, dann die Übernahme. Dazu musste er an der Hafenpolizei vorbei, das Zeugs mitten im Hafen übernehmen und mit Höchstgeschwindigkeit zurück zur Küste, wo ein nicht auf ihn zurückführbarer Wagen wartete, den er würde stehlen müssen, um die Lieferung dahin zu bringen, wo Peck sie haben wollte. Und da er wusste, dass die Feds mittlerweile überall waren, konnte es sein, dass sie auch Pecks Haustür überwachten – und die Gorvinos seine Hintertür, schließlich schuldete er ihnen Geld. Nein, es gefiel ihm nicht.

»Lass es Ray draußen auf Coney Island machen.«

Pecks Jähzorn brach sich Bahn. Er schlug wütend mit der Faust auf sein Lenkrad. »Was für ein verfickter Freund bist du eigentlich?!«

Elefantes obere Zahnreihe biss in die eingezogene Unterlippe, während sich ein fürchterliches Schweigen über ihn senkte. So hoffnungsvoll und vielversprechend der Tag mit der Aussicht auf einen angenehmen Ausflug in die Bronx begonnen hatte, um einem möglichen Schatz auf die Spur zu kommen, jetzt war er ruiniert. Auch wenn der sogenannte Schatz der Wunschtraum eines alten irischen Bauernfängers sein mochte, der wahrscheinlich nur Scheiße im Kopf hatte, bot der Gedanke, dem nachzugehen, doch so was wie eine Atempause vom täglichen Trott seines ausweglosen, verhunzten Lebens. Die Leichtigkeit des Tages war weg. Stattdessen kochte da etwas Vertrautes in ihm hoch, wie schwarzes, dickflüssiges Öl nahm es seinen Platz ein, und mit ihm dieses Schweigen. Es war keine rasende Wut, unkontrolliert und roh, eher ein kühler Zorn, der eine entsetzliche, unaufhaltbare Entschlossenheit in ihm entfachte, alle Probleme auf der Stelle zu zermalmen, eine Entschlossenheit, für die er bekannt war und die selbst noch die härtesten Gorvino-Mobster einschüchterte. Seine Ma meinte, es sei der Genueser in ihm, weil Genueser gelernt hätten, unglücklich zu leben, und immer weitermachten, ganz gleich, was geschehe, die die Dinge zu Ende brächten, mit Hindernissen umgingen und ihren Job hartnäckig erledigten. So machen es die Genueser, sagte sie, seit dem alten Cäsar. Der war mit seinen Eltern in Genua gewesen und hatte es selbst gesehen – eine Stadt auf öden, kraftraubenden Hügeln, die trostlosen alten, grauen Häuser, die massiven Mauern, das trübe, kalte Wetter, die elenden, regennassen Pflasterstraßen und die unglücklichen Seelen, die darauf die immer gleichen Wege zurücklegten, von zu Hause zur Arbeit und wieder nach Hause, grimmig aneinander vorbeitrottend, schmallippig, blass, ohne ein Lächeln, stur durch die schmalen Gassen, und das kalte Meer spritzte über die Gehsteige und über sie, ohne dass sie es überhaupt merkten. Es stank nach Meer und Fisch, und der Gestank zog in ihre Kleider und ihre ärmlichen kleinen Häuser, in Vorhänge und Wäsche, selbst noch in ihr Essen, aber die Leute ignorierten es, machten immer weiter, mit der grimmigen Entschlossenheit von Robotern, die ihr Schicksal als unglückliche Hurensöhne akzeptiert hatten, im Schatten einer glücklichen Stadt wie Nizza im Westen und voller Verachtung für die Sonne ihrer armen, dunklen Cousins im Süden, in Florenz und Sizilien, die wie tanzende Neger lachten und froh und zufrieden damit waren, die schwarzen Äthiopier Europas zu sein, während sich ihre lächelnden mediterranen Cousins, die Franzosen, oben ohne an den wunderschönen Stränden der Riviera sonnten. Unbeeindruckt von all dem ackerten die hart arbeitenden, freudlosen Genueser immer weiter und aßen ihre verdammte Focaccia. Niemand, bis auf die Genueser, wusste die genuesische Focaccia zu schätzen. »Das beste Brot der Welt«, hatte sein Vater immer gesagt. »Der Käse macht's.« Elefante probierte sie und begriff, warum die Genueser ein so kreuzunglückliches Volk waren, war das tägliche Dasein doch nichts im Vergleich zur Köstlichkeit ihres Essens. Wenn es darum ging, musste das übrige Leben, worin es auch immer bestand – im Lieben, Schlafen, auf den Bus warten, sich im Lebensmittelladen vordrängen, gegenseitig umbringen –, alles das musste zurückstehen, war nur Mittel zum Zweck und möglichst schnell zu erledigen, was die Genueser mit solch einer stummen Entschlossenheit und Durchsetzungskraft taten, dass sich ihnen in den Weg zu stellen dem Versuch glich, einen Hurrikan aufzuhalten. Christopher Columbus, erklärte ihm seine Mutter, war Genueser, aber er wollte nicht Amerika entdecken. Er wollte Gewürze. Fürs Essen. Ein echter Genueser, sagte sie, würde sich eher aufhängen, als sich von jemandem die ein, zwei Dinge im Leben zerstören zu lassen, die ihm ein wenig Erleichterung in dieser Teufelswelt verschafften.

Elefante fand die Sache mit seiner Wut furchterregend, denn nichts anderes war sein großes, wütendes Verstummen. Pure Wut, die nach Erleichterung verlangte, explodieren wollte, und er verabscheute das Wohlgefühl, das ihn dabei überkam und für das er sich später hasste. Er hatte in diesen Momenten schreckliche Dinge getan, die ihn in seinen dunkelsten Stunden quälten, spätnachts, wenn Brooklyn schlief, der Hafen in Finsternis versank und er in seinem einsamen, leeren Backsteinhaus lag, ein Mann ohne Frau und Kinder, die friedlich in ihren Zimmern schlummerten – nur seine Mutter polterte in den Baustiefeln ihres toten Mannes durchs Haus. In diesen Stunden holten ihn die Dinge, die er schweigend getan hatte, mit solch sengender Schärfe ein, dass er sich in seinem Bett aufsetzte, Blutflecken auf seinem Pyjama suchte und das Gefühl hatte, seine Seele werde geviertelt. Schweiß brach aus seinen Poren, Tränen rannen ihm übers Gesicht. Aber es war nicht mehr zu ändern. Es war geschehen. Die Wut war wie Lava aus ihm hervorgebrochen, unaufhaltbar, gnadenlos. Wer oder was sich ihm in den Weg stellte, wurde von ihr erfasst, und die jeweilige arme Seele sah nichts als den leeren, kalten Blick aus seinen Augen. Den Augen welchen Tommy Elefantes? Des einsamen Mannes mit dem guten Herzen, der seinen Leuten befahl, arme, alte farbige Frauen aus dem Hafen zu fischen, die aus dem ein oder anderen Grund darin gelandet waren, und warum auch nicht, war New York doch so ein Drecksloch? Oder sahen sie die Augen des einsamen Brooklyner Junggesellen, der davon träumte, auf eine Farm nach New Hampshire zu ziehen und eine dicke junge Frau vom Land zu heiraten, der dafür sogar gut genug aussah und genug Charme besaß, der aber zu gutherzig war, um jemanden in sein verborgenes brutales Leben hineinzuziehen, ein Leben wie das seines Vaters, das seine Mutter zu einer Gefängniswitwe, zu einer verschrobenen, halb verrückten Frau gemacht und seinen Vater alle Güte hatte verlieren lassen? Nein, sie sahen weder den einen noch den anderen, sondern nur seine äußere Hülle, den stummen, kalten, brutalen Elefanten, dessen abwägende Ruhe und starrer Blick ihnen sagte: Du bist erledigt, und der sie mit der nüchternen Sachlichkeit und Brutalität eines Kategorie-5-Hurrikans in der Luft zerriss. Der starre Gesichtsausdruck des Elefanten versetzte selbst noch die härtesten Kerle in Schrecken. Er hatte die

Angst auf ihren Gesichtern explodieren sehen, wenn sie sein stummer, geschäftsmäßiger Blick traf, und sosehr er sich auch mühte, er bekam ihren Schrecken nicht aus dem Kopf, zuletzt war es der von Mark Bumpus und seinen zwei Halbstarken gewesen, vor drei Jahren in der verlassenen Fabrik am Vitali-Pier, als er sie inflagranti dabei erwischt hatte, wie sie ihm vierzehn Riesen klauen wollten. Ich helfe Ihnen, hatte Bumpus gebettelt. Ich helfe Ihnen, das in Ordnung zu bringen, hatte er gejammert. Aber es war zu spät gewesen.

Peck starrte ihn an. Tommy Elefantes Schweigen war mit Händen zu greifen, Joe schien es gleichzeitig hören und sehen zu können. Er kannte es, hatte es bereits als Teenager mehrfach erlebt, und sein innerer Alarm dröhnte laut wie eine Schiffssirene. Er begriff, dass er zu weit gegangen war, und seine wütende Miene verzog sich geradezu panisch, während Elefantes Blick ihm über das Gesicht strich und das Innere des Wagens taxierte, Joes Hände, die, wie beide sahen, auf dem Lenkrad lagen – wie sie es sollten, dachte Joe kleinlaut, und dort auch besser blieben.

»Komm mir nicht noch einmal so, Joe. Such dir einen anderen.«

Elefante zog sich aus dem GTO zurück und stand mit den Händen in den Hüften da, als Joe den Gang reinhaute und davonröhrte. Er steckte die Hände in die Taschen, blieb mitten auf der Straße stehen und gab der brodelnden Wut in sich Zeit, abzukühlen und zu vergehen, bis er nach etlichen langen Minuten wieder zu dem wurde, der er war, ein einsamer mittelalter Mann, der im August seines Lebens nach mehr Frühjahr suchte, ein in die Jahre kommender Junggeselle in einem labberigen Anzug auf einer heruntergekommenen Straße im Schatten einer mächtigen Sozialsiedlung, die von einem jüdischen Reformer namens Robert Moses erbaut worden war, der aber bald vergessen hatte, dass er ein Reformer war, und überall solche Siedlungen hochzog, die gewachsene Viertel zerstörten, die arbeitende Italiener, Iren und Juden vertrieben, alles Schöne verdarben, die angestammten Bewohner durch Neger, Latinos und andere verzweifelte Seelen ersetzten, die im New Yorker Leben nicht Fuß fassen konnten und auf ein Schlafzimmer, eine Küche und die Mitgliedschaft in einem Club hofften, zu dem für sie auch dieser Mann gehörte, dieser übergewichtige Junggeselle in seinem schlecht sitzenden Anzug, der dem davonröhrenden glänzenden Wagen hinterhersah, diesem Wagen, den ein gut aussehender, hübscher junger Bursche fuhr, als steuerte er einer strahlenden Zukunft entgegen, während er, der weniger ansehnliche, schwerere Mann neidisch dachte, dass der gut aussehende Mann interessante Orte kannte, die er besuchte, schöne Frauen traf und tolle Dinge tat. Und dem alten, schwereren Mann, der da auf dieser traurigen, düsteren, alten Brooklyner Straße mit ihren Läden und müden Backsteinhäusern stand, blieb nichts anderes, als die Abgase seines schönen Sportwagens zu schlucken. Was für ein trauriger New Yorker er doch war, ohne Träume, ohne Freunde, ohne Zukunft.

Elefante sah zu, wie der GTO um die Ecke bog. Er seufzte und ging zurück zu seinem Lincoln. Langsam schob er den Schlüssel ins Schloss, setzte sich in den Wagen und saß stumm und starr hinter dem Lenkrad. Eine lange Weile saß er so im weichen Leder des Fahrersitzes, bis er endlich leise sagte: »Ich wünschte, jemand würde mich lieben.«

12

MOJO

Sportcoat hockte auf einer Kiste in Sausages Heizungskeller und hielt eine Flasche King Kong in der Hand. Er hatte jetzt keine Eile mehr. Die Enttäuschung darüber, dass Soup die Flasche Brandy zertrümmert hatte, nachdem er am Morgen auf der Plaza hinter ihr her gewesen war, wurde durch den Boxenstopp in Sausages Hauptquartier gemildert. Sausage war nirgends zu finden, und das war schon okay. Sportcoat hatte den Rest des Morgens hier verbracht und sich mit etwas Kong beruhigt. Er fühlte sich jetzt besser. Ausgeglichen. *Keeeiiine* Eile, dachte er glücklich und hielt die Flasche umklammert. Er überlegte, ob er vielleicht aufstehen sollte, um nach der Zeit zu sehen, aber so, wie die Sonne durch das winzige Kellerfenster fiel, hatte er eine ungefähre Ahnung. Es war Nachmittag. Er reckte sich und gähnte. Seit mindestens zwei Stunden schon sollte er im Garten der alten Lady in der Silver Street sein. Er versuchte sich an ihren Namen zu erinnern, konnte es aber nicht. Es war auch egal. Es war was Italienisches, das auf »i« endete, und sie zahlte bar, das war das Wichtige. Es störte sie nicht zu sehr, wenn er zu spät kam. Er blieb dann ja auch immer länger. Aber in den letzten Wochen schien sie etwas unsicher auf den Beinen. Sie wird alt, dachte er sarkastisch. Du muss stark sein, wenn du alt wirst. Er wollte gerade den Kong wegstellen und los, als Hettie plötzlich auftauchte.

»Wenn du mir wegen Soups Party heute Vorwürfe machen wills, lass es«, sagte er.

Sie lachte bitter. »Iss mir egal, was du gemacht hast«, sagte sie. »Fakt iss, wenn du rumläufs und angespuckt wirs, macht's nich viel, was du denkst, was du sonst noch getan hast.«

»Wer hat mich angespuckt? Keiner hat mich angespuckt.«

»Du dich selbst.«

»Hör mit dem Blödsinn auf. Ich geh zur Arbeit.«

»Na, dann tu's auch.«

»Wenn ich wegen 'ner kleinen Stärkung haltmache, während ich drüber nachdenke, wie ich mein Baseballspiel wieder in Gang krieg, iss das meine Sache.«

»Baseball bedeutet den Kindern hier nichts mehr«, sagte sie nüchtern.

»Woher wills du das wissen? Du hass seit zehn Jahren kein Spiel mehr gesehn, das ich gepfiffen hab.«

»Du hass mich seit zehn Jahrn nicht mehr zu eim eingeladen«, sagte sie.

Das brachte ihn durcheinander. Wie bei den meisten Dingen in seinem Erwachsenenleben konnte er nicht mehr genau sagen, wie es gewesen war, hauptsächlich, weil er fast immer betrunken war, und so sagte er: »Ich war der beste Schiri, den die Cause-Häuser je erlebt ham. Ich hab allen Freude gemacht.«

»Nur deiner Frau nich.«

»Ach, still.«

»Ich war einsam in meiner Ehe«, sagte sie.

»Hör auf, dich zu beklagen, Frau! Essen auf'm Tisch, ein Dach über unserm Kopf. Was sonst wills du noch? Wo iss übrigens das verdammte Kirchengeld? Ich hab so ein Ärger deswegen.«

Er hob den Kong an die Lippen und nahm einen kräftigen Schluck. Sie sah ihm schweigend zu und sagte dann: »Iss nich alles deine Schuld.«

»Ganz sicher nich. Du biss die, die das Geld versteckt hat.«

»Davon rede ich nich«, sagte sie, fast schon versonnen. »Ich rede von früher, als du noch 'n Kind wars. Alles, was sie damals zu dir gesagt oder mit dir gemacht ham, ging auf Kosten deiner Würde. Aber du hass dich nie beschwert. Das hab ich geliebt an dir.«

»Oh, Frau, lass meine Leute da raus. Die sind lange tot.«

Sie sah ihn nachdenklich an. »Und jetz biss du hier«, sagte sie traurig, »ein alter Mann, der um ein Spielfeld kaspert und die Leute zum Lachen bringt. Selbst die Jungen folgen dir nich mehr.«

»Das werden sie reichlich, wenn ich sie zurück aufs Feld hole. Aber ich muss den Ärger mit dem Christmas-Club-Geld erst loswerden. Du hass es inner kleinen grünen Schachtel aufgehoben, das weiß ich noch. Wo iss die Schachtel?«

»Die Kirche hat viel Geld.«

»Du meins, die Schachtel iss in der Kirche?«

»Nein, Schatz. In Gottes Händen. In seiner Hand.«

»Wo iss das, Frau?!«

»Du solltest deine Ohrn gegen 'n paar Bananen eintauschen«, sagte sie genervt.

»Red nich im Kreis rum, verdammt! Der Pastor sagt, die Kirche hat Forderungen von dreitausend Dollar wegen dem Geld. Die Lügner regnen nur so von den Bäumen. Sonntagmorgens sind jetz mehr Leute in Five Ends wegen dem Geld, als du sie in eim Monat voller Ostersonntage sehn würdes. Alle wollen die Schachtel. Digs Weatherspoon sagt, er hat vierhundert Dollar drin, dabei hatte der Trottel seit Methusalems Hochzeit nich mal zwei Nickel zum Jongliern. Was soll ich bloß machen?«

Sie seufzte. »Wenn du wen liebst, sollten dir ihre Worte wichtig genug sein, um ihr zuzuhörn.«

»Hör auf, mir Schwachsinn zu erzähln!«

»Ich sage dir genau das, was du hörn wills, Dummkopf.«

Dann war sie weg.

Er schmollte ein paar Minuten. In der Kirche war das Geld nicht. Er und Hot Sausage hatten den kleinen Bau schon ein Dutzend Mal durchsucht. Er hatte Durst und drehte die Kong-Flasche. Sie war leer. Aber es gab noch mehr Verstecke für Freudensaft hier im Keller. Er stand auf, ging auf ein Knie runter und fuhr mit der Hand unter einen Schrank in seiner Nähe. Aber da war nichts, stattdessen hörte er über die Schulter, wie die Tür aufging, und sah Hot Sausages Hinterkopf, der samt Sausage hinter einem großen Generator auf der anderen Seite des Raumes verschwand. Er sagte: »Sausage?«

Keine Antwort. Aber er konnte ihn ächzen hören, und dann klapperten Werkzeuge. Also sagte er: »Du kanns dich nich vor mir verstecken. Da warn drei Flaschen Kong hier, wenn ich mich recht erinner.«

Wie zur Antwort gab es ein Zündgeräusch, und die riesige Maschine bullerte los. Lärm erfüllte den Raum. Sportcoat stand auf und schlurfte rüber, wo Sausage platt auf dem Boden lag, mit dem Kopf im Motorraum des gleichen uralten Generators, der auch Rufus drüben im Heizungskeller der Watch-Häuser verrückt machte. Sausage lag seitlich auf der Hüfte, schenkte ihm einen verdrossenen Blick und wandte sich wieder dem unglücklich stotternden Motor zu.

Sportcoat nahm sich eine Kiste und rutschte neben ihn. Sausage hatte seinen Hut abgesetzt. Seine blaue Hausmeisteruniform war zerrissen und verschmiert. Er sah noch mal zu Sportcoat hin, dann wieder in den Motor. Ohne ein Wort.

Sportcoat schrie durch den Lärm: »Tut mir leid, Sausage. Ich geh selbs zur Polizei und bring das in Ordnung. Ich erklär alles und frag die, wie lang ich aus der Stadt muss.«

Sausage, den Blick auf den Motor gerichtet, kicherte: »Du gottverdammter Dummkopf.«

»Ich wollte dich auf keine Weise, Art oder Form in irgensein Schwachsinn mit reinziehn, Sausage.«

Sausages Miene hellte sich auf, und er streckte eine lange Hand aus der Maschine, um seine zu schütteln.

Aber Sportcoat sah sie nur an und verzog das Gesicht. »Ich hab mich entschuldigt. Also warum die linke Hand? Du weißt, das bringt Unglück.«

»Oh, tut mir leid.« Hot Sausage holt schnell die rechte Hand aus dem Generator und hielt sie ihm hin. Sportcoat schüttelte sie befriedigt und setzte sich wieder. »Wo ist der Kong?«, rief er.

Sausage langte unter die Werkzeugbank, holte einen litergroßen Krug mit einer klaren Flüssigkeit hervor und schob ihn vorsichtig zu Sportcoat rüber. Dann wandte er sich wieder dem Generator zu und sah hinein. »Dieses Ding streikt einmal die Woche«, sagte er.

»Rufus drüben hat genau das gleiche Problem«, rief Sportcoat. »Die Häuser sind im selben Jahr gebaut worden. Die gleichen Wohnungen, Klos, Generatorn, alles. Übler Schrott, diese Dinger.«

»Aber ich kümmer mich um meine Generatorn.«

»Rufus sagt, an denen liegt es nich. Es sind böse Geister.«

Sausage lutschte an seinen Zähnen, verstellte ein paar Sachen, und der Lärm ging runter auf ein erträgliches Maß. »Das sind keine verdammten Geister.«

»Ratten? Vielleicht Ameisen?«

»Nich um diese Jahreszeit. Selbst die Ameisen sind nich so blöd, dass sie in dies Ding klettern. Es iss die lächerliche Verkabelung, das isses. Alt wie Methusalem. Und da iss so viel mit rumgetrickst worden. Wer immer da zugange war, hatte die eine Hand an seim Gehänge und die andre in den Kabeln.«

Sportcoat süffelte von dem Schnaps und hielt dann Sausage den Krug hin, der einen großzügigen Schluck nahm, ihn Sportcoat zurückreichte und wieder in die Innereien der alten Maschine spähte. »Das bescheuertste Ding überhaupt«, sagte er. »Es gibt zweiunddreißig Einheiten im Haus, und der hier bringt nur viern davon Strom und iss mit dem da drüben verbunden.« Er nickte zu einem zweiten, größeren Generator auf der anderen Seite des Raumes hinüber. Zwischen den beiden lag der gewohnte Scheiß, wie überall im Keller: alte Waschbecken, Ziegel, Besen, Müll, Fahrradteile, Wischer, Toilettenteile. Und natürlich stand da auch noch Sausages alte Standuhr. »Wer immer das hier gebaut hat, war besoffen, nimm ich an. Die beiden Dinger so weit von'nander wegzustellen, statt einfach einen draus zu machen.«

Sausage trank noch mal, stellte den Krug neben dem Generator auf den Boden, steckte einen langen Arm in die Maschine und verband zwei Kabel miteinander. Der Generator spuckte, hustete einen Moment und tuckerte weiter.

»Ich muss das Weihnachtsgeld von der Kirche irgenswie ersetzen, Sausage.«

»Das iss das kleinste Problem, das du hass.«

»Oh, hör mit dem Unsinn auf. Wir reden da von richtig Geld. Hettie hat mir nie gesagt, wie viel in der Weihnachtsschachtel drin war. Oder wo sie das Ding versteckt hat. Oder wer was gegeben hat. Und jetz sagt Pastor Gee, die Leute wolln alle zusammen dreitausend Dollar. Noch der entfernteste Verwandte schwört, dass er Geld drinhatte.«

»Und da sind noch nich mal meine vierzehnhundert mit dabei«, sagte Sausage.

»Sehr witzig.«

»Kein Wunder, dass du Hetties Geist siehs, Sport. Ich hätte auch Schiss, wenn mir so viel Geld abginge. Du kriegs Druck von allen Seiten. Du hass doch hinter dir abgeschlossen, als du reingekommen biss? Deems hat ja nichts gegen mich, aber abgesehn von eim schreienden Kind iss das schlimmste Geräusch auf der Welt ein alter Mann, der um sein Leben bettelt. Was hält den Jungen davon ab, hier reinzukomm und zu ballern?«

»Hör auf, dich wegen nichts aufzuregen«, sagte Sportcoat. »Folgt mir keiner. Und ich rede nich mit Hetties Geist. Es iss ihr Gekeife, das iss kein Geist. Es issen Mojo, ein Fluch. Eine Hexe. Die Alten früher zu Hause, die ham die ganze Zeit da drüber geredet. Eine Hexe kann jede Form annehm, die sie will. Deswegen weiß ich, es iss nich meine süße Hettie, die da rumschwirrt. So hat sie nie mit mir geredet, hat mich kein Idiot genannt und so weiter. Das iss 'ne Hexe.«

Sausage kicherte. »Deshalb hab ich nie geheiratet. Mein Onkel Gus hatte so eine. In Tuscaloosa hat er sie kennengelernt und kriegte Streit mit ihrm Daddy. Eine seiner Kühe hatte was von ihrm Daddys Korn gefressen, und der wollte fünfzig Cent dafür. Onkel Gus hat ihm nichts gezahlt. Seine Frau hat auf ihn eingebrüllt, aber er wollte nich, und dann iss sie gestorbn und hat ihn mit eim Zauber belegt. Dem schlimmsten Mojo überhaupt. Die Brust iss ihm rausgewachsen wie eim Huhn. An den Seiten iss ihm das Haar ganz glatt geworden, aber oben auf'm Kopf gekräuselt geblieben. Das war ein komisch aussehender Nigger. Wie 'n Hahn sah der aus, bis zu seim Tod.«

»Warum hat er ihrn Daddy nich einfach bezahlt?«

»Da war's zu spät«, sagte Hot Sausage. »Mit vierzig Cent häls du kein Mojo auf. Vierhundert vielleicht, wenn's erst mal losgeht. Seine Frau hat ihn verflucht, verstehs du, so wie Hettie dich.«

»Woher weiß du, dasses Hettie war?«

»Iss egal, wer. Du muss ihn brechen. Onkel Gus hat 'ne Schnecke vom Kirchhof geholt und sie sieben Tage in Essig gelegt. Das könntes du auch probiern.«

»So machen sie's in Alabama«, sagte Sportcoat. »Das war mal. In South Carolina legs du eine Gabel unter dein Kissen und stells ein paar Eimer Wasser in die Küche. Das vertreibt jede Hexe.«

»Näh«, sagte Sausage. »Wende ein Hundezahn in Maismehl und häng ihn dir um den Hals.«

»Näh. Geh 'n Berg mit den Händen hinterm Kopf rauf.«

»Steck die Hand in 'n Glas Ahornsirup.«

»Streu Saatkorn und Mondbohnenhülsen vor die Tür.«

»Steig zehnmal rückwärts über ein Pfahl.«

»Schluck drei Kiesel ...«

So ging es etliche Minuten, beide versuchten sie den anderen mit Tricks, Hexen zu vertreiben, auszustechen und redeten über Mojos, während draußen das moderne Leben der weltgrößten Metropole seinen Lauf nahm. Der Verkehr lärmte durch Brooklyn. In Borough Hall, zwanzig Straßen weiter, begrüßte der Brooklyner Stadtteilpräsident Neil Armstrong, den Mann, der als Erster einen Fuß auf den Mond gesetzt hatte. In Flushing, in Queens, wärmten sich die New York Mets, die früheren Baseball-Underdogs und mittlerweile der Stolz der Stadt, von Fernsehkameras umgeben für ein Spiel vor sechsundfünfzigtausend Zuschauern im Shea-Stadium auf. Auf Manhattans Upper West Side traf sich Bella Abzug, die extravagante jüdische Kongressabgeordnete, mit Spendensammlern, um über eine mögliche Präsidentschaftskandidatur zu beraten. Währenddessen saßen die beiden alten Männer in ihrem Keller, tranken Schwarzgebrannten und führten einen Mojo-Wettstreit:

»Sieh nie zur Seite, wenn ein Pferd vorbeikommt...«
»Leg eine tote Maus auf 'n rotes Tuch...«
»Schenk deiner Süßen am Donnerstag ein Schirm...«
»Blas auf einen Spiegel und trag ihn zehnmal um einen Baum...«

Sie erreichten den Mojo-Brecher, am vierten Donnerstag jeden Monats eine Gaslampe in jedes Fenster jeden zweiten Hauses zu stellen, als der Generator wie ganz von selbst wild aufbrauste, erbärmlich spuckte, hustete und erstarb.

Es wurde dunkel, das Licht verblich, und ohne den zweiten Generator, der weiter vor sich hin tuckerte und an dem eine einzelne Birne ganz hinten in der Ecke hing, wären sie komplett in Finsternis versunken. Aber die leuchtete hell, genau wie das Licht über der Tür zum Korridor, durch die Sportcoat hereingekommen war und die er fest hinter sich zugezogen hatte.

»Jetz hass du's geschafft«, sagte Sportcoat. »Komms hier runter mit all dem Hexenkram und verwünschst das verdammte Ding.«

Sausage kniete sich vor den Generator, griff hinein und hantierte mit den Drähten herum, worauf der Generator erbärmlich ächzte, spuckte und erneut in Gang kam. Das Licht ging wieder an.

Sportcoat starrte das alte Ding verwirrt an, das lauter denn je mit ungewöhnlicher Geschwindigkeit dahinröhrte und so heftig schepperte, dass Hot Sausage schreien musste, um den Lärm zu übertönen.

»Da gibt's irgensWo ein Kurzen, glaube ich«, brüllte er.

Sportcoat nickte. »Aber wenn nur oben vier Wohnungen dranhängen«, schrie er, »warum geht dann hier unten das Licht aus?«

»Was?«

»Vergiss es«, schrie er. »Ich muss zur Arbeit. Wo iss meine Schiri-Kluft?«

»Was?«

Sportcoat deutete auf den röhrenden Generator. Sausage kniete sich wieder hin, stellte was ein, und der Lärm ging zurück. Und so auf den Knien wiederholte er: »Was?«

»Ich fang mit dem Baseball wieder an«, sagte Sportcoat. »Ich brauch meine Schiri-Klamotten, erinners du dich? Die müssen irgenswie hier unten sein.«

»Wozu brauchs du die? Wir ham keine Pitcher mehr. Unserm besten fehlt ein Ohr, und er iss hinter dir her.«

Sportcoat nahm genervt noch einen Schluck King Kong. »Kapier's doch.«

»Die sind genau da, wo du sie hingetan hass«, sagte Sausage, nahm den Krug und nickte zum Schrank in der gegenüberliegenden Ecke. Sportcoat sah auf den Müllhaufen davor und legte eine Hand auf seine karierte Sportjacke. »Ich sau mir die Jacke ein, wenn ich mich da durchwühle.«

Sausage lutschte an den Zähnen, gab Sportcoat den Schnaps und verschwand in der Mülllandschaft. Nach reichlich Klirren, Ächzen, Treten und Schieben kam er wenig später mit einem schwarzen Plastiksack zurück, den er vor Sportcoat auf den Boden warf.

In genau dem Moment war aus dem Generator ein fürchterliches Krachen, Husten und Stottern zu hören, und er blieb wieder stehen. Kurz darauf gab auch der zweite Generator auf.

Diesmal wurde es völlig dunkel. Nur das Schild über der Tür leuchtete noch, die jetzt, was beiden nicht auffiel, leicht offen stand.

»Gottverdammt«, sagte Sausage in die Stille hinein. »Das verflixte Ding muss den andern mit rausgeworfen ham. Gib mir mal 'ne Taschenlampe, Sport.«

»So was trag ich normalerweise nich mit mir rum, Sausage.«

»Bleib du hier, ich kuck nach dem Generator drüben.«

Wieder klapperte und schepperte es, als Sausage den Raum durchquerte. Sportcoat nippte lässig an seinem Kong, tastete mit dem Fuß nach seiner Kiste, fand sie und setzte sich drauf.

Keiner von beiden bemerkte die große Gestalt in der Lederjacke, die unter dem Ausgangsschild hereingeschlüpft war.

»Passiert das häufiger?«, sagte Sportcoat in die Stille hinein.

»Nie so wie jetzt«, sagte Sausage von der anderen Seite des Raums. »Aber klar, wenn du Hexen und so weiter anrufs...« Sportcoat hörte ihn fluchen und ächzen, hörte etwas an der Tür und blickte hinüber. Und im Licht des Ausgangsschilds sah er, oder glaubte es, wie sich ein Schatten durch den Raum bewegte.

»Sausage, ich glaub, da iss wer...«

»Ich hab's!«, rief Sausage. »Okay. Da iss 'n Schaltkasten hinter dem Generator bei dir. Geh hin und leg ihn um, wenn ich's dir sage. Dann geht das Licht wieder.«

»Umlegen?«

»Den Schalter. Hinter dem Generator, wo du stehs. Taste dich hin und leg den Schalter um. Dann gehn sie beide wieder.«

»Ich kenn mich mit Schaltern nich aus.«

»Beeil dich, Sport. Da oben sind zweiunddreißig Wohnungen, und die Neger kochen Kohl und Rührei und müssen zur Arbeit. Iss nichts dabei, Sport. Geh einfach um den Generator rum. Heb die Hand und fühl nach der dicken Leitung, die aus dem Ding kommt. Folg ihr zur Wand. Da fühls du den Kasten. Mach ihn auf und beweg den Schalter drin einmal hin und her.«

»Wenn's dir nichts ausmacht, würd ich das bisschen Hirn,

das ich noch hab, lieber mit Whiskey zum Kochen bringen«, rief Sportcoat. »Ich kann nichts sehen, und hier iss wer ...«

»Steh auf und mach es, bevor die Trottel von oben kommen und Theater machn!«

»Ich hab keine Ahnung von Kästen und Schaltern.«

»Du kanns da kein Stromschlag kriegen«, fuhr Sausage hoch und gab sich Mühe, nicht ungeduldig zu klingen. »Es iss alles geerdet. Der Generator bei dir hat zweihundertvierzig Volt, der hier zweizwanzig.« Er hielt kurz inne. »Oder isses andersrum?«

»Entscheide dich.«

»Geh und leg endlich den verflixten Schalter im Kasten um, bitte. Du muss keine Angst ham. Der Schutzschalter iss hier. Der Saft iss hier. Nicht da, wo du biss.«

»Wenn er bei dir iss, warum schaltes du ihn dann nich ein?«

»Hör auf, rumzuspinnen, Nigger! Beeil dich, bevor die Neger von oben hier reingestürzt kommen – oder schlimmer noch, auf'm Amt anrufn.«

»Also gut«, sagte Sportcoat genervt. Er tastete sich durchs Dunkel, fand den Generator und fuhr mit der Hand über die Wand dahinter, bis er auf das dicke Kabel stieß. Er packte es, folgte ihm die Wand entlang, drehte sich, um Sausage etwas zu sagen, und sah den Schatten eines Mannes, der sich in die Mitte des Raumes bewegte. Diesmal war er sicher.

»Sausage?«

»Leg den Schalter um.«

»Da iss einer ...«

»Schaltes du jetz ein?«

»Also gut. Aber was iss mit dem Kabel hier?«

»Vergiss das Kabel. Das brauchs du nich. Schalt ein.«

»Ich brauch das Kabel nich? Das lose hier?«

Eine Weile kam von Sausage nichts. »Hab ich vergessen, das Ding abzubinden?«, murmelte er.

»Was abzubinden?«
»Das Kabel.«
»Es sind zwei.«
»Kabel oder Kästen?«
»Beides.«

»Mach dir deswegn kein Kopf«, rief Sausage. Er wurde immer ungeduldiger. »Such dir einfach einen Kasten aus. Irgenseinen. Leg den Schalter drin um, welcher es auch iss, und sorg dafür, dass das Kabel nicht an den Generator kommt. Ich halt den Deckel hier hoch, er iss schwer, das geht nich mehr lange, Sport. Der hat 'ne Feder.«

»Aber das Kabel ...«

»Vergiss das Kabel. Es iss alles geerdet, sag ich dir.«

»Was heißt geerdet?«

»Nigger, warum wills du nich gleich auch noch 'ne Blaskapelle. Leg einfach den verdammten Schalter um! Ich bring das in Ordnung, wenn das Licht wieder geht. Beeil dich, bevor das ganze Haus hier unten Rabatz macht!«

Sportcoat entschied sich für den näheren Kasten. Er machte ihn auf und fühlte zwei Schalter. Da er nicht wusste, was er tun sollte, legte er das lose Kabel auf den Generator und legte beide Schalter um. Es blitzte, ein Grunzen, jemand heulte kreischend auf, und als der Generator lostobte und das Licht wieder anging, sah er zwei Stiefel in die Luft fliegen.

Sausage kam stinkig vom anderen Generator zurück, stieß gegen Banklehnen, Betonsteine, Waschbecken und Fahrradteile und schimpfte lautstark. »Was iss los mit dir, Sport? Wie schwer kann's sein, 'n Schalter zu bedienen?«

Dann blieb er stehen, verstummte und starrte mit großen Augen auf etwas, was da mitten auf dem Boden lag. Sportcoat kletterte von seiner Seite des Raums herbei, und dann standen sie beide vor Earl, dem Vollstrecker von Bunch. Er lag auf dem Rücken, besinnungslos, die schwarze Lederjacke versengt, wo der Strom in ihn rein ist. Eine glitzernde Uhr lag um sein Handgelenk, das Glas zerplatzt. Und er hielt einen Revolver in der Hand.

»Großer Gott«, sagte Sausage. »Das iss der Kerl von Soups Party. Wie konnte der so schnell wieder hier auftauchn? Ich dachte, die hätten ihn weggeschafft.«

Sportcoat starrte ihn an. »Isser tot?«

Hot Sausage ging in die Knie und fühlte an Earls Hals nach dem Puls. »Noch lebt er«, sagte er.

»Der hätte den Brandy besser trinken als ihn sich von Soup auf den Kopf werfen lassen solln. Wills du die Polizei rufen?«

»Himmel, nein, Sport. Das schiebt das Amt mir in die Schuhe.«

»Du hass doch nichts gemacht?«

»Das iss egal. Wenn die Polizei auf eim Amt erscheint, müssen die 'n Bericht schreiben. Und das heißt, dass sie nich mehr nur schlafen und Kaffee süffeln könn, und wer immer da schuld iss, kriegt seine Papiere. Dann bin ich mein Job los.«

Er sah Earl an. »Der muss hier weg, Sport. Bringn wir ihn raus.«

»Ich rühr den nich an.«

»Was glaubs du, was der hier wollte? Dir's Lesen beibringen? Mit seiner Pistole hier? Den hat Deems auf dich angesetzt.«

»Deems iss noch 'n Junge, Hot Sausage. Das hier issen Mann. Und der kleine Deems hat auch nich das Geld, jemand für so was anzuheuern.«

»Der kleine Deems hat 'n Firebird.«

»Hat er? Wahnsinn. Der Junge hat's drauf, oder?«

»Gottverdammt, Sport, ich nimm den Schläger da und jag dich brüllend zur verdammten Tür raus! Du bringst mein Job in Gefahr! Der Kerl muss hier weg! Und du hilfs mir dabei!«

»Okay, okay. Du muss dir nich gleich 'n Herzkasper deswegen holn.«

Aber Sausage hatte sich bereits in Bewegung gesetzt. Er zerrte eine vierrädrige Karre aus dem Schrotthaufen weiter hinten, schob sie zu Earl hin, kniete sich neben ihn und prüfte noch mal seinen Puls. »Ich hab von dem Generator auch schon mal ein gewischt gekriegt«, sagte er. »Er wird 'ne Weile brauchen, bis er zu sich kommt, aber er wird wieder. Bis dahin soll sich der Teufel um ihn kümmern.«

Sie machten sich an die Arbeit.

Zwanzig Minuten später wachte Earl in der Gasse hinter Haus 17 auf. Er lag auf dem Rücken. Seine versengte Lederjacke stank wie verbranntes Haar. Seine beiden Arme taten so weh, dass er Angst hatte, sie wären gebrochen. In seinem Kopf mit der Beule, wo ihn die Flasche getroffen hatte, schien sich einer mit einem Presslufthammer auszutoben. Er hob den rechten Arm, was einen stechenden Schmerz hoch in seine Schulter schickte, und sah auf die Uhr. Das Glas war kaputt, die Uhr stand. Er bewegte den linken Arm, der auch noch funktionierte, und zog seine Pistole aus der linken Tasche. Es waren keine Kugeln mehr drin. Er schob sie zurück in die Tasche und setzte sich auf. Seine Füße waren nass. Seine Beine auch. Er hatte sich vollgepisst. Er sah zum Himmel und den Fenstern über sich hinauf. Keine Gesichter, die zu ihm runtersahen, aber so, wie die Sonne stand, war es bereits Nachmittag. Er war spät dran. Bis Mittag hatte er die gestrigen Einnahmen von Bunchs Bed-Stuy-Dealern einsammeln sollen.

Earl kämpfte sich langsam auf die Beine, jeder Muskel in seinem Körper protestierte, und er wankte zur Subway in der Silver Street, wobei er sich immer wieder an den Hausmauern abstützte. Er hatte das Gefühl, auseinanderzubrechen, wurde aber schneller, als er wieder zu Atem kam, und hielt Ausschau nach dem Riesen, der ihn am Morgen zum Zug gebracht hatte. Er musste nach Bed-Stuy und Bunchs Geld einsammeln, bevor er zu seinem Boss ging. Das Mindeste, was er tun konnte, war, mit Bunchs Knete zu kommen. Vielleicht hielt das seinen Boss davon ab, ihn zu killen.

13

DAS MÄDCHEN VOM LAND

Elefante und der Governor saßen im Wohnzimmer des bescheidenen Zweifamilienhauses des Governors in Morris Heights, einer ruhigen Enklave in der Bronx mit einigen Wohnhäusern und dem einen oder anderen grünblättrigen Baum inmitten des fortschreitenden städtischen Niedergangs, als die Tür aufschlug und ein Wischmopp in den Raum fuhr, gefolgt von einer attraktiven Frau, die einen auf Rädern fahrenden Eimer Seifenlauge hinter sich herzog. Sie hielt den Kopf gesenkt und wischte den Boden mit solch einem Elan und einer Intensität, dass sie die beiden Männer erst nicht bemerkte. Elefante saß in einem Schaukelstuhl, mit dem Rücken zur Tür, der alte Mann auf dem Sofa. Die Frau wischte von links nach rechts, stieß gegen den Schaukelstuhl und sah einen Fuß. Überrascht starrte sie Elefante an, ihr Gesicht verfärbte sich tiefrot, und es war dieser Moment, in dem Elefante seine Zukunft sah.

Sie war eine schwere Frau, die langsam älter wurde, aber mit einem hübschen Gesicht, das die Scham nicht zu verbergen vermochte, die darin aufstieg. Die Frau hatte große braune Augen, die den Gast verblüfft anblinzelten, ihr braunes Haar war zu einem Knoten zurückgebunden, und zu ihrem sympathischen Mund passte ein schönes, schmales Grübchenkinn. So schwer sie auch sein mochte, so war sie doch wie eine große, schlanke Frau gebaut, mit einem langen Hals; den Kopf ließ sie etwas hängen, als wollte sie von ihrer Größe ablenken. Sie trug ein grünes Kleid, und sie war barfuß.

»Hoppla, ich wollte nur schnell saubermachen.« Damit war sie auch schon wieder aus dem Zimmer und schlug die Tür zu. Elefante hörte, wie ihre Schritte hinten in der Wohnung verschwanden.

»Entschuldigung«, sagte der Governor. »Das ist mein Mädchen, Melissa. Sie wohnt unten.«

Elefante nickte. Er hatte Melissa nicht lange gesehen, aber lange genug. Es waren ihre nackten Füße, dachte er später, die ihn erobert hatten. Dass sie keine Schuhe trug. Was für eine Schönheit. Eine Landschönheit. Wie er sie sich immer erträumt hatte. Er mochte schwere Frauen. Und sie war so scheu. Das sah er sofort. Es war die Art, wie sie sich bewegte, mit dieser leichten Unbeholfenheit, ihr gesenkter Kopf, der lange Hals, mit dem sie ihr hübsches Gesicht vom Geschehen abwandte. Er spürte, wie sich etwas in seinem angespannten Herzen lockerte, und begriff, da war er sicher, das Problem des Governors. Er bezweifelte, dass diese scheue Schönheit abgebrüht genug war, einen Bagel-Laden zu führen, und noch weniger, sich um diese Sache zu kümmern, die der Governor gerade in ein paar Dollar verwandeln wollte, was immer es war. So eine Frau sollte einen Laden irgendwo auf dem Land betreiben, dachte er träumerisch. Zusammen mit mir.

Er schüttelte den Gedanken ab, als er sah, wie der Governor ihn betrachtete, ein leichtes Lächeln auf dem zerfurchten Gesicht. Sie hatten den Nachmittag zusammen verbracht. Der alte Mann hatte Elefante so herzlich begrüßt, als wären sie alte Freunde. Der Bagel-Laden lag nur zwei Straßen weiter, und so schwach der Governor war, so wenig Luft er bekam, so bestand er doch darauf, dass sie hinübergingen. Stolz zeigte er seinem Gast das gesamte Geschäft, den großen Essbereich, die Auslagen und was für ein Andrang herrschte. Er führte ihn auch nach hinten, wo er zwei Lieferwagen stehen hatte, und am Ende in die Küche und den Backbereich, in dem zwei Puerto-Ricaner gerade ihre Schicht beendeten. »Wir fangen um zwei Uhr morgens an«, erklärte der Governor. »Um halb fünf sind die Bagel heiß und rollen zur Tür hinaus. Bis neun haben wir achthundert in Bewegung gesetzt. Manchmal sind es ein paar Tausend am Tag«, sagte er. »Nicht nur für uns, wir beliefern Läden in der ganzen Bronx.«

Elefante war beeindruckt. Es war weniger ein Bagel-Laden als eine Fabrik. Aber jetzt saßen die beiden Männer wieder im Zweifamilienhaus des Governors, in der oberen Wohnung, die seine war, und nachdem er die hübsche Tochter gesehen hatte, die wieder unten bei sich war, wollte Elefante ernsthaft reden. Ein Blick auf die Tochter hatte ihm verraten, was er wissen musste: Wenn der Governor die Wahrheit sagte, hatte er keinen wirklichen Plan.

»Es geht mich ja eigentlich nichts an«, sagte Elefante, »aber weiß Ihre Tochter Bescheid über... das, worüber wir hier reden?«

»Himmel, nein.«

»Haben Sie keinen Schwiegersohn?«

Der Governor zuckte mit den Schultern. »Ich kann Ihnen die jungen Leute nicht erklären. Früher, in den irischen Legenden, hieß es, dass die Robben an den Stränden Irlands in Wahrheit schneidige junge Prinzen seien, die sich in Robbenfellen verkleiden, um fröhliche Meerjungfrauen zu heiraten. Ich glaube, sie hält nach so einer Robbe Ausschau.«

Elefante sagte dazu nichts.

Der Governor schien plötzlich müde, lehnte sich aufs Sofa zurück und sah hoch zur Decke. »Ich habe keinen Sohn. Sie ist meine Erbin, sie allein. Sie wäre voll bei der Sache, wenn ich ihr davon erzählen würde, aber sie würde es in den Sand setzen. Ich will sie da nicht mit drinhaben.«

Er schien von Natur aus ein unbeschwerter Mann, doch der Ton seiner Erklärung sagte Elefante, dass die Tür für ihn weit offen stand, die Sache in die Hand zu nehmen und einen besseren Preis für sich auszuhandeln, wenn denn an der Geschichte des alten Mannes was dran war. Der Governor war erschöpft. Der Gang zu seinem Geschäft und das Herumführen hatten ihn völlig ausgelaugt. »Ich bin ein bisschen matt und muss vielleicht meinen Kopf ein wenig aufs Sofa betten«, sagte er. »Aber ich kann reden. Wir können anfangen.«

»Gut, weil ich nicht sicher bin, was Sie zu verkaufen haben.«

»Das werden Sie jetzt erfahren.«

»Erklären Sie's mir. Das ist Ihre Party. Ich habe einige Erkundigungen eingeholt. Mein Poppa hatte ein paar Freunde, die sich an Sie erinnern. Meine Mutter sagt, er hat Ihnen vertraut und dass Sie zwei geredet haben. Also weiß ich, dass Sie okay sind. Aber Sie haben hier ein gutes Geschäft. Das ist kein Bagel-Laden, das ist eine Fabrik. Sauber. Sie bringt Geld ein. Warum halbseiden werden und ein Risiko eingehen, wenn Sie auch so Ihren Schnitt machen? Wie viel Geld brauchen Sie?«

Der Governor lächelte, hustete wieder, nahm ein Taschentuch und spuckte hinein. Der Klumpen, der im Taschentuch landete, sah Elefante, war so groß, dass der Governor es einmal falten musste, um es wieder zu gebrauchen. Dieser irische Paisan, dachte er, ist kränker, als er zugibt.

Statt ihm zu antworten, legte der alte Mann seinen Kopf erneut zurück und sagte: »Ich hab das Haus hier und den Bagel-

Laden '47 bekommen. Nun, eigentlich hat meine Frau ihn bekommen. Ich war in dem Jahr im Gefängnis, zusammen mit Ihrem Vater.

Und so lief das ab: Ich hatte ein bisschen Geld gebunkert. Woher ich es hatte, tut nichts zur Sache, aber es war eine hübsche Summe. Und ich beging den Fehler, meiner Frau zu sagen, wo es war, während ich im Gefängnis saß. Eines Tages kam sie zu Besuch und sagte: ›Weißt du noch das alte jüdische Pärchen mit dem Bagel-Laden am Grand Concourse? Sie haben ihn mir billig verkauft. Sie wollten schnell raus.‹ Sie sagte, sie hätte mich nicht erreichen können, um die Sache zu besprechen. Also hatte sie's selbst entschieden und zugeschlagen. Das ganze verdammte Haus gekauft. Mit meinem Geld.«

Über die Erinnerung musste er lächeln. »Im Besuchsraum hat sie mir das erzählt. Ich bin auf sie los. Ich bin derartig ausgerastet, dass die Wärter mich davon abhalten mussten, sie zu erwürgen. Es dauerte Wochen, bis sie mir auch nur zu schreiben wagte. Was konnte ich tun? Ich saß im Knast. Sie verbrannte jeden einzelnen Penny, den wir hatten – für Bagel. Ich war fertig. Völlig von der Rolle.«

Er sah an die Decke, wehmütig.

»Ihr Vater fand das lustig. Er fragte: ›Verliert sie denn Geld damit?‹ Ich sagte: ›Woher zum Teufel soll ich das wissen? Da sind überall nur Nigger und Hispanics.‹ Er sagte: ›Die essen auch Bagel. Schreib deiner Frau, dass es dir leidtut.‹

Das tat ich, Gott sei Dank, und sie vergab mir. Und heute danke ich ihr jeden Tag dafür, dass sie den Laden gekauft hat. Oder würde es tun. Wenn sie noch da wäre.«

»Wann ist sie gestorben?«

»Oh, das war ... ich kann mir das nicht merken.« Er seufzte und sang dann leise.

*»Zwanzig Jahre wachsen,
Zwanzig Jahre blühen,
Zwanzig Jahre bücken,
Zwanzig Jahre vergehn.«*

Elefante spürte, wie er innerlich weich wurde, spürte den Teil, den er die Welt nie sehen ließ und der sich gelockert hatte, als die Tochter dieses Mannes mit ihrem Wischmopp hereingekommen war. »Heißt das, dass Sie da mit sich im Reinen sind? Oder ist es eine ungute Erinnerung?«

Der Governor sah noch eine Weile zur Decke. Seine Augen fixierten etwas weit in der Ferne. »Sie hat lange genug gelebt, um zu erleben, wie ich aus dem Gefängnis kam. Sie und meine Melissa, sie haben das Geschäft aufgebaut, während ich hinter Gittern saß. Drei Jahre, nachdem ich wieder draußen war, wurde meine Frau krank, und jetzt bin ich selbst ein bisschen angeschlagen.«

Ein bisschen angeschlagen?, dachte Elefante. Der Governor schien kurz davor, abzutreten.

»Zum Glück ist Melissa bereit, alles zu übernehmen«, sagte der Governor. »Sie ist ein gutes Mädchen. Sie kommt mit dem Geschäft klar. Ich habe Glück, dass sie so gut ist.«

»Umso mehr ein Grund, ihr allen Ärger zu ersparen.«

»Da kommen Sie ins Spiel, Cecil.«

Der Elefant nickte unangenehm berührt. So genannt zu werden erwischte ihn auf dem falschen Fuß. Seit Jahren hatte das keiner mehr getan. »Cecil« war eine Art Spitzname, den sein Vater ihm als Kind gegeben hatte. Sein wirklicher Name war Tomaso oder Thomas. Der Name seines Vaters war sein zweiter Vorname. Cecil war die Erfindung seines Vaters. Wie er darauf gekommen war, hatte Elefante nie erfahren. Und es war mehr als ein Kosename gewesen. Wenn sein Vater ihn benutzte, wussten sie beide, dass es zwischen ihnen etwas zu bereden gab. Sein letztes Lebensjahr über war sein Vater bettlägerig gewesen, führte das Geschäft aber immer noch, und es waren oft Leute in seinem Schlafzimmer, Leute aus dem Güterwagen, Bauarbeiter, Männer aus dem Lagerhaus. Wenn Poppa »Cecil« sagte, gab es etwas Wichtiges, das es unter vier Augen zu besprechen galt, sobald sich das Zimmer geleert hatte. Dass der Governor den Namen kannte, war ein weiteres Zeichen seiner Glaubwürdigkeit – und auch, dachte Elefante verdrießlich, einer gewissen Verantwortung. Er wollte für diesen Mann nicht verantwortlich sein. Er hatte genug an der Backe.

Der Governor betrachtete ihn, gab dann seiner Müdigkeit nach, hob die Beine aufs Sofa und streckte sich aus, einen Arm auf der Stirn. Er hob den anderen Arm und deutete mit einem Finger auf den Schreibtisch hinter Elefante. »Geben Sie mir ein Stück Papier und einen Stift, ja? Beides liegt gleich oben.«

Elefante tat, was ihm gesagt wurde. Der Governor kritzelte etwas auf den Zettel, faltete ihn zusammen und gab ihn Elefante. »Noch nicht aufmachen«, sagte er.

»Soll ich für Sie auch zur Wahl gehen?«

Der alte Mann lächelte. »Nicht schlecht zu wissen, dass das ginge, wenn man bedenkt, was mit alten Käuzen wie mir in unserem Spiel passieren kann. Man wird müde, wissen Sie. Ihr Vater hat das verstanden.«

»Erzählen Sie mir von meinem Poppa«, sagte Elefante. »Worüber hat er gern geredet?«

»Sie versuchen mich reinzulegen«, sagte der Ire mit einem leisen Lachen. »Ihr Vater spielte Dame und sagte sechs Worte am Tag. Und wenn es tatsächlich sechs waren, ging es bei fünfen um Sie.«

»Mir hat er diese Seite kaum gezeigt«, sagte Elefante. »Als er aus dem Gefängnis kam, hatte er seinen Schlaganfall bereits hinter sich. Das machte das Reden schwer. Er war viel im Bett. In der Zeit ging's ums Überleben, der Güterwagen musste am Laufen gehalten werden, die Fami...« Er hielt inne. »Unsere Kunden mussten befriedigt werden.«

Der Governor nickte. »Ich habe nie für die fünf Familien gearbeitet«, sagte er.

»Warum nicht?«

»Ein wahrer Ire weiß, dass die Welt dir eines Tages das Herz brechen wird.«

»Was heißt das?«

»Ich mag es, noch zu atmen, mein Sohn. Fast alle, die ich kannte und die für die Familien arbeiteten, wurden am Ende in Einzelteilen über die Ziellinie gezogen. Ihr Vater war einer der wenigen, die im Bett gestorben sind.«

»Er hat denen nie wirklich vertraut«, sagte Elefante.

»Warum?«

»Da gab's viele Gründe. Wir sind Norditaliener. Die Familien kommen aus dem Süden. Ich war jung und dumm. Er dachte nicht, dass ich lange überleben würde, als ich anfing. Er hielt mich mit der Arbeit am Hafen beschäftigt, gab die Anordnungen, und ich befolgte sie. So lief das. Bevor er eingesperrt wurde und hinterher. Er war der Puppenspieler, ich die Puppe. Sieh nach dem Waggon, tranportier das Zeug, bring es hierhin, bring es dorthin, lager das da ein, bezahl diesen Mann, bezahl jenen Mann. Und bezahl deine Leute gut. Rede nicht. Das war der Job. Aber er hatte seine Finger auch immer in anderen Dingen, Baugeschichten, einer kleinen Pfandleihe und eine Weile sogar in einem Gärtnereigeschäft. Wir hatten immer noch andere Interessen.«

»Ihr hattet andere Interessen, weil Ihr Vater keinem traute.«

»Doch, er traute Leuten. Er achtete nur darauf, wem.«

»Weil...«

»Weil man einem Mann, der keinem traut, nicht trauen kann.«

Der Governor lächelte. »Deshalb sind Sie der Richtige für den Job.«

Er sah so zufrieden aus, dass Elefante sagte: »Sollte Ihnen gerade ein Lied in den Sinn kommen, lassen Sie's bleiben. Ich hatte auf dem ganzen Weg hierher Cousin Brucie im Autoradio an. Er hat Frankie Valli gespielt. Niemand singt besser als er.«

Der alte Mann lachte, hob eine schwache Hand und zeigte auf den Zettel in Elefantes Hand. »Lesen Sie.«

Elefante entfaltete das Stück Papier und las: »Einem Mann, der niemandem traut, kann man nicht trauen.«

»Ich kannte Ihren Vater gut«, sagte der Governor bedeutungsvoll. »So gut man einen nur kennen kann in dieser Welt.«

Elefante wusste nicht, was er sagen sollte.

»Und jetzt *werde* ich singen«, sagte er strahlend. »Und es wird besser als Frankie Valli.«

Und er begann zu erzählen.

Als Elefante abends auf dem Heimweg seinen Lincoln den Major Deegan hinuntersteuerte, hatte er den Zettel immer noch in der Tasche, und in seinem Kopf überschlugen sich die Gedanken. Er dachte nicht an die Geschichte, die der Governor ihm erzählt hatte, sondern an das Bauernmädchen, das in den Raum geplatzt und, sich entschuldigend, gleich wieder verschwunden war. Eine scheue, hübsche irische Frau. Frisch wie der Frühling. Sie war ein wenig jünger als er, um die fünfunddreißig, schätzte er, was eigentlich zu alt war, um nicht verheiratet zu sein. Sie schien so verschämt, und er fragte sich, wie sie solch ein Geschäft führen konnte. Andererseits, dachte er, habe ich sie nie in Aktion gesehen. Vielleicht ist sie wie ich, dachte er, geschäftsmäßig bei der Arbeit, grob und gallig, aber zu Hause, des Nachts, heult sie den Mond an und sehnt sich nach Liebe und Gesellschaft.

Aber vielleicht bin ich auch nur ein Trottel. Ein leidendes Herz in einer Stadt voller leidender Herzen. Jesus!

Mit quietschenden Reifen nahm er die Ausfahrt zum FDR Drive und fuhr die Ostseite Manhattans in Richtung Brooklyn Bridge hinunter. Er war froh, hinterm Steuer zu sitzen. Es gab ihm Zeit zum Nachdenken und Zeit, seiner Aufgewühltheit beizukommen. Es war kurz nach halb fünf, und der Verkehr floss immer noch ohne zu stocken. Er schaltete das Radio ein, und die Musik holte ihn zurück in die Realität. Sein Blick glitt über den East River und die Lastkähne darauf. Einige von ihnen kannte er. Ein paar wurden von ehrlichen Kapitänen gefahren, die keine heiße Ware wollten. Sie würden nicht mal einen gestohlenen Reifen mitnehmen, selbst wenn du ihnen tausend Dollar dafür zahltest. Andere wurden von absoluten Vollidioten betrieben, die schon für den Preis einer Tasse Kaffee alle ihre Skrupel vergaßen. Die einen waren übertrieben ehrlich, die anderen geborene Kriminelle.

Wozu gehöre ich?, fragte er sich.

Bin ich gut oder schlecht?, überlegte er, während er seinen Lincoln durch den Verkehr manövrierte. Er dachte daran, sich ganz aus dem Spiel zurückzuziehen. Es war ein alter Traum. Er hatte viel gespart. Es würde reichen. Das wollte Poppa doch, oder? Er konnte seine beiden Mietshäuser in Bensonhurst verkaufen, den Güterwagen an Ray draußen in Coney Island abgeben und sich ein für alle Mal von allem verabschieden. Um was zu tun? In einem Bagel-Laden zu arbeiten? Er konnte nicht glauben, dass er überhaupt auf diesen Gedanken kam. Die Tochter des Governors wusste nicht mal, wer er war, und er stand in Gedanken bereits in ihrer Küche. Er stellte sich vor, was in zehn Jahren sein würde, er ein fetter Ehemann in

Bäckerskluft, der um drei Uhr morgens Teig knetete und in den Ofen schob.

Andererseits, worum ging es im Leben? Familie. Liebe. Diese Frau sorgte sich um ihren Vater. Sie war ein Familienmensch. Er verstand das Gefühl. Es sagte eine Menge über sie.

Beim Hinausgehen hatte er sich kurz mit ihr unterhalten. Der Governor war nach ihrem Gespräch auf dem Sofa eingeschlafen, und Elefante brachte sich selbst zur Tür. Sie kam die Treppe herauf, um nach dem alten Mann zu sehen, und fing ihn ab. Er nahm an, sie hatte gehört, dass er sich verabschiedete, und wollte sichergehen, dass mit ihrem Vater alles okay war. Das hätte er auch gemacht. Nachsehen, ob der Vater noch atmete, und sich versichern, dass der Fremde keiner der Itaker war, die irgendeine alte Rechnung zu begleichen hatten. Auch das sagte eine Menge über sie. Sie war scheu, aber eindeutig nicht *so* scheu, und nicht dumm. Und ohne Angst.

Bei der Haustür waren sie stehen geblieben und hatten vielleicht zwanzig Minuten geredet. Sie war sofort offen und unverstellt gewesen. Ihr Vater vertraute ihm. Also vertraute sie ihm auch.

»Ich habe das im Griff«, sagte sie, als er sie fragte, ob sie den Laden auch allein führen könne. Er machte einen Scherz darüber, wie sie mit dem Wischmopp ins Zimmer gestürmt war, den Eimer hinter sich und den Mopp wie einen Speer in der Hand. Sie lachte und sagte: »Oh, das. Mein Poppa putzt wie ein Kindergartenkind.«

»Nun, er hat hart genug gearbeitet.«

»Ja, aber seine Wohnung ist ein Chaos, und er schläft so leicht ein.«

»Mir schlafen die Füße ein, wenn ich dem Bus hinterherrenne.«

Sie lachte wieder und öffnete sich noch etwas mehr. Im weiteren Gespräch zeigte sich, dass sie bei aller Sanftmut ihrem Vater glich, seine Unbeschwertheit und seinen Witz hatte, das aber mit einer Bestimmtheit und einer Cleverness, die er anziehend fand. Es war ein lockeres Gespräch. Sie wusste, dass er wegen einer wichtigen Sache gekommen und ihre beiden Väter enge Freunde gewesen waren. Und doch spürte er eine gewisse Zögerlichkeit und fühlte ihr vorsichtig auf den Zahn. Das war er gewohnt, es war sein Job, dachte er bitter, als gottverdammter Schmuggler, der mit Abschaum wie Joe Peck oder Mördern wie Vic Gorvino umzugehen hatte: Schwächen bei anderen auszumachen. Und so, wie sie reagierte, spürte er, dass auch sie ihn näher zu erforschen, abzuschätzen und mehr aus ihm herauszubekommen versuchte. Und wie sehr er sich auch mühte, er konnte es nicht verstecken, konnte nicht verhindern, dass sie den Teil von ihm sah, den die meisten nie zu Gesicht bekamen – dass er zwar nach außen hin hart und kontrolliert wirkte, geschäftsmäßig und vielleicht ein wenig zu italienisch in seiner Art, sich zu bewegen und auszudrücken, darunter aber ein tiefes Gefühl der Verantwortung für seine Mutter und alle, die ihm wichtig waren, schlummerte, eine Menschlichkeit, die jemand wie er besser versteckte. Er war der Mann, dem ihr Vater vertraute. Aber warum gerade ihm? Warum nicht einem Cousin oder Onkel? Oder doch wenigstens einem anderen Iren? Warum einem Italiener? In jenen zwanzig Minuten wurde der Krieg zwischen den Rassen noch einmal gekämpft, zwischen Italienern und Iren, die für die armen Seelen Europas standen, die von den Engländern, Franzosen und Deutschen in den Staub geworfen worden waren, später in Amerika dann von den großen Jungs in Manhattan, den Juden, Iren und Anglos, die vergessen hatten, dass sie Menschen waren und woher sie kamen, die nichts als Geld machen wollten, in wichtigen Meetings die Zukunft bestimmten, über die

Niemande in der Bronx und in Brooklyn hinwegwalzten und ihre Wohnviertel zerstörten, jene großen Jungs, die den Krieg vergaßen, die Pogrome und die Menschen, die den Ersten und Zweiten Weltkrieg überlebt, ihr Blut und ihr Innerstes für ihr Amerika geopfert hatten – die alles das vergaßen, um gemeinsam mit Banken, Stadt und Staat Expressways mitten durch blühende Viertel zu schlagen und die machtlosen Trottel, die an den amerikanischen Traum glaubten, in die Vororte zu drängen, weil sie, die großen Jungs, einen immer noch größeren Anteil wollten. Das fühlte er, oder dachte es doch, als sie da bei der Haustür standen. Es gab eine Verbindung: zwischen dem Mann, dessen Vater tot war, und der Frau, deren Vater bald sterben würde, das Gefühl, zu etwas gehören zu wollen, dort in der warmen Diele, sie in ihrem Landmädchenkleid mit einem Job, der Steuern abwarf und keine Cops anzog, keine Joe Pecks, keine komplizierten Anrufe von komplizierten Leuten, die dir mit der einen Hand die Taschen zu leeren versuchten, während sie mit der anderen der Fahne salutierten, und er mit einem Gefühl von Verbundenheit, wie er es seit Jahren nicht mehr verspürt hatte.

Sie lachte leicht, stellte Fragen, ihre Scheu war verflogen, während er stumm mit dem Kopf nickte. Sie redete fast die gesamten zwanzig Minuten, die im Nu zu verfliegen schienen, und die ganze Zeit wollte er rufen: »Ich bin die Robbe am Strand. Wenn du mich nur kennen würdest.« Doch stattdessen blieb er oberflächlich und fest und versuchte ihre Fragen halbherzig abzublocken, indem er so tat, als wäre er distanziert und argwöhnisch. Aber sie durchschaute ihn, das sah er. Sie sah in ihn hinein. Er fühlte sich wie nackt. Sie wollte wissen, warum er hier war. Sie wollte alles wissen.

Aber das durfte sie nicht. Niemals.

Es war Teil der Abmachung. Natürlich hatte er dem verrückten Plan des Governors zugestimmt. Zum Teil aus Liebe zu seinem Vater. Bei allem, was seinem Vater besonders wichtig gewesen war, das wusste er, ging es um Vertrauen. Jeder, dem sein Vater traute, musste ein liebender, guter Mensch sein. Da gab es keinen Zweifel. Guido Elefante hatte niemals einen Rückzieher gemacht, wenn er jemandem, dem er vertraute, sein Wort gegeben hatte. Wobei ihm völlig gleich war, was die Leute von dieser Person dachten. Poppa liebte seine Frau, zweifellos, weil Momma alles andere war als die typische italienische Hausfrau wie die meisten in der Straße, die tratschten, Cannoli in sich hineinstopften und jeden Morgen brav in St. Andrew's in die Messe gingen, um um Vergebung für ihren Mann und, nicht zuletzt, auch für sich selbst zu beten, die sich beschwerten, dass Nigger und Hispanics das Viertel übernahmen, während ihre Männer mit Schnaps handelten und jeden erschossen, der etwas Falsches über ihre Glücksspielaktivitäten sagte, ihre Wettbetrügereien, und wie rücksichtslos sie den Farbigen gegenüber waren. Seiner Mutter war die Hautfarbe der Leute egal. Für sie waren es Menschen wie alle anderen. Ihr waren vor allem die Pflanzen wichtig, die sie auf den verlassenen Grundstücken der Gegend ausgrub – Pflanzen, die, darauf bestand sie, ihren Mann weit länger am Leben gehalten hatten, als die meisten es erwartet hatten. Was ihren Sohn anging, so stellte sie Thomas nie irgendwelche Fragen. Sie respektierte Elefante schon als Jungen, weil sie instinktiv begriff, dass er sich von den meisten Italienern des Viertels unterschied, unterscheiden musste, genau wie sie und ihr Mann anders sein mussten, um zu überleben. Sie entschuldigte sich nie für ihre Familie. Die Elefantes waren, wie sie waren. Das war alles. Poppa hatte den Governor in seiner Welt willkommen geheißen. Und so tat Elefante es ebenfalls. Sie waren jetzt Partner. Das war entschieden.

Dazu kam, dass die ganze Geschichte faszinierend war. Und natürlich das Geld.

Ging es ihm um das Geld?, fragte er sich.

Er warf einen Blick auf das zusammengefaltete Stück Papier auf dem Beifahrersitz neben sich. Es war der Zettel, den der Governor ihm gegeben hatte, als sie über Poppa sprachen.

»Einem Mann, der niemandem traut, kann man nicht trauen.«

Elefante steuerte seinen großen Lincoln direkt hinter der Houston Street in die Ausfahrt vom FDR. Die Silhouette der Brooklyn Bridge zeichnete sich vor ihm ab. Er dachte wieder an ihr Gespräch, die Geschichte des Governors.

»Ich verliere wirklich den Verstand«, murmelte er.

Es war bereits später Nachmittag gewesen und der Governor kurz davor einzuschlafen, als er Elefante die Geschichte der »Seife« erzählte, die er seinem Vater gegeben hatte. Er lag auf dem Sofa und sprach in Richtung Decke, während der Ventilator unablässig knarzte.

»Seit fast tausend Jahren besaß die Wiener Besuchskirche in Österreich diese wertvollen Schätze«, sagte er. »Manuskripte, Kerzenständer, Kelche. Das meiste davon wäre für jemanden wie Sie und mich belangloses Zeug. Dinge für die Messe, Altarkelche, um das Blut unseres Erlösers zu trinken, Kerzenständer, solche Sachen. Ein paar Goldmünzen. Alles das war für die Ewigkeit gemacht. Der Kram war Hunderte Jahre alt, wurde von Generation zu Generation weitergegeben, und als der Zweite Weltkrieg kam, haben sie ihn vor den Alliierten versteckt.

Mein jüngerer Bruder Macy war dort stationiert. Fünfundvierzig, noch im Krieg, ist er hingeschickt worden. Nach dem Krieg ließ Amerika Truppen dort, und Macy blieb ebenfalls. Macy war acht Jahre jünger als ich, ein Army-Lieutenant, ein komischer Kauz. Er war, hmm ...« Der Governor dachte einen Moment lang nach. »Ein Homo«, sagte er.

»Ein Homo?«, wiederholte Elefante.

»Sanft wie 'ne Feder. Heute würden sie ihn eine Schwuchtel nennen, nehme ich an. Er hatte einen Sinn für die feineren Dinge des Lebens. Für die Kunst. Schon als er noch ein kleiner Kerl war. Er wusste alles darüber. Er las Bücher über Kunst. Hatte einfach eine Vorliebe dafür. Nun, die Welt war kaputt nach dem Krieg, verschiedene Armeen patrouillierten darin herum, und irgendwie fand Macy das Versteck mit diesem Zeugs. Die Nazis hatten es beiseitegeschafft. In der Nähe eines Ortes namens Altenburg.«

Der Governor legte eine nachdenkliche Pause ein.

»Wie Macy die Höhle gefunden hat, habe ich nie erfahren. Aber es waren wertvolle Dinge drin. Und er bediente sich daran. Da gab es Manuskripte, kleine, mit Diamanten geschmückte Schachteln mit winzigen Elfenbeinschildchen. Und ein paar Reliquiare.«

»Was ist das?«

»Das musste ich auch erst fünfmal nachsehen, bevor ich es kapiert habe«, sagte der Governor. »Das sind kleine Schachteln, wie winzige Särge aus Gold und Silber. Manche sind auch mit Diamanten besetzt. Die Priester bewahrten Schmuck darin auf, Kunst, Reliquien, ja, sogar alte Heiligenknochen. Es war eine heftige Beute. Kriegsgewinn. Macy hat einen guten Teil davon für sich auf die Seite gebracht.«

»Woher wissen Sie das?«

»Ich hab's gesehen. Er hatte die Sachen bei sich zu Hause.«

»Wie hat er sie da hingeschafft?«

Der Governor lächelte. »Er hat seine Birne benutzt und alles mit dem US Military Postal Service an seinen Namen geschickt. In kleinen Portionen. Ich denke, deswegen ist er so lange beim Militär geblieben. Die Dinge waren klein. Dann nach dem Krieg hat er einen Job bei der Post angenommen und konnte sie verschicken, ohne dass irgendwer seine Nase reingesteckt hätte. So einfach war das.«

Er kicherte und musste sich dann aufrichten, um einen großen Klumpen Schleim in sein Taschentuch zu husten. Als er fertig war, faltete er das Taschentuch zusammen, steckte es in die Tasche und fuhr fort.

»Es kam mir immer komisch vor, dass Macy von der Arbeit bei der Post so gut leben konnte«, gab der Governor zu. »Er hatte eine Wohnung im Village, die groß war wie ein Rugbyfeld. Voller toller Dinge. Ich habe ihn nie gefragt. Er hatte keine Kinder, und ich dachte, es wäre alles normal. Mein Poppa konnte Macy nicht ausstehen. Er sagte immer: ›Macy mag Jungen.‹ Ich sagte zu Poppa: ›In St. Andrews gibt es einen Priester, von dem es heißt, dass er Jungen mag.‹ Aber davon wollte er nichts hören. Ich war da noch ein junger Kerl, schnell auf den Beinen und nicht gar zu klar im Kopf, aber selbst ich kannte den Unterschied zwischen einem kranken Mann, der Kinder mag, und einem, dem Männer gefallen. Ich kannte ihn, weil Macy mir ausgeredet hatte, den versifften Dreckskerl von einem Priester in St. Andrews umzubringen, der sich an etlichen Kindern in der Gemeinde vergriff. Ich hatte das alles rausgefunden, als Macy älter wurde und wir Sachen über ihn sammelten. Aber Macy sagte: ›Der Mann ist krank. Geh für den nicht in den Knast.‹ Er war mein kleiner Bruder, aber in vieler Hinsicht cleverer als ich. Ich hörte auf ihn und landete trotzdem hinter Gittern! Aber selbst noch im Gefängnis half mir Macys Rat. Was ein Mann privat macht, geht nur ihn selbst was an, solange er dir das Leben nicht schwer macht. Wenn du in den Knast gehst und keinen Streit suchst, dann wird alles gut. Ich mochte Macy, weil er mir das klargemacht hatte. Und er vertraute mir.«

Der Governor seufzte und rieb sich den Kopf, während er in seinen Erinnerungen grub. »Er lebte nicht lange. Erst starb unsere Mutter. Dann kriegte er ein paar Jahre später Krebs. Das und der Schmerz, weil ihn sein Vater nicht wollte, hatten ihn fertiggemacht. Gegen Ende seines Lebens kam er zu mir und hat mir alles gestanden. Er führte mich zu einem Schrank in seiner Wohnung und zeigte mir, was er hatte. All die Sachen aus der Höhle bewahrte er in dem Schrank auf, stellen Sie sich das mal vor. Wundervolle Dinge: Bibeln mit massiven goldenen Deckeln. Reliquien. Manuskripte in Röhren aus Gold. Münzen. Diamantenbesetzte Reliquiare mit Heiligenknochen. Er sagte: ›Das Zeug ist Tausende Jahre alt.‹ Ich sagte: ›Du bist ein Millionär.‹

Er sagte: ›Ich habe kaum was davon verkauft. Ich habe bei der Post gut verdient.‹

Ich hab ihn ausgelacht und gesagt: ›Du bist ein *Stook*.‹«

»Ein *Stook*?«

»Ein Idiot.«

»Oh.«

»Er sagte: ›Ich wollte die Sachen nicht verkaufen. Ich habe sie so gerne angesehen.‹

Ich sagte: ›Macy, das geht nicht. Das sind Kirchensachen.‹

›Die Kirche mag Menschen wie mich nicht‹, sagte er.

Das hat mich tief getroffen. Ich sagte: ›Macy, mein Junge. Unsere liebe Mutter im Himmel würde vor Gottes Thron zusammenbrechen, wenn sie wüsste, dass du hier mit von ihrem Erlöser gestohlenen Sachen sitzt. Es würde ihr das Herz brechen.‹

Das trieb die Tränen in seine Augen. Er sagte: ›Ich muss nur noch eine Weile weiterleben. Dann kann ich vielleicht ein paar von den Dingen zurückgeben.‹«

Der Governor sah Elefante an. »Und das machte er. Oh, er verkaufte noch ein, zwei Dinge, um seinen Lebensstil bis zu seinem Tod beibehalten zu können. Aber den Großteil der Dinge gab er zurück. Er schaffte sie auf dem gleichen Weg zurück nach Wien, wie er sie hergeholt hatte. In kleinen Portionen. Und er machte es so, dass ihn niemand erwischen konnte. Eine Sache jedoch hat er nicht zurückgeschickt.«

»Und was war das?«

»Nun, es war etwas, das ich wollte. Eine kleine Statue.«

»Was für eine Statue?«

»Ein dickes Mädchen. Die Venus von Willendorf.«

Elefante fragte sich, ob er träumte. Die Statue eines dicken Mädchens? Die Tochter des Governors war dick. Und schön. Konnte das ein Trick sein? Ein Zufall?

»Ist das der Name einer Fernsehserie?«

Der Governor grinste irritiert.

»Ich frag ja nur«, sagte Elefante.

»Macy sagte, es sei das wertvollste Stück in seiner Sammlung.«

»Warum das?«

»Ich kann es nicht sagen. Macy wusste es, aber ich kenne mich da nicht aus. Sie ist rotgolden. Sehr klein. Aus Stein. Nicht größer als ein Stück Seife.«

»Wenn sie nicht aus Gold ist, wie kann sie dann so viel wert sein?«

Der Governor seufzte. »Ich habe von Kunst weniger Ahnung als ein Sack Kartoffeln, mein Sohn. Ich weiß es nicht. Wie ich schon sagte, musste ich das Wort ›Reliquiar‹ fünfmal nachschlagen, bevor ich mir merken konnte, was es war, und die kleine Statue war in einem von diesen Dingern. Einem Behälter wie ein winziger Sarg, groß wie ein Stück Seife. Tausende Jahre alt. Macy sagte, der Behälter selbst sei schon ein Vermögen wert. Er sagte, das dicke Mädchen, die Venus von Willendorf, sei mehr wert als alles, was er besitze.«

»Dann muss sie in einem der großen Schlösser in Europa sein, wo die Eingangsmatten in altem Englisch bedruckt sind, und was er hatte, war eine Kopie. Oder das Original ist in einem Museum. Wie sollte es nicht in einem Museum sein? Ein Museum würde übrigens sagen können, ob es eine Kopie ist.«

»Ihr Vater und ich, wir saßen mit ein paar redegewandten Trickbetrügern im Gefängnis, die den Eskimos Eis hätten verkaufen können. Diese Jungs hätten Ihnen Ihr Bankkonto schneller leergeräumt, als eine Fliege scheißen kann. Sie wussten mehr über Versicherungsbetrug, Bankbeschiss und Taschenspielertricks als ein Barkeeper in Philadelphia. Aalglatt, die Jungs. Und jeder von ihnen wird Ihnen sagen, dass ein Fisch, wenn er am Haken endet oder betrogen wurde, die Sache nicht an die große Glocke hängt. Die wollen nicht, dass so was rauskommt. Und die schicken Vortänzer, die die Museen leiten, sind da nicht anders. Warum sollten sie es in die Welt hinausposaunen, wenn ihnen einer eine Kopie angedreht hat? Solange die Proleten dafür zahlen, den Kram anzugaffen, ist alles gut. Wer erkennt den Unterschied?«

Elefante schwieg.

»Denken Sie, ich will Sie vereimern?«, fragte der Governor.

»Vielleicht. Haben Sie Ihren Bruder je gefragt, warum die Statue so viel wert sein soll?«

»Nein, das habe ich nicht. Ich habe sie mitgenommen, bevor er seine Meinung ändern konnte. Dann ist er gestorben.«

»Die Venus von Willendorf. So könnte auch eine Suppe heißen.«

»Es ist keine Suppe, sondern ein dickes Mädchen«, sagte der Governor.

»In der Highschool kannte ich ein dickes Mädchen, das ein echter Schatz war. Aber keiner hat eine Statue von ihr gemacht.«

»Nun, diese passt in Ihre Hand. Ich hab sie beseitegeschafft, bevor ich ins Gefängnis kam. Ihr Vater ist zwei Jahre vor mir rausgekommen, und ich hatte Angst, einer würde das kleine Ding finden, also habe ich ihm gesagt, er soll sie holen und für mich aufbewahren. Er sagte, er habe es getan. Das heißt, Sie müssen sie irgendwo haben.«

Elefante streckte die Hände aus. »Ich schwöre bei der Heiligen Jungfrau, mein Poppa hat mir nicht gesagt, wo er sie versteckt hat.«

»Nichts?«

»Er hat mir nur was von diesem dummen Lied in Sing-Sing erzählt, über die Hand Gottes.«

Der Governor nickte zufrieden. »Nun, das ist doch was.«

»Das ist nichts. Wie kann ich nach etwas suchen, von dem ich weder weiß, wo es sein könnte, noch wie es aussieht.«

»Es ist ein dickes Mädchen.«

»Es muss unzählige Statuen von dicken Mädchen geben. Hat sie einen Huckel auf der Nase, ist sie fett wie ein Kloß? Sieht sie von der Seite wie ein Pferd aus? Sind der Kopf und der Bauch die einzigen Teile, die man gern mal anfassen würde? Oder ist sie so was, wie wenn irgendwer Farbe auf eine Leinwand klatscht und die versammelten Kunstheinis holen sich einen runter? Hat sie nur ein Auge? Wie erkenne ich sie?«

»Ich weiß nicht. *Es ist ein dickes Mädchen.* Von vor Tausenden von Jahren. Und in Europa gibt es jemanden, der drei Millionen in bar dafür zahlen will.«

»Das haben Sie schon gesagt. Woher soll ich wissen, dass er ein echter Interessent ist?«

»Das ist er sicher. Macy hat ihm vor seinem Tod ein, zwei Sachen verkauft. Er hat mir erklärt, wie ich den Mann erreiche, aber wie gesagt, Macy starb, während ich im Knast saß, und von da war nichts mit Telefonieren. Also habe ich gewartet.

Man kann leicht in einer Urne auf dem Friedhof enden, wenn man Späße mit einem macht, den man nie zuvor gesehen und mit dem man noch keine Geschäfte gemacht hat. Bevor ich ins Gefängnis kam, hatte ich natürlich noch keinen Kontakt zu ihm, und als ich rauskam, wurde meine Frau krank, und ich musste mich um sie kümmern und wollte keinesfalls zurück in den Knast. Dann, vor ein paar Monaten, als der Doktor mir sagte, ich hätte diese… Krankheit, also da habe ich diesen Burschen in Europa angerufen, und er lebt noch. Ich habe ihm gesagt, ich sei Macys Bruder und was ich anzubieten hätte. Er glaubte mir nicht, also hab ich ihm das eine Bild geschickt, das ich hatte. Ich bin ein alter Gauner und war zu dumm, um eine Kopie zu behalten. Aber Gott sei gepriesen, er hat das Bild bekommen und wollte ernsthaft verhandeln. Er ruft mich jede Woche an. Er sagt, er kann die Venus verkaufen. Erst hat er vier Millionen Dollar geboten, und ich habe gesagt: ›Wie kommen Sie an so viel Geld?‹, und er sagte: ›Das ist meine Sache. Ich gebe Ihnen vier, weil ich sie für zwölf verkaufen kann. Oder sogar fünfzehn. Aber Sie müssen sie herbringen.‹ Er sagte, er sei in Wien.

Da wurde ich argwöhnisch. Fast hätte ich einen Rückzieher gemacht. Da fehlte das Vertrauen. Also habe ich gesagt: ›Wenn Sie der sind, von dem mein Bruder mir berichtet hat, überweisen sie mir zehn Riesen und nennen Sie mir eine Sache, die mein Bruder Ihnen verkauft hat.‹ Das hat er gemacht. Aber ich bin nicht blöd, ich habe ihm nicht gesagt, wo ich wohne. Er denkt, in Staten Island. Das ist der Absender, den ich auf den Umschlag mit dem Foto geschrieben habe. Er hat das Geld auf das Konto einer Bank in Staten Island überwiesen, das ich ihm genannt hatte. Ich hab's zurücküberwiesen und okay gesagt.

Aber ich habe nicht den Nerv, das Ding rüberzubringen, ich kann jetzt nicht nach Europa. Und selbst, wenn ich es könnte, würde ich nicht da rüberfahren, und dann geht der Kerl mir an den Kragen, oder schlimmer, packt sich die Statue und ist weg. Also sage ich zu ihm: ›Sie kommen her und holen sie, und ich gebe sie Ihnen für drei Millionen Dollar. Die extra Million behalten Sie für Ihre Umstände.

Ich hab das einfach so gesagt«, fuhr der Governor fort. »Ich dachte, er sagt: ›Vergiss es.‹ Ich habe nicht geglaubt, dass er die Eier hat, es zu tun. Aber er meinte: ›Lassen Sie mich drüber nachdenken.‹ Eine Woche später rief er an und sagte: ›Okay, ich komme sie holen.‹ Da bin ich zu Ihnen hin.«

»Sie gehen da ganz schön ein Risiko ein, Mister. Wie kommen Sie darauf, dass ich sie Ihnen gebe, oder ihm, wenn ich sie finde?«, sagte Elefante.

»Weil Sie der Sohn Ihres Vaters sind. Ich verlasse mich aber nicht allein darauf. Ich habe mich über Sie umgehört. Wissen Sie, Ihr Poppa und ich, wir wussten, wer wir waren. Wir waren immer kleine Lichter. Die Sachen hin- und herbewegt haben. Wir wollten nie Macht oder Ärger. Wir haben unser Ding gemacht. Dieser Mann aus Europa, mit dem ich da rede, der ist ein paar Nummern größer. Er kann reden. Mit einem Akzent. Geschmeidig. Solche Leute sind einem immer einen Schritt voraus. Ganz gleich, für wie clever man sich hält. Deswegen haben sie's so weit gebracht. Wer ihnen Paroli bietet, sollte entsprechend was draufhaben, und Ihr Vater hat immer gesagt, das hätten Sie.«

Elefante überdachte das und sagte leise, fast zu sich selbst: »Ich bin nicht wirklich der harte Typ.«

»Für die drei Millionen sind Sie es.«

Der Governor schwieg eine Moment lang und fuhr dann fort: »Ich hab's so weit vorangetrieben wie möglich. Ich habe den Burschen angerufen und gesagt: ›Verabreden wir ein Treffen.‹ Er sagte: ›Legen Sie sie in ein Schließfach, und ich hole

Sie und lasse Ihnen das Geld da.« Das war der Plan. Wir treffen uns am Kennedy-Airport, machen den Austausch über ein Schließfach und gehen unserer Wege. Wie genau das ablaufen soll, haben wir noch nicht besprochen, uns aber auf das Schließfach geeinigt.«

»Dann einigen Sie sich auch über den Rest und streichen verdammt noch mal Ihr Geld ein.«

»Wie kann ich das, wenn ich nicht weiß, wo die Statue ist?«

»Sie wussten es«, sagte Elefante. »Sie hatten sie vor meinem Poppa.«

»*Er* hat sie versteckt!« Der Governor machte eine Pause. »Hören Sie, ich hatte sie vor dem Gefängnis. Meiner Frau konnte ich nichts davon sagen. In Sing-Sing dann habe ich Ihrem Vater gesagt, wo sie ist. Er ist zwei Jahre vor mir rausgekommen und hat eingewilligt, sie an sich zu nehmen und aufzubewahren. Ich habe gesagt: ›Wenn ich rauskomme und sich die Dinge beruhigt haben, komme ich und hole sie. Und ich gebe dir was ab.‹ Er sagte: ›Okay.‹ Aber bevor er freigelassen wurde, hatte er seinen Schlaganfall, und ich habe ihn nicht mehr gesehen. Ich habe versucht, ihm eine Nachricht ins Gefängniskrankenhaus zu schicken, aber er kam raus, bevor ich zu ihm durchdringen konnte. Nach dem Schlaganfall haben sie ihn entlassen, und er hat mir von draußen eine Nachricht geschickt. Einen Brief. Darin stand: ›Keine Sorge, ich habe die kleine Dose von dir. Sie ist sicher und in Gottes Hand, wie in dem kleinen Lied, das du immer gesungen hast.‹ Damit wusste ich, dass er sie an sich gebracht hatte. Und ich weiß, er hat sie irgendwo versteckt.«

»In Gottes Hand? Was soll das bedeuten?«

»Ich weiß es nicht. Er sagte einfach nur ›in Gottes Hand‹.«

»Sie sind an den falschen Mann geraten. Mein Pop hat keine Briefe geschrieben, und er ging nie in die Kirche.«

»Wart ihr nicht katholisch?«

»Meine Mutter hat mich mit nach St. Augustine geschleppt, bis ich groß genug war, mich abzumelden. Mein Vater ist nie mitgekommen. Bis zu seinem Tod war er kein einziges Mal in der Kirche. Erst bei seiner Beerdigung.«

»Vielleicht hat er sie in der Kirche versteckt. Oder in seinem Sarg.«

Elefante überlegte einen Moment. Seine Mutter hatte den Sarg seines Vaters exhumieren lassen, damit sie mit zu ihm ins Grab passte, und Joe Peck hatte gesagt, er hätte den Job selbst erledigt. Der Gedanke, dass dieser Idiot mit dem erbsengroßen Gehirn die Überreste seines Vaters jetzt noch mal ausgrub, an der Leiche herumfuhrwerkte, die Taschen seines besten Anzugs durchsuchte, mit einem Schraubenzieher ins Hirn seines Poppas stieß und das drei Millionen schwere dicke Mädchen zu finden versuchte, wie immer es auch heißen mochte, brachte ihn für einen Moment aus der Fassung, und Elefante schnappte nach Luft. Aber dann fing er sich wieder und sagte: »Er hätte sie in keiner Kirche versteckt. Er hatte keinerlei Kontakt zu einer, und es gibt niemanden in einer Kirche, dem er trauen würde. Und sie mit sich ins Grab zu nehmen, so dumm wäre er auch nicht gewesen. Das würde er meiner Mutter nicht antun.«

»Verstehe«, sagte der Governor. »Aber Sie haben Lagerräume. Sie transportieren Dinge.«

»Ich habe jedes einzelne Mietabteil durchsucht. Die, zu denen ich Zugang habe.«

»Was ist mit denen, zu denen Sie keinen haben?«

»Ich denke, ich könnte auch an sie heran«, gab Elefante zu. »Aber das wird Zeit kosten.«

»Die habe ich nicht«, sagte der Governor, »und der Mann, der die Venus kaufen will, wird den Handel mit keinem anderen machen. Die Art Leute ruft man nicht einfach an. Die melden sich ihrerseits. Ich halte ihn hin. Ich habe ihm gesagt, ich muss mir die Sache überlegen. Er ist scheu. Er wird es nicht mögen, wenn da eine zweite Person mit reinkommt. Wahrscheinlich wird er mich sowieso rannehmen. Noch ein Grund mehr zu hoffen, Sie finden sie.«

Da haben wir's, dachte Elefante bitter. Er hat sonst keinen. Wenn der große Fisch drüben in Europa was will, was ein Vermögen wert ist, und das Einzige, was dem im Weg steht, sind ein Bagelbäcker und seine Tochter... nun, den Rest kann man sich denken.

»Ich dachte, Sie haben ihm gesagt, Sie sind in Staten Island«, sagte Elefante.

»Solche Leute spüren Sie auf«, sagte der Governor. »Andererseits ist er wie mein Bruder Macy. Diese Burschen sind Fanatiker. Wir haben da etwas Spielraum. Ich lasse ihn wissen, dass die Statue für immer weg ist, sollten wir wegen irgendwas argwöhnisch werden. Dann wird sie das Klo runtergespült. Zertrümmert. In den Fluss geworfen. Aber ich denke da immer noch an Melissa. Als ich zu Ihnen gekommen bin... nun, bei Ihnen, so wie Ihr Vater war, weiß ich, dass Sie in meiner Mannschaft sind und mich nicht hängenlassen.«

Elefante schwieg. In meiner Mannschaft, dachte er. Wie zum Teufel bin ich in seine Mannschaft geraten?

Der Governor setzte sich für einen Moment auf, verdrehte komisch den Rücken, langte unter das Sofa und zog einen Umschlag hervor. »Eine Sache noch«, sagte er.

Er gab Elefante den Umschlag, der gleich die schwerfällige Handschrift seines Vaters erkannte, die zum Ende hin immer zittriger und größer geworden war. Der Umschlag war an den Governor adressiert.

»Ihr Poppa hat ihn mir geschickt, als ich noch im Gefängnis saß.«

Elefante öffnete den Umschlag. Darin war eine einfache Postkarte mit einem Bild der alten Causer Kaianlagen, vielleicht aus den 1940ern. In der Ferne war die vertraute Silhouette der Freiheitsstatue zu sehen. Auf die Rückseite hatte Elefantes Vater den traditionellen irischen Volkssegen geklebt. Wahrscheinlich hatte er ihn aus einem Buch oder einer Zeitung geschnitten.

Möge der Weg dir entgegenkommen.
Möge der Wind immer in deinem Rücken sein.
Möge die Sonne dir warm ins Gesicht scheinen,
Der Regen sanft auf deine Felder fallen.
Bis wir uns wiedersehn,
Möge Gott dich in seiner Hand halten.

Daneben war eine Zeichnung, ebenfalls von seinem Vater, eine kleine Schachtel. In ihr war ein Holzofen zu erkennen, mit kleinen Stücken Feuerholz, grob skizziert, und mit einem Kreuz darüber. Die Schachtel hatte fünf Seiten, auf einer davon war ein Kreis mit einem Strichmännchen in der Mitte, das die Arme ausstreckte.

»Wenn das nicht seine Handschrift wäre, würde ich nicht glauben, dass er das gemalt hat«, sagte Elefante.

»Erkennen Sie da irgendwas?«

»Nein.«

»Es ist ein irischer Volkssegen«, sagte der Governor.

»So viel habe ich mir schon gedacht«, sagte Elefante. »Aber was ist mit der Schachtel und dem Feuerholz?«

»Haben Sie ein Lagerabteil mit etwas Ähnlichem darin?«, fragte der Governor.

»Nein. Die Schachtel könnte alles Mögliche sein. Eine Garage. Ein Haus. Ein Milchkasten. Eine Hütte im Wald. Überall könnte sie sein.«

»Das stimmt«, sagte der Governor. »Aber wohin würde Guido Elefante gehen?«

Elefante dachte lange nach, bevor er antwortete.

»Mein Vater«, sagte er trocken, »ist nie irgendwohin gegangen. Er ist nie auch nur weiter als drei Straßen aus dem Cause District hinaus. Kaum mal. Er konnte nicht gut gehen. Und selbst wenn er es gekonnt hätte, wäre er nicht weit gegangen. Vielleicht hin und wieder zum Laden in Bay Ridge, in dem es Lebensmittel aus Genua gab. Da war auch ein Laden in der Third Avenue, der Genueser Sachen verkauft hat. Focaccia, Käse, meist aus der alten Heimat, aber er ist kaum mal da hin.«

»Woher wissen Sie das?«

»Er ist nie irgendwohin gegangen, ich sage es Ihnen. Hin und wieder kam er zum Güterwagen, aber kaum je zum Lager. Ich habe ihn vielleicht dreimal in meinem Leben da gesehen. Ich habe mich um das Lager gekümmert, nicht er.«

»Was gibt es sonst in Ihrer Nähe?«

»Nichts. Die Sozialwohnungen. Die Subway. Ein paar verlassene Häuser. Das war's.«

Der Governor sah ihn komisch an. »Sind Sie sicher?«

»Ja, sicher.

»Diese Schachtel ist irgendwo. So wahr ich lebe, sie ist irgendwo zu finden, man muss nur richtig hinsehen. Irgendwo, wo Ihr Poppa sie untergebracht hat.«

»Woher soll ich wissen, wo?«

Der Governor gähnte. »Er ist Ihr Vater«, sagte er schläfrig. »Ein Sohn kennt seinen Vater.«

Elefante starrte die Karte in seiner Hand lange an. Er wollte sagen: Sie waren nicht der Sohn meines Vaters. Sie wissen nicht, wie schwierig er war. Mit ihm konnte man nicht reden. Stattdessen sagte er: »Das wird nicht leicht.«

Er sah zum Governor hinüber. Er redete mit sich selbst. Der alte Mann war eingeschlafen. So leise er konnte, stand er aus dem Schaukelstuhl auf und trat genau in dem Moment durch die Tür hinaus auf den Flur, als Melissa die Treppe heraufkam.

14

RATTE

Bunch saß im Esszimmer seines Hauses in Bed-Stuy und nagte an einem Hähnchenflügel. Eine Riesenschüssel voll davon und eine mit Barbecuesoße standen vor ihm auf dem Tisch. Er sah den jungen Mann, der ihm gegenübersaß, an. »Greif zu, junger Bruder.«

Lightbulb, Deems Clemens' rechte Hand, griff gierig in die Hähnchenschüssel, nahm gleich zwei Flügel und tauchte sie in die Soße. Er knabberte das zarte Fleisch ab und griff noch mal zu.

»Ganz ruhig, Bruder«, sagte Bunch. »Die Hühner laufen dir nicht weg.«

Lightbulb aß dennoch schnell weiter – zu schnell, dachte Bunch. Entweder war der Junge am Verhungern, oder er hing bereits selbst an der Nadel. Er nahm an, Letzteres. Der Kerl war schrecklich dünn, und die langen Ärmel verdeckten, was auf den Armen womöglich zu sehen war.

Lightbulb warf einen Blick zum Ende des Tisches hinüber, wo Earl, frisch vom elektrischen Stuhl in Sausages Keller, stumm in ein Kreuzworträtsel vertieft war. Den rechten Arm trug er in einer Schlinge, dazu einen Verband am Kopf, wo ihn die Flasche auf Soups Willkommensparty getroffen hatte. Earl hielt den Blick gesenkt.

»Erzähl mir von Deems«, sagte Bunch.

»Was wolln Sie wissen?«, fragte Lightbulb.

»Wie hat er den Fahnenmast erobert?«, sagte Bunch. »Das ist der beste Platz in der Siedlung. Wer war vor Deems da?«

»Ich will den Mast übrigens«, sagte Lightbulb, »wenn die Sache glattläuft.«

»Ich werd dir den Mast in den Arsch rammen. Ich hab dich gefragt, wie Deems ihn für sich gewonnen hat. Nicht, was du für dich willst.«

»Ich sag nur, ich mach das besser als er, und dass ich dafür den Mast brauch.«

»Was denkst du, mit wem du redes, Junge, dem Nikolaus? Mir iss egal, was du brauchst. Du hast bis jetzt noch nichts getan, nur gesagt, was du brauchs, meine Hähnchenflügel gefressen und dir die dreckigen Finger geleckt.«

Lightbulb blinzelte und begann: »Als wir alle noch Baseball gespielt ham, ich meine, Deems hatte 'n älteren Cousin, Rooster. Rooster hat das mit dem Verkaufen angefangen. Er hat so viel Zaster gemacht, dass wir alle für ihn gearbeitet haben. Wir ham ihm die Kunden gebracht. Junkies von der Straße. Weiße Jungs aus New Jersey, die da durchkamen. Rooster iss von eim umgebracht worden, der ihn beklaun wollte. Also hat Deems weitergemacht.«

»Ihr alle habt ihn einfach so den Boss machen lassen?«

»Nun... Deems hat 'n paar Sachen gemacht.«

»Zum Beispiel?«

»Tja... ein Junge namens Mark Bumpus war vor ihm da. Der iss jetzt tot.«

»Wie das? Zu tief geschlafen und nicht mehr aufgewacht? Iss er die Treppe runtergefallen?«

»Deems hat was arrangiert.«

»Was?«

»Also, Rooster iss gestorben, als wir alle im Knast warn. Als wir rauskamen, machte Bumps – Mark Bumpus – das Geschäft.«

»Und Deems hat das nicht gestört? Obwohl Rooster sein Cousin war?«

»Wir ham so vierzig Dollar am Tag gekriegt. Das iss 'ne Menge Geld.«

»Und Deems hat nichts gesagt?«

»Ich muss was zurückgehn, ums richtig zu erzähln«, sagte Lightbulb. »Also, wir warn alle in Spofford«, sagte Lightbulb und meinte damit das Jugendgefängnis. »Ich, Beanie, Sugar, Deems und Bumps. Deems und Bumps ham sich in die Haare gekriegt in Spofford, im Gemeinschaftsraum. Nich wegen Rooster, der war schon tot.«

»Weswegen dann?«

»Das Fernsehn. Deems wollte Baseball kuckn, Bumps nich. Da gings los. Deems hat Bumps ziemlich übel zugerichtet. Dann kam Deems' Großvater und gab ihm fünfzig Dollar. Das Essen war Schrott in Spofford, also iss Deems zum Laden und hat Reis und Bohnen gekauft. Er hat sie mit sein Jungs geteilt: mit mir, Beanie, Sugar. Bumps gehörte nich dazu. Als er Deems nach Reis und Bohnen fragte, sagte Deems nein, nur für meine Jungs. Abends dann ham Bumps und ein paar Freunde von ihm Deems in der Dusche abgepasst und zusammengeschlagen. Und sie ham sich sein Reis, die Bohnen und den Rest von den fünfzig Dollar gekrallt. Das hat Deems nie vergessn«, sagte Lightbulb.

»Bumps iss vor Deems aus Spofford raus«, fuhr er fort, »und als der 'n paar Monate später auch rauskam, hatte Bumps die Plaza im Griff. Bumps war heiß, Mann, der hat alles verkauft,

Dope, Gras, LSD, alles. Mittlerweile warn wir fast alle aus Spofford raus, und wir brauchten Geld, also ham wir für ihn gearbeitet. Er hat uns vierzig am Tag bezahlt. Sogar Deems hat er angeheuert. Er sagte zu ihm: ›Vergiss die Scheiße aus Spofford. Du gehörs jetz zu mir. Wir sind Kumpel.‹

Deems hat Bumps mehr Kunden gebracht als irgenswer von uns. Er wusste, wo die Junkies zu finden warn. Bis ganz rein in die Stadt isser, um sie zu Bumps zu schicken. Bumps hat ihn Stoff zu immer weiter entfernten Kunden bringen lassen, weil er so dick im Geschäft war. Er hat an alle verkauft. Da hat Deems ihn erwischt.

Bumps schickte Deems mit dreißig Gramm Koks zu diesem jamaikanischen Typen nach Hollis, in Queens. Deems hat das Zeug gegen weißes Seifenpulver und Mehl ausgetauscht und dem Kerl die Tüte gegeben. Der hat's genommen und hätte sich fast für immer verabschiedet. Er rief an, und Deems hat Beanie rangehn lassen, und Beanie sagte zu dem Kerl: ›Fick dich.‹ Das hieß dann Rache. Deems iss mit uns aufs Dach von Haus 9 rauf, wo wir auf die Ameisen warten konnten ...«

»Was für Ameisen ...?«

»Iss egal. Einfach nur 'n paar Ameisen, die da jedes Jahr hochkomm. Aber man kann die Plaza von da oben sehn. Und Bumps beim Arbeiten. Deems sagte: ›Wisst ihr noch, der Reis und die Bohnen, als wir im Jugendknast warn? Das kriegt das dämliche Arschloch jetz zurück. Kuckt es euch an.‹

Und dann, ein paar Abende später, kommt dieses jamaikanische Mädchen zum Fahnenmast und sagt zu Bumps, sie will was, hat aber kein Geld, und sie bietet ihm, Sie wissn schon, 'ne Schwanzbehandlung an, wenn sie sich hinterher 'n Schuss setzen kann. Bumps sagt okay. Er folgt ihr in die Gasse hinter der Plaza, wo die Jamaikaner auf ihn warten. Fast hätten sie ihn gekillt. Haben ihm die Fresse zerschlitzt, von der Stirn runter übers Auge, o Mann, ham die ihn fertiggemacht und dann da liegen lassen.

Kaum, dass sie damit angefangen ham, iss Deems oben vom Dach runter. Beim ersten Schlag schon. Und als die Jamaikaner ihn dann da ham liegen lassn, kam Deems hinten aus Haus 9 mit'm dampfenden Topf Reis und Bohnen zu Bumps gerannt. Er muss ihn bei sich auf'm Herd gehabt ham. Er sagte: ›Hier iss dein Reis mit deinen Bohnen, Bumps‹, und hat das Zeugs über ihn gekippt.

Bumps hat das nich verdaut. Der wurde nich wieder der Alte. Iss aus der Drogen-Sache ganz raus. Hat noch 'n bisschen was im Hafen versucht, mit Schmuggeln und so, um sich was zu verdienen. Hat aber nich lange funktioniert. Da iss er dem Elefanten in die Quere gekommen. Von dem schon mal was gehört?«

»Hab ich.«

»Tja, das war das Letzte, was von Bumps gesehn wurde.«

Lightbulb machte eine Pause, nahm sich ein Stück Huhn und tauchte es in die Soße. »So hat Deems den Fahnenmast gekriegt.«

»Warum hat ihn sich nicht einer von Bumps Leuten zurückgeholt?«, fragte Bunch.

»Also, erst mal iss das nich das Einzige, was Deems gemacht hat. Und dann iss keiner im Cause cleverer als er.«

»Die Leute haben Angst vor ihm?«

»Also, ja und nein. Die Alten in der Siedlung, die mögen ihn. Deems war 'n Kirchenjunge, und die Kirchenleute, die hocken morgens beim Mast und quatschen und so. Deems geht ihnen aussem Weg. Er verkauft sein Stoff erst nachmittags, wenn die Alten weg sind. Vorher erlaubt er's nich. Er iss komisch mit den Kirchenleuten. Er will sie nich wütend machen. Ein paar von denen sind echt alt, aber sie können Ärger machen. Sie schießen, oder?«

»Ich weiß es nicht.« Bunch sah angewidert zu Earl hinüber, der das Gesicht so tief über sein Kreuzworträtsel gebeugt hatte, als wollte er reinbeißen.

»Und Deems war der Star der Cause-Baseballmannschaft«, sagte Lightbulb. »Das iss die alte Mannschaft von Sportcoat. Deems' Vater gab's nich, und seine Mutter hat gesoffen. Sein Großvater hat ihn großgezogn, und der und Sportcoat warn Kumpel. Deswegen iss Sportcoat noch nich tot, denk ich. Weil Deems in seiner Baseballmannschaft war und sein Großvater so dafür war. Er war so 'n irres Ass beim Baseball. Als sein Großvater dann starb, hat er alles hingeschmissen und angefangen, Heroin und Koks zu verkaufen. Und er vertickt das Zeugs genauso gut, wie er Baseball gespielt hat. Deems denkt das richtig durch. Den ganzen Tag denkt er drüber nach, wie er das Pulver rüberbringt. Und er bleibt für sich. Iss kaum hinter Mädchen her. Kuckt nich fern. Vergisst nichts. Wenn du Deems in die Quere komms, lässt der 'n Jahr vergehn. Zwei sogar. Ich hab gesehn, wie er Leute gewürgt hat, bis sie schlafen gegangen sind, weil sie ihm zwei Jahre vorher eins ausgewischt hatten, ohne sich noch dran zu erinnern. Ich hab gesehn, wie er eim ein heißes Eisen gegen den Hals gedrückt hat, um den Namen von wem rauszukriegen, der ihm vor so langer Zeit was geklaut hatte, dass es nur noch Deems wusste. Er ist clever, Mister, wie ich sage. Er war seit Spofford nich mehr im Knast. Hat kein Messer dabei, keine Knarre. Iss organisiert und zahlt kleine Jungs dafür, dass sie oben auf'n Häusern hocken und Ausschau halten. Er hat Helfer auf der Plaza. *Die* haben die Waffen, nich er.«

»Was ist jetzt also mit ihm los?«

»Er iss zu streng, Mr Bunch. Er will 'n Cop sein. Bevor er so wurde und sich von Sportcoat niederschießen ließ, hat er an jeden verkauft. Jetzt verkauft er Großmüttern nichts mehr, oder kleinen Kindern. Keim von der Kirche. Und er will nich, dass einer in der Nähe von der Kirche raucht, sie ausraubt oder da vor der Tür einschläft, so was. Und wenn einer seine Freundin schlägt oder so, kriegt er auch nichts. Er will den Leuten vorschreiben, was sie tun solln. Deshalb hat Sportcoat auf ihn geschossen, glaub ich, weil er 'ne Pussy geworn iss, von wegen wieder Baseball spielen und so, weil er die Leute rumkommandiert, was sie tun sollen, statt das Geld zu nehmen. Es dauert nich mehr lange, und die Watch-Leute kommen und übernehmen unser Gebiet. Iss nur eine Frage der Zeit.«

»Hab ich recht gehört, dass du erzählst, Deems will direkt bei Joe Peck kaufen?«

Lightbulb warf einen Blick zu Earl rüber.

»Hab ich das gesagt?«, fragte Lightbulb.

»Ich frage dich, ob *er* das gesagt hat. Hat er oder hat er nicht?«, sagte Bunch.

Light sagte einen Moment nichts. Er hatte das Earl im Vertrauen erzählt, als eine Art extra Möhre, die er vor ihn hingehängt hatte, um zu seinem Boss vorzukommen. Aber jetzt, wo er Bunchs Betrieb zum ersten Mal sah, das Backsteinhaus, das draußen so runtergekommen wirkte, drinnen aber auf Hochglanz poliert war, das geschäftige Labor eine Straße weiter, das Earl ihm gezeigt hatte, voll mit Leuten, die Heroin produzierten, die großen Autos und das sagenhafte Mobiliar in Mr Bunchs Esszimmer – jetzt begriff er, dass dieser Mann ein ziemliches Rad drehte. Bunch war ein echter Gangster. Lightbulb hatte sich da in was reinmanövriert, das eine Nummer zu groß für ihn war.

Schweigen erfüllte den Raum, während Bunch ihn ohne ein Blinzeln anstarrte. Da er kapierte, dass seine Antwort das Todesurteil für Deems sein konnte, sagte er: »Vielleicht hab ich das gesagt, aber ich weiß nich, ob Deems es ehrlich so gemeint hat.«

Bunch saß einen Augenblick so da, nachdenklich, dann

schien alle Anspannung aus ihm zu weichen, und er sagte: »Ich weiß es zu schätzen, dass du gekommen bist, Jungspund. Ich weiß es zu schätzen, dass du mich und meinen Mann hier wissen lässt, dass du ganz auf unsrer Seite bist.«

»Krieg ich den Mast also?«

»Ich will nachsichtig mit dir sein«, sagte Bunch, griff in die Tasche und zog eine Rolle frischer Geldscheine heraus.

Lightbulb lächelte erleichtert und fühlte sich plötzlich schuldig. »Ich möchte noch sagen: Ich mag Deems, Mr Bunch. Wir kennen uns ewig. Aber wie gesagt, plötzlich gibt er den Cop. Deshalb bin ich hier.«

»Verstehe«, sagte Bunch ruhig. Bewusst langsam zählte er vier Fünfziger ab, legte sie auf den Tisch und schob sie zu Lightbulb rüber.

»Nimm das, und dann raus hier.«

»Krieg ich den Mast?«

»Kann ein Esel fliegen?«

Lightbulb schien verwirrt und wusste erst nichts darauf zu sagen, dann fragte er: »Heißt das ja?«

Bunch überhörte seine Frage. »Willst du noch 'n Hähnchenflügel mitnehmen?«

Lightbulb hatte plötzlich Schwierigkeiten, genug Luft zu bekommen. »Ich krieg ihn also nicht?«

»Ich denk drüber nach.«

»Ich hab alles gesagt, was ich versprochen hab. Was krieg ich jetzt dafür?«

Bunch zuckte mit den Schultern. »Zweihundert Dollar. Dafür gibt's eine Menge zu kaufen. Eine Suppe. Eine Flasche Bier. Eine Fotze. Manchmal sogar einen Job. Iss mir egal, was du damit machs, solange du mir nicht in die Quere kommst. Und wenn du deine Visage hier noch mal sehn lässt, schlag ich sie dir mit einem Hammer ein.«

Lightbulbs Augen wurden ganz groß. »Was hab ich falsch gemacht?«

Bunch wandte sich an Earl. »Er verrät seinen eigenen Kumpel. Den, der im Knast seinen Reis und seine Bohnen mit ihm geteilt hat. Der sich Essen vom eigenen Mund für ihn abgespart hat. Und jetz sagt er mir, dass er einen Job von mir will?«

»Geil, Mann«, sagte Earl und stand drohend auf.

Lightbulb behielt Earl im Augenwinkel und schob die Hand über den Tisch auf das Geld zu. Da knallte Bunchs Faust auf sie.

»Muss ich dich erinnern, dass du uns hier vergisst?«

»Nein.«

»Gut. Weil wir dich nicht vergessen werden. Und jetzt raus.«

Lightbulb schnappte sich die zweihundert Dollar und floh.

Als die Tür vorn ins Schloss fiel, zuckte Bunch mit den Schultern und griff nach seiner Zeitung. »Wir kriegen jeden einzelnen Penny von dem Geld zurück. Der setzt sich gleich 'n Schuss.«

»Geil, Mann.«

Bunch warf einen wütenden Blick auf Earl. »Du hast es versaut, Mann.«

»Das bieg ich wieder hin«, sagte Earl.

»Drei Versuche hattest du schon. Zweimal hass du einen auf den Schädel gekriegt, und einmal haben sie dich unter Strom gesetzt. Wie im Slapstick, Bruder, und du mit 'm Sack voller Entschuldigungen. Du machst es nur noch schlimmer.«

»Du hass gesagt, lass ihn am Leben. Einen umbringen oder ihm wehtun, das issen Unterschied. Du tus ihm weh, dann muss du dafür sorgen, dass er dich nich sieht, sonst verpfeift er dich. Ihn aussem Spiel nehmen...«

»Das hab ich auch nicht gewollt, Bruder.«

Bunch griff nach einem Hähnchenflügel, dippte ihn in die

Soße und kaute langsam daran, während er in die Zeitung sah.

»Das Spiel hat sich verändert, Earl. Ich hätte mir Deems näher ansehen sollen.«

»Lass mich das erledigen, Bunch. Das iss mein Job. Lass mich das machen.«

Bunch hörte nicht zu. Er legte die Zeitung zur Seite und sah aus dem Fenster. Es gab so viel zu durchdenken.

»Peck sagt, diese große Lieferung aus dem Libanon kommt bald. Er sagt, er hat einen Anleger dafür. Aber der Kerl iss ein so vertrottelter Idiot, der macht das Licht an, wenn er aus dem Zimmer geht. Und jetzt dieser Scheiß mit dem Mistkerl, der auf Deems geschossen hat. Wenn wir den alten Säufer nicht kriegen, wie zum Teufel sollen wir dann Pecks Zeug absetzen?« Er schüttelte den Kopf und biss sich wütend auf die Unterlippe. »Das iss alles für'n Arsch.«

Earl fühlte sich ähnlich. Er saß stumm da und studierte seine Finger auf dem Kreuzworträtsel. Seine Nerven fühlten sich an, als lägen sie auf einer Rasierklinge. Er war bereits zweimal von diesem weißen Cop, Potts, geschnappt worden, der ihm versprochen hatte, wegzugucken, wenn die Cops Bunch hopsnähmen – wenn er ihn verpfiffe. Earl hatte dem zitternd zugestimmt. Aber jetzt, hier bei Bunch, begriff er, dass er dessen Cleverness unterschätzt und vergessen hatte, welche Macht Bunchs Wut haben konnte. Es nahm ihm alle Kraft. Wenn Bunch ihm auf die Schliche kam, war er erledigt. Plötzlich war das eine Möglichkeit. Und schlimmer noch, die alte Frau im Causeway hatte ihn erkannt. Sie wusste, dass er der Sohn von Reverend Harris war. Sein Vater, so fühlte es sich an, quälte ihn noch aus dem Grab heraus.

»Ich bring den Alten auf Vordermann«, sagte Earl.

»Musst du nicht«, sagte Bunch sachlich. »Heute Abend um halb zehn kommt ein Zug aus Richmond. Fahr mit meinem

Wagen in die Stadt zur Penn Station und hol Harold Dean ab. Das schaffst du, ohne es zu versauen, oder?«

»Wir brauchen Harold Dean nich!«

»Denkst du, ich führ hier ein Sommerlager? Wenn Deems Peck überzeugt, direkt an ihn statt an uns zu liefern, kaufen wir uns unser Gemüse mit Ein-Dollar-Scheinen, Bruder. Dann sind wir durch. Dann verkauft uns keiner mehr was. Auch nicht Roy und die Itaker in Brighton Beach. Keiner von der West Side. Keiner in Harlem. Es muss über den Anleger vom Elefanten, sonst geht nichts, und Peck ist der Einzige, der einen Draht zu ihm hat. Wenn Deems Peck überzeugt, mit ihm zu arbeiten, hat er den Hafen des Elefanten, und wir sind raus. Deems muss weg. Peck auch. Wir müssen das begradigen und alles zurück auf null schalten, bevor diese Lieferung aus dem Libanon reinkommt. Ich spreche persönlich mit dem Elefanten. Aber lass uns erst den alten Mann loswerden. Wie heißt er noch?«

»So was wie ... Sportjacke nennen sie ihn.«

»Wer immer er iss, er muss schlafen geschickt werden. Auf der Stelle. Komm aussem Kreuz und hol Harold Dean. Sorg dafür, dass der Alte als Erster bedient wird. Keiner im Cause kennt HD. Das geht schnell und einfach.«

15

DU HAST KEINE AHNUNG, WAS KOMMT

Dominic Lefleur aus Haus 9 verbrachte Tage damit, sich bei Bum-Bum dafür zu entschuldigen, dass er die Schlägerei auf Soup Lopez' Willkommensparty angefangen hatte. Er traf sie dreimal »zufällig«, während sie verschiedene Dinge erledigte. Das erste Mal kam sie aus Five Ends. Sie hatte ein paar Dosen Bohnen in den Vorratsraum gebracht, und als sie wieder herauskam, kam er gerade vorbei, was ihm die Möglichkeit gab, ihr zu erklären, dass die Puppe, die er Sportcoat hatte geben wollen, kein Unglück bedeutete.

»Das iss ein Brauch zu Hause bei uns in Haiti«, sagte er. Als sie das zu bezweifeln schien, verteidigte er sich damit, dass schwarze Amerikaner ihre eigenen Rituale hätten: Kuhbohnen am Neujahrstag, eine rohe Kartoffel in der linken Tasche gegen Rheumatismus oder »während des Koitus eine Kupfermünze unter der Zunge« zu halten.

»Koitus?«, fragte sie.

»Es auf die natürliche Art machen«, sagte Dominic. »Sie hält die Kupfermünze beim… Koitus… unter der Zunge, um nicht schwanger zu werden. Meine erste Frau kam aus Tennessee.«

Bum-Bum quittierte das mit einem Schnauben. »Womit haben die dich da unten gefüttert, mit Smog? So was Ekliges hab ich noch nie gehört. Jedenfalls iss das nicht das Gleiche wie Hexerei.« Trotzdem ließ sie sich von ihm nach Hause bringen.

Das nächste Mal war er »zufällig« auf der anderen Straßenseite, gegenüber vom auf die Rückseite der Five Baptist gemalten Jesus, vor dem sie jeden Morgen auf dem Weg zur Arbeit stehen blieb, um stumm für das Ende ihres Ex-Mannes zu beten, der nach Alaska durchgebrannt war: dass ihm einer die Eier in einen Entsafter drückte oder zwischen den Beinen wegsägte. Dominic bewunderte gerade, wie kunstvoll der Müll bis unter das Bild Jesu an die Kirchenwand gestapelt war – Müll, den der Kirchendiener Sportcoat nicht an den Bordstein gestellt hatte. Er musste es irgendwie vergessen haben, was damit zu tun haben mochte, dass er von seinem wundervollen Nachbarn Dominic an dem Nachmittag eine Flasche haitianische Kreation bekommen hatte, da Dominic hoffte, sie würde ein Besäufnis auslösen und Sportcoat den Müll vergessen lassen. Genauso war es gekommen. Was Dominic die Möglichkeit gab, Bum-Bum darüber zu informieren, dass sie, wo sie nun mal gemeinsam an diesem Dienstagmorgen hier stünden und heute die Müllabfuhr käme, dass es da ihre bürgerliche Pflicht als Anwohner und Respektierer aller Religionen sei, das Haus Gottes sauber zu halten und diesen Müll nicht eine ganze Woche unter Gottes Nase zu belassen, bis die Müllmänner das nächste Mal kämen. Bum-Bum murmelte, die mit Five Ends rivalisierende Kirche, Mount Tabernacle, habe ihren Müll gewissenhaft an die Straße gestellt und der von Five Ends sei Sportcoats Sache, nicht ihre, im Übrigen sei sie als häusliche Pflegekraft ganz in Weiß gekleidet. Trotzdem stimmte sie Dominic zu, dass kein Christenmensch, der noch ganz bei Trost sei, hier jetzt einfach so vorbeigehen könne, wo sich unter dem Bild Jesu der Müll derartig türme. Was ihnen volle zwanzig Minuten gab – normalerweise wäre es eine Sache von Minuten gewesen, ihn vor an den Bordstein zu schaffen, aber Dominic weigerte sich, sie ihre weiße Uniform beschmutzen zu lassen, und erledigte das Hinübertragen stattdessen ganz alleine und redete und redete. Zwanzig Minuten hatte er, um Bum-Bum zu erklären, was ein Mojo ausrichten konnte.

»Mojos«, sagte er geduldig und schwang einen weiteren halb gefüllten Müllsack zur Straße, »können einen über viele, viele Meilen entfernten Menschen treffen.«

»Wie viele Meilen?«, fragte sie.

»Hundert. Fünfhundert Meilen. Sogar tausend«, sagte er und marschierte auf den Bordstein zu. »Sagen wir, so weit wie Alaska.«

Bum-Bum stand neben dem Müll am Straßenrand und hatte Mühe, das Licht zu verbergen, das ihr in diesem Moment aufging. Sie runzelte die Stirn. Sogar die haitianische Sensation wusste also, dass ihr Mann nach Alaska durchgebrannt war. Sie fragte sich, ob er auch den Teil mit dem anderen Mann mitgekriegt hatte. Wahrscheinlich, dachte sie. Sie zuckte mit den Schultern. »Es ist besser, für die Errettung der Seele eines Feindes zu beten als für deren Vernichtung«, sagte sie, »aber erzähl mir trotzdem mehr darüber«, und sie erlaubte ihm, sie zur Subway zu bringen und ihr dabei die Magie der Rituale zu erklären.

Beim dritten Mal kam er »zufällig« durch ihr Haus – gut fünfzehn Minuten waren es von seiner Bleibe im vierten Stock in Haus 9 zu ihrer Wohnung im zweiten Stock in Haus 17. Es war ein warmer Abend, und aus einem Fenster weiter oben schallte Sam Cookes *You Send Me*. Er kam mit einem Teller haitianischem *mayi moulen ak sòs pwa, poul an sòs* – Maisgries mit Bohnen und Huhn. Er klopfte an ihre Tür und hielt den

Teller und die Puppe vor sich hin, die er in zwei Teile gerissen hatte. »Ich mach ein Kissen draus«, erklärte er ihr, gab ihr den Teller und lud sie ins Kino ein. Bum-Bum wollte nicht. »Ich bin eine christliche Frau, und ich tu keine weltlichen Dinge«, sagte sie mit fester Stimme. »Aber morgen früh gehe ich zur Five Ends. Wir brauchen Klappstühle, und Mount Tabernacle bietet uns welche an.«

»Ich dachte, Tabernacle und Five Ends verstehen sich nicht«, sagte Dominic.

»Wir sind Christenmenschen, Mr Lefleur. Ihre Musik iss zu laut, und sie rasten aus und reden mit fremden Zungn, wenn der Heilige Geist über sie kommt. Wir hier tun das nich, aber im Buch der Hebräer zwölf vierzehn steht: ›Strebe nach Frieden mit allen‹, und da gehört Mount Tabernacle auch zu. Und meine beste Freundin Octavia iss da Diakonin, und alle wissen, dass die Polizei unsre Kirche zumachen will, um Sportcoat zu schützen, der mir geholfen hat, meine Waschmaschine aufzustellen, auch wenn das Amt sagt, ich sollte keine haben. Mount Tabernacle hält zu uns, das iss sicher. Wir ham uns immer vertragen.«

Und so sah Sergeant Potts Mullen, als er eine Woche nach Soups großer Party mit seinem Plymouth-Streifenwagen vor die Five Ends Baptist Church bog, Dominic Lefleur, Bum-Bum, Schwester Gee und Miss Izi, wie sie mit siebzehn Klappstühlen auf einem alten Postkarren, fast zwei Meter ragten sie in die Höhe, auf die Seitentür der Kirche zusteuerten. Schwester Gee bemerkte ihn nicht, sie hielt ihm den Rücken zugewandt, löste sich von den anderen und ging zur Rückseite der Kirche. An der Mauer dort lehnte ein altmodischer Unkrautschneider, der von der Form her einem Golfschläger glich. Sie nahm ihn und trat damit auf ein heftig überwuchertes Beet, hob ihn hoch über den Kopf und schwang ihn wuchtig ins grüne Gewirr. Wäre Potts hier vor drei Wochen vorbeigefahren und hätte sie so gesehen, hätte er sich gesagt, dass sie aussähe wie eine Baumwollpflückerin auf einer Plantage irgendwo. Aber jetzt sah er eine Frau, deren langer Rücken ihn ans Meer bei den Cliffs of Moher im County Clare erinnerte, die er bei seinem Irlandbesuch gesehen hatte. Sanft schmiegte sich das Meer an die raue Küste. Sie sah wunderschön aus.

Die drei anderen mit den Stühlen erblickten ihn zuerst und bewegten sich schnell nach drinnen. Einen Stuhl nach dem anderen nahmen sie vom Stapel und trugen sie ohne ein Wort die Stufen in den Keller hinunter. Potts parkte seinen Wagen, stieg aus und ging an der Seitentür vorbei zu Schwester Gee, die im hohen Unkraut stand.

Sie sah ihn kommen, das Hafenwasser funkelte hinter ihm, und sie hielt inne, lehnte sich auf den Unkrautschneider und und setzte eine Hand auf die Hüfte. Sie trug ein mit Azaleen bedrucktes Frühlingskleid, keine wirkliche Gartenkleidung, dachte er, als er näher kam. Aber sie hatte ja auch gesagt, dass sie eine Frau vom Land war, und die, das wusste er von seiner Mutter und Großmutter, zogen sich nicht anlassgemäß an. Sie arbeiteten in den Sachen, die sie hatten. Er ging direkt auf sie zu, und als er sie erreichte, lächelte sie, was, wie er hoffte, ein Zeichen von Verlangen war, dann nickte sie zu seinem Streifenwagen hinüber, in dem sein junger Kollege Mitch saß. »Warum kommt er nicht?«, fragte sie.

»Sie haben ihm Angst gemacht«, sagte er.

»Wir beißen nich.«

»Sagen Sie ihm das. Das letzte Mal haben Sie ihn Gott fürchten gelehrt.«

Sie lachte. »Wir solln Gott hier in die Seelen der Menschen bringen und sie nich verscheuchen.«

»Wenn ich's mir recht überlege, war er ein Engel, bis Sie ihn zurechtgewiesen und in die andere Richtung geschickt haben.«

Der Anblick ihres schönen braunen Gesichts, wie sie in Lachen ausbrach und ihn ansah, in ihrem sonnenbeschienenen Azaleenkleid dort im Unkrautgrün, erfüllte ihn aufs Neue mit Leichtigkeit. Und er begriff, dass seine ganze zweiunddreißigjährige Erfahrung im NYPD und alle Polizeiausbildung dieser Welt nichts halfen, wenn das Lächeln eines Menschen, der dir plötzlich wichtig war, dein Herz von aller Last befreite. Er fragte sich, wann ihm das zum letzten Mal so passiert war – ob er sich überhaupt schon mal so gefühlt hatte. Er konnte sich an nichts Ähnliches erinnern. Dort im Unkraut hinter der alten schwarzen Kirche, an der er in den letzten zwanzig Jahren Hunderte Male ohne einen Blick vorbeigefahren war, fragte er sich, ob er überhaupt schon mal verliebt gewesen war und ob die Liebe, wie seine Großmutter immer gesagt hatte, eine Art magische Entdeckung war. Die Entdeckung eines Zaubers. Wie hatte er die Geschichten geliebt, die sie ihm als Junge vorgelesen hatte, Geschichten von Königen, zur See fahrenden Maiden, aus der Bahn geratenen Seemännern und getöteten Ungeheuern, alles immer nur aus Liebe. *»Wer wirft das Licht in das Treffen auf dem Berg?«* Das war ein Gedicht, das er liebte. Er versuchte sich zu erinnern, von wem es stammte? Vielleicht von Yeats?

Er merkte, wie sie ihn ansah, und begriff, dass sie auf ein Wort vom ihm wartete.

»Ich glaube, Mitch hat das Interesse an dem Fall verloren«, brachte er hervor.

»Wer?«

»Mitch. Mein Partner drüben.«

»Gut. Ich auch«, sagte sie. Sie nahm den Unkrautschneider von links nach rechts, lehnte sich wieder darauf und schob eine weiche Hüfte vor. »Ich versuch es wenigstens. Wir machen hier trotz allem weiter. Sehn Sie sich das Unkraut an.«

»Machen Sie das oft?«

Sie lächelte. »Nich oft genug. Man schneidet es, und es kommt gleich wieder. Schneidet es, schon wächst es wieder. Das iss sein Lebenszweck. Immer wiederzukommen. Alles unter Gottes Sonne auf dieser Welt hat einen Zweck. Alles will leben. Und verdient's eigentlich auch.«

»Wenn es so ist, warum dann Unkraut schneiden?«

Sie kicherte. Sie mochte solche Unterhaltungen. Wie war es möglich, dass er sie so albern dahinschnattern ließ? Wenn sie mit ihrem Mann redete, was waren das kümmerliche Gespräche, da gab es nicht mehr als ein nüchternes Gegrunze über Rechnungen, Kirchendinge oder ihre drei erwachsenen Kinder, die Gott sei Dank nicht mehr im Project wohnten. Mit ihren achtundvierzig Jahren wachte Schwester Gee morgens meist mit dem Gefühl auf, dass es sich für nichts anderes mehr zu leben lohnte als die Kirche und ihre Kinder. Sie hatte mit siebzehn einen zwölf Jahre älteren Mann geheiratet. Es hatte ausgesehen, als hätte er ein Ziel im Leben, was sich aber als falsch herausstellte. Ihm lag allein an Footballspielen und daran, sich als einer darzustellen, der er nicht war, Sachen zu fühlen, die er nicht fühlte, ins Lächerliche zu ziehen, was ihm nicht lag, und wie so viele Männer, die sie kannte, davon zu träumen, sich mit einem hübschen jungen Ding aus dem Chor zu treffen, wenn möglich um drei Uhr nachts im Chorgestühl. Sie hasste ihren Mann nicht. Sie kannte ihn einfach nicht.

»Nun, ich könnte das Unkraut wachsen lassen«, sagte sie. »Aber ich bin keine, die genug drüber weiß, was sein sollte und was nich, um Sachen zu lassn, wie sie sind, wenn ich ihrn Zweck nich versteh. Mein Ziel iss, diese Kirche lange genug offen zu halten, um Seelen zu retten. Das iss alles, was ich weiß. Wenn ich was gelernt hätte, wenn ich wer wär, der vier'ndreißig Worte benutzen kann statt drei, um zu sagen, was ich mein, würd ich vielleicht die ganze Antwort auf Ihre Frage kennen. Aber ich bin eine einfache Frau, Officer. Das Unkraut iss ein Schandfleck für dies Gotteshaus, also schneid ich's weg. Ich meine, es will mir nichts Böses, es iss nur hässlich, wenn auch nich für Gott. Trotzdem schneid ich's weg. Ich schätze, ich bin wie die meisten Leute. Die meiste Zeit weiß ich nich, was ich eigentlich mache. Manchmal habe ich das Gefühl, ich weiß nich mal genug, um mir die Schuhe zu schnürn.«

»Ich kann Sie Ihnen schnüren«, sagte er mit funkelnden Augen, »wenn Sie's nicht schaffen.«

Dieser Kommentar in seinem irischen Tonfall trieb ihr das Blut in die Wangen, und sie sah Miss Izi drüben bei der Kirchentür stehen und in ihre Richtung starren. »Was führt Sie her?«, sagte sie schnell und warf noch einen Blick zu Miss Izi hinüber, die Gott sei Dank von Dominic zur Kellertür gerufen wurde. »Machen Sie besser schnell und sagen Sie's, weil meine Freundin Izi da drüben«, sagte sie, »die issen wandelndes Nachrichtenblatt.«

»Ein Klatschmaul?«

»So würde ich das nicht nennen. Hier in den Häusern wissn alle immer alles, also warum so 'n Wort dafür benutzen? Es geht so oder so rum.«

Potts nickte und seufzte. »Deshalb bin ich hier. Ich hab Neuigkeiten.«

»Und was?«

»Wir haben einen jungen Kerl verhaftet. Er heißt Earl, und wir wissen, dass Sie ihn kennen.«

Ihr Lächeln verschwand. »Wieso?«

»Wir haben Sie gesehen. Wir ... einer von unseren Leuten ... ist Ihnen gefolgt. Nach der kleinen Rangelei auf der Plaza letzte Woche.«

»Sie meinen Soups Party?«

»Was immer es war, sie – äh, ohne mein Wissen – haben einen hinter Ihnen hergeschickt. Er hat Sie und einen riesigen Kerl gesehen, wie Sie Earl rüber zur Subway an der Silver Street getragen haben. Er hat auch Ihren kleinen Handel mitgekriegt, wie Sie die Drehkreuze gesperrt haben, und Sie beide hatten ein kleines Gespräch mit Earl und haben ihn in einen Zug gesetzt. Das ist eine Behinderung der Transit Authority, muss ich leider sagen. Und keine zu kleine Sache, einfach so einen Bahnhof zu schließen.«

Schwester Gee dachte an Calvin in seinem Kassenhäuschen und spürte, wie ihr heiß wurde. »Das war meine Idee. Ich hab Calvin dazu gedrängt. Es warn keine zehn Minuten, bis der Zug kam. Ich will nich, dass er sein Job verliert, weil ich so blöd war.«

»Was hatten Sie vor?«

»Wir wollten ihn nich auf die Gleise schmeißen, wenn Sie das meinen.«

»Was dann?«

»Ich wollte ihn aus der Siedlung raushaben, und ich hab ihn rausgekriegt. Das können Sie denen auf der Wache sagen, oder dem Richter. Ich kann's ihm auch selbst sagen. Der Kerl war hinter eim her. Wahrscheinlich Sportcoat. Deshalb war er hier. Ich hab gehört, es war nich das erste Mal. Wir wollten ihn loswerden.«

»Warum haben Sie nicht die Polizei gerufen?«

Sie lachte. »Es war kein Verbrechen, dass er zur Party gekommen iss. Irgenswer hat mit 'ner Flasche geworfen, und er hat sie zufällig auf 'n Kopf gekriegt. Ich erzähl Ihnen, was Gott gefällt. Die Wahrheit. Genau so war's. Er war noch benebelt, als er wieder aufgewacht iss. Wie Gott es wollte, hatte ihn das verflixte Ding nicht umgebracht, nur ausgeknockt. Ich hab angenommen, wenn er aufwacht, geht's los. Also hab ich ihn von

Soup zur Subway tragen lassn und Calvin gesagt, bis zum ersten Zug die Kreuze zu versperrn. Ich wollte nich, dass wem was passiert. Das war alles.«

»Das nennt man, eine Sache in die eigene Hand nehmen.«

»Nennen Sie's, wie Sie wolln. Iss nich mehr zu ändern.«

»Sie hätten uns rufen sollen.«

»Warum muss jedes Mal, wenn wir 'ne Party feiern, die Polizei dabei sein? Ihr passt nich auf uns auf, ihr überwacht uns. Ich seh euch auch nich drüben bei den Weißen in Park Slope, wenn die ihre Partys feiern. Es war einfach nur 'n Empfang für den armen, alten Soup, der als Junge hinter Gitter iss und als Mann wieder raus. Als ziemlich viel Mann, würd ich sagn. Wo soll einer wie der 'n Job kriegen, so riesig wie er iss? Soup würde keiner Fliege was zuleide tun. Wissen Sie, dass er als kleiner Junge zu viel Schiss hatte, aussem Haus zu gehn? Blieb drinnen und hat den ganzen Tag ferngekuckt. *Captain Kangaroo* und *Mister Rogers* und so.«

»Das Kinderprogramm?«

»Seit er klein war. Jetzt isser ein Muslim. Können Sie das glauben? All die Arbeit, die wir in ihn reingesteckt ham.« Sie nickte zur Kirche hin und zuckte mit den Schultern. »Nun ... solange er Gott noch irgenswie in seim Leben hat.« Sie nahm ihr Gewicht vom Unkrautschneider und stieß damit gedankenverloren gegen ein paar Brennnesseln auf der trockenen, rissigen Erde bei ihren Füßen.

»Sie, der Kinderprogrammkucker und der Fahrkartenverkäufer haben also den Bahnhof abgesperrt«, sagte Potts.

Schwester Gee hielt inne und musterte ihn, und ihre Miene nahm den leicht zornigen Ausdruck wie bei ihrem ersten Zusammentreffen an. Sie sah, wie sich sein Blick abwandte und auf die Erde senkte. War das Scham da in seinen Augen? Sie war sich nicht sicher.

»Ich hab den Bahnhof abgesperrt. Ich allein.«

Potts nahm seine Mütze ab, strich sich mit dem Ärmel über die Stirn und setzte sie wieder auf. Sie betrachtete ihn genau. Jede Bewegung, sah sie, war der Versuch dieses Mannes, sich gefühlsmäßig unter Kontrolle zu halten. Er schien nicht wütend. Nicht mal enttäuscht. Er schien vielmehr von einer Art stillen Traurigkeit, durch die sie sich gegen ihren Willen zu ihm hingezogen fühlte, kannte sie dieses Gefühl doch nur zu gut. Sie fand das alles leicht beunruhigend, diese Gemeinsamkeit, aber auch wahnsinnig, ja wunderbar erregend. Sie hatte dieses Gefühl fast schon vergessen. Nach einunddreißig Jahren Ehe, von denen die letzten fünf ein stummes Leiden gewesen waren, mit gelegentlichen Ausbrüchen kleiner, eher klitzekleiner, sinnloser Zuwendung, spürte sie, wie sich in ihr etwas längst Totgeglaubtes löste und erwachte.

»Den Bahnhof abgesperrt? Davon will ich nichts wissen«, sagte er. »Auch die Wache nicht. Oder die Transit Authority. Dafür habe ich gesorgt. Aber wir haben diesen Burschen verhaftet, diesen Earl – *ich* habe ihn verhaftet –, und das ist etwas, was Sie wissen sollten.«

»Warum?«

»Er ist ... ein Verdächtiger.«

»Wie 'ne Menge Leute.«

»Okay. Er ist mehr als das. Er ist kein Junkie, sondern das, was man einen Vollstrecker nennt. Ein gerissener Bursche. Schlägt hier und da schon mal ein paar Zähne ein. Aber er macht uns im Moment kein Kopfzerbrechen. Wir haben ihn einkassiert. Wir arbeiten mit ihm – oder besser, er mit uns. Mehr darf ich Ihnen nicht sagen. Und auch das bleibt auf jeden Fall unter uns. Nur, damit Sie keine Angst haben müssen, dass er hier wieder auftaucht. Aber der Kerl, für den er arbeitet. Den haben wir nicht, und der *ist* einer, vor dem man Angst haben kann.«

»Was hat das mit Sportcoat zu tun.«

»Wie oft muss ich es sagen. Ihr Mann hat da was Großes losgetreten. Ich weiß nicht, ob er es wollte. Eigentlich bin ich sogar sicher, dass nicht. Aber er hat ganz schön danebengegriffen. Da schwelt ein Drogenkrieg, und Sie wollen weder ihn noch Ihre Kirche da mittendrin sehen. Die Drogenbarone sind ein anderes Kaliber. Die halten sich an keine Regeln wie die alten Ganoven. Da gibt's keinen Handschlag oder stille Absprachen, kein Wegsehen. Da ist keiner sicher. Denen ist nichts heilig. Dafür geht es um zu viel Geld.«

»Was hat das mit uns zu tun?«

»Ich habe es Ihnen doch schon gesagt. Geben Sie uns Ihren Mann und ziehen Sie sich aus der Sache zurück. Kommen Sie niemandem in die Quere. Wir können ihn schützen.«

Schwester Gee wurde heiß. Sie blickte zum Himmel hinauf, blinzelte und hob einen langen, wunderbar braunen Arm, um die Hand über die Augen zu legen. »Ich schmelze hier, können wir in den Schatten gehen?«

Ihm war, als hätte sie ihn gefragt, ob er mit ihr an den Strand komme, zum Schwimmen, oder in eine kühle, klimatisierte Bibliothek irgendwo, um mit ihm irische Gedichte zu lesen, die, die er mochte, die einfachen. *Symbole Eries* oder *Humphries Tagebuch*, die Gedichte, die seine Großmutter geliebt und ihm vorgelesen hatte.

Sie ging an ihm vorbei durchs hochwuchernde Unkraut zur Rückseite der Kirche, wo sie von Dominic, Bum-Bum und Miss Izi, die an der Seitentür immer noch mit den Stühlen beschäftigt waren, nicht gesehen werden konnten. Er folgte ihr und sah ihre wohlgeformte Figur unter dem Kleid. Als sie den Schatten des alten Gebäudes erreichten, eine Betonsteinkonstruktion auf einem Fundament aus festen roten Ziegeln, lehnte sie sich direkt unter dem verblichenen Jesus mit seinen ausgestreckten Armen an die Kirchenmauer, stellte einen Fuß dagegen und zeigte ihm ein goldbraunes Knie. Er stand vor ihr, gerade so im Schatten. Die Hände vor sich verschränkt rieb er sich die Daumen und versuchte sie nicht anzustarren. Alles was sie tat, begriff Potts, jede Bewegung, der sanfte Bogen ihres Halses und Mundes, die Art, wie sie aufrecht an der Mauer lehnte und einen langen Arm ausstreckte, um sich mit seidiger Geschmeidigkeit über die Stirn zu wischen – alles das weckte in ihm den Drang niederzuknien.

»Sportcoat iss nich schwer zu finden«, sagte sie. »Er iss immer irgenswo. Wenn Sie ihn wolln, nur zu. Aber es wird nichts ändern. Deems verhökert sein Gift da immer noch jeden Tag um zwölf am Fahnenmast. Die Uhr können Sie danach stelln. Er hat nichts gegen den alten Sportcoat unternommen, soweit ich weiß. Im Gegenteil, er iss noch höflicher als früher. Sie sagen, er hat sich 'n bisschen verändert. Verkauft nichts mehr an Großmütter oder kleine Kinder. Natürlich macht das nichts, weil sie nich mehr als die fünf Straßen zu den Watch-Häusern rüber müssen, um zu kriegen, was sie wolln. Manche Leute schicken ihre Kinder, die Drogen für sie kaufen. Können Sie sich das vorstellen? 'n kleinen Kerl, neun, zehn Jahre alt, zum Drogenkaufen schicken. So war das hier früher nich. Was machen wir falsch?«

Sie schien so traurig, als sie das sagte, dass Potts Mühe hatte, sie nicht in den Arm zu nehmen, gleich da hinter der Kirche, im Schatten unter Jesus' traurigem gemalten Blick, und zu sagen: »Ist ja gut. Ich verstehe.«

Stattdessen sagte er: »Ich sage das als Freund, Miss. Sie, Sie alle müssen sich zurückhalten, damit wir unsere Arbeit tun können.«

»Verhaften Sie Deems. Das wird's einfacher machen.«

»Wenn wir ihn heute verhaften, stehen morgen zehn andere

an seiner Stelle. Verhaften wir auch die, kommen wieder zehn. Wissen Sie, warum? Weil sie gleich wieder herausgeholt werden. Vom selben Mann, der den Schläger Earl auf Ihre Party geschickt hat. Wir reden da von einer ganzen Organisation. Der Kerl, der Ihren Sportcoat will, ist Teil eines Syndikats. Wissen Sie, was das bedeutet? Organisiertes Verbrechen. Deswegen nennen sie es organisiert. Männer wie der vermischen legale Geschäfte mit illegalen. Er ist nicht einfach ein einzelner Mann. Er ist ein Unternehmen. Er hat Angestellte, die für ihn arbeiten. Er betreibt eine Fabrik. Die Drogen, die sie am Fahnenmast verkaufen, die kommen nicht portioniert und verpackt hier an. Sie kommen roh ins Land und müssen präpariert und verkaufsfertig gemacht werden. Genau wie Aspirin oder Limo, damit sie im Laden verkauft werden können. Die Organisation dieses Mannes reicht von Queens bis nach Georgia. Dem können Sie sich nicht in den Weg stellen.«

»Ham Sie ein Interesse da dran?«

»Die Polizei? Wir? Ja.«

»Also, verstehn Sie uns nich falsch. Alles, was wir wolln, iss unser Christmas-Club-Geld.«

Er lachte. »Was sagen Sie da? Sie fahren einem großen Brooklyner Drogenring in die Parade, schicken den Muskelmann des Drogenkönigs mit der Subway und einem Horn auf dem Kopf, groß wie Philadelphia, nach Hause, drohen ihm damit, dass sie seinen toten Priester-Vater kennen, und das alles für Ihr Kirchen-Club-Geld?«

»Er kam her, um Ärger zu machen«, sagte sie wütend. »Und das iss hart verdientes Geld in der Kirchen-Club-Kasse. Keiner weiß, wie viel es iss.«

»Wie viel es auch sein mag, es ist nicht genug, um Ihr Leben zu riskieren. Sie haben keine Ahnung, mit wem Sie es da zu tun haben!«, sagte Potts.

»Sie leben hier nich«, sagte sie bitter. »Ich kenn Deems' ganze Familie. Sein Großvater, Mr Louis, war 'n harter Mann. Aber es iss auch ein hartes Leben hier. Er kam aus Kentucky nach New York, mit zehn Cent in der Tasche. Vierzig Jahre lang hat er ein Büro geputzt, bisser gestorben iss. Und dann iss seine Frau gestorben. Seine Tochter hat jahrelang jeden Sonntag in seiner Kirche gebetet. Unter uns gesagt, sie säuft so viel wie reingeht und iss kein Nickel wert. Es war ihr Sohn, Mr Louis' Enkel Deems, er war die Perle der Familie. So vielversprechend. Der Junge konnte den Ball besser werfen als jeder andre hier. Allein deswegen hatte er die Chance, es hier raus zu schaffen. Jetzt wird er sterben oder im Gefängnis enden, was aufs Gleiche rauskommt. Und wenn sie ihn wieder rauslassn, falls er lange genug lebt, um reinzukommen, iss er schlimmer, als er vorher war. Rein und raus wird er gehn. Aber nichts davon passt in Ihre kleinen Protokolle und Haftbefehle, oder? Wenn die Zeitung ihre kleinen Geschichten über die Farbigen und die Latinos schreibt, die in Brooklyn wie ein Haufen Affen in ihrn Bäumen rumturnen, dann iss da drin nichts davon zu finden.«

»Sie müssen mir nicht gleich den Kopf abreißen. Die Iren sind genauso getreten und herumgestoßen worden.«

»Von denen reden wir nich.«

»Nein, wir reden vom Kirchengeld. Das hat nichts mit dieser Sache zu tun.«

»Alles hat's damit zu tun. Das Geld vom Christmas Club iss alles, was wir kontrolliern können. Wir können nichts dagegen tun, dass diese Drogendealer vor unsern Häusern Gift verkaufen. Oder dass die Stadt unsre Kinder auf lausige Schuln schickt und uns die Leute alles in die Schuhe schieben, was in New York falsch läuft. Wir können der Army nich verbieten, dass sie unsre Söhne nach Vietnam schickt, nachdem die

Vietcong den weißen Soldaten die Zehnnägel so kurz geschnitten haben, dass sie nich mehr laufen können. Aber Nickel und Dimes ham wir gespart, damit wir unsern Kindern zehn Minuten Weihnachtsliebe schenken können. Das können wir kontrolliern. Was iss da falsch dran?«

Sie zeigte auf das Unkraut, die Häuser, den Güterwagen des Elefanten ein paar Straßen weiter, dahinter der Hafen und die Freiheitsstatue, schimmernd im Nachmittagslicht.

»Sehen Sie sich um. Was iss normal an all dem? Sieht das normal aus für Sie?«

Potts seufzte durch zusammengebissene Zähne. Er fragte sich, wie jemand, der in diesem Chaos lebte, so naiv sein konnte.

»Nichts in der Welt ist normal«, sagte er. »Ich verstehe nicht, wie Sie darauf auch nur hoffen können.«

Seine Antwort ließ die Wut aus ihr weichen wie Luft aus einem Ballon, und ihre Züge wurden sanfter. Sie sah ihn neugierig an, wischte sich mit dem Handrücken seitlich über ein Auge und verlagerte ihr Gewicht von einem Bein aufs andere.

»Warum sind Sie hier?«, fragte sie.

»Wegen diesem Fall.«

»Nein. Genau hier jetz. Gepredigt wird da drin. Am Sonntag. Nich hier draußen hinter der Kirche. Da rein müssen Sie.«

Er zuckte mit den Schultern. »Ihre Predigten sind mir genug«, sagte er. »Die letzte war wirklich gut. Ich mag es, wenn Sie sich aufregen.«

Sie zog die Brauen zusammen. »Finden Sie das lustig, was ich gesagt habe?«

»Überhaupt nicht«, sagte er. »Wenn Sie meinen Job schon so lange gemacht hätten wie ich, würden Sie das Gleiche fühlen. Wir sind gleich, Sie und ich. Wir haben den gleichen Job, oder? Wir machen sauber, was keiner sauber machen will. Der

Dreck, das ist unser Job. Wir räumen auf, was die Leute hinter sich zurücklassen.«

Sie lächelte bitter, und ein weiteres Mal riss das Bild, das sie so gekonnt präsentierte, das Bild der starken, ungeduldigen, unbeeindruckten Frau, wie er sie bei ihrem ersten Zusammentreffen vor einer Woche in der Kirche erlebt hatte, und dahinter kam eine verletzliche, einsame Seele zum Vorschein. Sie ist genau wie ich, dachte er verwundert. Genauso verloren.

Aber es gelang ihm, sich wieder zu fassen, und er sagte: »Sie wollen wissen, warum ich wirklich hier bin. Ich will es Ihnen sagen. Zunächst einmal weiß ich, dass Ihr Diakon hier irgendwo ist. Er ist gut darin, sich unsichtbar zu machen, aber wir werden ihn kriegen.«

»Dann tun Sie's.«

»Die Sache ist, wir wollen das ruhig hinkriegen, nicht die Leute verrückt machen. Aber ihr macht es uns hier nicht leicht. Wenn wir fragen, heißt es: ›Er war grade noch hier‹, ›Der iss eben raus‹, oder: ›Ich glaub, der iss in der Bronx.‹ Die Leute schützen ihn. Aber eins sollten Sie wissen. Und das können Sie weitersagen...«

Er beugte sich näher heran. Sie sah, wie sich die Falten tief in sein Gesicht schnitten, besorgt, ja, beunruhigt.

»Der Mann, der Ihren Sportcoat will, hat jemanden von außerhalb geholt. Einen sehr gefährlichen Kerl. Ich weiß kaum etwas über ihn, nur seinen Namen. Harold oder Dean. Nachname unbekannt. Könnte ein Harold sein. Oder ein Dean. Ist nicht sicher. Aber wie immer er heißt, er ist ein übler Bursche, eine andere Liga als der Schwachkopf, den Sie abserviert haben.«

»Harold Dean.«

»Richtig. Harold Dean.«

»Soll ich die Leute warnen?«

»An Ihrer Stelle würde ich mich von der Gegend um den Fahnenmast fernhalten.«

»Das ist unser Platz! Wenn wir den Mast aufgeben, war's das. Dann sind wir Gefangene in unsern eigenen vier Wänden.«

»Sie verstehen nicht. Ihr Diakon ist nicht mehr der Einzige hier, der in Gefahr ist. Ich kenne den Bericht. Dieser Harold Dean ist...«

Sie sah ihn schweigend an, und er hielt inne.

Er wollte sagen: Er ist ein Killer, und ich will nicht, dass er Ihnen zu nahe kommt. Aber er wusste nicht, wie sie darauf reagieren würde. Er wusste ja nicht mal, wie Harold Dean aussah. Er kannte nur den FBI-Bericht, und der war ohne ein Foto, nur mit der vagen Beschreibung, dass er ein Neger war, »bewaffnet und äußerst gefährlich«. Er wollte sagen: Ich mache mir Sorgen um *Sie*, wusste aber nicht, wie er es sagen sollte. Es würde jetzt sowieso nicht gehen, weil sie schon wieder wütend war. Ihre dunklen Augen funkelten, und die hübschen Nasenflügel flatterten. So sagte er einfach nur: »Er ist gefährlich.«

»Nichts in dieser Welt iss gefährlich, wenn's uns die Weißen nich sagen«, schimpfte sie tonlos. »Gefahr hier, Gefahr da. Sie müssen uns nichts über die Gefahren in unsrer Siedlung erzählen. Sie müssen uns nich erklärn, wie die Welt für uns iss.«

Sein Lächeln war schwach und traurig, und er schüttelte den Kopf. Jetzt war es also raus. »Uns?«, sagte er.

Er tat einen Schritt zurück, hinaus aus dem Schatten der Kirche, und wandte sich seinem Streifenwagen zu. Ein weiterer zerplatzter Traum. Es hatte schon so viele gegeben. Er nahm an, dass er froh darüber war, eigentlich. Er war da raus. Die Verantwortung, der Zauber, von dem seine Großmutter gesprochen hatte, war ein Gewicht, das zu groß für ihn war. Liebe, richtige Liebe war nichts für jedermann.

Er ging langsam an der Kirche entlang, seine rechte Hand

strich über die Mauer, folgte dem bedächtigen, unsicheren Schritt eines Mannes, für den gerade ein ganzes Gebäude eingestürzt war.

Als Schwester Gee ihn so davongehen sah, spürte sie, wie ihr das Herz wegzusacken drohte. Der Schmerz, sie konnte nichts gegen ihn tun.

»Ich meine nicht *Sie* persönlich«, rief sie ihm hinterher.

Er blieb stehen, drehte sich aber nicht um. »Ich hatte gehofft, Ihnen bessere Neuigkeiten bringen zu können«, sagte er. »Zu dem Fall.«

Ihr Blick ging zu Boden, und sie wischte einen abgerissenen Halm zur Seite. Sie hatte Angst, aufzublicken. Sie wollte, dass er ging. Es war zu viel. Sie wollte, dass er blieb. Es war nicht genug. Ihre Gefühle waren wie zwei große Wellen, die gegeneinanderschlugen. Sie konnte sich nicht erinnern, je so gefühlt zu haben.

Endlich sah sie auf. Fast hatte er das Ende der Mauer erreicht und würde gleich hinter der Ecke verschwinden, wo sein Auto mit seinem Kollegen stand, wo Miss Izi, Bum-Bum und Dominic warteten, die alle Teil dieser dummen Welt waren und ihn nie als das erkennen würden, was er war. Den Mann hinter der Uniform, den Menschen, der er war, den sahen sie nicht. Warum sie es tat und sonst keiner, konnte sie nicht sagen. Sie hatte bereits darüber nachgedacht, nachdem er die Kirche verlassen hatte, beim ersten Mal, und entschieden, dass sie und dieser Officer nicht gleich waren, egal, was sie zu ihm gesagt hatte. Sie machte Dreck weg. Er jagte üble Leute. Sie war eine Putzfrau. Er war ein Cop. Beide waren sie, was die Liebe anging, nicht frei. Aber dieser undefinierbare Geist, dieses besondere Gefühl, dieses außerordentliche Lied hatten sie beide noch nicht gehört, da war sie sicher. Als sein Rücken langsam verschwand, sah sie ihre Zukunft und seine und wusste, sie würde es sich später vorwerfen, wenn sie nicht wenigstens versuchte, den Umschlag zu öffnen und zu lesen, was der Brief darin enthielt. Wie oft hatte sie das schon getan, den Dreck geschluckt, weil es um ein Auto ging, ein Zuhause, eine Ehe, eine Schule für ihre Kinder, ihre Mutter, ihre Kirche? Für was? Was ist mit meinem eigenen Herzen, lieber Gott? Wie viele Jahre habe ich noch?

Er hatte die Ecke erreicht, und sie rief: »Wenn Sie was Neues hörn, kommen Sie wieder.«

Er blieb stehen. Er drehte sich nicht um, sondern antwortete über die Schulter: »Es werden keine guten Nachrichten sein.«

Sie sah sein Gesicht von der Seite. Es war schön, eingerahmt von der Freiheitsstatue und dem Hafen, Möwen über und hinter ihm. Und weil er nicht gesagt hatte, dass er nicht zurückkommen würde, wuchsen ihrem Herzen wieder kleine Flügel.

»Auch wenn's schlechte Nachrichten sind«, sagte sie, »in allem Schlechten steckt auch was Gutes – wenn Sie's sind, der sie bringt.«

Sie sah, wie sich seine Schultern etwas entspannten. Er lehnte sich gegen die Kirchenmauer und gab seinem Herzen einen Moment, sich zu fangen. Er hatte Angst, dass ihn sein Gesicht, wenn er sich umdrehte, verraten und er ihnen beiden mehr Ärger bereiten würde, als es der Moment wert war. Aber mehr noch, zum ersten Mal in seinen neunundfünfzig Jahren, trotz all der Gedichte, die er gelesen hatte, trotz all der wundervollen irischen Geschichten, die er auswendig kannte, Geschichten voller Poesie und Rhythmus, Hoffnung und Lachen, Freude und Schmerz, war er plötzlich, unerklärlicherweise, unfähig, die richtigen Worte zu finden.

»Ich komme gerne«, sagte er mehr zum Boden als zu ihr, »ich komme gerne wieder her und bringe, was es an Neuigkeiten gibt.«

»Ich werde warten«, sagte Schwester Gee.

Aber sie hätte auch schweigen können, denn er war schon hinter der Ecke verschwunden, auf dem Weg zu seinem Streifenwagen.

16

MÖGE GOTT DICH HALTEN

Neun Tage nach Soup Lopez' Willkommensparty und zwei Wochen, nachdem er Deems das Ohr weggeschossen hatte, kam Sportcoat, immer noch ziemlich lebendig, in aller Frühe zum Haus der alten italienischen Lady, um in ihrem Garten zu arbeiten. Es war ein normaler Mittwoch.

Sie wartete schon auf ihn und trat vor ihr Tor, als er herankam. Sie schien es eilig zu haben, trug eine Männerjacke über ihrem Hauskleid, hatte ihre Küchenschürze noch umgebunden und übergroße Männer-Wanderstiefel an den Füßen.

»Diakon«, sagte sie, »wir müssen Kermesbeeren suchen.«

»Wozu? Die sind giftig.«

»Nein, sind sie nicht.«

»Also gut.«

Sie zogen los, die Straße hinunter in Richtung der leeren Grundstücke beim Hafen. Er ging hinter ihr, sie stampfte voran und bog gleich auf das erste unkrautüberwucherte Stück Ödland, das nur zwei Straßen weiter lag. Er folgte ihr, und beide suchten sie mit gesenktem Kopf die Erde ab. Sie kamen an einigen schönen Gewächsen vorbei. »Stachelgras, Hackelkraut, Rebhuhnbeeren«, sagte Sportcoat, »aber keine Kermesbeeren.«

»Die müssen hier sein«, sagte Mrs Elefante, drückte ein paar Schritte vor ihm das wuchernde Grün zur Seite und schlug nach den Ranken. »Mein Doktor würde mich hassen, wenn ich was fände. Damit wär er aus dem Geschäft.«

»Ja, Ma'am.« Sportcoat lachte in sich hinein. Er fühlte sich gut an diesem Morgen. Tatsächlich fühlte er sich morgens immer gut, wenn er mit der alten Lady, an deren Namen er sich nie erinnern konnte, die verlassenen Grundstücke der Gegend durchstreifte. Es war der einzige von seinen Jobs, für den er sich nicht mit einem Drink wappnen musste. Normal musste er sich seit Hetties Tod in der Frühe erst mal stärken. Aber wenn's mittwochs zu der alten Lady ging, fühlte er sich wie belebt. Sie war achtzehn Jahre älter als er – fast neunundachtzig, sagte sie, aber eine der wenigen Alten im Cause, die am liebsten den ganzen Tag draußen waren. Auch nach vier Monaten bei ihr wusste er noch nicht zu sagen, wie sie hieß, aber sie war eine gute weiße Person, und das war es, was zählte. Er hatte schon immer ein schreckliches Namensgedächtnis gehabt, besonders, wenn er einen in der Krone hatte. Die meisten Leute nannte er: »Hey, Bruder, Mann«, oder: »Ma'am«, und fragte, ob sie einen Namen hätten, worauf sie für gewöhnlich antworteten. Aber nach vier Monaten schien es nicht mehr angemessen, sie nach ihrem Namen zu fragen, und so hatte er sich angewöhnt, sie »Miss Four Pie« zu nennen, was sie nicht zu stören schien und was Hot Sausage endlos witzig fand, als er es ihm erzählte.

»Hat sie kein richtigen Namen?«, fragte Sausage.

»Natürlich. Die Lady vom Altenzentrum, die mich für den Job vorgeschlagen hat, die hat mir den Namen mal aufgeschrieben. Aber ich hab den Zettel verlorn.«

»Warum frags du sie nich danach?«

»Ihr iss egal, wie ich sie nenn!«, erklärte Sportcoat. »Sie mag's, wenn ich sie Miss Four Pie nenn!«

»Warum nenns du sie so?«

»Am ersten Tag, als ich zu ihr kam, Sausage, da hatte sie vier heiße Blaubeer-Pies im Ofen. Das ganze Haus roch nach Blaubeern«, sagte Sportcoat. »Ich sagte: ›Bei Gott, Miss, hier drin riechts aber gut.‹ Da hat sie mir ihrn Namen gesagt.«

»Aber du kanns dich nicht erinnern?«

»Was solls?«, sagte er. »Sie zahlt bar.« Er dachte einen Moment lang nach. »Ich glaub, es issen italienischer Name. Wie Elli-a-ti oder Ella-ran-ti oder so.« Er kratzte sich den Kopf. »Am ersten Tag wusste ich ihn, aber gleich hinterher hab ich 'ne Flasche Essenz getrunken, und da war er weg. Iss einfach so aus mir raus.«

»Hat sie dir einen gegeben, an deim ersten Tag?«

»Mir 'n Namen? Ich hab doch einen.«

»Nein, einen Pie! Hatte sie nich vier davon?«

»Kann 'n Bussard fliegen? 'türlich hat sie das!«, erklärte Sportcoat. »Miss Four Pie tut nich rum! Sie weiß, ich bin 'n Pflanzenmann. Sie iss 'ne gute Frau, Sausage.« Er dachte einen Moment nach. »Jetz, wo ich so überlege, um ehrlich und legal zu sein, sollte ich sie ›Miss Three Pie‹ nennen, nich ›Miss Four Pie‹, weil sie doch nur noch drei hatte, als ich an dem ersten Tag wieder gegangen bin. Sie hat sich 'n ganzen Pie für den alten Sportcoat abgezogen.« Er lachte. »Ich mach die fertig, Sausage! Die lieben mich da! Sie iss verrückt nach mir.«

»Wahrscheinlich, weil du mehr Zähne hass als sie.«

»Werd nicht eifersüchtig. Sie iss 'ne derbe Lady. Mit Haarn auf den Zähnen, wie man so sagt. Wobei, Mensch, wenn sie farbig wär und O-Beine hätte, würde ich mit ihr runter zu Silky's gehn und ihr 'n Schluck vom besten Brandy spendiern.«

»Warum braucht sie dazu O-Beine?«

»Ich hab da meine Ansprüche.«

Sausage lachte, aber Sportcoat war sein Spruch peinlich, weil er sah, dass er etwas geschmacklos war. »Tatsache iss, Sausage«, sagte er nüchtern. »Ich vermiss meine Hettie. Sie mag's nich, wenn ich so 'n Unfug rede, und wenn sie's hört, kommt sie vielleicht nich mehr, und das geht nich.« Um seine Beleidigung wiedergutzumachen, sagte er: »Miss Four Pie iss 'ne starke Seele. Die beißt sich nich auf die Zunge. Ehrlich, ich hab 'n bisschen Schiss vor ihr. Ihr Mann iss lange tot, und ich denke, sie hat ihn womöglich ins Grab geredet, so 'nen Willen, wie die hat. Die Frau weiß mehr über Pflanzen als sons irgenswer. Die Stunden vergehn nur so, wenn ich unter ihr arbeite, weil ich sie auch mag. Ich muss mir kaum ein genehmigen, wenn ich bei ihr bin – nun, so 'n kleinen Schluck, aber nich viel. Ich bin nich wie sons in der Woche, wenn ich kein Garten hab zum drin Rumwühln. Dann trockne ich aus, dann iss Heulen und Zähneknirschen, besonders, wenn Hettie nich kommt, weil's dann immer flüssiger wird, und ich schwimm und schwimm, krieg zu viel und denk an Hettie und was ich ihr alles angetan hab und so. Das iss nich gut.«

Sausage fand das witzig, aber für gewöhnlich langweilten ihn Sportcoats umständliche Reden über seine Abenteuer im Pflanzenreich am Ende, und so wechselte er das Thema. Aber Sportcoat wurde bewusst, während sie sich da einen Weg durch das Unkraut bahnten, dass mit Miss Four Pie über Pflanzen zu sprechen eines der wenigen Dinge war, auf die er sich jede Woche freute, auch wenn sie das Reden so gut wie ganz übernahm.

Die beiden boten einen seltsamen Anblick, die ältere weiße Frau in ihrem Hauskleid, der Schürze und den übergroßen Schuhen und der ältere schwarze Mann mit seinem Porkpie-Hut und der karierten Sportjacke, wie sie da am Güterwagen vorbeiliefen, den verlassenen Docks und Bahngleisen, hinein in das wild wuchernde Unkraut und den Müll, der die verlassenen

Fabriken am Wasser umgab, das Glitzern Lower Manhattans gleich jenseits des Wassers.

Als er an diesem Mittwoch hinter ihr herging, sah Sportcoat, wie unsicher sie sich voranbewegte. Sie schien während des letzten Monats müde geworden zu sein, kam ihm wacklig auf den Beinen vor. Nach ihrer Rückkehr zu ihrem Haus hatte sie ihn gelegentlich schon in die Küche gebeten, um einige der Pflanzen, die sie gefunden hatten, zu säubern und klein zu schneiden, aber nicht sehr oft. Es war ein ungeschriebenes Gesetz, immer draußen zu bleiben, das Sportcoat als im Süden aufgewachsener Schwarzer meist befolgte. Es kam ihm gelegen, hatte er doch Angst, eines ihrer Häuser zu betreten. Miss Four Pie hatte ihm gleich zu Anfang erklärt, dass ihr Sohn, der mit im Haus wohnte – ein Sohn, den er nie kennengelernt hatte (oder vielleicht hatte er es auch vergessen) –, äußerst streng war und keine Fremden drinnen wollte. Das war ganz in Sportcoats Sinn, der von der Annahme ausging, wenn irgendwas im Haus eines Weißen irgendwo auf dieser Welt schiefging und er war in der Nähe, dass er dann ohne Zweifel der war, den die ganze Wucht des Gesetzes treffen würde. Aber über die Monate, die er jetzt für sie arbeitete, hatte sie Vertrauen zu ihm gefasst, und wenn er in ihrer Küche mit dem fertig war, worum sie ihn gebeten hatte, war er auch schon wieder draußen. Er war schließlich ein Naturbursche. Miss Four Pie schien das zu verstehen.

Sie kamen auf ein wild überwuchertes Stück Ödland gleich südlich vom Hafen und verloren sich kurz aus dem Blick. Er hatte sie am Ufer verschwinden sehen, folgte ihr und fand sie auf einem weggeworfenen Waschbecken sitzend. Sie ließ den Blick über den Morast vor sich gleiten.

»Ich weiß, dass es hier irgendwo Kermesbeeren gibt«, sagte sie. »Je feuchter die Erde, desto höher die Wahrscheinlichkeit.«

»Vielleicht sollten wir nich zu viel drauf geben, was zu finden«, sagte Sportcoat. »Ich hatte ein Cousin, der krank davon geworden iss.«

»Es hängt davon ab, was davon man isst«, sagte sie. »Was hat er gegessen? Die Wurzel, den Stängel, die Blätter?«

»Himmel, ich weiß nich. Das iss lange her.«

»Nun, da sehen Sie's«, sagte sie. »Ich kriege taube Beine. Und grauen Star. Ich sehe nichts mehr. Die Kermesbeeren reinigen mein Blut. Dann sehe ich wieder besser, und meine Beine tun nicht mehr so weh. Ich kann fast alles davon essen. Immer.«

Sportcoat beeindruckte ihre Gewissheit. Sie stand auf und ging weiter in den Morast hinein. Er folgte ihr. Weiter und weiter drangen sie vor, ihre Füße versanken im nassen Gras, das zum Wasser hin noch sumpfiger wurde. Sie suchten eine Weile und fanden ein paar Schätze: Stinkkohl, Tellerkraut und Farnspitzen. Aber keine Kermesbeeren. Die nächsten zwanzig Minuten suchten sie weiter westlich, parallel zum Wasser. Endlich dann stießen sie auf Gold, auf dem morastigen Gelände einer alten Farbenfabrik direkt am Wasser. Hinter dem Gebäude fand sich ein wahres Schlaraffenland mit Ackersenf, Bärlauch, riesigen Geranien und – endlich – Kermesbeeren, von denen einige über einen Meter hoch waren.

Sie sammelten, so viel sie konnten, und zogen über die verlassenen, überwucherten Grundstücke langsam zurück zu ihrem Haus.

Sie war glücklich über ihre Ausbeute. »Die sind riesig«, sagte sie. »So groß gibt's die in keinem Laden. Man kann ja auch nirgends mehr gutes Gemüse kaufen. Die Tomaten heute, die Sie kaufen, die leuchten rot, aber schmecken nach nichts. Wie soll man damit eine Spaghettisoße machen?«

»Glaub nich, dass ich das könnte«, sagte Sportcoat.

»Nichts ist mehr, wie es mal war«, beschwerte sie sich. »Sieht man je einen Sohn, der besser ist als sein Vater? Größer mag er sein. Stärker oder dicker um die Schultern. Aber ist er besser? Mein Sohn ist stärker als sein Vater. Nach außen hin. Aber innerlich? Hmph.«

»Ich glaube, ich hab Ihrn Sohn noch nich gesehen, Miss Four Pie.«

»Oh, er war schon hier«, sagte sie mit einer weiten Geste ihrer Hand. »Er versucht schnelles Geld zu machen wie der Rest dieser jungen Leute. Größer. Besser. Schneller. Mehr. Das ist alles, was sie wollen. Immer in Eile. Nimmt sich nie Zeit für was. Was er braucht, ist ein gutes italienisches Mädchen.«

Der Gedanke schien sie abzulenken. Auf dem Weg über die Grundstücke an der Silver Street kamen sie noch an ein paar wirklichen Schätzen vorbei, von denen Sportcoat wusste, dass Miss Four Pie sie mochte: Hundsgift, Knöterich, Bärlauch, Hackelkraut. Aber sie war zu sehr damit beschäftigt, sich Luft zu machen. »Ich sage meinem Sohn, es gibt kein schnelles Geld. Geld ist nicht alles, Diakon. Wenn Sie genug zum Leben haben, reicht das.«

»Ma'am, da ham Sie recht.«

Sie gingen weiter, und sie warf einen Blick zurück auf ihn. »Wie lange sind Sie schon Diakon?«

»Wenn ich die Jahre zähln sollte, käm ich durch'nander. Aber ich würde sagen, mit Five Ends geht's so zwanzig Jahre. Meine Frau war da Vermögensverwalterin, wissen Sie.«

»Wirklich?«

»Ich hatte eine gute Frau«, sagte er wehmütig.

»Die Frauen sind auch nicht mehr, was sie mal waren, Diakon«, sagte sie.

»Sicher nich.«

Als sie an ihrem Haus ankamen, war die alte Lady müde und bat ihn ein weiteres Mal gegen alle Gewohnheit herein. Sie sagte, sie sei so müde, dass sie nach oben gehe, um sich hinzulegen, und instruierte ihn: »Geben Sie die Pflanzen in Eimer und waschen Sie sie in der Spüle. Dann legen Sie sie auf die Arbeitsfläche, und damit sind Sie fertig, Diakon. Ihr Geld liegt schon da. Ziehen Sie die Tür hinter sich zu, wenn Sie gehen.«

»Okay, Miss Four Pie.«

»Danke, Diakon.«

»Gerne, Ma'am.«

Sie ging nach oben, und er tat, was ihm gesagt worden war. Anschließend verließ er das Haus durch die Hintertür, die in einen kleinen Garten führte. Er ging die Stufen hinunter und wandte sich links zu dem Durchgang, der ihr Backsteinhaus vom nächsten trennte. Als er um die Hausecke bog, lief er direkt in den Elefanten hinein.

Er erkannte ihn natürlich nicht. Nur wenige in den Cause-Häusern wussten, wer von den Italienern, die in den Güterwagen gingen, der Elefant war. Aber alle kannten seinen Namen, seinen Ruf und den Schrecken, den er verbreitete.

Es war bereits eine Woche her, dass Elefante in der Bronx gewesen war, aber es kam ihm immer noch wie gestern vor. Er war tief in Gedanken, als er auf den alten, farbigen Mann in seinem Garten stieß. »Wer sind Sie?«, wollte er wissen.

»Ich bin der Gärtner.«

»Was machen Sie hier?«, fragte Elefante.

Sportcoat lächelte unsicher. »Nun, der Garten iss der Ort, wo 'n Gärtner arbeitet, Mister.« Er sah, wie der Elefant den Garten schnell in den Blick nahm. »Ich nimm an, Sie müssn der Sohn sein, denn sie ähneln Miss Four Pie. Sie hat den ganzen Tag von Ihnen geredet.«

»Miss wer?«

Sportcoat bemerkte seinen Patzer und machte dicke Backen. »Die Lady im Haus… die Pflanzen-Lady. Ich schätze, es iss

Ihre Momma? Ich arbeite für sie. Ich hab ihrn Namen vergessen.«

»Ist alles okay mit ihr?«

»Oh, ja. Sie hat sich nur was hingelegt. Sie hat mit mir... äh... wir ham Kermesbeern gesucht, beim Hafen.«

Elefante entspannte sich etwas und zog die Brauen zusammen. »Haben Sie welche gefunden?«

»Kann ein Bussard fliegen? Ihre Ma findet hier in der Gegend alles, Mister.«

Elefante lachte leise und sah sich Sportcoat näher an. »Kenn ich Sie nicht?«

»Ich nimm an...« Sportcoat starrte zurück und begriff. »Himmel, sind Sie der Mann von... als meine Hettie gestorben iss?«

Elefante hielt ihm die Hand hin. »Tom Elefante«, sagte er.

»Ja, Sir, ich...« Sportcoat brach der Schweiß aus. Er fühlte ein Danke auf der Zunge, aber wofür? Weil der Mann Hettie aus der Bucht gezogen hatte? Es war zu viel für ihn. Dieser Mann war der Elefant. Ein echter, wirklicher Gangster. »Also... ich muss jetzt gehn, Mister.«

»Einen Moment.«

Der Elefant griff in die Tasche, holte ein Bündel Geldscheine heraus, zählte hundert Dollar ab und hielt sie Sportcoat hin. »Weil Sie meiner Mutter helfen.«

Sportcoat sah das Geld an. »Das müssen Sie nich«, sagte er. »Ihre Momma hat mich schon bezahlt.«

»Ist schon gut.«

»Ich bin bezahlt worden, Mister. Ihre Ma behandelt mich gut«, sagte Sportcoat. »Ich schätz mal, Sie könnte 'ne Schule über Pflanzen führn, sie weiß so viel drüber. Mehr als ich, das iss sicher. Ich weiß ziemlich was von früher, als ich jung war. Sie wollte unbedingt Kermesbeern, und wir sind ganz schön gelaufen, um was zu finden. Am Ende war sie 'n bisschen wacklig, aber okay. Wir ham welche gefunden, und sie sagt, damit fühlt sie sich besser. Ich hoffe, sie wirken.«

»Nehmen Sie ein bisschen was zusätzlich, Mister.« Elefante hielt ihm das Geld hin.

»Wenn's Ihnen nichts ausmacht, Sir, Sie ham mir schon so viel geholfen, als Ihre Jungs meine Hettie aus dem Wasser gezogen ham.«

Elefante starrte ihn einen Moment an. Er wollte sagen: »Ich weiß nicht, wie sie da hingekommen ist«, aber das zuzugeben hieß, Wissen über etwas zu zeigen, von dem er nicht Teil gewesen war, und das klänge, als stritte er etwas ab. Und bei dem einen blieb es in aller Regel nicht, da zog eins das andere nach sich, und darauf ließ sich kein Gangster, der was taugte, ein. Besser, er sagte nichts.

Der alte Mann schien das zu verstehen. »Oh, meine alte Hettie war müde, das war's. Sie iss Gottes Licht gefolgt. Nach Mondblumen hat sie gesucht. War 'n schöner Tag, als sie gestorbn iss. Gab nie 'ne bessere Beerdigung in Five Ends.«

Elefante zuckte mit den Schultern, steckte das Geld wieder ein und lehnte sich an die Mauer seines Hauses. »Ich hab sie immer zur Kirche gehen und wieder zurückkommen sehen«, sagte er. »Sie sagte guten Morgen. Die Leute tun das nicht mehr.«

»Nein, tun sie nich.«

»Sie schien ein nette Frau zu sein. Hat sich um ihre eigenen Sachen gekümmert. Hat sie gearbeitet?«

»Oh, Tagesjobs, dies und das. So wie die meisten von uns. Sie hat dafür gelebt, in den Himmel zu komm, Mister.«

»Tun wir das nicht alle?«

»Sind Sie gläubig?«, fragte Sportcoat.

»Nicht wirklich. Vielleicht ein bisschen.«

Sportcoat nickte. Er konnte es nicht erwarten, Sausage das zu erzählen. Er hatte sich mit dem Elefanten unterhalten! Einem echten Gangster! Und so schlimm war er gar nicht! Gläubig war er. Ein bisschen, vielleicht.

»Also ich muss jetz weiter«, sagte Sportcoat. »Ich komm am nächsten Mittwoch wieder zu Ihrer Momma.«

»In Ordnung, alter Mann. Wie heißen Sie übrigens?«

»Die Leute nennen mich ›Diakon Cuffy‹, manche auch ›Sportcoat‹, aber die meisten hier ›Diakon‹.«

Elefante lächelte. Der alte Kerl hatte eine besondere Art. »Okay. Was macht so ein Diakon?«

Sportcoat grinste. »Also das iss 'ne gute Frage. Alle möglichen Sachn tun wir. Helfen der Kirche. Schaffen den Müll weg. Manchmal kaufen wir Möbel. Und Sachen für die Diakoninnen, damit sie was kochen können. Manchmal predigen wir sogar, wenn wir solln. Wir tun, was immer getan werden muss. Wir sind Ihr kirchliches Mädchen für alles.«

»Verstehe.«

»Aber ehrlich, meist sind es die Fraun, die unsre farbigen Kirchen hier führn. Wie meine tote Hettie und Schwester Gee und Bum-Bum.«

»Sind das Nonnen?«

»Nein, ich glaub nich. Die sind einfach Schwestern.«

»Echte Schwestern?«

»Nein.«

Elefante runzelte verwirrt die Stirn. »Warum nennt ihr sie dann Schwestern?«

»Weil wir alle Brüder und Schwestern für Christus sind, Mister. Kommen Sie und besuchen Sie unsre Kirche mal. Und bringen Sie Ihre Momma mit. Dann sehen Sie's. Wir mögen Besucher in Five Ends.«

»Vielleicht.«

»Nun, ich verlass Sie jetz«, sagte Sportcoat. »Bis wir uns wiedersehn, hoff ich, dass Gott Sie in seiner Hand hält.«

Elefante, der schon ins Haus gehen wollte, erstarrte.

»Sagen Sie das noch mal.«

»Oh, das issen Segen, den meine Hettie allen sagte, die sie traf. Wir tun das auch in unsrer Kirche bei unsern Besuchern. Wenn Sie zu uns kommen, hörn Sie's selbs. Es iss unser Kirchenmotto, schon lang bevor ich da war, und das sind zwanzig Jahre. Tatsächlich gibt's da 'n Bild von Jesus mit dem Motto direkt über seim Kopf, hinten auf der Rückmauer der Kirche. Sie ham die Worte in schicken Goldbuchstaben über ihn gemalt. Sie könn sie nich übersehn.«

Elefante sah ihn komisch an, mit einer überraschten Miene, die Sportcoat als Unschuld deutete, was ihn stolz machte. Er brachte einen Weißen zum Nachdenken. Und der war auch noch ein Gangster! Vielleicht bekehrte er ihn ja zum Wort Gottes. Wär das nich was! Meine erste Bekehrung! 'n waschechten Gangster! Und er sagte es noch einmal: »Möge Gott Sie in seiner Hand halten. Das issen hübsches Bild im Kopf.«

»Wo ist das Bild?«

»Da in Ihrm Kopf?«

»Nein, das in der Kirche.«

»Oh, das alte Ding? Es issen großer alter Kreis mit Jesus in der Mitte und den Worten direkt über seim Kopf. Hinten auf der Kirche.«

»Wie lange ist es schon da?«

»Gott… das iss da, oh, ich weiß nich, wie lange. Weiß keiner wirklich, wer's gemalt hat. Meine Hettie sagt, ein Mann hat's da hingemalt, als sie die Kirche gebaut haben. Sie sagte: ›Ich weiß nicht, wie die Narrn ihn bezahlt ham, in unsrer Kasse warn nie mehr als fünfzig Dollar. Mein Christmas-Club-Geld ham sie dafür nich genomm, das iss mal sicher.‹« Sportcoat lachte und fügte hinzu: »Meine Hettie hat das Christmas-Club-Geld aufbewahrt, wissn Sie. Inner Schachtel... irgenswo.«

»Verstehe... Sie sagen, das Bild... ist auf der Rückmauer draußen?«

»Klar, ja. Ein großes, schönes Bild von Jesus innem Kreis, und die Hände reichen bis fast hin. Direkt auf die Betonsteine gemalt. Früher sind die Leute von weit gekommen, um sich das Bild anzusehn. Es issen bisschen überdeckt, aber wenn Sie sich weit genug weg ins Gestrüpp stelln, sehn Sie den Kreis noch, und wie das Ganze war. Ich hab mal gehört, dass da was Spezielles dran iss an dem Bild.«

»Ist es ein Bild oder ein Gemälde? Überdeckt? Ist das Bild mit was überdeckt?«

Elefante sah ihn so nachdenklich an, Neugier war ihm ins Gesicht geschrieben, doch aus irgendeinem Grund dachte Sportcoat in dem Moment, dass der spirituelle Teil seiner Botschaft verloren ging. »Nein, es iss nich überdeckt. Nun, die Kirche hat vor Jahrn 'n bisschen was dran gemalt, was behoben. Ein bisschen Farbe draufgegeben. Aber Sie können ihn immer noch sehn, glasklar. Es sind aber nich die Worte, die wichtig sind«, fügte er hinzu und kam damit zurück aufs Spirituelle, »es ist der Geist dessen, was Jesus will. Dass er Sie in seiner Hand hält.«

»Kann man seine Hände noch sehen?«

»Klar, kann man.«

Sportcoat vermied geflissentlich zu sagen, dass der Jesus mal weiß gewesen war, bis sie ihn angemalt hatten. Was Sportcoat nicht wusste, war, dass die ursprüngliche Darstellung des örtlichen Künstlers dem Jesus im Zentrum des *Jüngsten Gerichts* des italienischen Malers Giotto di Bondone nachempfunden war, das im Original in der Cappella degli Scrovegni in Padua zu bestaunen war und Jesus als weißen Mann mit Bart zeigte.

Jemand in der Gemeinde hatte vor Jahren darauf bestanden, dass er geschwärzt wurde, und Pastor Gee, wie immer ängstlich darauf bedacht, seinen Schäfchen zu gefallen, hatte Schwester Bibbs Sohn Zeke, einen Anstreicher, damit beauftragt, Jesus etwas anzubräunen. Und genau das hatte er getan, mit Hilfe von Hot Sausage und Sportcoat – die drei färbten das Gesicht und die Hände von Jesus mit brauner Fassadenfarbe ein. Das Ergebnis war natürlich fürchterlich. Die so sorgsam Giottos Original nachempfundenen Gesichtszüge waren kaum mehr zu erkennen, die Hände schrecklich verstümmelt, beides, Gesicht und Hände, eigentlich nur noch Kleckse. Aber Jesus war, wie Pastor Gee damals freudig verkündet hatte, zu einem Neger geworden, ein großer Geist wie immer, und darauf kam es an.

Sportcoat erwähnte das alles klugerweise mit keinem Wort, aber Elefante starrte ihn so komisch an, dass er das Gefühl hatte, sich auch so wieder mal zu verquatschen, was mit den Weißen Ärger geben konnte. »Also gut dann«, sagte er und lief auch schon zur Straße vor.

Elefante blickte ihm hinterher, wie er den Bürgersteig erreichte und zur Seite verschwand. Er fühlte sich leicht benebelt, das Herz immer noch vom Gedanken an eine frische, neue Liebe beschwingt, der faszinierenden Tochter des Governors, und jetzt das. Ein Neger aus einer Farbigenkirche zweihundert Meter von seinem Waggon entfernt? Neger? Und sein Vater? Er hatte seinen Vater nie mit einem Neger zusammen gesehen. Verlor er den Verstand?

Er stieg die paar Stufen zur Hintertür hinauf, öffnete sie und trat seltsam benommen in die Küche, die Worte immer noch in seinem Kopf.

Möge Gott Sie in Seiner Hand halten.

17

HAROLD

Zwei Stunden später saß Sportcoat, das Geld von Miss Four Pie in der Tasche und zwei Flaschen Schnaps vor sich auf einem Betonstein – wie eine Krone auf einem Königskopf sahen sie aus –, mit Hot Sausage zusammen, und die beiden erörterten Sportcoats Zusammentreffen mit dem Elefanten.

»Hatte er 'ne Kanone?«, fragte Sausage.

»Keine Kanone!«, sagte Sportcoat triumphierend. Die beiden hockten auf zwei umgedrehten Kisten in Sausages Kellerversteck, süffelten die erste Flasche, die Sportcoat geöffnet hatte, Pfefferminz-Bourbon, und sparten sich die andere, King Kong, zum Nachtisch auf.

»Wie iss er so?«

»Er iss in Ordnung, Partner! Ein guter Mann. Wollte mir unbedingt noch weitere schicke hundert Dollar geben.«

»Du hättes sie nehm solln. Aber warum solltes du das tun? Das wär ja clever gewesn, wogegen du allergisch biss.«

»Sausage, seine Momma hatte mich schon bezahlt. Und er hat meiner Hettie geholfen.«

»Was weiß du, ob er nich der war, der sie innen Hafen geschmissen hat.«

»Sausage, wenn Dummheit 'n Segen iss, bis du 'n Weihwasserbecken. Ein großer Mann wie der Elefant würde doch meiner Hettie nichts tun. Er mochte sie. Er sagt, er hat sie immer winken sehn, wenn sie zur Kirche ging.«

»Glaub nich alles, was dir einer erzählt, Sport. Vielleicht hat sie was gesehn, was er gemacht hat. Vielleicht wusste sie was. Vielleicht hat er sie ausgeraubt!«

»Du kuckst zu viele Filme«, sagte Sportcoat. »Er hat ihr kein Ärger gemacht, kein Fitzelchen. Sie ist Gottes Licht gefolgt. Und hat's gefunden.«

»Das sags *du*.«

»Sie iss an eim guten Ort. Sie iss frei, ein freier Engel, bei Gott. Ich red mit ihr fast jeden Tag.«

»Wenn du nich aufpasst, kriegs du auch noch Flügel. Deems iss dieser Tage vielbeschäftigt.«

»Ich achte nich auf ihn.«

Sausage überlegte. »Ich seh ihn jeden Tag, wie er da draußen das Gift verkauft, in rauen Mengen, der Teufel hält's nach. Er weiß, wir sind Partner, fragt aber kein Stück nach dir. Nich ein Wort. Das macht mich nervös. Da issen Trick dabei, Sport. Irgenswann, wenn du nicht hinkucks, macht der kurzn Prozess. Du muss hier ausser Siedlung raus.«

Sportcoat überhörte das. Er stand auf und reckte sich, nahm noch einen Schluck Pfefferminz-Bourbon und gab Sausage die Flasche. »Du muss auch nich alles glauben. Wo iss meine Schiri-Kluft?«

Sausage nickte zu einer schwarzen Plastiktüte in der Ecke rüber.

»Ich nimm die heute Abend mit nach Hause. Morgen geh ich da wieder raus zu Deems. Ich werd nichts trinken vorher, weil ich mich erinnern will, was er sagt. Wenn ich mit ihm geredet hab, erzähl ich dir alles.«

»Sei nich so 'n Dummkopf.«

»Ich geh direkt zu ihm hin, und ich sage: ›Deems, ich stell die Mannschaft zusammen, und ich will, dass du ein Spiel für uns pitchst. Ein Spiel. Und wenn du danach kein Baseball mehr spielen wills, gut, dann kanns du's lassen. Dann nerv ich dich nich mehr. Nur ein Spiel.‹ Der wird mich hinterher anflehn, dass er wieder in die Mannschaft reinkommt.«

Sausage seufzte. »Ich nimm an, um die Welt wirklich zu verstehn, muss du wenigstens einmal sterben.«

»Red kein Unsinn«, sagte Sportcoat. »Der Junge liebt Baseball. Er hat die gleiche Art wie der alte Josh Gibson. Du kenns doch Josh Gibson? Der beste Fänger, der jemals auf eim Platz gestanden hat?«

Sausage verdrehte die Augen, während Sportcoat die Tugenden Josh Gibsons erläuterte, des größten schwarzen Fängers überhaupt, und wie er Gibson nach dem Krieg 1945 getroffen hatte, und immer so weiter, bis Sausage schließlich sagte: »Sport, ich weiß nich, ob du auch nur die Hälfte der Leute gesehn has, von denen du's sags.«

»Ich hab sie alle gesehn«, sagte Sportcoat stolz. »Bin sogar selbst mal getourt, aber ich musste Geld verdienen. Das wird nich Deems Problem sein. Der macht reichlich Geld in den Big Leagues. Der hat das Feuer und das Talent. Du kanns eim Baseballspieler nich die Liebe zum Spiel nehmen, Sausage. Das geht nich. Und da issen Spieler in dem Jungen.«

»Da issen Killer in dem Jungen, Sport.«

»Nun, ich geb ihm 'ne Chance, so oder so.«

»Nein, tus du nich! Da hol ich vorher die Polizei.«

»Vergiss nich den Haftbefehl, den's gegen dich gibt.«

»Dann lass ich sie eben von Schwester Gee holn.«

»Schwester Gee geht nich zur Polizei. Die sitzt mir wegen dem Christmas-Club-Geld im Nacken. Die will erst das Geld sehn,

Sausage. Die Leute hier verliern den Glauben an mich deswegen. Auch du. Verwettest mein Leben für 'ne Zigarre mit Joaquin.«

Sausage wurde bleich und nahm einen schnellen Schluck Pfefferminz. »Das ging nich um dich«, sagte er. »Das ging um Joaquin. Ich spiel seit sechzehn Jahrn Lotto mit dem. Nur einmal 'n Treffer. Ich glaube, der bescheißt mich. Ich wollte mein Geld zurück.«

»Sausage, du hass das Geheimnis ewiger Jugend geknackt. Weil du lügs wie 'n Kind.«

»Ich dachte nur, Sport, da du dich nich dünnmachen wolltes und getö… von Deems ausgeschaltet wern würdes, dachte ich, dir machts nichts, wenn ich dabei 'n paar Dollar verdiene. Ich war doch immer 'n guter Freund, oder?«

»Ein sehr guter Freund, Sausage. Und mich störts nich, wenn du 'n paar Dollar an mir verdiens. Wobei, ich hab 'n Vorschlag für dich. Hilf mir, mich mit Deems zu vertragen. Sag ihm, ich will ihn sprechen, und ich vergess die Beleidigung, dass du mein Leben verwettes.«

»Langsam knalls du völlig durch. Ich bleib von dem weg.«

»Deems iss nicht wütend auf mich. Weiß du eigentlich, dass er mir diese Schiri-Kluft gekauft hat?«

»Nein.«

»Das hat er. Hat sie mir gebracht, gleich nachdem Hettie gestorben iss. Nagelneu war die. Zwei Tage nach ihrer Beerdigung isser zu mir gekommen. Hat an die Tür geklopft, sie mir gegeben und gesagt: ›Erzähls keim.‹ Würde so jemand 'n Freund kaltblütig erschießn?«

Sausage hörte schweigend zu und sagte dann: »Wenn's Deems iss, ja.«

»Geschwätz. Du muss für mich zu ihm hingehn und sagen, ich will ihn unter vier Augen sprechen. Dann treff ich ihn und klär das alles.«

»Das kann ich nich, Sport. Dazu hab ich zu viel Schiss, okay?«

»Er hat's auf mich abgesehn, Sausage. Du muss keine Angst um deine Haut ham.«

»Ich hab aber Angst um sie. Sie bedeckt mein Körper.«

»Ich würd ja selbs zum Fahnenmast gehn. Aber ich will ihn vor sein Freunden nich in Verlegenheit bringen. Wenn ich allein mit ihm rede, schämt er sich nich.«

»Du has es mit deim Schuss versaut. Ich mein, dass er dir die Schiri-Sachen geschenkt hat, das macht's nur noch schlimmer«, sagte Sausage. »Dass du für seine Freundlichkeit auch noch auf ihn schießt.«

»Der Junge hat noch reichlich Gutes in sich«, sagte Sportcoat, nahm den Bourbon von Sausage und trank. »Sein Großvater Louis, der war okay, oder?«

»Lass dich allein erschießen, Sport. Ich denk, ich bleib hier sitzen und würg den Bourbon runter.«

»Ein wahrer Freund würde's tun. Sons wär er kein wahrer Freund.«

»Okay.«

»Okay was?«

»Ich bin nich dein Freund.«

»Dann hol ich Rufus. Der iss aus meiner Heimat. Auf ein Mann aus South Carolina kanns du zählen. Er hat immer gesagt, Alabama-Männer falln um, wenn sie für was einstehen solln.«

»Warum soll ich meine Birne da mit reinstecken, Sport? Du biss der, der sich zugesoffen und auf ihn geschossen hat.«

»Du hass da auch 'ne Dose am Schwanz hängen, Sausage. Deems weiß, wir sind Partner. Du hass ihn auch in der Sonntagsschule gehabt. Aber lass nur. Ich hol Rufus, der macht das.«

Sausage runzelte die Stirn, scharrte mit dem Fuß über den

Boden und schob die Lippen vor. Seine Nasenflügel bebten wütend. Er stand von seiner Kiste auf, drehte sich von Sportcoat weg und streckte die Arme mit dem Rücken zu ihm aus, parallel zum Boden, gerade, die Finger lang.

»Bourbon.«

Sportcoat gab Sausage von hinten die Flasche in die Hand. Sausage nahm einen langen, großen Schluck, stellte die Flasche auf den Betonstein und stand, immer noch mit dem Rücken zu Sportcoat, eine lange Weile so da, schwankte, als der Alkohol wirkte. Endlich zuckte er mit den Schultern und drehte sich um. »Okay, verdammt. Ich mach mich zum Trottel für dich. Du lässt mir sowieso keine gottverdammte Wahl. Ich organisier das. Ich geh zu Deems und frag ihn, ob er hier runterkommt und mit uns spricht – mit dir. Ich hab da keine Aktien drin.«

»Sausage, was glaubs du eigentlich? Warum soll er hier runterkomm und mit mir reden? Wir müssen zu ihm.«

»*Wir* müssen gar nichts. Du muss. Aber ich geh zu ihm hin, von Mann zu Mann, und erklär ihm, dass du ihn unter vier Augen sprechen wills und dass er allein kommen soll, damit du dich bei ihm entschuldigen und alles erklärn kanns. Dann kann er dich, wenn er will, irgenswo unter vier Augen umbringen, und ich seh nichts, und er muss deswegen nich ins Gefängnis. Ich nimm an, er wird mir nich gleich den Stöpsel ziehn, weil ich ihn frage, denn schließlich hass du ja auf ihn geschossen.«

»Wirs du's nie leid, das zu sagen? Ich hab dir gesagt, ich erinner mich an kein Stück davon.«

»Das iss komisch. Weil sich Deems noch verdammt gut dran erinnert.«

Sportcoat überlegte einen Moment, dann sagte er: »Du gehs ihn holen. Und pass auf. Ich werd den Youngster um nichts bitten müssn. Da leg ich ihn eher über mein Knie und versohl ihm den Hintern, weil er verschwendet, was Gott ihm geschenkt hat.«

»Ich glaub nich, dass du ihm auch nur die Hand heben kanns. Hass du ihn mal ohne Hemd gesehn?«

»Noch viel mehr als das. Ich hab ihm die kleinen Hinterbacken in der Sonntagsschule mehr als einmal poliert.«

»Das war vor zehn Jahrn.«

»Macht nichts«, sagte Sportcoat. »Du kenns ein Mann, wenn du erst mal seine Kehrseite gesehn hass.«

Es war fast dunkel, als Deems und Phyllis, die neue Superbraut im Viertel, sich auf den Rand des Vitali-Piers setzten. Sie ließen die Beine über dem Wasser baumeln und sahen nach Manhattan und zur Freiheitsstatue hinüber.

»Kannst du schwimmen?«, fragte Deems und tat so, als wollte er sie von hinten ins Wasser schubsen.

»Hör auf, Junge«, sagte sie und versetzte ihm einen spielerischen Stoß mit dem Ellbogen.

Sie war ihm gleich am ersten Tag aufgefallen, da war sie als Kundin zum Fahnenmast gekommen, und dann ein paar Tage später gleich wieder, um Nachschub zu holen. Sie kaufte zwei Tütchen H, dann noch mal eins. Sie nimmt nicht viel, dachte er, und sie war ein heißer Feger, ein Mischling. Sie sah absolut irre aus, ein schwarzes Mädchen mit leicht hellerer Haut, langen Beinen, einem hageren, festen Kinn und hohen Wangenknochen. Sicher, sie trug auch an heißen Tagen lange Ärmel, wie es Junkies tun, um die Spuren auf den Armen zu verdecken, aber ihre Haut war makellos und das Haar lang. Sie schien fürchterlich nervös, doch das machte ihm nichts. Das waren sie alle, wenn sie sich kaputtmachten. Gleich am ersten Tag war sie ihm aufgefallen, und er hatte gesehen, wie sie in Haus 34 verschwunden war, und hatte Beanie hinterhergeschickt, damit er rausfand, wer sie war. Beanie sagte, sie heiße Phyllis. Sie war zu Besuch. Aus Atlanta, die Nichte von Fuller Richardson, einem richtigen Junkie , völlig pleite war der und seine Wohnung voll mit seiner Frau, seinen Cousins, seinen Kids und allen, denen er Geld schuldete, wozu offenbar auch die Mutter dieses Mädchens gehörte, die seine Schwester war. »Sie sagt, er schuldet ihrer Mom eine Stange Geld, und so kann sie da wohnen, bis er's ihr zurückzahlt«, berichtete Beanie. »Sie iss womöglich noch 'ne ganze Weile hier.«

Deems ging kein Risiko ein. Er beschloss, schnell zu handeln, bevor es ihm jemand verdarb. Er sah Phyllis genauer an, als sie das zweite Mal kam, nur um sicherzugehen, dass sie es auch wert war, bevor er sich ins Zeug legte. Er registrierte erleichtert, dass sie zu viel wog, um ein richtiger Junkie zu sein. Und sie hatte ein Portemonnaie. Ihre Schuhe, ihr Mantel und ihre Kleider waren sauber, und sie hatte irgendeinen Aushilfsjob. Sie war noch kein Junkie. Nur ein weiteres hellhäutiges Mädchen auf dem Weg in die Verzweiflung, das womöglich von irgendeinem miesen Dreckskerl in Georgia verarscht worden war. Kam nach New York, um ihr gebrochenes Herz zu heilen und auf die Pauke zu hauen. Erzählte ihren Freundinnen in Georgia, dass sie mit den Temptations ausging oder so, kein Zweifel. Aber Phyllis war toll, und sie war neu. Und er hatte Geld. Es war alles gut.

Als sie das dritte Mal kam, ließ er Beanie und Dome die Deals weitermachen, postierte Stick, seinen besten Ausgucker, auf dem Dach oben, mit drei anderen Kids auf den Häusern drumrum, und verließ seine Bank, um ihr zurück zu Haus 34 zu folgen. Das Geschäft ging an dem Tag sowieso nicht so gut.

Sie sah ihn kommen. »Warum folgst du mir?«

»Willst du 'n extra Tütchen H?«

Sie sah ihn an und grinste.

»Ich brauch nichts extra«, sagte sie. »Ich nimm im Moment auch so schon zu viel.«

Das gefiel Deems. Später, viel später dachte er, dass er aus dieser allerersten Begegnung mehr rausgelesen hatte, als er es hätte tun sollen. Es war vor allem ihre Körpersprache. Sie schien nicht nervös, wenn sie ihren Stoff kaufte. Aus der Nähe betrachtet war sie von einer Direktheit, einer Festigkeit, die ungewöhnlich war. Sie war bestimmt, fast steif, und wach. Er sah das als den Versuch, ihre Nervosität zu verbergen, dieses Mädchen aus dem Süden, vom Land, das ihm gleich am ersten Tag, als er sie fragte, ob sie ihn am Pier treffen wolle, gestand, dass sie früher mal zur Kirche gegangen war und immer noch ging. Das gefiel ihm. Das hieß, dass sie innen drin wild war, alles aufgestaut, wie bei ihm. Er hatte ein paar Kirchenkunden, arbeitende Junkies. Er war selbst mal ein Kirchenjunge gewesen. Er kannte das Gefühl. Er brauchte eine, die aufgedreht war wie er. Alle im District kannten ihn mittlerweile. Sein Ruf war größer und besser denn je, seit Sportcoat auf ihn geschossen hatte. Alle wussten, dass er den alten Sportcoat zurechtstutzen würde. Deems wusste es auch. Es war nur eine Frage der Zeit. Warum sich beeilen? Er hatte keine Eile. Eile macht dich kaputt. Er würde sich Sportcoat zur rechten Zeit vornehmen. Sportcoat war kein Problem. Aber Earl? Ja, der war eins.

Da gab es mittlerweile eine Kluft, zwischen ihm und Earl. Er spürte es. Nachdem Earl zu Anfang so wütend und stinkig gewesen war wegen der Sportcoat-Geschichte, schien er plötzlich nur noch ein Achselzucken dafür übrigzuhaben. Er bestand darauf, dass Mr Bunch mit seiner Arbeit zufrieden war. »Die Siedlung iss dein Territorium. Du machs es, wie du wills. Setz einfach weiter den Stoff ab.«

Das glich Earl so gar nicht. Alle wussten, dass er drüben in den Watch-Häusern einen mit einem Baseball verpasst gekriegt hatte, als er Sportcoat an den Kragen wollte. Und dann hatte dieser Idiot Soup Lopez ihn zur Subway getragen, nachdem Earl versucht hatte, seine Willkommensparty zu sprengen – und Schwester Gee war wie eine verdammte Lehrerin hinter ihnen hergelaufen. Und er hatte auch gehört, dass Earl von Sportcoat und Sausage aus Haus 17 gezerrt worden war, nachdem die beiden alten Ficker ihn im Keller mit Strom hatten fertigmachen wollen, es aber versägt hatten, worauf's im ganzen Haus zwei Stunden lang kein Licht gegeben hatte. Earl wurde gedemütigt. Da stimmte was nicht.

Wenn Mr Bunch der Schlamassel mit Sportcoat so egal war, warum ließ er dann zu, dass sein bester Mann, Earl, im Cause District wieder und wieder was aufs Maul kriegte? Und warum nahm Earl das alles so cool? Es fühlte sich wie eine Falle an. Seit vier Jahren kaufte er zweimal die Woche von Earl Heroin, und er hatte ihn beim Arbeiten gesehen. Er hatte gesehen, wie Earl einem Typen eine Gabel ins Auge gesteckt hatte, bloß weil der ihn blöd angeguckt hatte. Und dann hatte er einen anderen Dealer mit seiner Pistole bewusstlos geschlagen, weil der ihm zehn Dollar zu wenig gegeben hatte. Earl machte nicht lange rum. Da stimmte was nicht.

Deems kriegte es einfach nicht aus dem Kopf. Da wurde irgendeine Nummer abgezogen, und es war nur eine Frage der Zeit, bis sich zeigte, was für eine. Aber was war es?

Das Warten machte Deems nichts, aber die Unsicherheit, was seine Taktik anging. Seine Taktik war alles für ihn. Seine Lebensversicherung. Er hatte gehört, dass andere, wichtige Dealer ihn ein Genie nannten. Das gefiel ihm. Es gefiel ihm, dass seine Mannschaft, seine Rivalen und manchmal sogar Mr Bunch staunten, wie ein so junger Bursche so clever sein und sogar ältere Männer ausstechen konnte, von denen einige echt miese Typen waren, die ihm sein Geschäft streitig zu machen versuchten. Es gefiel ihm, dass sie sich fragten, wie er den Kopf über Wasser halten konnte, wie er wusste, wann er seine Rivalen zu attackieren und wann er sich zurückzuziehen hatte, was er wann für wie viel zu verkaufen, welchen Knopf er zu drücken und wen er unter Druck zu setzen hatte. Mr Bunch hatte ihm einmal gesagt, das Drogengeschäft sei ein Krieg. Deems sah das anders. Er beobachtete die Leute, er studierte, was sie machten. Für ihn war das Dealen eine Art Baseballspiel, bei dem es um die beste Strategie ging.

Deems liebte Baseball. Er hatte sich durch die Highschool gepitcht und hätte es auch noch weiter tun können, wenn ihn sein Cousin Rooster nicht zum schnellen Geld im Heroinspiel verleitet hätte. Er verfolgte die Matches immer noch, die Mannschaften, die Spieler, die Statistiken, die Schlagmänner, die Miracle Mets, die in diesem Jahr wunderbarerweise in die World Series kommen konnten, und immer war es die Taktik, die ihn interessierte. Baseball war ein Pitcher-Spiel. Der Schlagmann wusste, dass der Pitcher den Ball über die Home Plate kriegen musste, um ihn aus dem Spiel zu werfen. Also versuchte er ihn wegzuprügeln, und du musstest ihn rätseln lassen. Erwartete er einen Curveball? Einen Fastball? Einen Curver außen? Einen Fastball innen? Schlagmänner waren Spekulierer wie die meisten Menschen. Die guten unter ihnen studierten die Pitcher, ihre Bewegungen und auch sonst alles, was ihnen einen Hinweis darauf geben konnte, was für ein Pitch jetzt kommen würde. Aber die guten Pitcher waren clever. Sie hielten die Schlagmänner im Ungewissen. Ein Wurf nach innen? Außen? Ein Curveball? Ein Splitter? Ein Fastball, der durchzog? Wenn sie dich durchschauen, jagt der Schlagmann deinen Ball aus dem Stadion. Machst du es richtig, ist der Kerl raus, und du bist ein Baseball-Millionär.

Drogen zu verkaufen ging genauso. Halte sie im Unklaren.

Kommt der Dealer da in meine Richtung? Oder geht er da rüber? Nachts? Oder tagsüber? Verkauft er den Stoff jetzt billiger als ich? Oder H? Oder dieses asiatische Zeug? Oder das aus der Türkei? Warum hat er den braunen Shit in Jamaica in Queens praktisch umsonst abgegeben und ihn dann zum dreifachen Preis in Wyandanch auf Long Island verkauft?

Diese Art Denken hatte ihn an die Spitze des Spiels in South Brooklyn katapultiert und erlaubte es ihm, auch in Teile von Queens und sogar Manhattan und Long Island vorzustoßen. Das fühlte sich gut an. Er hatte eine straffe Mannschaft und, das Wichtigste, einen Baseball-Kopf. Er war vom Besten trainiert worden. Einem Mann, der das Spiel inhaliert hatte.

Verdammter Sportcoat.

Sportcoat war, dachte Deems bitter, ein verdammter Idiot und ein kniffliges Problem, um das er sich später kümmern würde. Im Moment musste er sich auf Earl konzentrieren und Mr Bunch. Er musste einfach.

Aber es war schwierig. Er war so sehr damit beschäftigt, hinter Mr Bunchs Strategie zu kommen, mit Earl und so weiter, dass er nicht richtig schlief. Morgens wachte er auf, und ihm tat alles weh, mit blauen Flecken auf den Armen, weil er ständig gegen die Wand rollte. Und sein Ohr, was noch davon da war, tat auch immer noch weh. Er brauchte Schlaf. Und Ruhe. Und diese tolle Frau, Phyllis, die da jetzt neben ihm auf dem Vitali-Pier saß, war die perfekte Ablenkung. Er brauchte diese Pause. Ansonsten wurde er zu einer Zeitbombe. Er hatte hier in der Siedlung selbst erlebt, wie es Dealern ging, die nicht runterkamen und Klarheit in ihren Kram brachten. Mr Bunch und Earl hatten einen Plan. Wie sah der aus? Aber wenn er Earl jetzt hart anging oder sich verteidigte, sollte Earl ihn angreifen, krachte sein Plan mit Joe Peck in sich zusammen, bevor es überhaupt losgegangen war.

Peck, das wusste Deems, war die World Series. Er war der Mann, der alle Möglichkeiten hatte. Aber Deems konnte Peck erst ein Angebot machen, wenn er seine Mannschaft komplett hatte. Daran arbeitete er noch, verstärkte seine Leute, überschlug Kosten, Risiken, redete mit seinen Verbündeten in den Watch-Häusern, in Far Rockaway und mit den beiden Burschen in Bed-Stuy, die er aus seiner Zeit in Spofford kannte. Alles musste perfekt geregelt sein, bevor er Joe Peck anging. Er hatte Beanie, seinen zuverlässigsten Mann, nach Queens geschickt, um bei ein paar Dealerkollegen in Jamaica vorzufühlen, ob sie von ihm kaufen würden, wenn er zwanzig Prozent billiger wäre als Mr Bunch. Die Antwort war ein stilles Ja. Er musste einfach noch ein paar Dinge festzurren, bevor er zu Peck ging. Bleib noch ein paar Wochen ruhig, und dann geh den Schritt.

Aber mit dem Stress war nur schwer umzugehen. Es gab so wenige Leute, denen man trauen konnte. Mehr und mehr verließ sich Deems auf Beanie, der reifer war als die anderen, den Mund halten konnte und keinen Schwachsinn redete. Und auch sonst war alles kompliziert geworden. Deems' Mutter trank mehr als früher. Seine Schwester war nach irgendwo verschwunden, er hatte sie seit Monaten nicht gesehen. Er selbst kam morgens nicht aus dem Bett, lag da, sehnte sich nach den alten Zeiten, hörte das Knallen des Baseballschlägers an warmen Sommertagen, sah Beanie, Lightbulb, Dome und seinen engsten Kumpel Sugar auf dem Außenfeld Bälle werfen, während Sportcoat rumbrüllte, sie auf die ranzige Spielerbank setzte und ihnen idiotische Geschichten von alten Männern mit komischen Namen in Neger-Ligen erzählte. Er dachte an die Tage zurück, als er und seine Freunde im Herbst oben auf Haus 9 gelegen und auf die Ameisen gewartet hatten. Unschuldige Jungs waren sie damals gewesen. Heute nicht mehr.

Deems fühlte sich mit seinen neunzehn Jahren wie fünfzig. Wenn er morgens wach wurde, hatte er das Gefühl, neben einem finsteren Abgrund gelegen zu haben. Tatsächlich spielte er mit der Idee, nach Alabama durchzubrennen, wohin Sugar gezogen war, bei ihm runterzukommen, die ganze Scheiße aufzugeben und sich da unten im Süden ein College mit einer Baseballmannschaft zu suchen. Er hatte seine Klamotten noch alle und konnte nach wie vor einen Ball hundertfünfundvierzig Sachen schnell werfen. Er war sicher, er käme in eine gute Collegemannschaft rein. Mr Boyle, der Baseballcoach von St. John's, hatte es gesagt. Deems kannte ihn seit Jahren. Mr Boyle war jeden Sommer gekommen, hatte sich nach ihm erkundigt und ihm beim Pitchen zugesehen. Er hatte Punktelisten, Ratings und jede Menge Notizen über ihn. Deems mochte das. In seiner ganzen Zeit an der John Jay Highschool, wo er der Mannschaft mit seinem Pitchen die Staatsmeisterschaft einbrachte, sagte Mr Boyle: »Du hast eine Zukunft, wenn du's dir nicht verdirbst.« Aber Deems verdarb es sich. Im Sommer nach dem Highschool-Abschluss, als er bereits in St. John's angemeldet war, kam Mr Boyle wieder zu Besuch, und da boomte das Drogengeschäft schon. Deems sah Mr Boyle kommen, schickte seine Leute weg und tat so, als wäre nichts. Er ging mit ihm zum alten Spielfeld und zeigte ihm, dass er immer noch so gut warf, sogar schneller. Der alte Trainer war begeistert. Als das Herbstsemester dann anfing, rief er Deems an, und Deems sagte: »Ich werde da sein«, aber etwas mit seinen Geschäften kam dazwischen – er konnte sich nicht erinnern, was es gewesen war, irgendein Schwachsinn. Und das war's dann. Mr Boyle hörte nichts von ihm, und so kam er unangekündigt in die Siedlung und sah Deems am Fahnenmast, umgeben von Süchtigen, denen er Heroin verkaufte. »Was für eine Verschwendung von Talent«, sagte er zu Deems und war auch schon wieder weg. Deems wollte ihn anrufen, aber er schämte sich zu sehr.

Andererseits, sagte er sich, Mr Boyle fährt einen alten Dodge Dart. Mein Firebird ist viel schöner. Außerdem wohnte Mr Boyle nicht hier draußen im Cause, wo das Leben schwer war.

Und jetzt hier auf dem Pier mit dem tollsten Mädchen, um das er je einen Arm hatte legen können, seine Füße in nagelneuen Converse-Turnschuhen mit dem Stern auf der Seite, dreitausendzweihundert Dollar in einer Tasche, einer .32er in der anderen und Beanie als Bodyguard, weil er nie ohne einen aus seiner Mannschaft war, schob Deems die Baseballgedanken zur Seite und zwang sich zurück in das andere Spiel. Das wirkliche. Er musste konzentriert bleiben. Am Nachmittag hatte er einen Anruf von einem seiner Jungs in Bed-Stuy bekommen, die mit ihm in Spofford gewesen waren, und seine Ahnung war richtig gewesen. Bunch war kurz davor, einen Zug zu machen.

Bunch habe ihn im Visier, sagte er. Irgendwie schien er rausgefunden zu haben, dass Deems einen Deal mit Peck plante, um Bunchs Vertrieb zu übernehmen. Earl sei nur eine Finte, um ihn einzulullen. »Earl iss nicht der, auf den du aufpassen muss. Bunch hat wen anders geholt.«

»Wen?«, hatte Deems gefragt.

»Irgens 'n Dreckskerl namens Harold Dean. Weiß sonst nichts über ihn. Aber er issen Killer. Sieh dich vor.«

Das war es also. Okay. Ein Curveball. Harold Dean. Er schickte eine Warnung raus an seine Mannschaft und postierte sie auf allen Häusern. Jeder unbekannte Kerl, der nicht aus der Siedlung iss und zwischen den Häusern 9, 34 und 17 rumläuft, alles seine Bastionen, jeder Mann oder Junge, der über die Plaza kommt und verdächtig wirkt, behaltet ihn im Auge. Es könnte Harold Dean sein. Tut nichts. Gebt mir nur Bescheid. Das war die Losung. Er hatte es allen klargemacht. Und er hatte etwas Geld ausgegeben und ein paar zusätzliche Leute rausgeschickt. Es gab keine Ecke in der Siedlung, die er nicht bedacht hatte. Jedes Dach. Jedes Haus. Jeden Durchgang. Alles wurde überwacht, einschließlich seines Hauses 9, auf das er Stick gestellt hatte, und ein zweiter Junge namens Rick zog mit Lightbulb durch die Flure.

Lightbulb.

Da war was mit Lightbulb, das Deems nicht gefiel. Was Lightbulb nicht wusste. Seit auf Deems geschossen worden war, Lightbulb und Beanie ihn vor zwei Wochen besucht und Lightbulb Angst gekriegt und »ihr« statt »wir« gesagt hatte, als Deems sagte, er wolle an Peck heran, seitdem hatte Deems seine Zweifel an ihm. Lightbulb mochte seinen Plan nicht. Wobei, wenn Deems richtig drüber nachdachte, hatte Lightbulb nie das Herz für das Geschäft gehabt. Bunch hatte ihn, Deems, im Visier, weil ihn einer verraten hatte. Er war die Liste möglicher Kandidaten durchgegangen, und wenn er auf einen wetten müsste ...

Er spürte ein Brennen im Hals, als ihn die Wut zu übermannen drohte.

Das Gurren der Süßen neben ihm, wie sie seufzte und die Beine über dem Wasser baumeln ließ, kühlte ihn ab und holte ihn zurück auf den Pier. Sie sagte etwas, doch er hörte es nicht. Er konnte seine Gedanken nicht abstellen. Sie drehten sich um das Harold-Dean-Problem und wanderten zurück zu Lightbulb.

Verdammter Lightbulb.

Er konnte es nicht glauben, musste es aber. Ja, Lightbulb hatte sich verraten, vor zwei Wochen in Deems' Zimmer. Seitdem war er oft weg gewesen. Und er spritzte auch selber, was bedeutete, wenn er Stoff auslieferte, verlängerte er ihn mit Backpulver, oder was auch immer er zur Verfügung hatte. Er verlängerte den guten Stoff, um was für sich abzuzweigen.

Erneut stieg Wut in Deems auf und vernebelte sein Denken. Es war ein Fehler, er wusste es, aber er konnte nichts dagegen tun.

»Da bei mir in der Wohnung, da hat er sich verraten.« Er spuckte die Worte aus.

»Was sags du?« Das war Phyllis. Sie war so süß. Ihre Stimme so reizend mit ihrem Südstaatenakzent, sie machte ihn an. Sie war fast wie eine richtige Frau, wie die schwarzen Bräute in Film und Fernsehen, Diahann Carroll und Cicely Tyson, wie sie so dasaß und wunderschön ausgewachsen aussah. Er fühlte sich plötzlich selbst wie ein Filmstar und erwachsener Mann, da neben ihr. Aber er war verlegen, weil er keine große Erfahrung mit Mädchen hatte. Sie war vierundzwanzig, fünf Jahre älter als er. Die meisten Mädchen, die er kannte, waren jünger und arbeiteten für ihn. Die älteren von ihnen ließen ihn gelegentlich für etwas Stoff bei sich ran oder wurden einfach von sich aus Huren, was sie unberührbar machte. Dieser kleine Schatz war so schön und klug, es wäre so eine Verschwendung, wenn sie das Heroin kaputtmachen würde, bevor er an sie rankaäme. Dazu kam, dass sie ein bisschen kühl und reserviert war, was sie endgültig unwiderstehlich machte.

Sie hatte eingewilligt, mit ihm zum Pier zu gehen, wo es etliche leere Ecken gab, perfekte Plätze, um sich die Nüsse kraulen zu lassen. Es war besser, als sein Leben in der Bude von irgendeinem Junkie zu riskieren, der einen für 'ne Zehn-Dollar-Tüte miesen Stoff verraten konnte.

Sie sah ihn komisch an und wartete auf seine Antwort. Er zuckte mit den Schultern, sagte: »Nichts«, und sah übers Wasser zu den glitzernden Lichtern rüber, die eins nach dem anderen aufleuchteten, während die Sonne endgültig hinter der Skyline im Westen verschwand. Er sagte: »Kuck, die Lichter.«

»Hübsch.«

»Das Nächste, was ich mir besorge, iss ein Apartment. In Manhattan.«

»Cool«, sagte sie.

Er legte ihr einen Arm um die Schultern. Sie schob ihn weg.

»Ich bin nich so eine«, sagte sie.

Er kicherte leicht verlegen und war sich bewusst, dass Beanie gerade mal fünf Meter hinter ihnen stand, mit 'ner .38er, und ihnen den Rücken freihielt. »Was für eine biss du denn?«

»Nun, nich die Sorte. Noch nich. Ich kenn dich ja kaum.«

»Deswegen sind wir hier, Baby.«

Sie lachte. »Wie alt biss du?«

»Mädchen, wir gehn uns doch hier nich an die Wäsche wie Teenager, wenn du das meins. Nich mit dem da hinter uns.« Er nickte zu Beanie hin. »Wir sind hier, um uns das Wasser anzukucken, zu relaxen und zu reden.«

»Okay. Aber ich brauch 'n bisschen was, weiß du? Ich spür's grade… weiß du. Du wirst mich doch nich bitten, hier 'n bisschen was extra dafür zu tun, oder?«

Er war enttäuscht. »Mädchen, ich will nichts extra. Jetzt doch nich. Wenn du Stoff brauchs, geb ich dir was.«

Er sah sie an.

»Vergiss es«, sagte sie. Sie legte den Kopf auf die Seite, als würde sie über etwas nachdenken, sagte dann: »Also… vielleicht nimm ich mal eine Kostprobe.«

»Ich dachte, du hass gesagt, du hängs nich dran?«

»Davon red ich nich. Ich red von 'ner Kostprobe von dir, Junge!« Sie klopfte auf seine Hose, direkt beim Reißverschluss.

Er kicherte – da war wieder dieses flüchtige Gefühl plötzlicher Panik, und er wäre dem genauer nachgegangen, hätte ihn Beanie nicht von hinten mit lautem Gelächter unterbrochen und gesagt: »Deems, Scheiße, kuck dir das an!«

Er drehte sich um und sah Beanie ein paar Meter weiter

ausgerechnet mit Hot Sausage dastehen, der stockbesoffen war und nicht mal seinen dämlichen Affenhut aufhatte. Stattdessen trug er Schiedsrichterklamotten, komplett mit Jacke, Kappe, Brustschutz, und hielt die Gesichtsmaske in der Hand. Er wankte unsicher, völlig zugesoffen.

Deems hob sich auf die Beine und ging zu den beiden rüber. »Was machs du hier, Sausage?«, sagte er kichernd. »Biss du dicht? Iss aber noch kein Halloween.« Er konnte den Schnaps riechen. Sausage war bis obenhin voll und sah so fertig aus, dass Deems fast Mitleid mit ihm hatte.

Sausage schien kurz vorm Zusammenbrechen. »War nich meine Idee«, lallte er. »Aber wo's so iss, wie du … also … er meinte, wenn du meine Schirikluft siehs, wär das 'ne Botschaft.«

»Was redes du da?«, sagte Deems. Eine vage Ahnung formte sich in seinem Kopf. Er sah Beanie an, der immer noch lachte, dann Phyllis, die herangekommen war. Er zeigte in Richtung Park, ein paar Straßen weiter. »Das Baseballfeld iss dahinten, Sausage«, sagte er.

»Kann ich kurz mit dir allein redn?«, fragte Sausage.

Jetzt schöpfte Deems Verdacht. Er sah sich um. Der Anleger war bis auf Beanie, das neue Mädchen Phyllis und Sausage leer. Hinter ihnen ragte die leere Farbenfabrik im Dunkeln auf. Sausage schien trotz seines Suffs nervös und kriegte kaum richtig Luft.

»Komm morgen zu mir. Wenn du wieder nüchtern biss. Ich hab zu tun.«

»Es wird nich lang dauern, Mr Deems.«

»Nenn mich nich Mr Deems, Arschloch. Ich hör doch, wie du am Fahnenmast über mich redest. Denks du, ich kratz mir die Eier, während du mit Sportcoat über mich herziehs? Nur wegen meim Granddaddy hab ich dir nich schon vor vierzehn

Tagen die Zähne eingeschlagen. Dir und Sport. Ihr zwei alten Arschlöcher, fangt diese Scheiße an ...«

»Moment mal, Sohn. Ich muss dir was sagn. Das iss wichtig.«

»Dann mach den Mund auf. Los, mach schon.«

Sausage schien panische Angst zu haben. Er sah Phyllis an, dann Beanie, dann wieder Deems.

»Das iss was Privates, Deems. Ich sag dir. Von Mann zu Mann. Wegen Sportcoat ...«

»Ich scheiß auf Sportcoat«, sagte Deems.

»Er will dir was Wichtiges sagn! Unter vier Augn!«

»Ich scheiß auf ihn. Und jetz verpiss dich!«

»Zeig mal 'n bisschen Achtung vorm alten Mann, ja? Was hab ich dir getan?«

Deems überlegte schnell, checkte die verschiedenen Sachen, die grade wichtig waren. Seine Mannschaft war am Fahnenmast. Chink war auf seinem Posten. Rags war auf seinem Posten. Stick hatte die Kids auf den Dächern. Beanie war hier bei ihm und hatte eine Waffe. Er selber auch. Lightbulb war ... auch auf seinem Posten, weit weg, keine Bedrohung und ein Problem, um das er sich später kümmern würde. Er sah zu Phyllis hin, die ihren hübschen Hintern sauber klopfte. Sie machte einen Schritt zurück auf die leere Farbenfabrik zu.

»Ich geh kurz weg«, sagte sie. »Dann könnt ihr reden.«

»Nein, Mädchen, bleib hier.«

Hot Sausage sagte zu Phyllis: »Ich glaub, es iss das Beste, wenn du kurz gehs.«

»Lass sie, Sausage!«

»Es iss nur 'ne Minute, Deems. Bitte. Eine Minute unter vier Augn, ja? Himmel noch mal, Junge! Nur 'ne Minute!«

Deems senkte die Stimme, er platzte langsam. »Sag jetz hier, was du zu sagen hass, oder ich hau dir die Zahnleiste raus.«

»Also gut«, lallte Sausage. Er warf einen Blick auf Phyllis und sagte dann: »Schwester Gee... erinners du dich noch?«

»Raus damit, Arschloch!«

»Also gut!« Sausage räusperte sich, wankte betrunken und versuchte sich zu kontrollieren. »Schwester Gee iss heute in 'n Heizungskeller rein, als ich und Sport 'n... Schluck genommen ham. Sie sagte, die Cops ham 'ne Menge Fragen gestellt. Und sie hat 'ne Information von eim von den Cops gekriegt, die sie Sportcoat gesagt hat. Und er will, dass du sie kriegs.«

»Was für 'ne Information?«

»Da iss einer auf dich angesetzt, Deems. Ein ganz übler.«

»Sag mir, was ich nich weiß, alter Mann.«

»Er heißt Harold Dean.«

Deems sog die Luft zwischen den Zähnen ein und drehte sich zu Beanie. »Beanie, schaff ihn hier weg.« Er wandte sich ab und sah aus dem Augenwinkel rechts plötzlich eine Bewegung.

Das Mädchen.

Sie war von ihm zurückgetreten, schob ihre Hand mit einer geschmeidigen Bewegung in ihre Lederjacke, zog eine kurzläufige .38er Smith & Wesson heraus, zielte auf Beanie und drückte ab. Beanie sah sie und wollte sie packen, war aber nicht schnell genug. Sie achtete nicht auf ihn, drehte sich zu Hot Sausage, der zurückwich, und schoss ihm einmal in die Brust, was den alten Mann zu Boden streckte. Dann richtete sie die Waffe auf Deems.

Deems stand am Rand des Piers und sprang nach hinten ins Hafenbecken, als er ein Licht aus dem Lauf der Smith & Wesson aufblitzen sah. Er schlug ins Wasser und spürte sein Ohr, das sich immer noch nicht von Sportcoats Schuss erholt hatte. Es brannte, das kühle Wasser des East River umhüllte ihn, und in seinem linken Arm explodierte ein Schmerz, der seinen ganzen Körper zu erfassen und zu zerreißen schien. Er war sicher, dass sein linker Arm weg war.

Wie die meisten Kinder, die in den Cause-Häusern aufgewachsen waren, hatte Deems nie schwimmen gelernt. Er hatte den dreckigen Hafen gemieden, und auch das Schwimmbad in der Siedlung, das hauptsächlich von den Weißen aus dem Viertel ringsum genutzt und von Cops überwacht wurde, die die Kids aus den Cause-Häusern abschreckten. Jetzt, im Fluss, schlug er hilflos mit den Händen und streckte verzweifelt den rechten Arm aus. Dabei schluckte er Wasser, hörte jemanden neben sich landen und dachte: Oh, Scheiße, die Schlampe ist hinter mir her. Dann sank er wieder ein Stück, und hier, in der Finsternis des Wassers, rief er zum ersten Mal seit seiner Kindheit Gott an, bat ihn um Hilfe, flehte, bitte hilf mir, schluckte mehr Wasser und schlug panisch um sich. Hilf mir, Gott, und wenn ich nicht ertrinke… Gott, hilf mir bitte. Alles, was er in der Sonntagsschule gelernt hatte, jedes Gebet, das er gemurmelt, jeden Schmerz, den er in seinem jungen Leben empfunden, alles, was er bereut, was sein Gewissen geplagt hatte, wie das Kaugummi, das er in der Five Ends Baptist unter die Bank geklebt hatte, all das stieg in einem Wirbel um ihn auf, legte sich um seinen Hals und schnitt ihm die Luft ab. Er spürte, wie eine Strömung nach seinen Beinen griff und ihn an die Oberfläche stieß, wo er verzweifelt nach Luft schnappte, bevor sie ihn wieder nach unten zerrte – diesmal endgültig. Er konnte sich nicht dagegen wehren. Er fühlte, wie er hinweggetragen wurde, war mit einem Mal erschöpft und ohne Kraft zu kämpfen. Druck entwich aus seinen Beinen, er spürte die Schwärze kommen.

Dann packte ihn etwas bei der Jacke und zog ihn an die Luft. Er schlug gegen einen der Anlegerpfeiler, festgehalten von einem einzigen starken Unterarm. Wer immer ihn hielt, war außer Atem. Dann hörte er ein leise gezischtes »Ssssch!«

Er konnte in der Finsternis nichts erkennen. Deems' linke Schulter brannte so fürchterlich, dass es sich anfühlte, als hätte sie jemand in Säure getaucht. Ihm war schwindelig, und er spürte warmes Blut den linken Arm herunterrinnen. Der Arm, der ihn hielt, lockerte sich für einen Moment, um ihn besser zu fassen zu bekommen, und zog ihn weiter unter den Anleger, rüber in Richtung Küste. Er spürte steinigen Boden unter den Füßen. Das Wasser reichte ihm bis zum Hals. Wer immer ihn hielt, stand jetzt. Deems versuchte, ebenfalls zu stehen, konnte aber seine Beine nicht bewegen. »Jesus«, gurgelte er, und gleich fuhr ihm eine Hand vor den Mund, und ein Gesicht kam näher und sagte etwas über die Schulter.

»Still jetzt.«

Selbst im Wasser, mit dem Hafengestank und den Fischen und dem Dreck des East River überall, konnte Deems den Schnaps riechen. Und den Mann. Den Körpergeruch eines alten Sonntagsschullehrers, der ihn einst beim warmen Holzofen in der Five Ends Baptist auf dem Schoß gehabt hatte, einen weinenden Neunjährigen mit nasser Hose, weil seine Mutter zu besoffen war, um zur Kirche zu gehen, und ihn in seinen nach Pisse riechenden Sonntagssachen allein hingeschickt hatte, da sie wusste, dass der alte, versoffene Sonntagsschullehrer und seine herzensgute Frau Hettie ihm Schuhe und saubere Sachen, Hose, Hemd, Unterwäsche, anziehen würden, Sachen, die ihr blinder Sohn, Pudgy Fingers, früher getragen hatte, weil sie wusste, dass Hettie jeden Sonntag wieder sein verdrecktes Zeug ohne ein Wort mit nach Hause nehmen würde, in einer Tasche, die sie extra zu diesem Zweck mitbrachte, zusammen mit der Geldschachtel des Christmas Clubs, in die die beiden jede Woche fünfzig Cent legten – fünfundzwanzig für Deems und fünfundzwanzig für ihren Sohn, Pudgy Fingers. Dann wusch sie Deems' Sachen und schickte sie in einer Papiertüte zur Wohnung seiner Mutter, zusammen mit einem Stück Kuchen, etwas Auflauf oder gebratenem Fisch für die Kinder. Echte christliche Güte. Wahre christliche Nächstenliebe. Eine energische Frau, die in einer harten Welt entschlossen Liebe zeigte. Sie und ihr Mann, ein unverbesserlicher Trinker, der dem Jungen Jahre später beibrachte, wie man einen Ball mit über hundertvierzig Stundenkilometern pitchte und den Rand der Home-Plate damit traf, was sonst kein Achtzehnjähriger in Brooklyn zu tun vermochte.

Sportcoat drückte Deems gegen einen Pfosten und hielt den Kopf in die Höhe. Seine alten Augen schielten durch die Bretter des Piers. Er lauschte angestrengt, bis er die Schritte des Mädchens in Richtung Farbenfabrik und Straße wegrennen hörte.

Als alles ruhig war, bis auf das Wasser, das gegen die Pfosten schlug, lockerte sich Sportcoats Griff um Deems, und er drehte ihn und schleppte ihn zur Küste. Wie eine Stoffpuppe zog er ihn bis hinter die Felsen. Dort legte er ihn auf ein sandiges Stück Strand und sank erschöpft neben ihn. Dann rief er auf den Pier hinauf, direkt über ihnen: »Sausage, lebst du noch?«

Vom Pier war ein Gurgeln zu hören.

»Scheiße«, sagte Sportcoat.

Deems hatte den alten Mann noch nie fluchen hören. Es hörte sich gotteslästerlich an. Sportcoat bewegte sich zum Rand des Piers, um hinaufzuklettern, ging dann aber in die Knie, sein erschöpftes Gesicht von den Lichtern Manhattans auf der anderen Seite des Wassers bleich erleuchtet. »Ich muss erst mal Luft holn, Sausage«, rief Sportcoat. »Ich kann noch nich ganz. Ein Moment. Ich komm.«

Sausage gurgelte wieder. Sportcoat warf einen Blick zu Deems hin, der noch im Sand lag, und schüttelte den Kopf. »Ich kapier nicht, was in dich gefahren iss«, keuchte er. »Du hörs auf keinen.«

»Die Schlampe hat mich erwischt«, sagte Deems und rang ebenfalls nach Luft.

»Oh, still. Dein guter Arm iss okay.«

»Ich wusste nich, dass sie 'ne Waffe hatte.«

»Das iss das Problem mit euch Youngstern. Wärt ihr im Süden aufgewachsn, wüsstet ihr was. Diese Stadt bringt euch nichts bei. Sausage sollte's dir sagn. Schwester Gee hat mitgekriegt, dass Harold Dean kommt, um dich umzubringen.«

»Ich hab aufgepasst.«

»Yeah? Warum hass du dann nich an deim klein Schniedel vorbeigekuckt, der sicher hart wie Stein war? Harold Dean hat dir dein Händchen gehalten, mein Sohn, geschnurrt wie 'n Kätzchen und nach Ärger gestunken. Harol-deen, Junge. *Haroldeen* issen Mädchenname.«

Der alte Mann stand auf und kletterte auf den Pier zu Sausage. Deems sah ihm hinterher und spürte eine süße Schwärze kommen. Gerade zur rechten Zeit.

18

ERMITTLUNG

Der Kampf um den Gratiskäse in Hot Sausages Heizungskeller wäre an dem Samstagmorgen zu einem riesigen Aufruhr ausgeartet, wäre Soup Lopez nicht gewesen. Schwester Gee war froh, dass sie ihn geholt hatte. Das Problem war nicht so sehr, dass Hot Sausage nicht da war, um den Käse zu verteilen, dachte Schwester Gee, sondern vielmehr der Umstand, dass er tot war – erschossen, am Mittwoch, zusammen mit seinem besten Freund Sportcoat. Offenbar waren beide von Deems erledigt und in den Hafen geworfen worden. Dann hatte Deems sich selbst das Leben genommen. So gingen die ersten Gerüchte. Aber es waren einfach nur Gerüchte, wie man sie im Project gewohnt war, das wusste Schwester Gee. Trotzdem, die Geschichte erschütterte die Leute doch ziemlich.

»Verdammter Deems«, sagte Bum-Bum. »Er hat sich in der Reihenfolge vertan. Er hätte sich selbst zuerst erschießen solln.« Sie war normalerweise die Erste in der Schlange an der Kellertür, stand um fünf Uhr auf, um gegen sechs da zu sein. Es war Teil ihrer selbst gestellten Aufgabe, mit der sie vor Monaten begonnen hatte und die darin bestand, herauszufinden, wer der Käsesponsor war. Es war ihr noch nicht geglückt, doch ihre frühe Ankunft bestätigte drei Dinge: Erstens, dass Hot Sausage nicht der Sponsor war. Zweitens, dass ihr Platz ganz vorn in der Schlange gesichert war, da die meisten ihrer Freundinnen auch früh da waren. Und drittens, dass sie ersten Zugriff auf den neuesten Tratsch hatte, da die frühen Käseholer die Freunde vom Fahnenmast waren, die sie seit Jahren kannte.

An diesem Morgen kam sie zehn Minuten später als normal und fand Miss Izi als Erste in der Schlange, die gewohnt früh da gewesen war und mit Schwester Gee hinter dem Käseverteiltisch schwatzte. Schwester Gee war die traurige Aufgabe des Käseverteilens durch Sausages Abwesenheit zugewachsen. Nicht viel weiter hinten in der Schlange standen die Cousinen, Joaquin, der Lotteriemann und Bum-Bums heimliche Freude Dominic, die haitianische Sensation, dessen Gesicht, wie sie registrierte, frisch gewaschen und dessen Fingernägel geschnitten schienen, was immer das Zeichen einer guten Hygiene bei einem Mann war. Hinter ihm standen die beiden anderen Mitglieder der puertoricanischen Souveränitäts-Gesellschaft der Cause-Häuser. Damit waren alle wichtigen Gerüchteköche, Infokanäle und Meinungsmacher vor Ort, und der Tag bot alle Voraussetzungen für ergiebige Gespräche und ausgezeichneten heißen Tratsch.

Bum-Bum schlängelte sich an ihre Ehrenposition vorne in der Schlange, direkt hinter Miss Izi, die ihr ihren Platz freigehalten hatte und gerade ihre Sicht der Dinge zum Besten gab.

»Sportcoat hat sich die ganzen letzten zwanzig Jahre ins Jenseits hingesoffn«, sagte sie. »Ich hab nich gedacht, dass Sausage auch so viel getrunken hat. Vielleicht ham sie sich gestritten und gegenseitig erschossn.«

»Sausage hat kein erschossen«, sagte Bum-Bum.

Dominic stand direkt hinter ihr. Er war *zufällig* auch um fünf aufgestanden und *zufällig* um sechs schon zur Kellertür gekommen, und jetzt stand er, meine Güte!, *zufällig* direkt hinter Bum-Bum, nachdem er mit mehreren Leuten in der Schlange die Plätze getauscht hatte, und stimmte ihr zu: »Sausage war 'n guter Freund«, sagte er.

Joaquin stand etwas weiter hinten und wirkte seltsam traurig. »Ich hab mir zwanzig Dollar von Sausage geliehn«, sagte er. »Ich bin froh, dass ich sie ihm nich zurückgezahlt hab.«

»Gott, wie gemein«, sagte Miss Izi, die gut fünf Leute vor ihrem Ex stand und jetzt einen Schritt zur Seite machte, um ihn direkt anzusprechen: »Du biss so 'n mieser Geizkragen, dass du oben schon nicht mehr rauskucken kanns. Kneifs den Arsch wie 'n Irrer zusammen, weil du selbs deine Scheiße nich abgeben wills.«

»Wenigstens hab ich ein Arsch.«

»Ja. Drei, einer iss deine Fresse.«

»Sau!«

»*Gilipollas!*«

»*Perro!*«

Ein Mann weiter hinten rief zu Miss Izi vor, sie solle ihren fetten Arsch zurück in die Schlange bewegen.

»Schnauze!«, fuhr Joaquin ihn an.

»Fick dich, Joaquin!«, schrie der Mann.

Joaquin trat aus der Schlange, Tumult kam auf und drohte außer Kontrolle zu geraten, wurde aber von Soup, dem Riesen, erstickt, der mit ernster Miene in seinem Nation-of-Islam-Anzug dazwischenging. Schwester Gee war gleich zur Stelle, kam hinter ihrem langen Tisch voller Käse hervor und schob Soup sanft zur Seite.

»Könnt ihr alle vielleicht Ruhe bewahrn?«, sagte sie. »Wir wissen nich, was passiert iss. Später erfahrn wir mehr.«

Später war jetzt. An der Tür gab es Geschiebe, und Schwester Gee sah, wie die Schlange, die längst bis nach draußen reichte, zur Seite drängte. Sergeant Potts trat in den Heizungskeller.

Hinter ihm kamen sein junger Partner und zwei zivile Detectives, energisch schoben sie sich an den Leuten vorbei in den plötzlich übervollen Heizungsraum, in dem es still wurde.

Potts blickte zum Tisch und zu Schwester Gee hinüber, dann zu den nervös wartenden Siedlungsbewohnern. Aus dem Augenwinkel sah er eine Bewegung, drei Leute, eine Frau und zwei Männer, verließen die Schlange und schlichen ohne ein Wort zum Ausgang. Er nahm an, dass sie entweder auf Bewährung draußen waren oder es einen Haftbefehl gegen sie gab. Jetzt folgte ihnen auch ein vierter, ein riesiger, junger, gut angezogener Puerto-Ricaner, gut über zwei Meter groß. Der Junge kam Potts vage bekannt vor, und als er sich zur Tür bewegte, tippte Mitch, sein Partner, Potts auf die Schulter und nickte zu dem Riesen hin. »Soll ich ihn checken?«

»Machst du Witze? Siehst du, was für 'n Kreuz der hat?«

Soup folgte den anderen nach draußen.

Potts wandte sich Schwester Gee zu. Selbst an einem frühen trostlosen Samstag in einem feuchtkalten Keller sah sie schön aus wie ein irischer Frühlingsmorgen. Sie trug Jeans, eine über der Taille zugeknotete Bluse und hatte ihre Haare mit einer hübschen bunten Schleife zusammengebunden.

»Morgen«, sagte er zu ihr.

Sie lächelte schwach. Sie schien nicht glücklich zu sein, ihn hier zu sehen. »Sieht aus, als hätten Sie heute die ganze Wache dabei«, sagte sie.

Er sah die Leute in der Schlange an, sah, wie Bum-Bum, Dominic und Miss Izi ihn anstarrten, nickte zu den drei Beamten hin und sagte: »Könnten Sie kurz mit den Kollegen sprechen? Reine Routine. Kein Grund zur Sorge. Ich habe Sie drei bei der Kirche gesehen, das ist alles. Wir möchten nur mehr über die Opfer erfahren.« Und zu Schwester Gee: »Kann ich draußen mit Ihnen sprechen?«

Schwester Gee machte sich nicht die Mühe, ihm zu sagen, dass tatsächlich nur Schwester Bum-Bum ein Mitglied der Five Ends Baptist war. Stattdessen wandte sie sich an eine der Cousinen, Nanette, und sagte nur: »Nanette, übernimm mal kurz.«

Sie folgte Potts nach draußen und die Rampe hinauf. Als sie die Plaza erreichten, wandte er sich ihr zu, steckte die Hände in die Taschen und senkte düster den Blick. Sie sah, dass er eine zweireihige Sergeantjacke trug. Er sieht ziemlich gut aus, dachte sie, aber auch besorgt. Endlich sah er sie an.

»Ich will nicht sagen, dass ich es Ihnen prophezeit habe.«

»Gut.«

»Aber wie Sie wissen, gab es einen Vorfall.«

»Ich hab's gehört.«

»Alles?«

»Nein, nur Gerüchte, und an die glaub ich nich.«

»Nun, wir glauben, Ralph Odum... Mr Odum, äh, Hot Sausage, der Heizungsmann, ist im Hafen ertrunken.«

Sie hörte sich nach Luft schnappen, ohne es wirklich zu fühlen. Sie wollte auf keinen Fall vor ihm jammern und ihr Gesicht verlieren. Sie fühlte sich plötzlich dumm. Er war ein wundervoller Fremder gewesen, ein schöner Traum, doch mit einem Mal ein Cop wie jeder andere. Der schlechte Nachrichten brachte. Und wahrscheinlich Protokolle schrieb, Haftbefehle dabeihatte. Und mehr Fragen. Von denen kamen immer nur Fragen, keine Antworten.

»Ich hab's nicht geglaubt, als ich es gehört habe«, sagte sie nüchtern. »Ich dachte, vielleicht wär's Sportcoat, der ertrunken iss.«

»Nein, Sausage ist ertrunken. Unser Mann, Ihr Mann, Sportcoat lebt noch. Ich habe ihn heute Morgen gesehen.«

»Ist er in Ordnung?«

»Hat einen Schuss in die Brust abgekriegt. Aber er lebt. Er kommt durch.«

»Wo iss er?«

»Im Maimonides-Krankenhaus in Borough Park.«

»Warum ham sie ihn bis dahin gebracht?

Potts zuckte mit den Schultern. »Deems Clemens wurde in die linke Schulter getroffen, aber er überlebt es auch.«

»Großer Gott. Haben sie aufeinander geschossen?«

»Man weiß es nicht. Es wurde auch noch auf eine dritte Person geschossen. Randall Collins. Er ist tot.«

»Den kenn ich nich.«

»Offenbar hatte er einen Spitznamen.«

»Den haben hier alle.«

»Beanie.«

»Den kenn ich.« Sie sagte es schnell, um das Würgen in ihrem Hals nicht zuzulassen. Wenn es erst einmal losging, wusste sie, hörte es nicht wieder auf, und sie würde vor ihm nicht zu weinen beginnen. Dann ebbten der erste Schreck und die Trauer etwas ab, er blieb stumm, und so fragte sie, einfach um die Fassung zu bewahren: »Was brauchen Sie von mir?«

»Gibt es irgendeinen Grund, warum Ihr Mann Sportcoat die beiden hätte erschießen wollen?«

»Den kennen Sie genauso gut wie ich«, sagte sie.

Potts Blick wanderte zum Dach des Hauses vor ihm. Er sah ein Kind, das über den Rand linste und wieder verschwand. Ein Cop-Posten, dachte er.

»Nein, tu ich nicht«, sagte er. »Ich habe Ihren Sportcoat heute Morgen im Krankenhaus gesehen. Der Schuss ging knapp neben sein Herz. Sie haben ihn operiert und die Kugel herausgeholt, aber er ist okay. Er war etwas geschafft. Sediert und leicht konfus. Wir haben nur ein paar Minuten gesprochen. Er sagt, er hat nicht auf Deems geschossen.«

»Das klingt nach Sportcoat. Er war betrunken, jedenfalls beim ersten Mal. Behauptet, er erinnert sich nich.«

»Ihr Sportcoat, er sagt, es war eine Frau, die die Schüsse abgegeben hat.«

»Nun, ich schätz mal, der Mensch sagt alles, um nich hinter Gitter zu kommen.«

»Ich habe ihm gesagt, dass sein Freund Sausage ertrunken ist. Das hat ihn schwer getroffen.«

Potts schwieg einen Moment, während sie sich auf die Lippe biss und ein paar Tränen wegblinzelte.

»Sind Sie sicher, er iss ertrunken?«, fragte sie.

»Ich bin sicher, dass wir ihn nicht finden können. Sportcoat haben wir gefunden, er trug eine Schiedsrichteruniform, dann Randall, den toten Jungen, und den angeschossenen Deems. Kein Hot Sausage.«

Sie schwieg.

»Ich habe Ihnen gesagt, dass es ernst ist«, sagte Potts.

Sie wandte den Blick ab und sagte nichts.

»Waren sie enge Freunde, die beiden, Thelonius Ellis, Ihr Sportcoat, und Mr Odum?«, fragte Potts.

»Sehr eng.« Schwester Gee überlegte einen Moment, ob sie Potts sagen sollte, dass es keinen Ralph Odum gab, sondern das ein erfundener Name von Hot Sausage war und er Thelonius Ellis hieß. Und dass Sportcoats richtiger Name Cuffy Lambkin war und die beiden wöchentlich den Führerschein tauschten. Aber Potts hatte kein Wort über Cuffy Lambkin gesagt. Irgendetwas stimmte da nicht.

»Sportcoat schien sich keine Gedanken darüber zu machen, dass sein Freund ertrunken ist. Er war benommen, redete aber ständig von ihm. Ich habe ihm gesagt, dass wir nicht sicher sind, ob sein Freund, Mr Odum, ertrunken ist, aber wir sind es. Es ist ziemlich klar. Wir haben einen Zeugen aus der alten

Farbenfabrik, der Schüsse gehört und Deems ins Wasser hat fallen sehen. Und wie Deems wieder rausgekrochen gekommen ist. Der alte Mann aber nicht. Ein paar von Hot Sausages Sachen waren auch im Wasser. Die Kappe vom Wohnungsamt, die Jacke. Die Strömung zog raus, als die Taucher kamen. Sie ist um diese Jahreszeit sehr stark. Das Wasser ist kalt. Körper versinken im kalten Wasser, sie bleiben nicht oben. Die Taucher gehen später noch rein und holen ihn heraus.«

»Haben Sie Deems gefragt, was passiert ist?«

»Er redet nicht.«

»Ich hätte gedacht, es wär andersrum«, sagte Schwester Gee. »Dass Deems auf Sportcoat geschossn hat. Oder auf beide. Sausage konnte Deems auf'n Tod nich leiden. Aber Sausage würde auf keinen schießen. Sportcoat auch nich. Nich, wenn er bei Verstand iss. Sportcoat mochte Deems, geliebt hat er ihn. Auch wenn er auf ihn geschossn hat, hat er ihn geliebt. Er war jahrelang Deems Sonntagsschullehrer. Und er hat ihm Baseball beigebracht. Das heißt doch was, oder?«

Potts zuckte mit den Schultern. »Bloß, weil man mit einem Jungen beim Camping Marshmallows übers Feuer gehalten hat, wird er noch lange kein Pfadfinder.«

»Komisch«, sagte sie. »Sport iss dem Tod so oft von der Schüppe gesprungen… und Sausage, der hat nie Ärger mit wem gehabt. Sind Sie sicher, dass es kein Irrtum iss?«

»Es ist Sportcoat. Wir haben seine Brieftasche. Seinen Führerschein mit seinem Foto.«

»Seinen Führerschein?«

In ihrem Kopf blitzte ein Gedanke auf. Aufs Soups Party hatte Sausage erzählt, wie Sport zur Führerscheinstelle gegangen war und einen Führerschein mit Hot Sausages richtigem Namen geholt hatte: Thelonius Ellis. Den Sausage von Sportcoat bei Soups Party zurückgenommen hatte.

»Er trug sogar seine Schiedsrichteruniform«, fügte Potts hinzu. »Ich hab gehört, dass er das manchmal macht.«

»Das tut er.« Sie nickte, doch dann überlegte sie. Ja, sie hatte mit eigenen Augen gesehen, wie Sportcoat Sausage den Führerschein überlassen hatte, aber die Cops würden wahrscheinlich Wochen brauchen, bis sie dahinterkämen, dass Sausage der wirkliche Thelonius war, und nicht Sportcoat. Es ist allerdings auch möglich, dachte sie, dass Sausage den Führerschein nach Soups Party wieder zurückgegeben hat. Für den Fall, dass die Cops Sausage verhafteten, hätte Sportcoat dann nicht die Möglichkeit, davonzulaufen? Nein, entschied sie, das würde Sportcoat nicht machen. Dafür trinkt er zu viel und ist zu faul, so weit vorauszudenken. Trotzdem, da regte sich eine Hoffnung in ihr. Wenn Hot Sausage noch zu benebelt war, um ihnen zu erzählen, was passiert und wer er war, bestand zumindest die Möglichkeit.

»Die Schiedsrichteruniform hat Mr Ellis das Leben gerettet«, sagte Potts. »Die Kugel hat ihn von der Seite getroffen, und der Brustpanzer hat sie abgebremst. Sonst wäre es mit ihm vorbei gewesen. Aber er war benebelt, und was er sagte, ziemlich verquast. Er war nicht ganz da. In ein, zwei Tagen gehen wir wieder hin und befragen ihn noch mal, wenn er sich besser fühlt.«

»Okay.«

»Oh, ja, und er hat von einer Frau gesprochen. Was haben Sie noch gesagt, wie seine Frau hieß?«

»Hettie.«

»Nein, nicht von einer Hettie. Irgendwas von einer Denise Bibb.«

»Schwester Bibb?« Wieder blitzte es in Schwester Gees Kopf. Sie starrte auf den Boden und gab sich alle Mühe, ihre Miene unbewegt zu halten. »Sie spielt die Orgel bei uns in der Kirche. Sie iss unsre Orgelpfarrerin.«

»Ihr Sportcoat sagte, eine Frau hätte geschossen, und er nannte diese Frau mehrere Male. Denise Bibb. Warum tut er das? Ich dachte, seine Frau ist tot?«

Schwester Gee biss sich auf die Lippe. »Ich nimm an, er iss nicht ganz bei sich. Sie sagen, er war benommen, oder?«

»Ziemlich. Er hat ein paar komische Sachen über diese Mrs Bibb gesagt. Dass sie ein Killer wäre. Ein Schleifer. Stark wie ein Mann. Ein Maschinengewehr. Solche Dinge. Hatte sie etwas gegen ihn? Denken Sie, sie könnte was damit zu tun haben?«

Die Gedankenblitze in Schwester Gees Kopf wurden zu einem Feuerwerk. Ich wusste es!, dachte sie. Sausage und Schwester Bibb hatten was miteinander! Sie starrte weiter auf den Boden und gab sich Mühe, keine Miene zu verziehen, bevor sie etwas sagte.

»Schwester Bibb würde keiner Fliege was zuleide tun«, gelang es ihr zu krächzen.

»Man nennt das Indizien. Ich muss das fragen.«

»Man nennt das: Wenn du alt wirst, hass du nur noch deine Fantasie«, sagte Schwester Gee. Sie versuchte, ein grimmiges Lächeln aufzusetzen, doch es gelang ihr kaum. Es fühlte sich falsch an.

Potts starrte sie an. Dieses Lächeln, dachte er, ist wie ein Regenbogen. Er versuchte seine Stimme ruhig zu halten, offiziell. »Gibt es einen anderen Grund dafür, der einen annehmen lassen könnte, Ihre Schwester Bibb könnte einen Groll auf Sportcoat hegen? Liebesstreitigkeiten zum Beispiel?«

Schwester Gee zuckte mit den Schultern. »Da geht viel hin und her in der Kirche, wie an jedem Ort der Welt. Die Menschen haben doch Gefühle, oder? Sie werden einsam, auch wenn sie verheiratet sind. Es gibt Liebe in dieser Welt, Mister. Sie lässt sich von nichts und niemand aufhalten. Kennen Sie das nich?«

Sie sah ihn mit solch einem Verlangen an, dass er gegen den Drang ankämpfen musste, seine Hand wie ein Drittklässler zu heben und darauf zu warten, aufgerufen zu werden – und nach ihrer Hand zu greifen. Sie hatte ihn entlarvt. Und sie wusste es nicht mal.

»Natürlich«, gelang es ihm zu sagen.

»Aber ich glaub nich, dass da was iss zwischen den beiden«, sagte sie. »Warum fragen sie Schwester Bibb nich selbs?«

»Wo ist sie?«

»Sie wohnt in Haus 34. Aber heute iss Samstag, und samstags arbeitet sie meistens in ihrm Job. Sie kocht in einer Cafeteria in Manhattan.«

»Haben Sie sie gestern Abend gesehen?«

»Nein.« Das war die Wahrheit. Aber sie hatte sie vor drei Minuten noch gesehen. In der Käseschlange. Doch danach hatte er nicht gefragt. Schwester Gee fühlte sich etwas besser. Wenigstens log sie nicht »im Dutzend«, wie ihre Mutter sagen würde. Würde er es im Übrigen je rauskriegen? Sie hoffte es, wie ihr bewusst wurde. Es bedeutete wahrscheinlich, dass er zurückkam und sie ihn wiedersah, wieder und wieder. Ich werde weiterlügen, dachte sie, einfach, um diese breiten Schultern zu sehen, sein Lächeln und wie er mit dieser schweren, schönen Stimme einen Scherz macht, so wie schon am ersten Tag in der Kirche. Doch sie spürte, wie ihr die Säure die Kehle hochkroch. Was für eine Träumerin ich bin, dachte sie bitter. Er wird verschwinden, wenn diese Sache vorbei ist. Vielleicht seh ich ihn mal draußen vor Rattigan's mit seinen Kumpeln, während ich die leeren Flaschen am Bordstein zusammenkehre. Bei dem Gedanken fühlte sie sich elend.

Potts sah es und wusste nicht, warum. »Wir kommen später noch mal und fragen bei ihr nach«, sagte er.

Sie lächelte, traurig, aber aufrichtig dieses Mal, und spürte, wie ihr das Herz wegsackte, als sie die Worte sagte, die seines jedes Mal, wenn er sie hörte, schneller schlagen ließen: »Kommen Sie wieder. Kommen Sie bald, wenn Sie mögen.«

Potts gab sich Mühe, seine Gefühle im Zaum zu halten. Wäre es ihm möglich, würde er sie komplett aussperren. Er war bei der Arbeit. Leute waren umgekommen. Familien mussten benachrichtigt, Detectives beaufsichtigt, Papierkram erledigt werden. Sie würden diesen Fall im 76. durchkauen, bis irgendwer die Nase voll davon hatte. Das Beste, was für ihn dabei herauskam, war, mit dieser Frau zu tun zu haben, die da vor ihm stand und so umwerfend und herzensgut war, wie er es noch nicht erlebt hatte. Er seufzte, lächelte schwach und sah zur Schlange an der Tür hinüber, bei der seine Kollegen warteten.

»Wir gehen besser wieder rüber, sonst denken die noch, wir bestellen uns was beim Chinesen.«

Er wandte sich ab, aber sie berührte seinen Arm und hielt ihn auf.

»Sind Sie sicher, dass Sausage in den Hafen gefallen ist?«, fragte sie.

»Nicht wirklich«, gab er zu. »Man kann nie sicher sein, bevor man die Leiche nicht gesehen hat.«

Sie folgte ihm in Richtung Keller. Er sammelte die drei anderen Beamten ein, und zusammen gingen sie davon.

Als die Cops weg waren, wandte sich Schwester Gee den erleichterten Käseaspiranten zu, die in Grüppchen beisammenstanden. Die Schlange hatte sich aufgelöst, der ordentlich auf dem Tisch aufgestapelte Käse seine Anziehungskraft verloren. Nanette passte dennoch weiter auf ihn auf. Die Leute versammelten sich um Schwester Gee.

»Ich dachte, ich hätte gesagt, du solls übernehmen?«, sagte sie zu Nanette.

»Vergiss es«, fuhr die sie an. »Was hat der Cop gesagt?«

Schwester Gee sah die Leute an, die sie erwartungsvoll anstarrten: Dominic, Bum-Bum, Miss Izi, Joaquin, Nanette und den Rest, wenigstens fünfzehn waren es insgesamt. Die meisten von ihnen kannte sie schon ihr ganzes Leben. Sie starrten sie mit diesem Sozialsiedlungsausdruck an, dieser Mischung aus Traurigkeit, Argwohn, Müdigkeit und einem Wissen, das aus dem Leben in diesem Elend, in einer ganzen Welt des Elends herrührte. Vier fehlten – waren verschwunden, für immer verloren, tot oder auch nicht, es war nicht wichtig. Und damit hörte es nicht auf. Die Drogen, die schlimmen Drogen, das Heroin, das war immer noch da. Keiner konnte es stoppen. Das wussten sie jetzt. Jemand anders hatte bereits Deems' Bank am Fahnenmast übernommen. Nichts würde sich ändern. Das Leben in der Siedlung würde voranschlingern, wie es das immer tat. Du arbeitest, plagst dich ab und kämpfst gegen die Ratten an, die Mäuse, die Kakerlaken, die Ameisen, das Wohnungsamt, die Cops, die Straßenräuber und jetzt auch noch die Drogendealer. Du lebst ein Leben voller Enttäuschungen und Leiden, mit zu heißen Sommern und zu kalten Wintern, in Wohnungen mit lausigen Öfen, die nicht funktionierten, Fenstern, die sich nicht öffnen ließen, verstopften Toiletten und von den Wänden blätternder Bleifarbe, die deine Kinder vergiftete. Die Wohnungen waren scheußlich, trostlos, ursprünglich für Italiener gebaut, die nach Amerika kamen, um im Hafen zu arbeiten, aus dem die Boote, Schiffe, Tanker, Träume, das Geld und die Chancen in dem Augenblick verschwanden, in dem die Farbigen und die Latinos kamen. Und dann gab dir New York auch noch die Schuld an seinen Problemen. Und wen konntest du verantwortlich machen? Du warst es doch, die hier leben wollte, in dieser harten Stadt mit ihren harten Menschen, in der Finanzhauptstadt der Welt, dem

Land der unbegrenzten Möglichkeiten für den weißen Mann und der Tundra zerplatzter Träume und leerer Versprechungen für alle anderen, die dumm genug waren, dem Rausch zu folgen. Schwester Gee starrte ihre herandrängenden Nachbarn an und sah sie wie noch nie zuvor: Sie waren Krümel. Fingerhüte. Puderzuckerflecken auf einem Keks, unsichtbare, zufällige Punkte im Kartenhaus der Versprechungen, gelegentlich sogar auf einer Broadwaybühne oder in einer Baseballmannschaft zu sehen, immer mit dem Slogan: »Du musst nur daran glauben!«, wobei es nichts zu glauben gab. Ein Farbiger in einem Raum war noch okay, zwei waren schon sehr viel, drei bedeuteten, dass der Laden dichtmachte und alle nach Hause gingen. Alle in den Cause-Häusern lebten den New Yorker Traum, in Sichtweite der Freiheitsstatue, der gigantischen kupfernen Erinnerung daran, dass diese Stadt eine Schleifmaschine war, die die Träume der Armen schlimmer zurichtete als jedes Baumwoll- oder Zuckerrohrfeld in der alten Heimat. Und jetzt machte das Heroin ihre Kinder erneut zu Sklaven, zu Sklaven eines nutzlosen weißen Pulvers.

Sie ließ den Blick über sie gleiten, die Freunde ihres Lebens, die sie so erwartungsvoll anstarrten. Und sie sahen, was auch sie sah. Sie las es in ihren Gesichtern. Sie würden niemals gewinnen. Die Karten waren gezinkt, die Schufte gewannen das Spiel. Die Helden starben. Das Bild von Beanies Mutter, wie sie am Sarg ihres Sohnes weinte, würde sie während der nächsten Tage verfolgen. Und in der nächsten Woche, im nächsten Monat würde eine andere Mutter ihren Platz einnehmen und ihren Kummer aus sich herausjammern. Und danach wieder eine andere. Auch sie sahen diese Zukunft, das konnte sie erkennen. Auf ewig würde es so weitergehen. Es war alles so fürchterlich trostlos.

Aber dann, dachte sie, hin und wieder gab es einen Hoffnungsschimmer. Ein Aufblitzen am Horizont, einen Schlag auf die Nase des Riesen, der auf dem Hintern landete, auf dem Boden des Rings, etwas, das sagte: »Schau mal, du Soundso, ich bin ein Kind Gottes. *Und ich – bin – noch – hier.*« In diesem Moment spürte sie den Segen Gottes, dankte ihm von Herzen, und sie konnte den Lichtschimmer auch in ihren Gesichtern sehen, konnte sehen, dass sie verstehen würden, was sie ihnen sagen wollte, über den Mann, der den Großteil seines Erwachsenenlebens unter ihnen gewesen war, dessen Lymphknoten, da war er achtzehn gewesen, murmelgroß anschwollen, der mit Scharlach geschlagen wurde, Hämhidrose, Virusinfektionen, einer Lungenembolie, Schmetterlingsflechte, einer gebrochenen Augenhöhle, gleich zweimal Masern im Erwachsenenalter und etlichen Grippeerkrankungen, und dessen absolut widerstandsfähiger Körper in einem Jahr mehr Operationen überlebt hatte, als die meisten von ihnen in ihrem gesamten Leben durchzustehen haben würden, und sie war Gott dem Herrn dankbar, dass er ihr die Gelegenheit und die Geistesgegenwart geschenkt hatte, ihnen davon zu berichten, denn tief in ihrem Herzen sah sie darin den Beweis dafür, dass Gott seine Gaben großzügig verteilte: Hoffnung, Liebe, Wahrheit und den Glauben an die Unzerstörbarkeit des Guten in allen Menschen. Hätte sie es gekonnt, hätte sie sich mit einem Megafon oben auf Haus 17 gestellt und diese Wahrheit herausgeschrien, damit sie alle in der Siedlung hören konnten.

Aber es dieser kleinen Gruppe zu erzählen, wusste sie, war genug. Es würde alle erreichen.

»Sausage ist nicht tot«, sagte sie. »Er wurde von einem Schuss getroffen, lebt aber noch. Er ist im Krankenhaus.«

»Und Sportcoat?«, fragte Bum-Bum.

Schweigen senkte sich über den Raum.

Schwester Gee lächelte. »Nun, das ist eine Geschichte...«

Potts und die drei Beamten überquerten die Plaza in Richtung Streifenwagen, die Mienen ernst, als sie aus dem Heizungskeller hinter sich ein unerwartetes Geräusch hörten, das sie stehen bleiben ließ. Einen Moment lang wandten sie die Köpfe und lauschten, doch schon wurde es wieder ruhig, und sie gingen weiter, wenn auch etwas langsamer.

Einer der Detectives ließ sich zu Potts zurückfallen, der hinter ihnen ging. »Potts, ich verstehe diese Leute nicht. Das sind Wilde.«

Potts zuckte mit den Schultern und ging ungerührt weiter. Er wusste, es würde Strategiebesprechungen geben, Anrufe aus dem Büro des Bürgermeisters, Mitteilungen von der neuen Drogentruppe der Dienststelle für Betäubungsmittel in Manhattan. Alles Zeitverschwendung. Am Ende würden die Leute doch wieder nur sagen, dass es die Sozialwohnungskomplexe nicht wert waren, mehr Geld für sie auszugeben und Arbeitskraft zu verschwenden. Und jetzt gab es auch noch drei Cops, die gerade gehört hatten, was auch er gehört hatte, wodurch sein Wunsch, diesen Fall ernsthaft zu verfolgen, seinen Vorgesetzten gegenüber nur noch schwerer zu erklären sein würde, denn was da gerade aus dem Heizungskeller zu ihnen herausgeschallt war, schien unfassbar – nicht zu verstehen für jemanden, der nicht wie er schon zwanzig Jahre mit den Cause-Häusern vertraut war.

Denn was sie da hörten, war lautes Gelächter.

19

AUFS KREUZ GELEGT

Es war zwei Uhr nachts, als Joe Peck den großen GTO mit voller Beleuchtung neben Elefantes Güterwagen an den Pier steuerte. Wie gewohnt kam er zur falschen Zeit. Der Elefant befand sich mitten im Einsatz, stand vor der Tür seines Waggons und zählte die letzten der vierunddreißig nagelneuen Panasonic-Fernseher, die seine vier Leute in aller Eile von einem kleinen Boot am Pier holten und hinten in einen *Daily-News*-Lieferwagen packten. Der Lieferwagen war von der Druckerei der Zeitung an der Atlantic Avenue »geliehen«. Einer seiner Männer arbeitete als Fahrer für die *Daily News*, und der Wagen musste um vier zurück sein, wenn die Morgenzeitung ausgeliefert wurde.

Pecks Scheinwerfer wischten über den Pier und überraschten zwei von Elefantes Männern mit einer Kiste. Die beiden flüchteten stolpernd in den Schatten. Der nervöse Kapitän des kleinen Bootes, der seinen Diesel nicht abgestellt hatte, sah ihr erschrecktes Davonhasten, und bevor Elefante auch nur ein Wort sagen konnte, hatte er einem Helfer bereits ein Zeichen gegeben, der riss die Leine, mit der sie am Pier festgemacht hatten, an Bord, und schon fuhren sie aufs Wasser hinaus, ohne Licht, und wurden von der Dunkelheit verschluckt. Zwei Fernseher hatten es nicht an Land geschafft.

Peck stieg aus seinem Wagen, wütend, und stampfte rüber zu Elefante an der Tür zu seinem Güterwaggon. »So was hab ich noch nicht gesehen«, sagte Elefante ruhig. Es hatte keinen Sinn, hier mit Joe einen Streit anzufangen, nicht, wo der Lieferwagen gleich wegmusste. Da war noch Geld zu verdienen.

»Was gesehen?«, wollte Peck wissen.

»Wie einer ein Boot so schnell losmachen kann. Es war eine einzige Bewegung.«

»Und?«

»Er hat noch zwei Fernseher von mir an Bord«, sagte er. »Ich habe vierunddreißig bezahlt, gekriegt hab ich nur zweiunddreißig.«

»Ich kauf die beiden letzten«, sagte Peck. »Ich muss mit dir reden.«

Elefante sah zum Lieferwagen hinüber. Die letzten Kisten wurden eingeladen, die Klappe geschlossen. Er gab seinen Männern das Zeichen loszufahren, stieg in seinen Waggon und setzte sich hinter den Schreibtisch. Peck folgte ihm, nahm den Stuhl vor dem Tisch und zündete sich eine Winston an.

»Was ist los?«, sagte Elefante. Er sah, dass Peck immer noch wütend war. »Ich habe dir doch schon gesagt, ich mach die Libanon-Sache nicht.«

»Darum geht es mir hier nicht. Aber warum musst du mir bei der Lieferung in die Quere kommen?«

»Was redest du da?«

»Willst du, dass ich im Stehen Eier lege, Tommy? Ich kann mir im Moment nicht mal die Hosen runterlassen. Die Cops sitzen mir im Nacken.«

»Weswegen?«

»Wegen der Sache drüben im Fischerhafen, am Vitali-Pier.«

»Was für 'ner Sache?«

»Halt mich nicht zum Narren, Tommy.«

»Wenn du im Kreis rumreden willst, Joe, geh zum Zirkus. Ich habe keinen Schimmer, wovon du redest.«

»Dein Mann ... der alte Bursche, der hat sich gestern drüben auf Enzo Vitalis Pier ausgetobt. Hat auf drei Leute geschossen.«

Elefante überlegte sich seine Antwort. Jahrelange Übung darin, den Unwissenden zu spielen, half ihm, keine Miene zu verziehen, wenn es nötig war. In seiner Welt, in der die Totenstarre ein normales Berufsrisiko war, war es immer besser, so zu tun, als wüsste man nichts, auch wenn man es tat. Im Moment jedoch hatte er wirklich keine Ahnung, wovon Joe redete.

»Was für ein alter Mann, Joe?«

»Hör auf, mich zu verarschen, Tommy!«

Elefante schloss die Waggontür. Er band sich die Krawatte los, warf sie auf den Tisch und holte ein Flasche Johnnie Walker und zwei Gläser aus seiner Schublade.

»Trink einen Schluck, Joe, und erzähl.«

»Spiel hier nicht den Barmann, Tommy. Denkst du, ich kann verdammt noch mal Gedanken lesen? Was geht in deinem Kopf vor? Verlierst du den Verstand?«

Elefante spürte, wie sich seine Geduld rasch dem Ende zuneigte. Joe wusste, auf welche Knöpfe man bei ihm drücken musste. Er musterte ihn, grimmig, ruhig.

Peck sah, wie sich der Ausdruck seines Gegenübers wandelte, und kühlte ab. Wenn Elefante wütend wurde, war Vorsicht geboten. Dann wurde es unheimlich. Das war schlimmer als Voodoo. »Ganz ruhig, Tommy. Ich habe einfach ein Problem.«

»Noch einmal, bei der heiligen Mutter Maria, worum geht es, Joe?«, fragte Elefante.

»In neun Tagen kommt die Lieferung aus dem Libanon, und

ich bin am Arsch. Ich musste Ray aus Coney Island wegen der Übernahme...«

»Das will ich nicht wissen.«

»Tommy, würdest du mich ausreden lassen? Du weißt doch noch, die alte Farbenfabrik, wo wir früher schwimmen gegangen sind? Enzo Vitalis alter Anleger? Dein alter Mann, dein Schütze, hat da gestern drei Leute niedergeschossen.«

»Ich hab keinen alten Mann, der für mich Leute niederschießt«, sagte Elefante.

»Erzähl das dem Toten mit den Einschusslöchern im Gesicht. Und jetzt sitzen mir die Cops im Nacken.«

»Würdest du dich bitte verständlich ausdrücken, Joe? Ich hatte gestern Abend niemand an Vitalis Pier. Wir haben die ganze Zeit hier die Lieferung heute vorbereitet. Vierunddreißig Fernseher aus Japan – aber dann kamst du. Jetzt sind's nur noch zweiunddreißig. Die anderen beiden werden längst auf dem Grund des Hafens liegen.«

»Ich sage doch, ich bezahle sie.«

»Behalte dein Geld und mach dir einen netten Abend damit, wenn ich das nächste Mal hier was durchziehe. Das macht mein Leben leichter. Wobei ich froh bin, dass du gekommen bist. Hat mir gezeigt, was ich schon dachte: Der Kapitän ist genau der Molch, für den ich ihn gehalten habe.«

»Du hast die Leute also nicht erschießen lassen?«

»Für wen hältst du mich, Joe? Denkst du, ich bin blöd genug, mir das Geld in der eigenen Tasche anzustecken? Warum sollte ich die Cops herlocken, wenn ich eine Lieferung anstehen habe? Ich hatte was am Laufen.«

Pecks Wut legte sich ein wenig. Er griff nach dem Glas und schenkte sich selbst einen Johnnie Walker ein, nahm einen guten Schluck und sagte: »Erinnerst du dich an den Jungen? Den kleinen Supermann, der für mich die Cause-Häuser versorgt hat? Der von dem alten Kerl angeschossen wurde? Also, gestern Abend ist dieser Kerl mit noch 'nem Alten aufgetaucht, um die Sache zu Ende zu bringen. Sie haben wieder auf meinen Jungen geschossen, ihn aber auch jetzt nicht richtig erwischt, kannst du das glauben? Bevor der Bursche umfällt, schießt du dir 'n Wolf. Aber sie haben einen aus der Truppe meines Jungen erledigt. Und einen von den Alten hat's auch erwischt. Der eine, deiner, glaube ich, ist ebenfalls tot, wie ich höre. Schwimmt irgendwo im Hafen. Die Cops wollen ihn morgen rausfischen.«

»Warum redest du immer von ›meinem‹ Mann? Ich kenne ihn nicht.«

»Solltest du aber. Er ist dein Gärtner.«

Elefante kniff kurz die Augen zusammen und drückte den Rücken durch. »Sag das noch mal.«

»Der Alte. Der auf den Jungen geschossen hat und ohne weitere Anweisung im Hafen gelandet ist. Er ist dein Gärtner. Er hat bei dir hinterm Haus gearbeitet. Für deine Mutter.«

Elefante schwieg einen Moment. Er starrte auf den Tisch und ließ den Blick dann durch den Raum gleiten, als ließe sich die Antwort auf dieses neue Problem in den Ecken und Nischen seines nasskalten alten Güterwagens finden.

»Das kann nicht sein.«

»Ist aber so. Ich hab's von einem Cop im 76.«

Elefante biss sich auf die Unterlippe und dachte nach. Wie oft hatte er seiner Mutter gesagt, sie solle vorsichtig sein, wen sie sich ins Haus holt? Schließlich sagte er: »Der alte Säufer kann niemanden erschießen.«

»Nun, hat er aber.«

»Der alte Kerl trinkt so viel, dass du es in seinem Bauch schwappen hörst. Der Sack kann nicht mal grade stehen. Der trinkt seinen Schnaps aus dem Einmachglas.«

»Tja, jetzt kann er trinken, so viel er will. Hafenwasser.«

Elefante rieb sich die Stirn. Er schenkte sich nach und trank. Blähte die Backen auf und fluchte leise: »Scheiße.«

»Und?«

»Ich sag's dir, Joe. Ich hatte keine Ahnung.«

»Klar. Und ich bin ein Schmetterling in einem Jaguar.«

»Ich schwöre es beim Grab meines Vaters. Ich weiß nichts von der Sache.«

Peck schenkte sich auch noch mal nach. Heftiger ließ sich kaum was bestreiten. Er hatte den Elefanten noch nie seinen toten Vater erwähnen hören. Alle wussten, dass sich die beiden sehr nahegestanden hatten.

»Trotzdem bin ich am Arsch«, sagte Peck. »Die Cops sind jetzt überall am Vitali-Pier. Und rat mal, wo Ray die Sendung übernehmen wollte?«

Elefante nickte. Der Vitali-Pier wäre gut gewesen. Unbenutzt. Leer. Tiefes Wasser. Der Anleger noch halb intakt. Das war ein Schlamassel, keine Frage.

»Wann kommt das Zeugs aus dem Libanon?«

»In neun Tagen.«

Elefante überlegte schnell. Er sah das Problem, oder doch den Anfang davon. Wieder mal, dachte er, bringt Joe mich in Schwierigkeiten. Die Schießerei würde die Cops herholen, hatte sie bereits geholt. Ihm wurde klar, dass der einzige Grund, warum sie ihn heute Abend nicht heimgesucht hatten, der sein musste, dass der diensthabende Captain im 76. heute Nacht ein guter Ire war, den er regelmäßig bezahlte und der sein Wort hielt. Elefante hatte ihn zu erreichen versucht und es nicht geschafft. Jetzt wusste er, warum. Der arme Mann musste sich gewunden haben wie eine Krake, um Streifenwagen und Detectives vom Morddezernat von seinem Pier fernzuhalten – und hatte wahrscheinlich Angst gehabt, ans Telefon zu gehen, weil er dachte, die Schnüffler aus dem eigenen Haus hätten ein Auge auf ihn. Die Art Ermittlungsdruck, drei niedergeschossene Leute, Himmel noch mal, machte die Presse wild und sorgte für volle Aufmerksamkeit vom Hauptquartier in der Centre Street. Kein einfacher Lieutenant oder Captain konnte da lange gegenhalten, und Elefante nahm sich vor, dem Mann für seine Sorgfalt extra was zukommen zu lassen.

»Bis dahin haben sich die Dinge wieder beruhigt, Joe.«

»Klar. Und der Bed-Stuy-Bastard, der mir mein Territorium streitig machen will, sitzt grade in einer Friedenskonferenz«, schäumte Joe.

»Vielleicht steckt er hinter der Sache.«

»Das wollte ich dich fragen. Denkst du, dein alter Mann hat für ihn gearbeitet? War er der Typ dafür?«

»Ich kenne ihn nicht«, sagte Elefante. »Ich habe nur einmal mit ihm gesprochen. Aber so was Großes hätte er nicht hingekriegt. Er ist alt, Joe. Und säuft so viel, dass er Nachrichten von seiner toten Frau kriegt. Er ist ein…« Er hielt inne. Er wollte sagen, ein Diakon in dieser Kirche, aber er war sich nicht ganz sicher, was das bedeutete. Der alte Bursche hatte es ihm gesagt, aber im ganzen Hin und Her hatte er es gleich wieder vergessen.

Pecks krächzende Stimme schnitt in seine Gedanken: »Er ist was?«

»Ein Säufer, Joe. Ein Trinker, gottverdammt. Der Bursche hätte nicht gerade genug kucken können, um einen Elefanten in einer Badewanne zu erschießen. Schon gar keinen auf dem Vitali-Pier, mitten in der Nacht. Wie sollte so ein alter Sack zwei junge Kerle erledigen können, die im Dunkeln in Deckung gehen und zurückschießen. Der Mann kann sich kaum auf den Beinen halten. Er ist ein Gärtner, Joe. Er arbeitet mit Pflanzen. Deshalb hat meine Mutter ihn engagiert. Du weißt, wie verrückt sie nach allem ist, was grünt und wächst.«

Peck überdachte das. »Nun, jetzt wird sie einen neuen Gärtner brauchen.«

»Ich wusste nicht, dass er was mit diesem Jungen zu tun hatte. Wie heißt er noch? Der Junge, der das alles angefangen hat?«

»Clemens. Deems Clemens. Ein ehrlicher Kerl. Der hat gar nichts angefangen.«

Elefante war sich der Ironie bewusst. Ehrlicher Kerl, Drogenverkäufer. Der nichts angefangen hat.

»Und der alte Kerl?«, fragte er. »Wie heißt der?«

»Das wollte ich dich fragen. Hast du so viel Geld, dass du nicht mehr weißt, wen du bezahlst?«

»Meine Mutter hat ihn bezahlt! Ich kann mich nicht an seinen Namen erinnern. Er gehört zu der Kirche da drüben.« Er nickte über die Schulter in Richtung Five Ends. Dann sagte er es: »Er ist ein Diakon.«

Peck schien verwirrt. »Was machen Diakone?«, fragte er.

»Eier rumtragen, Thekenrechnungen zahlen, Spaghettiteig kneten – was weiß ich«, sagte Elefante. »Das ist nicht die Frage. Die Frage ist, wer steckt hinter der Geschichte. Das würde mich an deiner Stelle interessieren.«

»Wer dahintersteckt, weiß ich. Ein gottverdammter Nigger-Bastard in Bed-Stuy. Bunch Moon versucht scho…«

»Ich will keine Namen hören, Joe. Und auch nichts mehr über Lieferungen. Das ist deine Sache. Meine ist der Pier hier. Der allein interessiert mich. Ich kann mit dir über alles reden, was diesen Pier betrifft. Mehr nicht. So, wie's aussieht, macht mich die Sache am Vitalis Pier für eine Weile radioaktiv.«

»Was erwartest du?«, sagte Joe.

»Du hast ein paar Spitzel im 76. Ich ebenfalls die eine oder andere Ameise. Lass uns rausfinden, was tatsächlich passiert ist.«

»Wir wissen, was passiert ist.«

»Nein, tun wir nicht. Der Kerl ist so alt, der süffelt seinen Schnaps durch einen Strohhalm. Der kann keine zwei jungen Drogendealer niederschießen. Selbst mit noch einem Alten zur Unterstützung nicht. Diese jungen Kerle, die sind schnell und stark. Wer immer dir die Geschichte aufgetischt hat, liegt daneben.«

»Das war ein Cop.«

»Einige von den Trotteln im 76. könnten keinen Absender auf einen Briefumschlag schreiben. Die Jungs sind immer in Bewegung, wenn man sie nicht irgendwo anbindet. Die jungen Kerle aus den Cause-Häusern, die diese Scheiße verkaufen, sind große, starke Kids, Joe. Ich habe sie gegen die Watch-Häuser Baseball spielen sehen. Hast du die mal ohne Hemd zu Gesicht gekriegt? Die sollen sich von einem alten Mann – meinetwegen auch zwei alten Männern, wenn es denn zwei waren – fesseln und niederschießen lassen? Die kriegt man doch nur beim Knutschen zu fassen.« Er hielt kurz inne, um nachzudenken. »Das könnte ich mir vorstellen. Wenn es zwei knutschende Teenager oder so gewesen wären, könnte ich es mir vorstellen.«

»Also, er hat was von einem Mädchen gesagt.«

»Wer?«

»Mein Mann im 76. Er hat den Bericht gelesen. Er sagt, da stand zwar nichts über ein Mädchen drin, aber einer hätte von einem gesprochen.«

»Wer hat von einem Mädchen gesprochen?«

»Nun, das ist die andere Sache, die ich vergessen habe, dir zu erzählen. Potts Mullen ist wieder im 76.«

Elefante blieb einen Moment stumm, dann seufzte er. »Ich muss dir das überlassen, Joe. Wenn du mit Ärger kommst, dann gleich mit vollen Händen. Ich dachte, Potts wäre weg.«

»Was kann ich dafür?«, sagte Joe. »Potts *war* weg. Mein

Mann sagt, sie hatten ihn nach Eins-null-drei in Queens geschickt. Aber da hat er sich mit einem Captain angelegt und versucht, den Supercop zu spielen, worauf sie ihn vom Detective wieder zum Streifenhörnchen gemacht haben. Jetzt ist er Sergeant oder so. Angeblich hat Potts einem von den Leuten im Streifenwagen gesagt, sie sollen nach einem Mädchen suchen, das geschossen hat. Er sagte, er hätte gehört, dass da ein Mädchen auf dem Pier war.«

»Wie hat er das rausgefunden?«

»Potts hat meinem Mann erzählt, er sei in die alte Farbenfabrik hinter dem Vitali-Pier rein und habe einen Säufer gefunden, der alles gesehen hat. Der Kerl hat Potts gesagt, es war ein Mädchen.«

»Hast du mit Potts gesprochen?«

Peck sah ihn spöttisch an. »Genau. Ich und Potts, wir setzen uns zusammen, trinken Ale und singen alte irische Liedchen. Ich kann die irische Großschnauze nicht ausstehen.«

Elefante überlegte einen Moment. »Ich und Potts, wir kennen uns ewig. Ich rede mit ihm.«

»Versuch nicht, ihn zu schmieren«, sagte Peck warnend.

»So blöd bin ich nicht. Ich sagte, ich rede mit ihm. Ich gehe zu ihm, bevor er zu mir kommt.«

»Warum willst du dir Ärger einhandeln? Er wird dir nichts sagen.«

»Du vergisst, Joe, dass ich hier ein legales Geschäft betreibe. Ich vermiete Boote, habe eine Baufirma und betreibe ein Lagerhaus. Und meine Mutter läuft durchs Viertel und sammelt Pflanzen. Ich kann ihn nach einem Toten im Hafen hier fragen, vor allem, da der Kerl für mich gearbeitet hat, das heißt, für meine Mutter.«

Peck schüttelte langsam den Kopf. »Die Gegend war mal so sicher. Bevor die Farbigen kamen.«

Elefante zog die Brauen zusammen. »Bevor die *Drogen* kamen, Joe. Nicht die Farbigen. Die Drogen sind's.«

Peck zuckte mit den Schultern und nahm einen Schluck.

»Wir machen das zusammen«, sagte Elefante. »Aber aus der anderen Sache hältst du mich raus. Und verbreite unter deinen ach so ehrlichen Kids, dass meine Mutter nichts mit der Schießerei auf dem Vitali-Pier zu tun hatte. Weil, wenn ihr was passiert, während sie hier rumläuft und Narzissen und Farne pflückt und was zum Henker sonst noch, wenn sie auch nur hinfällt und sich die Knie aufschrammt, sind sie raus aus dem Geschäft. Genau wie du.«

»Was machs du hier plötzlich für 'n Aufstand? Deine Mom läuft hier seit Jahren rum, und keiner tut ihr was.«

»Genau das ist es. Die Farbigen kennen sie. Deine Kids nicht.«

»Da kann ich nichts für, Tommy.«

Elefante stand auf, trank sein Glas aus, legte die Flasche Johnnie Walker zurück in seine Schreibtischschublade und schob sie zu. »Ich habe es dir nur gesagt.«

20

DER PFLANZENMANN

Sportcoat lag auf einem zerschlissenen Sofa in Rufus' Keller. Seiner Rechnung nach war er jetzt schon drei Tage hier, hatte getrunken, geschlafen, getrunken, ein wenig gegessen, geschlafen, aber hauptsächlich, wie Rufus barsch bestätigte, getrunken. Rufus kam und ging und brachte Nachrichten, die nicht so gut und nicht so schlecht waren. Sausage und Deems lebten, sie lagen im Krankenhaus in Borough Park. Die Cops suchten nach ihm. Genau wie alle an seinen verschiedenen Arbeitsstellen: Mr Itkin, die Ladys von der Five Ends, einschließlich Schwester Gee, sowie verschiedene andere Leute, für die er gelegentlich etwas machte. Und ein paar ungewöhnlich aussehende Weiße, die schon mal im Cause gewesen waren.

Sportcoat war das alles egal. Er war ganz damit beschäftigt, wie es gewesen war, Deems aus dem Wasser zu fischen, dem Gefühl, nachts im Hafen zu schwimmen. Er hatte das nie gemacht. Vor vielen Jahren, als er nach New York gekommen und er und Hettie jung gewesen waren, hatten sie gesagt, sie würden es eines Tages tun – einfach nachts in den Hafen springen, um die Küste vom Wasser aus zu sehen, das Wasser zu spüren und wie sich New York von da aus anfühlte. Es war eines der vielen Versprechen, die sie sich gegeben hatten, als sie jung waren. Es gab noch andere. Sich die riesigen Mammutbäume in Nord-Kalifornien anzusehen, zum Beispiel. Hetties Bruder in Oklahoma zu besuchen. In den Botanischen Garten in der Bronx zu gehen und die zahllosen Pflanzen dort zu bewundern. So viele Vorsätze, keinen von ihnen eingehalten – bis auf diesen. Am Ende hatte sie es allein getan. Hatte das Wasser bei Nacht gespürt. Und jetzt auch er.

An diesem Tag, dem dritten, schlief er nachmittags ein und träumte von ihr.

Zum ersten Mal seit ihrem Tod war es ihr junges Ich. Ihre braune Haut glänzte wie feucht und war glatt und sauber. Ihre großen Augen leuchteten vor Tatendrang. Das Haar war ordentlich zu Zöpfen geflochten. Sie trug das braune Kleid, das sie sich mit der Nähmaschine ihrer Mutter geschneidert hatte. Links war es mit einer gelben Blume geschmückt, direkt über der Brust.

Sie kam in Rufus' Heizungskeller, als wäre sie geradewegs von einem sonntäglichen Kirchenpicknick daheim in Possum Point hergeweht worden, und setzte sich auf eine alte, auf der Seite liegende Küchenspüle. Ganz leicht saß sie darauf, die Anmut in Person, als wäre es ein Sessel und sie könnte davonschweben, sollte er umfallen. Die hübschen Beine hatte sie übereinandergeschlagen. Die braunen Arme ruhten in ihrem Schoß. Sportcoat starrte sie an. In ihrem hübschen Kleid mit der gelben Blume, dem sauber gescheitelten Haar und der braunen Haut, die im feuchten, dunklen Keller von innen heraus zu leuchten schien, sah sie schmerzlich schön aus.

»Ich erinner mich an das Kleid«, sagte er.

Sie schenkte ihm ein trauriges, verschämtes Lächeln. »Ach, sei still«, sagte sie.

»Doch, ich erinner mich«, sagte er. Das war seine ungelenke

Art, den Streit vergessen zu machen, den sie zuletzt gehabt hatten – indem er ihr gleich ein Kompliment machte.

Sie blickte ihn traurig an. »Du siehs aus, als lebtest du auf der Straße, Cuffy. Was iss los?«

Cuffy. So hatte sie ihn seit Jahren nicht genannt. Nicht, seit sie jung gewesen waren. »Daddy« hatte sie gesagt oder »Schatz«, »Dummkopf« und manchmal sogar »Sportcoat«, so sehr sie den Namen hasste. Aber kaum mal »Cuffy«. Das war was von vor langer, langer Zeit. Einer anderen Zeit.

»Alles iss bestens«, sagte er guter Dinge.

»Aber so viel iss danebengegangen«, sagte sie.

»Kein bisschen«, sagte er. »Alles iss top. Alles geklärt. Nur das mit dem Geld vom Christmas Club nich. Das kanns *du* klärn.«

Sie lächelte und schenkte ihm ihren »Blick«, den er schon ganz vergessen hatte: dieses verstehende, einwilligende Lächeln, das sagte, alles ist vergeben, ich akzeptiere deine Fehler, und mehr, deine Abgründe und Kehrtwenden, alles, weil unsere Liebe ein Hammer ist, der auf Gottes Amboss geschmiedet wurde, und nicht mal durch deine dümmsten, irrsten Aussetzer kaputtgemacht werden kann. Dieser Blick. Sportcoat fand ihn verwirrend und aufregend.

»Ich habe an zu Hause gedacht«, sagte sie.

»Oh, die alten Geschichten«, sagte er mit einer wegwerfenden Handbewegung.

Sie überhörte das. »An die Mondblumen. Weiß du noch, wie ich durch den Wald gelaufen bin und Mondblumen gesammelt hab? Die, die nachts blühen? Verrückt war ich danach. Ich hab ihrn Duft so geliebt! Vergessen hab ich das alles!«

»Oh, das iss nichts«, sagte er.

»Ach, komm! Wie die riechen! Wie kanns du das vergessn?«

Sie stand auf und drückte sich erfüllt von jugendlicher Liebe und Begeisterung die Hände auf die Brust, war eine Hettie, wie er sie längst vergessen hatte. Das alles war so lange her, als hätte es nie existiert. Die Neuigkeit der Liebe, die völlige Frische der Jugend – es verschreckte ihn, aber er versuchte es hinter einem abfälligen Schnaufen zu verstecken. Er wollte sich abwenden, konnte es aber nicht. Sie war so schön, so jung.

Sie setzte sich wieder, sah seine Miene, beugte sich vor und berührte spielerisch seinen Unterarm. Er rührte sich nicht, runzelte nur die Stirn: Er hatte Angst, sich dem Moment hinzugeben.

Schon rückte sie wieder von ihm ab, ernst jetzt, alle Verspieltheit war verschwunden. »Zu Hause, als ich klein war, da sind wir durch den Wald gelaufen und haben Mondblumen gepflückt«, sagte sie. »Mein Daddy hat mich gewarnt. Du weißt, wie er war. Das Leben eines farbigen Mädchens war keine zwei Cent wert, und er wollte, dass ich aufs College ging und alles. Aber ich mochte was erleben. Ich war sieben oder acht und rannte wie 'n Karnickel durch den Wald und hatte mein Spaß. Ich tat genau das, was ich nich tun sollte. Ich musste 'ne ziemliche Strecke zurücklegen, um die Blumen zu finden. Einmal war ich ganz weit weg, als ich Schreien und Brüllen hörte und in Deckung ging. Das Schreien war so laut, und ich wurde neugierig, also bin ich weitergeschlichen, und was seh ich? Dich und deinen Dad beim Baumfällen. Einen großen, alten Ahornbaum habt ihr mit 'ner Zweimannsäge fällen wolln.«

Sie hielt inne und erinnerte sich. »Nun, *er* wollte es. Er war betrunken und du 'n kleiner Kerl. Vor und zurück hat er dich gerissen, wie 'ne Stoffpuppe. Wie besessen war er mit seiner Säge.«

Sie lachte in sich hinein.

»Du hass dein Bestes gegeben, aber dann konntes du nich mehr. Vor und zurück ging's, und am Ende biss du umgekippt.

Und dein Daddy war so betrunken, dass er auf dich los iss, hat dich mit einer Hand hochgerissen und so angebrüllt, dass ich es nie vergessn werde. Nur zwei Worte hat er gebrüllt.«

»*Säg weiter*«, sagte Sportcoat traurig.

Hettie saß einen Moment lang nachdenklich da.

»*Säg weiter*«, sagte sie. »Stell dir das vor. Mit 'm Kind so zu reden. Es gibt nichts so Mieses auf dieser Welt wie 'ne Mutter oder 'n Vater, der zu seim Kind grausam iss.«

Sie kratzte sich das Kinn. »Die Welt nahm da grade erst Form an für mich. Wie wir unter den Weißen lebten, wie sie uns behandelt ham und sich gegenseitig, ihre Grausamkeit und Verlogenheit. Wie sie sich belogen und uns das Lügen beigebracht ham. Der Süden war hart.«

Sie saß da, grübelte eine Weile und rieb sich das lange, schöne Schienbein. »*Säg weiter*, brüllte er. Schrie einen kleinen Winzling an. Ein Jungen, der eine Männerarbeit machte. Völlig betrunken war er.«

Sie sah ihn an und sagte sanft: »Und trotzdem hattes du so viel Talent.«

»Oh, die alten Zeiten sind lange vorbei«, sagte er.

Sie seufzte, und da war dieser Blick wieder, voller Geduld und Verständnis, er kannte ihn seit ihrer gemeinsamen Kinderzeit. Einen Moment lang schien der Geruch frischer roter Erde in seine Nase zu strömen, das Aroma von Frühlingsblumen, immergrünem Nadelholz, Gurken- und Seesternbäumen, von Fiebersträuchern, Goldrute, Schaumblüte, Zimtfarn und Astern, ein überwältigender Duft von Mondblumen trieb durch den Raum. Er schüttelte den Kopf, dachte, er wäre betrunken, weil er in diesem Moment, da mitten im Gerümpel dieses Heizungskellers in den heruntergekommenen Watch-Häusern in Süd-Brooklyn, das Gefühl hatte, zurück nach South Carolina getragen zu werden, und er sah Hettie auf dem Pony ihres Vaters in ihrem Garten, wie sie dem Tier den Hals tätschelte, das Pony stand bei den Gemüsebeeten, den Tomaten, Kürbissen und Kohlköpfen. Und Hettie war so groß und jung und schön und blickte über den herrlichen Gemüsegarten ihres Vaters hinweg.

Hettie schloss die Augen und hob den Kopf. Sie sog die Luft ein und sagte: »Jetzt riechst du es auch, oder?«

Sportcoat schwieg und fürchtete, es zugeben zu müssen.

»Du hass den Geruch der Pflanzen immer geliebt«, sagte sie. »Von allen Pflanzen. Konntest sie voneinander unterscheiden, jede einzelne, nur vom Geruch her. Ich hab das an dir geliebt. Mein Pflanzenmann.«

Sportcoat fuhr mit der Hand durch die Luft. »Oh, du redes von all den alten Sachen, Frau.«

»Ja, das tu ich«, sagte sie sehnsüchtig und blickte über ihn hinweg in die Ferne, wo sie etwas zu betrachten schien. »Erinners du dich an Mrs Ellard? Die alte weiße Lady, für die ich gearbeitet hab? Hab ich dir je erzählt, warum ich da aufgehört hab?«

»Weil du nach New York gekommen biss.«

Sie lächelte traurig. »Du biss genau wie 'n Weißer. Du verdrehs jede Geschichte, damit sie dir reinpasst. Hör mir zur Abwechslung mal zu.«

Sie rieb sich das Knie und begann zu erzählen.

»Ich war vierzehn, als ich anfing, mich um Mrs Ellard zu kümmern. Drei Jahre hab ich das gemacht. Es gab keinen, dem sie mehr getraut hat als mir. Ich hab für sie gekocht und die kleinen Übungen und Sachen mit ihr gemacht, hab ihr ihre Medizin gegeben, die sie vom Doktor hatte. Sie war sehr krank, als ich zu ihr kam, aber ich hatte schon mit zwölf weiße Leute gepflegt, und ich wusste, wie es ging. Mrs Ellard ging nur zum Doktor, wenn ich mitkam. Sie rührte sich nich, bis ich morgens ins Haus kam, und abends ging sie nich schlafen, wenn ich sie nich ins Bett brachte. Ich kannte all ihre kleinen Besonderheiten. Sie hatte ein gutes Herz. Aber ihre Tochter, die war vielleicht eine. Und der Mann von ihr, der war der Teufel.

Eines Tages kam er zu mir und sagte, im Haus fehlten Sachen. Ich fragte ihn, was für Sachen, und er wurde wütend und sagte, ich wär unverschämt und schulde ihm elf Dollar. Er kriegte einen Anfall deswegen. Er sagte: ›Ich zieh's dir vom nächsten Lohn ab.‹

Also, mir war klar, worum's ihm ging. Die alte Frau war am Sterben, verstehs du, und sie wollten mich raushaben. Ich war grade bezahlt worden, als er mich beschuldigte, elf Dollar gestohlen zu haben, und ich verdiente nur vierzehn die Woche, also sagte ich, ich hör in zwei Wochen auf. Aber die Tochter sagte: ›Sag meiner Mutter nichts. Sie wird sich aufregen, weil du gehst und sie stirbt, und dann fühlt sie sich noch schlechter.‹ Sie versprach mir mein Geld und noch 'n bisschen was extra, damit ich nichts sagte. Ich gab nach.

Nun, ich hatte gesehn, was sie machten. Sie wussten nich mehr davon, wie man die arme Mrs Ellard pflegen musste, als 'n Hund vom Urlaub. Sie beschwerten sich über sie, taten ihr Sachen ins Essen, die sie nich essen sollte, ließen sie in ihrm eigenen Schmutz liegn und vergaßen, ihr ihre Medizin und all die Sachen zu geben. Ich war noch 'n Teenager, aber ich wusste, das gab Ärger. Wie immer es ausging, ich wusste, wem sie die Schuld geben würden, und so bereitete ich mich drauf vor zu gehn.

Etwa drei Tage, bevor meine Zeit um war, komm ich ins Zimmer von Mrs Ellard, um sie zu füttern, als sie anfängt zu weinen. Sie sagt: ›Hettie, warum verlässt du mich?‹ Da wusste ich, dass die Tochter mich angelogen hatte. Kaum war ich wieder draußen, stand das miese Stück schon vor mir und tat so, als wär sie wütend auf mich, weil ich ihrer Mutter gesagt hätte, ich würde gehn. Ich wusste, das hieß, dass ich zwei Wochen für nichts gearbeitet hatte. Egal wie wenig Geld mir auch zustand, es war... nun, es war weg.«

Sie zuckte mit den Schultern. »Ich nimm an, der Mann der Tochter hat sie zu der Teufelei angestiftet. Er war so hinterlistig wie seine Frau einfältig war. Ich hätte mir so 'ne durchtriebene Geschichte nie ausdenken können. Ich würde mich schämen, nur drüber nachzudenken. Mich wegen elf Dollar feuern. Wobei es auch ein Dollar oder tausend hätten sein können. Es machte nichts. Er war weiß, also war sein Wort das Evangelium. Nichts passiert in dieser Welt, ohne dass die Weißen sagen, es passiert. Die Lügen, die sie sich erzählen, klingen für sie besser als die Wahrheit, wenn sie uns aussem Mund kommt.

Deshalb bin ich nach New York gekommen«, sagte sie. »Und wenn du dich erinners, wolltes du's nicht. Du wars so viel betrunken in der Zeit, dass du nich wusstes, was Kommen und Gehn war. Und auch nich, was ich jeden Tag durchmachen musste. Wir mussten weg aussem Süden, oder ich hätte wen umgebracht. Also bin ich hergekommen. Drei Jahre hab ich Tagelöhnerarbeit gemacht und gewartet, dass du genug Mut sammels, um auch zu kommen. Am Ende hass du's.«

»Ich hab mein Versprechen gehalten«, sagte er schwach. »Ich bin gekommen.«

Ihr Lächeln verschwand, und der vertraute Kummer überzog ihr Gesicht.

»Zu Hause hass du Dinge zum Leben erweckt, die keiner auch nur irgenswie angekuckt hat: Blumen und Bäume, Büsche und Pflanzen. Das warn Sachen, die die meisten Männer nich interessiert ham. Aber du... all die Pflanzen, Blumen und Wunder von Gottes Herzen – du hattes so ein Gefühl für sie, selbs wenn du getrunken hass. So war's du zu Hause. Aber hier...«

Sie seufzte.

»Der Mann, der nach New York kam, war nich der, den ich in South Carolina gekannt hatte. Die ganzen Jahre, die wir hier warn, iss nich eine Pflanze in unsre Wohnung gekommen. Nichts Grünes hing von der Decke oder an der Wand, nur das, was ich manchmal mitgebracht hab.«

»Ich wurde krank, als ich ankam«, sagte Sportcoat. »Mein Körper iss zusammengeklappt.«

»Natürlich isser das.«

»Genau. All die Operationen und so, erinners du dich?«

»Natürlich tu ich das.«

»Und meine Stiefmutter...«

»Ich weiß alles über deine Stiefmutter. Alles: Wie sie sich sonntags Jesus präsentiert hat, und den Rest der Woche hat sie wie der Teufel gelebt... hat dir schlimme Sachen angetan, als du noch 'n kleiner Knirps wars. Alles, was sie je mit dir gemacht hat, war falsch. Was du dir alles angewöhnt hass, kommt von genau den Leuten, die dir hätten helfen solln, ein bessrer Mensch zu werden. Deshalb mags du Deems so sehr. Er hat das Gleiche durchgemacht. Iss böse geschlagen und von Tag eins nach seiner Geburt an nur niedergemacht worn.«

Sportcoat hörte sprachlos zu. Da hämmerte was in seinen Ohren, und er sah sich um, sah aber nichts, was sich bewegte. Konnte das Hämmern aus ihm selbst rauskommen? War das sein eigenes Herz? Er hatte das Gefühl, ein Teil von ihm zersplitterte, und sein altes Ich, der Mensch, der er mal gewesen war, der körperlich starke junge Mann voller Wissensdurst setzte sich in ihm auf, öffnete die Augen und sah sich im Keller um.

Sein Kopf schmerzte. Er langte neben das Sofa und tastete nach der Flasche, aber sie war nicht da.

»Iss es nicht verrückt«, sagte Hettie sanft, »wie das olle New

York wirklich iss? Wir kommen her, um frei zu sein, und das Leben iss schlimmer als zu Hause. Die Weißen hier malen's nur anders aus. Es stört sie nich, wenn du in der Subway neben ihnen sitzt oder im Bus ganz vorne, aber wenn du wie sie bezahlt werden oder nebenan wohnen wills, oder wenn du so down biss, dass du nich wieder aufstehen und 'n Loblied auf Amerika singen wills, dann gehen sie auf dich los, bis dir der Eiter aussen Ohrn spritzt.«

Sie überlegte einen Moment.

»Das *Star-Spangled Banner*«, höhnte sie, »ich hab dies verlogene, nutzlose, heuchlerische, kriegstreiberische Säuferlied nie gemocht. Mit den Bomben, die in der Luft losgehn und so weiter.«

»Meine Hettie würde nich so reden«, platzte es da aus Sportcoat raus. »Du biss nich meine Hettie. Du bissen Geist.«

»Hör auf, das, was von deim leidigen Leben noch über iss, mit deiner schändlichen Angst vorm Tod zu verschwenden!«, fuhr sie ihn an. »Ich bin kein Geist. Ich bin *du*. Und hör auf, rumzulaufen und den Leuten zu erzähln, ich hätte meine Beerdigung gemocht. Gehasst hab ich sie!«

»Es war eine schöne Beerdigung!«

»Bei unsren billigen Todes-Shows wird mir schlecht«, sagte sie jetzt ruhig. »Warum reden die Leute in der Kirche nich vom Leben? Kaum mal sprechen sie von der Geburt von Jesus Christus. Aber sich an seim Tod zu weiden und davon zu singen, das hörn sie nich auf. Der Tod iss nur *ein* Teil vom Leben. Jesus, Jesus, Jesus, den ganzen Tag nur immer vom Tod und von Jesus reden.«

»Du biss doch die, die nich davon aufhörn kann! Und wie er uns seinen Käse schenkt!«

»Ich hör nich von ihm auf, weil Jesus aus Scheiße Zucker machen kann! Weil, wenn ich Jesus und sein Käse nich hätte, würd ich wen umbringen. Da iss das, was Jesus siebensechzig Jahre lang für mich getan hat. Er hat mich bei Sinnen gehalten und auf der richtigen Seite des Gesetzes. Aber ihm iss der Sprit ausgegangen, Schatz. Er hatte genug von mir. Ich mach ihm kein Vorwurf, wie sehr mich der Hass in meim Herzen erledigt hat. Ich konnte den Mann, den ich so geliebt hatte, nich mehr sehn, meinen Pflanzenmann, der am Fenster in unsrer Wohnung stand, an Krabbenbeinen saugte, zur Freiheitsstatue rüberkuckte und über irgenswas schwatzte, obwohl ich wusste, dass er nur drauf wartete, dass ich wieder ins Bett ging, damit er die Schnapsflasche rausholen und dran saugen konnte, kaum dass ich weg war. Das Unheil, das ich da spürte, war groß genug, um uns beide umzubringen. Stattdessen bin ich zum Hafen rübergegangen und hab mich in Gottes Hand begeben.«

Zum ersten Mal in seinem Leben spürte Sportcoat, wie etwas in ihm zerbrach.

»Biss du jetz glücklich? Wo du jetz lebst, Hettie? Biss du da glücklich?«

»Oh, hör auf zu wimmern wie 'n Hund und sei ein Mann.«

»Du kanns mich nich beleidigen. Ich weiß, wer ich bin.«

»Bloß weil du Deems aussem Wasser gezogen hass, heißt das noch gar nichts. Er iss von denen, die ihn großgezogen ham, ruiniert worden, nich von dir.«

»Wegen dem quäl ich mich nich. Das Geld vom Christmas Club macht mir Sorgen. Die Kirche will es, aber ich kann's nich zurückzahln. Ich hab ja nich mal mehr was zum Leben für mich.«

»Da ham wir's wieder. Gibs andern die Schuld an deinen Problemen. Die Polizei würd nich so um die Kirche schleichen, wenn du dich nich so betrunken hättes!«

»Es war nich meine Schuld, dass Deems angefangen hat, Gift zu verkaufen!«

»Wenigstens macht er sich nich selbst kaputt, indem er sich zu Tode säuft!«
»Komm, Frau. Lass mich. Komm. Sag mir schon, wo's iss.«
»Ich kann nich«, sagte sie leise. »Ich würd's ja gerne. Das iss die Sache. Du muss mich gehn lassn.«
»Sag mir, wie?«
»Ich weiß nich. So schlau bin ich nich. Ich weiß nur, du muss das Richtige tun. Um mich gehn zu lassen, muss du das Richtige tun.«

Eine halbe Stunde später kam Rufus mit einem Bologna-Sandwich, einer Dose Cola und zwei Aspirin in den Keller. Sportcoat saß auf dem alten, ramponierten Sofa mit der Literflasche selbstgebranntem King Kong auf dem Schoß.
»Du solltes was essen, bevor du dich an den Kong machs, Sport.«
Sportcoat sah ihn an, dann die Flasche, dann wieder ihn.
»Ich hab kein Hunger.«
»Iss was, Sport. Dann fühls du dich besser. Du kanns hier nich für den Rest deines Lebens rumliegen und mit dir reden, als hättes du zwei Köpfe. Ich hab noch nie wen so auf'm Sofa liegen und mit sich debattiern sehn wie dich. Biss du schon zu?«
»Rufus, kann ich dich was fragen?«, sagte Sportcoat, ohne ihm zu antworten.
»Klar.«
»Zu Hause, wo ham deine Leute da gewohnt?«
»Zu Hause in Possum Point?«
»Genau.«
»Da, wo ihr auch gewohnt habt. Die Straße runter.«
»Und was ham deine Leute gemacht?«
»Auf'm Land gearbeitet. So wie deine. Für die Calders.«
»Und Hetties Leute?«

»Das weiß du besser als ich.«

»Ich kann mich nich erinnern.«

»Nun, die ham auch für die Calders gearbeitet, 'ne Weile lang. Dann hat Hetties Daddy damit aufgehört und das kleine Stück Land hinten beim Thomson Creek gekauft. Hetties Familie, die ham nach vorne gedacht.«

»Leben sie noch?«

»Ich weiß nich, Sport. Sie war deine Frau. Wars du mit denen nich in Kontakt?«

»Nich mehr, nachdem wir hergekommen sind. Sie ham mich nie gemocht.«

»Sie sind lange tot, Sport. Vergiss sie. Hettie war die Jüngste, soweit ich weiß. Die Eltern sind längst gestorben. Der Rest iss wahrscheinlich zum großen Teil weg von Possum Point. Nach Chicago oder Detroit vielleicht. Hierher iss keiner gekommen, das weiß ich. Aber vielleicht hat Hettie ja da unten noch den einen oder andern Verwandten. Vielleicht 'n paar Cousins.«

Sportcoat saß einen Moment schweigend da. Schließlich sagte er: »Ich vermiss das alte Land.«

»Ich auch, Sport. Wills du was essen? Lass den Kong nich ohne Essen in dein Magen.«

Sportcoat schraubte den Verschluss von der Flasche, hob sie, hielt inne, die Flasche in der Luft, und fragte: »Sag mal, Rufus, wie alt wars du, als du hergekommen biss?«

»Was soll das, Sportcoat? Zwanzig Fragen? Ich war sechsundvierzig.«

»Ich einundfünfzig«, sagte Sportcoat nachdenklich.

»Ich bin drei Jahre vor dir hergekommen«, sagte Rufus. »Tatsächlich war ich das dritte Mitglied von Five Ends unten aus dem Süden. Der Erste war mein Bruder Irving. Dann kam Schwester Paul, ihre Tochter Edie, und ihr Mann. Dann ich mit meiner Frau Clemy. Dann Hettie. Du wars der Letzte.«

»Sag mir, als ihr alle angefangen habt, Five Ends zu baun, was hat Hettie da gemacht?«

»Abgesehn davon, dass sie dagesessen und nach dir geschmachtet hat? Also, in der Woche hat sie tageweise für Weiße gearbeitet und am Wochenende mit das Loch fürs Fundament der Kirche ausgehoben. Es warn hauptsächlich ich und Hettie und Edie, die beiden Fraun vor allem. Schwester Paul und ihr Mann, die ham auch was gemacht. Schwester Paul. Reverend Chicksaw, ihr Mann, war nich so begeistert. Dann kam der Iii-taliener mit seinen Leuten. Und noch ein paar andere später. Schwester Gees Leute. Und die Eltern von den Cousins. Aber der Iii-taliener war's, der es richtig in Gang gebracht hat. Als er da war, ging es voran. Da hat Hettie den großen Garten hinter der Kirche abgesteckt, der jetz nur noch Unkraut iss. Sie wollte 'n großen Garten. Sie sagte, du würdes kommen und ihn mit allem möglichen Kohl und Süßkartoffeln und sogar 'n paar ganz besondren Blumen füllen, welche, die du im Dunkeln sehn kanns. Ich weiß nicht mehr, wie sie hießen ...«

Sportcoat spürte, wie er schamrot wurde. »Mondblumen«, sagte er.

»Richtig. Mondblumen. Klar, du hass drei Jahre auf dich warten lassen, und als du kams, wars du krank. Und wer hat schon Zeit, 'n Garten anzulegen? Du kanns in New York nichts anbaun.«

Rufus stand vor Sportcoat, immer noch das Sandwich in der Hand. »Das Ding kriegt gleich Beine, Sport. Wills du's oder nich?«

Sportcoat schüttelte den Kopf. Das Hämmern in seinem Kopf war zurückgekommen. Er wünschte, es würde aufhören, und senkte mit einem Seufzen den Blick auf die Flasche King Kong in seinem Schoß. Schnaps, dachte er, ich hab den Schnaps meiner Mondblume vorgezogen.

Er griff über die Armlehne und nahm den Flaschendeckel, verschloss den King Kong bedächtig, hob ihn an und stellte ihn langsam auf den Boden.

»Wo, hass du gesagt, iss Schwester Paul noch mal?«, fragte er.

»Draußen in Bensonhurst. Ganz in der Nähe von dem Krankenhaus, in dem Sausage und Deems sind.«

Rufus senkte den Blick auf die Flasche Schnaps. »Wills du ihn nich, spricht das für mich«, sagte er. Er bückte sich, nahm die Flasche, dann einen kräftigen Schluck und wandte sich Sportcoat zu, um sie ihm doch noch mal anzubieten.

Aber da war der alte Mann schon aus der Tür.

21

NEUER SCHMUTZ

Potts fuhr dreimal am Güterwagen des Elefanten vorbei und überprüfte die leeren Wege und nahen Straßen. Er tat es sowohl aus Vorsicht als auch, um seine Ankunft anzukündigen. Es war früher Abend, und zu dieser Stunde gab es nur wenige Fußgänger am Rand der Cause-Häuser. Er musste sich keine großen Sorgen wegen Wachposten machen. Früher hatten Kinder am Pier Stickball gespielt, und wenn sich ein Cop näherte, ihr Spiel unterbrochen, um einen der Mitspieler loszuschicken und die Kredithaie und Mobster bei ihren Glücksspielen zu warnen. Schneller als per Telefon ging das.

Heute spielte niemand bei den heruntergekommenen, verlassenen Anlegern, und wie es aussah, war das schon seit einer Weile so. Trotzdem, es war nicht gut, den Elefanten zu überraschen, und so blieb er vorsichtig und umkreiste den Block dreimal, bevor er zum Pier mit dem Güterwaggon fuhr. Er steuerte den Streifenwagen langsam auf das Gelände, hielt neben dem Waggon und ließ den Motor laufen. Ein paar Minuten saß er so da und wartete.

Er war allein gekommen. Es ging nicht anders. Sein Argwohn seinem jungen Partner Mitch, dem Lieutenant und dem Captain im 76. gegenüber war einfach zu groß. Er würde ihnen nie vorwerfen, dass sie die Hand aufhielten. Wenn sie die schmutzige Schmiergeldleiter raufklettern, hier und da was von den Familien einstreichen und wegsehen wollten, während das lausige Pack seine Geschäfte machte, war das ihre Sache. Aber drei Monate vor der Pensionierung sah er keinen Grund, seine Rente aufs Spiel zu setzen. Er war froh, dass er während seiner Dienstzeit sauber geblieben war, besonders jetzt, denn eine Schießerei wie die am Vitali-Pier konnte einen Drogenkrieg auslösen oder eine Auseinandersetzung in der Polizei. Das waren beides Fallen, denen ein Cop kurz vorm Ruhestand nicht zu nahekommen sollte. Du steckst den Fuß rein, und ehe du dichs versiehst, stehst du allein da, allein in der Wildnis, ohne einen Dollar, fragst dich, wohin deine Rente ist, und wartest voll mit Benzedrine und Kaffee auf die Hilfe der Gewerkschaftssäcke, was in etwa so ist, wie sich auf eine Herde Krokodile zu verlassen.

Schmutz, dachte er bitter und starrte durch die Windschutzscheibe. Wie die schöne Putzfrau von der Kirche, Schwester Gee, gesagt hatte: »Sie und ich, wir haben den gleichen Job. Wir beseitigen Schmutz.« Ja, es war Schmutz, dachte er. Und nicht einfach irgendwelcher. Da trat was Neues zutage. Er konnte es riechen, spürte es näherkommen, und es war groß, was immer es war. Der Cause veränderte sich, man konnte den Wandel überall sehen. Sie schrieben das Jahr 1969. Die New York Mets, einst die Lachnummer des Major League Baseball, würden in der nächsten Woche die World Series gewinnen. Im Juli hatte Amerika Männer auf den Mond gebracht – und der Cause zerbrach. 1969, dachte er bitter, ich werde es das Jahr nennen, in dem der Cause District kaputtging. Er sah den Verfall: Alte schwarze Bewohner, die vor Jahrzehnten aus dem Süden nach New York gekommen waren, zogen sich zurück oder wanderten nach Queens ab. Die liebenswürdigen alten Säufer, Bettler, Ladendiebe, Prostituierten, harmlosen kleinen Gelegenheitsgauner, über die er in seiner langen Zeit als Streifenpolizist und Detective lachen musste und, ja, die ihm auch Trost gebracht hatten, wurden weniger und würden bald ganz weg sein, zogen weg, starben, verschwanden, wurden eingesperrt. Junge Mädchen, die ihm einst zugewinkt hatten, waren zu unverheirateten, drogenabhängigen Müttern geworden. Ein paar waren in die Prostitution abgerutscht. Kinder, die auf dem Heimweg von der Schule mit ihm herumgealbert hatten, wenn er mit seinem Streifenwagen vorbeifuhr, die ihre Posaunen aus den Musikkästen geholt, fürchterliche Töne in seine Richtung trompetet und ihn zum Lachen gebracht hatten, sie waren verschwunden – die Stadt stellte den Musikunterricht an den Schulen ein, hatte jemand gesagt. Jungs, die mit ihren Baseballerfolgen angegeben hatten, waren verstummt und mürrisch, die Spielfelder leer. Fast jeder junge Mensch, der ihm früher zugewinkt hatte, drehte sich jetzt weg, wenn er in seinem Streifenwagen kam. Selbst seinem alten Freund Dub Washington, dem Penner, den er in zahllosen kalten Nächten vom Bordstein eingesammelt hatte, machte der Wandel zu schaffen. Zwei Tage nach der Schießerei am Vitali-Pier hatte er ihn wie immer einmal im Monat in seinen Streifenwagen geladen und zu den Gnadenreichen Schwestern in der Willoughby Avenue gefahren, wo er von den netten katholischen Nonnen zu essen bekam, duschen konnte und erneut loszog. Dub war harmlos, immer witzig und ein wundervoller Kenner der örtlichen Geschehnisse. Er behauptete, der Einzige im District zu sein, der jeden Tag die *New York Times* las. Aber nach der Schießerei war der alte Mann aufgewühlt und niedergeschlagen gewesen.

»Ich hab was Schlimmes gesehn«, hatte er gesagt.

»Wo?«, fragte Potts.

»Unten am Vitali-Pier. Zwei alte Knaben sind in ein schrecklichen Schlamassel reingelaufen.«

Dub erklärte, was er gesehen hatte. Junge Leute. Ein Mädchen hatte um sich geschossen. Auf die beiden alten Männer, und zwei junge. Zwei gingen zu Boden, ein dritter, vielleicht auch noch der vierte, landeten im Hafen.

»Wer war es?«

»Der eine war Sportcoat«, sagte Dub, »der andere Hot Sausage.«

Na klar, dachte Potts. Das war vorauszusehen. Er hatte zwei Wochen damit verbracht, Näheres über den alten Mann in Erfahrung zu bringen. Natürlich wusste keiner was. Alle wichen aus. Überließen es dem guten alten Dub, mit ein paar Antworten zu kommen. Das war alte Polizeiarbeit: Eine über Jahre gepflegte Quelle machte sich bezahlt. Sicher, es gab noch Fragen, aber so, wie es sich darstellte, hatte Sportcoat die Quittung für das gekriegt, was er angefangen hatte. Natürlich hatte er das. Enden diese Geschichten nicht immer auf diese Art? Er hatte Schwester Gee zu warnen versucht.

Trotzdem, es blieben Fragen. War es ein Drogenkrieg? Oder einfach nur die Vergeltung für den Schuss des alten Mannes? War es damit jetzt vorbei? Er war sich nicht sicher.

Er hatte Dub zu den Schwestern gebracht und dann die beiden Schussopfer im Maimonides Medical Center in Borough Park befragen wollen. Darauf hatte er aber aus irgendeinem Grund ein paar Tage warten müssen. Da ging man bereits davon aus, dass die vierte Person, die bei der Schießerei dabei gewesen sein sollte, tot war und irgendwo im Wasser schwamm. Sie war noch nicht gefunden worden. Die Killer-Frau, wenn es denn wirklich eine gewesen war, die war natürlich längst über alle Berge.

Dieser Stadtteil und dieses gottverdammte Police Department, dachte er bitter, das geht alles zu schnell für mich. Mit beiden ist es schlimmer denn je.

Die neue Normalität im alten Brooklyn, dachte er, war das Heroin. Da ging es um so viel Geld, es war nicht aufzuhalten. Wie lange würde es dauern, bis die Drogen, die im Moment die Neger in den Cause-Häusern plagten, auch den Rest von Brooklyn infizierten? Heute waren es die Schwarzen im Cause District und ein paar Italiener in den Straßen ringsum. Morgen, dachte er …

Er fühlte sich kribblig, er musste sich bewegen, öffnete die Autotür und stieg aus, ließ den Motor aber laufen. Er legte einen Arm aufs Dach des Wagens, den anderen auf die offene Tür, und hatte so den Waggon im Blick, den Pier und, nur eine Straße weiter, die Five Ends Baptist Church. Sie war über das hochwuchernde Unkraut auf dem leeren Nachbargrundstück hinweg gut zu sehen. Ihm war nie bewusst gewesen, dass sich der Güterwagen und die Kirche, beide am öden Rand der Cause-Häuser gelegen, so nahe waren, dass man direkt zwischen ihnen hin- und hergehen konnte. Dabei waren es zwei völlig verschiedene Welten. Der Güterwagen die Welt der stolzen Elefantes: Der alte Guido war nach seinem Schlaganfall in Sing-Sing, wo er zwölf Jahre gesessen hatte, weil er den Mund nicht aufmachen wollte, nur noch mit lahmem Arm und Bein dahingehumpelt, sein Sohn Tommy war aalglatt und verschlossen, und Guidos merkwürdige Frau durchstreifte nach wie vor die verlassenen Grundstücke der Gegend und suchte nach irgendwelchen Pflanzen. Und dann die stolzen Neger mit ihrer heruntergekommenen alten Kirche und ihrer so prachtvollen Anführerin, die den Schmutz liebte. Er konnte sie einfach nicht vergessen. Schwester Gee. Veronica Gee. Selbst der Name klang wundervoll. Veronica. Schwester Veronica. Wie die Veronica in der Bibel, die Jesus ihren Schleier anbot, damit er sich den Schweiß aus dem Gesicht wischen konnte, als er das Kreuz zum Kalvarienberg trug. Herrlich. Sie dürfte ihm das Gesicht jederzeit abwischen. Er seufzte. Er stellte sich vor, dass sie gerade bei der Arbeit war – das dunkle, majestätische Gesicht konzentriert, säuberte sie die Räume des hübschen Häuschens gegenüber von Rattigan's. Vielleicht putzte sie auch das Klo von irgendeinem rotznäsigen Burschen oder wedelte den Staub von einem Kronleuchter und dachte an all die Dinge, die schmutzig waren. »Sie und ich, wir haben den gleichen Job«, hatte sie zu ihm gesagt. »Wir beseitigen Schmutz.«

Ich müsste auch gereinigt werden, dachte er. Wenn ich sie das für den Rest meines Leben tun ließe, könnte ich dann auf Glück hoffen? Aber warum sollte sie das tun?

Er schlug die Tür seines Streifenwagens zu und ging zum Güterwagen. Genau in dem Moment erschien Tommy Elefante, die Hände in den Taschen. Er wusste, dass Elefante ihn schon beim ersten Vorbeifahren gesehen hatte.

»Was führt Sie zu meinem Anleger, Potts?«, sagte Elefante.

»Die Einsamkeit.«

»Ihre oder meine?«

»Hören Sie auf zu jammern, Tommy. Immerhin sind Sie reich.«

Elefante lachte. »Da hab ich jetzt aber 'nen Kloß im Hals, Potts.«

Jetzt war es an Potts zu lachen.

Es gab drei behelfsmäßige Stufen zum Eingang hinauf, wo Elefante stand, einer normal großen Tür, die in die Seite des Waggons geschnitten war. Elefante setzte sich auf die oberste Stufe, Potts auf die unterste. Die Tür hatte der alte Ganove gleich geschlossen. Es war eindeutig, dachte Potts, dass er nicht hereingebeten werden würde.

Elefante schien seine Gedanken zu lesen. »Ich hab 'n Ferrari da drin«, sagte er. »Den dürfen nur meine engsten Freunde sehen.«

»Wie haben Sie den da reingekriegt?«

»Mit Gebeten und einer Versicherung. Die einzigen beiden Dinge, die ein guter Katholik braucht.«

Potts lächelte. Er hatte Tommy Elefante schon immer gemocht. Tommy war wie sein Vater, nur gesprächiger. Schweigsam war der alte Guido gewesen, aber nicht ohne eine grimmige Güte, Ehrlichkeit und einen Sinn für Humor, den Potts, ohne es zu wollen, immer geschätzt hatte. Beide Männer – der Cop unten und der Mobster oben auf seiner Treppe – sahen auf den Hafen hinaus, wo die Möwen über das Wasser schossen und zur Freiheitsstatue hinüberflogen, die in der dämmrigen Ferne leuchtete.

»Ich hab seit zwanzig Jahren meinen Hintern nicht auf dieser Stufe geparkt«, sagte Potts.

»Ich wusste nicht, dass Sie das je gemacht haben.«

»Ich hab früher oft mit Ihrem Vater gesprochen.«

»Sonst noch irgendwelche Lügen?«

»Ich hab ihn sein Sechs-Worte-pro-Tag-Limit ein paarmal durchbrechen lassen. Habe ich Ihnen je die Geschichte erzählt, wie ich ihn kennengelernt habe?«

»Wenn's da eine Geschichte gibt«, sagte Elefante, »dann ging sie nur von einer Seite aus.«

»Sechs Jahre bin ich zu Fuß meine Tour gegangen, bis ich endlich meinen ersten Streifenwagen bekam«, grinste Potts. »Das muss, oh, 1948 gewesen sein. Dann gab es einen Hinweis, dass der alte Guido Elefante, unser örtlicher Schmuggler, der gerade aus dem Gefängnis entlassen worden war, eine illegale Lieferung Zigaretten in seinen Waggon bekommen hatte. In einer bestimmten Nacht, zu einer bestimmten Zeit. Sie kennen den Trick: Kauf die Zigaretten billig in North Carolina, zieh die Steuermarken runter, mach neue drauf und verkauf sie mit fünfzig Prozent Profit.«

»So haben die das gemacht?«

Potts ignorierte den Einwurf und fuhr fort. »Sie schickten einen Trupp her, um ihn hochgehen zu lassen. Sie waren es leid, nehme ich an. Oder vielleicht hatte er auch irgendwen zu schmieren vergessen. Egal, wir hatten drei Streifenwagen und einen Sergeant. Es muss drei oder vier Uhr morgens gewesen sein. Vor Kraft strotzend sind wir hier angebraust gekommen, mit Blaulicht, Sirene, das volle Programm. Ich war jung und unruhig zu der Zeit. Übereifrig. Mich stach noch der Hafer vom Krieg, und ich hatte endlich meinen eigenen Streifenwagen. ›Cherry Top‹ nannten sie die Dinger. Ich war so heiß.

Wir traten die Tür ein und fanden nichts. Alles war dunkel. Guido war offenbar zu Hause und schlief. Also zogen wir wieder ab. Die beiden anderen Wagen fuhren zuerst los. Ich war der Letzte.

Wir sind damals oft allein gefahren. Ich steig also in meinen Wagen, und da sehe ich, wie einer vom Anleger runterläuft. Wo er sich versteckt hatte, weiß ich nicht. Ich weiß nicht mal, warum er gerannt ist, aber ich dachte, der rennt vor mir weg. Also lass ich den Wagen an, um ihm zu folgen, aber das verdammte Ding will nicht anspringen. Kein Witz. Das ist das Erste, was sie dir erklären: ›Stell den Motor nicht ab.‹ Da hatte ich's also versägt, ich, der Anfänger. Deshalb hab ich auch die beiden anderen Wagen nicht angefunkt, dass da ein Verdächtiger zu Fuß unterwegs war, sondern bin dem Mann zu Fuß hinterher.

Er rannte, doch ich war jung, an der Ecke Van Marl und Linder hatte ich ihn fast, aber irgendwie hat er noch mal einen Gang hochgeschaltet und zog mir ein paar Meter davon. An der Ecke von Slag und Van Marl war ich aber wieder näher dran, und da, mitten auf der Kreuzung, dreht sich der Mistkerl um und zieht eine Pistole. Aus dem Nichts. Ich war praktisch tot.

Doch dann kommt dieser Truck aus dem Nichts, mit siebzig Sachen. Rumms, macht ihn platt. Er war auf der Stelle tot.

Der Fahrer sagte: ›Ich hab den Mann nicht gesehen. Ich habe ihn nicht gesehen.‹

Er hatte recht. Es war dunkel, und der Kerl war aus dem Nichts auf die Kreuzung gerannt. Der Fahrer hatte ihn unmöglich sehen können. Es war ein Unfall. Es ging so schnell.

Der Fahrer entschuldigte sich immer wieder. Ich sagte, es ist okay. Himmel, ich war ihm dankbar. Jedenfalls bin ich um die Ecke zu einem Polizeitelefon gelaufen, um Hilfe zu rufen, und als ich zurückkam, war der Truck verschwunden. Wir konnten den Mann nur noch vom Teer kratzen und in der Leichenhalle anrufen.

Dann, etwa sechs Monate später, haben sie mich wieder hergeschickt, sie sagten, sie hätten diesen Mann, diesen Guido, wegen ein paar Traktoren oder so was im Visier. Ich fuhr also wieder in aller Eile her, diesmal allein. Aber dann, statt dass da was verschoben wird, seh ich diesen großen Frontlader da, wo Sie jetzt das Lager haben. Es ist ein riesiger Traktor, der Erde wegschiebt, und drauf sitzt einer, der ihn fährt. Er hat nur eine funktionstüchtige Hand und ein gutes Bein. Ich gehe näher hin und guck in die Kabine. Es war der Mann, der den Truck gefahren hatte.

Ich sagte: ›Sie haben den Truck gefahren!‹

Er verschwendete keine Sekunde: ›Ich hab den Mann nicht gesehen. Wenn Sie Ihren Motor nicht ausgemacht hätten, wäre das alles nie passiert.‹«

Potts lachte. »Ich glaube, das war eine von den zwei, drei Sachen, die Guido je zu mir gesagt hat.«

Elefante versuchte ein Grinsen zu unterdrücken, schaffte es aber nicht ganz. »Eine Menge Heilige fangen nicht gut an, werden es dann aber.«

»Wollen Sie sagen, dass er ein Heiliger war?«

»Ganz und gar nicht. Aber er hat nie ein Gesicht vergessen. Und er war zuverlässig. Sind Heilige nicht zuverlässig?«

»Wo wir von Heiligen sprechen«, sagte Potts. Er zeigte zur Five Ends Baptist hinüber. »Kennen Sie da jemanden?«

»Ich sehe sie von Zeit zu Zeit. Nette Leute. Gehen niemandem auf die Nerven.«

»Ich erinnere mich vage, dass eine Lady von da vor ein paar Jahren im Hafen ertrunken ist.«

»War 'ne nette Frau. Ist schwimmen gegangen. Ich kann ihr das nicht verdenken.«

»Das war, nachdem ich nach Eins-null-drei in Queens versetzt worden war«, sagte Potts.

»Hab nie gehört, wie der Film ausgegangen ist«, sagte Elefante.

»Nicht gut.«

»Wie kam's?«

Potts schwieg einen Moment. »In drei Monaten werde ich pensioniert, Tommy. Dann lasse ich Sie in Ruhe.«

»Ich Sie auch.«

»Wie das?«

»Ist egal. Bis dahin bin ich raus. Früher schon, wenn's geht. Ich verkauf das hier.«

»Haben Sie Ärger?«

»Ganz und gar nicht. Ich höre auf.«

Potts hatte eine Weile daran zu kauen. Er sah über die Schulter zu Elefante hinauf und war versucht zu fragen, womit hören Sie auf? Kriminelle behaupten die ganze Zeit, dass sie aufhören. Aber Elefante war anders. Ein Schmuggler, ja. Erfolgreich, ja. Aber ein schlimmer Krimineller? Potts war sich nicht mehr sicher, was das bedeutete. Elefante war mürrisch, clever, unberechenbar. Verschob niemals das Gleiche zweimal in kurzer Zeit. Schien niemals zu gierig zu werden. Ließ die Finger von Drogen. Er unterhielt sein Lager und übernahm auch normale Lieferungen, um nicht aufzufallen. Schmierte Cops wie alle anderen, aber mit einem guten Instinkt und Anstand, wie Potts zugeben musste. Er hatte ein Gespür für junge, hungrige Cops, und auch für saubere. Legte nie einen rein oder setzte sie unter Druck. Verlangte kaum einen Gefallen. Es war einfach sein Geschäft. Und er war klug genug, niemals jemanden wie Potts oder die wenigen ehrlichen Cops im 76. schmieren zu wollen. Das sagte eine Menge über Elefante.

Dennoch, er gehörte zu den Familien, und die machten schreckliche Dinge. Potts überlegte, worin der Unterschied zwischen einer unfairen und einer schrecklichen Welt bestand. Der Gedanke verwirrte ihn. Was war der Unterschied zwischen jemandem, der ein Dutzend Kühlschränke klaute und sie für fünftausend Dollar verkaufte, und einem, der den Steuercode von Kühlschränken für fünfzigtausend so veränderte, dass er achtzigtausend bekam? Oder einem mit Drogen dealenden Arsch, dessen Heroin ganze Familien zerstörte? Bei wem sollte man wegsehen? Wenn überhaupt? Ich sollte ein Vogel Strauß sein, dachte er bitter. Weil es mir egal ist. Ich habe mich in eine Schmutzbeseitigerin verliebt, und sie weiß nicht, wie es in meinem Herzen aussieht.

Durch das Dickicht seiner Gedanken sah er, wie Elefante ihn beobachtete. »Ich höre die ganze Zeit Leute sagen, dass sie aufhören«, sagte er schließlich.

»Hier noch nie.«

»Ist es schwer für Sie?«, fragte Potts. »Mit all den Veränderungen?«

Elefantes Braue zuckte kaum merklich. »Ein bisschen. Für Sie?«

»Das Gleiche. Aber die Leute in meinem Job gehen in Rente.«

»In meinem auch.«

»Wie? In Totenstarre?«

Elefante grinste. »Was wollen Sie von mir, Potts? Warten Sie drauf, dass ich mir die Augenlider vom vielen Blinzeln wundscheure? Ich will raus. Ich bin müde. Mein ganzes Leben habe ich gearbeitet. Wussten Sie, dass eine Eiche erst nach fünfzig Jahren anfängt, Eicheln zu produzieren?«

»Wollen Sie eine Eiche werden?«

»Ich will jemand werden, der nicht von jedem Cop im 76. zweimal im Jahr besucht wird, als wär ich ihr Zahnarzt.«

»Ich bin gekommen, weil ich gehört habe, dass Sie mich sprechen wollen.«

»Wer hat das gesagt? Ich hab Sie nicht gerufen.«

»Sie sind nicht der Einzige, dem die Vögel im 76. was zwitschern. Aber wenn Sie Tarzan sind, bin ich Jane. Ich höre Sachen über einen Fall, die ich nicht verstehe, und hoffe, dass Sie sie aufklären können.«

»Geht es wirklich um einen Fall?«

»Gottverdammt, bloß weil alle in diesem Revier von ihrem Nachbarn was abhaben wollen, heißt das nicht, dass ich auch so bin. Ja, es geht um einen speziellen Fall. Meinen letzten, wenn ich Glück habe. Ich bin hier, um offen mit Ihnen zu reden. Vielleicht können Sie mir die eine oder andere Frage beantworten, und vielleicht ich auch Ihnen. Klingt das annehmbar? Danach können wir uns beide zur Ruhe setzen.«

»Wir haben konkurrierende Interessen, Potts. Wie genau ich hier rauskomme, geht Sie nichts an. Aber ich komme raus. Ich habe Ihnen bereits zu viel erzählt.«

»Kommen Sie mir nicht so. Dafür weiß ich zu viel.«

»Ich komme Ihnen weder so noch so. In meinem Geschäft schleicht sich der Ärger an wie ein altes Schuldenkonto. Also klärt man alles mit den Leuten, von denen man weiß, dass sie einem kein Messer in den Rücken rammen, und hofft darauf, dass der Rest, dem man noch was schuldig ist, unter Amnesie leidet. So ist das. Aber wenn sich unsere Interessen treffen, bin ich daran interessiert, Geschäfte zu machen.«

»Verständlich.«

»Also, was haben Sie?«

»Einen toten Jungen am Vitali-Pier und zwei Verwundete. Und einen alten Mann auf der Flucht.«

»Wen?«

Potts sah Elefante an. »Kommen Sie, Tommy.«

»Ist Ihnen schon mal die Idee gekommen, dass ich ihn nicht kennen könnte?«

»Er arbeitet für Ihre Mutter, Himmel noch mal.«

Elefante seufzte. »Jetzt mal mit der Ruhe, ja? Sie wissen, wie sie ist. Sie war schon so, als Sie hier das erste Mal Staub aufgewirbelt haben. Sie wandert über die leeren Grundstücke und gräbt aus, was nicht stinkt, damit sie's in meinen Garten pflanzen kann.«

»Was ist da schlimm dran?«

»Sehen Sie sich das Viertel doch an. Es ist nicht mehr sicher.«

»Nicht mal für Sie?«

»Ich kenne diese neuen Leute nicht, Potts. Und den Kerl auch nicht.«

»Er war bei Ihnen im Haus!«

»War er nicht. Er war im Garten. Ein paar Monate. Vielleicht drei. Einmal in der Woche. Hat Sachen gepflanzt. Ein alter Mann. Nennt sich selbst den ›Diakon‹. Die Leute nennen ihn ›Sportjacke‹ oder so. Er hat einen grünen Daumen. Bringt alles zum Wachsen. Viele Familien in meiner Straße beschäftigen ihn.«

»Warum hält er Deems dann eine Knarre ins Gesicht?«

»Ich weiß es nicht, Potts. Das frage ich Sie.«

»Sie klingen wie auf einer Friedenskonferenz, Tommy«, sagte Potts entnervt. »Voller Fragen und ohne eine Antwort.«

»Und ich sage Ihnen, ich kenne den Burschen nicht. In den drei Monaten habe ich nicht mehr als ein paar Worte mit ihm gewechselt. Er war im Garten und hat gepflanzt, was immer meine Mutter wollte, sie hat ihm etwas Geld gegeben, und er war zufrieden. Er ist ein Säufer. Einer von denen, die mit zwanzig sterben und mit achtzig beerdigt werden. Er ist ein Kirchenmann. Ein Diakon bei der da drüben.«

»Was macht so ein Diakon?«, fragte Potts.

»Sie sind schon der Zweite, der mich das diese Woche fragt. Woher zum Teufel soll ich das wissen? Vielleicht singen sie Lieder, halten Predigten für Maulesel, schlafen wie Schnecken, sabbern bei der Kollekte und verteilen Gesangbücher.«

»Er trinkt also, arbeitet als Gärtner und geht in die Kirche«, sagte Potts. »Das klingt katholisch.«

Elefante lachte. »Ich hab Sie immer schon gemocht, Potts, so viel Kopfschmerzen Sie mir auch bereitet haben.«

»Haben?«

»Sie sagten, Sie hören auf.«

»Ja.«

»Vielleicht können Sie mir einen Gefallen tun. Weil ich auch aufhöre.«

»Ist das eine Lüge, Übertreibung oder ein hehrer Wunsch?«

»Ich sag's Ihnen, ich hör wirklich auf.«

»Wenn das ein Vorwand sein soll, sich aus dem Loch rauszuholen, das Sie sich selbst gegraben haben, dann funktioniert das nicht, Tommy. Ich hör das ständig.«

»Aber nicht von mir.«

Potts schwieg. Es klang, als meinte Elefante es ernst, dachte er.

»Ganz ehrlich, Potts, ich höre auf. Meine Mutter, die wandert bald da rauf. Und ich ... ich ... können Sie ein Geheimnis für sich behalten? Es wird Ihnen den Tag verschönern. Ich ziehe in die Bronx.«

»Wozu? Deren Baseballmannschaft ist Schrott.«

»Das geht nur mich was an. Ich will aber keine Schulden hinterlassen. Ich will hier sauber raus. Sie kennen die Leute, mit denen ich arbeite. Sie wissen, wie die sind.«

»Wenn Ihnen das Sorgen macht, hätten Sie sich andere Freunde aussuchen sollen. Ihr Kumpel Joe Peck steckt übrigens in Schwierigkeiten.«

Elefante schwieg einen Moment. »Sind sie verdrahtet?«, fragte er.

»Der einzige Draht, den ich habe, ist der, den der Captain mir ständig in den Arsch rammt. Die hassen mich im 76. Die Wahrheit ist, Tommy, ob Sie's nun glauben oder nicht: Wenn Sie ein Cop sind, müssen Sie auch einer sein. Wenn nicht, seien Sie ein Spießer wie ich. Oder ein Arsch wie Peck. Oder einer dieser Drogenhändler, die den Kids ihren Dreck verkaufen. Zwischendrin gibt es nichts. Die Gorvinos sind so damit beschäftigt, mit der einen Hand den Negern Drogen zu verkaufen und mit der anderen der Flagge zu salutieren, dass sie nicht sehen, was kommt. Ihre Kinder werden drogenabhängig sein. Sie werden es sehen. Denken Sie, die Neger hier sind dumm? Die haben Waffen und sind ebenfalls scharf aufs Geld. Die guten alten Zeiten sind vorbei, Tommy. Es ist nicht mehr so, wie's mal war.«

Potts spürte, wie Wut in ihm hochkochte, und versuchte sie zu kontrollieren. »Ich werde mich nicht wie die anderen Alten vor mir verabschieden«, sagte er. »Wütend, angepisst und am

Arsch.« Er warf einen Blick zur Kirche hinüber und dachte wieder an Schwester Gee. Im Moment schien sie weit weg. Ein ferner Traum. Dann sagte er es.

»Ich glaube, es ist wegen einer Frau«, sagte er. »Nicht wegen Ihres Gärtners. Wenn Sie mich fragen, für eine Frau würde auch ich in die Bronx ziehen.«

Elefante antwortete nicht.

Potts wechselte das Thema. »Die Schießerei am Pier. Wissen Sie was über das Mädchen?«

Elefante schüttelte den Kopf.

Potts seufzte. »Ich kenne da einen alten Obdachlosen, der bei der alten Farbenfabrik am Vitali-Pier rumhängt«, sagte er. »Er wohnt da mehr oder weniger. Sie kennen ihn. Dub nennen sie ihn.«

»Ich hab ihn schon mal gesehen.«

»Der alte Dub hat da an dem Abend seinen Rausch ausgeschlafen, direkt unter einem Fenster unten im Erdgeschoss, zwischen den Ratten. Er ist aufgewacht, weil auf dem Anleger jemand geredet hat. Hat aus dem Fenster gelinst und gesehen, was passiert ist. Die ganze Sache. Ich habe ihn wegen Landstreicherei aufgegriffen, damit er was zu essen kriegt und eine Dusche am nächsten Tag. Für eine Vier-Dollar-Flasche Wein hat er mir erzählt, was er gesehen hat.«

»War es ein guter Wein?«

»Es waren meine vier Dollar. Ein verdammt guter Wein.«

»Dann war es das Geld wert.«

Potts seufzte. »Das ist alles, was ich weiß. Wissen Sie auch was?«

»So geht das bei mir nicht, Potts. Es macht mir nichts, ein paar Skrupel über Bord zu werfen, um was zum Beißen zu haben, aber mit den Cops zu reden kann dich unter die Erde bringen, und das nicht aus Altersschwäche.«

»Verstehe. Aber eine Frage: Es gibt da einen Farbigen in Bed-Stuy, einen cleveren Burschen. Heißt Moon. Bunch Moon. Klingt der Name vertraut?«

»Könnte sein.«

»Kennen ihn die Gorvinos?«

»Sollten sie«, sagte Elefante.

Potts nickte. Das reichte ihm. Er setzte sich die Mütze wieder auf. »Wenn Sie in Rente gehen wollen, wär das jetzt ein guter Zeitpunkt. Wenn diese Geschichte ins Rollen kommt, wird es nicht lustig.«

»Sie rollt längst«, sagte der Elefant.

»Sehen Sie? Hab ich doch gesagt, keine hübsche Sache. Aber das Mädchen, das ist hübsch.«

»Welches Mädchen?«

»Stellen Sie sich nicht dumm, Tommy. Ich gebe Ihnen hier was. Es ist ein Mädchen, eine junge Frau. Eine Schwarze. Die Schützin. Und sie ist gut, arbeitet im Auftrag. Kommt von außerhalb. Mehr weiß ich nicht. Sie sieht gut aus und hat einen Namen wie ein Mann. Schießt auch wie einer. Ihr Kumpel Peck sollte aufpassen. Bunch Moon hat Ambitionen.«

»Wie heißt sie?«

»Wenn ich es Ihnen sagte, würde ich mich morgen früh dafür hassen. Besonders, wenn ich sie aus dem Hafen ziehen muss.«

»Ich habe mit keiner Frau was zu klären. Was ändert der Name schon?«

Potts stand auf. Das Gespräch war beendet. »Wenn Sie sich in die Bronx zurückziehen, Tommy, würden Sie mir dann eine Karte schicken?«

»Vielleicht. Was machen Sie, wenn Sie raus sind?«

»Ich gehe angeln. Und Sie?«

»Ich werde Bagel backen.«

Potts unterdrückte ein Lächeln. »Sie sind Italiener. Nur für den Fall, dass die das vergessen haben.«

»*Grazie*, aber warum sollte mich das aufhalten?«, sagte Elefante. »Ich nehme, was ich kriegen kann. So ist das, wenn du es raus schaffst und noch atmest. Dann bringt jeder Tag eine neue Welt.«

Potts sah zur Five Ends Baptist Church am Ende der Straße. Es brannte Licht. Er hörte fernes Singen. Der Chor übte. Er dachte an eine entzückende Frau, die vorne in der ersten Reihe saß und die Hausschlüssel beim Singen in der Hand hielt. Er seufzte.

»Verstehe«, sagte er.

22

281 DELPHI

Das Backsteinhaus in der Delphi Street 281, nahe der Cunningham Avenue, stand bucklig und allein da. Die Grundstücke links und rechts waren verwildert. Es war ein perfekt geschützter Ort. Drinnen, im ersten Stock, saß Bunch Moon am Fenster und blickte auf die Straße hinunter. Von seinem Platz aus konnte er jeden sehen, der um die Ecke bog und näher kam. Kinder spielten in den am Straßenrand zurückgelassenen Schrottautos. Es war ein ungewöhnlich warmer Tag im Oktober, und die Kids hatten den Hydranten wieder aufgedreht. Er würde etwas später seinen alten Pick-up holen und ihnen ein paar Münzen dafür geben, dass sie ihn wuschen. Der eine oder andere war ihm schon aufgefallen, sie waren bald so weit, dass er sie anstellen konnte.

Er öffnete das Fenster und sah hinaus, nach rechts, nach links, dann wieder nach rechts. Rechts war kein Problem, da hatte er ein paar Straßen weit klare Sicht, bis zur Bedford Avenue. Links war kniffliger. An der Ecke endete die Delphi Street an der Cunningham, mit der sie ein T bildete. Ursprünglich hatte er ein Haus in einer Sackgasse gewollt. Aber als er hier durchkam, um nach einem geheimen Treffpunkt zu suchen, standen da so viele mit Brettern vernagelte leere Häuser, dass er die Wahl hatte und beschloss, der Häuserblock hier würde passen. Die 281 hatte er ausgewählt, weil er von hier aus einen besseren Blick auf den herankommenden Verkehr hatte als aus jedem anderen Haus. Rechts konnte er mehrere Straßen weit bis zur Bedford sehen, links hinter dem T lag ein leeres, überwuchertes Grundstück, rechts von der Ecke standen einige verfallene Häuser, die er von hier nicht sehen konnte, auf der anderen Seite gab es ein verlassenes Lagerhaus, das er zum Teil im Blick hatte. Wer auch immer von dort kam, von links, wenn er mit dem Auto kam, war etwa drei Meter vor der Delphi Street zu sehen, bevor er es seine Stufen hinauf schaffte. Das war nicht ideal, aber auch nicht schlecht. Einen besseren Beobachtungsposten konnte er kaum bekommen, ohne die Aufmerksamkeit der Cops auf sich zu ziehen. Er kam selten her, für gewöhnlich mit der Subway, und trug immer eine MTA-Uniform, damit die Nachbarn dachten, er arbeite für die Verkehrsbetriebe. Nur wenige seiner Leute, die sein Heroin aufbereiteten, wussten von diesem Haus. Er sah lange in beide Richtungen.

Als er genug hatte, trat er einen Schritt zurück und schloss das Fenster. Er setzte sich an den Esstisch und warf einen Blick auf die Schlagzeilen der *New York Times*, der *Daily News* und der *Amsterdam News* vor sich auf dem Tisch, dann auf die hübsche junge Frau ihm gegenüber, die ihre Nägel betrachtete.

Haroldeen, die Todes-Queen, saß auf dem Platz, auf dem auch Earl, der miese, nörgelnde, brunzdumme Verräter-Drecksack gesessen hatte. Sie bearbeitete ihre Nägel mit einer Feile. Er unterdrückte das Verlangen, sie anzuherrschen, und sagte: »Wie bist du hergekommen?«

»Mit dem Bus.«

»Hast du kein Auto?«

»Ich fahre nicht.«

»Wie bewegst du dich in Virginia voran?«

»Das iss meine Sache.«

»Du hast es übel versaut. Das ist dir klar, oder?«

»Ich hab mein Bestes gegeben. Es ließ sich nicht vermeiden.«

»Dafür bezahle ich dich nicht.«

»Ich bringe es in Ordnung. Ich brauche das Geld. Ich gehe aufs College.«

Bunch schnaubte. »Warum dein Talent verschwenden?«

Haroldeen quittierte das mit Schweigen, während sie sich weiter ihren Nägeln widmete. Dabei überging er, dass er sich bereits ihrer anderen »Talente« bedient hatte, als sie noch mit ihrer Mutter in einer Straße genau wie dieser gelebt und ihre Besitztümer in Einkaufswagen von einem Unterschlupf zum nächsten gefahren hatte.

Er sagte: »Die Kellertür geht nach hinten raus. Am Ende des Zaunes, wenn du dagegendrückst, ist ein Tor. Geh da raus.«

»Okay«, sagte Haroldeen.

»Wo wohnst du?«

»Bei meiner Mutter in Queens.«

»Das iss nicht besonders clever. Für 'n College Girl.«

Haroldeen arbeitete schweigend an ihren Nägeln. Er vergaß zu erwähnen, bemerkte sie, dass ihre Mutter in einem seiner Labore in Jamaica Heroin mit Natron, Mehl und Wasser aufbereitete. Er dachte, sie wüsste das nicht. Er dachte, sie wüsste nicht, dass er sich auch die »Talente« ihrer Mutter zunutze gemacht hatte, damals, als sie noch jung gewesen war. Aber so, dachte sie bitter, hatte sie überlebt. Sich unwissend stellend. Dumm. Die dumme Süße. Scheiße. Damit war sie durch.

»Ich studiere Rechnungswesen«, sagte sie.

Bunch lachte. »Warum lernst du nich Kamele melken. Da steckt mehr Geld drin.«

Haroldeen sagte nichts. Sie holte ein Fläschchen Nagellack aus ihrer Tasche und begann ihn auf ihre Nägel aufzutragen. Der Auftrag, die beiden Jungs zu erschießen, hatte ihr nicht gefallen. Sie waren keine harten erwachsenen Männer wie Bunch, der das Spiel kannte und ihr so viel angetan hatte, als sie noch jung und besonders hübsch für ihr Alter gewesen war, mit langem Haar, einer milchig braunen Haut und strammen Beinen. Zusammen mit ihrer scheuen, sanften Mutter hatte sie nach dem Tod ihres Vaters ihre Sachen in der Gegend herumgeschoben. Die Typen hatten für 'n Vierteldollar die Titten ihrer Mutter befingert und sie, Haroldeen, an Drogendealer verhökert, die sie als Hure und Köder für Drogenraub benutzten. »Bunch hat uns gerettet«, sagte ihre Mutter gerne, aber das war ihre Art, den Schmerz zu verarbeiten. Es war ihre Tochter, die sie gerettet hatte, das wussten sie beide. Die Sozialarbeiterin, die ihnen zu helfen versuchte, hatte es auf den Punkt gebracht. Haroldeen hatte ihren Bericht gelesen, nachdem sie aus New York raus war. »Die Tochter hat die Mutter großgezogen«, schrieb die Lady, »nicht umgekehrt.«

Die Rettung hatte ihren Preis gehabt. Jedes einzelne Haar auf Haroldeens hübschem Kopf, das sie ihrem gut aussehenden Vater und ihrer schönen afroamerikanischen Mutter verdankte, war ihr ausgefallen. Mit zwanzig war sie kahl. Eines Tages war ihr das Haar ausgefallen, einfach so. Als Folge, nahm sie an, des schwierigen Lebens, das sie hatte leben müssen. Sie trug jetzt eine Perücke und Shirts mit langen Ärmeln, die ihren Rücken, ihre Schultern und ihre Oberarme bedeckten, die sie sich bei einem Job vor zwei Jahren verbrannt hatte, der fürchterlich danebengegangen war. Nichts war mehr sicher, bis auf ihr schönes Apartment in Richmond und die Tabletten, die sie gelegentlich abends nahm, um das Gewinsel der Männer, die sie getötet hatte, aus ihren Träumen zu verbannen. Es waren schreckliche

Hurensöhne – Männer, die mit Schweißbrennern aufeinander losgingen, sich mit glühenden Eisen versengten und einander Clorox in die Augen spritzten, nur wegen ein paar Drogen. Männer, die ihre Freundinnen zu fürchterlichen Dingen zwangen: vier, fünf Kerle in einer Nacht zu befriedigen und für einen Schuss Heroin Liegestütze über Hundescheiße zu machen, bis sie nicht mehr konnten und in den Dreck fielen, damit sie, die Männer, was zu lachen hatten. Solche Mistkerle hatte ihre Mutter in ihr Leben gelassen. Dass Haroldeen jetzt bei ihr wohnte, war mehr aus Pflichtgefühl. Sie brachte ihr zu essen, gab ihr etwas Geld. Aber die beiden redeten kaum mehr miteinander.

»Ich werde mit der Buchhaltung genug Geld verdienen. Ich bin sparsam.«

»Wie geht's deiner Ma dieser Tage?«, fragte Bunch.

Als wüsste er es nicht, dachte Haroldeen. Sie zuckte mit den Schultern. »Was hat das mit den Teepreisen in China zu tun?«

»Du klingst schon wie ein College Kid. Kannst du auch schon deine Finger und Zehen zählen?«

Haroldeen überdachte das einen Moment und sagte dann: »Ich muss in zwei Tagen zurück. Bis dahin hab ich die Sache beendet. Dann fahr ich nach Hause.«

»Warum die Eile?«

»Ich hab einen andern Job in Richmond.«

»Was für 'nen Job?«

»Ich frag auch nicht nach deinen Geschäften«, sagte sie.

»Ich bin der, der zahlt.«

»Ich hab noch keinen Cent gesehn«, sagte sie. »Nich mal für den Zug hierher.«

Bunch drückte sich vom Tisch weg. »Du hast eine schrecklich große Schnauze für jemanden, der's so versaut hat.«

Haroldeen biss sich auf die Unterlippe. »Die beiden alten Kerle sind wie aus dem Nichts aufgetaucht.«

»Ich bezahl dich dafür, dass du mit solchen Problemen fertigwirst.«

»Ich sagte, ich kümmre mich drum, und ich meine es so.«

Bunch seufzte. Wie konnte er verhindern, dass da alles zusammenbrach – oder, schlimmer noch, ihm in die Fresse flog? Peck gegenüber hatte er sich verraten, keine Frage.

»Bist du sicher, dass sonst keiner unten am Anleger war?«

»Ich hab keinen gesehn. Nur die beiden Jungs und die beiden alten Säufer.«

»Was iss mit den Leuten auf der Plaza? Am Fahnenmast? Die haben dich gesehn, oder? Du warst 'ne Woche da, um Deems auszukundschaften.«

»Ich geh da sowieso nich mehr hin. Ich kümmre mich woanders um Deems und den Alten.«

»Wer bist du? Agent 007? Willst du dich verkleiden, verdammt? Deems liegt im Krankenhaus, und der Alte iss verschwunden, wie ich höre.«

»Ich hab doch gesagt, dass ich das anderswo in Ordnung bringe.«

»Wo soll das sein? Und wie kann ich sicher sein, dass du's machst?«

Haroldeen schwieg, ihr Gesicht war eine Maske. Er musste zugeben, sie war die schönste steinerne Wand, die er je gesehen hatte. Eine verdammte, eisige Schönheit. Du wusstest nie, wen du eigentlich angucktest. Gerade noch war sie eine zickige Schönheit, und gleich darauf ein strahlender, unschuldiger Teenager. Sie war seine größte Entdeckung. Er hatte gehört, dass sie beim Sex wie ein Hund bellte. Er erinnerte sich vage an sie aus seinen wilden Jahren, als er sich hochgearbeitet hatte, aber das war lange her, und sie war so jung gewesen. Vielleicht vierzehn, fünfzehn? Wie 'n Hund gebellt hatte sie da nicht. Daran würde er sich erinnern. Sie hatte keinen Ton von sich gegeben, nicht mal gewimmert, gestöhnt oder nach Luft geschnappt. Schon als Kind war dieses hübsche Mädchen mit den sanften Zügen innerlich hart wie Stein gewesen. Jetzt, mit neunundzwanzig, konnte sie noch als zwanzig durchgehen. Nur, wenn man genau hinsah, sagten einem die Fältchen um die Augenwinkel und die Ohren, dass sie vielleicht doch dreiundzwanzig oder sogar fünfundzwanzig war. War es so lange her, dass er sie rangenommen hatte? Vierzehn Jahre? Er konnte sich nicht erinnern.

Sie nickte zu den Zeitungen auf dem Tisch vor ihm hin. »Wenn ich damit fertig bin, wirst du's lesen können. Aber ich brauch mein Geld.«

»Du biss noch nicht fertig.«

Sie sah ihn an, und die Gereiztheit, als sie vom College gesprochen hatte, war aus ihren Zügen verschwunden. Da war nur noch eine erbitterte Härte, und in diesem Moment war er froh, dass sie sich an einem von ihm vorgeschlagenen Ort getroffen hatten. Sie hatte sein sicheres Haus bestimmt ausgecheckt und nahm wahrscheinlich an, dass er, nicht sie, hier ein Back-up hatte, umgeben von Leuten, die in der Nähe, aber nicht zu sehen waren. Die Leere des Raumes war eine Warnung für sie, dass gleich nebenan Gefahr lauerte, weil der Tod keine Zeugen mochte, je weniger, desto besser. Er war sicher, dass ihr die Leere dieses Zimmers in diesem alten Gemäuer tief in Bed-Stuy, seinem Territorium, sagte, dass es ihr Leben war, das in Gefahr war, nicht seines. Wobei es in Wahrheit gar kein Back-up gab. Keine Männer rund um 281 Delphi, nicht auf der Straße, nicht in Autos, nicht als Nachbarn getarnt und auch nicht vorbeifahrend. 281 Delphi war sicher, weil es ein Geheimnis war. Er wusste nicht, ob sie das spürte, beschloss aber, dass es nicht wichtig war. Sie wollte ihren Goldstaub und raus aus der Stadt, sobald der Rauch aufstieg, was er an ihrer Stelle auch wollen würde. Wie auch immer, er hatte einen Revolver auf dem Stuhl neben sich liegen. Er brauchte keine weiteren Augen, die ihn und Haroldeen, die Todes-Queen, zusammen sahen, nicht, nachdem Earl so eine Scheiße fabriziert hatte.

Dass Earl ein Verräter war, hatte er durch Glück herausgefunden, bei einem zufälligen Treffen mit einem schwarzen Cop vom 76., der ihn gewarnt hatte: »Passen Sie auf Ihre Leute auf.« Das hätte ihn beinahe umgehauen. Er vertraute Earl mehr als irgendwem sonst. Was hatte Earl, der mal solche Eier gehabt hatte, so zimperlich werden lassen? War es der Gedanke, Joe Pecks Vertriebsnetz auszuschalten und womöglich auch Peck selbst und die Sache dann zu übernehmen, der ihm zu viel gewesen war? Weil Peck weiß war? Oder war es die Kirchenscheiße, die ihn immer so komisch werden ließ? Warum hat der Neger, dachte er verbittert, so eine Angst vor den Weißen? Was war da in seiner Seele, das ihn so werden ließ? Es musste die Kirchenscheiße sein.

»Biss du in einer Kirche aufgewachsen und glaubst an Jesus?«, fragte er Haroldeen.

Haroldeen schnaubte: »Bitte!«

Er musterte sie einen Moment lang, den grimmigen Blick, die funkelnden Augen, die Miene, die von einer Sekunde auf die andere so mitfühlend werden, Vertrauen erwecken und gleich darauf zu Eis erstarren konnte. »Ich könnte zehn von deiner Sorte brauchen«, sagte er.

»Wie wär's damit, mich erst mal zu bezahlen?«

»Ich gebe dir jetzt die Hälfte, plus die Fahrtkosten. Die andere Hälfte, wenn du den Job erledigt hast.«

»Wie kriege ich das Geld?«

»Mit dem Pony Express. Per Post. Wie du willst.«

»Seh ich so blöd aus?«

»Ich bring's dir persönlich. Ich komm mit dem Auto raus.«

»Nein, danke.«

»Warum nicht? Virginia ist nicht weit. Es sei denn, du wohnst in einem der Orte, wo das Willkommen auf der Fußmatte in Olde English steht und sie keine Neger mögen. Wenn das der Fall ist, tu ich so, als wär ich der Milchmann. Oder der Gärtner. Du solltest mit Gärtnern vertraut sein.«

Sie zog die Brauen zusammen. »Ich dachte, du hass gesagt, du wüsstes nich wirklich, was passiert ist.«

»Rohrkrepierer machen Krach, Schwester.«

»Also gut. Jetzt die Hälfte, und ich sag dir, wohin du den Rest schicken sollst, wenn ich's erledigt habe.«

»Ich hab einen Haufen Ärger am Hals wegen dir. Joe Peck sitzt mir im Nacken. Er wird meine Leute ausschalten und sie durch seine Onkel-Tom-Nigger ersetzen wollen.«

»Ich bring meinen Teil in Ordnung«, sagte sie. »Das iss alles, was ich dir sagen kann.«

Bunch stand auf. Er trat ans Fenster und kehrte ihr den Rücken zu. »Es ist das letzte Mal, dass wir zusammenarbeiten«, sagte er. Draußen tuckerte ein Motorrad die Straße hinunter, gefolgt von einem Auto, einem GTO. Aber sie kamen von rechts, der sicheren Seite, voll sichtbar. Nicht aus der Seitenstraße, also waren sie nicht gefährlich. Trotzdem fragte er sich: Hatte er die schon mal gesehen? Er beschloss, abzuwarten, ob sie um den Block fuhren, sah dann aber, dass das Motorrad den Blinker setzte, bevor es die Ecke erreichte, und das Mädchen sagte wieder was, und er wandte sich ab.

»Wo iss mein Geld?«, fragte sie.

Er nickte zur Esszimmertür rüber. »Unten. An der Hintertür steht ein Schrank.«

»Wo ist die Hintertür?«

»Würde man sie Hintertür nennen, wenn sie nach vorne raus ginge?«

»Ist es die aus dem Keller oder aus dem Erdgeschoss?«

Das holte ihn vom Fenster zurück. Er ging zur Tür und zeigte die Treppe hinunter. Sie standen im ersten Stock. »Geh bis runter in den Keller. Nimm die Kellertür nach draußen. Geh nicht nach vorne raus. Neben der Tür steht ein Schrank. In der obersten Schublade liegt ein Umschlag mit der Hälfte, plus Fahrtkosten.«

»Okay.«

»Sind wir uns einig, um wen es geht?«

»Deems und den Diakon. Und den anderen.«

»Welchen anderen?«

»Den Alten mit dem Diakon.«

»Ich hab nichts von einem Dritten gesagt. Ich zahle nicht für noch einen.«

»Iss mir egal«, sagte sie. »Er hat mich gesehn.«

Sie lief die Treppe runter, leichtfüßig und gewandt. Bunch sah ihr hinterher und empfand ein leises Bedauern. Die Treppe knarzte normalerweise, aber Haroldeen schwebte wie ein Geist nach unten, still und schnell. Das Mädchen, dachte er, kann was. Er beschloss, sich durch das Fenster hinten zu versichern, dass die Nachbarn nicht sahen, wie sie den Garten verließ. Er wollte nichts mehr mit ihr zu tun haben. Dann fiel ihm das Auto wieder ein, das er vorne gesehen hatte, und sah erst schnell nach dem GTO. Er war nicht mehr da. Alles sicher.

Haroldeen fand den Schrank neben der Tür und holte den Umschlag heraus. Es war dunkel da unten, und sie hielt ihn in den schwachen Lichtschimmer des kleinen Kellerfensters, checkte den Inhalt und steckte ihn hastig in ihre Jeans. Dann zog sie die Schuhe aus, nahm jeweils zwei Stufen zur Eingangstür vorne, öffnete sie, sprintete zurück in den Keller, zog die Schuhe wieder an und verließ das Haus.

Der Garten stand voll mit Gerümpel und Müll und war völlig verwildert. Sie suchte sich langsam ihren Weg zum Zaun hinten, als wäre sie nicht sicher, wohin sie gehen sollte, und sah noch einmal nach oben.

Und klar, Bunch beobachtete sie mit stechendem Blick durch das offene Fenster.

Das war alles, was sie sehen wollte. Sie drehte sich um und rannte, so schnell sie konnte, zum Tor hinten, sprang dabei über alles, was ihr im Weg lag.

Oben im ersten Stock sah Bunch sie zum Tor rennen, hörte gleichzeitig laut donnernde Schritte auf seiner Treppe, eine plötzliche Panik zog ihm den Magen zusammen. Er sah zum Sitz des Stuhls neben seinem, auf dem ein, zwei weite Meter entfernt seine Pistole lag. Sein Blick suchte sie noch, als die Tür aufflog und Joe Peck mit einem Revolver hereinstürzte, gefolgt von zwei weiteren Männern, von denen einer eine Schrotflinte im Anschlag hatte.

Kurz bevor sie das Tor erreichte, hörte Haroldeen die Schüsse, das Schreien, und glaubte jemanden rufen zu hören: »Du verdammte schwarze Schlampe!«

Aber sie war sich nicht sicher. Da war sie schon draußen und weg.

23

LETZTE OKTOBER

An seinem dritten Tag im Krankenhaus erwachte Deems mit seinem Arm in Gips und dem vertrauten schmerzhaften Summen in den Ohren, das sein Blut kribbeln und in den Kopf steigen ließ. Sein Krankenhausbett war leicht zur Seite gekippt, was verhinderte, dass er auf die linke Schulter rollte und seine Verletzung noch verschlimmerte. Nicht, dass er es vorhatte. Jedes Mal, wenn er sich auch nur leicht in die Richtung lehnte, schoss ihm ein Schmerz quer über den Rücken und die Wirbelsäule hinunter, der so heftig war, dass er dachte, er müsse sich übergeben. Auf der rechten Seite zu liegen war ein absolutes Muss. Das bedeutete aber, dass er sich von keinem seiner Besucher abwenden konnte. Nicht, dass viele kamen, außer den Cops, Schwester Gee und ein paar weiteren »Schwestern« von der Five Ends. Er sagte nichts, selbst den Schwestern nicht. Oder Potts, dem alten Cop, an den er sich noch aus der Zeit erinnerte, als er ihm bei ihren Baseballspielen aus dem Streifenwagen zugesehen hatte. Auch ihm hatte er nichts zu sagen. Potts war okay, aber am Ende eben doch ein Cop. Deems hatte andere Sorgen als Cops und die dämlichen Five-Ends-Leute. Er war verraten worden, wahrscheinlich von Lightbulb, dachte er, und Beanie war tot.

Er drehte sich etwas, um mehr auf den Rücken zu kommen, ganz langsam, und griff nach der Tasse Wasser, die die Schwestern ihm hingestellt hatten.

Aber statt einer Tasse erwischte er eine Hand, hob den Blick und sah in Sportcoats faltiges Gesicht.

Fast hätte er ihn im ersten Moment nicht erkannt. Der alte Narr hatte nicht seine gewohnte abgerissene Sportjacke aus längst vergangenen Zeiten an. Auch nicht das grünweiß karierte Ding, das der alte Säufer zu speziellen Gelegenheiten und in der Kirche trug, und über das Deems und seine Freunde jedes Mal laut hatten lachen müssen, wenn er damit stolz aus Haus 9 gestelzt kam. Mit dem karierten Ding sah der alte Sack wie eine wandelnde Flagge aus. Heute trug er die blaue Hose und das blaue Hemd eines Angestellten des Wohnungsamts und dazu einen Porkpie-Hut. In der rechten Hand hielt er so was wie eine selbstgemachte Puppe, ein hässliches Ding von der Größe eines kleinen Kissens, braun, mit Strickfusseln als Haaren und einem auf den Stoff genähten Knopfgesicht. In der anderen Hand eine kleine Papiertüte.

Deems nickte zu der Puppe hin. »Was soll das denn sein?«

»Die iss für dich«, sagte Sportcoat stolz. »Du kenns doch Dominic, die haitianische Sensation? Er wohnt bei uns im Haus und macht diese Puppen. Er sagt, sie ham magische Kräfte. Sie bringen Glück, oder Pech. Oder was immer er will. Die hier iss eine Werd-gesund-Puppe. Hat er speziell für dich gemacht. Und den hier«, er griff in die Papiertüte, raschelte darin herum und zauberte einen rosa Ball hervor, »den hab ich für dich besorgt.« Er hielt den Ball vor sich hin. »Das iss ein Übungsball. Drück ihn zusammen«, sagte er, »das macht deine Wurfhand stärker.«

Deems runzelte die Stirn. »Was verfickt wills du hier, Mann?«

»Mein Sohn, achte auf deine Sprache. Ich bin weit gefahrn, um dich sehn.«

»Jetz hast du's. Hau ab.«

»So spricht man nich mit eim Freund.«

»Wills du, dass ich danke sage, Sport? Okay, danke, und jetz verpiss dich.«

»Deswegen bin ich nich hier.«

»Frag mich nich nach mein Angelegenheiten. Die Cops machen das schon seit zwei Tagen.«

Sportcoat lächelte und legte das Puppenkissen an die Bettkante. »Mir sind deine Angelegenheiten egal«, sagte er. »Ich hab meine eigenen Projekte.«

Deems verdrehte die Augen. Was war an diesem alten Kerl, dass er diese blöde Scheiße weiterhin ertrug? »Was hass du hier im Krankenhaus für Projekte laufen, Sport? Brauen sie hier dein Gesöff? Deinen King Kong? Du und deine Sauferei. Diakon King Kong«, lachte er. »So nennen sie dich.«

Sportcoat überhörte die Beleidigung. »So was tut mir nich weh. Ich hab Freunde in dieser Welt«, sagte er. »Zwei davon liegen hier im Krankenhaus. Sie ham Hot Sausage auch hergebracht, wusstes du das? Auf dieselbe Station. Kanns du das glauben? Ich weiß nich, warum sie das gemacht ham. Ich komm grade von ihm. Er hat mich nich in Ruhe gelassen, kaum, dass ich bei ihm rein bin, meinte er: ›Wenn du mich nich so getriezt hättes, Sport, wär ich da nie wie 'n Schiri raus, um Deems wegen dem blöden Baseball zu nerven.‹ Worauf ich ihm gesagt hab: ›Sausage, du kanns nich abstreiten, dass der Junge eine Zukunft im Base…‹«

»Was zum Teufel redes du da?«, sagte Deems.

»Hä?«

»Halt die verfluchte Fresse, du verdammtes Arschloch.«

»Was?«

»Wer will diesen Scheiß von dir hörn, du besoffener Bastard? Du hasses verbockt, Mann. Hass alles kaputtgemacht. Kriss du die Schnauze nie voll davon, dich reden zu hörn? Diakon King Kong!«

Sport blinzelte und war leicht eingeschüchtert. »Ich hab dir schon gesagt, Junge, deine Worte könn mir nicht wehtun, weil ich dir nie was getan hab. Mich nur um dich gesorgt, 'n bisschen.«

»Du hass mir das verdammte Ohr weggeschossen, du dämlicher Nigger.«

»Da kann ich mich nich dran erinnern, mein Sohn.«

»Nenn mich nich so, du dreckiges Arschgesicht! Du hass Scheiße gebaut und auf mich geschossen. Der einzige Grund, warum ich dir nich gleich den Arsch aufgerissen hab, iss mein Großvater. Das war mein erster Fehler. Jetz iss Beanie wegen dir tot, und wegen Sausage, diesem verdammten Hilfsklempner, der so dämlich iss wie 'n Stück Hühnerscheiße. Wegen euch zwei versoffenen, verblödeten, vergreisten Idioten.«

Sport schwieg. Er blickte auf seine Hände mit dem rosa Spaldeen Ball. »Gibt kein Grund, so Wörter für mich zu gebrauchen, mein Sohn.«

»Nenn mich nich ›mein Sohn‹, du schielender, verrunzelter Hurensohnbastard!«

Sportcoat starrte ihn komisch an. Deems sah, dass der Blick des alten Trinkers ungewöhnlich klar war. Sportcoats Augen waren normalerweise blutunterlaufen, die Lider hingen halb herunter, jetzt waren sie weit offen. Sportcoat schwitzte, und seine Hände zitterten leicht. Und Deems sah auch, was ihm bisher nie aufgefallen war, dass Sportcoat unter dem Wohnungsamt-T-Shirt, so alt er war, immer noch kräftige Schultern und Oberarme hatte.

»Was hab ich dir getan, Junge«, sagte Sportcoat leise. »In all der Zeit, als wir Baseball und so gespielt ham. Ich dich ermutigt hab... dir in der Sonntagsschule die frohe Kunde gebracht...«

»Verpiss dich einfach, Mann. Raus hier!«

Sportcoat blies die Backen auf, und ihm entfuhr ein ausgedehnter Seufzer. »Also gut«, sagte er. »Nur noch eine Sache. Dann geh ich.«

Der alte Mann ging zur Tür, streckte den Kopf in den Gang, sah nach beiden Seiten und schloss die Tür wieder. Er schlurfte zu Deems' Bett und beugte sich über ihn, um ihm etwas ins Ohr zu sagen.

Deems fuhr ihn an: »Scheiße, verpiss dich endl…«

Da packte Sportcoat ihn. Der alte Mann hob sein Knie, drückte Deems' brauchbaren rechten Arm damit aufs Bett und nahm mit seiner rechten Hand das Puppenkissen und rammte es dem Burschen mitten ins Gesicht.

Deems, so überwältigt, konnte sich nicht bewegen. Er kriegte keine Luft mehr. Sein Kopf saß wie in einem Schraubstock. Sportcoat gab nicht nach und drückte, während Deems sich zu wehren versuchte und verzweifelt nach Luft rang.

»Als ich noch 'n kleiner Winzling war«, sagte Sportcoat langsam und ruhig, »hat mein Daddy das so mit mir gemacht. Sagte, davon würde ich groß und stark. Er war 'n ungebildeter Klotz, mein Daddy, 'n gemeiner Teufel. Aber wenn's um Weiße ging, war er ein Schisser. Er hat mal 'n Maultier von eim weißen Mann gekauft. Das war krank, als mein Daddy's gekauft hat. Aber der Weiße sagte ihm, das Maultier könnte nich sterbn, weil er, ein weißer Mann, ihm befohlen hätte zu leben. Weiß du, was passiert iss?«

Deems wand sich panisch und kämpfte um Luft. Doch da war keine.

»Mein Daddy hat ihm geglaubt. Hat das Maultier mit nach Hause gebracht. Und klar, so wahr ich hier steh, das Maultier iss gestorben. Ich hab ihm noch gesagt, es zu lassn, aber's hat nich auf mich gehört.«

Sportcoat spürte, wie Deems sich einen Moment lang stärker wehrte, drückte das Kissen noch etwas fester nach unten und redete weiter, mit leiser, nachdrücklicher und furchterregend ruhiger Stimme.

»Weiß du, mein Daddy hielt mich für zu schlau. Er dachte, mein Kopf wär mein Feind. Deshalb drückte er mir das Kissen drauf. Er wollte mein Kopf und mein Körper unter Kontrolle bringen. Er war genau wie irgens 'n weißer Mann, der Macht wollte.«

Er drückte das Kissen noch etwas fester auf Deems' Gesicht und spürte die Gegenwehr des Jungen verzweifelter werden. Deems drückte den Rücken vom Bett hoch und kämpfte um sein Leben. Aber Sportcoat gab nicht nach, drückte immer noch fester und redete weiter.

»Aber ich kann nich wirklich sagen, dass 'n Farbiger, wenn er in der Position wär, dass der dann nich genauso wäre.«

Er spürte Deems Gegenwehr absolut verzweifelt werden, das Murmeln unter dem Kissen klang wie ein Miauen, dazu lange *Ga-ga*-Töne wie das gedämpfte Blöken einer Ziege. Dann ließen Deems' wilde Bewegungen nach, und auch die Geräusche wurden schwächer, aber Sportcoat ließ nicht nach, sondern redete ruhig weiter.

»Siehs du, Deems, damals, in jenen Tagen, da wurde alles für dich entschieden. Du hattes keine Wahl. Du wusstes nich mal, dass es anders gehn könnte. Du wusstes nich, dass es noch was andres gab. Du wars in die Art Denken eingesperrt. Es kam dir nich mal in den Sinn, was andres zu tun, als dir gesagt wurde. Ich hab nie gefragt, warum ich was gemacht oder nich gemacht hab. Ich hab einfach gemacht, was man mir gesagt hat. Und als mein Daddy das jetz so mit mir gemacht hat, fand ich nichts Falsches dran. Es war das Natürlichste von der Welt.«

Deems Gegenwehr hörte auf. Er kämpfte nicht mehr.

Sportcoat hob das Kissen, und mit einem langen, lauten, raspelnden Röcheln saugte Deems Luft in seine Lunge, gefolgt von einem Würgen und Keuchen. Fast klang es, als ließe da einer sein Auto an. Kaum noch bei Bewusstsein versuchte sich Deems wegzudrehen, konnte es aber nicht, da Sportcoat den Kopf immer noch mit seiner linken Hand festhielt, in der rechten schwebte das Puppenkissen über Deems.

Dann war es vorbei, und Sportcoat warf die Puppe auf den Boden. Er erhob sich und nahm das Knie von Deems' rechtem Arm. »Verstehst du?«, sagte er.

Aber Deems verstand nicht. Er schnappte noch immer nach Luft und mühte sich, bei Bewusstsein zu bleiben. Er wollte nach der Schwester klingeln, aber sein gesunder Arm, der rechte, fühlte sich unterhalb der Stelle, wo Sportcoat sein Knie draufgedrückt hatte, wie erstarrt an. Sein kaputter linker Arm brüllte vor Schmerz, und das Geräusch in seinen Ohren war ein krächzendes Sirren. Mit großer Mühe schaffte er es, die Klingel zu erreichen, aber Sportcoat schlug ihm die Hand weg und packte Deems unversehens bei seinem Krankenhaushemd. Mit zwei knorrigen, kraftvollen Händen, die sieben Jahrzehnte lang Unkraut ausgerissen, Gräben gegraben, Bäume gepflanzt, Flaschen geöffnet, Kloschüsseln rausgerissen, Zangen angelegt, Stahlträger gewuchtet und Maultiere angetrieben hatten, zerrte er Deems fast bis in eine aufrechte Sitzposition, wie stählerne Klauen fühlten sich seine Hände an und ließen Deems aufheulen. Nur Zentimeter von Sportcoats Gesicht entfernt, sah er in den Zügen des alten Mannes, was er schon unten in der Finsternis des Hafens gespürt hatte, als Sportcoat ihn in Sicherheit gebracht hatte: Stärke, Liebe, Widerstandsfähigkeit, Frieden, Geduld, und diesmal noch etwas Neues, etwas, das er in all den Jahren, die er Sportcoat, den unbekümmerten Säufer der Cause-Häuser, jetzt kannte, niemals bei ihm gesehen hatte: absolute, stahlharte Wut.

»Jetzt weiß ich, warum ich dich umbringen wollte«, sagte Sportcoat. »Denn ein gutes, gerechtes Leben iss nich das, was deine Leute für dich ausgesucht ham. Ich wollte nich, dass du wie ich endes, oder meine Hettie, die in ihrer Trauer ins Wasser gegangen iss. Ich steh in den letzten Oktobern meines Lebens, Junge, da kommen nich mehr viele Frühjahre. Und es iss okay für 'n alten Säufer wie mich und wär auch das richtige Ende für dich, dass du stirbs als 'n guter Junge, stark und gut aussehend und klug, wie ich mich an dich erinner. Der beste Pitcher der Welt. 'n Junge, der sich sein Weg aus diesem Drecksloch, in dem wir alle leben müssn, hätte rauspitchen können. Besser, dich so in Erinnerung zu behalten, nich als den Abschaum, der du geworden biss. Das issen guter Traum. Das issen Traum, den 'n alter Säufer wie ich auf sein letzten Metern verdient. Weil ich jeden Penny, den ich im Guten verdient habe, schon vor so langer Zeit verschwendet hab, dass ich mich nich mehr dran erinnern kann.«

Damit ließ er Deems los und warf ihn so heftig aufs Bett zurück, dass Deems, der mit dem Schädel gegen das Kopfteil knallte, noch mal fast die Besinnung verloren hätte.

»Komm nie mehr in meine Nähe«, sagte Sportcoat. »Wenn du's tus, bring ich dich um, auf der Stelle.«

24

SCHWESTER PAUL

Marjorie Delaney, die irisch-amerikanische Empfangsdame im Brewster Memorial Home für Senioren in Bensonhurst, war ein breites Spektrum merkwürdiger Besucher gewohnt, die hereinkamen und dumme Fragen stellten. Die Mischung aus Eltern, Kindern, Verwandten und alten Freunden, die hereingeschneit kamen und in die Zimmer und manchmal an die Taschen der Heimbewohner wollten, der Alten, Sterbenden und fast schon Toten, deckte die ganze Skala vom Gangster über miese Penner bis zum obdachlosen Kind ab. Sie hatte einen ausgeprägten Sinn für Humor, was das anging, und trotz allem, was sie schon erlebt hatte, reichlich Mitgefühl. Aber selbst nach ihren drei Jahren hier war Marjorie nicht auf jemanden wie den abstoßenden schwarzen Alten vorbereitet, der da an diesem Nachmittag in der blauen Uniform des New Yorker Wohnungsamts hereinkam.

Auf seinem Gesicht lag ein schiefes Lächeln, und er schien Schwierigkeiten beim Gehen zu haben. Er schwitzte unmäßig und sah, dachte sie, komplett übergeschnappt aus. Hätte er nicht diese Uniform getragen, hätte sie Mel, den Wachmann, der bei der Tür saß und seine Nachmittage damit verbrachte, die *Daily Mail* zu lesen und zwischendurch immer wieder mal einzunicken, gerufen, um ihn hinauswerfen zu lassen. Aber sie hatte einen Onkel, der fürs Wohnungsamt arbeitete, und der hatte mehrere farbige Freunde, also ließ sie den Kerl zu ihrer Theke vortreten. Er ließ sich Zeit dabei, sah sich in der Eingangshalle um und schien beeindruckt.

»Ich such nach Schwester Paul«, brummelte der alte Mann.

»Wie ist der Name?«

»Paul«, sagte Sportcoat. Er stützte sich auf der Theke ab. Er hatte fürchterliche Kopfschmerzen, was ungewöhnlich war. Und er war erschöpft, und auch das war nicht normal. Seit er vor vierzehn Stunden mit Hettie gesprochen hatte, was ihm wie Jahre her vorkam, hatte er keinen Tropfen Alkohol mehr getrunken. Die Wirkung war enorm. Er fühlte sich schwach und aufgedreht, ihm war schlecht, und er zitterte, als fiele er in einem Alptraum von einer Klippe und hinge in der Luft, drehte und drehte sich, während er fiel, bodenlos, Hals über Kopf, immer nur fallen. Er kam direkt von Sausage und Deems aus dem Krankenhaus und schien sich nicht erinnern zu können, was er zu den beiden gesagt hatte oder wie er dort hingekommen war. Das Altenheim lag fünfzehn Straßen vom Krankenhaus in Borough Park entfernt. Normalerweise war so eine Entfernung für Sportcoat ein Klacks. Aber heute hatte er mehrmals stehen bleiben müssen, um sich auszuruhen und nach dem Weg zu fragen. Das letzte Mal hatte er direkt draußen vorm Haus gefragt, einen Weißen, der nur über Sportcoats Schulter gezeigt hatte und leise fluchend weitergegangen war. Jetzt stand er vor einer jungen weißen Frau hinter einer Theke, und diese Frau sah ihn mit dem gleichen Ausdruck an wie die Leute im Sozialamt in Brooklyn, wenn er nach der Stütze für seine verstorbene Hettie fragte. Dieser Blick, die genervten Fragen, die Ungeduld – auf dem Amt wollten sie dazu noch Unterlagen, deren merkwürdige Namen er nie gehört hatte. Formulare wurden ihm da unter dem Schalterfenster zugeschoben, die Bezeichnungen hatten, die er weder aussprechen konnte noch verstand. Formulare, die Listen und Geburtsdaten wollten und noch mehr Unterlagen, und sogar einige, auf denen die Namen anderer Formulare eingetragen werden mussten, die alle so kompliziert waren, dass sie auch auf Griechisch hätten verfasst sein können. Das ganze Sammelsurium an Dokumentennamen löste sich in Luft auf, sobald die Leute sie erwähnt hatten. Er konnte sich nicht erinnern, was eine »Lebensarbeits-Auflistung für die Pro-forma-Arbeits-Informationsakte« war, sobald die Worte den Mund des Sachbearbeiters verlassen hatten, oder wozu das alles gebraucht wurde oder gut war, was bedeutete, dass er das Formular beim Verlassen des Amts in den Müll warf. So sehr verwirrte ihn das, dass er sich Mühe gab, es zu vergessen, als wäre er nie da in dem Amt gewesen.

Jetzt fühlte er sich genauso.

»Ist das der Vor- oder der Zuname?«, fragte ihn die Empfangsdame Marjorie.

»Schwester Paul? So heißt sie.«

»Ist das nicht ein Männername?«

»Sie iss kein Er, sie iss 'ne Sie.«

Marjorie grinste. »Eine Frau, die Paul heißt.«

»Nun, das iss der einzige Name, den ich in meiner Zeit je von ihr gekannt hab.«

Marjorie ging durch eine Namensliste auf einem Blatt Papier, das vor ihr lag. »Es gibt hier keine Frau, die Paul heißt.«

»Ich bin sicher, sie iss hier. Paul. Schwester Paul.«

»Zunächst mal, Sir, wie ich schon sagte, ist das ein Männername.«

Sportcoat schwitzte, war genervt und schwach. Er warf

einen Blick über die Schulter und sah den weißhaarigen ältlichen Wachmann, der beim Eingang stand und gerade seine Zeitung zusammenfaltete. Zum zweiten Mal an diesem Tag verspürte Sportcoat ein ungewöhnliches Gefühl: Wut, die von Angst übermannt wurde und dem vertrauten Gefühl völliger Verwirrung und Hilflosigkeit. Es gefiel ihm nicht, so weit weg von den Cause-Häusern zu sein. Hier draußen in New York konnte alles passieren.

Er wandte sich wieder an Marjorie. »Miss, es gibt Fraun auf dieser Welt mit Männernamen.«

»Ist das so?«, sagte sie und ihr Gegrinse wurde breiter.

»Ich hab letzten Mittwoch 'ne Frau auf drei Männer schießen sehn. Einer war tot, Gott segne ihn. Nun, die war eine Haroldeen. Übel wie 'n Mann. Dabei hübsch wie 'n Pfau, mit Federn und allem. Das war 'ne ganz üble Person, Mann und Frau in eim. Ein Name heißt nichts.«

Marjorie sah zu Mel hin, dem Wachmann, der zu ihnen herüberkam. »Stimmt was nicht?«, fragte er.

Sportcoat sah den Wachmann kommen und bemerkte seinen Fehler. Jetzt machten sich die Weißen an ihre Erbsenzählerei. In seinem Kopf klopfte es so sehr, dass er Punkte vor seinen Augen sah. Er wandte sich an den Wachmann. »Ich will Schwester Paul besuchen«, sagte er. »Sie iss eine Kirchen-Lady.«

»Von wo?«

»Ich weiß nich, wo ihr Heimatland iss.«

»Ihr Heimatland? Ist sie keine Amerikanerin?«

»Natürlich issie das!«

»Woher kennen Sie sie?«

»Woher kennt irgenswer irgenswen? Man trifft sich irgenswo. Sie iss aus der Kirche.«

»Welcher Kirche?«

»Five Ends heißt die. Ich bin da Diakon.«

»Ist das so?«

Sportcoat verlor den Mut. »Sie schickt jede Woche einen Brief mit Geld! Wer schickt jede Woche Briefe? Selbs die Stromfirma tut das nich.«

Der Wachmann sah ihn nachdenklich an.

»Wie viel Geld?«, fragte er.

Sportcoat spürte seine Wut aufs Neue, rohe Wut mit eisenharten Kanten, so wie er sie noch nie gespürt hatte. Er sagte zu dem weißen Mann auf eine Art, wie er noch nie mit einem Weißen geredet hatte: »Mister, ich bin einundsiebzig Jahre alt. Und wenn ich nicht Ray Charles bin, sind Sie ähnlich alt wie ich. Nun, die junge Lady hier«, er deutete auf die Empfangsdame, »glaubt nichts von dem, was ich sag. Sie hat 'ne Entschuldigung, privilegiert und jung, wie sie iss, denn die Jungen glaum, sie ham das Mojo und die Erlaubnis, und sie hat wahrscheinlich in ihrm ganzen Leben die Leute rauf und runter und rein und raus reden hörn, und alle ham gesagt, was sie glauben, was sie hörn will, und nich, was sie hörn sollte. Da hab ich ja nichts dagegen. Wenn einer 'n Lied hört, und er kennt nur das eine, nun, da kann man nichts machen. Aber Sie sind alt wie ich. Und Sie sollten klar sehn, dass 'n Mann in meim Alter, der 'n ganzen Tag noch kein Tropfen getrunken hat, dass man dem schon anrechnen sollte, dass er das eigne Herz noch schlagen hört – und dafür 'n Lutscher oder zwei verdient – und dass er sich nich gelehrt ausdrückt, was die ganze Sache angeht, und wo ich so 'n Durst hab, dass ich für 'n Schluck Rachenputzer auf der Stelle 'n Kamel melken würde, für 'n Tropfen Everclear oder sogar Wodka, auch wenn ich das Zeugs hasse. Es sind übrigens vier Dollar und dreizehn Cent, die sie der Kirche jede Woche schickt, wenn Sie's denn wissen müssen. Und ich soll das eigentlich nich wissen, denn es *iss* 'ne Kirche und ich bin nur ein Diakon. Ich bin *nich* der Kassenwart.«

Zu seiner Überraschung nickte der Wachmann verständig und sagte: »Wie lange sind Sie schon trocken?«

»Etwa 'n Tag, mehr oder weniger.«

Der Wachmann pfiff leise. »Ihr Zimmer liegt da runter«, sagte er und zeigte auf einen langen Flur hinter der Theke. »Nummer eins-fünf-drei.«

Sportcoat ging los, drehte sich dann aber noch mal um und grunzte gereizt: »Was geht Sie das überhaupt an, wie viel sie Gott gibt?«

Der alte Wachmann blickte leicht verlegen drein. »Ich bin der, der zur Post geht und das Geld anweist«, sagte er.

»Jede Woche?«

Der Alte zuckte mit den Schultern. »Muss in Bewegung bleiben. Wenn ich hier zu lange rumsitze, können sie mir auch gleich 'n Zimmer geben.«

Sportcoat tippte sich mit einem Finger an den Hut, grummelte noch immer und ging den Flur hinunter. Die Empfangsdame und der Wachmann sahen ihm hinterher.

»Was sollte das jetzt alles heißen?«, fragte Marjorie.

Mel hielt den Blick auch weiter auf Sportcoat gerichtet, während der den Flur langtrottete, stehen blieb, sich reckte, Hemd und Hose zurechtzog, die Ärmel sauberklopfte und weiterging.

»Der einzige Unterschied zwischen mir und ihm«, sagte Mel, »sind zweihundertdreiundvierzig Tage.«

Sportcoat schwitzte, ihm war schwindelig, er fühlte sich schwach, und als er Zimmer 153 betrat, war kein lebendes menschliches Wesen drin. Stattdessen saß da ein Truthahngeier in einer Ecke und guckte gegen die Wand. In einem Rollstuhl saß er und hielt was in der Hand, das eine Schüssel mit Garn zu sein schien. Der Vogel hörte Sportcoat hereinkommen und sagte mit dem Rücken zu ihm: »Wo iss mein Käse?«

Damit drehte sich der Vogel samt seinem Rollstuhl um und sah ihn an.

Sportcoat brauchte eine volle Minute, um zu kapieren, dass die Kreatur, die ihn da ansah, ein hundertvier Jahre alter Mensch war. Die Frau war fast vollkommen kahl. Ihre Gesichtsmuskeln waren erlahmt und sahen aus, als ob die Wangen, Lippen und Augenhöhlen von einer starken magnetischen Kraft nach unten gezogen wurden. Der Mund saß fast auf dem Kinn, die Mundwinkel hingen noch tiefer, was ihr den Anschein gab, mürrisch und missbilligend in die Welt zu blicken. Die wenigen Haare, die sie noch hatte, sahen aus wie Rührei in Fadenform, zum Teil wild verklumpt, zum Teil in Strähnen herunterhängend wie bei einem uralten, gehetzten, panischen Professor. Der Saum ihres Nachthemds ragte unter der Decke auf ihrem Schoß hervor, und ihre nackten Füße steckten in einem Paar Hausschlappen, die ihr zwei Nummern zu groß waren. Sie war so winzig, dass sie nicht mehr als ein Drittel des Sitzes einnahm. Vorgebeugt saß sie da, eingefallen, ein Fragezeichen.

Er hatte keine Erinnerung an Schwester Paul. Während der Jahre, als sie noch in der Kirche aktiv gewesen war, bevor sie ins Pflegeheim kam, war er ständig betrunken gewesen. Sie ging, bevor er geweiht und errettet wurde. Letztlich hatte er sie seit zwanzig Jahren nicht gesehen, und falls doch, begriff er, half es nicht viel: Für Leute, die sie nicht wirklich gut gekannt hatten, war sie wahrscheinlich nicht wiederzuerkennen.

Sportcoat wankte einen Moment, fühlte sich unsicher auf den Beinen und hoffte, nicht ohnmächtig zu werden. Ein plötzlicher Durstanfall drohte ihn zu überwältigen. Er sah einen Krug Wasser auf dem Nachttisch auf der anderen Seite ihres Bettes stehen, zeigte darauf und sagte: »Darf ich?« Ohne auf eine Antwort zu warten, stakste er hin, ergriff den Krug, nahm einen Schluck, realisierte, wie ausgedörrt er war, und schüttete den gesamten Inhalt in sich hinein. Als er fertig war, knallte er ihn zurück auf den Tisch, keuchte und rülpste laut. Er fühlte sich besser.

Sportcoat sah wieder zu der Frau hin und versuchte nicht zu glotzen.

»Du biss mir 'n Typ«, sagte sie.

»Hä?«

»Junge, du siehs aus wie 'n Leumundszeuge für 'n Alptraum. Du biss hässlich genug, um mit 'm Schleier gehn zu müssen.«

»Wir können nich alle gut aussehn«, brummte er.

»Nun, 'n Schmuckstück biss du nich, Junge. Du hass ein Gesicht für Badehosenwerbung.«

»Ich bin einundsiebzig, Schwester Paul. Verglichen mit Ihnen bin ich'n Küken, und ich hab draußen vor der Tür keine Männer gesehn, die Kopfstände machen, um zu Ihnen reinzukomm. Wenigstens hab ich keine Furchen im Gesicht, die zehn Jahre Regen aufnehm können.«

Sie sah ihn eindringlich an, die dunklen Augen wie Kohlen, und einen Moment lang beschlich Sportcoat der schreckliche Gedanke, das alte Weib könnte sich in eine Hexe verwandeln, ein Mojo auf ihn loslassen und ihn mit einem fürchterlichen Fluch belegen. Stattdessen warf sie den Kopf in den Nacken und lachte, zeigte ihm einen Mund voller Zahnfleisch mit einem einzigen gelben Zahn, der rausstand wie ein Stück Butter auf einem Teller. Ihr Jauchzen und Gackern klang wie das Blöken einer Ziege.

»Ein Wunder, dass Hettie es mit dir ausgehalten hat«, wieherte sie.

»Sie kannten meine Hettie?«

Es dauerte einen Moment, bis sie sich wieder gefasst hatte und die leeren Kiefer in eine kauende, glucksende Bewegung zurückbrachte. »Aber klar, Junge.«

»Sie hat mir nie was von Ihnen erzählt.«

»Warum sollte sie? Du wars betrunken und hass sowieso nich zugehört. Ich wette, du erinners dich nich an mich.«

»Ein bisschen...«

»Hmm. In acht Sprachen ham mich die Männer ins Bett zu holn versucht. Jetz nicht mehr. Trinks du noch?«

»Nicht, seit ich... nein, im Moment nich.«

»Du siehs aus, als könntes du einen vertragen. Ich wette darauf.«

»Könnte ich wirklich. Aber ich versuch... äh... nee. Ich will keinen.«

»Nun, warts ab, Mister. Ich werd dir 'n paar Sachen erzählen, die jeden zur Flasche greifen lassn. Und wenn ich fertig bin, gehs du und tus, was immer du tun muss. Aber zuerst: Wo iss mein Käse?«

»Was?«

»Mein Käse.«

»Ich hab kein Käse.«

»Dann iss das das, was ich dir zuerst erzähle«, sagte sie, »denn es iss alles miteinander verbunden. Ich erzähls dies eine Mal. Aber komm nich noch mal durch meine Tür, wenn du mein Käse nich hass.«

Nachdem Schwester Paul ihn gebeten hatte, sie näher ans Fenster zu schieben, wo sie beide die Sonne sehen könnten, er die Bremse an ihrem Rollstuhl, wie von ihr gewünscht, festgestellt und sich selbst einen Stuhl herangezogen hatte, sich setzte, das Kinn rieb und tief durchatmete, begann sie:

»Wir kannten uns alle«, sagte sie. »Hettie, mein Mann, meine Tochter Edie, Schwester Gees Eltern – die warn übrigens Tante und Onkel von den Cousinen, Nanette und Sweet Corn. Und natürlich dein Freund Rufus. Wir alle sind etwa zur gleichen Zeit aus verschiedenen Ecken im Süden hier angekommen. Hettie und Rufus warn die Jüngsten. Ich und mein Mann die Ältesten. Wir sind Edie gefolgt, die uns aus dem Süden hergebracht hat. Ich und mein Mann, wir ham die Kirche in meim Wohnzimmer angefangen. Dann ham wir die Gemeinde aufgebaut, und nach 'ner Weile hatten wir genug Geld, um uns 'n Grundstück bei den Cause-Häusern zu kaufen. Das Land war damals billig. Das war der Anfang von Five Ends. So ging es los.

In den Vierzigern, weiß du, als wir gekomm sind, war der Cause ganz italienisch. Sie ham die Siedlungen ursprünglich für die Italiener gebaut, damit sie die Schiffe im Hafen entladen konnten. Als wir kamen, wars damit aber schon aus. Die Schiffe warn weg, die Anleger zu, und die Italiener wollten uns nich. Tatsache iss, du konntes die Silver Street nich runter in die Stadt gehn. Du musstes den Bus oder die Subway nehm, oder dich nahm einer mit – keiner hatte 'n Auto –, und wenn's nich anders ging, biss du gerannt. Du gings die Silver Street nich runter, es sei denn, du wolltes deine Zähne verliern, oder's war sehr spät und du hattes kein Geld für den Bus.

Nun, uns machte das nich so viel. Der Süden war schlimmer. Ich selbs hab den Italienern nich mehr Beachtung geschenkt als 'm Vogel, der Krümel von der Erde pickt.

Ich hab tageweise für 'ne Lady in Cobble Hill gearbeitet. Einmal gab sie 'ne Party, und ich war bis spät noch da. Nun, es war kalt, und die Busse fuhren unregelmäßig, also bin ich zu Fuß los. Ich hatte das schon mal gemacht, wenn ich spät dran war. Die Silver Street bin ich dann nich runter, sondern außen rum. Bis rüber zur Van Marl und von der Slag Street dann am Hafen lang, wo die Fabriken warn. So sind die Farbigen spätabends nach Hause gegangen.

Ich geh also die Van Marl runter, ich denke, es war vielleicht drei Uhr morgens oder so, und ich seh von zwei oder drei Straßen weiter zwei Männer wie die Irren in meine Richtung rennen. Weiße Männer. Hinter'nander her. Direkt auf mich zu. Einer dem andern auf den Socken.

Nun, ich bin 'ne farbige Frau, und es war dunkel, und ich weiß, was immer da vorgeht, am Ende krieg ich die Schuld, wenn was Übles passiert. Ich versteck mich also in eim Hauseingang und lass sie kommen. Sie rennen vorbei. Der erste Kerl fegt vorbei und der zweite gleich hinterher. Der zweite war 'n Cop.

Als sie an die Ecke von Van Marl und Slag komm, bleibt der erste mitten auf der Kreuzung stehn, dreht sich rum und zieht 'ne Pistole raus. Überrascht den Cop damit, und es sieht aus, als schießt er ihm die Birne weg.

Und man glaubt's nich, da kommt aussem Nichts dieser Truck, und *rumms!*, fährt den Kerl auf der Kreuzung um. Putzt ihn einfach so weg. Bläst ihm auf der Stelle das Licht aus. Dann bleibt der Truck stehn, und es wird still.

Der Cop rannte auf die Straße und sah nach dem Mann mit der Pistole. Der war toter als die Spaghetti von gestern. Dann ging er zum Fahrer. Ich hörte, wie der Fahrer sagte: ›Ich hab ihn nich gesehn‹, und der Cop sagte: ›Bleiben Sie hier, ich geh zu 'nem Fernsprecher.‹ Und er lief zu eim von den Polizeiapparaten und rief Hilfe. Rannte um die Ecke und war weg.

Nun, das war meine Chance zu verschwinden. Ich komm aus dem Hauseingang und geh schnell übern Bürgersteig an dem Truck vorbei. Als ich an ihm vorbeikomm, ruft der Fahrer: ›Helfen Sie mir, bitte!‹

Ich wollte weitergehn. Ich hatte Angst. Das ging mich nichts an. Also machte ich noch 'n paar Schritte, aber der Mann im Truck bettelte mich an. Er sagte, bitte, bitte, helfen Sie mir, er flehte mich an.

Nun, ich nimm an, der Herr wollte mir sagen, geh und hilf ihm. Vielleicht tut ihm was weh, oder er iss verletzt. Ich geh also zur Fahrerseite, wo er sitzt, und sage: ›Sind Sie verletzt?‹

Er war Italiener und hatte so ein Akzent, dass er verteufelt schwer zu verstehn war. Aber der Kern der Sache war, er war in Schwierigkeiten.

Ich sagte: ›Sie ham keine Schuld. Der Mann iss Ihnen vors Auto gesprungen. Ich hab's gesehn.‹

Er sagte: ›Das iss nich das Problem. Ich muss den Truck nach Hause fahrn. Ich geb Ihnen hundert Dollar, wenn sie ihn fahrn.‹«

Schwester Paul machte eine Pause und zuckte mit den Schultern, als wollte sie sich für das lächerliche Problem entschuldigen, in das sie da reingestolpert war. Dann gewann ihr Alter die Oberhand, sie gähnte und fuhr fort.

»Ich war eine alte Frau vom Land und noch nich so lange in der Stadt, weiß du. Aber ich wusste, was Ärger war. Also sagte ich: ›Fahrn Sie, Mister. Ich misch mich da nich ein. Ich hab nichts gesehn. Ich geh nach Hause in die Cause-Häuser, wo ich wohne. Goodbye.‹

Nun, ich will gehn, aber er bittet mich zu bleiben. Er wollte mich nich gehn lassen. Er macht die Fahrertür auf und sagt: ›Sehn Sie sich mein Fuß an. Er iss gebrochen.‹

Ich kuck rein, und es scheint, als hätter so fest aufs Pedal getreten, dass er sich den Fuß irgenswie gebrochen hat. Er saß ganz schief. Und dann hob er das linke Bein mit der Hand und zeigte mir den andern Fuß, sein linken, den für die Kupplung, und er musste ihn mit der Hand hochhalten. Der Fuß war lahm. Er sagte: ›Ich hatte ein Schlaganfall. Ich hab nur eine Seite, die funktioniert. Ich hab kein Fuß zum Fahrn mehr.‹

Ich sagte: ›Ich kann Ihnen meine nich geben, Mister. Das iss Gottes Werk, dem Menschen Füße zu geben.‹

Er sagte: ›Bitte, ich hab eine Frau und ein Sohn. Ich gebe Ihnen hundert Dollar. Könn Sie die nich brauchen?‹

»Das könnt ich sicher«, sagte ich. »Aber ich möchte gern hier draußen bleim. Und mir iss kalt, und ich kann nur 'n Maultier treiben, Mister. Ich hab in meim Leben kein Auto und kein Truck gefahrn.‹

Aber er bettelte und flehte so viel, Gott, ich wusste nich, was ich tun sollte. Er war 'n Italiener, und er schien ehrlich, obwohl ich kaum ein Wort verstehn konnte, das er sagte. Aber er beteuerte immer wieder: ›Ich geb Ihnen hundert Dollar. Wir fahrn den Truck zusammen. Bitte. Ich geh sons diesmal fünfundzwanzig Jahre ins Gefängnis. Ich hab einen Sohn. Ich hab's schon einmal mit ihm verpatzt.‹

Also, mein Daddy musste mal ins Gefängnis, als ich noch 'n winzig kleines Mädchen war. Sie ham ihn verurteilt, weil er eine Pächtergewerkschaft unten in meiner Heimat in Alabama gründen wollte. Ich kenn das Gefühl, kein Daddy zu ham, wenn du einen brauchs. Trotzdem wollte ich nich. Aber ich hatte schon ein Fuß drin in der Sache, weil ich um drei Uhr morgens bei ihm stand und mit ihm redete, und ich sah zu Gott hoch und hörte seine Stimme sagen: ›Ich werde dich in meiner Hand halten.‹

Ich sagte: ›Okay, Mister, ich werd Ihnen helfen. Aber ich nimm kein Geld. Wenn ich ins Gefängnis muss, geh ich für das, was mir Gott aufgetragen hat.‹

Nun, wie Gott es wollte, fuhr ich den Truck da irgenswie weg. Mein Mann, der Reverend Chicksaw, der war ein Truckfahrer, und ich hatte ihn zu Hause in Alabama oft fahrn sehn, also trat ich auf die Pedale und drehte das Steuerrad hierhin und dahin, wie der Mann es mir sagte, und er legte die Gänge ein, und so brachten wir das Ding in Gang und schafften es ruckend und bockend ein paar Straßen weiter, und nich zu weit die Silver Street rauf schaltete er den Motor aus, indem er den Schlüssel drehte, und ich half ihm in sein Haus. Da wartete 'n andrer italienischer Mann, der kam und sagte: ›Wo wars du?‹, und er rannte zum Truck, und dann rannte noch einer aussem Haus, und die beiden haben das Ding weggefahrn, und ich hab's nie wiedergesehn. Derweil hab ich dem Krüppel ins Haus geholfen. Sein gesundes Bein war auch ganz schief. Er war in eim schlimmen Zustand.

Seine Frau kam nach unten, und er sagte zu ihr: ›Gib der Lady hundert Dollar.‹

Ich sagte: ›Ich will Ihr Geld nich, Mister. Ich geh nach Hause. Ich hab nichts gesehn.‹

Er sagte: ›Was kann ich für Sie tun? Ich muss was für Sie tun.‹

Ich sagte: ›Sie müssn nichts für mich tun. Ich hab getan, was Gott mir gesagt hat, was ich tun soll. Ich hab gebetet, bevor ich getan hab, was Sie wollten, und Gott hat mir gesagt, Er würde mich in Seiner Hand halten. Ich hoffe, Er hält Sie genauso. Und Ihre Frau auch. Sagen Sie nur bitte keim, was ich getan hab – nich mal meim Mann, weil ich leb in der Cause-Siedlung, und vielleicht sehn Sie ihn da, wie er auf der Straße predigt.‹ Und dann bin ich gegangen. Seine Frau sagte kein einziges gegrummeltes Wort zu mir. Wenn sie doch eins gesagt hat, kann ich mich nich dran erinnern. Ich war weg.

Nun, ich hab ihn nich mehr gesehn, bis wir die Kirche gebaut ham. Weißt du, wir konnten keinen finden, der uns 'n Grundstück verkaufen wollte. Wir hatten das Geld gespart, die Kirche, mein ich, aber die Italiener wollten uns da nich. Jedes Mal, wenn wir irgenswo 'n Haus kaufen wollten, und wir kuckten hier und da in der Zeitung, riefn an, und sie sagten, ja, das iss zu verkaufen, aber wenn sie uns dann sahn, hieß es: ›Nein, wir ham es uns überlegt, wir verkaufen nich.‹ Und dann kam es, wer immer die Anleger betrieb, schloss sie, und die Italiener zogen so schnell weg, wie sie konnten. Trotzdem wollten sie uns nichts geben. Dabei verkauften sie, was sie konnten, auf Teufel komm raus. Aber unser Geld wollten sie nich. Nun, wir fragten weiter rum, fragten rum, und am Ende sagte einer: ›Da wohnt einer drüben in der Silver Street, der Land verkauft. Er arbeitet am Pier, in dem alten Güterwagen.‹ Da sind ich und mein Mann hin und ham geklopft. Und wer öffnet uns die Tür anders als dieser Mann.

Das hat mich umgehaun. Ich hab kein Wort gemurmelt und so getan, als hätt ich ihn noch nie gesehn. Er auch. Er machte keine Sache draus. Er sagte zu meim Mann: ›Ich verkauf euch das Stück da drüben. Ich bau da 'n Lagerhaus auf der einen Seite. Ihr könnt eure Kirche auf die andre setzen.‹

Und so iss die Five Ends da hingekommen.«

Sportcoat hatte aufmerksam zugehört, die Augen vor Konzentration ganz klein. »Denks du, du kanns dich noch erinnern, wie der Mann hieß?«, fragte er.

Schwester Paul holte 'n bisschen Luft und lehnte den Kopf nach hinten auf ihren Rollstuhl. »Ich erinner mich genau an sein Namen. Einer der feinsten Männer, die ich je gekannt hab. Der alte Guido Elefante.«

»Der Elefant?«

»Nein, sein Daddy.«

Sportcoat hatte wieder Durst. Er stand von seinem Stuhl am Fenster auf, nahm den leeren Wasserkrug und ging damit ins Badezimmer, wo er ihn auffüllte und austrank. Dann setzte er sich zurück ans Fenster.

»Bei meim Erlöser, wenn du mir das nich erzähln würdes, würd ich sagen, du wolltes mich veräppeln. Das iss das Merkwürdigste, was ich je gehört hab«, sagte er.

»Es iss Gottes Wahrheit, und es iss noch nich alles. Nich nur, dass uns der alte Mann das Grundstück für sechstausend Dollar verkauft hat. Keine Bank wollte uns was leihn. Also hat er uns 'n Darlehn gegeben. Wir kriegten das Grundstück, ohne ein Penny an die Bank zu zahln. Wir ham ihm vierhundert Dollar gegeben und fingen an zu buddeln: Ich und mein Mann, wir ham gebuddelt, aber hauptsächlich warn's meine Edie, Rufus und Hettie, Schwester Gees Eltern, und die Eltern von den Cousinen, die kamen später. Am Anfang warn's hauptsächlich wir. Aber wir kamen nich weit. Wir hatten keine Maschinen und kein Geld für welche. Wir ham mit Schaufeln gebuddelt. Wir taten, was wir konnten.

Eines Nachmittags dann sah Mr Guido uns beim Graben und kam mit eim von diesen riesigen Traktor-Dingern und hat das ganze Fundament ausgehoben, mit dem Keller. In drei Tagen. Ohne ein Wort zu verliern. Er hat nie viel geredet. Hat nie was zu wem außer mir gesagt, und da hat er auch nich viele Worte gemacht. Aber wir warn ihm so dankbar.

Als wir dann anfingn, die Mauern mit Betonsteinen hochzuziehn, kam er wieder, nahm mich beiseite und sagte: ›Ich will dir zurückzahln, was du für mich getan hass.‹

Ich sagte: ›Das müssen Sie nich, wir bezahln das Land mit der Zeit.‹

Er sagte: ›Das sollt ihr nich. Ich schenk es euch. Nimm den Schuldschein und verbrenn ihn, wenn du wills.‹

Ich sagte: ›Nun, ich weiß nichts übers Verbrennen von Schuldscheinen, Mr Guido. Aber wir schulden Ihnen 'n Darlehn von fünftausendsechshundert Dollar, und wir zahln das innen paar Jahrn ab.‹

Er sagte: ›Ich hab keine paar Jahre Zeit. Ich zerreiß den Schuldschein jetzt, wenn ihr mich was Schönes in die Rückwand von eurer Kirche setzen lasst.‹

Ich sagte: ›Sind Sie von Jesus erlöst?‹

Da musste er Farbe bekennen. Er sagte: ›Ich kann nicht lügen. Nein, bin ich nich. Aber ich hab ein Freund, der es ist, und ich muss was für ihn aufbewahrn. Ich habs ihm versprochen, und ich will mein Versprechen halten. Ich möchte jemand ein Bild auf die Rückseite der Kirche maln lassen, wo er's sehn kann, und wenn er eines Tages an der Kirche vorbeikommt, oder seine Kinder, oder die Kinder von denen, dann sehen sie's und wissen, es iss wegen mir da und dass ich Wort gehalten habe.‹ Er sagte, keiner außer uns würde es wissn – außer mir und ihm.

Also hab ich mit meim Mann drüber gesprochen, denn er war ja der Pastor der Kirche. Er hat versucht, selbs mit dem alten Guido zu reden, aber der Italiener wollte nich. Kein einziges gemurmeltes Wort hat er zu meim Mann oder sons wem von der Five Ends gesagt. Ich hab ihn mit dem Bauinspektor von der Stadt reden sehn, der kam, um uns zu sagen, macht das so und so, als wir zu baun anfingen. Ich weiß nich, was da alles geredet wurde, aber mit dem Inspektor musste geredet wern, weil du kanns nich einfach so was in New York baun, wie du wills, damals auch schon nich. Man musste das von der Stadt bewilligt kriegen. Nun, Mr Guido redete mit ihm. Aber an kein Farbigen außer mir hat er 'n Wort verschwendet, soweit ich das weiß. Also sagte mein Mann am Ende: ›Wenn du's okay findes, tu ich's auch, da du die Einzige biss, mit der er redet.‹

Da bin ich zu Mr Elefante und hab gesagt: ›Okay, tun Sie, was Sie wolln.‹

Einige Tage später kam er mit ein paar italienischen Männern, und die fingen hinten an zu mauern. Sie kannten sich aus, also ließen wir sie und arbeiteten innen. Wir machten den Boden und das Dach. So ging es. Sie arbeiteten draußen, wir drinnen. Farbige und Weiße arbeiteten zusammen.

Als Mr Elefantes Männer die Mauer etwa bauchhoch hatten, kam er zu mir zum Essen ...« Sie hielt inne und korrigierte sich: »Nun, das stimmt nich. Ich bin zu ihm. Weiß du, damals, wenn wir Mittagspause gemacht ham, sind die Italiener nach Hause zum Essen und die Farbigen zu sich. Aber ich hab Mr Guido immer was zu Mittag gemacht, weil er nich viel aß, und ich hab's ihm ein paar Minuten vorher gebracht, weil er kaum mal nach Hause ging. Und einmal, da hab ich ihn hinten selbst beim Mauern gesehn, und als ich zu ihm ging, sagte er: ›Biss du allein?‹

Ich sagte: ›Ich hab Ihnen grade 'n bisschen was gebracht, weil ich weiß, dass Sie sons nich essen.‹

Er kuckte sich um, um zu sehen, ob keiner in der Nähe war, und sagte dann: ›Ich hab da was, das ich dir zeigen möchte. Issen Glücksbringer.‹

Und er brachte eine Blechdose und öffnete sie. Er sagte: ›Das iss das Ding, das euch das Kirchenland bezahlt hat.‹«

»Was war es?«, fragte Sportcoat.

»Es war nichts«, sagte Schwester Paul. »Es sah aus wie 'n Stück Seife, 'n bisschen so wie 'n dickes Mädchen. Von der Farbe her wie 'ne alte Trompete. Wie 'ne kleine farbige Lady, so sah's aus. Er legte das Seifendings zurück in die Blechdose und die dann in den hohlen Teil von eim Betonstein. Da kam 'ne Art Deckel drauf, mit Mörtel, damit sie gut drin Platz hatte, und dann der nächste Betonstein. Man konnte von außen nichts sehn.

Dann sagte er zu mir: ›Du biss die Einzige, die das weiß. Selbs meine Frau weiß nichts.‹

Ich sagte: ›Warum traun Sie mir?‹

Er sagte: ›Einem Menschen, der einem vertraut, kann man auch vertrauen.‹

Ich sagte: ›Nun, es geht mich ja nichts an, wohin Sie Ihre Seife tun, Mr Guido. Ich hab meine im Badezimmer. Aber Sie sind ein erwachsener Mann, und es iss Ihre Seife. Nur da, wo sie jetz iss, wird sie Ihnen nich helfen. Allerdings nimm ich an, Sie ham noch welche zu Hause.‹

Ich glaube, das war eins von den wenigen Malen, dass ich den Mann hab lachen sehn. Er war so ernst, weiß du.

Dann kamen seine Männer zurück und hatten die Mauer bis zum Abend fertig. Am nächsten Tag kam 'n andrer Italiener mit eim Schwarz-Weiß-Bild von eim Gemälde. Er nannte es ein Jell-O oder so. Der Mann kopierte das Bild genau so, wie's war, direkt hinten auf die Mauer der Kirche. Zwei Tage brauchte er dafür. Am ersten Tag malte er ein Kreis und färbte ihn etwas ein. Ich glaub, so als Rahmen. Am zweiten Tag malte er Jesus in seinen Gewändern mitten in den Kreis, Jesus mit ausgestreckten Händen. Eine von ihnen, die linke, iss genau auf dem Betonstein mit der Seife. Direkt drüber.«

Sie machte eine Pause und nickte.

»Und das Ding iss da immer noch drin.«

»Biss du sicher?«, fragte Sportcoat.

»So sicher, wie ich hier sitze. Es sei denn, das Haus stürzt ein. Und dann ham sie die andern Mauern fertig gemacht und uns drinnen geholfen, mit den Böden und so. Und ganz am Ende kam derselbe Maler noch mal und schrieb hinten auf die Mauer über Jesus' Kopf: ›Möge Gott dich in Seiner Hand halten.‹ Es war das Schönste überhaupt.«

Sie gähnte, ihre Geschichte war erzählt.

»So hat die Kirche ihr Motto gekriegt.«

Sportcoat kratzte sich verwirrt das Kinn. »Aber du hass mir nichts über den Käse erzählt«, sagte er.

»Was iss damit? Hab ich doch«, sagte sie.

»Nein, hass du nich.«

»Ich hab dir von dem Truck erzählt, oder?«

»Was hat der Truck damit zu tun?«

Sie schüttelte ihren alten Kopf. »Junge, dein Säuferhirn iss auf die Größe einer ausgewachsenen Erbse geschrumpft. Wozu issen Truck da? Der Truck, den Mr Guido gefahrn hat, war voll mit Käse. Gestohlenem Käse, nimm ich an. Und der alte Guido fing fünf Minuten, nachdem wir die Kirche aufgemacht hatten, damit an, mir welchen zu schicken. Nachdem ich ihn die glückbringende Seifendose mit der farbigen Puppe, oder was immer das war, in die Mauer hatte stecken lassn, stand ich bei ihm auf Platz eins. Ich bat ihn, damit aufzuhörn, mir den ganzen Käse zu schicken, denn er war wirklich gut. Teurer Käse, und viel zu viel für so 'ne kleine Kirche. Aber er meinte: ›Ich möchte ihn schicken. Die Leute brauchen was zu essen.‹ Also sagte ich ihm nach 'ner Weile, er soll ihn nach Haus 17 schicken, denn Hot Sausage hatte angefangen, sich um das Haus zu kümmern, und Sausage iss ehrlich, und ich wusste, er würde ihn in der Siedlung an die Leute verteilen, die ihn brauchen konnten. Jahrelang hat Mr Guido den Käse geschickt, und als er starb, kam er immer noch weiter. Auch noch, als ich hier ins Altenheim musste. Bis heute kommt er.«

»Und wer schickt ihn jetz?«

»Jesus«, sagte sie.

»Ach, hör auf!«, fuhr Sportcoat hoch. »Du klings wie Hettie. Der Käse muss doch irgenswoher kommen!«

Schwester Paul zuckte mit den Schultern. »Im ersten Buch Mose, siebenzwanzig, acht'nzwanzig, heißt es: ›Gott gebe dir vom Tau des Himmels und vom Reichtum der Erde – Korn und neuen Wein im Überfluss.‹«

»Das iss Käse.«

»Junge, ein Segen hilft dem, der ihn braucht. Iss egal, woher der Käse kommt. Hauptsache, er kommt.«

25

TUN

Es war ein so lebendiger Traum – wo doch so viele immer schon tot zu sein schienen, bevor sie überhaupt angefangen hatten –, dass Elefante das Gefühl hatte, er könnte davonschweben. Er hielt das Steuer seines Lincoln fest umklammert, als er darüber nachdachte. Melissa, die Tochter des Governors saß schweigend neben ihm. Es war vier Uhr morgens, und er war glücklich. Der Grund dafür war nicht sosehr, dass sie seiner Einladung gefolgt war, sich »der Geschäfte ihres Vaters anzunehmen«, sondern die Art, wie sie ihre eigenen Geschäfte handhabte, und seine.

Er hatte noch nie jemanden wie sie getroffen. Sie war, wie man auf Italienisch sagte, eine *stellina*, ein Stern, ein äußerst schöner. Auf den ersten Blick war sie scheu und zurückhaltend, wie er gesehen hatte. Aber hinter dieser Zurückhaltung verbarg sich eine Sicherheit im Auftreten, die von tiefem Selbstvertrauen und Zuversicht zeugte. In den Wochen ihres gegenseitigen Umwerbens hatte er erlebt, wie sie mit den Angestellten in ihrem Bagel-Laden und in der Bäckerei umging, wie sie wichtige Probleme für sie löste, ohne sie dumm aussehen zu lassen, hatte ihre Höflichkeit erlebt, insbesondere ihre Achtung und ihren Respekt für ältere Leute, einschließlich des alten Diakons, des Säufers, der für seine Mutter arbeitete und den sie schließlich vor einem Monat kennengelernt hatte. Sie sprach von ihm nicht als einem »Farbigen« oder »Neger«, sie sagte »Mister« zu ihm und nannte ihn einen »Afroamerikaner«, was für Elefante gefährlich, komisch und ausländisch klang. Das war Hippie-Talk. Es erinnerte ihn an Bunch Moon, den farbigen Bastard. Er hatte gehört, dass Peck Bunch erledigt hatte – auf üble Weise. Mittlerweile lauerte überall Gefahr, es wurde wild geschossen, da waren die Weißen, die Schwarzen, die Latinos, die irischen Cops, die italienischen Familien, die Drogenkriege. Es hörte nicht auf. Doch trotz der Verfinsterung der Lage spürte er, wie er sich selbst in ein ganz anderes Licht bewegte. In das wundervolle, überbordende, prächtige, die Augen öffnende Panorama, das die Liebe in das Leben eines einsamen Mannes zu bringen vermag.

Die Romantik war ihnen beiden neu. Aus ein paar Mittagsverabredungen und einem schnellen abendlichen Imbiss in einem Diner in der Bronx waren ausgedehnte, einträchtige Abendessen im Peter-Luger-Steakhouse in Williamsburg geworden, dann herrliche Spaziergänge entlang der Brooklyn Esplanade, während der Kokon aus Zuneigung und Lust immer weiter aufbrach und die Blüte leidenschaftlicher, herrlicher Liebe freisetzte.

Dennoch, dachte er, während er den Wagen den FDR Drive hinuntersteuerte und das Chrysler Building an der 42nd Street im Hintergrund verschwand, war es das eine, einen Mann am helllichten Tag, wenn die Sonne schien, zu lieben, aber etwas ganz anderes, mit ihm in seinem Lincoln mitten in der Nacht in eine Brooklyner Sozialsiedlung zu fahren, um den alten Diakon abzuholen.

Mit diesen Gedanken im Kopf bog er in den Battery Tunnel, und die Neonlampen an der Decke ließen ihr Licht über Melissas Gesicht gleiten. Bis jetzt hatte er immer gedacht, eine Partnerin brächte nur Sorgen und Ängste und würde einen Mann, besonders in seinem Geschäft, schwächen. Aber Melissa brachte Mut, Bescheidenheit und Humor in Bereiche seines Selbst, deren er sich nicht mal bewusst gewesen war. Er war noch nie mit einer Frau zusammen gewesen, abgesehen von seiner Mutter, und Melissas ruhige Ernsthaftigkeit war eine Waffe ganz neuer Art. Sie vereinnahmte Leute, überwand Vorbehalte, brachte neue Freunde. Er hatte es bei der alten farbigen Frau im Heim in Bensonhurst erlebt, die sich Schwester Paul nannte.

Er dankte Gott, dass er Melissa in der letzten Woche in das Altenheim mitgenommen hatte. Fast wäre er ohne sie hingefahren. Aber dann dachte er, es würde seine Aufrichtigkeit und Offenheit unterstreichen, und sie hatte das Treffen zu einem Erfolg gemacht.

Der alte Diakon hatte ihm versichert, dass er Schwester Paul alles über ihn erzählt habe. Aber als er in das Zimmer kam, hatte die alte Henne, zerfurcht und in eine graue Decke gewickelt, ihn mit dem *malocchio*, dem bösen Blick, angesehen. Seinen Gruß überhörte sie, streckte ohne ein Wort eine knorrige Klaue aus und zeigte auf eine alte Kaffeedose bei ihrem Bett. Er nahm sie und gab sie ihr. Sie spuckte hinein.

»Sie sehn wie ihr Daddy aus, nur fetter«, sagte sie.

Er zog einen Stuhl zu ihr, setzte sich und sah sie an. Melissa setzte sich aufs Bett hinter ihm. »Ich esse mehr Erdnüsse als er«, sagte er. Es war als Scherz gedacht, um die Situation aufzulockern.

Sie winkte mit ihrer uralten faltigen Hand ab. »Soweit ich mich erinner, hat Ihr Daddy keine Erdnüsse gegessn. Und er sagte nich mehr als vier, fünf Worte am Tag. Was heißt, dass

Sie nich nur fetter sind, sondern auch ihr Schandmaul mehr benutzen.«

Er spürte, wie ihm Wärme ins Gesicht stieg. »Hat der Diakon nicht mit Ihnen gesprochen?«

»Kommen Sie hier nich rein und wern frech und baun Luftschlösser mit irgenseim alten Diakon! Tun Sie?«

»Wie?«

»*Tun* Sie?«

»Tue ich was?«

»Ich hab Sie was gefragt, Mister. *Tun* Sie?«

»Hören Sie, Miss...«

»Antworten Sie«, bellte sie. »Ich frag Sie was. Ja oder nein? Tun Sie?«

Er hob einen Finger, um etwas sagen zu dürfen. Um sie zu beruhigen. »Ich bin nur gekom...«

»Steck den Finger in die Tasche und hör mir zu, Sonny! Du komms hier ohne 'ne Dose Sardinen rein, ohne Geschenk, ohne 'ne Schüssel Bohnen, nich mal 'n Glas Wasser hass du für eine, die dir das geben will, was du brauchs. Du biss wie die meisten weißen Männer. Du glaubs, dir steht zu, womit du eigentlich nichts zu tun hass. Alles in der Welt hat sein Preis, Mister. Aber nun iss die unten mal oben, Sir, denn auf mir ham sie schon mein ganzes Leben rumgetreten, und ich weiß gar nichts über Sie. Sie könnten 'n Italiener sein, wo der alte Anzug, den Sie anham, voll mit Weinflecken iss. Andrerseits könnten Sie auch 'n nobel tu'nder rücksichtsloser Saufbruder sein, der behauptet, Mr Guidos Sohn zu sein. Ich weiß nich, warum Sie überhaupt hier sind, Mister. Ich kenn den Diakon nich so gut. Er hat mir nichts über Sie erklärt. Wie die meisten Männer hat er nich das Gefühl, 'ner Frau was erklärn zu müssen, auch seiner eignen Frau nich, die das ganze Braten und Kochen und Haaremachen erledigt hat, während er rumlief und Schnaps geschluckt hat, all die langen Jahre hat er's so gemacht. Ich bin hundertviermal ganz um die Sonne rum, und keiner hat mir irgenswas erklärt. Das kommt davon, 'ne alte farbige Frau zu sein, Sir. Jetz frag ich Sie noch mal. Zum letzten Mal – und wenn Sie dann die Karten nich auf'n Tisch legen, könn Sie ihre Hühneraugen in ihrn kleinen Hush Puppies die Straße runtertragen. *Tun Sie?*«

Er blinzelte verzweifelt und sah zu Melissa hinüber, die, Gott sei Dank, leise sagte: »Mrs Paul, ja, er *tut*.«

Das zerfurchte Gesicht der alten Frau, diese Ansammlung runzliger, wütender Gräben, lockerte sich, als sie ihren uralten Kopf Melissa zuwandte. »Sind Sie seine Frau, Miss?«

»Seine Verlobte. Wir werden heiraten.«

Die Wut der alten Henne ließ etwas nach. »Umpf. Was für 'n Mann iss er?«

»Er redet nicht viel.«

»Sein Daddy hat auch nich viel geredet. Noch 'ne Menge weniger als er, das iss mal sicher. Warum wolln Sie diese Null heiraten? Kommt hier so reingepoltert und stellt Fragen, als wär er die Polizei oder 'n gottgesandter Pfarrer. Sein Daddy hat mir nur einmal eine einzige Frage gestellt. Danach dann nie mehr. Iss er auch so einer, ihr Bursche hier? Iss er einer, der zu seim Wort steht? Iss er einer, der Sachen tut und hinterher mit keim drüber redet? Redet er oder *tut* er was? Was isses?«

»Ich hoffe. Ich glaube. Ich werde es sehen. Ich glaube, er ... tut was.«

»Also gut.« Die alte Lady schien befriedigt. Sie wandte sich wieder Elefante zu und starrte ihn an, redete aber weiter mit Melissa, als wäre er gar nicht da. »Ich hoffe, Sie ham recht, Miss, für Sie hoff ich das. Wenn ja, dann ham Sie wen. Denn sein Daddy hat zugehört. Sein Daddy iss nich rum und hat Fragen rausgespuckt wie 'n Springbrunnen, Luft verbraucht und die Klaue gehoben wie der King. Sein Daddy hat auf niemand gezeigt. Er hat uns die Kirche einfach so geschenkt.«

»Ich wünschte, mir würde auch einer eine Kirche schenken«, sagte Melissa.

Die alte Lady schien plötzlich außer sich. Sie wurde wütend, hob den Blick, blitzte, starrte Melissa an, zornig, und warf dann plötzlich den Kopf nach hinten und brach in Lachen aus, den Mund mit dem einen ranzigen Zahn weit offen. »Ha! Sie sind mir eine, Mädchen!« Und dann glättete Melissa die Wogen, redete, erklärte und schwatzte zwei Stunden lang mit dem alten Krokodil, bis sich die Bitternis der alten Lady aufgelöst hatte, völlig verschwunden war, und die gütige, merkwürdige Seele zum Vorschein brachte, die in ihr wohnte und sie ihr Leben und ihre Vergangenheit vor Melissa ausbreiten ließ, den Soul einer alten schwarzen Frau, ihr Leiden, ihre Traurigkeit und Freude: Von ihrem verstorbenen Mann erzählte sie und ihrer geliebten Tochter, die ihr junges Leben damit verbracht hatte, die Five-Ends-Kirche mit aufzubauen, und die vor vierzehn Jahren schon gestorben war. Auf Melissas sanftes Drängen hin arbeitete sich Schwester Paul durch ihre frühen Jahre auf einem gepachteten Stück Land in Valley Creek, Alabama, nördlich von Kentucky, wo sie ihren Mann kennenlernte, bis zu ihrem Umzug, als sie ihrer Tochter nach New York gefolgt waren. Dann erhielt ihr Mann den Ruf, Gottes Weisheit zu predigen, und als sie den Punkt erreichte, an dem die Five Ends Baptist Church geboren wurde und sie von der Rolle des alten Mr Guido berichtete, und natürlich auch der Dose, die er dort versteckt hatte, da sprach sie längst zu beiden. Aber da hörte sie nicht auf, sie hatte noch einen weit größeren Schatz für sie, das alte Cause-Viertel aus Elefantes Kindheit, das er während all der schweren, gehetzten Jahre vergessen hatte, sie holte es zurück, so wie er es als Junge erlebt hatte, die italienischen Kinder, die sonntagnachmittags auf der Straße Johnny-on-the-Pony spielten, oder Ringolevio, die irischen Kids, die drüben in der 13th Street rosa Stickballs zwei Kanaldeckel weit schlugen; die Judenjungs, die in der Dikeman Street laut lachend mit Wasser gefüllte Ballons auf Passanten warfen, oben aus den Fenstern von Wohnhäusern, in denen ihr Dad unten einen Lebensmittelladen betrieb; die alten Hafenarbeiter, Italiener, Farbige, Latinos, die beim Würfeln in drei Sprachen über die Brooklyn Dodgers debattierten; und natürlich die Neger aus den Cause-Häusern, wie sie in ihren Sonntagssachen nach Brooklyn eilten, nervös kichernd, während er sich als Teenager wie ein Idiot aufgeführt hatte, betrunken, wütend, bedrohlich, hinter ein geparktes Auto gepisst hatte, wenn die Neger vorbeikamen. Abends dann hatte er deren Kinder die Silver Street runtergejagt. Wie hatte er so dumm sein können? Er erinnerte sich, wie ihn seine Mutter wütend zurechtgewiesen hatte, als sie von seinem Verhalten erfuhr: Dummer *paesano*, machst dir Sorgen, dass die Farbigen, die Iren, die Juden, die Außenseiter in unsern Block reinkommen? Der gehört uns nicht, sagte sie. Den Italienern gehört der Block nicht. Keinem gehört er. Niemand ist der Herrscher von nichts in New York. Das ist das Leben. Zu überleben. Wie konnte ich nur so dumm sein, dachte er jetzt. Macht das die Liebe? Verändert sie dich so? Erlaubt sie dir, die Vergangenheit so klar zu sehen?

Als die alte Lady fertig war, fühlte er sich gesegnet, als wäre er zur Kommunion gegangen, durch eine Beichte von seinen Sünden befreit. Es war Abend, und fast hätte sie sich in den Schlaf geredet. Er wollte gehen und stand auf, um ihr zu danken, als sie ihn fragte: »Lebt Ihre Mutter noch?«

»Ja«, sagte er.

»Sie sollten Sie ehrn, Junge. Was immer Ihr Daddy Gutes getan hat, sie war's, die ihm den Rücken gestärkt hat. Was macht sie dieser Tage?«

»Sie arbeitet im Garten.«

»Das iss schön. Vielleicht sollten Sie ihr nich sagen, dass wir gesprochen ham.«

»Wieso sollte ich das tun?«

Schwester Paul betrachtete ihn nachdenklich und sagte dann: »Ich bin hundertvier, Junge. Ich kenne die Tricks. Sie wern mich überprüfen wolln und hoffen, sie erinnert sich an die hundert Dollar, die Ihr Daddy mir fürs Truckfahrn zahlen wollte. Ganz sicher erinnert sie sich dran, weil das viel Geld war in den Tagen, und ich nimm an, es warn schlimme Minuten für sie, wie sie mit ihrm Mann mitten in der Nacht dasaß, und sein Fuß zeigte in die andre Richtung als sein Bein, dazu vorm Haus der Truck voller Ärger und Sie oben mit 'ner Nase voller Rotz im Bett und eim Leben voller Kopfschmerzen vor sich, weil ich wette, Sie großzuziehn, das war kein Zuckerschlecken. Eine Ehefrau weiß alles, Junge. Wenn Sie gewollt hätte, dass Sie wissen, was in der Nacht da passiert iss, hätte sie's Ihnen schon längst erzählt. Warum 'ner alten Mutter Sorgen machen? Wenn Ihnen was passiern sollte wegen dem, was ich da grade erzählt hab, hätt ich die Trauer Ihrer Mutter mit auf'm Gewissen. Ich bin alt, Junge. Ich hab kein Grund zu lügen.«

Elefante überlegte und sagte dann: »In Ordnung.« Er hielt inne. »Und danke... für alles. Gibt es etwas, was ich für Sie tun kann?«

»Wenn Sie 'n Frommer sind, beten Sie, dass mir der Herr 'n ordentliches Stück von meim Käse schickt.«

»Ihrem was?«

»Ihr Daddy mochte meine Viktualien, verstehn...«

»Viktualien?«

»Mein Essen. Er mochte, was ich kochte. Er war ganz heißhungrig nach meim Brathuhn. Einen Nachmittag, als er die Kirche baute, hab ich ihm was gebracht. Dafür hat er mir 'n

Stück Käse gegeben. Italienischen Käse. Kenn den Namen nich. Aber der war was! Und das hab ich ihm gesagt! Und als die Kirche fertig war, hat er uns noch jahrelang welchen geschickt. Jetz iss er lange tot, aber ich hör, der Käse kommt noch immer. Wie hergezaubert. Von Jesus, nimm ich an.«

Das war Elefantes Chance, und er räusperte sich, wieder ganz der große Mann. »Ich kann herausfinden, wer…«

»Hab ich Sie da drum gebeten, Junge?«

»Vielleicht meine Mutt…«

»Junge, warum wolln Sie unbedingt Ihre Mutter in dies Durch'nander reinziehn? Sie ham mich gefragt, was ich will, und ich hab's gesagt. Ich hab gesagt, beten Sie dafür, dass Jesus mir ein Stück von dem Käse schickt. Ich hab's dem alten Sportcoat schon gesagt, aber der iss dieser Tage kaum zu sehn. Jesus schickt den Käse, Junge. Sons keiner. Er kommt von Jesus. Ich bitte Sie, Jesus zu bitten, dass er mir welchen schickt. Nur ein Stück. Ich hab seit Jahrn kein mehr gehabt.«

»Hm… okay.« Elefante stand auf und ging in Richtung Tür. Melissa folgte ihm. »Sonst noch was?«, fragte er.

»Nun, wenn Sie wolln, können Sie Mel beim Rausgehn ein Trinkgeld geben.«

»Wer ist Mel?«

»Das iss der alte weiße Mann am Eingang, der dafür sorgt, dass keiner von uns Alten wegläuft.«

Elefante sah Melissa an, die den Flur runter Richtung Eingang nickte, wo der alte Wachmann zu sehen war, der über seiner *Daily News* döste.

»Seit zwölf Jahrn schick ich jede Woche meinen Zehnten nach Five Ends«, sagte Schwester Paul. »Vier Dollar dreizehn, von meiner Sozialhilfe. Er bringt sie zur Post, schreibt 'ne Anweisung, steckt sie in ein Umschlag und schickt ihn los. Wenn die Post ihn nich mit Bier und Schnaps bezahlt, schulde ich ihm zwölf Jahre Briefmarken und Umschläge. Und die Gebühr, um aus den vier Dollar dreizehn 'ne Anweisung zu machen. Seit ich hier bin, hat Mel den Whiskey den Schlund runtergespült, wie 'n Fluss fließt, bis er vorm Jahr oder so aufgehört hat. Aber bei meim Erlöser, er iss ein guter Mann. Ich würd ihm so gern zurückzahln, was ich ihm schulde, bevor mir meine Flügel wachsen. Denken Sie, Sie können ihm was Kleines geben? Geld nimmt er nich. Er sagt, dafür isser zu alt.«

»Mag er außer Schnaps auch noch was anderes?«

»Mars-Riegel, die mag er.«

»Ich versorg ihn für den Rest seines Lebens damit.«

Um vier Uhr zwanzig in dieser Nacht machten sich Elefante und Sportcoat daran, die Mauer aufzubrechen. Melissa blieb im Auto am Straßenrand sitzen. Es gab keinen Grund zu riskieren, dass sie mitverhaftet wurde. Sie hatte ihre Arbeit getan und die notwendigen Nachforschungen angestellt. Nachdem sie die Beschreibung des Objekts gehört, ein paar alte Zeitungen gelesen und den Mann in Europa angerufen hatte, um Übergabe und Verkauf zu arrangieren, wusste sie, um was es ging. Offenbar war die »Seife«, die ihr Onkel Macy, der Bruder des Governors, samt seiner 1945 aus der Höhle in Wien gestohlenen »Sammlung« mit nach Amerika gebracht und versteckt hatte, ganz und gar keine Seife. Es war das älteste dreidimensionale Kunstobjekt der Welt. Die Venus von Willendorf, eine Fruchtbarkeitsgöttin. Ein kleines Stück Kalkstein, zu einer schwangeren Frau geformt und, wie es hieß, Tausende Jahre alt. Und sie lag in Jesus' Hand, einer farbigen Hand, die auf die hintere Betonsteinmauer der Five Ends Baptist Church der Cause-Häuser in Brooklyn gemalt war, von Schwester Bibbs Sohn Zeke, mit Sportcoats und Sausages Hilfe, im Auftrag von Pastor Gee, der vor Jahren die Eingebung hatte, der weiße Jesus müsse in einen farbigen umgewandelt werden. Die Hand sah aus wie ein Klecks, aber es war eine Hand.

Es stand kein Mond am Himmel, als Elefante und Sportcoat an der Kirche entlang in die pechschwarze Finsternis dahinter eintauchten. In der Ferne hinter dem hochwuchernden Unkraut glitzerten die Lichter von ein paar Hochhäusern in Manhattan. Elefante hatte eine Stablampe dabei, über die er ein schwarzes Tuch gelegt hatte, einen Hammer und einen Steinmeißel. Sportcoat warf einen Blick auf Elefantes Werkzeug und sagte: »Licht brauch ich nich«, aber als er ihn zur hinteren Mauer führte, nahm er die Lampe dann doch, schaltete sie kurz ein und erleuchtete das grässlich verfärbte Jesus-Bild, einen eingebräunten weißen Mann mit ausgestreckten Armen, die beiden Hände etwa zweieinhalb Meter voneinander entfernt. Dann gab er Elefante die Lampe zurück.

»Hat Schwester Paul die linke oder die rechte Hand gesagt?«, fragte Elefante.

»Ich kann mich nich erinnern. Aber sind ja nur zwei da«, sagte Sportcoat treffend. Sie fingen mit der linken Hand an, hämmerten vorsichtig um den Betonstein und meißelten den Mörtel weg, bis der Stein so gut wie freigelegt war. »Warten Sie«, sagte Sportcoat. »Geben Sie mir eine Minute, dann geh ich rein, und Sie drücken den Stein zu mir durch. Innen steht nichts an der Mauer. Aber vorsichtig, schlagen Sie nich zu fest dagegen. Er iss hohl. Sons hämmern Sie nur ein Loch rein.«

Mit der oberen flachen Seite des Hammers klopfte Elefante vorsichtig gegen die Ränder des Steins, der gleich nachgab und nach innen fiel.

Der Gedanke durchzuckte ihn: *Was, wenn das Ding rausfällt?*

Er hörte den alten Mann auf der anderen Seite ächzen, als er den Stein auffing. Elefante sagte durch das Loch: »Ist was drin?«

»Wo drin?«

»In dem Stein. Etwas wie ein Stück Seife?«

»Nein, keine Seife.«

Das traf Elefante unvorbereitet. Er konnte das Gesicht des alten Mannes durch das Loch in der Mauer sehen, steckte seinen Kopf in die Öffnung und richtete die Lampe auf den Stein über und den unter der entstandenen Öffnung. Nichts. Er blickte ins Innere der Kirche und sah, wie der alte Mann ihn anstarrte.

»Da ist nichts«, sagte er. »Die Steine stehen versetzt. Das Ding kann durch sie durchgefallen sein, bis ganz nach unten, und ist da womöglich zerbrochen. Wir werden die ganze Mauer aufbrechen müssen, bis auf den Boden. Aber versuchen wir's erst mal auf der anderen Seite.«

Er ging zu Jesus' rechter Hand und begann auch den Stein dort loszumeißeln, als er die Eingangstür der Kirche hörte und wie der Alte über den Asphalt geschlurft kam.

»Sie müssen den Stein auffangen, wenn er nach drinnen fällt«, sagte er.

»Ja?«, sagte Sportcoat.

»Ja. Wir suchen nach einer Art Seifendose. Sie kann zerbrechen. Sie ist wertvoll.«

»Also Seife iss das nich«, sagte Sportcoat und hielt eine staubige Metalldose in die Höhe.

»Warum verarschen Sie mich? Das geht mir auf die *cojones!*«, fuhr Elefante auf und schnappte ihm die Dose weg.

»Auf die was?«

»Die Eier.«

»Mit denen hab ich nichts zu tun.«

»Ich dachte, Sie sagten, da war nichts?«

»Sie ham Seife gesagt. So sieht das nich aus. Das iss 'ne Dose. Die war in den Stein gemörtelt.«

»Was?«

»In den Betonstein. Die hatte einer mit 'ner kleinen Platte da festgemacht.«

»Ich dachte, Sie hätten gesagt, es wäre nichts drin?«

»Sie ham Seife gesagt, Mister!«

»Hörn Sie auf, mich Mister zu nennen!« Elefante kiekste vor Aufregung, ging auf die Knie und drückte Sportcoat die Lampe in die Hand. »Leuchten Sie.«

Sportcoat gehorchte. Elefante öffnete die Dose und holte eine unförmige kleine Steinfigur heraus, etwa zehn Zentimeter groß, mit mächtigen Brüsten.

»Was soll man sagen«, meinte Sportcoat. Er widerstand dem Drang »eine kleine farbige Lady« zu sagen. Stattdessen murmelte er: »Es iss 'ne Puppe.«

»Wie er sagte. Nicht größer als ein Stück Palmolive-Seife«, murmelte Elefante, und besah sie von allen Seiten.

»Ich hab schon Mäuse gesehn, die größer warn«, sagte Sportcoat. »Kann ich sie mal anfassn?«

Elefante gab sie ihm. »Fühlt sich schon schwer an«, sagte Sportcoat und gab sie ihm zurück. »Iss 'ne kräftige kleine Person. Hab in meim Leben einige solche gesehn.«

»Wie dieses Ding?«

»Kräftige Fraun mit großen Liebeshöckern? Klar. Die Kirche iss voll mit ihnen.«

Elefante sagte dazu nichts, sondern sah sich instinktiv um. Alles war dunkel. Es war keine Menschenseele unterwegs. Der Lincoln stand mit laufendem Motor am Bordstein. Er hatte es. Er war frei. Zeit, zu verschwinden.

»Ich setz Sie ab und ruf später an. Ich kümmre mich um Sie, Kumpel.«

Sportcoat bewegte sich nicht. »Moment mal. Denken Sie, wo ich und Schwester Paul Ihnen hier geholfen ham, könnten Sie mir helfen, die Weihnachtsschachtel zu finden?«

»Die was?«

»Die Weihnachtsschachtel. Mit dem ganzen Weihnachtsgeld. Was die Leute aus der Kirche gespart ham, für Geschenke für ihre Kinder. Meine Hettie hat das immer gesammelt und irgenswo in der Kirche versteckt. Und es iss nur noch 'n Monat bis Weihnachten.«

»Wo ist es?«

»Wenn ich es wüsste, würd ich Sie nich um Hilfe bittn.«

»Wie viel war drin?«

»Nun, wenn Sie alles zusammenzähln und die Lügner rausschmeißen, die behaupten, sie hatten soundso viel drin, wahrscheinlich drei-, viertausend Dollar. In bar.«

»Ich denke, das krieg ich hin, Mr Sportcoat.«

»Wie? Noch mal, Mister.«

»Mr Sportcoat.«

Sportcoat fuhr sich mit seiner faltigen Hand über die Stirn. Diese Welt hatte mittlerweile eine Klarheit, die sich neu anfühlte, nicht unangenehm, aber doch komisch, wie das Gefühl, einen neuen Anzug einzutragen. Die Übelkeit und die ständigen Kopfschmerzen, die ihn begleitet hatten, seit er jetzt vor Ewigkeiten die Sauferei aufgehört hatte, waren verschwunden. Er fühlte sich wie ein Radio, das auf einen neuen Sender eingestellt wurde, der immer näher kam, rauschte und nach und nach klarer wurde, einwandfrei, so wie Hettie es immer gewollt hatte. Dieses neue Gefühl machte ihn demütig, er fühlte sich religiös, näher bei Gott und den Menschen, Gottes geschätzten Kindern.

»Ich bin noch von niemand Mr Sportcoat genannt worden.«

»Nun, wie wollen Sie denn genannt werden?«

Sportcoat überlegte einen Moment. »Vielleicht Kind Gottes.«

»Okay. Kind Gottes. Ich krieg das hin. Ich beschaffe Ihnen ein neue Weihnachtsschachtel.«

Elefante ging zu seinem Wagen.

»Warten Sie!«

»Was noch?«

»Wie erklärn wir, dass der Stein in der Mauer fehlt?«

Aber Elefante war schon bei seinem Lincoln. »Ich lass das morgen machen. Sagen Sie den Kirchenleuten nur, sie sollen kein Wort sagen. Sagen Sie ihnen, sie sollen Schwester Paul fragen. Ich kümmre mich um alles andere.«

»Was iss mit der Hand von Jesus? Sie werden wütend sein. Das muss wieder gemacht wern.«

»Sagen Sie ihnen, Jesus kriegt eine neue Mauer. Und eine neue Hand. Und ein neues Haus, wenn sie wollen. Sie haben mein Wort.«

26

SO SCHÖN

Sportcoats Beerdigung zweiundzwanzig Monate nach der Deems-Clemens-Schießerei war ohne Zweifel die größte Beerdigung in der Geschichte der Cause-Häuser. Natürlich war es auch die übliche Five-Ends-Katastrophe. Reverend Gee kam zwanzig Minuten zu spät, weil sein neuer Chevy – seit sechs Jahren jetzt neu – nicht ansprang. Einer der Blumenboten stürzte vor der Kirche und brach sich den Arm. Er stolperte über einen herumliegenden Ziegel, der mit der neuerlichen Renovierung der Kirche zu tun haben musste – woher das Geld dafür kam, wusste Gott allein. Er stolperte, fiel durch die offene Pfarrhaustür, und seine Mondblumen landeten wirklich überall. Die Cousinen, Nanette und Sweet Corn, zischten sich im Chorgestühl gegenseitig wegen eines Hutes an. Der Leichenwagen, der den Toten aus dem Bestattungsinstitut brachte, kam ebenfalls wie gewohnt zu spät, diesmal, weil der alte Morris Hurly, liebevoll Hurly Girly genannt, behauptete, auf dem BQE in eine kleine Rempelei mit einem Öl-Wagen geraten zu sein, weswegen er Sportcoats Leiche im Sarg hinten im Wagen noch mal schnell neu herrichten musste. Da vorne kein Parkplatz mehr frei war, parkte er den Leichenwagen im noch neuen Garten hinter der Kirche. Einige Gäste, die hinten aus der Kirche sahen – darunter Bum-Bum, Schwester Bibb und verschiedene Mitglieder der durch die neue Präsidentin, Miss Izi, aufgestockten puerto-ricanischen Souveränitäts-Gesellschaft der Cause-Häuser –, waren empört, denn da war nicht eine Schramme an den Kotflügeln der glänzenden Limousine zu entdecken, und so nahmen sie ganz richtig an, dass Hurly Girly, als er die Schlange der Leute sah, die aus der Kirche und um die Ecke bis zwischen die Cause-Häuser reichte, einfach in Panik geraten war und sich dann entschlossen hatte, Sportcoat ein wenig herzurichten.

»Morris will neue Kunden anlocken«, schäumte Bum-Bum und sah zu, wie zwei von seinen Männern in schwarzen Anzügen den Leichenwagen hinten bewachten, während der alte Morris, ein verbittert aussehender Mensch mit einem völlig weißen Afro, sich tief in den Wagen beugte und die frisch polierten Schuhe in der schwarzen Erde des neuen Gartens verdreckte. Hin und her tapste er, beugte sich noch weiter hinein und nahm letzte Veränderungen an Sportcoat vor.

»Seht ihn euch an«, schimpfte Bum-Bum. »Morris sieht aus wie 'n Frettchen.«

Trotzdem, es war eine Heimkehr, die alles übertraf, die Feier aller Feiern. Die gesamten Cause-Häuser waren da. Leute von der Mount Tabernacle, St. Augustine, und selbst Mr Itkin und zwei Mitglieder der jüdischen Gemeinde aus der Van Marl Street waren gekommen. Die Schlange reichte am Güterwagen des Elefanten vorbei die Ingrid Avenue rauf, die Slag Avenue runter und das ganze Stück zurück bis auf die Plaza, fast bis zum Fahnenmast. Die Ausgabe von Gratis-Käse mochte geholfen haben, sagten einige, und noch immer war nicht klar, woher er kam, war aber am Abend zuvor in einer noch nie da gewesenen Menge eingetroffen und wartete fein säuberlich aufgestapelt im Keller der Kirche, als Schwester Gee gegen fünf Uhr morgens kam, um die Kirche aufzusperren.

Das Abschiednehmen und die Totenfeier dauerten neun Stunden.

In die Five Ends Baptist Church passten nur hundertfünfzig Leute – so viele erlaubten die Brandschutzvorschriften. Doppelt so viele drängten sich zur Messe hinein. Es war eine solche Menge, dass einer die örtliche Feuerwache 131 anrief, die einen Wagen schickte. Die Feuerwehrleute sahen den Auflauf, drehten ab und funkten die Cops an, die zwei Streifenwagen vom 76. schickten. Die Cops sahen nicht nur die Leute, sondern auch all die in zweiter Reihe parkenden Autos. Es wäre ziemlich mühsam gewesen, allen einen Strafzettel zu schreiben, und so verkündeten sie, dass sie zu einem Notfall müssten, einem Unfall in Bay Ridge, womit sie wahrscheinlich drei Stunden beschäftigt sein würden, was lang genug war, um Reverend Gee ausführlich predigen zu lassen, was für ein großer Mann Sportcoat doch gewesen war, und den Cousinen die Zeit zu geben, den Chor von Five Ends in wahrlich heilige, himmlische Höhen zu treiben, wie es noch niemand erlebt hatte, wobei am Ende auch noch Joaquin und die Los Soñadores mit einstimmten, die jedoch, Gott sei gelobt, vom Geschrei der Cousinen übertönt wurden, die wieder mal, wie gewöhnlich, allen die Show stahlen.

Es war eine fantastische Totenfeier, wobei die üblichen Verdächtigen – Schwester Gee, Schwester Bibb, Hot Sausage und Pudgy Fingers, der jetzt auch rechtlich in der Obhut der Cousinen war, die mit der gleichen Hartnäckigkeit um ihn gekämpft hatten, wie sie auch um alles andere kämpften – diesmal noch durch Schwester Paul ergänzt wurden, die mit ihren jetzt hundertsechs Jahren einen Ehrenplatz auf dem Podium hatte, begleitet von niemand geringerem als dem ehemaligen Diakon

Rufus Harley, dem Hausmeister der Watch-Häuser, der hoch und heilig geschworen hatte, er würde nie wieder, nicht, solange er atme, durch die Tür dieser Brutstätte der Heuchelei und des heiligen Unvermögens treten, die als Five Ends Baptist Church bekannt war. Ja, und da war auch Miss Izi, flankiert von den siebzehn neu eingeschworenen Mitgliedern der puerto-ricanischen Souveränitäts-Gesellschaft des Cause Projects. Auch der sanfte Riese Soup Lopez war da, zusammen mit Joaquins Cousine Elena aus der Bronx und Calvin, dem Ticketverkäufer aus dem Subway-Bahnhof – die beiden redeten über Züge. Dann waren da noch Bum-Bum, begleitet von ihrem neuen Ehemann Dominic, der haitianischen Sensation, zusammen mit dessen bestem Freund Mingo, dem Hexendoktor, und etlichen Spielern aus Sportcoats alter All-Cause-Boys-Baseballmannschaft, längst erwachsen und bis auf einen nicht mehr aktiv. Dazu eine ungewöhnliche Ansammlung von Außenseitern: Potts Mullen, der Cop im Ruhestand, und sein ehemaliger Nachwuchspartner, Jet Hardman, der derzeit für die New Yorker Hafenpatrouille arbeitete, der erste Schwarze da überhaupt, nachdem er auch schon bei den Bombenentschärfern des NYPD die Farbschranke durchbrochen hatte, der Abteilung für innere Angelegenheiten, der Technikabteilung Verkehr und der für die Fahrzeuge, die die Streifenwagen wartete – die alle fünf Minuten, nachdem Jet wieder aus ihnen ausgeschieden war, in sich zusammenbrachen.

Und schließlich noch, und besonders interessant: Thomas G. Elefante, ehedem bekannt als »der Elefant«, strahlend und in einem prächtigen grauen Anzug, zusammen mit seiner Mutter und seiner neuen Frau, einer kräftigen, scheuen Irin, die, wie es hieß, aus der Bronx stammte; sowie Deems Clemens höchstpersönlich, der frühere drogendealende Schreck der Cause-Häuser – heute ein einundzwanzigjähriger Nachwuchs-Pitcher der Iowa Cubs, einer Minor-League-Tochter der glücklos in der Major League spielenden Chicago Cubs. Mit ihm da war auch Baseballcoach Bill Boyle von der St. John's University, bei dem Deems ein Jahr lang gewohnt hatte, als er in seiner einzigen College-Saison die Mannschaft von St. John's in die NCAA Finals pitchte. Die Wunde, die sich der Rechtshänder Clemens bei der Schießerei einundzwanzig Monate zuvor zugezogen hatte, zum Glück in der linken Schulter, war gut verheilt. Auch geistig war er wieder zu sich gekommen. Mit seinem Umzug aus der Siedlung zu Coach Boyle hatte sich sein Zustand dramatisch verbessert.

Deems kam zwanzig Minuten zu spät, doch die Nachricht von seinem Aufstieg ins Profilager verbreitete sich blitzschnell unter den Trauernden. »Wieder mal typisch«, murmelte Joaquin, »der Einzige aus dem Cause, der es in die Bigs schafft, wird von den lausigen Cubs verpflichtet. Die haben die World Series seit dreiundsechzig Jahren nich gewonnen. Wer will auf die wetten? Mit dem verdien ich keinen Dime.«

»Ja, und?«, sagte Miss Izi. »Hast du seinen Wagen gesehn?«

Da war was dran. Clemens, der während seiner Drogendealer-Tage mal einen gebrauchten Pontiac Firebird besessen hatte, war mit einem nagelneuen VW Käfer vorgefahren.

Nach der Messe und der Beerdigung versammelte sich eine große Gruppe von etwa vierzig Nachbarn im Keller von Five Ends und redete bis spät in die Nacht, zum Teil, weil so viel zu essen und noch so viel Käse zum Verteilen da war, dass sie nicht wussten, was sie damit machen sollten. Die Diskussion um die Verteilung des Käses dauerte Stunden. Dabei wurde ermittelt, durch einen Augenzeugenbericht von Bum-Bum, dem stets wachsamen Käse-Cop, und dem alten Dub Washington, der in der verlassenen Fabrik am Vitali-Pier eingeschlafen war und dann mitten in der Nacht den Müll an der Silver Street durchsucht hatte, dass der Käse am Abend zuvor in einem knapp sechs Meter langen Kühlwagen gekommen war: einundvierzig Kisten mit je achtundzwanzig Fünfpfundstücken wunderbar köstlichem, herrlichem Weißeleutekäse. Er musste verteilt werden, weil er nicht aufbewahrt werden konnte. Aber so viele Menschen auch zur Trauerfeier gekommen waren, es gab nicht genug Abnehmer, und so wurde nach Sportcoats Messe kurzerhand entschieden, die frohe Botschaft auch in die weitere Umgebung der Cause-Häuser zu tragen. Darüber hinaus packten sie acht Stücke in den Kofferraum der beiden Streifenwagen vom 76., die von ihrem »Notfall« in Bay Ridge zurückgekommen waren. Die Cops protestierten, das sei zu viel, und so wurden sie von Schwester Gee instruiert, die Hälfte zur Feuerwache 131 drüben an der Van Marl Street zu bringen und mit den Kollegen zu teilen. Die Cops willigten ein, gaben den Feuerwehrleuten aber nicht eine Scheibe, war es in Causeway und Brooklyn doch wie in ganz New York – Feuerwehr und Polizei hassten einander. Auch die Watch-Häuser wurden benachrichtigt, und die Leute kamen in Trauben, aber immer noch war zu viel da. Viele, die kamen, wurden gedrängt, mehr mitzunehmen, als sie brauchen konnten, und so transportierten sie die Stücke in Einkaufswagen davon, in Säcken, Einkaufskörben, Handwagen, Handtaschen, Kinderkarren und selbst Postkisten aus dem nahen Postamt. Es hatte im Cause District noch nie so viel Käse gegeben – und würde es traurigerweise auch nicht mehr geben.

Es ist schwer zu sagen, was – der Käse, Clemens mit seinem VW oder Elefantes Kommen – in der Kerntruppe von Five Ends mehr Staub aufwirbelte. Die Leute blieben bis spät in die Nacht, diskutierten, stritten, scherzten, schwatzten bis in die frühen Morgenstunden und warfen sich gegenseitig vor, insgeheim gewusst zu haben, wo Sportcoat gewesen war, und die Umstände seines rätselhaften Todes zu kennen. Tatsächlich aber schien niemand etwas zu wissen. Niemand hatte je etwas Vergleichbares im Cause District erlebt. Um sieben Uhr morgens schließlich, nachdem die Tische abgeräumt, das Geschirr gespült und der letzte Käse verteilt, die Kirche gefegt, die verbliebenen Mondblumen, es waren so viele, verschenkt und die entfernteren Nachbarn gegangen waren, blieb nur noch der wirklich harte Five-Ends-Baptist-Kern mit Schwester Gee, Hot Sausage, Schwester Bibb, Bum-Bum und zwei Besuchern: Miss Izi, der neu gewählten Präsidentin der puerto-ricanischen Souveränitäts-Gesellschaft, und Soup, der sich nicht länger »Soup« nannte, sondern »Rick X«, stolzes Mitglied der Nation of Islam und Spitzenverkäufer in der Verkaufsabteilung der 31. Brooklyner Moschee, der die meisten Bohnen-Pies und Zeitungen in der Geschichte der Moschee absetzte. In Kansas gab es einen Haftbefehl gegen ihn, wegen einer irrtümlichen Inhaftierung im Zusammenhang mit einem häuslichen Streit und einem Raub, aber das, versicherte er der Gruppe, war eine lange Geschichte.

Die sechs redeten bis spät in die Nacht.

Das Gespräch brandete immer wieder auf und füllte den Raum mit Spekulationen. Theorien wurden formuliert, verworfen und wieder hervorgeholt. Wohin war Sportcoat während der letzten vierzehn Monate verschwunden? Hatte er am Ende wieder getrunken? Wie war er gestorben? Warum war der Elefant zur Beerdigung gekommen?

Die Käse-Geschichte beschäftigte sie am meisten. »Nach all den Jahren«, sagte Miss Izi, »weiß immer noch keiner was. Das iss so dumm.«

»Ich hab mir den Fahrer des Kühlwagens vorgeknöpft«, sagte Bum-Bum stolz. »Ich hab ihn gegen halb vier kommen sehn, bin rausgerannt und hab ihn grade noch erwischt, bevor sie wieder weg sind. Es warn zwei. Der Beifahrer war schon eingestiegen. Der andere, der Fahrer, kam aus der Kirche. Ich hab ihn am Arm gepackt und gefragt: ›Wer sind Sie?‹ Er hat nich viel gesagt. Er hatte ein italienischen Akzent. Ich glaub, es warn Gangster.«

»Warum glaubs du das?«, wollte Miss Izi wissen.

»Er hatte 'ne Menge Pockennarben im Gesicht.«

»Das heißt nichts«, sagte Miss Izi. »Das kann auch vom Mit-der-Gabel-essen-Lernen kommen.«

Alle lachten und gaben Kommentare dazu ab.

Keiner schien viel mehr als das zu wissen.

Dann gingen sie auf Hot Sausage los. Fast eine Stunde lang nahmen sie Sportcoats besten Freund in die Zange. Hot Sausage sagte, er wisse nichts. »Der Mann war im Gefängnis«, sagte er. »Es stand in der Zeitung.«

»Stand es *nicht*«, sagte Miss Izi. »Er sollte ins Gefängnis. Aber erst vor Gericht. *Das* stand in der Zeitung. Sportcoat iss nirgends hin.«

»Nun, hier war er nicht!«, sagte Sausage.

»Wo denn?«

»Was bin ich, 'n Orakel? Ich weiß es nich«, sagte Hot Sausage. »Der Mann iss tot. Er hat 'ne Menge Gutes in seim Leben getan. Was machs du dir Gedanken?«

Bis Mitternacht ging es hin und her. Wo war Sportcoat hingegangen? Wann wurde er gesehen? Niemand schien es zu wissen.

Endlich, gegen eins, standen sie auf, um zu gehen, unbefriedigter denn je.

»Nach zwanzig Jahrn drüber Nachgrübeln, wie der alte Kauz diese Welt verlassn würde, iss das zu viel«, sagte Bum-Bum und blitzte Sausage beim Rausgehen an. »Ich kann's nich ausstehn, wenn ausgerechnet einer, der dafür bekannt iss, viel heiße Luft zu produziern, plötzlich, wenn er was weiß, was andre nich wissen, still iss.«

Hot Sausage beachtete sie nicht. Er war damit beschäftigt, ein Auge auf Schwester Bibb zu haben, seine heimliche Geliebte, die sich zum Aufbruch bereit machte. Er hatte sie während der letzten Stunde im Auge behalten, auf ein Zwinkern, ein Nicken, ein Kopfschütteln, irgendwas gewartet, dass alles klar und die Luft rein war und er ihr zu 'nem kleinen Gerangel, Sportcoat zu Ehren, nach Hause folgen konnte. Aber Schwester Bibb ließ sich nichts anmerken, und als jetzt die Zeit um war, nahm sie ihre Tasche und ging zur Tür. Doch da, als sie dort ankam und stumm die Klinke drückte, nickte sie ihm zu. Hot Sausage sprang auf, aber Schwester Gee legte ihm eine Hand auf den Arm.

»Sausage, kanns du noch 'ne Minute bleiben? Ich muss was mit dir besprechen.«

Sausage sah zu Schwester Bibb rüber, die schon halb aus der Tür war. »Muss das jetz sein?«, fragte er.

»Nur eine Minute. Es dauert nich lange.«

Schwester Bibb stand an der offenen Tür und hob zweimal schnell die Augenbrauen, was Sausage das Herz hüpfen ließ. Dann sah er, wie sie hinausging, und sank deprimiert auf einen Klappstuhl.

Schwester Gee stand vor ihm, die Hände in die Hüften gestemmt. Sausage sah wie ein schuldbewusster Welpe zu ihr auf.

»In Ordnung. Raus damit«, sagte sie.

»Raus womit?«

Schwester Gee zog einen weiteren Klappstuhl heran, setzte sich rücklings auf ihn und sah ihn an, die Arme auf der Rückenlehne, die Beine rechts und links davon, das Kleid hoch bis auf die Schenkel geschoben. Ihr langes braunes Gesicht starrte seines an, und ihre Unterlippe presste gegen die Zähne. Sie überlegte einen Moment, nickte langsam und wiegte sich dann ruhig vor und zurück.

»Der Mensch iss ein merkwürdiges Wesen, finds du nich?«, sagte sie.

Sausage betrachtete sie argwöhnisch. »Ich nimm's an.« Sie hörte mit dem Vor-und-zurück-Wiegen auf und lehnte sich lächelnd vor. Das Lächeln war entwaffnend, Sausage wurde nervös.

»Ich weiß nich, warum ich den Wunsch hab, mich in die Sachen andrer Leute einzumischen«, sagte sie. »Ich schätze, das iss das Kind in mir. Dabei packt dich das Leben, sobald du deine Mutter verlässt. Ich weiß nich, was es iss, doch je älter ich werde, desto mehr werd ich, was ich wirklich bin. Findes du das auch, Sausage?«, fragte sie.

Hot Sausage runzelte die Stirn. »Schwester Gee, ich bin fix und fertig. Wenn du in der Stimmung biss, über den ganzen Schmutz und den Menschen und was '29 in Chattanooga passiert iss zu reden, worüber du irgenswo was innem Buch gelesen hass, dann könn wir das morgen machn.«

»Die Wahrheit iss morgen noch die gleiche«, sagte sie. »Es brauch doch nich so lange, sie zu erzähln.«

Hot Sausage breitete die Hände aus. »Was gibt's da zu wissen? Der Mann iss nich mehr. Er hat sich totgesoffen.«

»Der Alkohol war's? Stimmt das wirklich?«

»Ja.«

Es war, als fiele ein Amboss auf sie herab. Ihre Schultern sackten weg, und Sausage sah zum ersten Mal, wie tief ihre Trauer war – nachdem sie sich stundenlang um die Zeremonie gekümmert, ihren unfähigen Ehemann angetrieben, Blumen arrangiert, Cousinen beruhigt, Hinterbliebene getröstet, Programme verteilt, Leute begrüßt, sich um die Cops gekümmert, um Feuerwehrleute, die Parksituation, nachdem sie im Grunde den

Job ihres Mannes in einer sterbenden Kirche getan hatte, einer Kirche, die wie viele andere im Umkreis mehr und mehr von Frauen wie ihr am Leben gehalten wurde. Sie neigte den Kopf, bedeckte das Gesicht mit den Händen, und als sie das tat, löste ihr Schmerz auch seinen, und er schluckte und räusperte sich.

Eine lange Weile saßen sie schweigend da, Schwester Gee mit den Händen vorm Gesicht. Als sie die Hände wieder herunternahm, sah er, dass ihr Gesicht nass war, die Tränen hatten ihr Make-up verwischt.

»Ich dachte, er hätte ihn besiegt«, sagte sie.

Sausage schluckte seine Trauer hinunter und überdachte die Situation. Schnell tat er das. Seine Aussicht auf eine nächtliche Tollerei mit Schwester Bibb, begriff er, war ruiniert, und er war sowieso zu müde. Schwester Bibb würde ihn komplett aufreiben. Da konnte er genauso gut erzählen, was er wusste. Genau betrachtet, sah er keinen Nachteil darin. Schwester Gee hatte eine Menge für ihn getan. Und die Kirche. Für sie alle. Sie verdiente Besseres. Und so begann er.

»Nun, es *ist* wahr«, sagte er, »und auch nicht.«

Schwester Gee sah ihn verwundert an. »Was?«

»Alles. Und nichts.«

»Wovon redest du? Hat er sich zu Tode gesoffen oder nicht?«

Sausage kratzte sich den Kopf. »Nein. Hat er nicht.«

»Wie iss er im Hafen gelandet? Da ham sie ihn gefunden, hat jemand gesagt. Iss er reingesprungen?«

»Nein, iss er nich! Ich hab ihn nich in den Hafen springen sehn!«

Schwester Gee fragte: »Was zum Teufel ist dann passiert?«

Sausage runzelte die Stirn und sagte: »Ich kann dir nur sagen, was war, als ich aussem Krankenhaus gekommen bin, denn da hab ich ihn noch ganz bei Trost gesehn.«

»Und?«

Sausage fuhr fort: »Also, als ich rauskam, bin ich zu ihm. Er war in seiner Wohnung. Keiner hatte ihn verhaftet. Er war nich im Gefängnis. Die Cops hatten ihn nich verhört, nich mal dein Freund, der Sergeant, der bei der Beerdigung war. Sport lief frei rum, und das Erste, was er mir sagte, als ich ihn sah, war: ›Sausage, ich trink nich mehr.‹ Nun, das hab ich ihm nich geglaubt. Dann hab ich ihn Tage nich gesehn. Das war, als der Elefant kam. Und von da an weiß du mehr als ich, Schwester Gee. Weil du's wars, mit der der Elefant geredet hat. Mit dir und Sport. Ich weiß nich, was ihr drei alles beredet habt, denn der Bau von Five Ends, das war vor meiner Zeit. Aber Sport redete am Ende nur noch Unsinn. Ich dachte, das war, weil er nich mehr trank.«

»Nein, nein«, sagte Schwester Gee. »Er wollte den Garten hinter der Kirche neu machen, 'n Garten voller Mondblumen wollte er. Meine oder Mr Elefantes Idee war's nich. Die kam von Sportcoat.«

»Warum das?«

Schwester Gee nickte zum hinteren Teil der Kirche hin, der neu gemacht und neu bemalt war. »Mr Elefante hatte was in der Mauer, das seim Vater gehörte. Das alte Bild hinten auf der Mauer, das ihr alle so vermasselt habt, um aus Jesus 'n Farbigen zu machen, war nich einfach irgensein Bild. Es war 'ne Kopie von was Berühmtem. Mr Elefante hat es auf ein Stück Papier geschrieben und mir gezeigt. Es hieß *Das jüngste Gericht* und war von eim Italiener, der Giotto hieß.«

»Giotto? Wie Jell-O?«

»Ich mein's ernst, Sausage. Er issen berühmter Maler, und es issen berühmtes Bild, und das hinten auf der Kirche war 'ne Kopie davon. Zweiundzwanzig Jahre lang.«

»Wenn Mr Gelato berühmt damit gewordn iss, und er iss lange tot, sollte ich auch berühmt sein. Tatsache iss, ich und

Sportcoat, wir ham das Ding vorn paar Jahrn schön neu gemalt, als dein Mann ein farbigen Jesus wollte.«

»Ich erinner mich an das Gemetzel«, sagte Schwester Gee.

»Aber es gab was hinter dem Bild, das Mr Elefante wollte. Es war in dem Betonstein unter Jesus' linker Hand.«

»Was war es?«

»Ich hab's nich gesehn. Nach dem, was Schwester Paul sagt, war es 'ne hübsche Dose mit eim Stück Seife drin.«

»Kein Gold, Geld oder Klunker?«, sagte Hot Sausage.

»Klunker?«

»Juwelen?«

»Nein. Also in der Dose war 'ne kleine Puppe. Eine kleine Statue, 'ne dicke Lady. Wie braune Seife, sagt Schwester Paul. Sie nennen sie die Venus von soundso.«

»Hmm. Nichts, was man beim Putzen finden würde, nimm ich an.«

»Sehr witzig.«

Er überlegte einen Moment. »Das hört sich komisch an«, gab er zu. »Was sonst hat Schwester Paul noch gesagt?«

»Sie sagte, sie war dabei, als der alte Guido Elefante sie in die Mauer gelegt hat, und iss froh, dass sie lange genug gelebt hat, um zu sehn, dass sein Sohn sie zurückhat. Ich hab dem Sohn keine Fragen gestellt. Du hass gesehn, was Mr Elefante für die Kirche getan hat, oder? Er hat mich gefragt, wie viel Weihnachtsgeld in Hetties verschwundener Schachtel war. Ich hab ihm gesagt, ich dächte, es wärn ... viertausend Dollar. Ich sagte, dass da sicher 'n paar Lügner bei wärn, die behaupten, was reingetan zu ham, was wahrscheinlich nich stimmt. Er meinte, das macht nichts, und hat mir das Geld gegeben. Und er hat die Kanzel neu gemacht, die ganze Mauer hinten, nachdem er sie aufgerissen hatte. Und den Garten. Und dann hat er noch jemand geholt, der das verpatzte Gemälde von euch in Ordnung gebracht und 'n richtigen schwarzen Jesus draus gemacht hat. Und den Satz mit Gottes Hand. Ich hab nie kapiert, warum der da stand. Aber es issen guter Spruch, und wir behalten ihn.«

»Was iss mit dem Käse?«, fragte Sausage.

»Das war Mr Elefantes Daddy, der das angefangen hat.«

»Aber der iss länger tot als Moses. Das sind zwanzig Jahre, wenigstens.«

»Ehrlich, Sausage, ich weiß nich, wo er herkommt«, sagte Schwester Gee. »Sportcoat wusste es. Als ich ihn danach gefragt hab, sagte er nur: ›Jesus schickt ihn‹, und nich ein Wort mehr.«

Sausage nickte nachdenklich, und Schwester Gee fuhr fort: »Das einzige andre Mal, dass er was drüber gesagt hat, war, als der Elefant mich und Sportcoat zu Schwester Paul ins Altenheim in Bensonhurst gefahrn hat. Wie sich rausstellt, warn Schwester Paul und der Daddy von Mr Elefante alte Freunde, mehr konnte ich nicht rauskriegen. Wie und warum, kann ich nich sagen. Wo drüber der Elefant und Schwester Paul geredet ham, nun, das war zu persönlich. Da war ich nich dabei. Ich hab nur gehört, wie Schwester Paul dem Elefant was über hundert Dollar und einen Truck fahrn gesagt hat. Da ham sie gelacht. Aber ich hab nich gesehn, dass er ihr was gezahlt hat. Nur, dass sie sich die Hände geschüttelt ham. Sportcoat und der Elefant.«

»Heilige Maria! Der Elefant und Sportcoat ham sich die Hände geschüttelt?«, sagte Hot Sausage.

»Ich schwör's«, sagte Schwester Gee. »Sie ham sich die Hände geschüttelt. Und als der Elefant ohne Erlaubnis mitten in der Nacht unsere Kirche hinten aufgerissen hat – wobei du und ich, wir wissen, er hatte reichlich Erlaubnis, ich meine alle, die er wollte –, da war Sportcoat der Einzige von der Gemeinde, von dem er sich hat helfen lassen. Ich hab's natürlich auch gesehn. Sollte es nich, aber der Diakon hatte mir gesagt, sie würden kommen, und ich hab mich hinter der Chorbank versteckt und alles verfolgt. Zusammen ham sie's gemacht, die beiden. Aber nachdem sie die kleine Puppe aus der Wand geholt hatten, hab ich sie nich mehr zusammen gesehn.«

»Was kam dann?«

»Dann iss Sportcoat verschwunden. Weg war er, und ich hab ihn nich mehr zu Gesicht gekriegt. Nie mehr. Und jetz erzähls du mir den Rest, Sausage, denn ich hab dir jetz alles gesagt, was ich weiß.«

Sausage nickte. »Okay.«

Und dann erzählte er. Erzählte ihr, was er wusste und was er gesehen hatte. Und als er fertig war, starrte Schwester Gee ihn ehrfürchtig an, beugte sich schließlich über die Stuhllehne und umarmte ihn so, wie er da saß.

»Hot Sausage«, sagte sie sanft, »du biss vielleicht ein Mann.«

Die Fähre nach Staten Island lag träge am Whitehall Terminal von South Ferry, und die Fahrgäste gingen an Bord. Unter ihnen war eine dunkle, gut aussehende Frau mit einem Glockenhut, den sie sich mit einem Band auf das ordentlich frisierte Haar gebunden hatte. Sie stand an der Reling, und ihre rechte Hand verdeckte einen Teil ihres Gesichts. Nicht, dass Schwester Gee dachte, jemand könnte sie erkennen. Wer aus den Cause-Häusern nahm je die Fähre nach Staten Island? Keiner, den sie kannte. Wobei, man wusste nie. Die Hälfte der Leute im Cause, sagte sie sich, arbeitete im New Yorker Nahverkehr. Sollte sie jemand sehen, wäre es schwer zu erklären, warum sie auf dieser Fähre war. Man konnte nicht vorsichtig genug sein.

Sie war wie für einen Sommerausflug gekleidet, trug ein leichtes blaues Kleid mit seitlich bis zu den Hüften aufgestickten Azaleen und einem legeren Rückenausschnitt, der ihre schlanken braunen Arme hervorhob. Tags zuvor war sie fünfzig geworden. Dreiunddreißig Jahre davon hatte sie in New York gelebt und war kein einziges Mal mit der Staten-Island-Fähre gefahren.

Als das Schiff ablegte und Richtung Südwest durch den New Yorker Hafen fuhr, hatte sie einen klaren Blick auf die roten Ziegelbauten der Cause-Siedlung auf der einen und die Freiheitsstatue und Staten Island auf der anderen Seite. Die eine Seite stand für die Sicherheit der Vergangenheit, die andere für die Unsicherheit der Zukunft. Plötzlich war sie nervös. Alles, was sie hatte, war eine Adresse. Und einen Brief. Und ein Versprechen. Von einem gerade pensionierten, gerade geschiedenen weißen Mann, der den Großteil seines Lebens wie sie damit zugebracht hatte, den Schmutz anderer Leute zu beseitigen, der immer nur für andere, nie für sich selbst gesorgt hatte. Ich habe nich mal eine Telefonnummer, dachte sie ängstlich. Aber das war schon in Ordnung, entschied sie. Wenn sie einen Rückzieher machen wollte, war es so einfacher.

Das von Wind und Meer mitgenommene Schiff steuerte durch den Hafen, und sie stand an Deck und sah die Cause-Häuser in der Ferne verschwinden, die Freiheitsstatue rechts vorbeiziehen und blickte einer Möwe hinterher, die in Augenhöhe auf dem Wind ritt, mühelos am Deck entlangschwebte und schließlich zur Seite wegscherte und in die Höhe stieg. Sie sah, wie der Vogel mit den Flügeln schlug, höher und höher stieg und zurück zu den Cause-Häusern flog. Erst da wanderten ihre Gedanken eine Woche zurück zu Sportcoat und dem Gespräch, das sie mit Hot Sausage geführt hatte. Was ihr Sausage in jener Nacht in der Five Ends erzählt hatte, war ihr wie ihre eigene Zukunft erschienen, die sich einem Teppich gleich vor ihr ausbreitete, dessen Muster und Webstruktur sich wandelte, je weiter er reichte. Sie konnte sich noch genau an jedes Wort erinnern:

Als sie den Garten hinter der Kirche angelegt haben, kam Sportcoat zu mir. Er sagte: »Sausage, da gibt es was, was du über das Jesus-Bild hinten auf der Kirche wissen solltes. Ich musses eim erzählen.«
Ich sagte: »Was isses?«
Sport sagte: »Ich weiß nich genau, wie ich es nennen soll, und ich will's auch nich wissen. Aber was immer es war, es hat dem Elefant gehört. Er hat's in der Mauer gefunden und der Kirche ein Haufen Geld dafür bezahlt, viel mehr, als in die Weihnachtsschachtel passen würde. Also muss du dir wegen Deems keine Sorgen mehr machen. Oder eim von seinen Leuten. Oder wegen dem Weihnachtsgeld. Der Elefant hat sich drum gekümmert.«
Ich sagte: »Was iss mit der Polizei?«
»Was hat der Elefant mit der Polizei zu tun? Das iss seine Sache.«
Ich sagte: »Sport, ich denk nich an den Elefanten. Ich red von der Polizei. Die suchen noch nach dir.«
Er sagte: »Lass sie suchen. Ich hab mit Hettie geredet.«
Ich sagte: »Hass du getrunken?« Weil er immer ziemlich voll war, wenn er mit Hettie redete. Er sagte: »Ich muss nich trinken, um sie zu sehn, Sausage. Ich seh sie jetz so klar wie's Tageslicht, und wir verstehn uns so, wie als wir jung warn. Da war ich 'n besserer Mensch. Ich vermiss das Trinken. Aber ich mag jetz 'n Mann mit meiner Frau sein. Wir streiten nich. Wir reden wie früher.«
»Worüber redet ihr?«
»Hauptsächlich von Five Ends. Sie liebt die alte Kirche, Sausage. Sie will, dass sie wächst. Sie will, dass ich den Garten dahinter in Ordnung bringe und Mondblumen pflanze. Ich hab 'ne gute Frau geheiratet, Sausage. Aber so vieles falsch gemacht.«

»Nun, das iss jetz vorbei«, sagte ich. »Du hass klar Schiff gemacht.«

»Nä«, sagte er. »Nichts iss klar. Vielleicht vergibt der Herr mir nich, Sausage. Ich kann nich aufhörn zu trinken. Ich hab zwar noch kein Tropfen wieder gekippt, aber ich will's unbedingt. Ich werd's wieder tun.«

Und er zog eine Flasche King Kong aus der Tasche. Das gute Zeug. Den Selbstgebrannten von Rufus.

Ich sagte: »Das wills du nich, Sport.«

»Doch, das will ich. Und ich werd's tun. Aber ich sag dir das jetz, Sausage. Hettie war so glücklich, als ich den Garten hinter der Kirche gemacht hab. Das war was, wovon sie immer geträumt hat. Nich für sich. Sie wollte die Mondblumen und den großen Garten mit all den Pflanzen und Sachen hinter der Kirche nich für sich, sondern für mich. Und als ich die Kirche dazu gebracht hab, dem zuzustimmen, da hab ich ihr gesagt: ›Hettie, die Mondblumen kommen bald.‹

Aber statt glücklich drüber zu sein, wurde sie traurig und sagte: ›Ich will dir was sagen, Schatz, was ich dir nich sagen sollte. Wenn du den Garten fertig has, wirs du mich nich mehr sehn.‹

Ich sagte: ›Wie meins du das?‹

Sie sagte: ›Wenn er fertig iss. Wenn die Mondblumen drinstehn, geh ich ins Himmelreich ein.‹ Und bevor ich was drauf erwidern konnte, sagte sie: ›Was wird mit Pudgy Fingers?‹

Ich sagte: ›Also, Hettie, ich seh das so. Was iss 'ne Frau anders als ihre Arbeit und ihre Kinder? Gott hat uns alle zum Arbeiten in die Welt gesetzt. Du wars 'n christliches Mädchen, als ich dich geheiratet hab. Und die ganzen vierzig Jahre, in denen ich getrunken und 'n Narren aus mir gemacht hab, hattes du kein faulen Knochen im Leib. Du hass Pudgy Fingers großgezogen. Du wars streng mit dir und ehrlich und gut *zu mir und Pudgy Fingers, und deswegen wird er sein ganzes Leben stark sein.‹*

Um die Wahrheit zu sagen, Sausage, Hettie konnte keine Kinder kriegen. Pudgy Fingers war nich ihrs. Er iss zu ihr gekommen, bevor ich nach New York kam. Ich war noch zu Hause in South Carolina. Sie war alleine in New York in Haus 9 und hat auf mich gewartet, und an eim Morgen macht sie die Wohnungstür auf und sieht Pudgy Fingers über den Flur laufen. Er war kaum fünf oder sechs, lief rum und wollte runter zum Bus für die blinden Kinder. Sie hat an die Tür von der Frau geklopft, wo er wohnte, und die sagte: ›Können Sie bis Montag auf ihn aufpassen? Ich muss zu meim Bruder in die Bronx.‹ Seitdem hat sie nichts mehr von der Frau gesehn.

Als ich herkam, hatte Hettie also schon ein Kind. Ich hab nie 'n Trara drum gemacht. Ich liebe Pudgy Fingers. Ich wusste nich, woher er war. Natürlich hätte er auch Hetties Kind von 'nem andern Mann sein können, aber ich hab ihr vertraut, und sie kannte mein Herz. Also sag ich zu ihr: ›Die Cousinen nehmen Pudgy Fingers. Ich kann nich für ihn sorgen.‹

Sie sagte: ›In Ordnung.‹

Ich sagte: ›Machs du dir Sorgen wegen ihm? Biss du deswegen noch da?‹

Sie sagte: ›Ich sorg mich nich um ihn. Ich sorg mich um dich. Weil ich in Gottes Wort neu geborn bin, und das gibt mir Kraft. Verstehs du?‹

Ich sag: ›Verstehe. In Gottes Wort neu geborn für 'n ganzes Jahr und noch was länger. Ich hab früher gesagt, ich wär's auch, war ich aber nicht. Aber jetz.‹

›Dann bin ich hier fertig. Ich lieb dich um Gottes willen, Cuffy Lambkin. Nich um meiner willen. Nich um deiner.

Aber um Gottes willen.‹ Und dann war sie weg. Und seitdem hab ich sie nich mehr gesehn.«

Er hielt immer noch die Flasche King Kong in der Hand, als er mir das erzählte, und jetz machte er sie auf. Trank aber nich. Drehte nur den Verschluss runter und sagte: »Ich will dies ganze Ding runterspüln.« Dann sagte er: »Komm mit, Sausage.«

Er war irgenswie komisch, und deshalb bin ich mit. Wir sind runter zum Vitali-Pier, genau an die Stelle, wo er Deems aussem Hafen gezogen hatte. Wir sind bis ans Wasser und standen da im Sand, und ich hab ihm von Deems berichtet. »Sport«, hab ich gesagt, »Deems hat mich angerufen. Er sagt, er schlägt gut ein im Triple-A. Sagt, er schafft es innem Monat oder so in die Big Leagues.«

Sportcoat sagte: »Ich hab dir doch gesagt, er kann auch mit eim Ohr pitchen.«

Dann hat er mir auf'n Rücken geklopft und gesagt: »Sieh nach den Mondblumen hinter der Kirche, für meine Hettie.« Dann isser ins Wasser. Iss einfach so in den Hafen reinmarschiert, die Flasche King Kong in der Hand. Ich hab gesagt: »Moment mal, Sport, das Wasser iss kalt.« Aber er iss weiter. Erst ging's ihm bis an die Hüfte, dann bis zum Bauch, die Arme rauf und bis zum Hals. Als es bis da reichte, hat er sich noch mal zu mir umgedreht und gesagt: »Sausage, das Wasser iss warm! Es iss so schön.«

DANK

Ich danke dem demütigen Erlöser, der uns den Regen schenkt, den Schnee, und alles dazwischen.

Die Originalausgabe erschien 2020 unter dem Titel
»Deacon King Kong« bei Riverhead Books, New York.

Sollte diese Publikation Links auf Webseiten Dritter enthalten,
so übernehmen wir für deren Inhalte keine Haftung,
da wir uns diese nicht zu eigen machen, sondern lediglich auf
deren Stand zum Zeitpunkt der Erstveröffentlichung verweisen.

📕 Dieses Buch ist auch als E-Book erhältlich.

Penguin Random House Verlagsgruppe FSC® N001967

1. Auflage
Copyright © 2020 by James McBride
Copyright © der deutschsprachigen Ausgabe 2021 by btb Verlag, München,
in der Penguin Random House Verlagsgruppe GmbH,
Neumarkter Straße 28, 81673 München
Umschlaggestaltung: semper smile, München,
nach einem Entwurf von Jaya Miceli unter Verwendung
eines Motivs von © Jaya Miceli
Satz: Uhl + Massopust, Aalen
Druck und Einband: GGP Media GmbH, Pößneck
Printed in Germany
ISBN 978-3-442-75924-8

www.btb-verlag.de
www.facebookcom/btbverlag